U0064824

浪淘沙

東方白〔著〕

近一百年來台灣人民的
歷史運命與精神意志
三個台灣家族三代間的
人事滄桑與悲歡離合

前衛出版
AVANGUARD

浪淘沙

第一部　浪

《浪淘沙》目錄

TOM JONES
Baroque and Rococo
THE IMPRESSIONISTS AND THEIR ART

第二部 淘

第三部 沙

餘音

十足與圓滿
——《浪淘沙》第十修定版序

東方白

從前女媧煉石補天，一天補一塊巨石，補了三千六百四十九塊，因爲還缺一塊，無法將天補成。女媧只好重新煉石，結果這塊巨石竟花了三千六百四十九天才煉就，所以到第三千六百五十這一天才終於將天補成了。

對話是小說的靈魂，十年來我始終耿耿於懷，原來《浪淘沙》有多處恍如漂泊不定的浪子(話)，找不到適當安定的歸宿(字)。難得趁這十版更新封面之際，我又將全書的對話從頭修定加註一番，令小說「十足」無缺，向「圓滿」更近一步。這一切都得歸功歐宗智先生的坦誠建議與他巨細靡遺的「《浪淘沙》福佬話建議加註說明一覽表」，特此向他表示十二萬分的感謝。

二〇〇三、十二、六

修定版序

東方白

從前讀《紅樓夢》，讀到作者自云「披閱十載，增刪五次」，總覺得曹雪芹言過其實，等事到臨頭，自己寫《浪淘沙》，始知誠有可能。事實上，《浪淘沙》披閱豈只十載？增刪何止五次？即使印刷成書，每回翻閱，總還發現不少訛錯與瑕疵——前者乃手民之誤，後者則是作者孜孜大局而忽略小節之過。這些發現，日積月累，終於到達食不知味、睡不成眠的地步，只好坐下來，再從頭仔細校對與修潤，務必字字推敲句句斟酌，做到全書一百五十萬字無一字不叫自己滿意爲止。

就這樣，爲了一勞永逸的修定版，我又花了四個月的時間，更動了一萬多處，儘管身心交瘁，倒也毫不後悔。難得趁這最後修定的機會，我聽從了齊邦媛女士的建議，爲書的每章加添章目，如此一來，不但方便了讀者的查閱，更豐富了小說的意涵，算是一舉兩得的意外收穫，特別在此向她表示由衷的感謝。

一九九一、五、三十一

命定
——《浪淘沙》誕生的掌故

東方白

邱吉爾說過：「一個人生下來，上天就注定要給他一個任務。」對我而言，這任務便是寫《浪淘沙》。

我從前沒有這種感覺，但最近愈是回顧過去五十年的生命，愈感到我是命定要寫《浪淘沙》，我過去五十年的生命彷彿都是爲它而活的！

爲什麼我會這樣說呢？我現在就向大家一點一點地說明。

一　日記

在我一九七九年的日記中，有下面幾頁的記載：

7—31（二）與蔡阿信打電話，決定禮拜六到Vancouver（註：溫哥華）去看她。

8—2（四）去拿飛機票，開始再讀阿信的英文自傳。

8—3（五）……

8—4（六）中午坐十二點二十分的飛機Vancouver。陳文雄來機場接我，載我到蔡阿信的公寓，工作立即開始，原來她已準備好錄音帶，她是個動作敏捷、語言俐落的人，八十三歲，仍清醒敏銳如五十歲的人。

8—5(日)錄音繼續……

8—6(一)錄音完成，晚阿信帶我到Chinatown吃飯，並指給我看她往日營業的地方、旅社、市法庭等處，她是個十分善良體貼的人。

8—7(二)自己一個人去逛街，觀察一切地點，又坐輪渡到北溫哥華，傍晚在Victoria Square與阿信會合，一起由文雄載到他家吃晚飯。

8—8(三)坐了一整夜一整天，晚七點方到愛城，瓊瓊開車來接。阿信先走，我坐晚上十一點的Greyhound Bus回愛城。

8—9(四)……

8—10(五)……

8—11(六)去書店，用阿信給我的$150旅費買了五本參考書，還得繼續買。

8—12(日)……

8—13(一)……

8—14(二)……

8—15(三)瓊瓊接電話說：「張棟蘭已去世。」世事縹緲如此！機會一瞬即逝！他一生的經驗還沒來得及說就隨他而去，天要如此，又可奈何？

8—16(四)……

8—17(五)……

8—18(六)由張信一的介紹，陳銘德夫婦爲了做牙齒來家裡住。

8—19(日)……

8—20(一)……

8—21(二)……

8—22(三)……

8—23(四)……

8—24(五)……

8—25(六)早上帶陳銘德到白溪散步。

8—26(日)張棣蘭太太來電話，願意將她先生的歷史說給我聽！晚陳銘德請客，在鑽石樓，完了又去看德姑娘。

8—27(一)……

8—28(二)……

8—29(三)與陳銘德一席談——他青年時代的遭遇。

8—30(四)……

8—31(五)與大家一起去看西裝，陳銘德與我各做了一套。

9—1(六)……

9—2(日)……

9—3(一)……

9—4(二)……

9—5(三)晚Shopping Centre去拿西裝，陳銘德也去，喝咖啡，聊其家人，眞是錯綜複雜，可以放在要寫的小說之中。

以上日記中的「蔡阿信」、「張棣蘭」、「陳銘德」、「德姑娘」四人正是以後《浪淘沙》裡的主要人物——「丘雅信」、「江東蘭」、「周明德」、「金姑娘」——的模特兒。我今年五十二歲，我過去一共活了六百二十四個月，爲什麼《浪淘沙》的四個主角會那麼湊巧在一個月之內同時出現？我想是因爲我命定要寫《浪淘沙》！

二 「烏鴉錦之役」

一九五七年九月十四日，我在「聯合報」發表了第一篇處女作，題目叫〈烏鴉錦之役〉，內容是描寫客家庄英勇抗日的故事，也是乙未戰爭中台灣人打的一場最漂亮的戰役。眞是無巧不成書，偏偏在以後的《浪淘沙》中又把這「烏鴉錦之役」重寫了一遍。現在回顧起來，原來我在三十三年前的處女作就已經爲《浪淘沙》寫下了序幕，這怎麼不叫我驚奇？但爲什麼會如此？我想是因爲我命定要寫《浪淘沙》！

三 《世界地理風俗大系》

我父親是在台北市永樂市場裡設攤的鐘錶匠，與他隔鄰的是一個專賣書畫的古書攤，從我有記憶開始，就老聽我父親對我後悔感歎，感歎他沒將古書攤的一套二十四巨冊日文精裝的《世界地理風俗大系》買下來，後來被人買走，那套書集世界各國歷史地理人文風俗於一爐，圖文並茂，應有盡有，而他竟坐失良書，引爲終身憾事。

因此從小我就對這套大書耿耿於懷，銘記在心。事有湊巧，在我高二的時候，有一天在南昌街一家古書店翻閱，猛抬頭，發現書架的最頂上整整齊齊擺了一套塵封不動的《世界地理風俗大系》。我馬上騎腳踏車飛馳到永樂市場，驚告父親說發現了久尋不到的寶藏，而父親也立刻收攤，騎他的腳踏車跟我到南昌街去，當場議價，一口氣把書買下，父子倆就分載《世界地理風俗大系》快快樂樂地回家。

回到家裡才發現二十四冊少了一冊，回店去問，才知道他們賣的本來就少了一冊，這眞是美中不足，使我感到有些遺憾。不料過不了一個月，有一天在圓環附近的另一家古書店瀏覽之際，偶然翻到獨一的一冊《世界地理風俗大系》，我不經心查查那冊的冊目，老天！竟然正正巧巧就是我們缺的那一冊！我好不高興，當即把它買下，拿回家湊成全套二十四巨冊的《世界地理風俗大系》！

這套《世界地理風俗大系》滿足了我對世界知識的飢渴，特別是後來寫《浪淘沙》，它更供給了我無窮無盡的背景資料。比如說，蔣介石北伐時代，全中國土匪的熾烈狀況與分佈情形，我寫來如親歷其境，因爲我有《世界地理風俗大系》的〈中國土匪篇〉啊。爲什麼我會有幸擁有這套窮天闢荒精彩絕倫的大書？我想是因爲我命定要寫《浪淘沙》！

四　父親

我曾經在一九八五年的「台灣文學研究會」上開玩笑地說：「你想當小說家嗎？去找一位會說故事的爸爸！」你們猜得不錯，我就是有一位會說故事而且愛說故事的爸爸!!!

我父親年輕時到過大陸，也去過日本，因此他有十分豐富的大陸與日本經驗，在《浪淘沙》中我寫了很多上海、廈門、東京、奈良的見聞，這些都是他告訴我的，只是我移花接木，用在小說裡。還有「雅信」兩次找「詹渭水」看病以及「周福生」兩次坐牢的經歷，其實也都是他告訴我的，因爲他自己本身去找「蔣渭水」看過兩次病，而且親自坐過兩次牢。

我父親不但遊歷不少，他的閱歷更多，因爲他半生在永樂市場替人修理鐘錶，各色各樣的客人在攤子上等待他修理的時候，他就請他們說各色各樣的故事，日積月累，他腦子裡便裝滿了成千上萬的故事，這些故事他一有空就告訴我們，而且一說再說，竟成了我們的家常便飯。《浪淘沙》中許多應景插入的小故事，其實只是這「成千上萬」故事中的幾則而已。話說回來，我爲什麼會有這麼一位與故事解不了緣的好爸爸？我想是因爲我命定要寫《浪淘沙》！

五　岳母

記得一九八三年我生病回台灣，在陳永興家裡與幾位文友聊天的時候，唸過《浪淘沙》在《台灣文藝》連載的陳太太對我說：「我眞喜歡你描寫淡水女學的那一段，女學生的生活寫得逼眞極了，你一個男人家，怎麼會寫這些？」其實簡單得很，因爲我岳母就是淡水女學的女學生，而德姑娘就是她的鋼琴老師，她長年來加拿大與我們同住，我一想知道當年女學的情況，就請教她，哪裡有描寫不眞的道理？巧的是「雅信」有一段初期淡水女學的生活，我無法細究，岳母的經驗剛好派上用場。那麼我爲什麼會如此幸運，有個淡水女學的岳母來做我的顧問？我想是因爲我命定要寫《浪淘沙》！

六　原住民

我在《浪淘沙》裡用相當多的篇幅寫了一個叫「松武郎」的泰雅族原住民，我不但寫了他們的風俗、習慣、歷史、語言，而且還寫了一個十分可愛的打獵的故事。這些東西若由鍾肇政或李喬來寫，就沒什麼稀奇，因爲他們都是住在丘陵地帶的客家人，與原住民多少都有接觸；可是換我這個住在台北市的河洛人來寫，就叫人不敢相信了，我哪來這許多原住民的知識？原來我在當預備軍官的時候，我的手下就有十來個泰雅族的充員兵，他們天眞樸質，我最喜歡跟他們聊天，於是在任何歇息的時間，我就請他們教我泰雅話，問他們的風俗、習慣，當然最好莫過他們親身經歷的有趣的故事……這些我都一一記在小筆記本裡，還帶來加拿大，沒想二十五年後寫《浪淘沙》的時候，都派上了用場。爲什麼我會有這麼一個與原住民相處一年的機緣？我想是因爲我命定要寫《浪淘沙》！

七　得力助手

在我寫《浪淘沙》的十年中間，我有三個得力助手隨時都在幫我的忙，他們分別是——林鎭山、陳宏正與翁漢義三人。

林鎭山是我於一九七四年搬到愛城的第一天就認識的，那時他還是學生，以後唸完了學位便一直留在亞伯大大學裡教語言與文學。你們都知道曹雪芹寫《紅樓夢》時有一個「脂硯齋」，那麼我寫《浪淘沙》時林鎮山便是我的「脂硯齋」了。我每寫完一章《浪淘沙》就送去給他細讀，他不但給我改了文章裡的別字與白字，還常常提出他修辭學的獨到見解，使《浪淘沙》的文字與內容臻至更加完美的地步。不但如此，我還不時請他爲我向大學圖書館借參考書，比如我寫到菲律賓國父——雷沙的時候，需要有關雷沙的參考書，於是中午向他打一個電話，傍晚二十本雷沙的書便送到我家來了；又當我寫到長谷川要槍斃英國俘虜時，需要「日內瓦協約」中有關「國際俘虜」的條例，於是中午又向他打一次電話，傍晚他把三十本「日內瓦協約」的書搬到我家了。

陳宏正不但是我最忠實也是我最富裕的讀者，一個知行合一默默把生命與金錢奉獻給台灣文化的人。一九七九年我回台灣搜集《浪淘沙》的資料與實際勘查故事發生的地點之前，我先寫信請他爲我尋找有關台灣歷史的參考書，到台灣首次與他見面時，他已爲我買了滿滿一塑膠袋的參考書。以後回到加拿大開始寫《浪淘沙》，他不但每月寫信來問候寫作進行的狀況，而且時時自動把對《浪淘沙》有益的書籍雜誌寄贈給我，最後甚至寄了一套遠景出版的《諾貝爾文學獎全集》來給我，拓寬我的視野，間接讓《浪淘沙》放眼到世界文學的水平上。

翁漢義是我太太的妹夫，他是中華航空公司的飛行機師，因爲他太太也住在我們愛城，所以他幾乎每個月都會來回加拿大與台灣一次，過去十年來，《浪淘沙》的原稿及校樣，幾千幾百，厚如金磚，都由他來回傳遞，他眞是上天派給我的綠衣天使，不但郵件不曾失誤，而且替我省一大筆郵費，否則我早就破產，而《浪淘沙》也就無以爲繼了。

以上是《浪淘沙》完成不可或缺的得力助手，爲什麼我會有他們三位來當我助手？我想是因爲我命定要寫《浪淘沙》！

八 文學知友

我的文學知友不勝枚舉，沒有時間全說，現在就舉鍾肇政、鄭烱明、林文欽、林衡哲四位簡單說說就好。

大家都稱賴和是「台灣文學之父」，而我倒想稱鍾肇政是「台灣文學之母」。目前台灣第三代第四代作家，哪個沒得到他的滋潤？哪個沒受到他的愛護？他把「台灣文學」這大家庭的重擔子負在自己的肩上，毫無怨言地養育同一屋頂下的大小孩子，彷彿保姆一般，有誰文章寫得好，他總毫不吝惜加以稱讚，從來不具一絲妒意。在我們十多年的交往中，我總覺得他像我娘家的母親，而我就像出嫁來外國的女兒，當我失意、挫折、沮喪、孤獨的時候，我知道在遙遠的台灣有一顆愛我的心，有一雙溫暖的手臂，等著聽我的訴苦，待我回去投入她的懷抱，我可以恣意地痛哭，因爲在娘家聽不到婆婆的指責與挑剔，有的只是親娘的愛撫與安慰。在《浪淘沙》的十年寫作過程中，我們幾乎每個月來往一封信，他的信總是內容豐富，文辭采麗，讀來如飲甘霖，我一生從來不渴望別人的信，唯一的例外就是他，每每隔了兩個月沒收到他的信，我就急得什麼似地，快筆補一封信給他：「快快給我回信，一個字也好！」果然沒叫我失望，不到幾天，他的信便到了！

一九八三年，《浪淘沙》在《台灣文藝》連載了六期之後，終因雜誌編輯換人，方針改變，而遭到中途停載的命運，我一時茫然，正不知如何是好的時候，幸虧許達然的協助，商得鄭烱明的同意，轉到他與陳坤崙、曾貴海三人合辦的《文學界》雜誌上繼續連載，一連就連了六年，堂堂連載了二十期之多。鄭烱明眞是我的知音，他不但騰出廣大的園地讓我海闊天空地盡情發揮，而且還對我作了豪語：「只要你的《浪淘沙》繼續寫下去，我們的《文學界》就願意無條件爲它維持下去。」他果然一諾千金，後來只因爲我病倒輟筆，《文學界》才於登完了他們手頭最後部分的《浪淘沙》而停刊了。

一九八七年十一月，林衡哲與我剛好都在台灣，他是闊別了故鄉十八年後首次回鄉，而我是因爲重病回鄉，難得有此機會，李敏勇便以「台灣筆會」秘書長的名義爲我們兩人在台北YMCA開了一次歡迎會。林衡哲站起來說了一場話，輪到我時，我病得一句話也說不出來，好在知友李喬自告奮勇上台爲我說了不少好話。會後有一位素昧平生的青年走上來，遞給我一張名片，對我說：「我的名字叫林文欽，我願意出版你的《浪淘沙》。」原來他就是「前衛出版社」的發行人！我當時並不把他的話放在心上，因爲我自認《浪淘沙》既然已經夭折，那麼他的允諾反而加深我心底的痛楚。沒料回到加拿大半年後，有一個晚上，林衡哲打長途電話來告訴我：「我們美洲的『台灣出版社』與在台灣的『前衛出版社』願意聯合起來出版你的《浪淘沙》。」我回答他說：「但書還沒完成，只寫完全書的九十巴仙。」他回答說：「沒關係，就出版已寫好的九十巴仙吧。」這眞是一針強心劑！它不但救活了「東方白」的命，也奇蹟地救活了《浪淘沙》的命，因爲過了半年，我的病終於恢復過來，於是重新提筆，把《浪淘沙》全部完成了！

我現在仔細回憶，爲什麼在《浪淘沙》的寫作十年中會遇到這麼多的文學知友，我想是因爲我命定要寫《浪淘沙》！

九　時機

我以前對自己小說裡的對話並不怎麼在乎，可是一開始寫《浪淘沙》，我就對自己苛求起來，用北京語來寫台灣人的對話已不能讓我滿足，因爲那不像在寫「小說」，那根本就是在寫「翻譯小說」！就像林語堂用英文在寫《京華煙雲》一樣，不眞不實，簡直隔靴搔癢，觸不到痛處。我常常在想，《紅樓夢》的最大成功，在於曹雪芹用他的母語寫他的對話，如果強迫他用台灣的河洛話或客家話寫《紅樓夢》的對話，不必說《紅樓夢》會有今天的成就，恐怕它早已被棄置罔顧不見經傳了，而我們台灣人還苦苦以別人的母語來寫我們小說的對話，起跑時我們就自甘奴才後人一步，到達終點我們落人百步就不言可喻了。我拒絕參加這種不公平的文學競賽！我不能讓我們一百年前的老祖母在《浪淘沙》裡說一口流利的京片子，那簡直是天大的諷刺與笑話！所以我從《浪淘沙》的第一頁起就讓台灣人說全套純正的台灣話，那時還冒著被人戴帽的危險呢！沒想十年後的今天，台灣話在台灣終於大大流行起來，我眞慶幸遇到一個好時機！

台灣人的大河小說——如鍾肇政的《台灣人三部曲》與李喬的《寒夜三部曲》——竟然不提「二二八」這個對台灣人影響深遠的大事件，不但令葉石濤感到遺憾，也爲研究台灣文學的日本學者所詬病。一九八九年五月，當我的《浪淘沙》寫到光復初期的時候，我也像鍾肇政與李喬兩位前輩一樣走到文學與政治的十字路口——到底要冒著小說被禁的危險悍然寫下「二二八」呢？還是爲了保存台灣文學的命脈忍痛將「二二八」割愛？正在左思右想躊躇不決的當兒，有人寄了林雙不編選剛出版的《二二八台灣小說選》來給我，原來在故鄉的親友都勇敢地將這筆「亂倫血債」揭露了，那麼在異鄉的我還何懼之有？於是便放膽在《浪淘沙》中寫了幾則「二二八」時期的動人故事，聊補先前台灣大河小說的缺憾。我竟能適時適地在《浪淘沙》中寫了「二二八」，我的時機也眞再好不過了。

《浪淘沙》的執筆時間是十年，但如果加上寫作前的廣閱資料與完成後的校對修潤，其實前後一共花了十二年，在這漫長的十二年中，小說中的幾個主要角色以及小說背後的一位重要人物——我的父親——一個一個先後凋零，到了今年二月，甚至連最重要的女主角——丘雅信——也以九十三高齡離我們而去。就只差幾個月，想把印好的書送給她親閱都來不及了。人生就是如此無奈，好在她們及時把她們的故事告訴了我，而我也及時把這故事寫成小說，才把她們珍貴的經驗留傳給我們的後代，只要沒錯過時機，我們也不必慨歎了。

以上是我遇到的三個好時機，爲什麼上天會給我這三個好時機呢？我想是因爲我命定要寫《浪淘沙》！

十 結語

做爲這次演講的結語，我想跟大家說一個短短的小故事。

離今天七百多年前，英國牛津大學有一位著名的教授，叫樂奇・培根（Roger Bacon），因爲他身兼聖職，所以大家都叫他「培根神父」。有一天培根神父的一位好朋友不知從哪裡找到一本阿拉伯文的古抄本，便拿來給培根神父看，兩人共同研究的結果是——他們可以依照古抄本裡的指示，製造一個銅人。這銅人不但會說話，而且能夠說出人生最寶貴的秘密。於是兩個人馬不停蹄，立刻開始工作，他們辛勞工作了十年，終於造出了一個銅人，此後兩人便輪流日夜守候那銅人，等待它開口說話。這樣過了三個月之久，因爲日以繼夜地守候，培根神父的好朋友終因心身交瘁而病倒，此後便只好由培根神父獨自一個人看守了。前此還有兩個人輪流接替，現在只由培根神父一個人不眠不休繼續看守，守到第七天，他已經筋疲力竭，連眼皮也張不開了，這時他才不得已把他的老僕人招來，對他說：「你看到這銅人的眼睛已閃閃發光，他的嘴巴已振振欲動沒有？這表示在最近的期間內它就會開口說話，要說出人生最寶貴的秘密，可是我現在連一秒鐘也支持不下去了，我非到隔間的臥榻睡一下不可，所以請你爲我守住這銅人，讓我睡一個鐘頭就好。你如果看見銅人開始說話，就立刻來喊我。」眼看那忠實的老僕人頻頻點頭答應，培根神父才晃到隔間的臥榻上熟睡了起來。果然如培根神父所料，那老僕人才坐下來看守不到半個鐘頭，那銅人便茲茲斯斯說起話來，那老僕人仔細諦聽，只聽見那銅人說：「時機是……」半句話就不說了。那老僕人想，只半句話不便去告訴主人，待聽完全句再去喊他起來，於是便坐著等待下去。過了片刻，那銅人又茲茲斯斯說了：「時機已經是……」半句話又不說了。那老僕人想，依然只有半句，不便去告訴主人，待聽完全句再去喊他起來，於是又坐著等待下去。又過了片刻，那銅人又茲茲斯斯說了起來，這回說的竟是：「時機已經過去了！」全句話了，那老僕人心喜，正待轉身去喊主人，卻不料那銅人頭上電光大作，雷聲大鳴，隨著一聲爆炸，整個銅人已破成千萬塊碎片。這時培根神父已被嘈聲驚醒，他倉惶從隔間衝進來，看那銅人已撒成一地，便搖晃那震昏的老僕人說：「它說了什麼？它說了什麼？」那老僕人迷迷糊糊地回答說：「沒有什麼，主人，沒有什麼，它開始只說了半句：『時機是……』過後又說了半句：『時機已經是……』最後才說了全句：『時機已經過去了！』待我要去喊你起來，它就爆炸了。」培根神父聽罷，搖頭歎息起來：「唉！當它開始在說『時機』的時候，如果你就來把我喊醒，我便可以控制那銅人，叫它說出人生最寶貴的秘密，現在『時機』已經永遠消失了，而我這一生也白活了！」

對《浪淘沙》而言，它誕生的時機在十年前出現，十年以來我都緊緊地擒住它，一秒都不曾放鬆過。從開始我就懷疑我是不是能夠活著完成它？果然不出我所料，在創作的過程中，我病倒了兩次，第二次還幾乎瀕臨死亡的邊緣，但我還是勉強爬了起來，最後終於走完了我命定該走的路！

（以上是我今年——一九九〇——在康乃爾大學「台灣文學研究會」上的即興演講，因爲只是爲讀過《浪淘沙》連載的會友所做的閒話家常，所以事先既不打稿，事後也不想存稿，可是經不起林文欽再三邀請，叫我寫下來放在《台灣文藝》上發表，實在盛情難卻，才憑記憶寫了這篇文章。）

含淚的歡呼
——聞東方白巨著《浪淘沙》完成書感

鍾肇政

東方白老弟：終於接到你的喜訊了。看了一次又一次，熱淚也一串又一串地流下來。爲你苦節十年而心疼，爲我的鼓勵你寫這部鉅作，害你吃了這麼多的苦的罪孽，也爲了你的欣喜——也就是我的欣喜，所以就又傷心又高興地哭了。眞的，你依上封信所言，畫來了十個「！」。好大好大的十個「！」。它們含有多少辛酸及多少血淚啊！這些，該是你我難兄難弟倆才知道的，對不？親愛的老弟，我眞的以你這位老弟爲傲!!

這是我從兩天阿里山之遊，看到山上新陽爆裂出第一道光芒的興奮與感悟後回來，深夜裡披閱東方白來信後，拂開緊灑的熱淚匆促走筆寫下的回信的開頭。

東方白這封告訴我喜訊的信，開頭是這麼說的：「親愛的鍾大哥：《浪淘沙》全文已於昨晚1989.10.22下午七點鐘全部完成」，然後是描成又粗又濃的十個「！」。那十個「！」，像排成整齊隊伍即將出擊的雄偉戰士，也像我與他這麼一對吃盡千辛萬苦的難兄難弟相擁飲泣迸落的淚滴。

是的，《浪淘沙》是在那一剎那寫下最後一個句點的。我深深肯定，這也是台灣文學史上必須記下一筆，也勢必被記下一筆的剎那。東方白爲這部書付出了他生涯中最精壯的十年歲月，他爲此失去了健康，精神差一點崩潰，他也爲它幾乎使生活陷入絕境。數日前，我剛爲施明德的近作《囚室之春——盆栽雜記》一文寫下讀後感，我差不多是用同樣的感動來寫這一篇短文。如果說施君是台灣民主運動的奉獻者，那麼東方白應該可以說是台灣文學的奉獻者。兩者心志的純潔崇高，是無分軒輊的！

《浪淘沙》是於一九八〇年春間開始執筆，到寫下最後一個句點全書脫稿，僅僅差了幾個月就滿十年。東方白從一八九五年日軍侵台的乙未之役寫起，直到戰後的二二八及其後遺的台灣，時間上橫亙整個日人治台的五十年及戰後的動亂歲月，地點則橫跨太平洋兩岸的台、日、美、加以及廣袤的南洋，說這是一部具有廣闊視野的台灣文學史詩，該是再恰當不過了。

與東方白訂交，也是從一個投稿者與一個老編的關係開始的。他投來的第一篇作品就是那篇著名的短篇〈奴才〉。他似乎有意考驗我這名老編的「勇氣」，所以才把這篇在當時來說是極具「敏感度」的作品投來。後來，他在信中說，如果此篇能夠發表出來，他是準備坐牢的。我不知他有沒有想到如果這篇文章賈禍，那麼第一個被送進黑牢裡的，該是我這名老編呀。這些往事，如今回想起來有點令人啞然失笑，因爲我是把〈奴才〉發表出來了（是在我編的當時的「民眾副刊」上），而且也沒有出「問題」，並且若以今日眼光重讀〈奴才〉，所謂敏感度，也是根本不值一哂的小兒科而已。

不管如何，由於有了這樣的經過，所以我與東方白隔著太平洋魚雁往返了幾次，很快地就建立了深固的通信友誼，一下子就兩心相許，形同莫逆。繼而他在信中透露了《浪淘沙》的構想，我便也拍下胸脯同意在《台灣文藝》上發表。記得當時他的預估是全文可能達兩百萬字，而我竟是那麼不知天高地厚地，在他還沒有動筆寫下第一個字就給了他這樣的許諾。

十年來的曲曲折折，在東方白恐怕只能說是一場夢魘吧，在我則只有罪孽深重的愧疚感。它在《台灣文藝》上僅連載了六期約三十萬字，我就把雜誌的經營工作交卸，使它幾乎還在開了一個頭的階段裡就受到頓挫。所幸《文學界》接納了它，才得以繼續發表、執筆。今春《文學界》停刊，這才又一次回到已經屢易其手的《台灣文藝》上與讀者見面。一部鉅著的誕生，不但吸乾了作者十年精血，也必須歷經這麼多的波折，這也許也正象徵了台灣文學本身的苦難步履。

《台灣文藝》第一一九期上，《浪淘沙》發表到戰後部分。我仍是含淚讀完了本書主角之一丘雅信在加拿大被控非法行醫，在法庭上爭訟的一幕。這位矮小瘦弱的女醫生在高大的洋人之間那麼正氣凜然，那麼傲岸不屈，表現出台灣查某的(也正是所有台灣人的)高潔與尊嚴，令人擊節，也令人讚歎。

走筆至此，忽然想到東方白最後寫下的部分，也就是本書畫龍點睛的結尾，根本還沒有寄回到台灣，我就這麼匆忙地在為此書寫這麼一篇短介了。是的，我是這麼迫不及待地要記下我這一刻、這一剎那的感動，也要寫下雅信爭訟情景所給予我的激動。那最後部份提到雨果的《悲慘世界》，似乎也正好點出我們所熱愛的這塊島嶼，正也是一個悲慘世界。其實雨果心中只有愛與光明，恰亦與東方白心中的愛與光明同其脈動。而這兩者——愛與光明，正也是文學作品之所以偉大的要素。

據東方白來信說，他已為《浪淘沙》做了最完美的結尾。他「長久以來的哲學、宗教、思想，全部在此重現昇華」。這一刻，我在未飲先醉之餘，要向東方白說一句：「辛苦了！」並再次含淚為《浪淘沙》這部兩千頁大書的完成歡呼！

一九八九、一一、六

台灣人命運的史詩

葉石濤

我生平讀了不少大河小說的經典名作，其中最令我難以忘懷的大概是托爾斯泰的《戰爭與和平》以及杜思妥也夫斯基的《卡拉馬助夫兄弟》。這種讀書經驗跟世界上任何一個讀書人的經驗是一樣的，問題在於有人問我，那麼你認爲這些大河小說到底什麼地方比一般小說來得傑出或偉大時，我常常思索片刻，竟支支唔唔的談不清。《卡拉馬助夫兄弟》還可以用幾句話一抒感想：譬如說，這本小說是杜思妥也夫斯基把生平惱苦他的思想的、宗教的問題以及有關人類本性的思索予以集大成，用壯大的規模，使用類似推理小說的緊急結構而展開的小說。這樣，大概也說明得了《卡拉馬助夫兄弟》的概念吧？至於《戰爭與和平》就沒那麼容易混過去，因爲這部小說好似浩瀚的大海洋無所不包。我通常用一句話來形容《戰爭與和平》，那便是這部小說把「整個俄羅斯的天空」都寫進去了。那麼什麼叫做「俄羅斯的天空」呢？簡單講應該是俄羅斯的人民和土地，講得更清楚一點，是俄羅斯這塊廣大土地的民族精神、族性、歷史、文化傳統、生活模式、宗教、科學、教育、風俗等等都描寫出來了。《戰爭與和平》就是俄羅斯，俄羅斯就是《戰爭與和平》。唯有靠反映時代、社會變遷最適宜的寫實主義技巧，托爾斯泰才能做到這一步。可是，《戰爭與和平》達到世界文學史上這麼偉大的境界卻不是靠一些文學技巧所達到的；什麼心理描寫、意識之流，浪漫與超現實等雖然在《戰爭與和平》的文學技巧上可以看到其運用，但《戰爭與和平》並非靠這種「雕蟲小技」而有非凡的成就。簡言之，所謂「偉大」的小說都有一個共性：那便是它的小說世界不能用任何一派的文學技巧去界限；因爲這些小說所應用的技巧是綜合性的。綜合性的意思就是說在這些小說世界裡，你如果刻意要追蹤符合心中意象的任何技巧都可以找到；反過來說，這些小說呈現的平庸面貌應該是「無技巧的技巧」，亦即綜合性的寫實罷了。

在台灣新文學的七十多年漫長歷史上，我們也擁有逼近「偉大」小說的大河小說。從鍾肇政的《台灣人三部曲》、李喬的《寒夜三部曲》以至於最近才出版的東方白的《浪淘沙》。由於時代禁忌的關係，鍾肇政和李喬的三部曲都寫到戰爭結束前後，波瀾重疊的二二八事變以後的史詩並沒有寫進去。這固然無損於這些大河小說的歷史性價值，但總是讓人覺得遺憾。

東方白費十年艱辛多難的日子完成的一百多萬字《浪淘沙》卻是把這戰後的動亂刻畫在小說世界裡的大河小說。鍾肇政說：「《浪淘沙》爲我們展現了台灣自淪日時起直到當代的歷史風貌，並以三個家族裡的三代人的人事滄桑與悲歡離合，來印證時代巨輪的運轉。」這句話大概能說明《浪淘沙》的一般性意義。林鎭山說：「《浪淘沙》在論斷風情世事的時候，已經超越了人爲的界線，例如種族、國籍。」這也掌握了《浪淘沙》的鮮明特徵：亦即這部小說具有國際性性格。陳明雄引用王育德的話來評估《浪淘沙》說：「用台語寫出一篇好作品，比寫一百篇論文來鼓吹台語更有效力。」這就是說，《浪淘沙》有濃厚的本土性性格，小說中對話都用台語寫出。

由上述的各種見解我們可以看出《浪淘沙》禁得起從各種角度去探討。這意味著這部台灣人命運的史詩是由巨視性的世界觀點來凝視台灣及台灣人的歷史性遭遇，又能站在本土性的土地和人民的立場來透視台灣人命運的小說。從來沒有一部台灣小說帶有這種超越國界、人種的超然立場。這使得台灣人的歷史和生活和整個世界的歷史動向結合起來，使台灣人成爲整體人類中的一個成員。此外，《浪淘沙》的小說技巧應該是綜合性的寫實，這也使得這部小說有可能成爲「偉大」小說系譜裡的一份子。

《浪淘沙》主要家系人物表

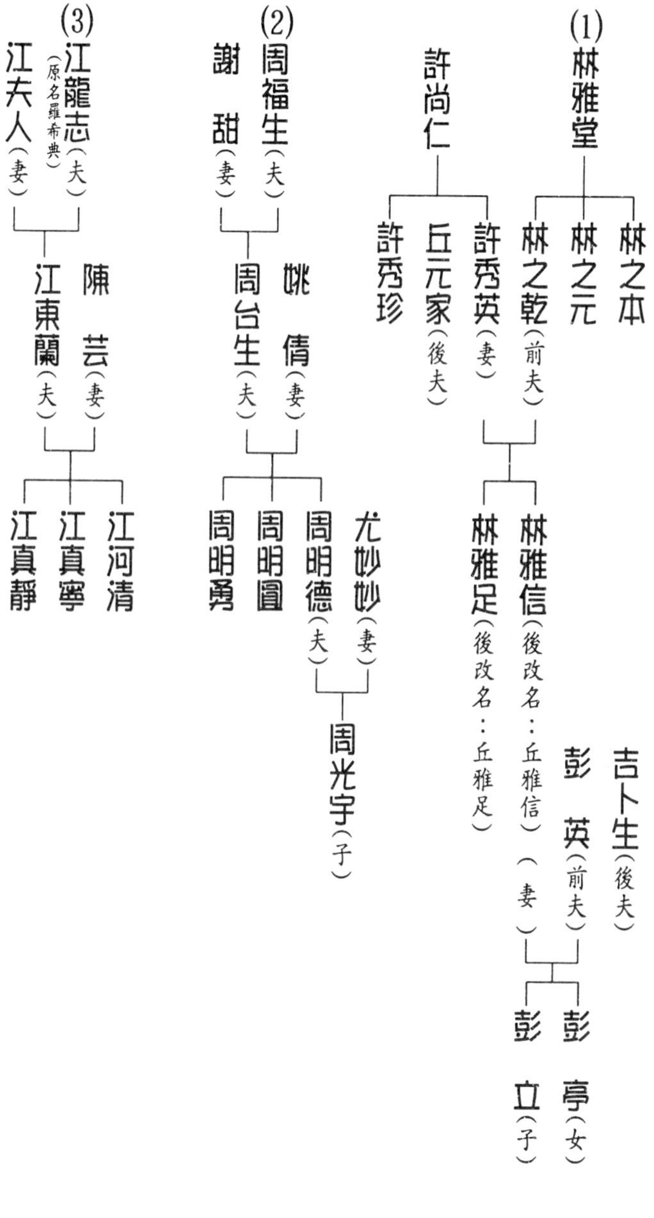
(1)
林雅堂
林之本
林之元
林之乾（前夫）
許尚仁
許秀英（妻）
丘元家（後夫）
許秀珍
林雅信（後改名：丘雅信）
林雅足（後改名：丘雅足）
吉卜生（後夫）
彭英（前夫）
（妻）
彭亭（女）
彭立（子）
(2)
周福生（夫）
謝甜（妻）
姚倩（妻）
周台生（夫）
尤妙妙（妻）
周明德（夫）
周明圓
周明勇
周光宇（子）
(3)
江龍志（夫）
（原名羅希典）
江夫人（妻）
陳芸（妻）
江東蘭（夫）
江河清
江真寧
江真靜

浪淘沙

上

序幕～
淘　第十三章

序幕

一八九五年五月二十七日薄霧朦朧的早晨，有一艘叫「橫濱丸」的日本軍艦由台灣海峽悄悄駛向淡水河口。當那軍艦駛近淡水港外的沙灘，速度慢慢減低下來，隨著，艦尾那懸著鉛錘的測深器也轆轆地沉入海中，當那鉛錘重新露出海面，在旁監測的艦長發現那鉛錘線在無意之中曳上來兩塊石頭，他認爲這是很好的兆頭，於是把那兩塊石頭拿去呈獻給正在艦橋上用望遠鏡眺望淡水港的一位留有魚尾髭、滿胸勳章的將軍，恭恭敬敬地說：

「稟將軍閣下，這便是閣下要赴任的大日本帝國新版圖的初獲之土。」

這位所謂的將軍，便是最近在日本京都大本營被日皇任命的首任台灣總督樺山資紀。他於二十年前因海上遇難的琉球漁民被台灣的牡丹社生番所殺而參加了當時在楓港沙灘登陸的戰役，之後由陸軍少佐，一路擢升到海軍大將，被封爲伯爵，又當了內務大臣，最後被任命爲「台灣總督」。

樺山總督把望遠鏡放下來，只對那艦長點一下頭，卻默默不發一語，又嚴肅地把望遠鏡按在眼睛上，就在那雙望遠鏡的鏡框裡，又出現那剛才便已看見的「藍地黃虎」的旗幟在礮台的旗桿上飄揚，那便是兩天前在台北成立的「台灣民主國」的國旗。從日本出發時，他原以爲可以兵不血刃長驅直入台北城，現在才發現不但台北城已有重兵守衛，甚至連淡水也有了森嚴的戒備。因此他只好令艦從淡水折回，在同一天下午，著人從艦上打了一通電報給日本的大本營說：

「就台灣目前狀況，欲依原來計劃進軍已非可能，乃改變由台灣北部三貂角附近進軍，鐵定五月二十九日登陸。」

浪

第一章 清國奴

一

澳底是面對太平洋的一個小漁村，恰好在鼻頭角與三貂角的海岸中間，本來是個避風的漁港，但因爲港內還有一大片平地，於是便有人在那土地上墾荒，並且蓋起了幾間茅房，終於形成了幾十戶的小村。其中最大的一家農戶姓吳，他們有五個兄弟，照排行依次叫「順伯」、「順仲」、「順叔」、「順季」、「順五」，其中前四個兄弟都早已娶親生子了，半年前輪到順五娶親時，因爲女方親家是基隆書香之家「許尚仁」，許家的祖先出了幾個秀才和進士，爲了配合對方的門戶，吳家才在原來茅房的旁邊蓋了一間紅磚四合院，這便是澳底有史以來的第一間紅磚厝。

二

這天天空陰霾，強烈的東北風從太平洋上吹來，在漁港的岩石上沖起漫天的浪花，使得小港內的那五、六隻破舊的老漁船也咿唔地呻吟，不得片刻的安寧。

傍晚，全村的五、六十人都圍在吳家紅磚厝前的曬穀場上，你一句我一句地討論著這天在澳底一帶海岸所發生的事情：這天早晨，有人看見兩艘掛日本旗的軍艦，在三貂角的海面下錨，然後從中午開始，有幾艘登陸艇駛近澳底南面那段平坦的沙灘，想在那裡登陸，大概因爲風急浪大的關係，沒能駛近海灘，所以那些日本兵都從小艇跳進水中，涉水走上沙灘來。下午村裡的人便看見一隊由頂雙溪開來的兵勇，穿著顏色鮮明的大袖短褂，胸前與背後都貼著大紅心，揹著槍，扛著刀，浩浩蕩蕩從村前走過，說是要去把海灘上的日本兵掃到海裡去。可是才過不了多久，也沒聽見幾聲槍聲，便見那原班人馬從海灘潰敗下來，又從小村走過，對著頂雙溪落荒而逃。現在兵勇既已退去了，而在可意料的未來，那日本兵就要來了，他們這漁村的人該怎麼辦呢？這便是這時人人懸在心裡的問號。大家雖然心照不宣，但每個人的臉上卻像頭上的陰霾一般，被重重的驚懼與不安籠罩了……

「佮❶𪜶❷打嘛，即割日本鬼有什麼了不起？橫直我有即支槍，𪜶欲來就來嘛，看𪜶敢上我的門，就給𪜶一槍，看我割𪜶一蕊耳仔，用鹽豉❸起來。」

那個綽號叫「獵狗」的農夫一邊說，一邊用碎布擦他那支立在地上的火繩槍。他年紀才十九歲，農閒時老愛上山打雉雞與山鹿，所以全村的人才叫他「獵狗」，而他也以「獵狗」自居，不以爲忤。

「你⿰犭肖❹是否？⿰亻南❺有幾個人？猶沒到一百個咧，欲佮𪜶打什麼？人有槍，有礮、有船，人不知

❶佮：台語，音(kah)，意(與，和，跟)。
❷𪜶：台語，音(in)，意(他們，他的，他們的)。
❸豉：台語，音(sï)，意(食物加鹽以久藏)。註(ï表鼻音的i，如chï(精)，kï(粳))。
❹⿰犭肖：台語，音(siau)，意(瘋，狂)。
❺⿰亻南：台語，音(lan)，意(我們，包括聽話者在內)。

有幾千幾百個咧，阿㑲幾支槍？只有你獵狗一支而而❻，其他欲用拳頭去佮人打是否？打一棵蘭❼咧，我看不如由山路走較實在。」長有一撮山羊鬍的老長伯說。

「由山路走欲安怎走？你只有想你家己❽，你有想著別人抑沒？㑲莊有一半是查某人，大家攏綁腳，你欲叫𪜶安怎走？由基隆來攏是坐船來的，一世人連路都不曾行過，現在叫𪜶爬山，猶有囝仔，猶有出世嬰仔，叫𪜶爬山？叫𪜶爬天咧……我想只有坐船一條路。」黑肉欽仔說。

「戇猴，你欲去找水鬼是否？這什麼天？東北風吹到厝頂都欲飛去，你𣍐❾記舊年阿海仔扒船欲去基隆，也是即種天，風猶沒即倪❿大咧，伊就在海裡扳船⓫，身屍給鯊魚吃到春⓬無一塊，你欲死做你去死，我才不佮你去找水鬼咧。」大耳坤仔說。

這時一直沉默的吳順伯終於做了一下手勢要大家安靜，每個人果然都閉了嘴安靜下來。吳順伯看看四周，知道了大家都傾耳想聽取他的意見，他才用一種莊嚴的音調對大家說：

「欲由山走抑是由海走攏不是好辦法，十年前大家猶會記得未？西仔造反，來㑲澳底，就是因為全莊攏走了了，一個人都沒留落來，所有的厝佮所有的船才給西仔燒了了，害㑲復⓭起規⓮半年

---

❻而而：台語，音(nia-nia)，意(而已)。
❼蘭：台語，音(lan)，意(屌)。
❽家己：台語，音(ka-ki)，意(自己)。
❾𣍐：台語，音(boe)，意(不會)。
❿即倪：台語，音(chia-ni)，意(這麼)。
⓫扳船：台語，音(ping-chun)，意(翻船)。
⓬春：台語，音(chhun)，意(剩下，剩餘)。

才起到今日即款。即回日本仔來，㑮若復走，㑮的厝又欲給日本仔燒了了，我看上好的辦法是㑮攏漫⑮走，㑮來去佮日本仔講和，趁伊猶未來㑮莊進前，派人去佮伊講和才有路用，等伊來就尙⑯慢囉。」

「但是你欲去佮伊㤜講什麼和？」黑肉欽仔問道。

「㑮來去佮伊講，講㑮這漁村，只有掠魚的和做田的，沒兵也沒槍，絕對𣍐佮伊㤜抵抗，不通來刣㑮，看欲獻糧抑是欲獻銀，做⑰伊講，㑮給伊㤜就是，但是千萬不通來刣⑱㑮。」吳順伯說。

「講，較簡單咧，好啦，給你去講，但是㑮講台灣話，伊講日本仔話，你安怎佮伊講會通？」老長伯說。

「我聽講伊日本仔官攏訊⑲漢字，㑮就用筆寫漢字就好，何必用嘴佮伊講？」吳順伯回答，臉上露出溫和的微笑。

「著啊，安倪⑳也是著啊，大家爲什麼沒想著即點？」大耳坤仔心悅誠服地說。

於是吳順伯便叫吳順仲去紅磚屋裡找文房三寶——筆、墨、硯來，但找了許久，才見吳順仲

---

⑬復：台語，音(koh)，意(又，再)。
⑭規：台語，音(kui)，意(幾乎)，引伸(全—如規日，規路，規車，規船，規陣，規氣)。
⑮漫：台語，音(mai)，意(不要)。
⑯尚：台語，音(siü)，意(太)。
⑰做：台語，音(choe)，意(只爲，只管)。
⑱刣：台語，音(thai)，意(殺)。
⑲訊：台語，音(pat)，意(認識)。
⑳安倪：台語，音(an-ni)，意(這樣、如此)。

空手出來，對吳順伯說：

「找攏沒啦，倆半世人也罕得寫字，一時欲去嘟位找？」

吳順伯皺起眉頭，正躊躇間，卻從人群中間走出了一個亭亭的少婦，才二十多歲的年紀，穿著一件繡花的大裀衫，梳了一個大螺髻。她便是吳家的新媳婦，吳順五的太太，名叫「許秀珍」，她對吳順伯說：

「大伯、二伯若找沒，我有啦，舊年嫁來的時陣，阮老爸驚我嫁來有時欲㉑寫批㉒寫帖，所以送我一塊墨盤，佮墨、筆做我的嫁妝，我即馬㉓來去箱仔內找。」

秀珍說完了就進紅磚厝去了，不一會兒端出了一塊青石雕龍大墨盤和筆、墨，都交給吳順伯。吳順伯拿在手裡，思想了一會說：

「即倪多我欲安怎提？等一下猶欲提紙佮水，也著有人幫我提才會使。」

「大哥，我幫你提啦，倆仝陣來去。」吳順仲說。

「大哥，二哥既然欲去，不如倆五個兄弟攏做陣來去，人多也較有膽，也會使互相照顧。」吳順叔說，又對吳順季和吳順五望了望，以徵求他們的同意，而他們也都點頭同意了。

於是他們五個兄弟分別拿著筆、墨、硯、紙和水罐，排成一列，沿著海岸向日本兵登陸的沙灘走去……

㉑欲：台語，音(beh)，意(要)。
㉒批：台語，音(phoe)，意(信)。
㉓即馬：台語，音(chit-ma)，意(此刻，馬上)。

三

望見他們已走了一段相當的距離，秀珍才突然想起什麼似地，對仍然在擦火繩槍的「獵狗」說：

「獵狗哥仔，你踮㉔在伊後面去看覓㉕好否？你身軀也有槍，萬一有什麼代誌㉖，也才有人通轉來報。」

獵狗應了一聲，也就隨在那五兄弟的後面走到澳底南面的沙灘來。在半路上的一塊咾咕石旁，他發現了四具清國官兵的死屍，一個頭炸開了，兩個胸中了槍，另一個看不出傷在哪裡，都躺在血泊中，他越過屍體繼續走，最後他躲在那一列林投樹的背後，遙望那五個兄弟從容不懼地走近那沙灘上的日本兵營，這時那沙灘上堆了一箱箱的補給與彈藥，步槍都倒立交架在沙上，不但看得見來回走動的日本兵，而且還看得見幾隻搖頭擺尾的馬匹，海風吹向岸上，夾著一聲聲劃破天空的馬嘯……

突然聽見幾聲日本兵的狂叫聲，有十來個日本兵戴著圓筒舌帽，黑制服，白綁腿，提著上了刺刀的來福槍，由一位手舉長彎刀的軍官指揮著，慢慢把吳家的五個兄弟包圍了起來，才見到那五個兄弟把筆、墨、硯、紙和水罐舉到頭上，想向日本兵走近一步，便聽見劈劈拍拍的一連槍

㉔踮：台語，音(toe)，意(跟隨)。
㉕看覓：台語，音(khoā-mai)，意(看看)。
㉖代誌：台語，音(tai-chi)，意(事情)。

聲，那五個兄弟便一個個無力地垂頭彎腰，橫七豎八地倒在沙灘上了……

「死日本鬼仔！死日本鬼仔！好好加我等咧，等您㉗上我的門，就看我給您一槍，看我割您一蕊耳仔，用鹽加您豉起來！」獵狗一邊詛咒著，一邊跑回澳底去。

這同時，那剛才放槍的日本兵已走到那五個兄弟的面前，用刺刀刀尖在搜索他們身上的衣物……

「他們沒有槍嘛。」一個日本兵說。

「他們也沒有刀嘛。」另一個日本兵說。

「你看！他們拿了一支筆，還有墨，還有硯……幹嘛的？」隔了一會第三個日本兵說。

那幾個日本兵把拾到的筆、墨、硯、紙和水罐都送到那日本軍官的面前，那軍官檢視了一會，又把它們扔回沙灘上，他慢慢把那支彎刀插回刀鞘，一邊迷惑地搖搖頭，自言自語地說：

「眞不可思議啊，這些『清國奴』！」

㉗您：台語，音(lin)，意(你們，你的，你們的)。

第二章 唐山過海

一

一個月來，廈門人心惶惶，到處都流傳著謠言，說日本海軍已經把台灣的海岸全部封鎖了，任何從淡水或基隆出入的外國船隻，都受到日本海軍的搜查，唯恐船隻偷運中國兵勇和補給彈藥去協助在台灣抵抗日本軍隊的台灣民主國的官兵。因此前一天開到淡水去的豪華舒適的道格拉斯公司的大輪船「美麗島」號便拒絕搭載中國旅客，可是卻有另一家公司的一隻小輪船「廈門」號，雖然平常只用在沿海行駛而不適於大海航行，但船主卻爲搶這筆千載難逢的好生意，答應載送被「美麗島」號拒絕的中國旅客和貨物，只是船主事前給船長下了一道命令，萬一輪船在淡水受阻未能入港，船長可以把船駛回到廈門來，因此這輪船便預備了額外的煤，裝在許多厤袋裡，隨處堆放在那本來就已經不寬敞的甲板上。

二

周福生同其他一百多個船客立在「廈門」號停泊的碼頭上，等待上船，他已經在廈門等了三天，終於聽說有小輪船願意載客到淡水，所以他早上才用四個銀元買了一張船票，來碼頭等船。

那碼頭上的漢人大部分都是衣衫襤褸的貧民或做粗工的工人，因爲在廈門找不到工作，才想趁台灣富豪縉紳紛紛往大陸逃難之際，到台灣去找些搬家苦力的零工，說不定有人還抱著發國難財的一點渺茫的希望。但周福生卻不是這等人，他是個木匠，在福州出生，十五歲便隻身渡海到台灣謀生，由學徒學起，做到木匠師父，後來在艋舺開了一家木器行，並娶了一位基隆的女人謝甜做太太。三個月前因爲父親去世，周福生才坐船趕回福州奔喪，把謝甜留在艋舺看顧店門。哪裡想到北方的戰爭不但沒能終止，反而漫延到台灣去。福州的母親和親戚們勸他留在福州，別回台灣去，怕那裡危險，但他卻堅持要趕回台灣去，說既然娶人做妻，就得跟妻子白頭偕老，豈可臨難逃脫，不顧妻子死活。乃想由福州坐船直回台灣，可是因爲戰事的關係，福州卻不再有到台灣的船隻航行，聽說廈門比較有船往台灣去，才坐了沿海的小船來廈門等船，現在他已買到船票，而且船就靠在碼頭邊，他終於放下一顆心，不再像一個月來那樣焦急如焚了。

有一塊木板斜放在「廈門」號的甲板與碼頭之間，碼頭上的船客開始踏著木板走上小輪船的甲板去了。一個漢人的大副，穿著白色的制服，卻仍留著辮子，踩著黑布包鞋，站在甲板的入口檢查每位登船船客的船票……

「船票？」他對每位上來的船客說：「好！上來，要把船票小心收好，等船開了還要查票！」

有一位船客對那大副說了些話，但那大副卻搖搖頭，用食指指著自己的耳朵說：

「我臭耳人❶聽不見，說大聲一點，用手比也可以！」

❶臭耳人：台語，音(chhau-hī-lang)，意(重聽者)。

那船客只好一邊更大聲對大副說，一邊還用手比劃，他才領會了那船客的意思，回答他說：

「沒有，沒有，船上沒賣票，也不能補票，這是船公司的規定，你要坐船就要買票，就在碼頭上面有得買，四塊銀元一張。」然後他對下面另外一位船客喊話。

那些船客都持著船票魚貫走上甲板，周福生注意到他前面的一位船客，站在木板梯頭躊躇不前，好像忘了東西想回到碼頭去拿似地，可是當那大副不注意的時候，他卻快步跟上另一位持船票的船客溜上甲板。周福生看在眼裡，他皺皺眉頭，但不作一聲，默默把船票送前去給那耳聾的大副看。

所有船客都上船之後，周福生倚在甲板的欄杆上等了許久，然後才看見一個大紅鬍子的英國船長走上船，那大副先給他敬了禮，而後那船長就俯在大副的耳朵說了些話，大副聽了又回答那船長幾句話，那船長才搖搖頭嘆一口氣，快步跑到上層甲板的駕駛艙裡去。

過了半小時，才見一個穿制服的印度人，戴包頭，一身黑炭，醉醺醺地爬上甲板，口袋還插了兩瓶威士忌，走到船底層的輪機艙去了。大副一見那印度輪機師消失在艙口，立即做了一個手勢，便有兩名漢人水手走過來把木板梯拉到甲板上，不久，三聲汽笛的長鳴，接著便聽見隆隆的輪機聲，船便慢慢移開了碼頭，駛出廈門與鼓浪嶼之間的海灣，再越過金門島，駛進了廣袤無邊的台灣海峽……

三

這小輪船只有兩層甲板，因為本來不是載客用的，所以上層甲板也沒有客艙，只有那間環顧四方的駕駛艙，那大紅鬍子的船長就在艙裡運轉輪盤，其他一百多個船客便侷促在下層甲板所剩的狹窄空間裡。因為多載了一倍的煤，又裝了過多的貨物，那船身便深深地沉在海裡，下層甲板離水不過幾尺而已。船一出海便遇著強烈的東北風，但船仍不辭勞苦，逆著大浪前進，那些可憐的小船客，因為怕冷，都擠在一堆，每當船身傾斜之際，因為船低，海浪都打到甲板上來，有時甚至整個甲板都沒入水中，這時哀號之聲便迸然四起，比那天空的風聲更加淒厲，大家都以為要葬身魚腹了，只有等那甲板重新又從水中浮起，才又鬆了一口氣，覺得又拾回了一條生命。

因為風浪出乎意料之大，船長只好暫時把船折回福建的海岸，靠岸前進，這樣行駛了三小時，風浪終於減退了，於是才又把船轉到原來東北的方向，對著淡水方面駛去，這時船上的查票開始進行了。

那個大副領著另兩個漢人水手在下層甲板上逐一檢查船客的船票，檢查完的走到另一端甲板去，檢查了好半天，最後只留下三個船客在甲板的這一端……

「我船票丟掉了。」

其中的一個船客對大副說，大副聽不見，於是才由身邊的一個水手大聲地俯在大副的耳朵上叫說：

「他船票丟掉了！」

「胡說，你根本沒買船票，還騙我說丟掉。」大副搖搖頭說。

「我很窮，買不起船票。」

第二個船客對大副說，大副還是聽不見，於是又由那原來的水手俯在大副的耳朵叫說：

「他沒有錢可以買船票！」

「這也胡說，你沒有錢可以買船票，卻有錢去買鴉片。」大副又搖搖頭說。

輪到第三個船客時，他什麼話也不說，只暴出那幾顆黃牙，對大副傻笑，彷彿對他表示：

「怎麼樣，我不買船票就是不買船票，人肉鹹鹹，你剝我的皮不成？」

「跟我去見船長！」

大副對那三個人說，於是他領前頭，由那兩個水手押著，把那三個人帶到上甲板的駕駛室來。船長對他們三個人看了看，也沒說什麼，只做了一個習慣的手勢，那兩個水手把那三個人的辮子吊在甲板上的蓬樑上，讓他們隨著船身規律的傾側而哀天呼地地哭叫起來……

這樣哀號了一陣子，那個原來說船票丟掉的客人終於從袖子裡的什麼地方摸出了四塊銀元交給大副，才由水手解開了辮子走下下層甲板去。而另外那位說沒有錢可買船票的人在多拔了幾根頭髮之後，也搜遍了全身上下，摸出了一塊銀元及另外一小串文錢交給大副，大副也叫水手把他的辮子解了，走下下層甲板去。剩下那最後一個卻堅決不肯付錢，只雙手抓住頭髮，像隻搖擺的陀螺在甲板上打轉，哀號之聲震動了整隻船……

「伊奶爸爸強！沒錢就不要坐船，何必給人欺侮到即倪❷肝苦？」

周福生嘴裡詛咒著，爬到上層甲板去，從懷裡拿出四塊銀元，遞給那大副，大聲地說：

「這船票錢拿去，給他放啦！給他放啦！」

那大副拿著那四塊銀元走進駕駛室跟船長說了幾句話，那船長望著周福生，對大副點點頭，才命那漢人水手解下那人的辮子，讓那人走下樓梯，而那人也不知究裡，只以爲船長拗不過他而終於放了他。他也就像戰場的勝利者，帶著得意的微笑回到他朋友那裡，大聲地說：

---

❷即倪：台語，音(chia-ni)，意(這麼)。

「欲加我含蘭咧！一根頭髮都抽我不斷，還有什麼了不起？哼！」

四

這是一次驚險的航程，那海上的風浪不但沒有停息，而且天天遇到曉霧，有時還會有巖礁突然出現在船頭，若不是船長機警轉變行駛方向，船就會遭到觸礁沉沒的惡運了。

第二天傍晚，天已快全黑了，倚在甲板欄杆的周福生忽然聽見駕駛艙的鈴聲大作，原來船長發現船頭不遠處有一大片模糊的陰影，可能是巖礁的樣子，他驚慌萬分，把變速針忙拉到倒速的位置，命令底艙的輪機師倒速，卻不見有何改變，用通話筒向輪機師喊話，也不見回應，才拉了警鈴，不見大副上來，只有一個漢人的水手跑上來，船長命他去把大副叫來，大副來了，船長俯在他耳朵大聲說：

「去叫輪機師倒速！」

「你講什麼？較大聲一點！」大副說。

「去叫輪機師倒速！」

「你講什麼啦？」

那船長終於暴跳如雷，咒了一聲，把舵讓給大副去掌，自己爬下兩段樓梯來到輪機室的通風口，向下面大聲喊叫：

「倒速！倒速！」

他喊完了之後，又狂吹他胸前的那支笛子，可是仍沒聽見有什麼回答，他驚駭到了極點，眼看那巖礁已這麼靠近了，恐怕連躲開都來不及了，於是他奮不顧身衝到最底層的輪機室，才發現那印度輪機師醉倒在輪機旁，呼呼大睡。船長忙把輪機倒開，等再跑上駕駛艙把大副推開時，那片陰影已挪到船尾去了，原來那不是巖礁，只是一團濃霧！他在胸前劃了十字，閉住眼睛感謝了一番上帝，然後睜開眼睛，開始咬緊牙根詛咒起來……

五

經過三天三夜與暴風搏鬥之後，「廈門」號終於平安駛近台灣，雖然那甲板上的船客個個都濕漉漉像落湯雞，卻禁不住船靠岸時心裡的欣喜與狂歡，他們已經把那場暴風拋諸腦後，個個都靠在欄杆上，迎著如醉的微風和那初出和煦的陽光。這時，那澎湃的波浪已經完全靜止了，船平穩地在如鏡的海面上滑行，只在船頭劃了兩道柔和的漣漪，向兩舷傳開去……

周福生也跟其他船客立在船頭欣賞眼前如畫的風景，那廣闊的淡水河在陽光下閃閃爍爍地顫抖著，河面漸遠漸窄，最後消失在帆檣林立的群船之中。河的右邊，矗起在那片沙洲之上的，便是那蒼翠的觀音山，山腰叢生著綠草、竹林和榕樹，幾座茅舍和村屋錯落地點綴其間。在河的對岸與觀音山遙遙相對是那豐滿如奶的大屯山，順著那緩和的山腰，看得見一大片茶園，可是那山腳卻忽然變做一畦畦水田，迤邐而下，直到海邊，淡水這小鎮便靜躺在河與海的交界處，在那一簇低矮的民房之間，看得見中國海關的白色建築，那屋上的旗桿空空的什麼旗也不掛，在海關的後面聳起一座小丘，丘上巍然聳立著那座紅磚建造的「紅毛城」，仍然如三百年前西班牙人新造時的雄渾與壯觀，稍遠一些便是加拿大傳教士馬偕的教堂和西洋風的神學院了……

六

「廈門」號先在海關前面的河上拋錨，等「台灣民主國」的官兵上來檢查，過後才又起錨，靠上碼頭。那木板梯從船上放到碼頭上後，船上的船客便蜂湧奔下板梯，像烏鴉般地散開了……周福生並不像其他人那樣匆忙，他一直等到幾乎所有船客都下了船，才整理一下衣裳，打算走下木板梯去，突然有人用手搭在他的肩膀，對他說：

「請等一下，你這位先生。」

周福生回頭看時，才發現對方是船上的那個漢人耳聾大副。

「有什麼事？」周福生也學那船長俯在大副的耳朵說。

「船長有話想跟你講，請你上駕駛艙。請，請……請這兒走……」

周福生跟著大副爬上那通往上層甲板的鐵梯，來到駕駛室，他看見那大紅鬍子的船長經過三天不眠不休的辛苦航行之後，好難得現在終於能夠輕鬆地躺在一張大藤椅上抽著一支紅色的大煙斗，就在船長的右手邊有一隻放煙灰缸的小几，几上還疊了四塊的銀元。

「請坐，請坐。」船長用英國腔的廈門話說，他從椅子裡坐直起來，甚至還向前傾身，很有禮貌地爲周福生指著一隻小木板櫈，示意請他坐下。

周福生悄悄地坐下來，也不開口，只盯著那船長，等他說話。

「我請你來的原因是要將這四塊銀元還你。」那船長拿下煙斗對周福生說：「你知道，我處罰不買票的船客，只是爲了警告其他人，坐船要買船票，這是公司的規則，不然大家都來坐沒錢船，這公司如何開？所以你這四塊銀元拿回去，像你這樣的漢人實在很少，我實在很感動。」

船長說罷，順手拿了小几上的那四塊銀元，想遞給周福生，但周福生卻雙手把那銀元推回去，順勢站了起來說：

「漢人雖賤，也不是每個漢人都賤。要坐船就要買船票，這是你們公司的規則，一個也不能例外。這錢你拿去，我絕對不收回。」

周福生轉身走出駕駛艙，又走了兩段樓梯，慢慢下了船。當他來到碼頭，不自覺回頭對那輪船做最後一瞥，他看見那船長已走出了駕駛艙，彎著他那巨大的身體，把雙肘放在甲板的欄杆上，煙斗還插在上衣的口袋，微笑地向他揮別……

第三章　台灣民主國

一

周福生付了一塊銀元，坐進了一隻由淡水到大稻埕的老帆船，逆河而行。因爲不是順風，那破爛不堪的布帆雖然掛在檣上，也不能使船增加多少速度，因此那個辮子盤在頭上的中年船夫只好在船尾搖櫓來幫助帆船前進……

周福生望著漸行漸遠的海關那白色建築，他又望見那沒有旗幟的空旗桿，不禁好奇地自言自語地問起來：

「彼旗桿頂哪會沒旗仔？會記得以前不管時攏掛彼清朝的三角旗。」

「你也不知影？」那船夫自動回答說：「幾日前啊，台灣民主國不是在台北府衙成立？就在這港口的大礮台頂升起虎旗，猶放二十一門禮礮咧。這海關的稅務叫做馬賽啊，伊是清國派來的凸鼻仔，新政府叫伊掛虎旗，伊安怎講呢？伊講伊是爲大清帝國收稅，不是爲台灣民主國收稅，所以𡁜使❶掛虎旗，新政府也沒強迫伊掛虎旗，只有叫伊將清國的青龍旗降落來，復通知伊新收的

❶𡁜使：台語，音(boe-sai)，意(不可以，使不得)。

關稅愛交給新政府，復等幾日就欲派漢人來接管。」

「聽講日本軍艦也有來淡水海口探水深，不知有影抑是沒影？」船上的一個商人打扮的乘客問。

「哪會沒影？我親目看見的啊，彼日啊，有兩隻軍艦停在港外不敢入來，派一隻小汽艇來，好大膽哦，彼汽艇果敢駛入港口的彼片沙埔，靠到港內英國礮艇身邊，向礮艇頂的英國兵仔探消息，沒外久，才復駛出去港口。」

「倆的兵沒看見是否？」

「我都有看見，偲哪會沒看見？有啊，也有一個中國軍官，帶一隊兵在岸頂走來走去，叫偲去掠❷彼割❸日本兵，也沒掠著，等彼汽艇駛過沙埔轉去的時，才有附近的中國兵加偲放了兩、三門槍，也沒什麼震聞，連一點反應都沒，做偲駛到外海去。」

二

周福生對打仗的事情似乎不怎麼關心，但他對於船夫剛才提過的「台灣民主國」的事情倒十分有興趣，於是他就趁大家沉默的時候問那船夫說：

「我抵才❹由福州轉來台灣，也不知影『台灣民主國』的代誌，你敢知影？」

❷掠：台語，音(lia)，意(捉)。
❸彼割：台語，音(hit-koa)，意(那些)。
❹抵才：台語，音(tu-chia)，意(剛剛)。

「知影啊，哪會不知影？講什麼台灣人反對台灣割給日本，家己起來宣佈獨立，也有打電報去給北京佮其他各國，通知怹『唐巡撫』以後改做『唐總統』，彼日也在台北撫衙做民主國成立典禮。彼日我的船抵好靠在大稻埕，我也想欲去看鬧熱，但抵好❺落雨，雨毛仔霎霎，也沒外多人，一切佮平時沒兩款，揀茶的做伊揀茶，做茶箱的做伊做茶箱，油漆的做伊油漆，街頭也沒掛旗，也沒放炮仔，孤撫衙內面真多人，撫衙前仔真多旗，各種色彩攏有，其中也有兩面大旗寫『台灣民主國總統』，在即割❻旗的頂頭，有一面新國旗，就是港口礮台頂彼款的虎旗，尾溜長長長，比實在的虎猶較長。」

「有聽見人列❼講，台北現在真亂，刣人放火，土匪真多，我想敢有影嘎？」一個工人模樣的船客說。

「才有影而而？根本就是真的！不但台北，根本四界也攏是土匪。若孤土匪出來做土匪也好；上驚的是連官兵也出來做土匪。不但在城內搶；也到莊腳來搶……就是對面彼八里坌❽啊……」船夫停下櫓，手指淡水河對岸觀音山腳下的那一簇簡陋的小村叫大家看，然後繼續說：「彼莊也有土匪來搶，聽講是駐紮在附近營裡的廣東仔兵，將莊裡的查甫人❾趕出去，將怹的某❿

❺抵好：台語，音(tu-ho)，意(剛好)。
❻即割：台語，音(chit-koa)，意(這些)。
❼列：台語，音(le)，意(在)。
❽八里坌：台灣舊地名，今名「八里」。
❾查甫人：台語，音(cha-po-lang)，意(男人)。
❿某：台語，音(bo)，意(妻子)。

強佔，親像是一家之主咧。彼割查甫人不甘願，告到台北巡撫彼丫⑪去，要求官廳解決，但官廳自身難保，也沒辦法，最後猶是等到彼土匪吃飽睏飽才家己⑫出去。」

「呃，若安倪四界攏是土匪，而且官廳復無法度制裁，不如日本兵緊來緊好，才會得安靜過日。」那商人憂戚地說。

「也有眞多人安倪想，特別是台北城內的一割⑬大生理人。」船夫帶著鄙夷的口氣繼續說：「不但想而而，甚至聯合想欲去請日本兵緊來台北，趕走土匪，才會得保全𪜶的財產，但一方面又驚官軍得勝，給人當做漢奸斬頭，所以攏不敢在請願書頂頭簽字。啊，多囉，眞多囉，我已經看過眞多個漢奸給人斬頭，插在竹竿頂頭遊街。」

那商人下意識地把脖子縮到衣領裡，不再作聲，而那船夫也似乎倦於口舌，開始集中精神努力搖櫓，周福生一直張著耳朵聽，但他的一雙眼睛卻茫然地望著河上一隻隻順流而下的帆船，它們都是從台北方面駛來淡水，預備在淡水轉回大陸去的，船上都滿載精緻的傢俱和鑲銅的木箱，那船客也都穿著質地高貴的衣裳，顯然都是富貴人家，那些大人們雖都面帶愁容，死氣沉沉，但幾個不知天高地厚的小孩卻在船上追逐戲耍，好像這是出來看龍船的美好佳節……

⑪彼丫：台語，音(hia)，意(那兒)。
⑫家己：台語，音(ka-ki)，意(自己)。
⑬一割：台語，音(chit-koa)，意(一些)。

第四章　天必助我大獲勝利

一

那帆船駛了半日，終於在大稻埕的河邊靠岸。這河岸一帶都是外國的商行，那宏麗闊氣的西洋大廈櫛比羅列，夾在一大片低矮簡陋的紅瓦民房之間，有三、四隻英國和德國的小礮艇在這一帶河面巡邏，岸邊則泊著一隻大汽船，是英國一家大商行特別撥出來給其他德國、美國、法國的外商，以應臨時急需之用的，船身漆成白色，望之令人目眩，甲板上新裝了兩門大礮，有五、六個穿白衣的英國水手在甲板上走來走去，都佩著手槍，有幾個還悠閒地咬著煙斗，注視著陸上圍觀的苦力以及在河面行駛的帆船。

周福生下了船便沿著淡水河一路走到艋舺的家裡來，到時才發現木器店的店門緊閉，而且環門上又重重落了鐵鎖，彷彿怕人搶劫似的。問了鄰居才知道他的太太謝甜因爲近日土匪蜂起，到處搶人放火，她自己一個女人，形單影隻，只好捲了包袱，暫時回基隆娘家去避難了。

「去基隆避難？」周福生心中起了疙瘩，自忖道：「基隆敢不是日本兵佮中國兵列相戰的所在？伊哪是去『避難』？伊根本是去『赴難』，我沒去基隆加伊趣❶轉來膾使！」

想著，那大門上的鐵鎖也不打算去打開，就往台北火車站的方向走去。

二

艋舺一帶與往日沒有什麼兩樣，只是增加了許多搬家的苦力，包著頭巾、赤著腳，忙碌地扛著大包小包的家私，或拉著滿載的拖車在十字路口大聲吆吼，叫行人躲開去，彷彿這整個世界都是他們的。

周福生來到龍山寺，那寺前的廣場上圍了一堆人，他好奇走近去看，原來是官廳在那裡設立了臨時招兵站，在向人民招兵。周福生沒見過人招兵，所以他也擠進人堆去看，那空地上有一張桌子，桌前坐著一位帶羽飾官帽的招兵官，兩旁兩張椅子各坐一個執毛筆的書記。那招兵官正在對眾人演講，用官話夾著台灣話說：

「日本兵眞殘忍，強姦我們的女人，殺死我們的嬰孩，要將我們所有的人抓去做奴隸……來，來，來，大家來，這個時候最好是來做兵！」

眾人聽了哈哈大笑起來，也不覺得是什麼正經的事，好像是平常街頭打拳賣膏藥的生意經一般。

「來，來，來，你們大家來想想看，哪有比做兵更好的勾當？第一光榮，第二輕鬆，第三餉銀優厚，第四制服漂亮，第五抓到日本兵還有重賞……」

眾人聽了又哈哈大笑起來，覺得那招兵官口齒伶俐，說話像在說「四句聯」一樣，倒也覺得十分詼諧有趣。

❶䢋：台語，音(chhoa)，意(帶領)。

「做兵有什麼條件否？」人群之中有人問。

「沒有什麼條件，任何勇壯的男人都可以報名做兵。」那招兵官說。

「我會使做兵抑膾？」

有一個細小的聲音從人堆中發出來，站在他前面的人自動把路讓開，他走到招兵官面前，這人身高不到五尺，赤身裸足，只穿一條襤褸的長褲，全身只剩一付樓梯似的排骨，那招兵官望了他兩眼，搖搖頭說：

「你不可以做兵，瘦了一點。」

大家哄笑起來，而那人也不以爲忤，陪別人笑了一陣，抓抓排骨，返回人堆裡去。

那招兵官卻不跟著人笑，只在眾人之間巡索著，看見站在前排的一個身體健壯的苦力，便指著他對眾人說：

「他啦，他啦，像他這樣壯就可以做兵。」

大家的眼光投注在那苦力身上，害得他羞澀臉紅起來，摸了摸長辮子，直往人堆裡躲。

大家等了很久，你看看我，我看看你，終於有一個腳夫模樣的青年向前跨了一步，可是又有些躊躇惶惑，好像怕被別人恥笑，引得那招兵官對他招手，才使他下足了決心走到桌子面前。那招兵官就問了他的姓名、住址、職業……等等問題，他回答了，這些，那兩個書記都一一記在簿子裡面了。當一切辦理妥當，那招兵官便遞給那青年一塊木牌，叫那書記塡上他的名字，請他到龍山寺裡面，說要給他一支槍，還要給他說好的銀子，等會兒再叫人送他到所屬的部隊去……

三

周福生看罷招兵，便離開了龍山寺，才走了三條街，便聽見幾響槍聲，立刻便看見街上有兩個穿長衫馬褂的紳士撩起長衫跑進小巷去，有幾個釘箱的工人扔下鐵錘往屋裡逃，最可憐的是在茶行亭仔腳揀茶的一群少女們，也驚聲燕啼拔起纏足的小腳，一拐一扭地鑽到茶行裡面去。街兩旁的商人好像已熟習於這種突發的槍聲，都敏捷地收藏了貨物，關起店窗……周福生循著槍聲的來向望去，他看見在一幢騎樓之上有十幾個官兵在窗口來回走動，參雜著吵鬧的聲音。虛驚甫定，便有一些好奇的閒人圍到騎樓下面對著那窗口觀望，並且紛紛議論起來。

「看咧，又復是彼割廣東仔兵列鬧代誌！」一個人說。

「到底是什麼代誌？哪會列開槍？」另一個人問。

「你也不知？」第三個人自動回答：「早起啦，有一個廣東仔兵來即丫❷佮人博徼❸，博輸了加人番❹，硬死欲將錢提走，別人硬死不給伊，伊就將錢搶咧想欲走，走到樓腳去給人掠著，不但將錢搶倒轉去，又復給伊一頓仔粗飽，才放伊走。你看！下晡❺伊就叫這十幾個廣東仔兵來報仇，槍亂開，即馬到底不知安怎咧？」

❷即丫：台語，音(chia)，意(這兒)。
❸博徼：台語，音(poa-kiau)，意(賭博)。
❹加人番：台語，音(ka-lang-hoan)，意(跟人鬧)。
❺下晡：台語，音(e-po)，意(下午)。

「我看絕對有人死傷，我抵才❻有聽見人列喚救命，也有聽見人的哭聲，眞悽慘的款❼！」第四個人說。

這時有一個十來歲的半大人囝仔，可能是一時興起，或是十分憤怒的關係，用手掬成喇叭，開始對那騎樓的窗口大喊起來：

「廣東仔兵！會吃膾相掙❽！」

正喊著，突然砰然一聲從那騎樓窗口飛下一顆子彈，打在地上，濺起幾寸沙土，使圍觀的大眾愕然大驚，立作鳥獸散了……

周福生跟著人跑了幾步，又走了幾條街，台北城的小南門已遙遙在望了。那小南門建得像一座廟，屋頂的琉璃瓦撐起屋脊的勾心與鬥角，下面是雕龍的楹柱。那半圓的穹門有荷槍的兵勇守護，那城堞的缺口也立著三、四個瞭望的哨兵。周福生也沒受盤問便走進台北城內，那城裡也跟往時沒有什麼兩樣，只是比艋舺安靜一些，也較少搬運苦力的樣子。

不久，周福生來到巡撫衙門前，他望見在那牆外一排顏色不一的旗幟之上，果然飄揚著那「藍地黃虎」的國旗，那衙門有三道大門，都敞開著，站著整齊的六排衛士，都拿著長槍執著錦旗，像是等著迎接貴賓似地。周福生也不以爲意，逕自在那衙門牆外的告示牌上瀏覽起來，有一張很短的告示，大概是剛貼上去不久的樣子，寫著：

---

❻抵才：台語，音(tu-chia)，意(剛才，剛剛)。

❼款：台語，音(khoan)，意(樣子)。

❽掙：台語，音(ching)，意(用拳頭擊打)。

狂妄倭奴，強索台灣，凡我生民，同仇敵愾，務須團結，禦敵衛國，寇如登陸，悉予殲滅，如有漢奸，捕殺無赦。

全台士民公告（紅印）

另一張告示較長，紙也變黃了，貼在上面已經有相當的時日，寫著：

從去年六月起，本巡撫招募及訓練強壯兵士百餘團及本省志願軍八萬餘人，不辭勞瘁，不惜金錢，購置精良武器，故本島安如磐石，不虞任何攻擊，政府發行公債，同胞踴躍認購，足見愛國熱忱，亟為欣慰。本巡撫有老母在堂，年逾八旬，全家亦在身邊，不計生死，必竭盡所能以衛國安民。凡我同胞既作一切準備，即可安居樂業，切勿驚擾。同胞如皆愛國，天必助我大獲勝利也。特此布告，仰一體知照。

巡撫唐景崧（大官印）

在這告示之旁有更長更新的告示，周福生正想細讀，突然號聲大作，衙門牆內的衛士都一起把槍高舉在肩上，錦旗也高揚在頭上。周福生回頭看時，有一大隊人馬浩浩蕩蕩往衙門這邊走來。那最前頭的是一排號兵，正一邊吹號一邊行將過來。其次是兩列十五歲大的孩童，都穿著過長的衣服，戴著高高的尖帽，打鑼的打鑼，敲鈸的敲鈸，擂鼓的擂鼓，一路參差不齊，腳步零亂地走來。其次是一大隊荷槍實彈的衛士，都穿著華麗鮮艷的制服，綁著繡花的腿甲，護衛著一張由八個轎夫抬著的官轎。那轎子有簾子遮著，也看不出是誰，只知準是大官或顯赫的外賓之類，有一個特別侍從，威風凜凜地騎在一頭黑馬上，在官轎的四周跑來跑去，有時還跑到隊伍的最前面指揮隊伍前進。

因爲這壯麗的隊伍已行近衙門，而且打算進去，便有一些衛兵來清除在衙門前面觀望的百姓，於是周福生也從那牆前的告示欄被趕走。他自覺沒趣，也不再等那官吏的隊伍走進衙門，便逕自往北門走去……

第五章　心色的火車

一

台北火車站建在北門外一箭之遙的地方，是一排紅磚綠瓦的西式二樓建築，站前豎起一支白色旗桿，上面掛著「藍地黃虎」旗，因爲沒有風，所以無精打采地垂著，連老虎的形象也看不十分清楚。那旗桿下停著幾隻拖板車，十幾個苦力，斜戴斗笠，赤著腳，半裸著胸，蹲在地上閒聊……

周福生買了票走進車站，那列火車由兩節客車和十幾節無篷的貨車連結而成，早已停在站裡等待乘客，那從德國買來的火車頭，頂著陀螺似的大煙囪，正冒著黑煙，而車底蒸汽機的汽孔也嘶嘶地輕吐著白煙，準備出發。

周福生走進那前頭的一節客車廂，那車廂裡早已有了不少乘客，待周福生選在車廂的最角落坐定下來，抬起頭，便在那牆壁上看到巡撫發出的懸賞布告，寫著：

俘獲日本大軍艦一艘賞銀七萬兩

俘獲日本小巡洋艦一艘賞銀四千六百兩

擊沉日本小運兵船一艘賞銀八百兩
生擒日本軍官一人賞銀六百兩
殺死日本軍官一人賞銀五百兩
生擒日本兵一人賞銀一百五十兩
殺死日本兵一人賞銀一百兩

正讀著那布告，周福生忽然聽到嘈雜的人聲與腳步聲由火車站外傳來，轉頭便看見幾百個清兵蜂擁擠進了車站，頓時把月台與鐵軌的空隙都佔滿了。他們穿著紅色的制服，踩著草履，帶著步槍、刺刀，以及各式各樣的刀劍，胸前掛著八十發的子彈帶，腰胯吊著一只鐵飯碗，更有帶扇子、雨傘、燈籠和盤子的，啷噹作響。他們在月台與無篷貨車之間來回奔跑，趕著在火車出發之前把大小行李找地方放好，他們搶著火車上的位置，因此互相頂撞，而吵鬧怒罵起來，幾乎要擦拳動武了，還好終於息了怒，慢慢安靜下來，於是那些早先安頓下來的兵便舒服地拿出了煙槍，點了火悠閒地抽起煙來……

二

只有軍官或階級較高的士官才准進來這唯一有篷的車廂，他們帶著闊邊流蘇的帽子，腳踩著包鞋，穿著顏色燦爛的軍服，上面滿是鳥獸與花草的刺繡，腰間只佩掛鍍鎳的手槍。有一位年約三十歲的軍官走來坐在周福生旁邊的空位，他堂皇威武，氣宇非凡，頓時使周福生起了無限敬仰之意，把身體盡量擠到窗邊，好騰出更大的空位讓那軍官坐息。

這時突然下了一陣驟雨，於是便聽見無篷車上的兵勇又亂成一團，有幾個遊蕩的兵勇來這客車的門口窺探，突然喊了起來：

「嘿，這車廂裡面還有空位！」

才說完，便有兩、三個兵勇想爬進這車廂，經一位下級軍官在車廂門口阻止，跟那些兵勇吵了一頓，卻拗不過他們，又因爲後頭有另外幾個兵勇協助，那爲首的一個便蠻橫地闖進來，後面那幾個兵勇也吵鬧地跟著進來，整個車廂的旅客都騷動起來了。這時，坐在周福生旁邊的那位高級軍官終於按捺不住，他霍地站起來，兩個劍步便堵在那蠻橫的兵勇的前路，叱道：

「快給我滾下去！讓你一個兵進來，其他的兵也都要進來，怎麼辦？」

那爲首的兵勇還在猶豫，那軍官已冷不防一腳踢在他的大腿上，使他往後踉蹌了幾步，頓時失去了原來的兇勢，其他兵勇看了看，便默默走出了車廂，而那蠻橫的兵勇眼看沒有人再助他的威，也只好摸摸鼻子退出了車廂，各自回到他們原來的無篷車去，才發現剛才的位置已被別的兵勇搶去了，於是便與那搶他們位置的兵勇吵起架來，這回卻沒有軍官來阻止了，因爲他們始終都坐在那客車的車廂裡。

那喧吵與雨聲繼續著，一直等到火車開動，才被規律的鐵軌聲所掩蓋。

三

火車在那一片豐饒的平原急馳，兩邊是一畦畦的水田，望得見田裡的水牛與穿棕蓑的農夫，他們依舊那麼勤奮地工作，看不出一絲戰火加在他們身上的跡象，彷彿活在另外一個世界裡。

周福生斜對面的座位上坐著一個鄉下模樣的年輕人，他一直興奮地望著窗外變化的景物，有時瞪著驚羨的眼睛，摸摸那新漆的窗欞，又摸摸那張新的椅皮，有一回禁不住自言自語地讚歎起來說：

「眞心色❶！坐火車實在眞心色！」

「你是不是頭一遍坐火車？」坐在那年輕人隔壁的一位乘客說。他年約六十，穿一身乾淨的台灣衫，胸前掛著一條金錶鍊。

「是啊！這是我做人頭一遍坐火車。」那年輕人猛點著頭回答。

「我已經坐眞多遍囉。」那老人說。「阮孝生❷在基隆開藥店，我住大稻埕，所以大稻埕佮基隆我定定來來去去，每遍攏坐火車。」

「你知影這火車已經幾年丫❸？敢會眞多年？」那鄉下人改變話題問。

「多年是沒多年，但七、八年敢有才著，就是劉銘傳，早前彼個台灣巡撫啊，將火車頭由唐山搬來台灣，彼時才開始設的。」

「我有聽人安倪講，但巡撫爲什麼欲將火車頭搬來台灣，火車敢不是在唐山駛到好好咧？」

「講著偲唐山人，上界❹迷信啦，本來偲有一條鐵路，聽講是由吳淞到上海的，已經全部舖好丫，第二日就欲通車囉，彼一暝，一割人就將鐵路挖挖歹❺，講什麼彼鐵路下有一隻龍，火車若駛

---

❶心色：台語，音(sim-sek)，意(有趣)。
❷孝生：台語，音(hau-si)，意(兒子)。
❸丫：台語，音(ah)，意(了)。
❹上界：台語，音(siong-kai)，意(最)。
❺歹：台語，音(phaï)，意(壞，敗壞)。

過，會加❻龍輾做兩段，彼時就有天災地變。就安倪講，你哪會知影？」

那鄉下人聽了，張大眼睛，也彷彿感染了唐山人的那份恐懼，不敢再問下去，於是轉頭去望窗外的景色，而那老人卻因爲失去了談話的對象而突然覺得無聊起來，便開始對周福生旁邊的軍官說話：

「你想倆敢打會贏日本兵？」

那軍官微笑起來，用一種自信的官方口氣說：

「哪會不贏？一百多年前，我們鄭成功打贏荷蘭，將那紅毛鬼趕出安平。十年前，我們打贏法國兵，將他們趕出基隆。這回還不是一樣？看他們日本兵一個一個從海上來，就一個一個將他們趕回海上去！」

那老人陪著那軍官微笑起來，而那鄉下人也偷偷回頭來望那軍官，頻頻點起頭來。這時，周福生的眼睛剛好落在面前牆壁上的懸賞布告上面。上了火車以來，他就一直對生擒日本軍官與殺死日本軍官有不同的賞額而感到不解，現在既有這位軍官坐在旁邊，這不正是最好解惑的時候嗎？於是他就開口用官話問那軍官說：

「活抓一個日本軍官和殺死一個日本軍官不是相同嗎？爲什麼賞額會差一百兩？一個六百兩，一個五百兩，這點我不了解。」

「呃，這是因爲我們巡撫仁慈，爲了獎勵士兵生擒敵人，避免無益的殘殺才如此做。」

「你想即種獎勵敢有效？」那老人插嘴說。

---

❻加：台語，音(ka)，意(把，將)。

軍官露出坦然的微笑，一邊搖搖頭說：

「其實這種辦法一點效果也沒有，這是因爲巡撫是文官，沒有上過戰場，所以沒有實際的戰場經驗。那些士兵即使生擒了敵人，也寧可快快把頭割下來，因爲把頭帶回來求賞容易，想要把活人帶回來求賞就不簡單了。況且頭割下來就是你的了，但活人不但會逃走，而且還會反抗，別人甚至可以來把他搶走……所以我看沒有人要那六百兩，寧可要那五百兩。」

「難道只能用銀兩去獎勵士兵打仗？不能用什麼忠勇啊，什麼信義啊，去鼓勵他們抵抗敵人嗎？」周福生皺了眉頭問。

「哈！哈！哈，這可見你們老百姓一點都不知軍情，除了用銀兩懸賞，我們沒有其他辦法，這是歷代以來的習慣，人無重酬就不肯當兵，若不用銀兩懸賞就不肯打仗。這也就是我們不能給士兵很高薪餉的原因，只有特別表現才有特別的獎賞。」

四

火車在開始的半小時路程上十分平穩地行駛，一出了台北盆地，便遇到許多墳墓與溝渠，於是鐵路便不規則地彎曲起來，車輪也因此發出了嘶嘶的尖叫，同時車廂也劇烈地搖晃起來，使得立著的乘客不得不時時緊抓椅背與窗櫺以免跌倒。

火車在汐止站停下來加水，這時車廂的門便被車外的人推開，鑽進來一個流浪漢與幾個農夫打扮的小販，抱著大小不一的竹籠子，堵塞在車裡的甬道上。周福生舉目觀望，發現有一籠閹雞，一籠鴨子，一只大籠裡面有三隻小豬，一簍新折的竹筍，雜亂橫陳，尿糞衝鼻，恍如置身在一個菜市場。

火車加完了水，便又一聲汽笛開動起來，還沒加速到正常的速度，便看見一個查票員走進車廂，他雖然穿著一套絲綢馬褂，但因爲已經失去了原來的光澤，不但沒能叫人肅然起敬，反而給人一種陳腐落魄的感覺。他先在車廂走了一趟，叫每個乘客拿出車票來，然後他又走回來，一個一個檢查他們的車票，遇到票面不足的乘客便叫他們補票，那乘客大都只隨便給他一串錢，他數了數，發現不足，又向乘客索錢，往往就這樣與乘客爭吵起來。因爲他十分有耐性，而且又熟諳那些乘客的習性，他終能向他們索得應付的票錢，可是當他來到那一些竹籠之間，向那幾個小販與流浪漢索票時，那爭吵就更加激烈了。

「車票咧？」那查票員對雞販說。

「阮不是由車站入來，欲去嘟位❼買車票？」那雞販理直氣壯地回答。

「否❽你補票好啦。」

那雞販也不回答，逕自歪著頭去望窗外。

「你欲去嘟位？」

「基隆啊，哪猶有別的所在？」

「這是汐止，抵好❾一半路，由台北到基隆五十文錢，算你二十文錢就好啦。」

「落袋仔❿空空，沒錢啦。」那雞販說，還把兩只空袋掏出來給查票員看。

❼嘟位：台語，音(to-ui)，意(哪裡，何處)。
❽否：台語，音(bo)，意(否則，不然)。
❾抵好：台語，音(tu-ho)，意(剛好)。

「若沒錢哪不行路？哪欲坐火車？」

「不是沒錢啦，是沒現金啦！錢攏在即籠雞頂頭，等我雞賣了才付你的車錢啦。」

「你眞可惡！你是不是叫我車票攏免收，佮你去基隆菜市仔賣雞？」

那雞販無言，但查票員的話卻引起了全車廂的一場哄笑……

那雞販只管繼續去望窗外，也不去理會查票員。那查票員無可奈何，只好瞪他幾眼，嘴裡咕噥著：

「好，好，你加我看覓⓫……」便轉向其他的幾個小販，他們看見雞販不付車錢，也援例不想付車錢，只對那查票員裝裝傻笑，便也轉頭去望窗外。那查票員看到這些小販與那個流浪漢都不願付錢，也不想再跟他們理論，只胸有成竹地點點頭，離開了那車廂，使得那些不付車錢的小販都倒舒了一口氣，臉上掛起勝利的微笑。

沒想不到十分鐘，那查票員又突然在那車廂出現，後面跟著一個全身油污卻魁梧粗壯的鐵路工兵。那查票員來到雞販面前，就逕自往雞籠裡抓了一隻雞遞給後面的工兵，那雞販本來還想抗議，但看到那工兵滿身肌肉，也只好悶聲不響了。那查票員接著又往那鴨籠子裡抓了一隻鴨遞給那工兵，那鴨販只眨眨眼睛，也不說什麼。之後那查票員望了另外一籠的三隻小豬，覺得不便抓拿也就放了那豬販。來到那菜販面前，看看那簍竹筍也値不了幾文錢，也一樣放了那菜販，最後來到那流浪漢的面前，那查票員仔細估量了他的所有財產，也不過一捲破蓆和幾件髒衣，看來看去，比較値錢的也只有那只粗布縫的枕頭，於是他便彎了腰想拿走那枕頭，而那流浪漢卻自地上

---

❿落袋仔：台語，音(lak-te-a)，意(口袋)。

⓫看覓：台語，音(khoä-mai)，意(看看)。

立起來想搶回他的枕頭，就這樣兩人各執枕頭的一端，在車廂的甬道上一來一去地拔起河來。終於那查票員因長久習慣火車的擺動，一直都十分平穩地站立著，而那流浪漢經不起火車的一個顛簸，便踉蹌地斜坐到地上去，只剩下一隻手還固執地抓住枕頭的一角，卻被那查票員乘勢一抽，整個枕頭便落入後者的手裡，而那流浪漢卻在地上打滾起來。這回輪到那查票員帶著勝利的微笑，跨著大步離開車廂，在那查票員的後面緊跟著那鐵路工兵，他把枕頭夾在右脇下，右手倒提一隻雞，左手倒提一隻鴨，跨著沉重的腳步離去，把小販與流浪漢的一片「土匪！土匪！」之聲留給那多事的車廂。

周福生默默地看著這一切，台灣海峽的輪船上那幾個漢人因不付船資而被英國船長吊起辮子的情景又不期然浮現在眼前，他深深地嘆了一口氣，開始暗暗地詛咒起來：

「伊奶爸爸強！沒錢坐火車，坐欲去死！」

五

火車過了八堵，開始爬一段斜坡，於是速度慢慢減低下來，可以感覺火車非常吃力地爬行著。乘客也禁不住分擔火車的那一份努力，可是仍克服不了山勢的陡斜，快到坡頂的時候，火車便完全停止了。蒸汽機下的大鐵輪無論怎麼轉動，也不能把火車再往前推進一寸。於是那火車夫便從火車頭上的窗口探出頭，望了望車後，開了倒車，把火車退到原來的平地上，停了幾分鐘，讓火車喘氣，以便往機爐鏟幾鏟子煤，隨後汽笛長嘶一聲，以全速衝上山坡，但只比前一次向前衝了十幾尺，仍未能衝到坡頂便又停止了。

所有乘客都把頭伸到窗外面，望望火車頭，互相探問起來……

「啊，這火車攏是即款形，」那帶鍊的老人自動開口說：「每遍來到即丫，火車就在即丫喘大氣，安怎爬也爬鱠起，只有人稀貨少的時，才會得一遍就爬起。」

「明知安倪，當初做鐵路的時，哪不做較平一點仔？」那鄉下人說。

「哪會知影偲列做什麼代誌？這猶算好咧，復較起彼個磅孔⑫啊，聽講打孔的時，由兩旁打入去，打到相接的所在，兩旁差丈外！只有復重新打孔……」

這時那火車夫已從火車頭跳下來，他沿著那一節有篷車廂往後面那十節無篷車廂走，一邊揮手請車上的乘客暫時下車，以減輕車載的重量，等把火車拖過坡頂，再請乘客上車。

只有周福生與那軍官以及少數的幾位乘客聽了那火車夫的話走下車廂，可是大部分乘客以及那多數的清兵，只怕下了車，他們的位子會被搶走，所以都不肯下車，寧願在車上叨叨絮絮地聊天說話，身子連動也不肯動。那火車夫看看沒有什麼辦法，只好又請周福生他們幾位合作的乘客又上了車，把火車又倒開到原來的平地，鏟了更多的煤，足足等候了半小時，等爐裡的蒸汽壓力到達飽和點，才加足了馬力，瘋狂地衝上山坡，這回終於越過了坡頂，不到十分鐘，火車終於順利地開進了基隆。

六

火車在基隆站前停下來，那些清兵也紛紛下了車，周福生見他們用槍當扁擔，挑著他們零亂的東西，漫無秩序地散開。這時車站裡已麕集了無數逃難的人民，男女老少，都攜帶著雜亂的財

⑫磅孔：台語，音(pong-khang)，意(隧道)。

物，還不等有篷車廂的乘客全部下車，便爭先恐後擠入了車廂，把車廂佔滿了，後來那些擠不進車廂的難民，只好走到後面那幾節無篷的貨車，也一一爬了上去。

周福生走出了月台，來到火車站的等候室，看見有幾個清兵圍著一只木箱，外面更圍了一大群平民，大家都在交頭接耳，探問著什麼……周福生也好奇地走進那人堆裡，有一個好奇的百姓伸手去把那木箱的蓋子掀開來，大家便把頭伸過去看，周福生看見那木箱裡是一大堆鋸木屑，中間赫然是三顆割下的人頭。

「即三個敢是死日本鬼仔？」有人在問。

「是！欲送去台北示眾。」那護衛著木箱的一個清兵鎮定地回答。

「是日本軍官抑是日本兵仔？」

「攏是日本兵。」那清兵又回答。

「啊，眞可惜，即三粒加起來才三百兩而而，若是軍官，就有一千五百兩囉！」

那幾個清兵沒有回答，只對那說話的人笑笑，把木蓋重又蓋回去。

周福生感到一陣暈眩，有一種想嘔吐的感覺，他悻悻地離開了那堆人，走出火車站。

才走了十幾步，周福生便在火車站前廣場的另一頭遇見另一堆人，這堆人裡不見任何兵勇，都是些老百姓，還夾著兩、三個流著口水的乞丐，大家都抬頭向天空望著什麼，周福生也隨著別人望去……在一支兩丈長的竹竿上懸著一顆人頭，辮子的尖端繫在竿頂，那頭還隨著風在竿上來回擺動……

「眞淒慘哦……」有一個老婦說，搖搖頭在嘆息。

「有什麼淒慘？」旁邊一位白鬍的老人說：「你敢不知影這是漢奸？漢奸本來就是愛給人斬

頭的，啥人叫伊去做漢奸？」

「阿倆哪會知影伊是漢奸？」另一個人問。

「哪會不知？就在伊的衫頂發現日本人寫的字條啊，頂頭有寫一割日本字。」

「聽講猶掠著其他兩個漢奸，也攏斬頭，不知有影抑是沒影？」

「哪會沒影？我攏親目看的啊，孤即個掛在即丫，其他兩個已經送去台北，掛在西門城頂。」

周福生從人堆裡跑出來，在路旁嘔了一地黃水，才沿著碼頭走向他妻子大姐的住處仙洞方面去。碼頭泊著大小的帆船，都準備載人到外地去避難，整個基隆變得十分荒涼，商店都關閉了，大多數人都往台北或鄉下避難去了，街道上只見到處是清兵，在碼頭和市場的每個角落徘徊著，有的是剛由台北運來的新兵，他們的制服都還乾淨，旗幟也十分鮮明；有的則是由三貂嶺撤退下來的舊兵，他們的制服與旗幟都已褪了顏色，有人甚至把制服反穿，個個都垂頭喪氣，既憔悴又疲憊的樣子。

在半路，周福生遇見一隊人馬，用擔架抬著一個軍官，由兩百多個清兵前後護擁，往火車站的方向退去。路邊的一個老百姓告訴周福生說，那所謂的軍官其實便是鎮守基隆的將軍，早上帶了他的衛隊到猴洞附近去親自偵察，以便決定基隆的防務，想不到日本的一顆長射礮彈由三貂嶺飛來，剛好落在將軍的身邊，把他的腿給打穿了。

周福生聽罷，搖了搖頭，嘴裡暗暗咒了幾聲，加快步伐一路往仙洞方面走去……

第六章　衛國安民

一

第二天，周福生帶了他的妻子謝甜從仙洞回到基隆時，大家都在傳說日本兵已向基隆逼近了，不但從三貂嶺與瑞芳前線撤下來的清兵紛紛退入基隆，連基隆港外也看得見幾艘日本軍艦在巡弋了，基隆市內的百姓更如熱鍋裡的螞蟻，驚慌失措，都扶老攜幼地擁到火車站來，唯一叫人稍感安心的是基隆四周山上的礮台與戰壕，仍然有清兵堅守，準備對日本兵做最後一番生死的戰鬥，至少還有一些時間可以讓百姓逃往台北方面去避難。

當周福生來到基隆火車站時，更是一片倉皇混亂的景象，車站裡，月台上，到處狼藉著槍礮、彈藥箱、旗幟以及沒人要的大小箱子與破爛的傢俱，在那候車室的長條椅上有三四個傷兵在呻吟，在廁所的垃圾箱裡聽得見棄嬰在哭泣，所有強壯的難民都拚命攀上火車，在搶奪位置，而那些老弱婦孺都被摒棄到車外，跌落到車下的鐵軌上，於是當那火車開動，哀號慘叫之聲便迸然四起，恍如一片淒慘的地獄……

二

火車在基隆到台北的路途上，很多乘客因疲憊而打起盹來，享受了一段虛幻的和平安寧的時光。可是才到台北火車站，又從夢中驚醒，眼前又呈現一片蠢動的人海……

在火車站前的廣場上，周福生看見一群衣衫襤褸的工人環繞著一隻木箍的大酒桶，用幾只粗碗，輪流盛酒暢飲，而且還互相乾杯祝福，他們大都半醉了，雙手扶在酒桶上，以防跌倒，有的已經醉倒在地上，四腳朝天，發著囈語。幾個小孩和女人聞訊提著瓶子和鐵罐跑來討酒，那些工人都十分慷慨，一一都給他們盛滿，用手揮他們去，或用腳踢著他們的屁股走。因爲大家爭著搶著，那酒便撒了一地，泛濫成一片泥濘，強烈的酒精沖著每個行人的鼻子。

當周福生從那幾個工人的身邊走過，其中的一位工人便把一碗酒遞到他面前，張開酒臭的嘴巴，對他說：

「來啦！來乾一杯啦！來祝俑的巡撫一路平安啦！」

那工人說著，一邊不穩地顛來顛去，碗裡的酒溢出了一半，當他看見周福生不理會他，他便仰頭把酒一飲而盡，又回頭盛酒去了。

周福生帶著他的妻子，正想往北門走進台北城去，突然有人從大稻埕方面奔來，一路高喊：

「兵工廠給人搶囉！兵工廠給人搶囉！」

周福生佇立了一會，對他的妻子說：

「兵工廠離即丫沒外遠，俑來去看一下！」

「漫❶啦，你哪會即倪好事？」謝甜搖頭說。

「莊腳人！看一下會安怎？行！」

周福生說，強拉著謝甜的手，謝甜終究是一個溫馴的女人，只好跟著周福生走……

他們來到兵工廠前面，遠遠便望見那扇大門被人撬開了，不但附近的街上擁擠著搶劫的人，從那門口還看得見有人絡繹不絕地走出來，每個人都面露微笑，手裡捧著槍械、機器、箱子，以及任何可以搬動的雜物零件。他們又從廠裡倉庫偷運了一桶桶油，和一瓶瓶化學藥品，有一大瓶硫酸不小心摔破了，流了一地，那些赤腳的苦力們便往上踐踏，開始還嬉笑喧嚷，不一會兒便抱著腳狂呼而逃了。

有人在街口賣來福槍和卡賓槍，那賣槍的人喊住周福生，對他說：

「來福槍五塊啦！卡賓槍五塊啦！來啦！來啦！買一支啦！」

「我沒需要槍。」周福生搖頭說。

「哪會沒需要槍？人人攏有槍，孤孤你嬡❷槍？憨屑！」

周福生不去理會他的譏誚，逕自往前走了一段路，遇到另一個苦力把他拉向一個巷口，那裡放著一尊鋼製的克魯柏山礮，由另一個苦力守護著。

「十塊就好啦！」那拉周福生來看礮的苦力對他說。

周福生搖搖頭。

「否五塊啦！五塊啦！」

❶漫：台語，音(mai)，意(不要，不必)。

❷嬡：台語，音(boai)，意(不愛)。

周福生仍然搖搖頭。

「復落價啦！兩塊啦！否一塊啦！」

周福生繼續搖頭，爲了免去那苦力的嚕囌，最後只好回答說：

「槍都𤆬ㄚ，欲這礙創❸啥？」

周福生說罷便拉著謝甜走了，走了一段路，他還聽見那苦力在後面憤憤地說：

「無采扛到一身軀汗，顚倒比槍較沒人愛，幹𪜶奶咧！」

待周福生回頭看時，那立著的苦力已一腳把那尊克魯柏礮踢翻了。

周福生經過一塊稻田，他看見那田裡丟棄著十來支老式的火繩槍以及一箱箱的彈藥。

「彼槍哪會沒人愛？」謝甜疑惑地說。

「一支新槍才五塊銀而而，這舊槍會使賣外多？除去擲掉，猶有啥路用？」周福生回答。

三

他們往北門走回去，不久來到一家洋行面前，那洋行由高高的石灰牆圍住，牆上有尖利的破玻璃保護著，一扇鐵門緊緊關閉著，正有四、五個苦力用一把鋤頭想敲開那鐵門。他們敲了好一會，又合力推那鐵門，只聽見那鐵門伊呀伊呀地響著，卻推不進去，於是便有一個人對其他的人喊道：

「由後門去看覓！由後門去看覓！」

---

❸創：台語，音(chhong)，意(做)。

說完便有一個苦力繞過牆到洋行的後面去了，不到一刻又走回來，搖頭對在前面的那幾個苦力說：

「也是鐵門，比前門猶較嚴！」

說完，那幾個苦力又努力推了一會鐵門，實在已經耗盡了精力，沒有力氣再推了，於是停下來喘了一回氣，正想離開，可是又覺得心有未甘，便拾起牆下的破磚，往牆裡丟，以發洩心中的氣憤，一聽見牆裡玻璃破碎的聲音，其他苦力便興奮起來，也去拾更多的破磚往裡丟……

就在他們丟得得意忘形的時候，突然從隔街的另一家洋行跑出了一個洋人，手裡拿著一支獵槍，一邊跑一邊吆吼著，那洋人的後面跟著一個拿棍子的漢人，像是洋行裡的幫辦，只聽到一聲呼哨，那四、五個苦力鋤頭也扔了，抱頭逃得無影無蹤。

四

快走到北門的時候，周福生忽然聽見身後一聲爆炸的巨響，使附近的房子都爲之震盪，彷彿地震一般，當他轉頭看時，有一股烏黑的濃煙直衝上雲霄……

「凄慘囉！日本仔兵來囉！」有人在身邊呼喊，眾人紛紛四散奔逃。

「不是日本仔兵啦，彼丫是火藥庫，一定是火藥庫爆炸。」有一個人說，還站在街頭向那柱黑煙觀望。

「倘復來去看一下。」周福生對謝甜說。

---

❹通：台語，音（thang），意（可以，要，能）。

當周福生走近火藥庫時，火藥庫已夷成平地，恍如一片火海，仍在熊熊地燃燒著，到處可見沒有爆炸的黑色火藥以及裝在鐵罐裡的導火線，火藥庫的四周都是水田，田裡堆滿了從空中掉落的泥土與瓦礫，處處可以看見撕裂的肢體，都沾著血跡與污泥，已不成人形了，只因爲手足上的肌肉還在顫動或還連著長長的辮子，才使人分辨出原來是人身的一部分。

附近的幾家土塊農家聽得見婦女們的哀聲慟哭，一定是家丁有了傷亡，卻也有一些漢人，往往立在傷者的面前，冷酷地看著他們輾轉呻吟，引以爲樂，這令周福生十分痛恨。

周福生看見一個傷者，大概是被爆風衝到天空，再墜下來，他的兩腳插在水田裡，在烈日之下仰在田壟之上，後腦已被炸掉了，兩眼卻還張開著，仍在呼吸，嘴唇微動，似乎要說話，卻又說不出來，他快要死了，圍觀的人不但不援手，反而無知地相視而笑，像在看猴戲一般，這終於使周福生暴怒起來，破口大罵道：

「伊奶爸爸強，爸爸伊都強！賤！賤！賤！賤！人都欲死囉，猶有什麼通笑？也不給伊倒落來，給伊快活死！」

周福生走到那傷者的背後，又叫旁邊的兩個人來幫他的忙，才協力把那傷者移到田龍盡頭的樹蔭底下。周福生看著那傷者的呻吟漸漸微弱，最後大家看他的身子發一陣痙攣，然後兩腳一伸，斷氣了，這其間謝甜一直背對著周福生在念阿彌陀佛。

五

當周福生帶著謝甜回到北門的時候，那城門已經關閉了，從門隙看得見裡面有衛兵守著，雖然城外已立了不少人，卻仍然緊閉著，不讓人通過。

有一個西裝筆挺的洋人也來到城門，他揹著一架盒子形的大照相機，大概是記者的模樣，他敲了敲城門，沒有反應，於是他掏出了一塊銀元，又用銀元敲了敲城門，然後把那枚銀元塞在門縫上給裡面的衛兵看。不一會，那城門便打開了，於是那些漢人便一窩蜂，跟著那洋人走進城門，周福生與謝甜也跟著眾人走進去。

走過巡撫衙門，周福生才發現那木造的建築已在一夜之間變成了廢墟，只是那殘壁焦瓦還在冒煙，牆外仍然立著一些圍觀的百姓。周福生也走了過去，便聽見他們一些絮絮的討論……

「巡撫是安怎偷走的？」

「干若❺沒人知影。」

「哪會沒人知影？昨暗一個德國水兵有看見幾個衛兵佮兩、三個穿便服的人行到淡水河邊，坐一隻汽艇向淡水去，巡撫就是其中的一個。」

「但是衙門外面有眞多兵列注意伊的行動啊，就準做伊穿便服，欲安怎走出來，實在眞奇怪啊。」

「你也眞戇❻！有錢會駛鬼，衙門內面不知幾萬兩銀，欲走的時陣散幾千兩仔給外面的兵，伊就膾顧得巡撫走囉。」

「哦，哦，就是安倪哦？事後才有一割百姓也來衙門搶銀。」

「是啊，因爲大家來搶，所以衙門內的錢銀沒外久就給人搶了了。」

「阿是什麼人來放火的，你敢知？」

❺干若：台語，音(kan-na)，意(好像，恍若)。
❻戇：台語，音(gong)，意(愚直)。

「這你猜也知影，何必復問？就是彼割慢來搶沒著物件的人啊，伊受氣❼起來就點火將衙門燒掉啊。」

「聽講，眞多人來搶，搶到互相躐躐❽死。」

「有啊，我親眼扎的啊！有一個人給人踏死，身屍在路邊放一暗，早起我看見的時陣，連耳仔鼻仔攏已經給老鼠喀喀❾去囉。」

「聽講巡撫有一個八十歲的老母，伊敢加伊留列台灣？」

「啊，你即個人也眞三八，哪有家己走，將老母留列後面的道理？巡撫早幾日前就將伊的老母送轉去廣州囉。」

周福生望著那冒煙的廢墟，一股濃洌的焦味撲鼻而來，有幾個乞丐踩在衙門的瓦礫之中，還在尋覓殘餘的可用之物……

「行啦！這有什麼通看？」謝甜說著，牽著周福生想離開那堆觀望的閒人。

周福生也覺得沒什麼可看的了，於是才跟著他的妻子走。他們已走過衙門的大門口，當他來到那堵白牆，不期然又瞥見了牆上的布告欄，那布告已差不多被人撕光了，可是有一面布告，也許漿糊得緊的關係，倒還留著未被撕去的一行字，周福生停下腳步，唸道：

---

❼受氣：台語，音(siu-khi)，意(生氣)。

❽躐：台語，音(lap)，意(踐踏)。

❾喀：台語，音(khoe)，意(啃)。

「……本巡撫有老母在堂，年逾八旬，全家亦在身邊，不計生死，必竭盡所能以衛國安民……」

周福生搖頭詛咒了幾聲，牽著謝甜的手悶悶地走了。

第七章　頭堆西門城

一

日本軍兵臨台北城下是在基隆陷落後第四天早晨的事情。

這天台北的四個城門都緊緊地關閉著，城外並沒有任何防備的設施，城裡搶劫的槍聲不但時時傳到城外來，而且還望得見放火的黑煙從城的四處昇上天空。當日本軍正準備衝破城門攻入台北的時候，無意間發現有人把一隻木梯從城牆放到城下來，於是便有幾個日本兵冒著槍彈的危險援梯上了城牆，進去把城門打開了，日本軍兵不血刃地進入了台北城，並看見有許多富商巨賈在他們的屋前點起了燈，豎起了白旗，在白旗上拙劣地畫了紅日，甚至還寫著不少歡迎的標語。

台北入城的兩天後，淡水也被日本軍佔領了，再過三、四天，整個台北盆地便完全被日本軍鎮壓了。

這其間，那些從唐山調遣來台灣的清兵，幾乎是不戰而潰地從基隆方面經過台北一路退向南部去，路過之處，強姦、掠奪、殺人、放火，無惡不作，彷彿是一群蝗蟲掃過一片稻田，滿目瘡痍，寸草不留……

就在同時，新竹、台中一帶的台灣住民卻起來各自組織抵抗日本的義勇軍，他們雖然被在台北的日本總督呼做「土匪」，與山賊匪盜相提並論，可是卻與眞正的土匪截然不同，他們人數雖少，裝備雖差，但絕不像那潰敗的清兵，他們充滿了鬥志，並且積極而執拗地抵抗日本兵的侵犯，予日本兵嚴重的打擊與無數的損傷。

二

住在新竹北門的「林雅堂」是一個富有地主，他擁有一百多甲田，從曾祖父開始便代代耕農，因爲省吃節用，積下不少錢，也就買了不少田地，一直到林雅堂這一代才停止耕農，從城外搬到城裡住。根據當時只計兒子不計女兒的算法，林雅堂有三個兒子，老大「林之本」，老二「林之元」，老三「林之乾」。這林之本自小身體健壯，長大了便跟人學醫，這時也已成家立業在城隍廟口懸壺當起漢醫來了。老二林之元從小病弱，三歲便去世，林雅堂只好去向莊稼人領養了一個男孩，來頂替林之元，長大了回去跟他生父學農以便以農爲業。老三林之乾，本來也是健康的，但在七歲時生了一場痢疾，差一點送命，救活了之後，倒也長大成人，只是身體一直衰弱，時常生病，特別對傷風過敏，一冷著便咳嗽不停，都得長久的休息與湯藥，才能慢慢恢復健康，身體既已如此脆弱，任何吃重的行業都做不成，只好跟他的大哥習醫，準備將來娶親以後，也學他大哥一樣懸壺濟世了。

這一天上午，林雅堂吃過早飯，坐在院子前面的一棵老榕樹下抽煙槍，忽然從城外來了一群赤腳戴笠的莊稼人，都是林雅堂的佃戶，由那個口若懸河的「南海」領頭，走到榕樹下，大家對他做了個揖，便由南海代表，對他說：

「頭家啊，田膾做囉！」

「這是安怎講？」林雅堂停止抽煙問道。

「開始是彼割廣東的敗勇，城裡不敢去，莊裡逐工來，一個來一個搶，搶到雞仔子都春沒一隻，這猶較好哦，現在日本兵欲來囉，這比廣東勇厲害千倍哦，聽講偲卽割人，也佮廣東勇相仝，看著人就刣，看著物件就搶，現在莊裡攏給廣東勇搶到空空囉，偲來看沒什麼通給偲搶，絕對會受氣起來，一旦受氣起來，就會亂刣人囉，我恐驚莊裡的人會給伊刣死了了，阮想想咧，不如聯合起來佮偲打，來佮偲拚一個生死，也比白白給偲刣死猶較有價值。」

南海比手劃腳滔滔不絕地說著，林雅堂默默地聽著，嘴唇一直咬住煙槍頭，既不吸也不吐，聽到一半便做沉思狀，然後南海話一說完，他便連連點起頭來。

「拚也是一條路啦，可惜我今年已經六十囉，連走都嬒走，否就佮您做陣去打。」林雅堂說。

聽了林雅堂的話，那夥莊稼人之間立刻起了哄，都紛紛向林雅堂說，他們絕對沒敢要林雅堂去跟他們一起打日本兵的意思，只是頭一件想向他表示不再給他做田了，第二件是希望他能給他們一些捐助。

「代誌是安倪啦，老頭家，」南海終於代表那些莊稼人的意思對林雅堂說：「阮莊裡現在已經搶到空空囉，錢也沒、糧也沒、衫也沒、槍也沒，一切攏沒，欲安怎去佮日本兵打？阮來的目的是欲問你頭家，是不是會使❶捐一割錢出來給阮去買糧、買衫、買槍佮買槍子？」

林雅堂沉思了一會，又默默然地點了好一會頭，說道：

「糧您免復去買，我厝後有粟倉，也囤有幾千斗粟，您欲做您扛去，沒關係。若是衫，我厝

❶會使：台語，音(e-sai)，意(可以，使得)。

裡也有獪少舊衫舊褲，您也提去，免細膩❷。銀我會給您，看需要幾千兩，做您講……但是我看您親像❸沒吃早頓的款，我去叫人準備給您吃，安怎？」

大家你看看我，我看看你，也不敢說什麼，之後便由南海代表他們向林雅堂點頭稱謝了。於是林雅堂便立了起來，走進院子裡去，一面反身招呼那夥莊稼人跟著他走進院子去。

三

與台北的無血入城比較起來，新竹的佔領對日本的第二連隊而言，可不再是輕而易舉的事情了。

日本軍在新竹城外發現有臨時挖掘的壕溝，雖然已經看不見義勇軍，顯然民軍是存心要與日本兵一決雌雄的。當日本軍隊從東、北兩面把新竹包圍起來，他們便看見義勇軍有秩序地由南門退向十八尖山的丘陵地上去，一點兒也沒有驚慌失措的情形。然後當日本軍用自己攜帶的梯子爬上城牆，便有民兵自民房裡對著他們開槍，使得他們不得不一面反擊，一面走到城門，才發現城門由木柵和泥土堵住，於是不得不調來一隊工兵，把木柵與泥土挖開，勉強讓其他的日本兵入城。

像台北城裡那樣對日本軍的協助與期待，在新竹城裡是絕對沒有的，整條街上看不到有人點燈，更見不到寫有歡迎標語的白旗，日本兵一進城門，所有城裡剩下的民兵都逃散藏躲起來了，

❷細膩：台語，音(soe-Ii)，意(小心，客氣)。
❸親像：台語，音(chhin-chhiū)，意(好像)。

家家戶戶門窗緊閉，寂靜得像一座無人的死城，非得日本兵挨家挨戶地強求搜索，百姓才肯開門讓日本兵進去，搜索了整個城，他們才抓了十多個民兵，便把那些民兵全部捆綁起來，關到城隍廟裡面去了。

在這天的中午，日本軍把連隊司令部移到城裡來，新竹已完全在日本軍的控制之下，入城以來，那些民軍的執拗抵抗雖然消聲匿跡了，可是住民心裡的抵抗卻仍然持續著，儘管新竹城已經是日本軍的掌中物，但是城裡的日本軍卻得不到片刻的安寧。

首先是佔領了新竹的日本軍第二連隊在入城的當天，派了五個騎兵往台北出發，要到台北的總司令部報告新竹的戰況，這五個騎兵始終也沒能到達台北，他們在新竹與台北之間的半路上被當地的義勇軍包圍了，而且就在當天被他們殲滅了。日本軍在台北與新竹之間的聯絡線就因此被切斷了，使佔據新竹的第二連隊陷在孤立的狀態中。

這消息傳到新竹外圍的義勇軍的耳裡是第二天的事情，於是從第三天開始，那些退到十八尖山方面的義勇軍便捲土重來，向據守新竹城的日本軍逆襲了，這時城裡那些匿藏的民兵又零散地出現，有幾個民家甚至掛出了歡迎義勇軍的黑旗來了。

這些義勇軍英勇地向日本軍攻擊，雖然都被日本軍的機關槍和野戰礮阻遏了，但他們仍然一波接著一波，終日不停地向前衝鋒，給日本軍空前未有的重創，他們的努力儘管沒能成功，新竹城也始終沒能奪回，但從日本軍在澳底登陸以來，他們由節節勝利的攻勢逆轉而變成守勢，這還是第一次，也難怪台北的日本司令部得到消息之後，震驚之餘，立即派了其他連隊，急來新竹解圍，並且終於維持住台北與新竹間的電訊聯絡，但他們卻開始受到義勇軍的游擊與突襲，他們嚴重的損傷以及所處的困境，是不久前才在台北城裡主持「始政典禮」的樺山總督始料未及的。

四

日本軍入新竹城第十五天的早晨，當林雅堂還在睡夢之中，他院子的大門突然響起如雷的敲門聲，立刻院子裡的兩隻土狗便吠了起來，不久家裡的一個長工便來敲林雅堂的房間，林雅堂醒了過來，高聲問道：

「什麼人？」

「我啦……頭家。」長工回答。

「什麼代誌？」

「有……有……眞多日本兵佮劉賜來欲見你。」

聽了那長工的話，一股不祥的感覺立即襲上林雅堂的心頭。「劉賜」是新竹城人，以前曾做過一個時期清朝的小吏，會講一口北京官話，因爲日本軍只有懂得北京官話的翻譯官，沒能直接跟講福佬話的台灣人溝通，所以才把劉賜找出來當通譯，因此十幾天來劉賜便忽然在新竹城威勢起來，從一個沒沒無聞的小人物變成了赫赫不可一世的「半大人」，林雅堂本來就不喜歡他，最近就更加討厭他了。

林雅堂已經從床上爬起來，正想開門走出房間，他的妻子在後頭把他拉住，對他說：

「你著愛加穿一領衫，否會去冷著。」

林雅堂心裡又是一怔，閃過了一個念頭：「我此去大概膾得通復轉來丫。」但也不說什麼，只依了他妻子的話，多披了一件外衫走出房間。

來到客廳時，林雅堂便看見幾個穿黑色軍服、綁白色綁腿的日本兵，都持著來福槍虎視眈眈地注視著他，他們中間有一個沒有拿槍的軍官，那便是日本翻譯官了，在眾兵之前則是劉賜，他光著頭，不知幾時已把辮子剃掉了。這時一家大小也都驚起了，林雅堂的三個兒子也一邊穿衣服一邊趕到大廳來，後面跟著林雅堂的妻子和其他一些大小的女人……

「什麼代誌？」林雅堂迎著劉賜，對他說。

「你敢有提錢出來組織土匪佮日本兵打？大人欲叫你去城隍廟查問。」劉賜說。

於是也不經林雅堂分說，只經劉賜一個手勢，那幾個日本兵便上來把林雅堂捆綁起來，推著他走出了大院子，院子裡立刻響起女人與小孩的哭聲……

五

來到城隍廟裡見那內殿早已清理出來做為審判所，那佛桌上的木魚、鐘磬、燭台和神杯已被人移走，一個帶濃度近視眼鏡留著卓別林鬍的日本軍法官就坐在桌後，桌的一旁立著三個漢人苦力，兩個空手，一個拿著木杖，桌前的地上跪著一個形容枯槁、衣服破爛的人，林雅堂仔細看他時，才發現他竟然是南海，他的心即刻沉了下去，暗暗叫道：「我苦了……」

那軍法官顯然已經審問過南海有一段時候了，彷彿是特地等待林雅堂來臨似地，一看林雅堂進堂，便用日語對那日本翻譯官說了幾句話，然後再由劉賜用福佬話對地上的南海說：

「你復講一遍，是不是林雅堂提錢提糧出來叫你去做土匪？」

「不是……是我去林雅堂的厝，叫伊提銀佮提糧出來，後來阮才用這銀去台北買槍佮槍子。」南海說，回頭望了林雅堂一眼，眼中流露著無限的歉意。

「你復講一遍，是林雅堂叫你做土匪，抑是你家己欲做土匪？」劉賜不經軍法官的命令，自動地問南海說。

「你欲叫我講幾百遍？……不是伊叫我……做的，是我家己……做的。」

「白賊話❹講規擔！」劉賜說，激動起來：「抵才人猶未到，講是林雅堂唆使的，現在人一到，又反口供講是你家己欲做土匪！」

說完了話，劉賜便用北京官話和軍法官說了幾句話，回頭指向立在旁邊的三個苦力，那翻譯官又用日語與那軍法官商量了一陣子。那軍法官終於點點頭，劉賜不待那翻譯官翻譯便已會了意，於是就召喚那三個苦力過來，喝道：

「復打四十板，看伊欲講實話抑是不講實話！」

那三個苦力聽了劉賜的命令都走了過來，兩個苦力把南海推倒在舖石板的地上，合力把他的布褲剝了，那整個屁股東一塊瘀西一塊血，已經被打得污泥稀爛，找不到一寸的白膚。既已剝了南海的褲子，一個苦力便去按他的頭，另一個去按他的腿，第三個便揮起杖來往那屁股猛打起來。林雅堂把眼睛閉起，咬緊牙根，全身隨著那落下的杖聲一次一次地抽起筋來……

南海口喊著：「救命啊！救命啊！」可是木杖仍無情地揮落下來，一直打到二十下的時候，才經劉賜喝止，對南海說：

「你認抑是不認？」

南海只顧呻吟，也不能說話。

「是不是林雅堂提銀出來叫你去買槍做土匪？……緊認❺！」

---

❹白賊話：台語，音(pe-chhat-oe)，意(謊話)。

南海流出了鼻血，卻仍無力地搖頭。劉賜看了，改變了架勢，突然蹲在南海的耳邊，輕聲地對他說：

「加偲認啦！加偲認啦！安倪皮才膾痛。」

南海仍固執搖頭，於是劉賜又立了起來，恢復原來的威勢，大聲喝道：

「復二十板，繼續打！」

那苦力又揮杖打了二十下，打完了才發覺南海已昏了過去……

六

有幾個日本兵到廟的後殿提了一大箱銀元和幾件舊衣進來，放在軍法官的桌子前面，那軍法官指著那箱銀元對翻譯官說了幾句話，那翻譯便傳給劉賜，而劉賜就對林雅堂說：

「大人列問你，這銀元是不是你的？」

林雅堂瞟了那箱銀元一眼，默默點了一下頭。

那軍法官又指了那幾件舊衣服，嘴巴說了同樣的話，劉賜即刻會意，便問林雅堂說：

「大人列問你，即堆舊衫是不是你的？」

林雅堂又瞟了那些舊衣一眼，依然默默點了一下頭。

以後那些日本人又查問了他很久，林雅堂始終也是默默地點頭，沒有說什麼話，因爲他實在是沒有什麼話好說的了。擺在眼前的這一大堆證據，再回想剛才南海被逼供的悲慘情形，他連辯

❺緊認：台語，音(kin-lin)，意(趕快承認)。

解的慾望都沒有了，他想反正已經死路一條，到底是他的佃戶自己要去當義勇軍還是他唆使他們去當義勇軍，實在是沒有什麼分別了。日本法官叫劉賜硬逼南海說是他教唆他們，不過是要告訴新竹城的老百姓說殺他是名正言順，絕非冤枉，以收殺一儆百之效而已，他們既然胸有成竹，任他現在這麼一個手無寸鐵的階下囚，如何辯解又何補於事呢？

既然對於日本軍法官的判決，林雅堂沒有提出任何反辯，他便連同其他的二十個義勇軍被判了死刑，三天以後執行，執行的地點是在新竹城的西門口，方法是用日本武士刀斬首。

那張用漢文寫的告示不久便貼在城隍廟的牆壁上，於是林雅堂要被斬首的消息便像燎火一般，不到幾刻便傳遍整個新竹城了。

七

當消息傳到林家的院子，林妻及兩個媳婦便又嚎啕大哭起來了，而林之本、林之元、林之乾這三個兒子則皺眉蹙額在大廳的磚地上踱步。不久一些親戚朋友也都聞訊趕來探問，大家聚集在一堂，一面互表哀意，一面商量對策……

「我知影有一個『偕牧師』，伊是外國人，伊在北部傳教，日本仔眞信任伊，聽講伊也佮日本大官攏見過面，去拜託伊向日本人求情。」一位年紀五十多歲的親戚說。

「你講什麼『偕牧師』？是不是『馬偕牧師』？加拿大人，嘴髭鬍鬍鬍，留到肚臍頂彼位？」另一位三十多歲的親戚說。

「就是啊，就是啊，伊人眞勤快，心肝復眞好，拜託伊去佮日本人講，講林雅堂實在是給土匪仔迫著，不是伊家己提銀去給伊買槍的，叫伊加備保證，保證以後膾復安倪做，請偲日本人赦免。」

「確實是安倪，我也有聽人講伊實在眞好用。」一位女親戚說：「但是伊是吃教的人，只有吃教的人才訊伊，新竹城內也沒吃教的人，倆欲去嘟位找？」

正當大家在議論紛紛、無計可施的時候，有一位外表精幹的中年人走出來說：

「新竹雖然無人吃教，但是我定定去基隆做生理，在基隆訊一個叫做許尙仁的，我知影伊是吃教的人，他絕對訊『偕牧師』，先去找伊，才叫伊去佮『偕牧師』講，一必一中。」

聽了他的話，眾人之中有一個人提出異議，說道：

「您敢知影？新竹佮台北中間的鐵路膾通囉，一時復沒其他的交通工具，需要一個人由新竹行路到台北，到台北才復想辦法去基隆，即條路即倪遠，復眞危險，欲叫什麼人去？」

「我想我來去啦！」林之乾排開眾人，大聲地說：「阮老爸的代誌，本來就是阮三個兄弟愛辦的，我看大兄二兄攏已經娶某生子囉，有人連累，我猶單身一個，沒人連累，猶是給我來去較妥當。」

大家聽了林之乾的話，也都點頭認爲有理。當下便喚長工給林之乾備了簡單的包袱，林之本又在包袱裡爲他放了一些輕便的藥物，而林媽更在林之乾的衣縫裡塞了一些銀元，抱著他流了不少的眼淚，才讓他當天趕往台北去。

八

林之乾出了新竹城，沿著鐵路北上，那鐵路穿過一叢叢的竹林，然後便橫跨在一畦畦的稻田之上，那田裡的稻禾也長到一尺高了，有的已在開花結穗了。

才走不到一小時，那鐵路便開始有些破壞的跡象了，鐵路旁大部分的電信桿都被推倒了，小溪上的木橋也被拆走了，鐵軌的鉚釘被拔掉了，整條鐵軌被挪開了，有的連鐵軌底下的枕木也被撤走當木材燒了……林之乾正瞪住這一切瘡痍的景象頓足沉思，突然從一叢木麻黃的樹林裡跳出四、五個義民來，他們頭包著頭巾，腳踩著包鞋，胸前佩著兩排子彈，手提著來福槍，顯然是不久前才從日本軍隊擄來的。那走在前頭年紀較大的義民大聲對他說：

「嘿！友的，友的，你欲去嘟？」

說著這話，那個說話的義民已走到林之乾的面前，林之乾見他也沒有什麼惡意，便回答他說：

「我欲趕來去基隆。」

「你欲去基隆創什麼？你欲去赴死是否？你敢不知死日本仔大隊小隊每日攏由鐵路來？你若碰著，絕對是死路一條！」

「死路一條也是著愛行。」林之乾說：「若不行，阮老爸大後日就穩死沒活囉。」

「您老爸是什麼人？」

「林雅堂，新竹的林雅堂。」

「哦，哦，是不是住在北門彼位林雅堂？伊有一個孝生在城隍廟口做漢醫彼個？」

林之乾點點頭。

「我有聽見人講，講伊做人膾霎，時常提錢出來幫助做田人。」

「是啊，即回就是提錢給阮的田佃去買槍，才會給日本人掠去城隍廟判死刑，大後日就欲執行囉，我沒緊趕來去基隆叫人佮伊日本人講情膾使。」

「著！你著趕緊去！」那義民說，然後換成另一種口氣說：「唉！這死日本鬼仔，上好是加偲打打死！」

說完了揮手叫林之乾趕路，等林之乾又踏上那軌道上的枕木，那四、五個義民又幽然躲進木麻黃的樹林裡去。

九

林之乾向北走了約一小時，便遠遠聽見槍聲，他趕快從鐵路的高堤上走下來，找到附近的一處香蕉林躲了起來，他極目展望，見前面一里的地方有一間石造的大厝，那大厝的牆上留有槍孔，本來是爲了應付土匪的，現在卻從那槍孔發射出子彈，向鐵路上的一小隊日本軍襲擊。那日本兵在大厝的前面散開了，有幾個受傷了，雖然也向大厝回擊，但那牆壁太堅固了，似乎沒發生什麼效果，最後看見一個日本兵匍匐前進，爬到牆角，用火藥把牆的一角炸開了，才見一些漢人從大厝退向厝後的一個種椰子樹的小丘上去，這時突然響起了日本軍的機關槍聲，那些漢人往小丘另一邊退去，也不見有誰倒下，他們敏捷地沿著田上的壟陌往前跑，越過小溪，爬上溪對岸的另一個小丘，不見了。

林之乾躲在香蕉林裡不敢動彈，一直等到日本軍整隊從鐵路走過了，才敢探出頭，他只遙遠看見那最後一列日本兵還用擔架扛著幾位傷兵，直往新竹方面走去。

當林之乾來到湖口，他完全驚呆了，這村子沒有人跡，已完全放棄一空，店舖的門都開著，擺著棕蓑、木屐、草笠、草蓆等一些鄉下用品，彷彿還在等待顧客一般，只是店裡一個人也沒有了。村裡十分安靜，聽不見人語，只聽見樹上麻雀的聲音。全村不但店門，連家家戶戶的門也都是敵開的，似乎一刻之前村人還好好的過著和平的日子，突然一個警號，全村的人連準備都來不及，便扶老攜幼逃得無影無蹤了。

傍晚時分，林之乾走到中壢來，還沒到中壢，他突然聽見尖銳的槍聲，他趕快匍匐在鐵路一旁的土堤上，然後探頭展望，在鐵路的右方是一大片紅土丘陵地，上面生著濃密的相思林，有一個山坡從平地傾斜延伸到丘陵上去，在丘陵的頂上有一個俯視平原的小山崗。這時那山崗上佈滿著義勇軍，他們正對著平地的日本軍射擊，那日本兵分成三隊，一隊騎兵沿著鐵路左邊的隱避處向前進，另兩隊步兵沿著平地的小溪逼向丘陵上去……

在丘陵與日本兵之間望得見一個小村，只有四、五間土塊厝，圍繞著綠竹，那些日本兵並沒有射擊，只慢慢匍匐到小村去，然後集中在小村的綠竹林中，那丘陵上的義勇軍繼續對著那綠竹中的日本步兵射擊，也同時對著鐵路這邊的一隊騎兵發射，有三、四顆子彈打到林之乾腳下的大水溝裡，先是嘶嘶的幾聲刺耳的聲音，然後濺起了幾柱污水與泥巴，洒了林之乾一身……

那槍聲平息了一會兒，突然聽見丘陵上鑼鼓震天，然後又出現了紅色與綠色的三角旗，在風中飄盪，隨後便看見三、四百個義勇軍拿著刀、提著槍，一路從丘陵上殺下來，可是才跑了一半的山坡路，那竹林裡的日本兵便向丘陵猛烈發礮，礮彈連續落在山坡上，開了沖天的彈花，於是那山坡上前進的義勇軍便一批批倒臥下去，速度減慢下來，人也少了，最後經不起礮彈的轟擊，便又退到山崗去，堅守山崗優越的形勢，不再向山下射擊了。日本兵看那義勇軍沒有再攻的意圖，同時又意識到他們自己沒有奪取山崗的能力，也慢慢退到鐵路這邊，與等候在鐵路線上的騎兵會合，整軍沿著鐵路重新踏上南下的路。

林之乾趕快離開了鐵路的土堤，退避到遠離鐵路的一叢蘆草堆裡，等那三隊的日本兵走過之後，才又爬到鐵路上，重新上路北上。

他在天黑的時候才走到鶯歌，實在太累了，便在鐵路旁找到一間土地公廟，把那廟裡神桌上的殘燭餘香搬開，倒頭橫在桌上睡了。

十

第二天清晨，林之乾從夢中被槍聲驚醒，他走出了土地廟，看見鶯歌與三峽中間的三處村落浴在一片火海之中，三大股黑煙昇上天空，被上層的氣流帶向南方，使得南方的天上也瀰漫了煙雲，像蓋著一張帷幕，地上暗然無光。

也不知道被什麼所驅使，林之乾不自覺地對著那燃燒的村莊走去，當他逼近一處村莊，他才發現有一大隊義勇軍退向村後的一處高山去，在後面的一隊日本兵則隨後對著他們追擊而去。當他來到小村，村道上遺留了三、四十具村民的死屍，沒有活人或受傷者，可能受傷的都被義勇軍帶上山去了，那村舍繼續在燃燒，只是沒有剛才狂烈，但是煙卻彷彿更濃了，那風向突然轉向林之乾，於是一股焦爛的煙霧迎面吹來，使他嗆得連連咳嗽，忙跑離了那村莊，往北方的小路上走。

他才走了百步之遙，突然聽見嬰孩哭聲從路旁一堆稻草傳了出來，走近看時，才發現一個二十來歲的女人抱著一個嬰孩躺在草堆裡，那女人的頭髮已部分燒焦了，臉上起了水泡，可是仍露出雙乳想塞進那嬰兒的嘴巴，但那嬰兒卻推開乳房，一逕開口大聲地哭著……

當那女人看見林之乾，也不作任何驚訝的表情，只露著滿眶淚眼凝望了他一會，才哀求地對他說：

「你即位好心阿叔仔……你不知會使抱我的嬰仔去給吳家莊吳坤的厝抑𣍐？」

「吳家莊是在嘟位啊？」

「復落去沒外遠彼個莊就是啦……吳坤是我的老爸……你加伊講這是鳳英仔的子，伊就會知影。」

「你爲什麼不仝陣行？我替你抱嬰仔。」

「𣍐行囉！𣍐行囉！我看我會死在即丫囉……」

林之乾把那嬰孩抱在一邊，把那女人翻來覆去檢查了一遍，才發覺她的膝蓋中了一顆子彈，膝蓋骨打碎了，但仍能從村莊走了這百步之路，實在也是十分不可思議的事情。除了這膝蓋與臉上的燒傷，林之乾倒也沒有發現其他致命的傷，所以猜測那女人的死話不過是神經作用的誇大其辭而已。話雖這麼說，如果讓那女人躺在稻草堆裡，任那血繼續流，而又沒有人來救，那麼她的話倒也說得恰如其份呢，不但她會死在這裡，恐怕連那嬰孩也會餓死在他母親的身邊吧。於是林之乾便對她說：

「我看你的傷是沒啥牽礙，我一個人抱您兩個抱𣍐振動，好啦，我先抱你的嬰仔來去您外家厝，才叫人來扛你，好否？」

那女人便把嬰孩遞給林之乾，躺到草堆裡開始呻吟起來，林之乾抱那小孩走了好幾百步路，終於來到吳家莊，敲了第一家土塊厝的門，問厝裡的一個老婦說：

「請問吳坤住在嘟一家？」

「隔壁就是，啊……啊，你抱的敢不是鳳英仔的子？」

說罷，那老婦便領林之乾來到隔壁的土塊厝，敲了門，一個五十歲的男人來開門，那老婦見了便對他說：

「坤仔，這生分❻人欲找你啦，伊抱的是鳳英仔的子哦。」

「鳳英仔的子？」那老人變了臉色說：「阿鳳英仔咧？伊死去丫是否？」

厝裡的一個五十歲的老婦聽了這話，哭啼地奔了出來，接了那嬰孩，也望著林之乾，焦急地問：

「我的查某子死去丫？我的查某子死去丫？」

林之乾聽了，立刻回答他們說鳳英並沒有死去，只是受了腳傷不能行走，躺在路上的稻草堆裡，當下便請他們叫了厝邊隔壁的幾位男人，臨時用竹桿搭了一個擔架，跑到原來的路邊去把鳳英抬回吳家莊。

鳳英的擔架由兩個強壯的男人扛著，其他的人跟在後頭，而吳坤則走在擔架之旁，一手扶在竹桿上，一路上眼睛噙著眼淚，對著他女兒問：

「鳳英仔，阿阿江咧？」

「死去丫……」鳳英微聲歎息說。

「阿阿海咧？」

「也死去丫……」

「阿阿河咧？」

「也死去丫……」

---

❻生分：台語，音(sī-hun)，意(陌生)。

「阿阿滿咧？」

「啊……攏死了了丫！全家攏死了了丫！死到一支骨頭都沒春……」

沉默了片刻，吳坤又開始問他女兒說：

「鳳英仔，阿伲日本兵哪會欲加俌刣，復放火加俌的莊燒了咧？」

「唉……俌哪會知咧？……講什麼俌莊裡有人藏過義勇軍啦……日本仔就派人來問……大家講沒……阿伲就硬講有……就將大家叫叫出來……開槍加大家打打死……才復放火燒厝……啊……阿爸……眞悽慘哦，叫天天不應，叫地地不靈……實在眞悽慘哦……」鳳英說畢，又開始痛哭。

林之乾在旁聽了，也是咬牙切齒，眼淚不覺流了下來。

回到吳坤的土塊厝，林之乾打開了包袱，從中拿出了幾塊薄荷，叫吳媽泡了熱水給鳳英洗了臉上的泡，又洗了膝蓋的傷口，然後拿出了朱砂和硫磺給鳳英撒在傷口上，又親自到後園找了桑葉和蘆薈等草藥搗碎了放在蓮蕉葉上，給鳳英敷上了，然後才又撕了一些碎布給她包了傷口。

當一切完畢，已近中午了，林之乾在吳家吃了中飯，待他們全家對他千謝萬謝一陣之後，便又揹上包袱，一路往台北趕去……

十一

林之乾到達台北已經是傍晚時分，有一班火車剛好要開往基隆，他也就買了票搭上火車。那火車原來就是清軍遺留下來的，既然日本軍已佔了基隆和台北，它也就變成了日本軍的戰利品。聽說日本軍擄獲的時候，火車頭上能夠移動的機件都被人偷光了，是日本軍的工兵隊費了九牛二虎之力，東拼西湊才勉強把火車頭修理好，也是林之乾到達台北的前二天才開始通車的。

來到基隆，林之乾看見街上熙攘來往的行人，那些避難的百姓又回來了，開始修理破壞的房屋與道路，鐵鎚與鋸子的聲音到處可聞，五、六艘日本軍艦與十幾艘運輸艦泊在碼頭上，昔日的中國帆船一隻也不見了。

許尚仁的四合院在基隆的南端，院子前面的田埂上立著兩支大石筆，表示這家的祖先曾經進士及第，那院子的大門兩旁有兩隻大石獅，門限很高，卻因年代久遠，已被腳跟磨光了。

林之乾被人帶到掛滿字畫的客廳，不久一個五十歲的中年人走進來，他中等身材，嘴上留一撮短髭，帶一頂瓜帽，穿一身馬褂，一看便知是讀書世家的後代，他一見林之乾，便打拱作揖，而林之乾也即刻從椅子裡立了起來，回了禮，兩個人寒暄了幾聲，互道了姓名，才在牆一邊的八仙椅上坐下，隔著小几交談起來……

「你講你是由新竹來的，新竹敢不是火車𣍐通？」許尚仁問。

「是啊，我由新竹行路來台北，才復由台北坐火車來基隆。」林之乾回答。

許尚仁聽了，突然對林之乾肅然起敬，不覺稱讚道：

「實在眞欽佩！實在眞欽佩！」

有人端了兩杯茶來，放在那小几上，又退了下去。許尚仁示意林之乾喝茶，於是林之乾端茶啜了一口，又把茶杯放回小几上。

「阿不知林先生你即遭來寒舍有何貴幹？」停了一會，許尚仁問道。

「我是專工來拜託你，看會得救阮老爸一命抑𣍐。」林之乾道。

當下，林之乾便把他父親林雅堂捐銀給佃戶買槍抵抗日本軍，到後來在城隍廟被日本軍法官判處死刑的經過一五一十說給許尚仁聽了。

「新竹的林雅堂……我早就聽見，伊是一個善人。」許尙仁說，然後嘆息起來：「啊！即款年冬，好人攏給人刣刣死，孤春一割歹人留列世間……」

就在這時，林之乾聽見從後堂傳來女人的聲音，叫道：

「阿爸，又復是什麼人給人刣刣死？」

話還沒說完，已見一個二十歲的女人出現在客廳的珠簾下，她腦後梳了一捲大螺髻，穿一件素色大掏衫，一臉愁容，凝視著許尙仁與林之乾……

「哪有什麼人給人刣刣死？」許尙仁對他女兒說：「我是列佮伊講，講好人攏給人刣刣死，孤春一割歹人留在世間……著啦，即位是林之乾先生，偲老爸是新竹出名的林雅堂，講什麼給日本人判死刑，明仔再就欲給人執行。」

聽完了許尙仁的話，他的女兒便微微向林之乾頷首，便又從珠簾退下了，就在他轉身的一瞬，林之乾發現她那大螺髻的一端打了一朵粗麻結。

「這是我的大查某子，我猶有一個細漢查某子。我即個大查某子舊年才嫁去澳底的吳家，哪知影日本兵在澳底上陸，將偲一家五個兄弟打打死，一時大家攏去做水鬼，孤春一割查某人在厝裡啼啼哭哭，我才叫人去叫伊暫時轉來……唉呀，實在是眞不幸的代誌啦！」

許尙仁感嘆了一番之後，才突然記起林之乾此番專程來見他的目的，於是把話題轉回來，問林之乾說：

「你想我欲安怎加你幫忙，你做你講，免客氣。」

「我來進前，有聽見新竹的人列講，講許先生你訓馬偕，即回專工就是想欲拜託你去加馬偕講，拜託伊爲阮老爸去佮日本大官講情。」

「會使啊，但是伊馬偕牧師即馬在淡水，已經眞久沒來基隆囉。」

「在淡水？」林之乾驚訝地說：「安倪哪趕會赴❼？就準做去淡水加馬偕講，伊復去佮日本大官講，安倪也趕獪赴，因爲阮老爸明仔再❽就欲給人執行，我看阮老爸一定死定丫。」

說罷，林之乾不禁淌下眼淚……

「代誌已經到即丫，哭也是沒路用。火車暗時已經沒走丫，我看不如倆兩人透暗行路趕來去淡水，先見著馬偕牧師才復打算。死馬做活馬醫，總是希望皇天不負苦心人。」

於是許尙仁便即刻準備了一些盤纏，換了布鞋，跟林之乾兩人連夜步行趕到淡水去了。

十二

這一天近午的時候，二十幾個死囚都反縛著手，用繩子一個連著一個，從新竹的城隍廟一路蹭到西門城口來。因爲天氣十分燠熱，大部份死囚都赤著足，裸著上身，只穿一條布褲，把長辮子像蛇般地盤繞在頭上。那隊伍的前頭是兩個騎兵，拖著那隊伍的繩索，隊伍的兩邊，不遠便有一個日本兵，執著槍，上了刺刀守押著，隊伍的後頭更是一大隊步兵，腰間都掛著武士刀，他們便是要來執行斬首的劊子手。

林雅堂與南海剛好前後相連，有一會趁日本兵不注意的時候，南海往前走近林雅堂，對他說：

---

❼會赴：台語，音(e-hu)，意(來得及)。

❽明仔再：台語，音(mi-a-chai)，意(明天)。

「頭家啊，你著愛赦免我……攏是我連累你……你千萬著愛赦免我……」說著，南海不禁抽泣起來。

「唉，代誌已經到即丫囉，免復講丫啦！橫直每人攏著愛死一遍，早慢而而啦。」林雅堂斜過臉來回答。

有一個日本兵吆喝著對他們走過來，用刺刀把他們撥開，叫林雅堂跟著前面的人快走，於是他們兩人又分開了。

那西門城口早已圍了許多百姓，不但男女都有，連五、六歲的小孩也來看熱鬧，他們立在人牆的最前排，躲在大人的胯下，抱住他們的大腿在發抖……

有幾個日本兵開始用白巾綁死囚的眼睛，所有死囚都跪在地上，輪到南海綁白巾的時候，他轉過頭來對林雅堂說：

「頭家啊，我先行囉，稍等才復見面啦。」

林雅堂回望了南海一眼，也沒有回應，只默默地歎息，不久他也被蒙了眼睛，靜靜等待著……

突然西門城口鴉雀無聲，林雅堂屏住了呼吸，先聽見了他自己的心跳聲，然後才聽見到處日本兵撕肝裂肺的喊聲，於是唏噓之聲四起，接著是女人的哭泣之聲……

林雅堂等著，有一陣日本兵的革靴聲向他移近，他想這回輪到他了，可是那日本兵卻抓住他的臂膀，把他自地上提起來，領著他走了十幾步才叫他停止，他正想再跪下，已有另一個日本兵來解他眼上的白巾，更有第三個日本兵來鬆他手上的繩子……

林雅堂惺忪睜開了眼睛，發現立在他面前的是那個日本軍法官，那個台灣通譯劉賜不知從哪裡走出來，笑嘻嘻地對林雅堂鞠了一躬，對他說：

「恭禧！恭禧！台北樺山總督抵才打一通電報來，欲赦你無罪，即馬❾你會使轉去丫。」

林雅堂只以爲是一場夢，不肯相信他們，等到那軍法官把手裡的一通日文電報揚給他看，又連連對他頷首表示他的誠意，他才相信那是事實，於是反身想走回來，才轉頭，林雅堂便瞥見西門城下那一具具狼藉的屍體躺在一片血泊之中，他們的手依然反縛著，但他們的頭已滾到腳跟去了，林雅堂突覺腳軟，接著眼睛一黑，暈倒在地上了……

❾即馬：台語，音(chit-ma)，意(現在，即刻，馬上)。

第八章　烏鴉錦之役

一

七月以來，在三峽與大溪一帶丘陵地組織起來的義勇軍合計約有三千人之多，這些義勇軍都是散居每個小村落的客家人，平常各個村落成爲獨立的戰鬥團體，只有遇到大敵，才由附近的幾個村落聯合起來共同抵抗敵人。

一提起台灣的客家兵，曾經跟他們作過戰的外國人，無不談虎色變，嘖嘖稱讚他們的刻苦耐勞與勇敢善戰。原來他們是晚期才來台灣墾荒，因爲平原的好地已被早到的福佬人佔有，只好往山地發展，或是開採樟腦，或是開闢山田，因爲天天與下山來獵人頭的生番格鬥，人人都養成了使用火繩槍與匕首的習慣，早已成爲經驗豐富的游擊隊。十年前，法國侵佔基隆與淡水時，當時的巡撫劉銘傳就是用這一批客家兵打退了登陸上岸的法國兵，建立起他們驍勇善戰的聲譽。其中最叫法國人佩服的是，他們不但立著發射、坐著發射、伏著發射，甚至還懂得仰臥發射，將槍口放在腳趾之間，然後抬頭瞄準目標射擊，他們平常便習於此道，特別是在長著菅芒和蘆葦的戰場上，因爲難於被對方發現，所以奏了游擊的奇效。

在台北的日本總指揮部得知以上的消息之後，便決定掃蕩這一地帶的義勇軍，於是一團近三百人的日本步兵便由台北城出發，徒步沿著流入淡水河的大嵙崁溪的兩岸溯游而上，一路向三峽進襲而來。

在三峽一帶的義勇軍，一方面爲了避免村落戰爭，另一方面要把日本兵誘入更深的山中，以進行有利於他們的山間作戰，他們撤出了三峽，使三峽沒有一點抵抗便輕易落入日本兵的手中。這是日本兵從台北出發的同一天傍晚的事情，當晚日本兵在三峽駐了一晚，第二天早上便又整軍出發，向更上游的大溪進軍。

二

這團日本軍的運糧隊是晚了步兵本隊三小時才由三峽出發的。

這運糧隊由十條在台北擄來的渡船組成，因爲河中水急，又怕隊伍拉長，所以分成兩隊，分別沿著溪的兩岸，一路往上游撐船而行。整個運糧隊有三十五名的日本兵，溪右岸的船隊由總隊長櫻井曹長領隊，溪左岸的船隊由江橋伍長領航，兩隊隔溪相望，互遞消息，迂迴向大溪前進。

同在櫻井一條渡船上的，除了那個在船尾撐船的二等兵田中，還有另外一個伍長叫大井，他曾經參加過在澎湖發生的戰役，本來不屬於這個兵團的，因爲運糧缺人，才臨時從他原來的軍隊調到這兵團來。這時，早晨的太陽才在山頭出現不久，黎明的清涼便即刻一掃而光，接著而來的是惱人的炎熱，特別是像這天這種沒有風的艷陽天，陽光一灑在曬黑而脫皮的臉上，已叫人感到微微的刺痛，再想到往後的一天漫長的烘烤，就更使人悶氣塡膺，彷彿忽然又長了一身扎膚的痱子。

「唉！萬萬沒想到台灣這種殺人的熱天，可是我們卻穿這種冬季的制服，簡直在火爐上面又加蓋了棉被，活活要把人燒死。」大井伍長說，把領口的鈕扣打開了，深深地吸了一口氣。

「你也別埋怨我們這冬季的制服了，這本來就是爲了到滿州去打仗的軍隊準備的，前兩個月還在大連旅順打仗哪，那時誰還嫌這制服厚？還嫌它太薄哪，只是來到台灣，才知道這裡這麼熱，要換也來不及了。不過話說回來，當初誰會料到我們會被調來這島上與這些土匪打仗呢？連我們的伊藤首相也以爲馬關條約一簽成，台灣就是我們帝國的腹中之物，哪裡曉得這塊肉這麼多骨，實在太難吞嚥！」櫻井曹長說，他留有一般日本長官都有的卓別林髭，頤下的兩條筋肉明晳可辨，一臉堅毅鎮定的表情。

「你說台灣這塊肉多骨，我說這塊肉不但多骨，而且還有毒哪，就以攻佔澎湖群島來說吧，我們在戰場上的傷亡少到幾乎沒有，可是啊，才在島上紮了營，霍亂便發生了，就像十年前法國人佔領澎湖的情況完全一樣，聽說那時法國人死了七百多人，這次我們日本人則死了一千五百人，在島上的墳地上堆得滿滿的，眞是可怕哪。」大井伍長說。

「台灣這個島眞的是像古書說的『滿目瘡痍，到處瘴癘』，我覺得唯有一個好處就是打仗容易，太容易了，有時使人覺得掃興，好像打了空拳一樣，雖然嚇退了對方，卻不覺光采。」

「就是啊！」大井伍長說：「我們攻佔澎湖的時候，比志島大佐率領一個聯隊先在白沙島上登陸去攻擊白沙礮台，開始清兵還放了幾礮，有三百個清兵在礮台下同我們交戰，後來他們又派了一百五十名清兵來增援，我們只放了幾次排礮，他們便放棄礮台逃走了。以後我們集中軍力攻擊馬公，他們除了從魚翁島對我們亂放了幾礮之外，沿途都沒有遇到任何抵抗。我們到達馬公城後，原想分三批從各方面去攻擊他們的步兵營，到時才發現只有三十個清兵略爲抵抗，其餘的清兵早已逃之夭夭，好不叫人驚奇，結果我們只向這少數的清兵放了幾槍，不到一小時便把整個馬公佔領了。同一天丹治少校率領的海軍陸戰隊也攻佔了原清半島的礮台，大約五百個清兵不抵抗就投降了。兩天之後，海軍攻佔了魚翁島上的礮台，守軍早已逃亡了，更妙的是我們日本兵還沒進礮台，便有一個清國人急忙跑來，交給我們一封礮台指揮官的信，說明願意交出礮台。攻佔澎湖不過是一場小小的戰役，我們差不多沒有傷亡，可是擄獲的戰利品卻很多，有十八尊大礮，三千枝來福槍，一百萬發子彈，一千桶火藥，一千袋米。俘虜的軍官有八個，而俘虜的清兵更不可勝數了。」

「我們攻擊基隆也是同樣情形。」櫻井曹長說：「那時下著大雨，我們部隊從山上前進到基隆時，他們清兵才發現，驚慌失措，就猛烈向我們射擊，而我們也給他們還擊，不久他們就沿著鐵路向台北退去了，基隆就被我們佔領了，可是附近的礮台仍有清兵堅守，特別是西邊的礮台，有兩尊克魯柏大礮和其他許多小礮，地點很高，三面都是峭壁，步兵無法攻擊，而且山礮也沒有大的效力，是很頭痛的事情，好在交戰幾小時後，那上面的守軍就慢慢動搖了，發礮也漸漸減少了，我就親自領了一個十九人的小隊趁機從後面潛入礮台，一見到我們，幾百個清兵就逃走了，於是我們便唱著『君之代』，列隊走進礮台，在上面豎起了我們的日本旗。東邊的礮台也有二座克魯柏大礮和一座阿姆壯大礮，上面的清兵連一礮也不發便倉皇逃走了。基隆這次戰役，我們死了三人，傷了二十多人，他們則死了二百多人。他們礮台很堅固，而且據說他們有一萬多個官兵，裝備也好，我們不過五、六百名，不但數目相差很遠，也沒有野戰礮，竟能大獲勝利，也難怪我們覺得與清兵打仗實在太容易了。」櫻井曹長說完，臉上顯出得意的神情。

「曹長，你想他們清兵打敗的主要原因在哪裡呢？」在船後撐船的田中二等兵終於忍不住寂寞，開口說。

「我想……除了他們天生膽怯，一聞槍聲就跑，最主要原因還是他們用十七世紀的古老軍隊在跟我們十九世紀的現代軍隊打仗，軍隊的組織系統不用說，就看軍隊的制服也就可以一目瞭然了，他們每個人穿得花花綠綠的，遠遠便被人發現了，但更妙的還是每件制服的胸前一個大紅丸，背後又是一個大紅丸，剛好貼在心上，是最好的靶心，只要對著它瞄準發射，保證你百發百中。」

櫻井曹長說完，船上的人都哄笑起來，大井伍長笑了還不足，又爲櫻井曹長補充道：

「曹長剛才還忘記了一點，這些清兵大部分都是抽鴉片的，所以打仗的時間不能太久，仗一打久，鴉片癮來了，便把來福槍一放，拿起煙槍，不投降也投降了。」

大井伍長說完，大家又是一陣哄笑……

這時太陽已昇到中空，溪對岸的江橋伍長把手掬成喇叭，向這岸的櫻井曹長喊話：

「曹長——，是不是可以休息午餐了——？」

櫻井看了看袋錶，已經接近中午的時分，於是向對岸的江橋伍長回話過去：

「伍長——，休息了——！你們在那邊岸上，我們在這邊岸上，聽見沒有——？」

「聽見了——！」對岸的江橋伍長回答。

於是兩隊運糧船便各在溪的兩岸，逐漸集中靠岸了。

三

櫻井曹長這溪邊船隊的兵士已全部從船上來到岸上，坐在幾棵岸邊的相思樹下休息，他們把槍靠在樹幹上，個個都在擦汗，然後用軍帽當扇往臉上搧動起來，有一個下級兵從船上搬來一桶米，另幾個兵早已找了幾顆大石卵臨時做了爐子，起火在燒飯了。

離溪邊不遠的地方是一片蘆葦，似乎看得見幾個移動的人影，機警的櫻井曹長馬上派了三個哨兵前去偵察，那三個哨兵去了不久便回來對櫻井曹長報告說：

「只是十幾個農夫，在田邊上抽煙閒聊，沒有敵對的表示。」

櫻井曹長滿意地點頭，示意叫他們休息，因爲他憶起在基隆攻擊礮台的舊事來，那時他只帶了十九個士兵就擊敗了幾百個守礮台的清兵，那麼這寥寥幾個農民還有什麼可懼的？即使再十倍於這數目的清兵，他也無動於衷的，因此他也就不把這事放在心上，一心一意地等待快要煮好的中飯。

可是櫻井曹長才這麼思索著，驀然聽到那草叢裡一聲呼嘯，於是一片彈雨便向日本兵隊這邊飛射過來，櫻井曹長立刻下令備戰，在那幾棵相思樹前擺好了陣式，等待對方出來迎擊。

就在這時，櫻井曹長卻又聽見溪對岸傳出來的槍聲，回頭看時，卻見對岸也同時出現了成百的義勇軍，從草叢裡走出，對著江橋伍長的隊伍猛烈射擊，雖然江橋伍長的兵士也努力加以還擊，但看看義勇軍的兇勇之勢以及他們壓倒的多數，櫻井曹長怕他們有被殲滅的危險，於是便對身邊的大井伍長說：

「你指揮這岸的戰鬥，我到對岸去協助江橋伍長去！」

說完了話，櫻井曹長便帶了三個兵士撐船來到溪的對岸。才上岸，便見那些義勇軍以猛虎之勢直逼而來，想想少數的三十五個日本兵分兩地來對付眾多的義勇軍絕非良策，不如集中在一起來應付對方比較安全，於是便命江橋伍長帶他的隊伍跟他一起把船撐回到溪的這岸來。

當櫻井曹長把全部兵士集中在溪的這一岸時，那原來的十幾個抽煙的農夫已搖身變成爲執槍的義勇軍，同時又不知在哪裡埋伏的兩、三百個義勇軍，從草叢裡跳出來，都對著日本軍直撲過來，櫻井曹長才開始恐慌，可是爲了激勵部下，他仍堅定地對他們大呼地說：

「只要我們一息尙存，我們絕不容許敵人觸及我們的兵糧，皇軍們，努力啊——！」

因爲日本軍圍成一圈嚴密的防線，而且又密集地對義勇軍反擊，終於使得義勇軍不能再前進一步，卻仍重重把日本兵與運糧船包圍住，就在這樣僵持的局勢之下，雙方激戰了三小時，日本軍已開始有了死傷，因爲怕全部被義勇軍殲滅，於是櫻井曹長便派了四名傳令兵，想突出重圍去向在前頭的日本軍團要求派兵回來救援，可是義勇軍的人數那麼多，而且火力又那麼猛烈，其中的兩名傳令兵才走出防線便立刻被擊斃了，而剩下的兩名傳令兵也只好逃命又退回本隊來，櫻井曹長看到既已與本團失去聯絡，而現在求救又已經絕望，一時氣憤塡膺，自地上立了起來，對全體兵士大聲呼道：

「敵眾我寡，我們即使無法擊退敵人，也要壯烈成仁，皇軍們，勇敢哪——！」

就當櫻井曹長說完了這幾句話，一顆子彈從正前飛來，穿過了櫻井曹長的胸膛，他便倒下死了。

這時日本兵殘留的只剩下二十四名而已，而義勇軍的攻擊仍執拗地繼續著，一點也沒有鬆懈的跡象，如果不想全軍覆沒，除了集中火力向對方的弱點攻擊而開出一條血路，是無計可施了。於是在江橋伍長的指揮下，他們終於放棄了溪邊那十條運糧船，叫大家都上了刺刀，一直對著五十公尺前方的敵陣突圍而出了……

他們經過敵陣時，與義勇軍肉搏，有幾個人死亡了，所以當他們完成突圍來到原野時，只剩下十四名兵士而已。他們疲憊萬分，又飢又渴，才想做短時的休息，義勇軍又第二次把他們包圍了，使得他們不得不再做第二次的突圍與肉搏。

江橋伍長在第一次突圍時，大腿已中了一槍，流血不止，但他草草裹傷，繼續指揮作戰，當第二次衝鋒開始，他已感到體力不支，隨即倒下了，有幾個兵走到他旁邊想扶他，而他對他們說：

「不行了……諸君……恕我先走……」然後用了最後的力氣大聲呼喊：「帝國萬歲——！」接著拔了刀割了喉頸，倒在血泊中死了。

當他們終於第二次突出重圍，已經負傷累累，沒有傷和輕傷的只有四名，其他五名——包括大井伍長——都受了重傷，不但已經喪失了戰鬥能力，連徒步走回自己總部的力量都沒有了，可是義勇軍又緊追不放，難得有現在這片刻的寧靜，但可以意料他們不久又要重新將他們包圍，看來他們這五名重傷的兵士是劫數難逃了，倒是那四名輕傷和無傷的兵士應設法讓他們逃脫，這麼想著，大井伍長便對那四名兵士說：

「我命令你們立刻往前面的叢林撤退，務必回到總部，將這次與土匪的激戰報告總部，說我們已盡力而爲了，千萬保重，去——！」

眼看那四名兵士離開他們隱入叢林之後，大井伍長便返身，大氣凜然地對其他四位重傷兵士說：

「皇軍的兵士寧死不可受敵軍凌辱，諸君，勇敢哪！」

才說完這些話，義勇軍又迫近來了，喊殺聲與槍聲此起彼落，硝煙又瀰漫在蔓草之間，對著大井伍長休息的地方籠罩而來，這時有兩個日本傷兵顫巍巍地自地上立起，挺著上刺刀的槍，對立著，忽然長嘶一聲：

「天皇陛下萬歲——！」

兩人便相對衝刺，一支刺刀刺入對方的胸部，另一支刺刀刺入另一方的腹部，兩人都栽倒下去死了。

這時那另外兩位傷兵，他們連立起的力氣都沒有了，只好半坐起來，舉起長槍，互相瞄準，喊著：

「一，二，三……」

只聽兩聲槍響，然後兩縷白煙，便見那兩位兵士各倒向一邊的地上死了。

大井伍長看到他的士兵都死亡之後，才深沉地點點頭，拔下槍上的刺刀，拉開了衣服，冷靜地將刀往左腹一插，再往右腹一拉，也橫倒在地上的血泊裡死了。

這時，那些義勇軍一個個從草叢裡鑽了出來，小心翼翼地往那些日本兵包圍上來，一直走到十幾步遠，看見那五個日本兵已橫七豎八地倒在血泊之中，他們才一湧而上，有的拾起地上的來福槍，有的解開日本兵的子彈帶，有的搜索他們身上的衣物……有一個甚至拿起身上的鐮刀想割下一具日本屍體的頭，突然一聲如雷的喝令，從那草叢間奔出來一隻肥壯的白馬，上面騎著一個三十歲的壯年人，他全身黑衣黑褲，包著黑色的頭巾，胸前一條銀錶鍊，腰上繫一條發亮的皮帶，一支扁鑽掛在右腰下，左皮帶上斜插一枝黑柄的左輪手槍，英姿煥發，威風凜凜。一見到他，所有義勇軍便即刻歡聲雷動高呼起來：

「羅希典！羅希典！羅希典！」

可是羅希典卻不顧眾人的歡呼，直把白馬驅到那要割日本頭的義勇軍前，一個靈捷的手勢，便把鐮刀從他的手上搶下來，生氣地擲到地上去，反身舉起一隻手臂來，對在場的義勇軍大聲說道：

「兄弟，我的人❶異於生番之處何在？就是不割人頭！今日我的人割日本人的頭，明日日本人割我的人的頭，那麼大家和生番又有什麼差別？我對大家言明，今後絕不許有人再割人頭，割人頭者死！」

說完了，羅希典便又驅馬到別群義勇軍巡視去了，只在馬後揚起一片灰塵和留下一片讚譽之聲。

至於那逃脫的四個日本兵，他們走進叢林之後，又遇到另一群埋伏在林裡的義勇軍，雙方做了一次小小的戰鬥，結果死了兩個，剩下的兩個便沖散了，一個往山丘逃逸，另一個預知不能逃出重圍，便靈機一動藏在溪邊的水草之中，把全身浸在水裡，只把頭露在水面，他便是撐櫻井曹長那條渡船的二等兵田中。田中已經差不多一整天沒進食物了，不但又飢又餓，加以激烈的戰鬥，現在已疲勞困頓得要溺斃在水中了，可是他卻咬緊牙根繼續忍耐下去……

田中一直在水中等待著，等白天變做黃昏，而黃昏又變做完全的夜晚，這時才見那天空的黑雲密佈起來，不久便見到閃電，於是聽見隆隆的雷聲，驟雨像沙石一般落下來了。直到這時，田中才敢從水中露出，一邊警戒任何動靜，一邊蛇行爬到岸邊來。義勇軍的營火在遠處閃爍，隱隱可見，爲了怕別人識別，他悄悄脫下溼重的軍裝，只穿背心，提著槍，帶著子彈，又回到溪中去。之後，他便順著溪流，涉著深及鼻孔的溪水，或潛水或游泳，一路往下游去……

整整五、六個小時，田中什麼也沒有遇見，一直等到黎明的時分，他才遙聞幾聲劃破沉寂的

❶我的人：客家話，意（我們）。

馬嘶，抬起頭來，才看見遠遠在風中飄揚的日本國旗，那是日本的兵營，田中開心起來，於是躍出了溪水，划開大步，拚命對著兵營奔去。

四

這運糧船護送隊幾乎全滅的消息報到台北的日軍總部，總部便決定派一隊騎兵到三峽與大溪一帶做更詳細的偵察，這騎兵隊於第二天早晨由台北城出發。

這個偵察隊由二十一名騎兵組成，由山根少尉指揮。他們從台北經艋舺，再越過那平坦的田野，一路平安地來到板橋街。當他們由西門走進街裡，望見那大門上懸著一條橫幅，用毛筆寫著「板橋居民擁護日本皇軍」的大字，然後進入小村，他們又發現家家戶戶都掛著白旗，表示友善。不久，男人赤著足，女的纏著腳，也都從屋裡走出來看，連那老人與小孩也都沒有畏懼地出來，團團把馬隊圍住了。

在隊的前頭指揮的山根少尉好不容易才把人群揮開，開出一條路來讓他的騎兵隊向前推進，他便又見到路兩旁的房屋，有人還擺了臨時搭成的桌子，桌上放著剛燒好的奉茶以及香蕉、橘子等一些應時的果實，來向日軍表示敬獻，可是騎隊不但不敢接受村民的敬獻，他們連馬也不下，只是向村民點頭微笑，以回答他們的友善與好意而已。

有一個叫松村的軍曹望了望那歡迎的居民和敬獻的茶，便對他身邊的小島軍曹說：

「你想他們會不會在茶和果實裡面下毒來害我們？」

「我想不會。」小島軍曹回答。

「說實話，我倒有些懷疑他們的誠意，別看他們現在豎著白旗，可能一轉身他們就豎起黑旗，對我們開槍。」松村軍曹說。

「對！」他稍後一點的秋田上等兵說：「我已經不知看過幾次『歡迎日軍』和『擁護日皇』的旗幟了，其實這些都是掩護，往往豎這種旗幟的冢裡都藏有可惡的土匪，冷不防一顆子彈就從槍孔裡飛出來，再一刻頭就被割掉了。」

「你們說的情況爲數不多，據我的經驗，我們在基隆在台北所遇到的不都是老老實實的居民？不都是誠心誠意歸順我們？從來不見有一點欺詐行爲。」小島軍曹肯定地說。

「照你這麼說，我們這次要到三峽、大溪一帶去偵察，所爲何來？」松村軍曹有些抗議地說。

「呃，這點倒不難解釋，」小島軍曹說著，笑了起來：「台北、基隆這一帶的居民都是福佬人，他們馴良可信；三峽、大溪一帶的居民都是客家人，他們兇悍不可信，現在你了解了吧？」

松村軍曹並不立刻回答，只沉思了一會之後，搖搖頭說：

「這兩種人，我認爲都是我們的敵人，我寧可兩種人都不相信！」

說罷，也不顧小島軍曹要怎麼說，松村軍曹把馬一勒，便追到山根少尉的馬後去了。

不久，這隊偵騎兵便來到一家富宅的大門前，大家下了馬，由山根少尉帶松村與小島軍曹走進宅裡。原來這家主人姓林，祖先曾做過清朝的大官，特別從唐山運來木材和石料，又請了唐山的水泥匠來這板橋蓋了這幢台灣首屈一指的大宅邸。這家主人擁有廣袤的田地，是台灣首屈一指的千萬富家，在台灣民主國成立的時候，有一些士紳推舉他做議會的議長，但他推辭不就，捐了一百萬兩銀，攜眷逃到福建去了。現在只剩下其他的一些偏房親戚仍住在大宅邸裡。因爲早知道這些人有歸向日本之心，所以台北日本總部才叫山根少尉路過板橋時，特別來林宅打聽義勇軍的消息以及他們可能的潛伏之所。

可是山根少尉沒有得到什麼結果，原因是宅邸的主人既已不在，群龍無首，沒有人敢代表出來講話，加以福佬人與客家人語言不通，平常又沒有什麼來往，所以對義勇軍的行動足跡，林家的人也就茫然無知了。山根少尉失望地走出林家宅邸，上了馬，便又領隊往南前進。

才走了一個多鐘頭，地形有了一些起伏，水田不見了，但見一大片綠色的茶園，有幾棵榕樹點綴其間，在這片茶園中有四十多個男女工人在低頭採茶，男的都戴著斗笠，女的在斗笠之外還用毛巾包頭，連手臂也用布包著。一棵大榕樹下，有兩個採茶女在休息飲茶，她們摘下了斗笠，露出那高蓬的梳頭，又伸直了腿，露出那大而沒有纏布的天然足……

「你有沒有注意到這些女人的腳特別大？同剛才那村裡女人的細腳有很大的差別。」秋田上等兵四顧左右，才對身旁的小島曹長說。

「哈！哈！哈！你怎麼連這也在大驚小怪？我剛才不是已經說過了嗎？那村裡的人是福佬人，而這些都是客家人，只有福佬姑娘才纏腳的，纏得弱不禁風的模樣，而這些客家姑娘是從來不纏腳的，假如纏腳，她們又如何能出來跟她們的男人一起做農？」小島軍曹說。

「我還注意到一點，這些客家女人的頭髮梳得很像我們日本女人，使我有一種回到日本本土的感覺。」秋田上等兵說。

「哈——！哈——！哈——！我們的秋田先生開始在想女人啦——！喂！大家聽到了沒有？」小島軍曹對左右其他騎兵大聲地說：「我們的秋田先生把這些台灣姑娘想像成日本姑娘來啦。喂！秋田先生，你可要小心哦，當心她們砍了你的頭哦。哈——！哈——！哈——！」

周圍的四、五個騎兵也跟著對秋田上等兵揶揄地哄笑起來：

「哈！哈！哈！」

走在前頭的山根少尉突然勒住了馬，轉過頭來對後面的騎兵怒目而視，嚴肅地喝道：

「肅靜！還好我們離三峽還遠，如果在三峽大溪一帶，我們全隊就要被敵人殲滅哪！」

全隊騎兵肅靜下來，小島軍曹也離開了秋田上等兵，快馬加鞭，趕到松村軍曹的身邊去……

這騎兵隊沿著大嵙崁溪的左岸南行，慢慢爬上一個小山坡，當他們來到坡頂，驀然在他們的腳前呈現了一片良田，那良田靜躺在小丘的懷裡，三面背山，一面臨水，那大嵙崁溪向山的方向繞了一個大彎，使那良田形成了一個美麗的月彎，阡陌縱橫，平滑如鏡，在炎陽之下閃閃發光。

「哦……難得看到像這樣一片世外桃源哪！」山根隊長感嘆地說。

隨後他揮鞭領著騎兵隊走下山坡，一步一步走向山腳下的那片良田來……

因爲沒有大路，只有田間的小路，馬不能并轡而行，山根指揮官只能選擇其中的一條田壟，整個騎隊便自然拉成一條蛇形縱隊，在田與田之間，踟躕而行……

正當騎兵隊走到水稻的中央時，由左側山林之中起了兩聲槍響，整個隊伍爲之一驚，好在沒有人馬受傷，於是山根指揮官立刻命令所有兵士下馬備戰。大家在馬前跪了下來，都舉起來福槍，面對著左邊的山丘，才準備給山丘上的義勇軍反擊，霍然，在水田前頭的山丘上又出現了義勇軍，回頭一看，在身後的山丘也出現了另一群義勇軍，三面的人群齊聲吶喊，對著田中的日本兵直逼而來，只剩下右方的一面沒有義勇軍，但那裡卻橫著滾滾的大嵙崁溪，把唯一的退路給遮斷了……

「老天，我們落入陷阱了！」松村軍曹對身邊的小島軍曹說，一面瞄準射擊。

「眞想不到連這種地方也有土匪，馬鹿野郎！」小島軍曹憤憤地說，也一面瞄準射擊。

於是槍聲大作，整個山谷不久便充滿了槍火的煙霧，早一刻的寧靜與安謐，霎時消失得無影無蹤了。

這戰鬥的形勢對日本騎兵隊而言是十分不利的，因爲在田壟小路之間，馬的迅速與威力已喪失殆盡，又加以眾寡懸殊，三面受敵，成了義勇軍火力的集中目標，卻找不到固定的目標好反擊，如果這樣繼續下去的話，日本騎兵只有死路一條了。

才這麼思忖著，松村軍曹右手的一個騎兵已頭部中彈倒地死了，再過去的一隻立在田壟上的馬也中彈，兩隻前腿躍向天空，一聲長嘶，倒在水田裡死了，其他的所有馬，也擺首甩尾，因驚慌而蠢動起來，有兩隻馬甚至脫了韁躍進水田裡，陷在爛泥裡不能動彈了。

這種情況對山根指揮官是惡劣到了極點了，他發覺他的隊伍不但無法做有效的抵抗，甚至有全部被殲滅的危險，爲了避免落入這種噩運，他對著他的部下大聲命令道：

「諸君！整齊撤退已經不可能了！立刻上馬！各自爲戰！向敵人最弱的地方突襲！」

說完了，便見那些騎兵都上了馬，把那些傷亡的騎兵與死馬留在後面，都向四面散開，往八方奔馳而去。

松村軍曹策馬疾馳，對著來時的方向衝入義勇軍的陣伍，那義勇軍怕被快馬所傷，忙分開了一條路，讓松村軍曹的馬突圍而出，雖然從馬後飛來了無數子彈，松村軍曹的人馬終於無恙爬到那來時的小丘，又平安走下那漫長的山坡。

松村軍曹路過許多房屋、竹林與草叢，沿途也都有成群的義勇軍埋伏，只因他人捷馬快，來不及傷他而已。

跑了沒多久，那一片綠色的茶園又在眼前展開了，這時松村軍曹才聽見另一匹馬的蹄聲，他勒了馬等那追來的馬匹，接近了，才知道是秋田上等兵。他們緩緩地并轡而行，走進了那片茶園，這時，早上看見的那些男女採茶工人都不見了。

「山根少尉陣亡了。」秋田上等兵對松村軍曹說：「我親眼看見他從馬上落到地上，我本來想拖他到我的馬上，但敵人太多，不能夠，我勉強才突出了重圍，唉！太可怕哪！」

才聽完秋田上等兵的話，還來不及回答，松村軍曹便聽到一聲槍響，秋田上等兵的馬中了彈，蹬起後腿，痛苦地長嘶一聲，把秋田拋在地上，對著茶園的一個方向狂奔而去，可是跑不到幾十步便癱瘓倒在茶叢下了。這時從四面八方響起了殺聲，於是那原來的男女採茶工人都從藏匿的茶叢裡露面，男的提槍，女的拿鎌刀，都將松村軍曹與秋田上等兵圍困起來。儘管松村軍曹和秋田上等兵都拔了刀與那些工人戰鬥，終因寡不敵眾，看到秋田上等兵被義勇軍砍倒之後，松村軍曹只好策馬突出重圍，跑出了那一片綠色的茶園。

過不多久，松村軍曹終於來到板橋，剛想策馬由南門進入，他的馬便無力地斜倒在地上站不起來了，松村軍曹檢視了一會，才發現原來那馬的後腿有了幾處刀傷，因鮮血流盡，便倒地待斃了。松村軍曹舉起槍來，準備和向他環繞而來的村民做最後的戰鬥，沒料到這村民卻對他表示一片友善，把他帶到林家的富宅去。

在林家的富宅中，松村軍曹遇到小島軍曹，他也是幾分鐘前才被村民引到林家來的，林家的人給了他們親切的款待，而後又派了僕人親自帶路護送他們到最近的日本兵營去。

當松村軍曹與小島軍曹隨那僕人走出了板橋街的西門，雖然沿街歡迎的男女老少已經不見了，但那門上「板橋居民擁護日本皇軍」的橫布卻仍在風中飄動……松村軍曹抬頭望了望那橫布，然後又低頭去望小島軍曹，臉上有無限的感慨。這一切，小島軍曹都看在眼裡，所以他若有所思地對松村軍曹說：

「你瞧！我當初告訴你，這村的居民馴服可信，我沒有說錯吧？」

松村軍曹點點頭，回答說：

「你果然沒有說錯，我們兩人總算十分幸運，假如換成客家莊，我們現在早就……」

松村軍曹語塞了，也不再說什麼，隔了一會，他們兩人又會意地點點頭，然後對著在前頭領路的林家僕人投以感謝的一瞥，一路趕向日本兵營來……

五

烏鴉錦是一個用竹籬圍成的城堡，在三峽與大溪之間的丘陵地上，原來這一帶山林多的是樟樹，一百多年來，客家人便在這裡砍伐樟樹，製作樟腦維生。因爲山上的生番經常成群下山來騷擾村落，並且也砍過不少腦丁的頭顱，使這些客家人不得不買槍買刀來抵抗，但抵抗也只是白天的事情，一到夜裡，仍然阻止不了生番向獨家的村屋偷襲，爲了徹底保護腦丁家眷生命的安全，烏鴉錦的客家人就用竹籬圍成了這個城堡，把所有男女老少都安置在竹堡裡，夜裡把城門關上，叫幾個瞭望塔上的哨兵看守，並且爲了嚇阻大群從正門來襲的生番，他們集資遠從安平買了一尊十七世紀的荷蘭古礮，安置在堡中，礮口正對住城門的入口，從此生番便在這一帶丘陵銷聲匿跡了。

烏鴉錦的客家人自從築堡以來是享受過一段相當長久的和平日子，可是近兩個月來，日本軍的侵佔基隆與台北，接著又攻陷了新竹，又把騷擾帶回給他們，於是竹堡裡的客家人開始武裝起來，聯合其他村莊的客家人組織義勇軍，襲擊零散的日本軍，使日本軍的運糧隊與偵騎隊遭到幾乎全隊覆沒的挫敗，使日本自甲午戰爭開始以來的輕勝與驕狂受到空前無比的打擊。

那一天，已經進軍到大溪的日本軍團，於接獲他們的運糧隊在離三峽不遠的大嵙崁溪上被義勇軍痛擊殲滅之後，因感到後援無繼，便臨時改變計劃，從大溪返回三峽，與義勇軍在叢林裡做了小小的接觸，於傍晚時分，尾隨著由羅希典指揮的一個義勇軍的主力部隊，追到烏鴉錦的竹堡來。等到義勇軍進了竹堡，把城門關閉，這時天已黑了，而日本兵團於追戰了一天之後也疲憊不堪，便在竹堡的外面紮營休息，計劃第二天再整軍把竹堡裡的義勇軍消滅。

從竹堡裡的瞭望塔上望得見日本軍在野地裡的營火，而堡裡也一樣起了營火，所有堡裡的男人都荷槍帶刀圍坐在那尊荷蘭古礮的四周，準備抵抗明天日本兵的攻擊。沒有比這種等待的時間更漫長更無聊的了，於是在那群義勇軍的隊伍裡，便有一個年輕人開口對另一個年約三十五歲的男人說：

「這樣老坐著也沒有意思，一目少爺，你何不說些故事來給大家聽聽？」

「什麼故事？」一目少爺反問那青年說。

「當然是戰爭的故事囉，明天又要打仗了，還有什麼閒情聽別樣的故事？」

一目少爺微笑地點點頭，瞇著他剩下的那隻右邊的眼睛……

一目少爺並非天生就獨眼，因爲十年前法蘭西的軍隊來打台灣，他參加了客家軍到基隆和法軍打仗，被破片打中了左眼，才剩下現在這隻右眼。也就是參加了那次戰爭有功，清朝的慈禧太后才賞了他一個小荷包，一顆小玉指，外加二百兩銀子。因爲他只剩下一隻眼睛，而大家又敬佩他在戰場上的勇敢，所以烏鴉錦的客家人才都叫他「一目少爺」。

「那一年我二十五歲，我加入我的人客家軍去基隆打西仔。」一目少爺開始說：「我要出門離開烏鴉錦的時候，我的母親叫我跪在祖先的神主牌前拜祖，然後拿給我一只香符，叫我隨時都要掛在身上，千萬不可離身，只要香符一日不離我，它就可以保全我的性命。我就聽了她的話，掛了香符到基隆去。開始跟這些西仔打，我的人差不多老是打敗仗，你別小看這些西仔兵，其的人❷火器厲害，槍法又準，身體高大，人又勇敢，幾乎可以以一抵十的。只是有一回，我的人已經打了敗仗，而且已向後撤退了三、四百步了，我摸了摸胸口，忽然不見了那只香符，我緊張起來，突然感覺我這條命是保不住了，可是與其白白死了，倒不如冒死回去找我的香符，說不定還可以揀回我這條命。這麼想著，也就不顧一切，返身跑回原來的陣線去，爲了要壯自己的膽量，我也就一邊跑一邊喊，我的同伴看我往回衝，其他的人不但停了步，也跟著我往回衝，到最後，我的人的整個部隊又反轉了方向打回去。那些西仔大概從來沒見過這種反常的場面，一時驚呆了，再看看來勢洶洶，便轉頭撤退了，結果這一仗就爲那一只香符，打了一次大勝仗。」

「結果你找到那只香符沒有？」有人問。

「當然找到那香符，不然我怎麼會活到現在？」一目少爺得意地回答，一面把一只紅色的香符從胸口掏出來給大家看。

「一目少爺，你這故事我已經聽過好幾次了，說些別的故事來聽聽。」有一個年約二十五、比較老成的青年說。

一目少爺思索了一會，便繼續說：

「這也是西仔打台灣那時發生的故事。那時在基隆附近有一個村叫做王家村，在村的後面有

❷其的人：客家話，意（他們）。

一個竹磡台，這個磡台就像我的人烏鴉錦一樣，用竹籬圍繞築成的，這竹磡台在一個奇特的山丘上，丘頂平坦，可是四面都是峭壁，極佔地利的優勢，平常是非常難攻的，可是西仔卻派了三百三十名的兵去攻擊。那通到竹磡台的山徑是十分險峻的，西仔用了作戰繩梯才爬上去，從這小徑到達竹磡台下的一片小廣場爲止，西仔都處在清兵的磡火之下，但其的人是十分勇敢的，不顧危險堅決進攻，使得竹磡台裡的清兵膽寒，而終於從竹磡台撤退。可是在清兵逃走之後，卻有一個安徽軍官帶了一小隊兵又轉回來，跟那些西仔在竹磡台前的小廣場遇著了，這小隊兵面對比其的人數目大而火器又強的西仔是毫無懼色的，他們迎面抵抗西仔的進攻，那麼出乎意料的勇敢，竟然使西仔軍官十分感動，命令在可能範圍內，不要對其的人開火。然而這安徽軍官和他的那一小隊兵卻毫不猶豫，對西仔猛烈開槍，終於使得西仔不得不爲了自己的性命而對那些人做了一次齊射。等槍煙消失了，這西仔軍官爲那安徽軍官帶他的部下繼續衝過來而吃驚，於是又做了第二次齊射，那安徽軍官才靜了下來。這以後，西仔兵才向前想去查看那安徽兵的死活，忽見那安徽軍官與他剩下的兩、三個兵又站起來向其他的人衝鋒，於是這西仔軍官只好再命令開火，就這樣，那安徽軍官和他的一小隊兵最後便全部戰死，沒有一個生存。」

一目少爺說完了故事，一片唏噓，大家都爲那安徽軍官和他的一小隊兵的勇敢而感動了，可是卻有一個人打破沉默，開口說：

「爲什麼要說這種不吉利的故事？而且剛好又同我的人烏鴉錦的情況幾乎完全一樣。一目少爺，再說一個吉利的故事吧！」

一目少爺閉目想了一會，才又開始說道：

「這不是我親身的故事，也不是我聽來的故事，是我從一本古書上讀到的故事，但無論如何，是一個很吉祥的故事。

明朝末年，鄭成功帶兵來攻打當時佔領台灣的荷蘭人。鄭成功的軍隊有很多種，其中有一種籐牌兵，左手持籐編的盾牌，右手拿三、四尺長的彎刀，輕快敏捷，衝鋒陷陣，最爲荷蘭人所怕，所以荷蘭人就給他們一個綽號叫『狂犬兵』。這種籐牌兵爲鄭成功的佔據台灣立下了不少汗馬功勞，而在其後二十年裡，也爲台灣的抗拒清朝做了無限的貢獻。

可是最後當清朝派了施琅帶大隊兵船攻陷澎湖，又迫向台灣的時候，這一批籐牌兵發現大勢已去，便在施琅沒到台灣之前，駕了一隻大船，駛回大陸。因爲已經走投無路，卻又不甘薙髮做清朝的奴隸，九百人便在船上全體削了髮，悄悄上陸，分別到四方的寺廟，做了和尚，其中單在福建九蓮山的少林寺落足的便有一百二十八位之多。

康熙甲午年間，北方俄羅斯犯界擾亂中原，傷害百姓，清廷出兵屢戰屢敗，於是康熙便出了皇榜，頒行天下說：『不論軍民人等并僧道有能平卻俄羅斯者賞金千兩封萬戶侯。』皇榜既已頒行天下，這福建少林寺的一百二十八位和尚聽說這件事，便前往觀看皇榜，也就把皇榜撕下了，眾官就問其的人說：『你的人❸這些和尚，怎麼敢亂撕皇榜?』這些和尚就回答說：『我的人兄弟不用朝廷兵將，能平伏俄羅斯。』眾官見其的人如此口氣，也就吩咐其的人回寺取齊兵器，次日便一同進京接命平亂。這一百二十八位和尚便依命回少林寺找出久置不用的籐牌與彎刀，一路趕往北京，一面還招募了散在全國各寺的其他和尚，也都找出籐牌與彎刀一起來到北京，見了康熙皇帝，受了印信與寶劍，即日祭旗出發，奉旨北征俄羅斯。

❸你的人：客家話，意(你們)。

雅克薩城在俄羅斯極東的邊界，位於黑龍江的北岸，因爲是砍伐森林裡的楊木築成的，所以又叫做『木城』，這城由一位俄羅斯將軍守著，兵不滿千人，但兵士猛如虎豹，而火器尤其厲害，百發百中。台灣的籐牌兵於五月初到達黑龍江，在江南休息儲糧了幾天，於五月中旬全隊越過黑龍江來圍雅克薩城，這時其的人才探知雅克薩的俄羅斯人已派人向其本國求救，救兵已經派出，即將乘船沿黑龍江順水來雅克薩城解圍。這些籐牌兵原由一位福建籍的林姓部將率領，這林部將聽到了這消息，便集合所有籐牌兵，對其的人說：『俄羅斯的救兵不久就要從水路來到木城，假如讓其的人登岸，與木城裡的俄羅斯人聯合起來，內外夾攻，我的人就無法抵擋了，我的人一定要派一隊水師，在江上迎擊其的人的救兵，把其的人在江中擊斃，這樣木城之圍才不必撤。』於是便命部分兵士脫了衣服跳入江中，把籐牌頂在頭上，持著彎刀游水前進，船上的俄羅斯人見了，都非常驚愕，因爲從來都沒有見過這種籐牌兵，於是用火器射其的人，因爲在水中沒有多大用處，用箭射其的人，籐堅不能入，用長劍刺其的人，籐硬而折其劍，最後俄羅斯人一個個跌進江中，被籐牌兵殺傷大半，其餘都潰散逃逸了。於是籐牌兵才又把雅克薩城圍住，林部將又對籐牌兵說：『這回打敗俄羅斯水兵，只是僥倖，木城若不克，等其的人大軍來到，我的人就要全滅了。』於是便命籐牌兵刈其木城四周的麥禾，捆成草束，堆於城下，對城裡的俄羅斯人威脅，說：『城若不下，就準備點火燒城！』城裡的俄羅斯人聞聲哀號，請降而出，籐牌兵就攻下雅克薩城，放走了俄羅斯守將，請清兵來堅守，自己又回到中原來。總共這次戰役，籐牌兵只在水中溺死一、二人，在途中病死了五、六人，但沒有一人死在俄羅斯人的手中。」

一目少爺把故事說完，於是便有一個人問道：

「這些籐牌兵回到中原又怎麼樣呢？有沒有賞了黃金、做了官？」

「沒有。」一目少爺搖搖頭說：「這些籐牌兵回到北京，康熙皇帝就要封其的人，但其的人卻答說：『我的人兄弟乃係出家人，不敢受封。』於是康熙皇帝又想賞其的人黃金，但其的人仍拒絕說：「我的人和尙淡薄名利，不敢受賞。」最後康熙皇帝沒有他法，只好賜其的人一頓素宴，又賞了其的人一些齋物，過後，所有籐牌兵便各自回到原來的寺院修行去了。」

每個人聽完了一目少爺的故事，都嘆息起來，這時夜已深了，空氣也冷了，大家便和衣裏被抱著火槍席地而睡了……

一目少爺見大家已睡下，才自地上慵懶地立了起來，又瞥見一整晚都倚在那尊荷蘭古礮上的羅希典，便悄悄地走到他的身邊……

幾聲淒涼的馬嘯從竹堡盡頭的馬廄傳來，一目少爺回頭去觀望，便看見月亮已昇在竹堡的天空上，顯得又大又圓，眞像一粒熟透的椪柑……

「今夜的月亮好紅啊！」一目少爺說：「這顯示明天會有一場激烈的戰鬥。」

羅希典默默地點頭，也抬頭去望那月亮，好久才淡淡地說：

「而且……會流很多血。」

六

第二天早晨，圍住烏鴉錦竹堡的日本兵團開始進攻了，他們先派一隊兵士拿一根大樹幹，合力把那關閉的城門撞開，從城門到達城裡的村舍有一道一百碼的通道，就在通道的盡頭，日本兵赫然發現那尊荷蘭古礮，那烏黑的礮口正對著這竹城唯一的入口，有人拿著引火棍立在古礮的左右，連著在那古礮的後面，展開了兩翼持槍的義勇軍，屹立不動，寂靜不響，等待日本兵團的攻擊……

時間一秒一秒地過去，竹城外的日本軍團已擺成進攻的陣式，只是不敢前進，他們倒不在乎那些義勇軍落伍過時的火繩槍，但他們卻不得不被那尊荷蘭礮的威力所懾服，好在那古礮絕不像近代快速換彈的野戰礮，那古礮每用引火棍引發了一次，就得重新清膛，裝硝藥，再裝煤屑、鐵片、碎石等等，一直到重新瞄準，引火發射爲止，起碼得花費半分鐘的時間，而據日本指揮官的估計，就在這段時間裡，他的兵士已足夠跑完那一百碼的通道去把那古礮奪下了，所以說，日本兵被那古礮所懾服，其實也只是懾服於它的第一礮而已，只要它發了第一礮，它便形同廢鐵，不再能對他們構成任何威脅了。

所有日本的軍官與兵士正這麼想著，突然，那通道盡頭閃了一道火光，轟然一聲爆炸，一股黑色的濃煙從那荷蘭古礮昇上來，卻沒有碎片飛出，這第一礮一定是裝火藥不愼，沒能有效發射，所以洩氣了。所有日本兵倏然激奮起來，都從地上立起，只等指揮官的那一聲「突擊！」的命令，便像潰堤的洪水齊向通道湧進……

可是當日本兵先鋒跑完了五十碼，而最後的官兵也全部衝進門口的時候，他們又看見一道紅光，接著一聲彷彿推動沙土而發出的結實的爆炸聲響了，即時整條通道都被藍煙籠罩了，就在那什麼都看不見的濃煙裡，叫喊與呻吟之聲四起，等那煙霧昇到烏鴉錦的竹堡上，那通道已都是受傷和死亡的日本兵，到處是腦漿與血泊，彷彿是一群中了散彈而掉落在地上的烏鴉……

那些只受輕傷的日本兵，個個都邊爬邊滾地退出了竹城的大門，他們不敢再做第二次突擊，因爲他們已經損失泰半，剩餘的殘兵也已經喪膽，沒有再攻擊的勇氣，他們只能用單薄的兵力繼續封住烏鴉錦的城口，叫兩個兵士戴斗笠化裝成農民，潛回台北去求援兵。

幾天後，一隊由步兵、礮兵和騎兵組成的日本軍大聯隊從台北運來了二十尊野戰礮，不到一小時，烏鴉錦竹堡便在猛烈的轟擊下變做一片焦土，然後他們才小心翼翼地走進村裡，那尊曾經使他們魂飛魄散的荷蘭古礮還殘留在那裡，可是城裡一個人也看不到，只在城邊的馬廐裡發現幾匹中彈的死馬，其中還有一匹是白色的駿馬。

然後，他們在一口乾井底下發現了一個地道，所有村民都在前一個晚上從地道逃走了。就在那些逃散的村民之中，好久以來都留傳著一個傳說：那天的第一發礮，是一目少爺點燃的，但他點燃的不是那荷蘭礮的引火線，而是連在一鍋露天火藥的引火線；第二發荷蘭礮的引火線才眞正是由羅希典點燃的，他在點燃的那一刻，近旁的幾個義勇軍都清楚聽見他在口裡喃喃地說：「而且……會流很多血。」

第一章 查某子賊

一

自從日本軍在北部的澳底登陸以來，差不多整整半年之間，台灣各地的義勇軍繼續英勇抵抗，儘管死傷累累，卻給日本軍幾乎沒有喘息的時間，一直等到東鄉海軍中將領航的日本艦隊運了乃木陸軍中將的第二師團陸軍在屏東的枋寮登陸，聯合經北部南下由北白川宮能久親王率領的近衛師團，向台南府城進軍，台灣人的鬥志仍然堅實如鐵。可是不久，坐鎮台南的黑旗軍首領劉永福卻化裝成苦力，悄悄地來到安平，搭英國商船台利斯號(Thales)逃往廈門去了。當這消息像野火般地傳開來，集結在台南府城準備奮死一戰的黑旗軍與義勇軍便像潰堤一般渙散了，他們紛紛向安平的外僑住民區湧來，經該地幾位外僑的勸告，他們終於放下了幾千支來福槍和幾十噸火藥，整個軍隊化整爲零，消失得無影無蹤。

第二天，一支日本的陸戰隊便在安平港外登陸，和平佔領了安平城。同一日，台南府城長老教會的兩位傳教士受了城裡商紳之託，帶了一封信給兵臨城外的乃木陸軍中將，請求後者立即率軍進城，說明日軍不會遇到任何抵抗，乃木的日本軍隊果然兵不血刃地開進了台南府城，而北方開來的近衛師團也於同日抵達，於是台灣全島便被日本軍佔領，而日本的統治也就正式開始了。

二

自從林雅堂在新竹西門城口被日本兵釋放回家之後，生了一場大病，足足病了一年，經他的大兒子林之本親自開藥方，服了無數人蔘，又經他的太太細心調護，才在第二年的春天慢慢恢復過來，忽然想起了基隆許尙仁的救命之恩，於是便命人備了三百隻紅龜和十二擔麵線，先運到新竹城隍廟燒香禮拜之後，才用火車親自運送到基隆許家來。

這一天下午，許尙仁睡過午覺之後，正坐在後廳的書房裡念聖經，忽然聽見佣人進來傳話說林雅堂帶了一行苦力扛了紅龜和麵線來拜謝，他連忙放下聖經，奔到前廳裡來，這時林雅堂也已經被請到客廳，兩人拱手寒暄了幾聲，許尙仁便命佣人把那些紅龜與麵線分送給鄰居朋友去了，當下留林雅堂下來吃晚飯與過夜，等第二天早上的火車再回新竹去。

這晚晚飯之後，許尙仁與林雅堂在客廳裡品茶閒聊，林雅堂對許尙仁說：

「有聽小犬之乾提起，講您大查某子嫁去澳底，結果即回日本在澳底登陸，您親家五個兄弟仔攏給伊日本仔刣刣死，這實在是想膾到的代誌啦。」

「是啊，伊欲刣嘛沒法度，但是至少也著加倆留一個當家的，沒啦！一個都沒留！五個兄弟仔總去總死，唉！即款日本仔，想起來眞凝心❶！」

「阿伊敢有佮日本仔抵抗？」

「就是沒佮伊抵抗，猶加倆刣死，才會給人怨嗟！也是因爲安倪，莊裡的人才覺悟，後來才起

❶凝心：台語，音(ging-sim)，意(氣結在心中)。

來佮伲抵抗，我有聽見阮大查某子秀珍講，有一個叫做『獵狗』的，伊提獵槍佮伲日本仔打，結果打死伲幾個日本兵，其中猶有一個日本軍官，講全身攏是勳章，猶有眞多條金線，伊也加打死，後來獵狗將伊的耳仔割落來，用鹽豉起來，埋在厝後的牛寮腳。」

「割伊的耳仔有什麼路用？」林雅堂皺眉地問。

「其實沒什麼路用，只是過癮而而，橫直沒法度通佮伲大隊刣啦。」

「阿事後獵狗敢有給伲日本仔刣死？」

「沒啊，伊刣了日本兵，就做伊去山頂匿❷，等到代誌過去，伊才落山，現在猶列澳底，活跳跳咧。」

林雅堂搖頭，深深地歎息……

「死的已經做伲死去囉，可憐的是即割留落來的查某人❸，」許尙仁繼續說：「你加伲想看覓，當伲將五具屍體扛到莊裡來，一家五個寡婦哭到死去活來，實在眞悽慘！」

「阿您親家一家查甫人攏死了了，除了一割查某人，敢有眞多囝仔❹？」

「哪會沒囝仔？一大堆哦！沒老爸通照顧，復有一割田租沒人通管。彼四個寡婦攏是做田人，不訫字，只有阮大查某子訫字，所以才不得不轉去澳底替伊管家。你加伊看，才二十歲，嫁去沒半年就守寡，以後也沒想欲復嫁，有可憐抑沒可憐？」

❷匿：台語，音(bih)，意(躲藏)。
❸查某人：台語，音(cha-bo-lang)，意(女人)。
❹囝仔：台語，音(gin-a)，意(小孩)。

林雅堂又搖搖頭，深深地歎息……

許尙仁可能話說多了，覺得口乾，於是喝了一口茶，也伸手請林雅堂喝茶。客廳沉默了片刻，許尙仁開始用很低的聲調俯在林雅堂的耳朵輕聲地說：

「有一件代誌，可能你住在南部較知影，聽講𪜶日本仔的什麼能久親王，講在南部去給倆台灣人刣死，敢有影？」

「傳說是有安倪列傳，但是確實的情形我也不知影。」林雅堂回答。

「但是聽台北總督府的官報列報告，講伊是得著『馬拉利亞』才開始破病❺，頭一日猶會騎馬，第二日才換坐轎，第三日連轎也𣍐坐，只有用擔架扛，第四日發燒到四十度，復過兩、三日就翹去囉。你想敢有影？」

「𪜶官報沒安倪報告𣍐使，否一個天皇的小弟，有彼倪❻多跟隨的人在身邊保護，保護到去給倆台灣人加刣死，日本軍的面子欲提去嘟位去？而且台北的總督府欲安怎去向𪜶天皇交代？所以才不得已講白賊，騙倆台灣人，也同時騙𪜶本土的日本人，講伊是得著『馬拉利亞』死去。」

「我想想咧，也感覺你講的可能是眞的，否伊能久親王，身體勇勇壯壯，復活跳跳，哪有可能一下仔因爲『馬拉利亞』死去？日本仔來台灣也不知有幾千個人得著『馬拉利亞』，也不曾聽見講彼倪緊就死去，這其中必有緣故，但是實在的情形你敢知？」

「這其實也是聽人講的啦，」林雅堂沉吟了半晌才回答說：「講伊能久親王一路戰到嘉義，

---

❺破病：台語，音(phoa-pĩ)，意(生病)。
❻彼倪：台語，音(hia-ni)，意(那麼)。

有一日騎馬在嘉義的附近視察，伊一行人來到郊外林投港的時陣，彼丫匿有幾個倘的義勇軍，偲對彼樹林的地理誠熟，偲讓日本軍的馬隊一隻一隻經過樹林的小路，一直等到能久親王的白馬在面前出現，其中的一位刺客才由樹林跳出來，上前對親王就是一刀刜落去，等親王前後的護衛趕到，親王已經落在馬腳，彼刺客早走入林內沒看得丫。」

「伊用的是什麼刀？哪會彼倪厲害？」許尙仁問。

「就是倘唐山人在用的冬瓜刀啊，足長足重，刜落去比偲日本仔的武士刀猶較厲害。」

「其實伊能久親王也罪有應得啦，伊不知刣死倘外多台灣人！」

林雅堂默默無語，突然想起南海及新竹西門城口的那一堆無頭冤魂，再想想若不是許尙仁和馬偕牧師及時救活他一條命，他現在也早埋在九泉地下了……想著這一切，他不覺又黯然神傷起來。

「你敢知？」許尙仁看林雅堂久久不能言語，於是便自言自語地接下去說：「舊年年底，爲了倘基隆的林李成佮台北的陳秋菊聯合起來佮偲日本人對抗，偲日本人復派大隊在蘇澳登陸，打來基隆，復打去台北，一路刣人放火，黑天暗地，後來聽講有一千五百人死去，一萬間厝燒去，實在眞悽慘哦！」

林雅堂聽著，仍然沉默不語，許尙仁想想，大概也覺得林雅堂可能對日本人的話題不感興趣了，於是他便把話題一轉，談起馬偕來，他見林雅堂的精神即刻抖擻起來，笑口也開了，於是他便開始講述馬偕的故事，他說馬偕出生在加拿大，二十八歲時在旗後登陸來到淡水，便在淡水跟牧牛的小孩學台灣話，娶台灣農婦爲妻，後來穿痲衣，踏草鞋，徒步來往於淡水、艋舺、桃園、基隆各地宣傳福音，並且還一邊替人拔牙、醫病，深入到割人頭的青番社去傳教，八年後，他回加拿大探親，加拿大的長老教會才籌了一筆款子給他回來淡水蓋牛津學堂，訓練台灣人的宣道師，同時傳授給他們西方的醫學，又創辦婦女學校，提倡成年女子的教育……

「你敢有去拜謝過馬偕牧師？」說完了馬偕的故事，許尙仁問林雅堂說。

「我沒外久以前病才好起來，就先來加你說謝，另日我才叫我小犬之乾遐我來去淡水加馬偕牧師說謝。」林雅堂說。

聽了林雅堂提起「林之乾」的名字，許尙仁突然笑逐顏開，好像記起了一件久懷的心事，於是便對林雅堂說：

「講起您孝生林之乾，爲著你，親身行路由新竹來到台北，才由台北坐火車來即丫，當夜復佮我行路去淡水找馬偕牧師，難得看著即款的孝子，實在眞給人感動。有一件代誌想欲問你，您林之乾伊現在不知娶某抑未？」

「猶未咧。」林雅堂回答說。

「阿不知有佮人做頭對抑沒？」

「猶沒啊。」

「若沒，加你講我的心願啦，我當初頭一面看著伊，心內就眞愜意❼，愜意伊來做我的子婿，我有一個細查某子，叫做秀英，今年已經十七歲，猶未做給人，想欲做給您孝生，你想安怎款？」

「會使啊，阿伊現在敢有在厝裡？」林雅堂急切地問道。

❼愜意：台語，音(kah-i)，意(合意)。

「在後廳，我來去叫伊出來給你看。」

說著，許尙仁便喚佣人進後廳去把許秀英請出來。果然不到幾分鐘，一個體態豐盈、眉目秀麗的少女便在客廳裡出現了。她梳著圓髻，踩著三寸金蓮，寬額高鼻，配上薄細的嘴唇，顯露出大家閨秀的伶俐與剛毅，還沒向林雅堂下拜，林雅堂早被這未來媳婦傾倒了，於是趕快趨前扶她起來，等她走進後廳去，便迫切地對許尙仁說：

「我眞愜意！我眞愜意！現在倆先來講嘴訂❽，你的細查某子來給我小犬做新婦，我明仔再轉去新竹先看一個好日才來加你送訂❾，欲幾時迎娶以後慢慢才復講。」

「但是……倆老的同意，不知伊少年的會同意抑獪？你想敢免給伊兩個對看一下？」許尙仁猶豫地說。

「哪有這必要啦？」林雅堂皺眉說：「可能是您信洋教的，頭腦也較西洋化，你會記得倆少年時結婚，老爸老母看愜意就好，少年的哪有人在對看？沒必要啦，沒必要啦。」

許尙仁經他一說，也不再堅持，於是林之乾與許秀英的終身大事便這樣決定了。

幾天之後，林雅堂果然由林之乾陪同，到了淡水去向馬偕牧師感謝救命之恩，因爲有感於馬偕的博愛胸懷，不久他們父子也受洗信了基督教，而林之乾更決定將一生奉獻上帝而到淡水的牛津學院跟馬偕牧師學習教義與西醫。就在林之乾上淡水之前，林雅堂先派人送了幾百盒禮餅去向許秀英訂婚，等林之乾學院畢業之後再擇吉日結婚。

❽嘴訂：台語，音(chhui-tiä)，意(口頭訂婚)。
❾送訂：台語，音(sang-tiä)，意(送餅正式訂婚)。

三

從訂婚到結婚的兩年間，許秀英始終都沒有見過林之乾的面，她第一次見他是在他們洞房花燭夜。

他們結了婚之後，在新竹城裡住了一個月，便因爲長老會在台北艋舺的淡水河邊新蓋了一間教堂，他們便奉馬偕之命搬來艋舺主持教會。林之乾在艋舺教會的任務是禮拜天在教堂宣道主持禮拜，其他的日子爲了維生，則在禮拜堂的附近租了一幢民房開設西醫兼做中醫。

這段新婚燕爾的日子，對林之乾說來應該是十分滿意的了，可是卻有兩件事情經常令他耿耿於懷，那便是他的身體與他的妻子。他的身體本來就十分纖弱，特別是兩年前爲了他父親，從新竹徒步趕到基隆，又從基隆趕到淡水，結果趕出了一場大病，以後雖然好了起來，卻依舊時常感冒，容易疲勞，他到牛津學院上學時，雖經馬偕牧師悉心調理過，但底子既已脆弱，想要強壯也強壯不起來，大不了能維持沒有大病，久久來次小病，已經十分滿足了。至於他的妻子給他的煩惱，並不是許秀英的人品行爲有什麼差錯，而是她長得太美了，美到人人見了都讚不絕口，可惜林之乾自己卻似乎沒曾接受這光艷的照射，也許是父母撮合而始終沒對看的關係，許秀英對他的感情開始就是淡漠的，而後夫妻的感情也始終沒能培養起來，這使林之乾感到她的嫵媚只是對外的，他自己彷彿沒能分潤，因此他便十分忌妒，有時忌妒得坐立不安。

本來林之乾都天天讓許秀英去蕃薯市買菜，可是有一天，林之乾感到不安心，便偷偷地跟在她後面去，他發現，一路上男人都停下來看她，對她笑。迎面而來的固不必說，連與她走同一方向的也側過頭來對她笑，而那茶行門口揀茶的女人在她走過之後，也都對她指指點點，互傳耳語就更不必說了……這使林之乾妒火中燒，恨不得把許秀英即刻就拉回家去。
這天，等許秀英回到家裡，才放下菜籃，林之乾便氣沖沖地對她說：
「你今日去買菜，一路是不是有佮查甫人安怎？」
「什麼查甫人？一路的查甫人我攏不訊，欲佮伊安怎？」許秀英回答道，一臉委屈的表情。
「否伊哪會越頭❿直直對你看，復直直對你笑？」
「伊欲看我欲對我笑，我哪有什麼法度⓫？也不是我去看伊，去對伊笑。」
「我想你絕對有佮伊安怎？」
「你若安倪想，你就佮彼割查甫人仝款神經！」
秀英說完，挽著菜籃，憤憤走到廚房裡去了。
以後每次秀英出門去買菜，林之乾就陪她一起去，他發現那路上的男人及蕃薯市的菜販依舊側過頭來看秀英，又對她微笑，彷彿都跟她認識而且已認識好久的樣子，反倒使林之乾覺得自己不存在一般，這已使他感到非常不悅，而當他有臨時病人不能陪她去時，他就更加不得安寧了。
於是，終於有一天，林之乾就對秀英說：
「秀英，由今日起，你家己一個人獪使出去，恐驚會發生危險的事故，只有佮我做陣才會使出去。你也沒必要去蕃薯市買菜，我每日替你買。」

---

❿越頭：台語，音(oat-thau)，意(轉頭)。
⓫法度：台語，音(hoat-to)，意(辦法)。

秀英本來就不喜歡林之乾，現在見他如此善妒，就更加氣悶了。於是不免反應他道：

「你是不是加我看做犯人？」

「我是爲著你的安全，外面土匪眞多！」

現在秀英幾乎是一步都沒能出門了，既然買菜不能自己去買，而林之乾又難得有閒情帶她出門，更何況她也不願同他走在一起；她唯一踏出門限的，便是每禮拜天走幾十步的路到長老教堂做禮拜，即使如此，林之乾也一再叮嚀叫她不要搽粉、塗胭脂，說爲了避免引誘教堂裡的教友。

林之乾與許秀英結婚後的第二年正月初二，秀英早上起來梳洗、打扮，戴上項鍊，戴上戒指，穿上紅綾的大裀衫，踩上繡珠的三寸金蓮，一反平時沒打扮的常態，這使林之乾張大了眼睛，問她說：

「秀英，我敢不是叫你不通打扮？你今日妝到即倪美欲創什麼？」

「你怨妒怨過頭丫，今日東時你知影否？今日是正月初二，是出嫁的查某子轉去外家⑫做客的日子，我欲轉來去基隆。」秀英冷冷地說。

「我教會沒閒，這藥房也沒閒，我嬒得通迦你轉去基隆。」

「我免你迦我轉去，我家己會曉去台北站坐火車轉去。」秀英連望林之乾一眼也不望地說，繼續爲她自己準備身邊的包袱。

「秀英，我不是已經加你講過，沒佮我做陣，你家己一個人嬒使行出去街仔？」

「但是我不是欲行出去街仔去給人看；我今日是欲轉來去基隆阮外家做客！」

⑫外家：台語，音(gōa-ke)，意(娘家)。

「膾使！」林之乾開始大聲說。

「爲什麼膾使？」秀英也不甘示弱大聲地說。

「沒什麼理由啦！我講膾使就是膾使，這就是理由啦！你若行出戶碇⑬一步，你就永遠膾使加我轉來！」

秀英聽罷，便走回房間，把項鍊卸了，戒指也脫下來，歪在眠床上暗暗抽泣起來……雖然她不喜歡林之乾，可是他卻從來不像今天這麼令她感到嫌惡，她咬牙切齒，她發覺她開始恨他了，恨他心窄，恨他無用，恨他忌妒，恨他跋扈，不把她當人，直把她當奴隸看待，爲了表示她的反抗，她下定決心，不再跟他說話。

晚上，許秀英很早便上眠床，放下蚊帳，向床堵側臥。入夜的時候，林之乾也進了房，上床躺在秀英的背後，他伸手去碰她的脇下，她把他推開了，他又試了一次，她依然堅決抗拒，他終於覺得沒趣，便憤憤拉開蚊帳，往隔壁炕床去睡了。

隔幾天，林之乾以爲許秀英氣消了，夜裡依舊摸到床上來，想靠近秀英，可是她依舊把他推開了，雖然經他好言相哄，她始終也不肯再依他。以後又試了幾次，依然一樣，最後他發了一陣脾氣，也賭氣不再進房，獨自去睡他的炕床了。

他們這種有名無實的婚姻生活就這樣持續了一年，一直到第二年正月初一的晚上，林之乾在溫習了一段聖經之後，突然改變態度對秀英說：

「秀英，來我身邊坐，我有話欲佮你講。」

---

⑬户碇：台語，音(hō-tīng)，意(户限)。

她走來坐在他的身邊，仍然默默不說話。

「明仔再是正月初二，大家攏轉去外家做客，我想你應暗⑭就會使準備你的包袱仔，明仔再較早起來，去趕七點彼班到基隆的火車。」

秀英抬起頭來，一臉驚訝的表情，因為她從來都不敢奢望林之乾會講出這種話，她恍恍惚惚，似乎不相信自己的耳朵，於是重複地問道：

「你是講我明仔再會使轉去阮外家厝？」

「我講的就是即款話。」

「你欲佮我做陣去，抑是我家己一個人去？」

「我著愛準備教會的禮拜，我𣍐得通佮你做陣去，你家己去。」

林之乾說的時候已不見往日的忌妒，而是一片磊落的坦誠，秀英突然發覺他多麼可愛，這是她嫁了他兩年以來的第一次感覺，彷彿在這一刹那，他們才突然發生了感情，她是眞的愛他了。

這晚，秀英自動煮了一餐十分豐富的晚飯給林之乾吃，之後，她去收拾她的衣物、手飾等女人遠行的用品，她一邊收拾，一邊還哼著從前母親教她的兒歌，兩年來她從不曾像今晚這麼開心過。

晚上，她依照老習慣，獨自上了眠床，放下蚊帳先睡了。半夜醒來，她發覺蚊帳似乎有微風在吹動，她轉過頭來定睛看時，才發覺是林之乾的影子投射在蚊帳上，他似乎想進床卻又不敢伸手來拉蚊帳。

⑭應暗：台語，音(ing-àm)，意(今晚)。

「秀英……」蚊帳外的林之乾輕輕地說。

「什麼代誌？」秀英溫柔地回答。

「你列睏⑮丫是否？」

「猶未啦，抵才欲睏而而。」

「我是不是會使佮你講幾句仔話？」

「有什麼話明仔再才講嘛。」

「但是你明仔再就欲轉去您外家厝，我應暗沒佮你講𣍐使。」

秀英停息躊躇了一會，突然熱起臉暗笑一下，因怕笑出聲，趕緊用手蒙住嘴，這時，不待秀英的回答，林之乾已自動拉開了蚊帳，順勢躺進眠床裡，也不說什麼，便伸手從背後來揉秀英的乳房，並且開始喘息起來，秀英也不再推拒，任他把她的身子翻轉過去，面對著他，由他擺佈了……

四

許秀英回到基隆，難得許秀珍也從澳底回家做客，兩姐妹兩年不見，格外感到親熱，又有著那麼多話要說，於是便同睡一個眠床，幾個晚上都由夜裡一直說到天亮，幾乎把丈夫家的事給忘得一乾二淨了。

---

⑮睏：台語，音(khùn)，意(睡)。

不覺已差不多過了一個月，秀英才又回到艋舺來。一回到家，秀英便感到身體不適，經常頭暈欲嘔，本來也以爲旅途疲勞，可是過了一些時候，不但疾病沒有好轉，反而有愈來愈厲害的傾向，經林之乾自己按脈檢查，又聞知她已兩個月沒有月事，於是他便知道她有孕了。

其後八個月，秀英深居簡出，因爲愛吃「鹹酸甜」，便將做爲嫁妝帶來的冬瓜糖、李鹹、酸梅和柑桔等蜜餞拿出來吃，而之乾對秀英的日常起居也格外愼重小心，叫她不要過度操勞，並且時常去蕃薯市買些豬肝、雞鴨和鮮魚來爲她補胎。對於這一切，秀英總耿耿於懷，只怕之乾花太多錢，於是對他說：

「做牧師人賺沒外多錢，倘著勤儉較好。」

「啊，沒要緊啦，『補胎較好做月內』，倘月內較省一點就好啦。」

「順月」很快就來到，秀英早備好了嬰兒的紗衫，又安排好一位「好手勢」的「拾子婆」預備生產的時候來幫忙生產。

從第一次陣痛開始，秀英便把之乾趕出房間，穿上「生子裙」，坐在竹編的「生子椅」裡，在那地上舖了一大堆稻草，等待嬰兒出生在稻草上。可是一連生了兩日，嬰兒卻遲遲生不出來，有一回，在陣痛痛定之後，秀英歎了一口長氣，對那隨侍在房中的拾子婆說：

「唉……生子哪會即俔肝苦？」

「這哪有什麼？做查某人生成就是愛受苦的，連皇帝娘也走繪去。」

秀英沉默了一會，轉話題說：

「阿婆，你想我會生查甫抑是生查某？」

那拾子婆望了一會秀英那渾圓的大肚子，便說：

「你沒聽人講？腹肚尖尖才會生查甫，看你這腹肚圓滾滾，復即倪歹生，絕對是查某，也著復講？」

「噯唷，若生著查某不知欲安怎？」

「哪有安怎？若已經有幾個查甫，生著查某就加伊飼；若不曾生過查甫，復特別是頭一胎，生著查某就加伊捏捏死。」

「安倪敢不是眞殘忍咧？做老母的人敢捏會得落去？」秀英皺著眉說。

「『時到時擔當，沒米就煮蕃薯湯』。雖然嘴講殘忍，到時目睭⑯一下瞌，也是加伊捏落去。」拾子婆說著，歎了一口氣，又繼續說：「唉，講起來，查某子上沒路用，生嘛平平肝苦⑰，飼嘛飼到欲死，但是大漢⑱呢，不是家己的人，總是著愛加伊嫁出去，又復愛賠一大堆嫁妝，想欲招人嘛，又恐驚招的沒好人，所以也眞罕得有人愛招，生著查某子實在眞沒價值！」

秀英在心裡私忖著，假如她眞的生了女兒，她敢親手捏死她嗎？她不忍，她的良心告訴她一千個「不可能」，所以她便又問那拾子婆說：

「阿婆，敢有拾子婆替老母捏死查某嬰的？」

「彼才是沒哦！拾子婆也是人，吃菜拜佛都艙赴丫，哪有替人殺生的？我也不知看過幾百個生查某的，攏也是老母親手加嬰仔捏死。」

---

⑯目睭：台語，音(bák-chiu)，意(眼睛)。
⑰肝苦：台語，音(kan-khóh)，意(苦，痛苦，艱苦)。
⑱大漢：台語，音(tōa-han)，意(長大，高個子)。

「阿婆，用手捏死總是殘忍，敢有免用手捏的，別款較好的辦法？」

那拾子婆想了想，終於說：

「有啦，有啦，我也曾看過嬰仔出胎，猶沒出聲哭就用胎盤加她翕死⑲，孤目睭看別位，將胎盤向伊的面加伊掩一下就會使。」

秀英聽了，靜靜地把這話記在心裡。

秀英又挨了一日，到第三天早晨，在一陣激烈的陣痛後，終於產下了一個嬰兒，那拾子婆才把嬰兒接在手裡，還不待剪斷臍帶便把嬰兒連同胎盤遞給秀英，習慣性地對她說：

「是查某啦！諾，你家己提去用哦！」

待秀英把女嬰接在手裡，那拾子婆便逕自往房間外走出去了。秀英把女嬰放在稻草上，顫巍巍地拾起掉在地上滴血的胎盤，也不敢正視那女嬰一眼，便發狠想把胎盤壓向她的臉，卻不料就在這一剎那，那嬰兒卻大聲哭響了整個房間，秀英忙把胎盤移開了嬰兒的臉，才看見那女嬰生著一副討人喜歡的美麗的圓臉，兩隻大眼睛像兩粒龍眼似地在眼眶裡溜溜地滾動，於是秀英忽然不忍，手軟了下來，把胎盤扔到一邊，情不自禁地把女嬰摟到懷裡……

等那拾子婆端了一大盆熱水再走進房間，她發現所發生的一切，於是便用一種驚異的口吻對秀英說：

「安怎？你沒加伊翕死哦？你欲飼伊是否？唉！查某子賊！即馬不知，有一日，加伊飼大漢，你就會知！」

---

⑲翕死：台語(hip-si)，意(加壓令氣悶而死)。

五

秀英第一胎生了女嬰又沒能在女嬰哭出聲來之前把她捏死，事後總覺得對林之乾過意不去，好像欠了林家一筆債似的，可是林之乾卻不怎麼介意，倒是看了那女嬰討人喜愛的笑臉，嵌著兩顆偌大的眼睛，喜歡得不得了，便給她起了個名字叫「雅信」，取其容貌文雅又信仰基督的意思。

林雅信從出生到周歲，一直都十分好養，可是在她滿兩歲的時候，得了一次肺炎，差點死去，病好了之後，便一直身體衰弱，使秀英煩惱，瘦了一身肉，也就在這時，她又懷孕了，希望生一個男嬰，十個月後卻又生了一個女嬰，林之乾也無可奈何，雖然這第二胎女嬰帶些愁容，絕沒有第一胎女嬰來得可愛文雅，但林之乾卻仍然給她取了個「雅」字，掛尾來個「足」，叫「雅足」，表示兩個女兒已經滿足了，以後男兒來就好，女兒可別再來了。

因為在秀英做月子期間，林之乾頗忙了一陣子，一邊照顧教堂與三歲的雅信，另一邊又要為秀英煮麻油雞，可能是累壞了，等雅足滿月之後，他自己便病倒，於是由秀英反過來服侍他了。

他咳嗽咳得十分厲害，開始還以為是感冒引起的，可是有一天卻咳出了一口血絲，秀英就覺得事情不同尋常了，於是請了一位西醫朋友來看，這位朋友大約檢查之後，認為有可能是初期的肺病，叫秀英帶他到新建的「台北療養院」去做詳細的檢查，檢查之後，果然被那位醫生朋友不幸言中，林之乾的確患了肺病。但因為尚屬初期肺病，可以在家療養，只是醫生叫他放棄教堂的傳道，也不要再開業行醫，盡量少說話，多休息罷了。

既已失去了賺錢技能，以後林之乾的醫藥費以及一家四口的生活費便由新竹的老家來接濟了。他從秀英的房間搬出來，獨自一個人住在房子後面的一幢騎樓上，那裡有一個小窗可以望見他往日主持的禮拜堂以及禮拜堂前的那幾棵椰子樹，他把自己與外界隔絕了，從此只許秀英端三餐上來，然後每日便是唸聖經度日了。他一直都感到沉悶憂鬱，唯一令他稍感寬慰的是每天清晨聽到椰子樹上的麻雀聲，不然就等待每個禮拜日從禮拜堂傳進來的歌聲和風琴聲了。

雅信是十分聰明伶俐的，儘管她媽媽禁止她上樓去找爸爸，她還是經常偷偷地爬那段危險的扶梯上去看她爸爸，每回她在梯口看見林之乾躺在床上看書，她便輕輕地叫一聲：

「阿爸……」

「不通入來！不通入來！企⑳列樓梯頭就好！」林之乾坐直身子大聲地說。

「阿爸……」

「欲創什麼？」林之乾說，感到不忍，於是放小聲說：「雅信，你欲創什麼？」

「我欲看你……」

他笑了，心裡感到一陣溫暖，搖搖頭，嘆了一口氣說：

「有看就好ㄚ，較緊落去，您阿娘會找你沒！」

他看她面對著扶梯，雙手拉住扶手，一級一級慢慢爬了下去，他小心諦聽著，一直怕她會跌到樓下去，但總是沒有發生意外，等到聽不見一絲聲響他才放心，才又拿起聖經來念。

有一天，雅信又偷偷地爬到騎樓來，立在梯口。

「阿爸……」

---

⑳企：台語，音(khia)，意(站立)。

「雅信，你哪會復起來？不通入來，企列樓梯頭就好！」林之乾又驚又喜地說。

「阿爸，我會曉㉑一條歌，隔壁的囝仔教我的哦。」

「一條歌？什麼歌？」

「『草螟公』。」

「『草螟公』？你也會曉『草螟公』？」他噗哧一聲笑了出來：「我不信，你唱來給阿爸聽看覓㉒。」

「阿爸你欲聽是否？雅信唱給阿爸聽，阿爸恬恬聽哦。

草螟公，穿紅裙。
欲嘟去？欲等船。
船嘟去？船撞破。
船片嘟去？船片燒灰。
灰嘟去？灰……

阿爸，阿爸……你哪會列哭？你哭什麼？」

雅信果然沒有看錯，林之乾真的是在哭，但那也只不過一剎那的事情，他見雅信這麼小就這

㉑會曉：台語，音(e-hiau)，意(會，懂得)。

㉒看覓：台語，音(khuä-mai)，意(看看)。註(ä表帶鼻音的ä，如sä（衫），tä(擔))。

麼聰明，本來也是蠻高興的，可是不知怎麼，一聽到「船片燒灰」就忽然聯想起自己的病，再想起妻子年輕而兩個女兒年幼，不禁悲從中來，眼淚便不覺奪眶而出了。眞沒想到雅信卻這麼機警，立刻便發覺了，這倒使他有些不好意思起來，於是趕忙拭乾了眼淚，對她說：

「沒啦，沒啦，阿爸沒列哭，孤流目濉[23]而而。雅信實在眞勢[24]唱歌，好丫，你會使落去丫，阿爸欲復歇睏。」

林之乾在家裡療養了一年，但病不但沒有起色，反而更重了，於是不得不送進「台北療養院」療養。再過一年，他終於肺病第三期在院中不治去世了。他的遺體依照療養院的規定火化了，於是許秀英便做了寡婦，她這時才二十四歲，膝下還帶著五歲的雅信和兩歲的雅足。

六

自從林之乾過世之後，許秀英一家三口的經濟狀況頓然慘澹下來，因爲家裡既然斷了收入，而許秀英又被兩個幼小的孩子纏著，沒能出去做工，於是只好向新竹林之乾本家要求接濟。這時林雅堂也已經不在人間，一家的財產只好由林之本與林之元掌管，這兩個兄弟開始還按月寄了少數的生活費來給許秀英，但寄了幾個月，眼見許秀英經濟情況沒得任何改進，有一天，這兩個兄弟便坐了火車來艋舺跟許秀英商談。

「許秀英，你的翁婿現在已經過身[25]囉，你以後欲安怎打算？」林之本開門見山便對秀英說。

[23]目濉：台語，音(bak-sai)，意(眼淚)。
[24]勢：台語，音(gau)，意(會，能)。

秀英一時也找不到話說，只抱著兩個女兒垂頭淌淚。

「孤每月由阮林家寄錢來接濟你也不是久長的辦法。」林之元說。

秀英仍是沒話可說，其實她心裡也有同樣的感覺，每月伸手向兩個大伯要錢，對她而言就像乞丐向人求乞一樣難過，絕不是她本意要做的，只是她一時沒有其他路好走才如此。

「我想安倪好啦，」林之本說：「阮新竹林家的田園厝宅現在就來做三份分，阮將三分之一的田園厝宅算錢給你，你簽字書給阮，從此以後，你家己獨立生活，不通復來向林家伸手需錢，你想安怎？」

秀英含著眼淚默默地點頭……

「有一點愛事先佮你講明，」林之本繼續說：「就是林之乾過去兩年破病住院的中間，已經用去阮林家眞多錢，即割攏記在帳簿頂面有帳通查，當然分給你的三分之一財產中間，需要先扣除即割數目，春的才是你的份，即點你不知有同意抑沒？」

秀英沒有說話，依舊默默地點頭……

「眞好！最後有一句話欲加你相勸，」林之本在離開之前對秀英說：「你一個查某人，有兩個查某囝仔，你嬒行嬒走，實在眞肝苦，你早慢需要送送給人，你才會得通去做工。我替你想一個好辦法，你的大查某子五歲已經大漢囉，會使給人，細查某子猶細漢沒人欲需㉖，暫時留在身邊家己飼。」

㉕過身：台語，音(ke-sin)，意(過世)。

㉖欲需：台語，音(beh-ti)，意(要，需要)。

秀英沒有回答，陷在沉思之中……

一個月後，林之本由新竹派了他家的掌櫃拿了一份財產分配的同意書來艋舺叫許秀英簽字，然後數了八百元的現鈔給她，這便是林家三分之一田園厝宅扣除了林之乾生病時醫藥費所剩下的全部財產。

七

自從聽了林之本離開艋舺之前對自己說的那最後一句話，秀英也慢慢覺悟把兩個女兒留在身邊總不是長久的辦法，終究從林家分到的那一點點財產是維持不了她們一家三口一年的生活，爲了能分身出去做工，她終於不得不把雅信割愛送給別人了。這之間，因爲艋舺的長老會沒有牧師，便暫時由一位姓高的牧師來主持教會的講道。高牧師本身是大龍峒一間長老教會的牧師，家裡種一大片花生園，牧師只是他的副業，他有個很好的家庭，膝下有幾個男孩和一個女兒，人十分善良，又十分願意幫人，所以每個禮拜早上在大龍峒的教會做完了禮拜，下午還趕來艋舺的教會爲艋舺的教友做禮拜。

有一天，當高牧師在做禮拜，坐在教堂裡的秀英突然想，她何不把雅信送給高牧師做新婦仔呢?他人既好，又有個好家庭，而且牧師人總不至有虐待新婦仔之理，假如他願意養雅信，那麼還有誰家比他更能叫秀英放心得下呢?

想著這些，秀英便在禮拜做完，教友都離開了教堂之後，留在教堂，等高牧師要關教堂的大門時，秀英便對他提起雅信的事情。

高牧師聽著，望了望在旁邊抱著秀英大腿的雅信，微笑地說：

「好啦，我看你即個查某囝仔生起眞美，眞古子意㉗，眞得人疼㉘，我有恢意，我家己也有五、六個囝仔，有一個孝生，叫做天來，將來會使及伊做頭對。」

因爲不知道雅信到高牧師家能不能住得慣，所以秀英也不便要求高牧師正式向她家送訂，只是向他提議說：

「安倪好啦，你先加伊邈去您大龍峒住看覓，等住慣習了後，才來正式送訂。」

高牧師答應了，於是便跟著秀英到她家，準備了一包袱衣服，騙雅信說由高牧師帶她上大龍峒去看孔子廟，雅信信以爲眞，便被高牧師一路帶到大龍峒來。

大龍峒的禮拜堂斜對著一個土地公廟，廟前一片黃土曬穀場，高牧師便帶著雅信穿過那曬穀場來到禮拜堂。牧師的紅磚厝蓋在禮拜堂的一邊，紅磚厝的前頭是一個高架菜瓜棚，有一堆人，男女老少都有，正在瓜棚的陰影下剝土豆。高牧師走到一個中年婦人面前，對她絮絮說了不少話，邊說還邊回過頭來指雅信給那婦人看，那婦人從高牧師手裡把雅信牽到一旁，仔細給她端詳了一番，說道：

「嗯，這新婦仔㉙眞古子意，復眞得人疼……天來！」她轉過頭對著菜瓜棚另一角在剝土豆的一個八、九歲瘦瘦的男孩說：「這查某囝仔將來給你做某，你有恢意否?」

這句話使得天來羞紅了臉，也引得瓜棚的眾人笑了。

㉗古子意：台語，音(ko-chui)，意(可愛)。

㉘得人疼：台語，音(tit-lang-tiä)，意(得人疼愛)。

㉙新婦仔：台語，音(sin-pu-a)，意(養女)。

雅信感到陌生，便從那婦人的手中溜出來，回到高牧師的身邊，把他拉蹲下來，輕輕對他說：

「我欲轉來去，你䢴我轉來去好否？」

「你乖乖佮阮住，過兩日我才䢴你轉去。」高牧師哄雅信說。

「沒愛啦，我即馬就欲轉來去找阿娘。」

高牧師搖搖頭，帶雅信離開了菜瓜棚，不是帶她往她家去，卻是帶她去離教堂不遠的一家茅草蓋成的雜貨店，指櫃檯上的各色糖果與玩具，對她說：

「你愛什麼，做你揀，我買給你。」

雅信只搖搖頭，皺眉地說：

「我攏沒愛，我孤愛轉來去。」

「會啦，我過一下仔會䢴你轉去，但是你先加我講，看你愛什麼，我買給你……即款糖仔好否？……這雞膶㉚好否？」

雅信望著高牧師指向各種玩具，最後指到一個布縫的洋娃娃，她才睜著兩隻大眼睛點了兩下頭，於是他買下那洋娃娃給她，把她帶回到菜瓜棚下，交給先前跟雅信說過話的那個婦人，對雅信說：

「阿伯著愛來去教堂做代誌，你佮這阿姆暫時做陣，也有即倪多囝仔佮你𨑨迌㉛。」

「我欲轉來去。」雅信一邊抱洋娃娃一邊哀求道。

㉚雞膶：台語，音(koe-kui)，意(汽球)。

㉛𨑨迌：台語，音(thit-tho)，意(遊戲，遊玩)。

「會啦，會啦，稍等我才來迦你轉去嚄。」

雅信終於點頭答應了，在那菜瓜棚下玩了一會洋娃娃，又看了一會她們剝土豆。有幾個孩子圍了過來，偷偷地摸雅信懷裡的洋娃娃，另有一個年輕的婦人也走過來，拍了拍雅信的臉頰，又摸了摸她的頭，對她說：

「啊，牧師眞疼你，伊對你上界好呢，你敢知？伊攏不曾買俑仔物㉜給伊的囝仔，阿你來就買這美俑仔㉝給你，你著愛乖乖住在即丫哦，你看！即丫猶有即倪多囝仔通佮你迌迌。」

「沒愛啦，人阮欲轉來去找阮阿娘啦。」雅信搖頭固執地說。

「不通轉去啦，佮阮做陣迌迌啦。」一個長雅信兩歲的女孩說：「土豆剝完，我才迦你來去挽燈心仔花，眞美哦。」

「我才迦你來去掠水雞。」一個男孩說。

「我才迦你來去掠魚溜㉞。」另一個男孩說。

「我才爬去樹仔頂掠鳥仔子落來給你。」第三個男孩說。

只有天來那個瘦瘦的男孩卻躲得遠遠的，低頭繼續在剝土豆……

雅信抬頭看著他們，她直覺就不喜歡他們，更別說跟他們一起住一起玩了，她只想她艋舺的家，頻頻不自覺地說……

㉜俑仔物：台語，音(ang-a-mi)，意(玩具)。

㉝美俑仔：台語，音(sui-ang-a)，意(美麗的洋娃娃)。

㉞魚溜：台語，音(hi-liu)，意(泥鰍)。

「沒愛啦！阮攏沒愛啦！阮欲轉來去找阿娘啦。」

晚飯的時候，七、八個孩子坐在那張方桌的四角吃飯，吱吱喳喳都是小孩與碗筷之聲，雅信好生不習慣，她始終吃不下飯，高牧師為她夾了一碗菜，叫她吃，哄她說：

「緊吃，緊吃，雅信眞乖，你若吃了，過兩日仔我就遝你轉來去找您阿娘。」

雅信悶不作聲，只吞了兩口，便又不吃了。

晚飯後，高牧師帶了雅信跟那七歲的女兒來到一個房間，把一張小木板床指給她看，說晚上她就跟他的那個女兒睡在那張小床上，然後便叫他的女兒帶她出去庭院玩。

吩咐完話，高牧師逕自往教堂處理事務去了，留下的那女兒百般央求雅信跟她出去庭院玩，但雅信只顧坐在那小床邊不肯移動，叫那女孩自己出去玩，那女孩無奈，終於獨自出去了。雅信等她走後，左顧右盼了好一會，看看沒有人在注意，便把洋娃娃往床上一扔，悄悄從那紅磚厝逃了出來……

那高牧師的紅磚厝離淡水河不遠，所以雅信一直往河邊跑，她記得中午來大龍峒時，是一直對著那三粒像乳峰一般的大屯山走的，於是到了河邊之後，她便沿著淡水河的一條土路，背著大屯山，往河的上游跑……

她先跑了一段路，離那牧師的紅磚厝遠了，才慢下步來開始走，走了好久才遇到一座大木橋，那木橋從河的這岸跨到對岸，那便是她以前常常聽人說起的「台北橋」，這橋上正是車水馬龍，十分熱鬧。她從橋下走過，走過的時候還停下腳步來觀望那橋下的拱架，好不雄偉高大！過了橋，才走了沒多久，她發覺太陽已落到地平線下，於是天也慢慢黑了，她緊張起來，想著她能不能走到家呢？萬一找不到家怎麼辦？於是她又開步跑了，並且一邊跑步一邊抽泣起來……

那河邊仍有十幾個女人在洗衣服，而河裡也仍有三、四個漁夫立在各自的渡船上在扒蜊子，平時她到河邊來玩，她是最愛看這些了，但今天她連停也不敢停下來看，她一逕向前跑著，跑完了一段路便慢下來喘息，等喘息過了又快跑起來，她還時時回過頭去觀望，唯恐後面有人追來……

她終於跑過了河邊的一列洋行，看見泊在河邊的幾艘西洋的商船，再跑一會，便遠遠看見了那熟悉的教堂黑色的尖塔，她感到一陣欣喜，於是強忍住昇到喉嚨的嗚咽，加快腳步向前奔去……

在天幾乎要全黑的時候，她才跑到家，那門關著，她迫切地敲了一會門，門開時，她便不顧一切往秀英的大腿一抱，放聲大哭起來……

秀英也回抱了雅信一會，到門外看看，也沒有人跟來，便問雅信說：

「你家己一個人走轉來？也沒人佮你仝陣來？」

雅信搖搖頭，不說話，只繼續在抽泣……

「哇……看你這死查某囝仔鬼，你即倪好膽，沒人佮你仝陣，也敢一個人由大龍峒走轉來到艋舺，看什麼人會相信？看什麼人會相信？」

兩小時後，有人來敲秀英的門，她打開了門，高牧師提著一盞燈立在門口，臉色蒼白，卻滿頭冷汗，他氣急敗壞地問秀英道：

「雅信有轉來否？」

「有啦，伊即馬已經列睏丫。」秀英細聲地回答。

「我通大龍峒找透透，叫一大陣人提燈打鑼，四界㉟攏找沒，我才想伊可能家己一個人偷走轉來，果給我猜著！」高牧師說。

「我想這查某囝仔驚生分，不曾離開厝去別人𫝛住㊱。即馬都已經睏丫，不如後禮拜日才復給你遫去。」秀英說。

高牧師猶豫了一會，因爲怕雅信又要逃跑，所以秀英便提議說：

「安倪啦，我後禮拜做完禮拜了後，才陪您來去大龍峒，一路我才好好仔加伊講，你想安倪好不好？」

高牧師想了想，覺得也不失爲折衷的辦法，所以便點頭答應，提燈回大龍峒去了。

第二個禮拜天，做完了禮拜，秀英果然帶了雅信，跟高牧師來到大龍峒，她在高牧師家裡吃了一頓晚飯，閒話了一會才離開大龍峒，臨走的時候，她對雅信愼重地吩咐道：

「你著愛住即丫，有聽抑沒？阿娘先轉來去，過幾日，牧師才遫你轉來，有聽抑沒？即回你𣍐使復偷走，你若復偷走轉來，阿娘就欲加你打，有聽抑沒？」

雅信噙著眼淚，抱著高牧師上禮拜買給她的洋娃娃，默默地點頭……

秀英走了之後，雅信一直坐在她那張小床邊哭著，從那小窗口傳來陣陣的鑼鼓與爆竹聲，因爲這天大龍峒謝神，早上便有人在斜對面土地廟前的曬穀場上搭起戲棚，整個晚上，附近的人都圍在棚前看台上的子弟戲。

雅信忍了又忍，但最後她終於忍耐不住，又把洋娃娃往床上一扔，逃跑了。

㉟四界：台語，音(si-koe)，意(四處，到處)。

㊱𫝛：台語，音(tau)，意(家，厝)。

那戲棚前人山人海，擠得水洩不通，雅信只好鑽到戲棚下，從那些木架的空隙間爬過去，到了戲棚另一邊，再穿過較疏的人牆，往淡水河邊跑去，然後再沿著上禮拜天跑過的原路，憑著依稀朦朧的河光，一路跑到艋舺的家裡來……

她在深夜才回到家裡，而一進門，便受到秀英的一頓痛打。這晚高牧師也知道雅信又逃回艋舺家裡去了，所以當晚也沒再叫人出去尋找。到了第二天早晨，才姍姍來到秀英的家，一見面就對她說：

「我𤆬ㄚ啦！你這野查某囝仔眞愛偷走，住人的厝住𣍐牢，我勞心勞命，哪有彼倪多氣力，每日四界去找伊？你若欲送人，送給別人，我𤆬ㄚ啦！」

住在牧師家裡都住不了，住到次一等人家就更不必說了。秀英想了又想，也想不出什麼辦法來，最後只好把雅信留在身邊，把她送給別人這件事也只好斷念了。

八

既然把雅信與雅足都留在身邊，想出門找工作變成了不可能的事，可是生活又沒有著落，於是便有隔壁的老婦來勸秀英改嫁了，她想了想，對那老婦說：

「你想敢有彼款查甫人，願意欲娶兼兩個幼查某囝仔的查某做某？」

「姻緣天註定，我想有才著，但是你總是愛放風聲，自然有人會加你報。」那老婦回答說。

於是秀英爲了兩個女兒想改嫁的消息便在艋舺傳開了。

這時，同在艋舺有一位叫做「丘元家」的中年人，他頗有一些儲蓄，而且又在淡水河對岸的二重埔和五股有些田產和山地，他不久之前才喪偶，而膝下又沒有子女，頗想再娶，聽媒人說有個叫許秀英的二十四歲喪夫的女人想改嫁，他原本有意去看看，但再聽說她有兩個幼女陪嫁，也就有些心冷了，不過經那媒人說對方長得十分標緻之後，他終於抱著姑且看看的心情來到許秀英家，及見了許秀英和她的兩個幼女，他便改變了初衷，而且立刻答應擇吉來迎親了，在回家的路上，丘元家還頻頻對那媒人說：

「呣……許秀英確實若你所講的，實在有美！不但伊本身美，連伊的查某囝仔也美，特別彼個大的，不時都笑瞇瞇，兩蕊目睭圓滾滾，實在眞古子意，看著就得人疼！」

一個月後，雅信與雅足隨著許秀英的八人花轎來到丘元家的磚砌大厝，改了姓叫「丘雅信」與「丘雅足」，從此母女三人的食衣住才得到正常的照顧。

九

丘元家與雅信很有父女緣，從第一眼見到她，他就喜歡她，而且他們母女搬來了之後，日夜相處，更加喜歡。他經常都叫秀英把她打扮得像一隻蝴蝶，牽著她上街去買煙，或上市場去買菜，有時坐渡船到二重埔的田地去收田租，或到觀音山下的五股去收山租也帶著她去，她走累了，甚至還揹著她走路，宛然是他自己的親生女兒，恐怕比對親生女兒還疼。

「噯唷，頭家啊，你即個查某囝仔哪會即倪美？伊是您什麼人的？」每回碰到那些佃戶或莊稼人時他們都會如此驚奇地問。

「這阮查某子，今年才五歲，什麼話都會講，什麼歌都會唱。」丘元家得意地對他們說，然後轉向雅信說：「來，雅信，唱一條歌給偲聽！」

「欲唱什麼？」雅信說。

「什麼都好……否彼條『草螟公』啦，彼條你上愛啊。」

於是雅信便在眾目睽睽之下開始唱起「草螟公，穿紅裙……」來。

丘元家都是帶雅信出去，從來都不曾帶雅足出門，於是有一天秀英便對他說：

「元家，你定定迦雅信出去迌迌，你一半擺也著迦雅足出去。」

「我迦伊出去欲創什麼？孝男面，已經生做䆀㊲囉，復兼愛哭，我才𣍐迦伊咧！」

秀英無奈，只得把雅足擁在懷裡，感歎爲什麼同是一個肚子生的，雅信生得那麼得人疼，而雅足卻生得那麼給人怨，想了想，也許是胎教的關係吧，記得懷雅信的那一晚，她是多麼心情愉快而面掛笑容啊，可是懷雅足那晚卻是與林之乾賭氣而哭喪著臉，也難怪生出來後她們姐妹才會有如許的差別。

十

中秋夜，拜完了月亮，又吃過月餅之後，秀英對雅信說：

「應暗是好時好日，查某囝仔人人都愛綁腳，入來厝內，阿娘加你綁腳。」

雅信也不知究裡，便隨著秀英走進厝內，秀英把她安置在八仙椅上，從抽屜裡拿出早已準備好的兩捲白色腳帛與一雙尖頭繡鞋，走來跪在磚地上，往雅信那幼嫩的小腳纏縛起來。秀英先把雅信右腳的拇趾與其他四趾分開，把四趾纏在一起，然後向蹠面彎曲，才加纏腳帛使小腳固定而不能動彈，纏好右腳，雅信已連連叫痛，等左腳也纏好，她更是嚎啕大哭，涕淚縱橫了。這引得

㊲䆀：台語，音(bai)，意(醜，壞，不好)。

在厝外賞月的丘元家聞聲踱了進來，見到秀英已給雅信纏完腳，便縐縐眉頭說：

「囝仔猶即倪細漢，哪著彼倪緊加伊綁腳？等較大漢才慢慢來就好嘛。」

「等較大漢？不就等到欲嫁才開始綁腳？彼尚慢丫！」秀英執拗地說。

元家看秀英胸有成竹，也不便再說，只是看見雅信的眼淚大顆小顆往兩頰落，伸著兩隻手想扯下小腳上的腳帛，卻又遭到她母親的怒目遏阻，那副可憐相，令他覺得不忍，可是又沒有辦法，也只得搖搖頭，歎息走開了。

夜裡，在床邊的秀英已經睡著了，可是丘元家卻不能合眼，因爲他一直聽見雅信在隔房的啜泣聲，他心如刀割，便悄悄地從床上爬起，走出房間，點了蠟燭來到雅信的小床邊，那床下擺著那雙繡花尖鞋，雅信扒在枕頭上，一逕朦朧地哭著，一當丘元家在床邊坐了下來，她就翻轉身，看見是他，便向他撲了過來，嗚咽著，過了一陣才細聲說：

「阿爸，腳痛……阿爸，腳痛……」

丘元家把她抱在懷裡，伸手去摸那纏得像石膏堅硬的兩隻小腳，問她說：

「阿爸加你褪落來好否？」

雅信也沒有回答，只猛烈地點頭。

於是丘元家便把她放在床沿，自己跪在地上開始解下那雙小腳上的腳帛，解下來時，他看見整個腳盤又紅又腫，彷彿沸水燙過一般。他又把雅信輕輕放回床上，替她蓋了棉被，仍然坐在床邊，看著她哭聲慢慢低微下來，再過一會看她完全入睡，又打起鼾聲，才又悄悄回房，倒在秀英的身邊睡了。

第二天早晨，丘元家被秀英的責罵聲和雅信的哭聲驚醒，他忙起床，走到大廳看時，秀英正拿一支修竹在抽打雅信，丘元家連忙趨前去把秀英手裡的修竹搶了過來，對她說：

「你沒必要打伊，是我加伊褪腳帛，不是伊家己褪的。」

秀英睜著兩隻大眼睛，正想尋找字眼來問他，而他卻先自我回答了：

「囝仔可憐啦，沒必要加伊綁腳啦！」

「沒必要加伊綁腳？阿伊將來若嫁沒人愛，你是不是欲叫伊去做人的查某嫺㊳？」

「若嫁沒人愛，也沒必要去做人的查某嫺，留在厝內，哪驚沒錢通飼伊一世人？」

秀英看元家多少動了氣，也只好緩和下來，但也始終不肯完全服輸，眼看女兒的小腳長成粗陋的鴨腳巴子，於是便想出了一個折衷辦法，便對元家說：

「沒綁腳會使，但有一個條件，伊著加我穿彼雙尖腳鞋才會使。」

元家看看秀英已讓了步，他自己也不再堅持，只要雅信不纏腳就可以了，尖腳鞋終究也是鞋子，只是緊了一些，所以他也就答應了。

從此雅信在家裡便穿起那繡花的尖腳鞋，那鞋本來就是爲了縮小腳盤做的，穿起來綳緊疼痛自不必說，所以雅信每每穿了鞋便走不動路，於是每每帶她出去散步，丘元家因疼她，怕她腳痛，便把她的鞋脫下，讓她赤著腳，揹著她散步，只在回家進門之前，才又給她穿鞋。但這終是麻煩，最後他便乾脆給雅信買了一雙大鞋，叫她出去的時候穿，回家才換尖鞋，把大鞋藏起來。這一切，秀英後來也察覺出來了，但心想，元家終究是愛自己的女兒，才不讓她給女兒纏足，更何況日本人來了之後，社會風氣也變了，她多少也看到一些有名望的女兒不再纏足，最後她終於

㊳查某嫺：台語，音(cha-bo-kan)，意(丫鬟，婢女)。

連雅信穿尖鞋這件事也不再堅持了。

十二

雅信和雅足兩個姐妹都十分貪饞，愛吃零食，而她們家門口也老有賣零食的小販沿街叫賣，秀英每天給了她們一人一錢，她們便拿那一錢去買零食，可以買得十二支手指粗的棒糖，或是三小碗甌仔粿，或是一大碗澆糖剉冰。她們也愛吃土豆，有時買鹹炒土豆，有時買裹糖土豆。有時一錢花完了，又有小販路過，雅信便飛跑進屋裡，拉著秀英的裙角要她再給她額外的一錢，開始秀英總是不肯輕易給她，可是她卻一逕哭著，哭到實在令人不耐煩了，秀英才又給她一錢，打發她走開去。

有一天，離丘元家三家隔壁的鄰居，有一個嫁到士林葉家望族的女兒坐了雙人轎回來做客，這位葉太太常回娘家來，只因秀英母女三人新近才來丘元家家，所以這回才初次見到，當她看到獨自一個蹲在亭仔腳玩的雅信，她被她那可愛的臉容和漂亮的衣著吸引住了，於是也蹲下去，把她全身仔細打量之後，便對她嘖嘖稱讚起來，說：

「噯唷，你這查某囝仔嬰哪即倪美？你幾歲丫？」

「五歲。」

「你叫做什麼名？」

「丘雅信。」

「你來給我做新婦仔好否？」

「艛！」

「沒要緊啦，給我做新婦仔啦，我給你穿美衫，穿美鞋，住美厝，出門坐轎，看你愛什麼我攏給你。」

「人𡢃！」

這時秀英從屋裡走出來，雅信從地上立起，躲到她的裙裾裡去了，只露出頭，張著兩顆偌大的眼睛望那葉太太。那葉太太微笑地跟秀英打了個招呼，仍繼續跟雅信逗著玩笑，說：

「好！你若𡢃，等你暗時列睏的時陣，我才叫人加你偷抱來阮厝，阿你就變阮的新婦仔囉。」

「你若加我偷抱去，我欲偷走轉來！」雅信堅定地說。

「但是阮厝在士林，遠遠遠，你不知路通轉來。」

「我知路，較遠我也知路通走轉來！」

那葉太太不相信的樣子，這時秀英才插嘴說了雅信兩次自大龍峒偷跑回來的故事給她聽，她咋了咋舌，搖搖頭說：

「眞罕得看著即款查某囝仔，即倪美！復即倪巧！」

葉太太在娘家住了幾天，有一個傍晚，她自市場餅干店買了幾包餅干回家，路過丘元家的門口，看見雅信又獨自一個人坐在戶碇上望街上的小販，葉太太便又趨前向雅信搭訕起來。

「來！來！阿姨今日買眞多餅，特別買即包欲給你吃。」

雅信望了望她，她本來就是最愛吃餅不過的了，又加之這幾天來與葉太太經常見面，也十分熟稔了，便不疑有他，從她手中接了那包餅干，打開了，一塊一塊地嚼了起來。葉太太露著十分喜愛的微笑，貪婪地瞧著她吃。當雅信已呑了兩塊餅干，正吃第三塊的時候，葉太太便打趣地說：

「哦——，會記得哦！彼餅是『訂餅』，是阮欲加你送訂的，你大漢就愛給阮做新婦仔！會記得哦！」

雅信霍地站起來，把整包餅干都還給葉太太。

「沒路用！你嘴裡猶有阮的餅，你猶是著愛給阮做新婦仔！」

雅信把嘴裡的餅干吐出來還葉太太。

「也是沒路用！你腹肚內已經吃落兩塊餅，你猶是著愛給阮做新婦仔！」

雅信低頭想往地上吐，卻吐不出來，她嘔得滿臉通紅了，使得在旁看的葉太太笑彎了腰。

雅信於是跑進屋裡，趴在床裡的枕頭上抽泣起來，她十分懊悔，想到吃了人家的「訂餅」，就不得不到別人家裡做新婦仔，再也不得偷跑回來，便愈想愈傷心，終於嚎啕大哭起來。這晚她吃不下飯，而且又哭了一個晚上，一直哭到第二天秀英發覺事有蹊蹺，才問她哭什麼，她才說了原由，秀英才笑說：

「戇查某囝仔，人佮你講笑，你也當做眞的？你加人吃餅，倆才買賠伊就好，哪著哭？」

秀英想想雅信這孩子對事情終究太認眞了，像大人一般，不得輕易開玩笑，於是便到隔壁鄰居找葉太太，對她說：

「我知影你眞疼阮雅信，但是即個查某囝仔眞乖巧，講一個影，生一個子，拜託你以後不通復佮伊講笑。」

這以後，葉太太還想買餅干給雅信吃，也不想再說要她做她的新婦仔了，可是雅信已有了防備，爲了怕她又臨時變卦要她做她的新婦仔，她始終也不願再接受她的禮物，一見到她就躲到屋裡去了。

十二

因爲秀英每天都替雅信梳頭打辮子，又給她穿乾淨而漂亮的衣服，把她打扮得像個洋娃娃，所以不但厝邊隔鄰的人都喜歡她，連一個叫「菊池」的日本巡佐也喜歡她。

菊池是個中年的獨身警察，剛來台灣一年，因爲離開日本故鄉，而這時台灣又還沒有許多日本人，所以他每日工作之餘，也是頗覺寂寞的。菊池巡佐每日主要的工作是穿起他那一套黑色的警察制服，戴起警察帽子，腰佩及地的長劍，手戴著白手套，沿艋舺一帶街道巡邏。他巡邏的主要對象是沿街叫賣的攤販，遇到食攤不潔有蒼蠅飛繞的，他就給他們當場取締，大罵他們一頓，而遇到把食攤擺在街角或堵住巷口的，他就把他們抓到派出所，叫他們在所裡站一整天，罰了錢才放他們走。有的小販也沒有大差錯，只因爲語言不通，警察喚東，他卻走西，便觸了警察之怒，於是便被拳打腳踢，被關進派出所，等罰了錢出了監還不知道自己到底犯什麼法？因此走出監又被關進監的無辜百姓倒也不計其數。可是這也只是對那些不學無術的小販才如此，對一些富豪或受過教育的人，倒也彬彬有禮，而對像雅信這樣可愛而又乾淨的小女孩，因爲寂寞孤單的關係，則又把她當成小天使一般看待了。

每回看見雅信在家門口的亭仔腳玩，菊池巡佐便會停下腳步，收斂了他經常掛在臉上的兇顏，露出一副慈愛的表情來看她玩。每當他看了一會，在他走之前，總要彎下身來往她頭上撫摸一陣，連連用日語稱讚幾聲「眞可愛的孩子哪！」才依依不捨地離去，還頻頻回過頭來望她。

有時，從日本的故鄉寄來了日本橘子和日本紙球，菊池巡佐便帶了幾顆橘子和紙球，路過雅信的家時，才送給她。因爲知道他們這種日本警察不會變卦，要人去做他的新婦仔，加之日久面熟了，所以雅信也就不怕地接受了，而且敢於跟他親近。

一個月後，菊池巡佐抱了一個穿和服的日本娃娃上門到丘元家家，剛好秀英和雅信都在，菊池便把日本娃娃送給了雅信，當面比手劃腳向秀英表示是他特地託人回日本買來送給雅信的，並對秀英說，他很喜歡雅信，於是秀英便叫雅信感謝他，而雅信也十分伶俐，走到菊池巡佐的面前，學日本人向他鞠躬，並且用台語說：

「多謝。」

聽了雅信用台灣話說「多謝」，菊池巡佐也會了意，於是跟她搖了搖手，教她用日語說：

「Arigato!」

「A──ri──ga──to──!」雅信學著菊池巡佐說一次，又鞠了躬。

菊池巡佐看了，更是歡喜，一把將雅信連那日本娃娃自地上抱起，舉到空中快活地猛搖起來。

從此菊池巡佐更把雅信看成自己的女兒，不但每天路過都來跟她玩，有時還帶她到派出所去玩，把她放在派出所門前的那張大辦公桌上，教她簡單的日語，不久雅信也懂得了十幾句日語，像「Gomennasai」是「拜託」的意思，「Sumimasen」是「對不起」的意思，「Dame」是「不行」的意思，「Ikimashio」是「走吧」的意思，「Ishio ni ikimashio」是「一起走吧」的意思……

有一天，雅信在門前與雅足玩紙球，隔壁的一個叫「梅仔」的婦人帶了一個衣衫襤褸、頭髮不梳的少婦來到雅信的面前，梅仔便對雅信說：

「雅信仔，即個查某人的翁給警察掠去派出所，你去啦！你去派出所叫警察加伊放出來啦！」

雅信抬起頭望望梅仔，又去望望那少婦，見她滿臉愁容，滿眶淚水，十分可憐的樣子。

「阮不敢。」雅信搖搖手說。

「沒要緊啦，你去啦，你去加彼個警察講，大家也知影伊上疼你，定定㊴買物仔給你，復佮你做陣迌迌，你去加伊講，絕對會使啦！」梅仔說。

雅信想了一會，也覺得梅仔說得不錯，於是不怎麼怕了，可是卻不知道梅仔說的是誰，於是她就問：

「阿伊是什麼人？叫做什麼名？」

梅仔便問那少婦，丈夫叫什麼名字？那少婦跟雅信說了，可是她都聽不十分清楚，於是搖搖頭說：

「我會膾記得。」

梅仔與那少婦覺得沒有辦法，可是又不能跟著雅信上派出所親自去說，便走到附近的一間管仔店，跟店主要了一張紙條，並請他把那少婦丈夫的名字寫在紙上，交給了雅信，雅信便拿了那紙條跑到派出所來。

走進派出所，便見到菊池巡佐在門前的那張大辦公桌上抄寫什麼，當他抬起頭來看見雅信，喜出望外，立刻放下鋼筆，轉身過來要跟雅信說話。這時，雅信也已經眼快瞥見一個台灣人，留著長辮子，赤著腳，穿一襲黑色的台灣衫褲，還撩起一只褲管，在走廊的盡頭面壁罰站，她便立刻悟到她手裡紙條上的人便是他了。於是她先對菊池巡佐鞠了一躬，把紙條遞給他，然後轉頭指

㊴定定：台語，音(tiä-tiä)，意(常常)。

著那個台灣人，對他說：

「Gomennasai……Sumimasen……」

菊池巡佐抓了抓頭，感到不解，於是雅信便進一步再指那人，又指向門外說：

「Ikimashio……Ishio ni ikimashio……」

菊池巡佐這回終於會了意，忙變得十分嚴肅，又搖頭又搖手，回答雅信說：

「Dame! Dame! Dame!」

然後想同雅信說些別的話，可是雅信卻不回答，只繼續對他說：

「Gomennasai……Sumimasen……Ikimashio……」

菊池巡佐不再理會雅信了，他又伏案繼續抄他的東西，而雅信見他不理她，也不再說話，也不想走，只默默地站在那大辦公桌下，用她那雙可愛的大眼睛，一會兒望望菊池巡佐，一會兒又去望望那罰站的台灣人……

有一回，菊池巡佐停了筆，低下頭來對雅信說她可以回家了，可是雅信卻搖搖頭，對他鞠一個躬，又對他重複地說：

「Sumimasen……Ishio ni ikimashio……」

她繼續在派出所裡站了半個多小時，等待菊池巡佐有所動作，終於弄得菊池巡佐無法可施，既然不能使雅信回家，又因爲她站在旁邊使他無心工作，最後只好搖著頭歎了一口氣，把那台灣人給放了。

看菊池巡佐揮手命那台灣人走出派出所，雅信才快活地跟著那台灣人走出來，才步下那幾級石階，雅信又忽然記起什麼，返身跑回派出所，來到菊池巡佐身邊，向他深深地鞠了躬，對他大聲地說：

「Arigato!」

菊池巡佐摸了摸雅信的頭，當他看她步下那對她來說是很高的石階，禁不住搖頭讚歎起來：

「眞可愛的孩子哪！」

既然第一次成功了，街頭巷尾的人便覺得叫雅信去派出所要求放人是可行的了。以後每每有小販或百姓被抓進派出所，也都叫她去派出所說情，也差不多每次她去了，人便放了出來，於是她便大大出了名，人家都叫她做「小觀音」，而談起她來，大家都搖搖頭說：

「噢㊵——，講到彼個雅信仔，頭殼皮就會掣起來，派出所什麼所伊都敢入去！警察長什麼長伊都敢去佮伊講！噢——，𣍐輸加天公借膽！」

㊵噢：爲了全書前後一致，本驚歎詞請一律以(oh)讀之。

第二章 先生偷吃雞腱

一

雅信已經六歲了，丘元家想應該讓她唸一些漢文，於是便去跟「摩詰書房」的主人王秀才說妥，把雅信送來書房跟王秀才學漢文。

這一天，秀英把雅信打扮得乾淨伶俐，又買了紙筆墨硯給她帶著，由丘元家帶她往「摩詰書房」來。「摩詰書房」坐落在陳氏家祠祖厝內的一邊護龍廂房裡，他們穿過祖厝前面的大廣場時，看見滿地血一般的檳榔污跡，在祖厝前庭的龍樑鳳棟下有幾個老人翹足坐在椅條上聽一個帶眼鏡的中年人說書，而在庭外那對大石獅底下，則有一堆十五、六歲的少年囝仔圍在地上擲骰子玩「十八」賭錢，丘元家鄙夷地瞟了那堆少年囝仔一眼，指給雅信看，對她說：

「彼就是流氓囝仔！讀書不讀書，坐在土腳列博傲，警察若來，就給人加偲掠掠去籠仔❶內關！」

雅信從來不知「博傲」爲何物，這天看了倒是有些好奇想走近去看個究竟，卻叫丘元家把她

❶籠仔：台語，音(long-a)，意(監牢)。

拖走。因爲畫著門神的那兩扇大門關著不通，他們只好從旁側的月門走進祖厝。

那廂房裡有二、三十個學生，從五歲到八歲不等，廂房的一角放一張炕床，是烏木細雕的，床堵床沿都嵌著彩色的貝殼，床頭有一個蓮葉的瓷枕，旁邊一只四方形的紅漆木盤，盤上放著鴉片的煙具，有煙槍、油燈、煙挑、和煙盒……等等。

這時，王秀才正坐在廂房另一角的一張書桌上，他年約七十歲，乾枯的身體萎縮在皺而褪色的長袍上，他頭上已沒剩幾根白髮，嘴上留著一撮變黃的鬍子。那桌上一大堆雜亂的線裝書，加上一只大硯台和墨，有一個大筆筒，插著大小不等的各樣毛筆，還特別叫人怵目驚心地伸出來一把兩尺長的戒尺，一只銅鑄三腳鼎爐，爐裡燃著檀香，滿房瀰漫著古朽的香氣……

丘元家趨前與王秀才寒暄了幾句，把一個紅包塞在他的手中，然後把雅信推到他的跟前。王秀才對她望了一會，又往她頭上撫摸了一陣，對她說：

「來，來，來，先來拜一下孔子公！」

說完，便把雅信帶到廂房的正中央，在那牆壁左右有一副對聯寫道：「養天地正氣」，「法古今完人」，牆的正中央一個橫匾寫道：「光明正大」，下面便是一幅唐朝吳道子繪的孔子像。王秀才叫雅信跪在地上對孔子叩了九下頭，然後自己坐定，叫雅信對他自己再叩了三下頭，便從懷裡拿了一枚紅線串的古銅錢給她，算正式收了雅信做入門弟子。

過後又拿了一顆煮熟的雞蛋，叫雅信於孔子的面前，在地上滾雞蛋，雅信照他的話，把雞蛋從廂房的一端滾到另一端，滾了一條直線，一點也不歪斜，王秀才看了，便笑著說：

「喔，一條線直直，即個囝仔有造化，將來絕對眞勢讀書。」

於是便叫雅信坐在學生的座位上，也順便遣丘元家先回去了。

王秀才發了一冊線裝的「三字經」給雅信，立刻便教她唸了：

「人—之—初！」

王秀才指著「三字經」的開頭唸，然後叫雅信跟著唸。

「人—之—初。」雅信跟著唸。

「性—本—善！」

「性—本—善。」

「性相近！」

「性相近。」

「習相遠！」

「習相遠。」

王秀才拿著朱筆，唸一句，就在句下圈一個紅圈，他唸了十幾句，便打住了，在句下圈了一個大紅圈，表示今天的功課到此爲止，便對雅信說：

「你今日頭一日，安倪就好，你落去背，背若會，才來加我講，來背給我聽，聽若會使，明仔再才復教你新的。」

雅信便退了下來，坐在她的座位上。她的右邊是一個七歲男生，比她早一個月來書房，已學會了半本「三字經」，所以王秀才便叫他描紅習字，那習字簿印著四行紅字，寫道：

「上大人，孔乙己，化三千，七十士，爾小生，八九子，在作仁，可知禮。」

而那男生便用毛筆沾墨，還用舌舐舐筆尖，在紅字上慢慢地描著……

雅信的左邊卻是一位七歲的女孩，已經來半年了，所以描紅也描過了，可以自己習字，正一遍又一遍地寫著：

「一去二三里，前村四五家，高樓六七座，八九十枝花。」

上午很快就過去了，而雅信也一下便把書背熟了。吃過午飯後，王秀才照例每天要在炕床上抽一泡鴉片，然後睡一個午覺，所以他便把孩子趕到祖厝內的庭院石板地去玩，把廂房落了門，叫孩子不得吵他的清夢。

那些孩子如出籠之鳥，歡天喜地在那庭院裡玩耍著，有的在踢錢仔，有的在打陀螺，有的在玩「行直」，而女孩子則在跳繩……終於有一個人提議說：

「倆來玩『掠猴』，有人欲玩否？」

立刻有八、九個孩子圍攏過去，他們都要玩「掠猴」的遊戲，雅信好奇，也跟在這群孩子裡面。

「啥人欲做『猴頭』？」有人在問。

「我啦！」一個叫『阿昆』的男孩子說。

「啥人欲做『賣雜貨』？」

大家在遲疑，互相推來推去……

「若沒人做，我來做啦。」一個較阿昆瘦些的叫「阿明」的男孩子說。

於是由阿昆帶頭，在他身後排了其他一列較小的男女孩子，每個都攬住前一個人的腰，當起小猴子來。賣雜貨的阿明去繞了一個圈跑來，口唱著：

「玲瑯、玲瑯，賣雜貨，賣搖鼓的對即丫過，您欲買什麼貨？」

那猴頭和小猴卻不直接答他，以齊口唱道：

「玲瑯、玲瑯，賣搖鼓，賺錢開查某❷，衫破沒人補，阮沒愛買貨。」

阿明聽罷便去繞了一圈，走回來又對猴陣說：

「玲瑯、玲瑯，賣雜貨，賣搖鼓的對即丫過，您欲買什麼貨？」

「欲買金手只❸。」猴陣裡的人說。

於是阿明用香腳截成一段段當成金戒指一一分給每隻小猴。

「欲買金耳鉤。」猴陣裡的人又說。

於是阿明用紙撕成一片片當成金耳環沾口水貼在每隻小猴的耳朵上。

「欲買金披鍊。」

於是阿明用繩子打成一圈圈當成金項鍊一一掛在小猴的脖子上。

等賣雜貨把雜貨賣完了，他便繞了一圈回來對猴頭說：

「玲瑯、玲瑯，賣雜貨，賣搖鼓的欲來收錢。」

「頭家沒在厝，等明仔再才來收錢。」猴頭阿昆說。

阿明又去繞了一圈，回來要收錢。

「頭家去放屎，明仔再才復來。」阿昆說。

阿明又去繞了一圈，回來要收錢。

「頭家仆落屎礐❹，無錢通給你。」

---

❷開查某：台語，音(khai-cha-bo)，意(玩妓女)。

❸手只：台語，音(chhiu-chi)，意(戒指)。

❹屎礐：台語，音(sai-hak)，意(茅廁)。

「好！沒錢我就來挽猴毛！」阿明說。

「艙使！猴毛挽著會嘰嘰叫。」阿昆說。

「好！艙使挽猴毛，我就來掠猴仔，掠猴哦！掠猴哦！」

阿明開始抓小猴，阿昆則用雙手圍住不讓阿明抓，而猴頭身後的一列小猴就東逃西竄以免被賣雜貨的抓去。但抓者蓄意，圍者難防，小猴還是一隻一隻被阿明抓去，到最後，終於全部被阿明抓光，雅信是最後被抓的小猴，她一被抓，遊戲便就此告了一個段落。

下午廂房打開時，學生又魚貫走進書房，於是描紅的又描紅，習字的又習字，而雅信也重新把三字經起首的那十幾句背熟，走到王秀才的面前去背給他聽，王秀才說她「眞有造化，只可惜生做查某，而且滿清已經換過日本，否不知欲做到什麼狀元也沒可定。」摸了摸她的頭，一邊點頭稱讚，一邊又搖頭歎息，隨後便對大家宣佈放學了。

二

雅信的記性很好，所以背誦也特別快，不到一個月，「三字經」已由王秀才的朱筆批完了，因爲王秀才從來也不解釋句中的意思，也可能那意思本來就超乎六歲小孩的理解能力，所以雅信對「三字經」便也不求甚解，只用小孩的聯想力，用另一種形象來詮釋句中的意思。既然王秀才對她沒有進一步的要求，於是一會唸書歌，就算是「學會」了，過後便立刻又換了別的書來唸，仍然是背誦，仍然是不求甚解，只讓孩子將來長大了再自己揣摩去。就這麼個讀法，讀來讀去，背來背去，不到一年，倒也把「幼學瓊林」、「指南尺牘」、「千家詩」、「唐詩三百首」讀完了，之後還讀起「四書」來，從「四書」中比較片片斷斷的「論語」開始讀起。

有一天，王秀才抽鴉片後的午覺時間，雅信與阿昆、阿明一大堆孩子在庭院裡玩耍，阿昆突然走過來雅信的身邊，問她說：

「阿信，阿信，你有讀過『三字經』抑沒？」

「哪會沒？我規本❺攏會曉背。」雅信得意地說。

「你背給我聽看覓，我欲看你背了著不著？」

「人之初，性本善，性相近，習相遠……」雅信半閉著眼睛望著天空背道。

「不著！不著！你背不著！應該是『人之初，先生給狗咕』才著。」

阿昆說著，所有孩子都笑了，只有雅信沒笑，在心底奇怪阿昆怎麼敢如此瞎說，王秀才聽到了，不把他打成肉醬才怪。

「猶有一句阿昆你沒講，」阿明補充道：「『性本善，先生偷吃雞腱❻』。」

聽了阿明說，大家更加大笑，笑彎了腰……

下午雅信在習字的時候，聽見坐在後面的阿昆與阿明在桌底下玩笑，玩笑了一會，便吵起架來，只聽見阿明憤憤對阿昆說：

「我欲來去加先生講！」

「你欲講做你去講，我才不驚咧！」

聽了阿昆的話，阿明果然從座位立了起來，走到王秀才的書桌前，對他說：

---

❺規本：台語，意(全本)。
❻雞腱：台語，音(koe-kien)，意(雞之沙囊)。

「先生，中晝你列睏的時陣，阿昆講：『人之初，先生給狗咕』。」

王秀才聽了，也不問究裡，一手抓起筆筒裡的那把戒尺，另一手抓住阿明，把他按在他的大腿上，狠狠打了二十下，打得阿明涕淚直流，跪在地上摸屁股，喃喃地哭說：

「不是我講的……是阿昆講的……呼，呼，呼……」

「伊講我沒聽！但是你講我有聽！」

王秀才說罷，便轉頭把目光往阿昆這邊横掃過來，雖然滿臉横肉，怒目而視，但爲了維持教師的尊嚴，也似乎不便有所動作，卻不料阿昆爲了替自己辯護，他倒自己立了起來，遠遠對王秀才說：

「阿明家己也有講，伊講：『性本善，先生偷吃雞腱』。」

王秀才不聽則已，一聽到阿昆說話，更是火上加火，撩起長袍，飛奔過來，提起阿昆，揮起戒尺，更兇狠地打，一會兒打屁股，阿昆屁股痛便伸手去護屁股，所以一會兒又打到手，打得阿昆前俯後仰，哀聲震天……

打完了之後，王秀才又罰阿昆與阿明跪，兩人都跪在孔子的畫像底下，表示向「至聖先師」懺悔之意。這整個下午，王秀才便不再教書，只望著紙窗外面在吁吁喘息，而底下的學生倒也鴉雀無聲，個個都屏聲息氣做起各自的功課來。

這一天，放了學從月門走出來，雅信看到祖厝正門的石獅下又有一堆少年囝仔蹲在地上擲骰子玩「十八」，雅信忍不住走前去看，她看見人牆的中心地上放置一只破碗，一個個少年囝仔，抓起了碗裡的四顆骰子，放在手掌裡搓了搓，又吹了吹氣，呵幾聲，在頭上揮了兩圈，把骰子擲向碗底去，口裡喊著：「十——八啦！」只見那四顆骰子在碗裡跳了幾跳，靜下來，便聽見一聲吆吼，一陣蠢動，七手八腳地把地上的這堆錢移到那一堆去，便又輪到第二個人去抓骰子了。

有一回，雅信看得有趣，更往前移了一步，卻不料碰到一個抓起骰子正要擲骰的少年囝仔的屁股，那少年囝仔回頭一看，看到雅信，便用那抓骰子的右臂，橫手把她擋開，並且怒斥了她一聲：

「死查某囝仔鬼！走啦!!看啥？有啥通好看??」

雅信踉蹌向後退了兩步，仍固執地站在那裡不肯走，於是那少年囝仔便立起來，拾起地上的一塊破磚，作勢要扔雅信，還對她吼道：

「猶不走？猶不走？加你撨❼一下給你死！」

雅信終於驚恐跑了，可是卻感到十分委屈，兩顆眼淚滾了下來，她靠在那些少年囝仔望不見的短牆上哭了一會，咬住嘴唇，十分不甘願地頻頻去回望他們，她突然想起父親丘元家從前告訴她的話：「彼就是流氓囝仔……不讀書……在賭僥……警察若來，就加伊掠掠去籠仔內關！」

「好！」雅信堅定地自語道：「您會加我揀❽……我欲來去報警察！」

說罷，她用袖子把眼淚拭乾，對著警察派出所跑去。

十分鐘後，菊池巡佐帶了另兩名巡查，悄悄地來到祖厝的牆口，便分成三路，警笛一鳴，三個警察便跑向那堆賭興正熱的少年囝仔包圍過去，他們驚慌失措，四處逃竄，但都被那三個警察堵住去路，經過一番掙扎，那幾個少年囝仔都俯首就擒，被銬上手銬，由菊池巡佐牽向警察派出

---

❼撨：台語，音(khien)，意(扔，丟)。

❽揀：台語，音(sak)，意(推)。

所去。

這其間，雅信一直都躲在短牆門邊偷看，眼看那喝她推她的少年囝仔被銬了手銬牽往派出所，她才舒了悶氣，背對著派出所，一路走回家去。

三

雅信已經八歲了，秀英收到台灣總督府發的一張入學通知單，叫雅信到剛建好不久的「大稻埕公學校」入學上課，秀英與丘元家商量的結果，認爲雅信在「摩詰書院」既已學得一些漢文，唸再多也是沒有用處，倒是日文近年已慢慢通行起來，到公學校學一些日文，將來對她總是會有更多的用處，何況附近的幾家鄰居也已經有人把孩子送去公學校唸書，於是他們也就隨俗把雅信送到「大稻埕公學校」唸書去了。

因爲公學校才新開不久，所以學生只有三班，其中只有一位日本先生，其他兩位是台灣先生，都是臨時補習了短期的日文才來當先生的，那日本先生叫「大苗」，年紀才二十左右，隻身來台灣教書，無親無戚，自己單獨住在學校裡的一間宿舍。他身材清癯，一顆頭剃得像削皮的青芋，說話輕聲細說的，性情和善，甚至還帶著些女性的嫺雅，雅信便分在他的班裡。

那班裡有三十幾個男孩子，而女孩子連雅信只有兩個，所以這兩個女孩子也自然而然變成了大苗先生的掌上明珠，特別是雅信已能說得不少日語，他更是疼她，常常偷買糖果和玩偶給她。

公學校開始，沒有什麼書好唸，主要是用一本繪圖的教科書，教些「花」、「旗」、「口」、「鼻」、「貓」、「狗」、「桃太郎」、「金太郎」……等一些簡單的日語，然後又教些很淺的算術，可是與書房不同的是多了戶外運動一科，每天大苗先生都叫學生到操場跑步、遊戲或打球，而女孩子則多教了她們做女紅，雅信發覺這公學校的生活要比那呆板的「摩詰書房」好玩得多了。

不知是太野的關係還是起於忌妒的心理，那些男孩子老愛無緣無故欺侮這班裡僅有的兩個女孩子，他們時常揶揄她們，抓她們的辮子，擰她們，或用沒穿鞋的赤腳踩她們，並且給雅信起了外號叫「大目孔」，因爲她有一雙大眼睛，而另外一個眼睛較小，就給她起了另外一個外號叫「四破魚」，隨後每每在下了課大苗先生不在的時候，所有男孩子便把她們兩個人圍在核心，跳著、笑著，還編了山歌唱起來：

「大目孔——，四破魚——，一兩幾個錢——？」

一直把她們鬧哭了，大家才一哄而散。

如果欺侮女孩子只發生在學校還好，有時在校外，他們就更加厲害，他們每每在回家的路上，把她們圍在巷口，不讓她們回家……

「大目孔——」一個人唱著。

「四破魚——」另一個人隨著。

「一兩幾個錢——？」第三人和著。

「哈、哈、哈、哈……」其他人齊聲哄笑起來。

有一回她們想把那男孩的人牆推開，他們硬是不讓，而且還拉她們的辮子，於是那另外一個女孩就張牙咬了他們一口，他們便惱羞成怒把她揍了，連帶雅信也挨了揍，等到兩個女孩子嚎啕大哭起來，所有男孩子方作逃鼠散了……

第二天，只剩下雅信一個女孩子來公學校上課，而另外那個女孩不來了，問了原由，大苗先生才從雅信的口中得知全部真象，於是大苗先生大發了一頓脾氣，罵所有的男孩子說：

「她們兩個女生，這麼可愛，你們應該好好疼她們才對，怎麼老是欺侮她們，老愛打她們，是什麼道理？馬鹿野郎[9]！」

於是大苗先生便罰他們在地上跪，又禁止他們三天不能到操場玩球做遊戲。可是那另外一個女生卻從此不來上學了，雖經大苗先生親自到她家去三請五請，也不敢再來公學校上課了，於是全班就只剩下雅信一個女孩子，大苗先生更把她當成班上的唯一明珠，更是對她百般的保護與愛憐了。

四

有一天，大家在操場上玩球的時候，雅信在地上跌了一跤，下巴和手掌都沾了泥土，而且髮辮也弄亂了，大苗先生看見了，立刻跑來把她自地上抱起來，檢視她全身，問她哪裡受傷了？她說沒有受傷，就是手弄髒了，於是大苗先生便叫其他的男孩子都回教室，而把雅信帶到他的宿舍去。

到了宿舍，大苗先生端臉盆去打水，拿肥皀來洗雅信的下巴和雙手，完了看她頭髮不整齊，便又去拿來梳子替她梳頭髮，梳完了頭髮又替她細心打小辮子，打完了辮子才把她仔細端詳了一會，輕輕對她說：

「我看到你就像看到我的妹妹一樣！」

---

[9] 馬鹿野郎：日語，音(bakayaro)，意(混蛋，王八蛋，傻瓜，白痴)。

「先生，你有一個妹妹？」雅信抬起頭，張著那雙水汪汪的大眼睛望他說。

「有，跟你一樣大，但她在日本神戶……我生在神戶，我是從神戶來的。」

「先生，神戶是不是很好玩？」

聽了這句話，大苗先生的眼睛立刻射出光芒，望了一會窗外，才低頭對雅信說：

「信樣，神戶非常好玩，神戶是一個港口，每天有許多大船從世界各地入港，又有許多大船出港到世界各地去，有一個很長的碼頭，碼頭上有許多工人，頭打著白毛巾，穿著『踏米』，一邊唱著：『嘿喲！嘿喲！』一邊扛著船貨，在船上船下跑來跑去，眞是好玩，我小時候就常常偷跑到碼頭去看。」

雅信聽了，便想起淡水河邊看到的那些來往的帆船，以及在外國洋行的碼頭上看到的那幾隻白漆的大汽艇，也似乎能想像得出大苗先生的神戶碼頭的光景來，便頷首對大苗先生微笑，而大苗先生看她笑，自己也開心地笑了。

大苗先生去拿一些日本寄來的餅干給雅信吃，又去翻箱倒篋找到幾枚日本穿孔的古錢來給雅信，忽然在抽屜底看到一朵紅絨的花結，那是大苗先生的妹妹的，也不知道什麼緣故在上途來台灣教書的時候，與其他一些日用雜物都裝進衣箱裡，一起運到台灣來的。大苗先生拿起那朵花結，對窗外望了一會，又轉頭來望雅信，嘴角又漾起微笑，對她喊道：

「信樣，到這兒來！」

雅信一邊手裡拿著日本古錢，一邊嘴裡還嚼著餅干，蹭了過去。

「好好坐在這張椅上……好，不要動！讓我替你打上這花結……這花結原是我妹妹的……很美麗哦……誰看了誰都愛……好了，站起來，到鏡子前面去看看！」

大苗先生把雅信帶到宿舍的另一端，那白灰牆壁上掛著一面橢圓的小鏡，是大苗先生每天刮鬍子用的，雅信太小連看都看不到，於是大苗先生便把她抱了起來，讓雅信從鏡子裡看她頭上的花結，對她說：

「漂不漂亮？這花結就給你，以後每天要打著來學校哦。」

當大苗先生把雅信帶回教室裡來，全班的男孩子都立即發現了雅信頭上的那朵紅絨的花結，都睜著眼睛，面面相覷，只是大苗先生在，大家儘管竊竊私語，也不敢大聲胡鬧。可是一等放學，才走出校門口，大家便把雅信圍住，對著她指手劃腳，還去摸她梳好的辮子，又碰她頭上的花結……

「先生加你梳頭毛是否？」一個男孩子說。

「秋、秋、秋，膾見羞⑩！」另一個男孩子說，用食指搓著她的臉頰。

「即蕊花，先生給你的嘆？」第三個男孩子說。

雅信立著，只用眼睛睜睜地怒視他們，也不說話，也不理他們，於是便有一個男孩子領頭唱起童謠來，才聽到他唱，其他的男孩也都合唱起來：

人插花，伊插草。
人抱嬰，伊抱狗。
人睏新眠床，伊睏屎礐仔口。

⑩見羞：台語，音(kien-siau)，意(害羞，羞恥)。

唱完了大家便拍手哄笑起來……

「耶，您看！您看！伊插即蕊花是不是親像新娘？」有一個男孩子走到雅信的後面摩挲著她頭上的花結揶揄地說。

於是便有人唱起另一支童謠，而其他人也和著唱起來：

新娘新嗱嗱，
褲底破一孔。
頭前開店窗，
後背賣米香。

唱完又是一陣拍手與哄笑，可是仍然圍住雅信的去路，不讓她回家，雅信忍無可忍，終於對著她面前那個男孩的胸上吐了一口痰，並且狠狠地啐了一口：

「歹心的黑腸肚！」

那男孩聽了，一手擦痰，另一手就伸過來推雅信，使她往後踉蹌了幾步，哇地一聲哭了出來……看見她哭，於是便有一個男孩子唱了起來：

愛哭神，吃飽配土豆仁……

其中有一個特別頑皮的男孩，走來半蹲在地上，仰頭望著雅信，並且故意對她扮鬼臉來逗其他的男孩笑，雅信往前想抓他一把，他欲躲不及，便跌在地上，翻了一個大筋斗，引得所有男孩大笑，連雅信看了詼諧，也含著眼淚笑了。有個男孩看她笑了，便又因此唱起另外一支童謠來：

連鞭⓫哭，連鞭笑，
後尾巷仔一頂轎，
欲扛你去吃屎佮吃尿。

雅信追過去，裂齒想要咬他們，他們往後退去了，仍然手拉著手圍住去路不讓她回家，雅信無法可施，終於一溜煙，返身跑回學校去了……

她直往大苗先生的宿舍奔去，一面拭著淚，一面哭著跑去，那些男孩子還跟著她到校門口，見她走進大苗先生宿舍的門，便哄然一聲四散跑了……

大苗先生因爲怕雅信在路上被其他男孩欺負，便親自帶雅信回家，並且爲了保護她，從此每天放學都一路護送她回到家裡。

⓫連鞭：台語，音(niam-mi)，意(一會兒，一下子)。

第三章　皮痛肉不痛

一

自從烏鴉錦竹城城陷之後，從古井地道逃出的鄉民便各自往四方逃散，有的逃到山中躲在深山裡，有的往南投奔駐在台南的劉永福的黑旗軍，有的乾脆坐船內渡回大陸去了。有一件可以肯定的是——在日本人平定了整個台灣多年之後，仍然沒有鄉民回到原來的烏鴉錦去。

有一段長久的時期，羅希典也像其他烏鴉錦的鄉民一樣杳無消息，一直到五、六年後，才有幾個相知的故友探知他終於落戶在湖口鄉邊界的一個叫「波羅汶」的小莊裡。這是一個人口不滿一千人的客家莊，住的都是農夫，羅希典便在莊裡買了幾畝田地，一邊耕農，一邊設私塾教人漢文。這時，他已有了一個七歲的男孩，因為他本人已改名換姓叫「江龍志」，所以他便給兒子起名叫「江東蘭」，有「江東子弟」與「磊落不泥」的雙重意味。

至於一目少爺，因為是一目的關係，也始終找不到對象可以成家立業，便隻身與他老母同住，等到他老母年老過世，他便搬來江龍志的家裡，幫他種田，有客人來了便為客人點煙倒茶，閒了便講故事給愛聽故事的東蘭聽，不然就是掛上那只配了單仁玻璃的老花眼鏡，讀起不知已讀過幾十次的那部線裝石印的「三國誌演義」來。

二

因爲江龍志在波羅汶開了一家私塾，平日不但有許多學生來家裡學漢文，佳節例假的時候，也經常有許多莊上的鄉紳耆老來講天說皇帝，這便是一目少爺最忙碌的日子了。

這一天，江龍志的大廳照例聚集了幾個人，大家在談了一會農事之後，話題便轉到一年來連續發生的幾件台灣人抗日的事件上來了……

「聽說鳳山的林少貓給其的人日本軍包圍打死了，你的人知道嗎？」白番公把他的水煙袋放在膝上說，他年約六十五，雖然已經白髮皤皤，可是身體卻還十分硬朗，因爲頭髮少年早白，而性情又一向耿直暴燥，所以鄉人便給他起了這個「白番公」的渾號，而他也不以爲忤，久而久之，便代替了他原來的名字。

「我從日文報紙讀到這條事件的全部報導。」在「楊梅公學校」執教的傳杏先生說，他年紀三十出頭，是波羅汶第一個把辮子剪掉的人，日本軍佔領台灣的第三年，他便到台北的臨時日語補習學校念了兩年日文，「楊梅公學校」成立以後，他便一直在學校執教到今。他平時都住在楊梅，只有放假期間才回莊裡來，可算是波羅汶莊裡最了解日本內情的日本通。他抽了一口紙煙繼續說：「那天日本人分成兩隊，一隊是普通的警察隊先進入鳳山後壁林街林少貓的厝，假借說要跟其❶做平常會晤而計劃當場把其刺殺；另一隊是一個旅團的日本步兵和炮兵跟在後壁林附近待命。結果林少貓的人事先探知消息，反而把警察隊給包圍起來，警察隊只好在裡面對天空打出信

---

❶其：客家語，意(他)。

號彈，要求在外面的那一旅團日本軍攻進來，把後壁林的林少貓部下完全包圍起來，用炮火猛攻，內外夾擊，才把林少貓的武力全部消滅了。」

「你敢知道全部有多少人給其的人打死？」一目少爺一邊給傳杏先生添茶，一邊歪著頭問他。

「死傷的總數是不太知道，但第二天日本軍點算屍體時，發現林少貓就死在其門前的水田中，全身都是污泥，只在林少貓屍體的附近，就有四十一個男人，二十五個女人，十個小孩，屍體散亂在水田的各處。」傳杏先生說，又繼續抽他那剩下的一短截紙煙。

「不久以前，其日本總督不是才跟林少貓簽什麼『十條條約』，其林少貓才甘願出來歸順，怎麼忽然間又變卦，硬指其要造反，對抗日本兵，派軍隊去把其打死？」白番公憤憤地說。

對於這問題，傳杏先生一時找不到話好回答，他只深深地歎了一口氣，才說：

「林少貓死了之後，其的人日本兵發現兒玉總督簽給其的『歸順證』以及後藤長官與林少貓合簽的『歸順條件書』都還藏在身上。」

「這樣說起來，日本仔實在是很不信啦。」一目少爺說著，給江龍志添一杯茶。

「啊！不信免說了！」江龍志歎了一聲，把坐在膝上的兒子東蘭扶正，轉頭去望窗外的那片綠油油的水田，摩挲起滿腮濃密的鬍鬚來。

這其間，波羅汶唯一中過秀才的七十三歲的古典先生，一直斜躺屋角的一張楠木炕床上抽鴉片，半閉著眼睛像是睡著了，其實他是默默諦聽著。

「這叫我想起兩年前的事情……」阿田伯一邊用右手的尾指挖右耳，一邊開口說。他頗有幾畝田地，有三頭水牛，可算是鄉裡的富農，因爲有「春生」和「秋生」兩個兒子在江龍志的私塾唸漢文，所以也常常來江龍志的家聊天。他挖完了右耳繼續說下去：「那時大坪頂鐵國山柯鐵虎的歸順也是同樣情形，其柯鐵虎起先也是向總督開出十條歸順的條件，其總督也都簽字答應，後來還不是藉口其柯鐵虎造反，派兵去包圍其的山城……只是其不是給日本兵打死，是其自己患重病死在城中。」

「唉，生命捋在人的手中心，要炒要煎隨在人，其的人日本仔哪有誠心要講和，這不過是千篇一律的奸計！」一目少爺說，走上來給阿田伯添茶。

「是啊，其日本仔最奸不過了，還記不記得幾年前張呂良的事件？其張呂良也跟其的人日本仔講和，其的人日本仔就在一間關帝廟內設宴慶祝講和成功，叫其的人大家下山來喝酒同樂，但是事前叫其的人將武器留在關帝廟口，等酒過三巡，其的人日本仔一個個溜出關帝廟，同時已經偷叫一大隊憲兵將廟包圍封鎖，又在廟前按幾門機關槍，一聲號令，從四處放火將廟燒了，酒醉的都燒死在廟中，沒醉由廟口逃出來的就一個個給機關槍掃死，結果全部死了，一個都不留！」白番公憤憤地說。

大家一陣唏噓，暫時都不言語。東蘭睜大眼睛聽大人講，雖然不知他們在講什麼，但他仍然聽得津津有味，特別是看他們每個大人抽煙的不同姿勢，更加引他遐思。傳杏先生已換了另一支紙煙，一目少爺立即跑過去爲他點火，當他找不到話說，他便愛往空中吐煙圈。白番公也換了一泡煙絲，當他往水煙袋裡吹氣，便發出咕嚕咕嚕的水泡聲，那是相當有韻味的。而古典秀才因爲沒有說話，只努力地抽著鴉片，他的炕床上便瀰漫著鴉片煙，他看來像個睡仙，在騰雲駕霧，那就更加有趣了……

「我看這都不稀罕！」阿田伯又打破沉默說……「因爲其的人日本仔本來就不是我的人同國

人，我看最悲哀的是簡大獅，其自己說是清朝的子民，爲著清朝才起來反抗日本，結果日本要抓其，其逃到福建去，反給清朝官吏將其逮捕交給日本當局，押回台灣，絞死在台北監獄中。」

「對！」一直抽著鴉片的古典秀才終於從炕上坐起來，點頭說：「我有讀過其在廈門官廳受審時的供狀，其有說：

自台灣歸日，大小官員内渡一空，無一人敢出首創義，惟我一介小民，猶能聚衆萬餘，血戰百次，自謂無負於清。去年大勢既敗，逃竄至漳，猶是歸化清朝，願為子民。漳州道府既為清朝官員，理應保護清朝百姓。然今事已至此，空言無補。惟望開恩，將予杖斃。生為大清之民，死做大清之鬼，猶感大德，千萬勿交日人，死亦不能瞑目。」

「其那般對滿清盡忠，而滿清反而背其，將其抓給日本仔，這樣說起來，這滿清政府實在是很不義啦。」一目少爺一邊爲傳杏先生添茶，一邊搖頭說。

「啊！不義免說了！」江龍志咬牙切齒地說。

傳杏先生似乎有話要說，因爲他不再噴煙圈了，可是看到大家情緒高漲，一時又不便開口，於是又噴了幾口煙圈，等那煙圈慢慢散去了，才輕描淡寫地說：

「其實其簡大獅反抗日本軍只管其反抗就是了，不必要勞師動眾去殺死士林芝山巖的六位日本先生，其的人是無辜的，其的人來台灣純是爲了教育，與日本軍無關。」

這話說得大家瞪眼發怔，一時找不到話好回答，於是阿田伯才用左尾指挖了挖左耳，轉開話鋒說：

「我看我的人台灣人不但不必怨日本人，連滿清政府也不必怨，要怨就怨我倪台灣人，多少義勇軍給日本人抓到，都是我的人台灣人去官廳通報的，像三峽的吳得福就是一個例子。報人的領獎金，被報的挨殺頭。」

「對！」古典秀才猛然點頭，說：「那天我入新竹城，去跟城隍廟內的一些老輩開講，就聽見其的人福佬人編一條歌謠在唱：

憲兵出門戴紅帽，
肩頭揹槍手舉刀。
若有歹人緊來報，
銀票澤山❷免驚沒。」

「唉，眞是『錢銀白心肝黑』啦！」一目少爺慨歎地說。

「這哪有什麼？」白番公未等一目少爺說完就搶著說：「你的人會記得那個陳秋菊啊！人說其多英雄，騎一匹駿馬，舉刀指揮義勇軍去攻台北城，才多久，其就跟台北州知事談判歸順，結果總督不但頒給其『紳章』，又給其製造樟腦的特權，叫其反過來抓我倪的義勇軍，後來其就變做萬甲的富豪，天天與女人鴉片爲伍。」

「不但陳秋菊其本人如此，其小弟也同樣一般，賺很多錢。」阿田伯補充道。

---

❷澤山：日語，音(takusan)，意(如澤如山，很多)。

唱：

「對！」古典秀才又點頭說：「就因爲這樣，其的人城隍廟的福佬人才又編了一條歌謠在

兄弟和番眞正妙，
二來下本整腦寮。
收除山賊卻然了，
安局收兵第一條。」

「罪惡！罪惡！」一目少爺終於坐下來感歎地說：「像陳秋菊和林少貓，對其的人日本仔說起來，平平是土匪，但是後來，一個做到高官貴爵，一個死無葬身之地，說起來實在是十分不公平的事情啦。」

「啊！不平免說了！」江龍志說，又去望窗外的水田。

傳杏先生對大家察言觀色，等大家再也找不到話好說，他才輕輕地說：

「剛才白番公說的也有一點不公平，其陳秋菊是用女人和鴉片來澆愁，其實其做日本官，心內也不是十分爽快。從另外一方面來看，其對設立學校和開闢道路也不惜捐了許多巨款，對我倪台灣人也不能說沒有貢獻。」

這似乎也是持平之理，所以大家聽了也不再發什麼議論，於是隔了好久，才由白番公再開口問傳杏先生說：

「聽說日本總督，不多久要實施什麼『保甲制度』，你識日本字，常看日本報，這詳細的情

形到底如何？可說來讓大家聽聽。」

「這『保甲制度』的詳細情形我也不太了解，」傅杏先生說：「但是大概是說各個地方每十戶編做一甲，每十甲編做一保，保設『保正』一人，負責保持地方的安寧，同時協助警察機關治安。」

「聽說敢不是保內的住民還有連座的責任，叫人互相監視，誰做賊大家都有罪？」阿田伯問道。

傅杏先生顯得有些尷尬的樣子，最後仍不得不點頭承認了。

「這樣看起來不就像將我的人當做奴隸看待？」一目少爺憤憤地說。

「其實這種『保甲制度』不是日本首創，我的人宋朝王安石的變法中已經有了。」傅杏先生自我解嘲地說，然後望了望古典秀才，問他說：「對不對？古典秀才。」

「對！王荊公先生的變法中有『保甲法』一項，所幸沒得實施，都是司馬溫公先生的功勞，而今日其的人日本人卻要加以實施，嗚呼哀哉！」古典秀才說罷，又舀了一膏鴉片，挨近鴉片燈抽了起來。

全屋陷入極端的沉默之中，大人們都找不到話題好說了，就在這時從屋外傳來幾聲孩子尖銳的聲音，在門口叫著：「東蘭！東蘭！」東蘭便從江龍志的腿上滑了下來，一溜煙跑到屋外去了。

三

來到屋外，東蘭發現門口圍著水生、春生、秋生和那隻叫「小鐵拐」的跛腳土黃狗，牠搖著尾巴，也跟其他三個孩子一樣對東蘭表示歡迎……

「春生、秋生，你的人老爸在我屋裡說話。」東蘭劈頭便說。

春生與秋生都點點頭表示知道他們爸爸阿田伯在屋裡聊天。春生今年八歲，長得倒還十分勻稱，可是七歲的秋生卻瘦得像根竹桿，兩顆大眼睛，溜溜地滾來滾去，像要從眼眶裡跳出來一般，他們兩人平時都十分活潑頑皮，但一提起他們爸爸阿田伯，便即刻萎縮了起來。

「水生，你阿公也在我屋裡說話。」東蘭轉向水生說。

「我知道，所以我才不願進去，才在外面喊你出來。」

水生鎮定而自信地回答。他便是白番公的外孫，同春生一樣八歲，卻長得比春生武頓，渾圓的胳膊，短粗的腿子，肉長得像泥濘那麼黑而且亮，一看便知是那種能跑善跳聰明機伶的孩子。他的聰明機伶是波羅汶村遠近聞名的，這一半歸功天生，另一半可能是環境造成的。原來他母親早年從波羅汶嫁到新竹城裡去，生了水生，等水生三歲，丈夫便得霍亂去世，於是他們母子兩人便回到波羅汶來避瘟，住了半年，覺得老是託蔭在娘家也不是長久之計，便決定回到新竹城去幫傭賺錢，但是帶著水生同去總覺得不便，便把水生留在娘家請水生的外祖母照顧，說是每月寄錢回家來養水生。開始幾個月她每月倒也寄了幾塊錢回來，可是半年過後，不但錢不見寄回來，連音信也沒有了。這還不要緊，終究水生的外祖母可憐女兒，倒也十分疼水生，可是等她老人家一死，水生便成了沒有人要的「臭頭雞」，人人不理，常常挨打挨罵給人出氣，不但白番公不喜歡他而常常揍他，連幾個舅舅也常常在旁助焰，協助白番公打他……這一切使水生不得不獨立堅強起來，從很小便學得了不是他那種年齡所應知道的種種求生的方法。

小鐵拐看東蘭對春生、秋生和水生說了話，獨獨不曾對牠說話，爲了不甘寂寞想引起東蘭的注意，牠便對東蘭假吠了幾聲，走到他跟前對著他猛搖尾巴，使得東蘭不得不蹲下來抱著牠的身軀，摸牠的頭，梳牠的尾巴，而小鐵拐則趁勢仰起頭去舔東蘭的臉，使他蹙額閉眼起來……

這小鐵拐本是一條棄狗，出生時狗主發現牠瘸了一隻前腿不易養，便把牠扔到圳溝邊的垃圾堆裡，要讓牠自己死掉，是被水生發現了，才撿回來自己養的。白番公看了，也十分生氣，幾次叫水生拿去扔掉，但水生就是不忍，幾次水生同那條狗都挨了白番公的藤條，幾次水生同小鐵拐都從死裡活了過來，最後白番公實在再也使不出什麼辦法叫水生與小鐵拐分開，才睜一隻眼閉一隻眼由水生養去。至於小鐵拐之所以被起名叫「小鐵拐」，是因爲八仙裡面有一個瘸腿的乞丐叫「李鐵拐」，因爲小鐵瘸了一腿，大家便叫牠「小鐵拐」，至於是那個最先異想天開叫牠做「小鐵拐」的，不用說，當然非聰明的水生莫屬了。

「我的人要玩什麼呢？」摸了好一會小鐵拐，東蘭終於抬起頭來對水生說。

「我的人到土地廟前的大榕樹下去玩『考三皇帝』！」水生回答。

「什麼『考三皇帝』？我不會玩。」東蘭說。

「是不久才從城裡來莊的一個孩子學來的，春生、秋生，其的人都玩過了，只有你不會，我來教你！」水生說，轉回去對春生、秋生說：「你的人都會玩了，對不？」

春生和秋生聽了，都不說話，只對水生點點頭，特別是秋生，兩隻眼睛溜溜地滾動。於是水生一聲呼號，四個孩子便拔腿往土地廟奔去，小鐵拐也跟在後頭，一面搖著尾巴，一面吠著，一擺一擺地追著去。

來到土地廟前的大榕樹下，又圍來了三個差不多同齡的小孩，經水生口齒伶俐地解說了一番，七個孩子便到廟的前後尋來了七塊紅磚，都排在樹下，排成一行，水生在最中間的那塊磚上栽了一顆破半的玻璃珠子，叫它做「皇帝」，另外在「皇帝」的右邊磚上跨了一支竹子，叫它做

「奏板」，另外在「皇帝」左邊的磚上放了一片破瓦，叫它做「乞食」，而其他兩側的磚上則什麼也不放。做完了這些，水生又在磚前十步遠的地方用樹枝劃了一條線，叫每個人去拾了石卵來站在線的後面，便對大家說：

「由最小的先扔石卵，每個人一定要扔倒一塊磚，最好是考到『皇帝』，第二是考到『奏板』，最壞是考到『乞食』，乞食要揹皇帝繞榕樹跑三圈，奏板要打乞食催他走，知道了嗎？」

聽到大家說知道後，水生便嚴肅命令說：

「好！現在就開始，由東蘭最先考！」

東蘭往前走了一步，抱起石卵，覺得不順手，便把石卵放在地上，雙手向褲管擦了擦，擦去了一些冷汗，然後又重新把石卵抱起，當他舉到肩頭擺好姿勢想扔的時候，他聽見水生在後面補了一句：「向中間那個『皇帝』考！」他把石卵用力扔了過去，沒中『皇帝』，只考中最旁邊一塊無名磚，東蘭退了下去。

「秋生，換你了！」水生喊道。

秋生往前走了一步，不但眼睛團團地滾，舌頭也伸出來到處地舔著，他本來連站都站不十分穩，當他拾起石卵就更加搖搖欲墜了……「向中間的『皇帝』考！」水生在後面助陣，秋生把石卵往前一扔，不偏不倚把「乞食」的那塊磚給考倒了，磚上的那塊瓦片也噴到一丈外的大榕樹根下，全場一聲唏噓，跟著大家張口大笑起來，而秋生則臉色蒼白地退到線後面去。

其他土地廟附近的三個孩子，有一個考中一塊無名磚，另兩個則沒考中任何磚，留到下一番再扔，最後扔的是春生和水生，結果春生考中了「奏板」，而水生考中了「皇帝」。那兩個沒考中的孩子要上來重扔，水生對他們說：

「我看你的人兩個不用再考了，因爲『皇帝』、『奏板』、『乞食』都給人考中了，你的人再考，也考不到什麼了。」

那兩個孩子果然聽了水生的話，不再扔了。

遊戲的第二部份開始了，瘦小的秋生揹起粗壯的水生，就像老鼠揹貓似地可憐而殘酷。秋生本來就揹不動水生，當然也就走不快，可是那群孩子卻圍在四周拍手叫快，不但春生的「奏板」落在他的腿肚，加上小鐵拐繞著他打圈圈，不時跑近來絆他的腳，使他走起來左右搖擺，顛顛躓躓，還繞不了半圈大榕樹，便一個踉蹌往右旁栽倒下去，因爲怕跌傷，便自然而然伸了右手去著地，想不到他的手本來就細如痲雀腳，再加上背上的重負，只聽見勃的一聲，他的右肘便脫臼了……

圍在外圍的孩子也不知底細，只見水生與秋生都栽倒在地上，便覺得好笑，更加熱烈地拍起手來，大家看見水生自地上一骨碌就爬了起來，正摩挲著膝蓋上擦皮的痛處，卻見秋生慢慢爬起，突然哇地一聲嚎啕起來：

「我的手壞掉了！我的手壞掉了！」

待大家仔細注意秋生的手，才發現他的右肘古怪地歪向外邊，他自己用左手去扶住，可是怎麼伸也伸直不起來，這時他臉色鐵青，眼淚大顆小顆地往兩頰流下來，所有孩子都驚得不敢出聲了，而水生與春生更嚇得全身發抖，早有幾個孩子想跑回阿田伯的家裡去報信，東蘭立刻搶著說：

「阿田伯在我家！」

那些孩子聽了便拔腿向東蘭的家奔去，不久，幾個大人便由阿田伯領先向土地廟的大榕樹奔來，白番公也不落人後，一邊提著他的水煙袋，一邊趕著走來，口裡還氣呼呼地詛咒著：

「又是水生做歹鬼遯頭！這死囝仔，都是其惹的禍！這死囝仔，非給其一頓粗飽不可！」

結果秋生被阿田伯抱去隔壁莊——湖口去看一位叫「金獅」的拳頭師傅，請他把肘拉直，敷了草藥，夾了木板，回到波羅汶來。阿田伯回來之後，春生被他痛罵一頓，便沒事了。可是水生卻沒那麼幸運，他被白番公用藤條痛打了一頓，幾個舅舅還在旁助陣抓拿，隨後把他連同小鐵拐攆出門，說要讓他同他的狗出去好好餓一天，以示對他惡作劇的懲罰。

「你還想做『皇帝』？看我給你做『乞食』咧！」白番公把水生攆出門時對他這麼說。

四

這晚，東蘭吃過晚飯，在客廳裡閒玩了一會，便來到他的睡房，卸衣上床打算睡覺了，才躺下不久，便聽見那木窗口幾下輕敲的聲音。東蘭霍地自床上跳起，走到窗邊細聽，聽見有人壓低聲音輕輕地說：

「東蘭……東蘭……」

東蘭把木窗打開一個小縫，只見在黑暗之中有兩隻滾動的白眼珠子，因分辨不出是誰，於是便細聲問道：

「什麼人？」

「我啦，水生啦……」

「什麼事情？要睡覺了還找我做什麼？」

「你要不要吃紅金瓜蕃薯？烤的！」

東蘭聽了，眼睛便突然亮了起來，他平常就最喜歡吃生烤的紅金瓜蕃薯了，因爲蕃薯一般農夫是只種來給豬生吃的，他們才沒有閒工夫來烤給孩子吃。東蘭答應了一聲，便又把衣服穿上，正想走出房門，又聽見水生在敲窗，於是他又走回去，聽見水生小聲地說：

「快出來！不要讓你爸爸知道。」

東蘭也沒回應，只點點頭，便起身走出房間，經過走廊來到客廳的一角，瞥見他的父親江龍志在一盞臭油豎燈下看書，他閃躲過去，從後門溜了出來。迎面走過來水生和小鐵拐，狗也似乎懂得人意，未敢作聲，只咿唔地發著親熱愛嬌的悶聲，儘搖著尾巴……

「紅金瓜蕃薯在哪裡？」東蘭逢頭便向水生說。

「在圳溝頭，還在烤咧。」水生說：「我的人也去叫春生出來吃！」

於是兩個孩子又到隔壁的阿田伯家，水生自己一個人去敲窗，他總知道要去敲哪一個窗的，他叫東蘭與狗留在後頭等候，東蘭便跪下來抱住小鐵拐的背肚，只覺得小鐵拐的尾巴直往他的耳翼搔癢，他不覺歪了脖子仰望天空，才看見天上那半殘的下弦月，那月光朦朧地普照大地，遠處雖然模糊，但近處卻十分清楚。

不久，春生揉著眼睛走出來，他顯然已經睡了，是被水生吵醒的，東蘭迎上去，三個孩子與一隻狗會合在一起。

「你的烤蕃薯在哪裡呢？」春生照樣同水生說。

「在圳溝頭，我的人現在就去！」水生說。

他們走過村屋，往那無人的圳溝頭走去。那圳溝頭離村莊有一箭的距離，繞過村莊那條山溪的溪水便從圳溝頭引進來灌溉村莊四周的田地，就在那圳溝頭的溪底有一大塊沙洲，因爲經常泛濫，所以沒有人敢在沙上種稻，倒有一些人在那裡種了蕃薯，蕃薯葉用來給雞鴨吃。

才走出村莊的竹圍林子，便遠遠看見大地的盡頭有一點火光，水生便指著那火光叫道：

「就在那裡！」

說罷，水生便拔腿領頭飛奔過去，春生與東蘭跟著跑起來，把小鐵拐扔在後頭，但牠也一拐一拐拚命地尾隨著孩子們向前奔去……

來到圳溝頭，地下有一隆起的土堆，土上橫七豎八的殘枝斷木，早已燒過了，已經沒有火焰，只剩下帶灰的餘燼，冒著些白煙，還偶爾迸出火星，發出比巴的響聲……

「大概已經熟了！」

水生說著，撿了一根未燃的大枝條，先掃光土堆上的餘燼，便往土堆裡挖掘，於是一顆顆熱蕃薯便帶著泥土露出土面。水生先用手去抓，因太熱了，便揪起上衣，用衣角去捧，才剝開皮，一陣熱噴噴的香味便往鼻孔衝來。他連忙狼吞虎嚥地吃了，而春生與東蘭也學水生的榜樣撿了蕃薯吃了起來，唯獨小鐵拐只伴著孩子熱鬧，搖著尾巴在孩子之間來回打轉……

水生剝了一塊蕃薯給小鐵拐，牠只伸了鼻子過來嗅了嗅，打了兩聲噴嚏，甩了甩耳朵，往後退了兩步，佇立著注視水生，儘搖著尾巴……

「每回其的人把我趕出來，不讓我回家吃飯，我自己倒不可憐，可憐的是小鐵拐，牠連蕃薯都不吃，只好餓肚子。」水生望著狗歎息地說。

「水生，你阿公常常打你，你敢不會痛？」東蘭停止吃蕃薯，抬頭問水生。

「皮痛肉不痛！」水生倔強而冷峻地說，但他似乎不願意別人提及他被白番公痛打的事，於是便轉頭問春生說：「嘿！春生，這紅金瓜蕃薯好不好吃？」

春生只點點頭，繼續低頭去啃他的蕃薯，一秒鐘也不肯放鬆。

「你看！我剛才對你說好吃就是好吃！只可惜秋生今晚不能出來吃，不然其也一樣會吃得頭都抬不起來呢！」水生說，忽然想到因爲他叫秋生去玩「考三皇帝」，才使秋生肘骨脫臼，他不禁感到一陣悖然，於是便不說話了，只把頭垂下，把小鐵拐抱在懷裡。

吃完了蕃薯好一會，東蘭突然問水生說：

「水生，我的人今晚吃的蕃薯是誰人的？」

「哪有誰人的？天公伯的了！那溪底的沙灘本來就沒有人的，誰也可以在上面種蕃薯，誰也可以挖來吃，你不吃，大水一來，照樣什麼也沒有了！」

他們三個孩子連同狗終於又回到村莊來，先把春生送回家，水生才又送東蘭回家，來到東蘭的家門口，水生突然拉住東蘭，對他說：

「東蘭，你家潘❸桶裡敢有倒掉的殘飯殘菜沒有？你看小鐵拐餓到這個樣子！」

「我去看看。」東蘭說。

東蘭躡足走過客廳，發現原來的那盞臭油豎燈已經熄了，他的父親大概已經去睡了，東蘭放了一顆心，於是直往廚房後的大潘桶走來，正翻著潘桶裡臭酸的食物，有一隻手往他的脖子摸了過來，然後是江龍志慈善卻帶著嚴肅的聲音說：

「東蘭，你在找什麼？」

東蘭嚇了一跳，轉過身來期期艾艾地道：

---

❸潘：台語，音(phun)，意(豬的飼料水)。

「在找殘飯……殘菜……要給小鐵拐……水生的那隻狗……那隻狗已經一天沒有吃……」

江龍志走到門外去，水生看到他，拔腿便想跑，卻不料江龍志把他叫住，好心叫他與狗走進屋裡來，不但把剩飯剩菜倒給狗吃，也添了一碗白飯夾了一粒滷蛋給水生吃，當他望著水生津津有味地咬著滷蛋的時候，他搖頭歎息地自語說：

「唉！白番公，你免說了，孩子不是這樣教法的。」

五

離土地廟不遠的地方，有一個池塘，這池塘的一邊是泥濘地，另一邊則長著茂密的水草，平時草裡都生著小魚和蝌蚪，泥濘裡則都是泥鰍與蚯蚓，因此池塘裡不時有白鷺鷥和水鳥來棲息，啄食池裡的魚蟲。

這天，東蘭從土地廟悠閒地踱到這池塘來，遠遠望見水生與小鐵拐坐在池塘邊的一株龍眼樹下，在望著池塘。他對著水生走過去，來到水生的身邊，正碰到水生敲破了一粒鴨蛋，張著大口，把蛋黃連同蛋白倒在嘴中，生吞到肚裡去。東蘭覺得奇怪，他從來見人吃蛋都是煮熟的，從來都不見有人生吞鴨蛋，於是便問水生說：

「你怎麼在吃生蛋？」

「沒飯吃，只好吃生蛋，不然要吃什麼？」

「白番公又不給你飯吃了？」東蘭十分同情地問。

水生點點頭，用舌頭在舔著嘴唇上的蛋黃。東蘭望了望那丟在地上的蛋殼，問水生道：

「你這蛋從哪裡來的？」

「在地上撿的。」

「在哪裡的地上啊？」

水生指向池塘一邊的泥濘地，在那泥濘地上有十來隻白鴨子，扭著肥碩的屁股呱呱地聒噪著，沿著池塘，一路啄著爛泥的小蟲亂步前進，東蘭望了那泥濘地，也不見什麼，便回水生說：

「沒有蛋啊，只有鴨子。」

「你要撿就有蛋，你想不想撿？」

「想！」東蘭好奇地回應著。

「你跟我來，我教你如何撿！」

水生說著，便立了起來，悄悄地走向那群鴨子，等離那群鴨十步之遙，便突然一聲吆吼，那些鴨子便驚嚇地躍了起來，撲著翅膀沒命地往前逃竄，而水生則拚命地在後追趕，一面還大聲地呼號著，才趕了一陣子，便見兩粒鮮白的鴨蛋從兩隻母鴨的屁股擠了出來，掉在泥濘之中，滾了一蛋泥水。但見水生不慌不忙把兩粒鴨蛋撿起來，用衣角擦乾淨，送了一粒給東蘭，自己藏了一粒，走回那棵龍眼樹底去。

當他們在龍眼樹下坐定，東蘭撫摸著手裡還溫暖的鴨蛋問水生道：

「那些鴨子是誰的，你知道嗎？」

「我為什麼不知道？是阿土伯的。」水生說。

原來阿土伯半年前開始養鴨要生鴨蛋，因為鴨子老關在家裡的鴨籠裡生蛋不多，才去向養了幾隻閹雞和母雞的白番公請教生蛋之道，結果白番公教他把鴨子定時放到池塘來，任牠們自由啄食，因為活動多了，蟲吃多了，自然就會多生蛋，阿土伯果然聽了白番公的話把鴨子每天都放到池塘裡來……

「我的人這樣，阿土伯知道了會罵哦。」東蘭戰戰兢兢地說。

「我的人只是在地上撿的，連鴨子都沒碰，要罵什麼?誰叫其不來看鴨子?」

阿土伯的鴨子放到池塘來之後，不但鴨蛋沒有增產，反而減產了，可是又不知道原因，因此試了一陣子，便又把鴨子關在鴨籠裡，從此這池塘再也見不到阿土伯的鴨子了。

六

有一個晴空萬里的好日子，水生坐在他家前面的刺竹下用銅線彎銅鉤，彎好了銅鉤，又在鉤上繫了一根粗股的釣魚絲，東蘭與春生蹲著看了一會，終於好奇地問了起來：

「水生，你做這鉤要做什麼?」東蘭說。

「是不是要去池塘釣鯽魚?」春生說。

「三八!這銅鉤這麼粗，鯽魚嘴那麼小怎麼釣?只能釣到你這隻戇呆魚!」

水生說著，用那銅鉤敲了一下春生的頭，春生張了大口，變得呆呆的，像是一隻上了鉤的魚，使得水生與東蘭都笑了……

「不然你這鉤要做什麼?」東蘭又鍥而不捨地問。

「要到『崎頂』去釣竹雞、雉雞，或是……管牠什麼雞，有什麼雞來吃就釣什麼雞!」水生說。

東蘭和春生都感到奇怪，從來只見人用魚鉤釣魚，從來也沒見過有人用銅鉤來釣野雞，待想進一步問水生，水生卻不耐煩地站起來，對他們兩個孩子說：

「囝仔厚話❹！想知道就跟我來！」

說罷，水生便提著銅鉤往池塘走去，東蘭與春生被好奇心所驅使，也立起來跟著水生的後面走，小鐵拐則一拐一拐殿在最後頭……

來到池塘，水生把銅鉤與魚絲扔在池塘邊，便涉水在水草之間抓了兩隻青蛙，叫東蘭與春生用雙手各捧一隻青蛙，又跟著他繞過他家的刺竹圍籬，往他家後面的一個小山爬。走了好一會崎嶇的小山路，終於來到山頂，這便是波羅汶全莊最高的地方，大家都叫它做「崎頂」，從這裡可以望見全莊，反過來說，從莊的每個地方也可以望見「崎頂」。這山上到處長著低矮的相思樹、破布子和木麻黃，抬頭望時，在那水洗過的藍空之中，有兩隻老鷹正展翅翱翔，俯瞰大地在尋覓獵物，有一群吱喳的麻雀從山頂低飛而過，遠遠避開那兩隻老鷹，飛向池塘的草叢去……

水生找到一棵無葉的枯樹，把帶鉤的魚絲繫在樹根上，在樹的周圍清出一塊空地，叫東蘭和春生把青蛙捧來，由他抓在手裡仔細檢視了一番，又去望那地上的銅鉤，便把一隻較小的青蛙放了，嘴裡說：

「看你可憐，放你去逃生！」

然後水生便蹲下來把另一隻青蛙勾在銅鉤上，任牠拖著魚絲在枯樹四周跳躍，末了他才叫東蘭與春生連同小鐵拐一起下山，躲在山腳的刺竹下，一邊等待，一邊由水生說「八仙過海」的故事來給兩個小孩聽。他們在刺竹下等候了好久，水生一邊說故事，一邊注視著天上的那兩隻盤旋的老鷹。終於聽見那兩隻老鷹尖銳的呼嘯，水生機警地自地上立起，便見那兩隻老鷹像中了箭似

---

❹厚話：台語，意（多話）。

地，斜劈往「崎頂」栽落下來……水生叫道：

「竹雞上鉤了！」

說完了，也不顧其他人，水生拔腿便往「崎頂」衝去，一邊聲嘶力竭呼號著，想嚇走那「崎頂」上的老鷹，兩個孩子與狗也跟著窮追上山去……

當他們來到「崎頂」，看見一隻上鉤的雞躺在地上，那隻青蛙已吞到牠的肚子裡去了，牠嘴裡還連著繫在樹根的釣魚絲，那雞背已經血肉模糊，是被老鷹啄傷的，地上一片淩亂的羽毛和沙土，顯然是經過一番苦鬥與掙扎的，儘管那雞還睜著眼睛，其實已奄奄一息，臥以待斃了……

「水生，這敢是竹雞？」東蘭問道。

「不是竹雞……」坐在雞旁喘息的水生回答。

「是不是雉雞？」春生接著問。

「也不是雉雞……」水生搖頭回答，顯得有些不耐煩，皺起眉頭說：「是野雞！」

「我看不是野雞哦……」東蘭說，走近去仔細看了看那雞的一身彩麗的羽毛：「恐怕是人養的閹雞哦！」

「管牠什麼雞！誰叫牠來吃我倪的❺青蛙，現在已被老鷹啄得半死了，放了也活不成，不如宰了烤來吃再說！」

水生說罷，便拔了那閹雞的毛，叫兩個孩子去撿來一堆乾柴，點火把那閹雞烤了，分予東蘭、春生一起吃。小鐵拐也分到一大塊雞背和兩隻雞腳，再也聽不到牠的吠聲，只呦呦地啃著骨

❺我倪的：客家語，意（我們的）。

頭，牠從來都不曾如此飽餐過。

三天後，東蘭偎在江龍志的腿上，聽著客廳裡一些常客在聊天，有傳杏先生、古典秀才和阿田伯，一目少爺照常忙著爲客人點煙倒茶，大家正高興地談著，忽然白番公從門外路過，也欠身走進客廳來探探頭……

「進來聊吧！白番公，大家都來齊了，只少你一個。」一目少爺一邊爲古典秀才添茶，一邊歪著頭說。

「今天沒閒，我在找一隻閹雞，你的人敢有看到？」白番公說。

「你不見了閹雞？」阿田伯詫異地說。

「是啊，已經三天沒回來雞寮囉，還是最大的那隻閹雞咧！」白番公說，愁眉苦臉起來。

「敢會給人釣去？」古典秀才放下了鴉片煙槍老成世故地問。

「說不定咧，不知被哪個夭壽的釣去吃掉？」白番公點點頭說，撫了幾下白鬍子走了。

東蘭默默地聽著，咋了咋舌，然後用舌尖去舔舔上唇，悄悄地從後門溜了出去……

七

在土地廟的後面，有一塊平緩的山坡地，坡上長著一片青草，點綴著幾座修整乾淨的墓園，波羅汶的莊民每在休耕期間，家家便叫各自的小孩牽牛來這坡地吃草。

這天，春生、秋生和東蘭以及其他好多家小孩都聚集在一座嵌琉璃磚的大墓園上聽水生講「火燒紅蓮寺」的故事，而他們的水牛則分散在坡地各處，或低頭嚼草，或抬頭反芻，有一兩隻烏鶖立在牛背上，一群麻雀在牛糞邊啄食吱叫……

聽完了水生的「火燒紅蓮寺」，差不多所有孩子都散了，各自去捕草蜢公、抓蜻蜓、或採草莓去了，只剩下春生、秋生和東蘭還留在水生的身邊，依然坐在墓園的石灰矮牆上。

「秋生，你手還會痛嗎？」水生突然問秋生道。

秋生彎了彎右肘，搖搖頭，對水生微笑。他是三天前才拆肘上的夾板的，這天還是脫臼以後第一次出來野外同別的孩子一起玩的。

「人說：『打斷手骨顛倒勇』，沒關係，以後你一定會像我一樣勇，我沒打斷過手骨，恐怕還比我更加勇呢！」水生說。

秋生聽了，點點頭，容光煥發，笑得嘴巴都合不攏來……

「來，來，你手脫臼，才好起來，得要吃補，我給你吃補！」

水生說著，從口袋裡掏出了兩粒用破布包的雞蛋，他把布解開了，順手在那墓前地上的香爐抽了一支人家燒完留下來的香腳，對住雞蛋的一頭鑽了一個小孔，又在蛋的另外一頭鑽了另外一個小孔，仰頭把蛋湊到嘴上猛吸一小口，便把蛋遞給秋生，對他說：

「可以了！這粒雞蛋就給你一個人吸，學我剛才那樣吸，小心不要捏破蛋殼，吸空了再還我，聽見沒有？」

然後水生又依法把另一個蛋鑽了兩孔，自己先吸了一大口，遞給春生吸，再傳給東蘭吸，這樣三個人輪流同吸一蛋，等三個人把蛋吸完，而秋生也差不多把他的蛋吸完，水生便把兩粒蛋收回，重又用破布把兩粒完好的蛋殼包好，放回口袋裡去。

這一切，東蘭看得有些怪異，直等到水生把蛋放回口袋，他終於禁不住地問：

「水生，你這雞蛋是誰人的？敢是阿土伯的？」

「不是，阿土伯只養鴨不養雞。」水生說，隔了好久才接下去說：「是我家的！」

「白番公給你的？」東蘭進一步問。

「哪裡那麼好？是我跟我阿公借的。」水生平淡地說，彷彿是一件不屑一提的常事。

「你不是說你家的雞蛋算粒的嗎？誰也不得偷……」東蘭驚奇地問。

「我哪裡偷？我只是早上向其的人借來，晚上便又放回去，算粒就去算吧，一粒也不少，其的人不會知道的！」水生說，顯得十分不耐煩的樣子。

幾個孩子都歎息起來，才明白剛才水生堅持蛋殼不許捏破的原因了，好一陣子他們都說不出話來，水生見他們無語，才補了一句：

「其的人不讓我吃蛋，我就偏偏要吃給其的人看，到後來，我蛋吃得不會比其的人少呢！」水生說罷，做出一副報復的臉色來。

就在這個時候，有一個孩子飛跑過來，大聲地呼叫：

「水生！……春生！……你的人的牛在相鬥囉！……」

水生和春生抬起頭來望，他們的兩隻牛不知幾時已邁到山坡腳去了，他們連忙奔下山坡，來到牛的旁邊，只見那兩隻牛都低著頭，角抵著角，正在猛烈地相鬥，八隻腳沉重雜沓地踩著地上，使大地爲之震動，兩條牽牛繩已交纏在一起，兩隻牛都氣咻咻地喘息著，灑了一地牛涎與白沫。牛的四周圍了一圈孩子，大家都冷眼旁觀，誰也不敢走近牛身，水生與春生卻顧不得許多，各提著各自的牛繩想把兩牛拉開，卻又逢牛繩打結，怎麼解也解不開，想推牛又推不動，只好眼巴巴地望著牛繼續鬥，小鐵拐則在牛腳底下鑽來鑽去，幾乎被牛踩死……

大家正束手無策地觀望著，忽然一個斜刺，春生水牛的牛角尖刺進了水生水牛的牛眼，只聽牛哼了一聲，便見一顆雞蛋大的眼珠帶著血絲掉了下來，懸在牛頭的一旁擺盪起來……圍在四周的孩子即刻大叫起來：

「睛盲囉！睛盲囉！水生……你的牛睛盲囉！」

儘管掉了一隻眼珠，水生的牛不但不曾示弱，可能因爲疼痛與憤怒，反而更凶猛地用角觸向春生的牛，因此這情勢不但不能衰歇，反而愈鬥愈狠，愈鬥愈烈了，除非叫大人來解圍，否則只有鬥到死爲止了。也爲此，早有幾個小孩飛奔到水生和春生的家向白番公與阿田伯報信去了……

不到幾分鐘，白番公、阿田伯以及莊裡附近的一大堆農夫都聞訊趕來了，手裡提著扁擔、鋤頭、鍬、耙等，邊喊著邊跑過來，他們解繩的解繩，鞭牛的鞭牛，費了好大的力氣才把兩頭牛分開了，於是阿田伯便把他的牛牽了去，而白番公也叫他的幾個兒子把牛牽走。白番公本來就爲水生沒有把牛看好而十分生氣，突然又發現牛被鬥掉了一隻眼睛，也就更加生氣了，於是藏在心底的無名火一下子便像火山爆發開來了。他一把擒住水生的胳膊，一路詛咒著，回到家裡要給他一頓痛打……白番公拖著水生急急走下山坡，經過土地廟往家裡走，當白番公望見了那棵粗幹長鬚的大榕樹，卻又突然改變了主意，於是立定腳步，連連對著水生的幾個舅舅喝令道：

「快到家裡去給我拿麻繩來！拿藤條來！今日非活活把這死囝仔打死不可！」

水生的舅舅一個牽著牛，一個提著鋤頭，都答應了飛快跑回家去，不到一會兒，便拿著麻繩和藤條來了……

「給我捆起來！給我吊起來！把藤條給我！」白番公怒喝道。

水生的兩個舅舅都樂得照做了，沒多久，水生便給吊在大榕樹上，隨著白番公手上的藤條在空中的一聲聲呼嘯，水生的身上腿上也就浮起一龍龍血痕來，水生雖然在繩子下抽搐著，蛟滾著，可是他卻始終沒向白番公討饒，也沒發出哭聲，只咬緊牙根，任眼淚慢慢地淌了下來……

在土地廟裡聊天的人都出來勸解，白番公卻不聽他們勸，繼續揮鞭抽打水生，還吼道：

「牛是做田人的生命，你水生做你去風流，讓牛去相鬥，鬥到一隻眼睛沒了，你眞是要買我的老命，要把你打死！要在土地公面前活活把你打死！」

有人終於跑到東蘭家裡去把江龍志請來了，因爲大家都知道在波羅汶莊裡，白番公是最敬服江龍志的。等到江龍志親自來土地廟前向他勸解，白番公才稍稍息了怒，把藤條往地上一甩，離眾人而去。

江龍志爲水生解了繩子，把他抱到他的書房去，叫一目少爺給他洗了傷敷了藥，當晚又叫他在書房過夜。一整夜，東蘭都陪在水生躺著的椅條邊，小鐵拐則匍匐在地上，用爪去掩蓋牠的鼻子。東蘭望著水生，只見水生一直睜著眼睛盯住頭上的那幾排白椽與紅瓦，不發一言，很久很久才歎一口長氣，又繼續沉默著……

「水生，你還痛不痛？」有一回東蘭問水生說。

「皮痛肉不痛……」水生咬緊牙根說，突然哇地痛哭失聲了。

第四章　小鐵拐的往生咒

一

波羅汶村一帶原來是沒有學校的，因此村裡附近的孩子如果要到日本人設立的學校唸書，他們都得長途跋涉到「新埔公學校」或「楊梅公學校」去唸，因爲路途遙遠，來往又不方便，湖口和紅毛兩莊的鄉人便想聯合起來辦一個學校，但兩莊都想把校址設在自己的莊裡，相持不下，折衷的結果，才決定把校址設在兩莊的中點——波羅汶村，取名叫「湖口公學校」。

因爲要趕在九月的新學期開學，所以從這一年的春天開始，就在村邊趕造一棟校舍和幾棟校長和教員的日本宿舍，並且開闢了從波羅汶到學校大門差不多兩箭之距的通路。這一切都是傳杏先生負責籌劃的，因爲村子裡唯一會說日語的就是他，想跟新竹州廳的日本官員交涉，當然更非他莫屬了，而他既身爲教師又是波羅汶的人，當然要指揮在地工人建造校舍，非他不可。因此整整半年，他到處奔波，忙得不亦樂乎，這時他早已向「楊梅公學校」辭了教職，準備來日在這新建的「湖口公學校」執教了。

因爲江龍志與傳杏先生都是村裡少數的讀書人，年齡相近，平常過往又甚密，在這段學校籌備與建造期間，傳杏先生早晚都來江龍志家休息、閒聊或商議未來學校的計畫，而白天裡傳杏先生在監督工程的時候，江龍志也時常帶東蘭去工地看傳杏先生指揮一切。

七月一個炎熱的下午，江龍志照例又帶東蘭來「湖口公學校」前看傳杏先生在指揮十來個工人做路，這時學校的校舍已經蓋好，只是還沒安窗戶，正好有一台牛車運來了一車玻璃窗，傳杏先生便離開了那群工人，引那牛車夫走進校門，叫他如何安置玻璃窗去了，那些工人等傳杏先生一走，便停止鏟土，個個斜倚著十字鎬或鋤頭，擦汗、抽煙，閒聊了起來。有一個二十出頭、與江龍志相識的工人歪戴著斗笠，赤身裸背，口裡刁著香煙，走到江龍志的面前，先向他打了個招呼，然後半蹲在東蘭的面前，微笑地向他打趣說：

「蘭弟，你愛在這間學校讀書嗎？」

「愛。」東蘭猛點著頭說。

「但是這間學校即使蓋好，人家也不給你讀。」那工人說，揶揄地回望那校舍一眼。

東蘭本來就是愛讀書的，聽那工人這麼說，自然心裡十分不高興，可是這卻更激起他要在這學校讀書的慾望，於是便反唇相譏對那工人說：

「我偏偏要讀這間學校！」

「人家偏偏不給你讀！」

「我偏偏要讀！」

「人家偏偏不給……」

這樣逗著，逗得東蘭咬牙切齒，幾乎就要舉拳搥那工人了，這時傳杏先生已從學校出來，迎面往江龍志身邊走來，聽見那工人在逗東蘭玩笑，便聲色俱厲地對那工人說：

「你怎麼跟小孩開這種玩笑？學校建起來就是要給人讀的，哪裡有不給誰讀的？」

那工人回頭見了傳杏先生，覺得有些無意，便把煙蒂踩熄，戴正了斗笠，又回原來的路上鏟土去了。眼見工人走遠，傳杏先生便來到東蘭的面前，眉開眼笑，問他說：

「東蘭，你今年幾歲了？」

「七歲。」東蘭眨眨眼回答傳杏先生。

「實歲七歲？」傳杏先生進一步問。

「他是八月出生，現在七月，再過一個月就滿六歲。」江龍志在旁補充道。

「州廳規定是滿六歲才准入學，這間學校九月開學，而東蘭那時又剛滿六歲，啊！東蘭，你實在幸運，這間學校就像爲你特別開設的。」傳杏先生摸著東蘭的頭說，眉宇更見開朗了。

聽了傳杏先生意外的話，東蘭喜出望外，便張大了眼睛往那校舍投了一瞥羨慕的眼光，只是江龍志不露聲色，一直閉口沉默著。

「啊，對了，龍哥，州廳來了一封信，說公學校開校慶典那天，新竹州廳的廳長和一些官員都要來波羅汶參加。」傳杏先生轉對江龍志說。

江龍志把手反背握著，開始沉默地漫步，傳杏先生也跟著他漫步起來……

「到時，全波羅汶的人也要集合在公學校前來參加慶典，絕對十分熱鬧。」傳杏先生繼續說。

江龍志繼續漫步，並不言語……

「龍哥——」傳杏先生終於抬頭望著江龍志，對他說：「你到時要來參加哦。」

「到時再看看，到時再看看……」江龍志望也不望傳杏先生，仍低頭不自覺地說。

「你是波羅汶最有名望的人，這連官廳也知道，你若沒來，我倪村會沒有面子，你一定要來。」傳杏最後強調地說。

其後每天中午與傍晚傳杏先生在江龍志家裡休息或聊天的時候，傳杏先生也總是重提請江龍志來參加開校慶典的事情，而江龍志也老是沉默不答，非得等待傳杏先生三請四請之後，才勉強回答：

「到時再看看，到時再看看……」

二

「湖口公學校」果然在九月初開校，開校典禮當天，一早起來，東蘭的母親就給東蘭洗臉、洗手、梳頭，給他換上洗淨的台灣衫褲，而一目少爺也一樣在整理他的衣衫，只見江龍志在客廳裡撫鬚看書，一點兒也不改平時早起讀書的習慣。等日起三竿，慶典的時刻快到時，江龍志才把東蘭叫到跟前來，而一目少爺也隨後跟著來。江龍志把東蘭拉近腿邊，撫了撫他的頭，見他穿得比平時整齊標緻，連連點頭稱讚起來，然後抬頭對一目少爺說：

「我答應過傳杏先生說今日開校慶典我會去參加，但是早上起來，我忽然想起一事，你且先帶東蘭去，其人小走路慢，我隨後才去，我有話要向夫人吩咐。」

聽了江龍志的話，一目少爺便又檢查了他的那一副單仁老花眼鏡，帶東蘭循新開好的石子路往學校去了。一路上東蘭蹦蹦跳跳，他要到這新學校上課的夢想終於如願以償，他一生從來都不曾如此快活過。

來到學校門口，一目少爺與東蘭早瞥見門口的茄苳樹下拴著十來隻駿馬，都是新竹州廳的日本官員和警察從城裡騎來的，有白的、有黑的、有灰的、也有栗的，都不安地擺頭甩尾在趕身上的蒼蠅。東蘭怕被馬蹄踢到，牽著一目少爺的手，遠遠繞到樹的另一端走進學校去。

慶典要在那排校舍中的最大一間教室裡舉行，那教室的前頭放一張長方桌，舖著一疋淨潔的白布，桌子的左端放一支大花瓶，瓶上盛開著幾朵黃色的大菊花。桌子的後面有兩排靠背的絨椅，當一目少爺和東蘭走進教室時，尙空空的無人就座，而教室下的小椅子上倒已坐了不少鄉人，阿田伯、阿土伯、白番公都來了，坐在阿田伯兩旁的春生與秋生看見了東蘭，便跟他遙遙揮手，而東蘭向白番公的周圍望望，只不見水生的影子。才過不久，那教室已坐滿了鄉人，沒座位的便站到教室兩旁或後面的空間去，過一會，連站的空隙也沒有了，於是只好站到教室窗外的走廊去。

等了不久，便來了七、八個日本的文官和武官，傳杏先生也夾在他們中間，他們大都留著短髭，戴著金邊官帽，掛著銀勳章，有的佩長劍、有的佩短劍，琳琳琅琅、威風凜凜地走進教室，三三五五、零零落落地往那前排絨椅坐下來。隨後便有湖口和紅毛兩鄉來的客家人區長、保正一行人，戴著黑色碗帽，踩著黑色包鞋，穿著黑色的長袍馬褂，也陸續跟著進來，各自在後排的絨椅上坐了下來。這些日本官員與台灣鄉紳便開始握手寒暄起來，因爲語言不通，兩邊大都是做著手勢交談的，只有傳杏先生通兩邊語言，於是便自然而然當起翻譯，時而把這邊的日本話譯成客家話傳到那邊去，時而把那邊的客家話譯成日本話傳到這邊來……

有一陣子，兩邊的人稍微靜止了一些，於是傳杏先生才有空左右環顧，他忽然皺眉蹙額起來，於是向教室底下的鄉人掃視了一遍，他望見了一目少爺和東蘭，便起身離開了前排的絨椅，走到桌下的鄉人群來，等他來到一目少爺的面前，便附在他的耳朵細聲問他說：

「龍哥怎麼還沒來？有一個大位要留給其坐的。」

「其說隨後要來，只跟其夫人吩咐幾句話就來。」一目少爺回答說。

「只吩咐幾句話？怎麼還不快點來？」傳杏先生說，眉結打得更深了。

就在這時，門口一聲如雷的號令，那教室前頭坐著的日本官員都霍地脫帽立了起來，站得直直的，像電線桿，那後排的區長和保正也搖搖晃晃跟著立起，最後才是桌子底下的鄉民，七零八落陸續地站了起來。大家正屏聲息氣，便見一個彪形武人與一個修巧文人並肩走來，在教室的門口，互相鞠躬謙讓了一番，那武人才踏進教室，那文人緊隨在後，走進來，這時便聽見有人在東蘭的後面輕輕耳語說：

「這就是廳長和校長啦。」

一等廳長和校長在座位坐定，大家也跟著坐下來，傳杏先生也立刻走回教室前頭爲廳長和校長當翻譯去了。

開校慶典首由廳長訓話，他說一句，傳杏先生便用客家話翻譯一句。這廳長雪白的平頭和雪白的鬍髭，他不但滿胸勳章，還斜掛一條三色大綬帶，兩肩更是黃金流蘇，金光燦爛，看得東蘭瞠目結舌。廳長說完了話，便跟著校長訓話，這校長留一頭烏亮亮的西洋髮，一雙夾鼻細框眼鏡，一襲文官黑綢制服，佩一支短劍，他年約三十五，一臉斯文，一口嘹亮，還沒說幾句話，已叫人完全折服。

眼看著這許多重要的人物穿著這麼威武的衣服來參加這學校的慶典，頓使東蘭覺得這學校的開校是一件多麼隆重的大事！而能夠進這學校來念書又是多麼叫人覺得光榮與驕傲！「只可惜阿爸沒能來參加這次慶典，」東蘭私忖著：「不然其看見這金帽、勳章、長劍……一定會像我一樣感到驚異與快樂。」

慶典完畢後，學校開桌宴請城裡來的日本官員以及湖口和紅毛來的地方鄉紳，而村民則各自回家去了。一目少爺也帶東蘭回到家裡來，一到家裡，東蘭便四處尋找他的父親，想要向他敘說開學慶典看到的盛況，卻到處都沒能找到，走出房子，看見他母親在廣場的一口水井邊洗衣服，他便向她走去，來到她跟前，問她說：

「阿娘，阿爸哪裡去了？」

「我剛才看見其向崎頂去。」他母親回答。

東蘭便往白番公的屋子跑去，翻過了屋後的竹籬，向那崎頂飛快爬去，來到山頂，卻發現他父親坐在一叢矮破布子的樹下，仰望著天空兩隻盤飛穿梭的老鷹……

東蘭氣咻咻地蹭了過去，江龍志也聽到他的腳步聲，慢慢低下頭，先開口問他：

「你跟一目少爺去參加慶典沒有？」

東蘭點點頭，便反問他父親：

「阿爸，你怎麼沒去？傳杏先生在問你，說有一個大位要給你坐。」

江龍志淒笑了一下，卻不回答，深深歎了一口氣，又抬頭去望天空的那兩隻老鷹，望了好一會，才又慢慢低下頭來，對東蘭說：

「你以後白天去公學校讀書，晚上回來還要繼續跟阿爸學漢文，知道不知道？」

東蘭猛點著頭，回了一聲：「知道。」江龍志才會心地微笑起來，伸手去攬東蘭的腰，把他拉近來坐在他的身邊，然後父子兩人同時抬頭去望天空的那兩隻老鷹，這時崎頂上起了一陣微風，那兩隻老鷹彷彿飛得更高了……

三

「湖口公學校」開始只有兩個一年級班，東蘭、春生、秋生，都編在一班，而水生因爲白番公不讓他唸書，也就沒來學校上學了。東蘭這一班一共有五十幾個學生，因爲是收容附近一帶沒上過學的學生，所以從實歲六歲以上，到二十幾歲的大人以下不等，都同坐在一個班裡，雖然高矮懸殊，參差不齊，但既然大家都同樣沒有唸過日本書，也只好齊聚一堂了。

「你知道坐在最後面那個最高的叫做什麼名字嗎？」有一天春生偷偷地對坐在前面的東蘭說，東蘭同秋生都坐在最前排。

「叫做李進一啊，你怎麼不知道？」東蘭回說。

「你知道其幾歲了？」

「我聽說其已經二十二歲了。」

「你知道其已經結婚了嗎？」

「眞的？這我就不知道了。」東蘭驚訝地說。

「而且已經有兩個小孩了。」

「眞的？哇……」東蘭張大了口，用敬畏的眼光去回望李進一一眼。

一年級生的主要功課是算術、日文和漢文，算術由一位日本先生教，而日文和漢文則由傳杏先生教。因爲傳杏連翻譯都能做，教初級日文是輕而易舉的事，至於漢文，因爲沒有什麼漢文教材，他就隨興教些日常簡單的中國字算做漢文，漢文一律是用客家話發音，用客家話教的。

「貓愛吃魚！」傳杏先生用一支藤條指著黑板，用客家話對學生高聲地朗誦。

「貓—愛—吃—魚———」底下的所有學生，包括那二十二歲的進一，異口同聲地複誦著。
「狗愛吃肉！」
「狗—愛—吃—肉———」
「牛愛吃草！大聲一點！」
「牛—愛—吃—草———」
「豬愛吃潘！」
堂下的所有學生都哄然大笑了……
「不許笑！」傳杏厲聲地說，同時往桌上猛力抽了一下重鞭，才又說：「豬愛吃潘！」
「豬—愛—吃—潘———」所有學生忽然都十分努力而大聲地複誦著。
有一天，傳杏先生在黑板上寫了一段漢文，其中有「彼空之鳥，雲高飛揚，此池之魚，歡樂無比」四句。傳杏先生照例揮著藤條教了學生好幾回，覺得大家都已經會唸了，於是便隨便點一個人唸一句，從頭開始唸起……
「春生，下一句！」傳杏先生用藤條指著「彼空之鳥」四字說。
「彼空之鳥。」春生立起來低聲地唸了，咋了咋舌又坐下去。
「東蘭，下一句！」傳杏接著又說。
「雲高飛揚。」東蘭站起來清晰而響亮地唸。
「很好！」傳杏先生重重地點了一下頭：「秋生，下一句！」
「池…池…池…魚……」秋生站起來，怯怯地唸著。
「大聲一點，沒有聽見！」傳杏吼道，往桌上猛抽了一鞭，使得秋生的脖子往衣領裡縮。

「池…池…池…魚……」秋生雖然聲音大了一點，卻更加畏縮地說。

「什麼『池池池魚』？不對！是『此池之魚』，唸！『此—池—之—魚——』。」傳杏先生生氣地說，臉上都氣得脹紅了。

「池…池…池…魚……」秋生仍然同樣地唸。

「又不對！『此—池—之—魚——』，唸！」傳杏先生用力地說，揮著藤條走到秋生的面前來。

「池—池—池—魚——」

秋生重複著，可是還沒等他唸完，傳杏已忍耐不住，大發起脾氣來，把秋生拖到教室前發狠鞭打了一頓，打得秋生悲聲哀號，鼻涕直流，才放他坐回座位去。

「進一！下一句！」傳杏仍然用藤條指著秋生沒唸完的「此池之魚」說。

「池池之魚……」進一立起來唸道。

「不對！『此池之魚』，再唸一遍！」傳杏說。

「池池之魚……」進一又不變地唸道。

傳杏先生不再說了，他生氣地衝下講台，已經衝到進一的跟前，幾乎想要揮鞭打他了，才發現進一比他高，而且比他壯，怕打不過他，而失了師尊的體面，便悻悻地走回講台，把藤條猛力往地上一甩，雙手撐在桌面上，嘲諷地對立在教室最後一排的進一說：

「進一！進一！永遠只進一，也不進二，也不進三，永遠慢慢地進，要進到幾時才能進到頭？」

說罷，也不再叫學生唸下一句的「歡樂無比」，便拍了拍手上的粉筆灰，拂袖走出了教室。

對像東蘭一般年幼的學生而言，傳杏先生的漢文都與農村生活的事事物物打成一片，所以他們都覺得十分平易，而且很有意思，可是對唸過幾年私塾的老大學生，就顯得膚淺而無聊，不久便失去了上課的興趣。傳杏先生爲了這個缺點，便商得校長的同意，請古典秀才來另授較深的漢文，以彌補傳杏先生所教之不足。

古典秀才一開始便教他們諸葛亮的「前後出師表」、陶淵明的「歸去來辭」、以及蘇東坡的「前後赤壁賦」等一些艱深的古文，講解十分詳細，年紀大又已唸過好幾年漢文的老學生們固然聽得津津有味，可是對年紀小的東蘭或是從窮鄉來又魯鈍的進一，可就完全馬耳東風、鴨子聽雷了，倒是以後有些像杜牧的「阿房宮賦」的詞賦，雖然不解，卻因爲韻律協調，還覺得有意思。所以同古典秀才學了一年漢文，東蘭什麼也沒有學到，只會背幾句像「六王畢，四海一，蜀山兀，阿房出」這類簡短順口的辭句而已。

四

水生因爲東蘭、春生、秋生都到「湖口公學校」上學去了，他便無端孤獨起來，實在太無聊了，有時也不免帶著小鐵拐來學校附近巡迴，甚至躲在教室的走廊下，聆聽從小氣窗傳出來的朗朗讀書聲，然後等著下課鐘響，和從教室跑出來的東蘭他們玩幾十分鐘，放學時，便徒步一起走回家去。因爲一路上東蘭他們談的都是學校裡的新聞，不久，水生對校長、傳杏先生、古典秀才的趣事，甚至連那老大哥進一的事情，也耳濡目染，如數家珍了。

有一天在古典秀才上課的期間，東蘭發覺坐在後面的春生用鉛筆戳他的背脊，他回過頭來，春生給他使了個眼色，用鉛筆指向教室後頭的小氣窗，待東蘭看時，只見水生的半個頭露在一個小窗上，在另外一個小窗有一隻鮮紅的螃蟹在上下搖晃，彷彿在壁上爬行一般。東蘭會心地笑了，因爲他們孩子都是最愛吃螃蟹的了，特別是秋生更是貪饞，一聽到螃蟹便流口水，所以東蘭一轉過頭來，便俯在身邊的秋生耳朵上，偷偷地對他說：

「水生又抓到螃蟹了，等一下我的人又可以大吃一頓了。」

秋生聽了，也回頭去偷望一下，便伸出舌頭去舔嘴唇，開始感到口水汩汩地流了。

一下完課，三個孩子便帶著書包飛跑出來，水生與小鐵拐早等在教室前面的那棵茄苳樹下，他們三個孩子對著他和狗跑去。當他們來到水生面前，秋生見水生手上空空如也，不見了那鮮紅的螃蟹，便蹙起眉來，問水生道：

「你的螃蟹跑到哪裡去了？」

「別急，反正我沒把牠吃掉，你放心好了。」

水生說著，微微掀開了他那件破衫的襟口，讓他們三個孩子看，卻見三、四隻鮮紅的螃蟹貼在他的肚皮上，好像在他肚皮上爬似地，秋生看了，頓時眉開眼笑起來。他們一起走到土地廟後沒有人的池塘邊，坐在那株龍眼樹下，水生便把煮熟的螃蟹一隻一隻從懷裡摸了出來，每人遞給他們一隻，大家津津有味地啃起螃蟹來。

「水生，你爲什麼不來跟我的人一起唸書，你實在應該來唸書。」啃完了一隻帶毛的蟹腳，東蘭突然問水生說。

「你知道我阿公不給我唸書。」水生淡淡地說。

「爲什麼不給你唸書？」春生問。

「其要我長大了跟其一起做田，其常常對人說：『我白紙寫黑字啦，一字不識一劃，但是種田波羅汶誰人會贏我？』其不喜歡人唸書。」
「你敢愛做田？」東蘭又問。
「我不愛做田！」
「你愛做什麼？」
「我也不知道……何必去管它！」水生撫摸著小鐵拐的尾巴說。
大家不再說話了，都在啃著螃蟹，秋生吃得最認眞，他已啃完一隻蟹螯，又在啃另一隻蟹螯了，水生看他吃得饞，都不說話，想揶揄他一下，便對他說：
「喂！秋生，你怎麼會那麼飯桶？連『此池之魚』都唸不出來，看看我！連我這個沒唸過書的都唸得出來。」
「那是因爲你在外面唸，若站在傳杏先生的面前，看你還唸得出來？」秋生瞟了水生一眼說，繼續啃他的第二隻蟹螯。
「現在還唸得出來嗎？」水生仍然諷著秋生說。
「怎麼唸不出來？『此—池—之—魚——』。」秋生說，稍微有點得意之色。
「哦，哦，你若早如此唸，也就不致於挨傳杏先生的一頓鞭子了。」水生又刺了秋生一句。
東蘭與春生聽了都笑了，而秋生則臉紅起來，似乎在跟他的嘴巴上的蟹螯鬥紅似地。
「進一近來怎麼樣了？」水生轉向春生改口氣說。
「其不來唸了。」春生說。
「爲什麼不來呢？」
「也不知道是書唸不會，還是家裡做田欠手腳才不來唸。那一天，其夫人牽了一個小孩，背上又揹了一個嬰孩，來找校長，傳杏先生去做翻譯，不知說了什麼，第二天其就不再來了。」春生說。

「可能不唸還好，不然唸到卒業，其恐怕都要當公公了呢！」水生譏誚地說。

東蘭和春生都笑了，連秋生也笑了。

「還有那個添丁近來怎麼樣？」水生又問春生說。

「哪一個添丁？我班裡有兩個添丁，一個十二歲的『老添丁』，一個八歲的『小添丁』，你指哪一個？」春生問道。

「那個較大的一個，很愛唸書的那個。」水生說。

「還不是一樣？」春生說，有些不屑的神情：「每天一早就第一個來學校，也不管有人沒人，都一個人在那株茄苳樹下唸書歌。」

「對了！」東蘭插嘴說：「有一回，我較早去學校，剛好碰到其在背誦古典先生教的一段話：『子曰子曰子曰子曰……學而時習之學而時習之學而時習之……不亦說乎不亦說乎不亦說乎不亦說乎……』，每句非唸四遍不可。」

「是不是這樣？」水生說著，從地上跳起來，把頭一垂，將手交握在背後，閉眼擠眉，裝成一副聚精會神的表情，在樹下踱起方步，一邊唸唸有辭地說：「春生春生春生春生……秋生秋生秋生秋生……東蘭東蘭東蘭東蘭……小鐵拐小鐵拐小鐵拐小鐵拐……」

三個小孩都仰頭又彎腰笑成了一團，而小鐵拐本來還匍匐在地上，聽見水生竟也呼起牠的名字來，便豎起耳朵，霍然立了起來，也陪著孩子們的笑聲，作興撒嬌地狂吠了幾聲，拚命地搖著尾巴……

五

「湖口公學校」第一任校長「入來院先生」是一位熱心的教育家，他眼見一些老大的成人學生陪著老小的孩子學生從開始初步唸起，他們還剩下過多的精力沒地方發洩，他便在課後留他們下來在教室由他親自為他們補充課外讀物，或趕教他們高年級的功課，便他們可以跳年升級，有時遇到禮拜假日，甚至叫他們到校長宿舍來親自給他們補習。因此從第二年開始，便有一些程度好的學生，直接跳到三、四年級去，只留下東蘭、春生、秋生這些年幼的學生，依然按年一級一級升上去，也為此，不到兩、三年，他們這原來五十多人的班，便只剩下三十多人了。

在這些跳級生中，「老添丁」可算是最用功、進步最快的一個，他是全校裡最得入來院校長賞賜與寵愛的一個，校長待他無微不至，幾乎把他當成親生子看待，也因此，老添丁也對校長比其他一般學生更加尊敬，更加愛戴。由於入來院校長日夜的課外督導，又加上他自己的努力用功，老添丁不到三年便把公學校六年的功課修畢卒業了。他卒業後，入來院校長慫恿他上台北去考這時很難考的「國語學校師範部」，他果然不負入來院校長的期望考取了，這件事令「湖口公學校」一舉成名，也令入來院校長的聲名傳遍了全新竹州。

第二年夏天暑假剛放不久，有一個下午，水生、東蘭和春生、秋生在土地公廟前的大榕樹下在「踢錢仔」做遊戲，這時樹上的蟬聲大鳴，而小鐵拐則趴在樹根之間，用尾巴蓋著鼻子安閒地睡午覺，水生忽然對大家說：

「你的人敢知道？老添丁已經從台北回來波羅汶了。」

「我的人放暑假，其當然也回來放暑假啊。」春生不以為奇地說。

「你的人知道嗎？其仍然天天回到公學校去，有時在教室裡、有時在那棵茄苳樹下背書。」水生說。

「這有什麼稀奇？別人一日沒吃飯會死，其一日沒讀書會死。」春生不屑地說。

「其每回看見校長，就對其行『最敬禮』。」水生說。

「其本來就如此，從前在公學校時就如此。」東蘭插嘴說。

「其每回走過校長的宿舍，也都對宿舍的大門行『最敬禮』。」水生說。

「入來院校長可能在窗口，其才對其行禮。」東蘭說。

「沒有，校長並不在家！」水生加重地說。

「你怎麼知道校長不在家裡？你敢有去敲門？」春生提高嗓門問。

「我不必去敲門，我自然就知道。」水生自恃地說。

「我不相信老添丁會對空宿舍行『最敬禮』。」春生說，搖著頭。

「老添丁就偏偏這麼規矩，無論校長在還是不在，無論白天還是夜裡，只要走過校長的宿舍，就對大門行『最敬禮』。」水生說。

「哪有人這樣？我偏不相信！」春生固執地說。

「要不要相輸❶？」水生挑釁地說。

「你先說要相輸什麼？」春生說。

「摕❷二十下耳朵好不好？」水生歪著頭說。

---

❶相輸：台語或客家語，意(互相輸贏，打賭)。

春生用雙手去摩擦了兩隻耳根，想了一會，終於點點頭說：
「好，現在就去看！」
「傻瓜！」水生笑了起來：「現在老添丁也不一定會從校長宿舍前面走過，而且校長也說不定在家，怎麼相輸？先別急，等機會來了再說。」
說罷，四個孩子又繼續踢起錢仔來……
入來院校長是十分喜愛騎馬的，他在宿舍後面雇人養了一匹帶黑斑的白馬，興緻來時，就叫人裝上鞍轡，他自己就穿起騎馬褲，戴上舌帽，踩著發亮的馬靴，揮著馬鞭，騎著那匹黑斑馬，各答各答地在波羅汶附近的田路上閒步漫遊。
這一天，水生、東蘭和春生、秋生剛好在大榕樹下用五顆石子在地上玩「食磕仔」，水生無意間瞥見入來院校長騎著馬從土地廟前緩步走過，喜得水生跳了起來，立刻去掣春生的肘，害他撒了一地石子，對他說：
「看哪！校長騎馬出門不在家裡，相輸的機會來了！」
「我的人現在怎麼辦？」春生問。
「先到老添丁的家裡看看他是不是在家再說。」水生說。
老添丁的家離公學校不遠，四個孩子連同狗都向學校的方向跑去，來到老添丁的家，見他的父親在門口編草蓆，水生便問他說：
「阿伯，添丁有在家嗎？」

❷ 擿：台語，音(tiak)，意(用拇指壓中指向前彈去)。

「其去公學校讀書。」老伯手裡拿著鹹草，邊編邊說。

「我早就猜著其會在學校裡讀書！」水生說。

他們便跑進公學校的大門口，遠遠便見老添丁在那株茄冬樹下徘徊背書，他們便戛然停在大門口，不敢前進……

「現在怎麼辦？」春生說。

「等一下，讓我想想……」水生思索了一會兒，終於拍了一聲掌說：「就這麼辦，你的人先去匿在校長宿舍前的樹底下，等我再去叫其跟我走過校長宿舍……」

三個孩子答應了，便帶著狗走到校長宿舍對面，躲到一叢燈心花叢裡，水生看他們藏匿妥當了，便獨自一個人往那茄苳樹下走去，來到老添丁面前，對他說：

「添丁，傳杏先生叫我來叫你去，有話要跟你說。」

「在哪裡？」

「在學校門邊，你跟我來。」

老添丁也不疑有他，便收拾好樹根下的幾本書，跟著水生走出來。水生帶著他從校長宿舍門前走過，水生故意走快，把老添丁拋在後頭，又故意裝做不往後回顧的樣子……老添丁果然在校長的宿舍前面幽然停下腳步，畢恭畢敬地立得筆直，然後對著那空蕩蕩的大門鞠了一個九十度的大躬，才拔腿帶跑追上水生……

等水生走過校長的宿舍有一段路，聽見老添丁的腳步聲追上來了，他才忽然停止腳步，摸了一會頭，回頭對老添丁說：

「啊，我的人走不對邊，要往那邊走才對。」

於是水生又帶著老添丁折回原路去，當他們又走過校長宿舍的前面，老添丁照例又停了下來，又畢恭畢敬地立得筆直，又對那空蕩蕩的大門鞠了一個九十度的大躬，才又帶跑追上水生……

等他們走到學校門口，水生便停步東張西望了一會，搖搖頭對添丁說：

「怎麼傳杏先生不見了呢？其剛才還在這門邊跟古典秀才說話，才叫我進去叫你出來，恐怕其自己也忘了。」

老添丁還謝了水生一聲，便又回茄苳樹下背書去了，等他走遠，水生便往那燈心花叢蹭了過去，那三個孩子與狗早從花叢裡鑽了出來……

「早跟你說過，不管校長在不在，老添丁走過宿舍，一定對大門行『最敬禮』，現在你相信了吧？來，來，來，春生，我今日有一席酒可吃了！」

水生說罷，搓起手來，而春生也乖乖地把右耳湊了過來，水生便用中指重重擿了十下春生的右耳，又換了左耳，也重重地擿了十下，眼看春生的兩葉耳朵被擿得紅紅腫腫的，像煮熟的蟹螯一般，待換回右耳，想再繼續擿耳的當兒，春生卻忽然把耳朵抽回，說一聲：

「太痛了，輕一些！」

「要炒要煎隨在人，誰叫你相輸輸掉了？」水生得意地說。

於是春生只好又乖乖地把右耳湊過來，水生才又揚起手，想結束剩下的十下耳朵，卻聽見一陣馬蹄聲從路盡端的樹叢裡傳來，定睛看時，入來院校長的那匹黑斑馬正四腳離地往這邊飛奔而來，於是水生便把春生輕輕一推，順口說聲：「放你去逃生！」四個孩子連同狗便對著公學校的大門口跑了起來……

六

水生的狗小鐵拐病了，有兩天不能吃東西，卻拉了不少液體，整天垂頭喪氣，而且毛都倒豎起來，更掉了不少，已經奄奄待斃了。這天，小鐵拐在水生屋後的竹籬下，縮成一團，伸出舌頭在喘氣，兩隻暗淡的眼珠無力地凝視地上一塊冬瓜皮上的三、四隻金蠅。四個孩子圍在小鐵拐的四周商討起來……

「我想抱牠去看湖口的那個金獅。」秋生說。

「沒有用，其是拳頭師傅，會醫骨頭，醫不了內臟。」水生回答說。

「如果要去找金獅，不如去找我阿爸。」東蘭說：「我阿爸也懂漢醫，好多人都被其醫好。」

「只怕你阿爸醫人不醫狗，而且藥苦，煎了藥，小鐵拐也不喝。」水生說。

「這樣怎麼辦呢？」秋生說。

「不如去買一塊肉來給牠吃。」春生提議說。

「沒有用，」水生搖搖頭說：「不用說肉，牠連一口飯都吃不下。」

有一隻金蠅飛到小鐵拐的鼻頭，小鐵拐只閉起眼睛，連抬頭把金蠅揮掉的力氣都沒有，還是水生看見了，一個快掌把金蠅抓住，甩在地上，不動了。

第二天，小鐵拐死了，當孩子們早上來看牠的時候，已不見牠肚子一上一下的呼吸了，牠眼睛半張著，瞳孔放大了，看得出眼瞳裡黑洞洞的，好多金蠅都在牠身上爬，有幾隻爬進耳朵，甚至有的鑽進鼻孔裡去了。四個孩子只沉默地在四周站了好久，也不知要做什麼，終於水生提議

說：

「我的人來把牠埋吧。」

「要埋在哪裡？」秋生問。

「埋到崎頂去。」水生說。

「爲什麼不埋在竹籬下？」春生問。

「不行，這附近野狗太多，夜裡會來翻土偷吃。」水生說。

水生叫他們三個孩子等在竹籬下，他自己到屋子的後園找了一只破草袋，又順便揹了一把鋤頭出來扔在地下，獨自一個人把小鐵拐裝進草袋裡，三個孩子目不轉睛，張著口，默默地看著水生做這一切。等水生做完了，他便站起來，對他們說：

「我現在要扛小鐵拐到崎頂去埋，誰要同去？」

「我！」三個孩子異口同聲地說。

「好，春生、秋生，你的人兩個就抬那把鋤頭吧，東蘭最小，跟著就好了。」水生指揮著。

水生扛著草袋走在前頭，春生、秋生就合抬著那把鋤頭，東蘭殿後，四個孩子便悄悄地爬到崎頂上來了。

水生在一株相思樹下清了一塊空地，他扛了小鐵拐那麼長的路，就坐在樹根上喘氣休息。三個較小的孩子都搶著要掘坑，可是鋤頭太重了，每個人掘了幾下便累得掘不動了，水生看他們如此，便立起來，走過去把鋤頭接過來，在地上奮力掘了起來。掘了半個多鐘頭，終於掘了一個四尺深的大坑，於是水生便先跳進坑裡，而三個孩子又合力才把草袋抬進土坑底。看看安放妥當了，水生才無力地爬到坑外，坐在坑邊喘息，他把目光重又投射到坑底的草袋，那草袋有一個破洞，小鐵拐的那隻跛腿從破洞伸了出來，似乎在跟水生擺腿作別，水生見了，默不作聲，他的臉色十分慘白……

「我看你掘土掘累了，填土由我來。」春生說，抓起鋤頭：「現在可以開始了嗎？」

水生不應，只是沒有表情地點點頭，他下意識地在腳邊拔了一根鳳尾草，放在嘴裡嚼了起來……

泥土一鋤一鋤笨拙地填到坑裡，那聲音是低啞深沉的，幾乎沒能聽得出來，倒是鋤頭碰擊石卵而迸出火花，才使東蘭與秋生心頭一驚，立即用手掩住了眼睛，當他們把手放下，另一鋤土又已填到坑裡，不到一刻，坑底已被一層鬆土蓋滿，小鐵拐連同草袋都看不見了。

突然聽見幾聲劈拍，一隻穿紅裙的蚱蜢從草地飛起，不偏不倚掉到土坑裡去，任牠怎麼跳，也老是撞到土壁，始終都跳不出來，而春生並不注意，只一味繼續地把土往坑裡填，第一鋤把那蚱蜢壓住了腿，動彈不得了，第二鋤便把牠全部掩埋了，待要填下第三鋤，水生卻猛然喝叫起來了：

「等一下！春生！」

話還沒說完，水生已把手裡的鳳尾草往地上一扔，手靈腳快地跳進了坑底，蹲下身子，小心翼翼地撥開沙土，把那隻蚱蜢從土裡翻了出來，揑著拿到坑外，往空中一扔，便見那蚱蜢又展開了紅裙，飛向草叢去了。當春生眼看著那蚱蜢飛去，他習慣性地等著水生說句什麼，因見他閉口不說，便替他補充了一句：

「放你去逃生！」

水生爬出坑後，春生終於把坑填滿了。水生看了那填好的墳，說道：

「有墓沒墓碑怎麼好？先找一塊石頭來做墓碑吧！」

水生自言自語地說，便獨自去山頂各處尋找了一會，終於抱了一塊平面的石頭來，他把石頭半埋在土裡。

「有墓碑沒有名字也不好，春生，你識字，你就給它寫上名字吧。」水生說。

「我沒帶筆來。」春生說。

「就用小石頭刻吧。」水生說。

「要刻什麼？」春生問。

「就刻『小鐵拐』三個字吧。」水生回答說。

春生在地上找了一塊尖石頭，就在那塊沙石面上刻了一個「小」字，又刻了一個「鐵」字，卻不知「拐」字怎麼寫，在那裡遲疑，想了老半天卻想不起來，只好回頭來問東蘭說：

「東蘭，你敢知道『拐』字如何寫？」

「這還不會？岳飛不是大破『拐子馬』嗎？讓我來刻『拐』字好了。」

東蘭說著，便從春生手裡接了那塊尖石頭，就在「小鐵」兩字之下刻上了「拐」字。大功全部告成了，不覺夜幕也已經低垂，大家正準備下山，水生突然說：

「等一下，我的人還沒給小鐵拐唸『往生咒』。」

「什麼『往生咒』？」秋生問道。

「就是要讓小鐵拐重新去投胎出生的咒。」水生回答。

「你怎麼會唸『往生咒』？」東蘭問道。

「土地廟的廟公教我的，我知道你的人都不會唸，跟著我雙手合掌，聽我唸就好了。」

水生說著，順便雙手合掌起來，其他的三個孩子也學他雙手合掌起來，水生垂頭閉目，開始唸道：

「南無阿彌多婆夜。哆他伽哆夜。哆地夜他。阿彌俐都婆毗。阿彌俐哆。悉耽婆毗。阿彌俐哆。毗迦蘭帝。阿彌俐哆。毗迦蘭多。伽彌膩伽伽那。枳多迦俐婆婆訶。」

「好長哦，水生，你怎麼會記得？」秋生驚羨地問。

「要記就會記得。」水生說。

「很晚了，我的人趕快下山去吧。」春生焦急地催說。

秋生聽了，便隨春生先走下山坡去了，水生還依戀地立在墳前不走，他靜靜地垂著頭，站了好一會，東蘭悄悄地走近他，望著他，拉著他的袖子，對他說：

「水生……你在哭？……」

「哭什麼？有什麼好哭？」水生堅毅地說，把頭轉到別地方去。

水生終於把鋤頭扛在肩上，用右臂按著木柄，與東蘭一起離開了墳，走下山路。這時天上的烏雲低壓了下來，冷風從地上吹上山來，樹木突然颯颯作響，顯得陰森可怕，使東蘭不禁打了幾個寒噤，於是大聲對著已走到山腰的那兩個兄弟喊道：

「春生——！秋生——！稍等我的人一下！」

喊罷，東蘭就一路往山腰追了過去。水生眼看著東蘭離去，卻不跟著去，仍然拖著疲憊的步伐，一步一步慢慢走下山來。一路上他一直咬緊嘴唇，不讓眼淚滾下來，可是有一回，他終於忍耐不住用左邊的袖子去拭淚，並且偷偷地抽泣了……

第五章　豬狗兄弟

一

自從日本人壓制了台灣南北義勇軍的抵抗之後，艋舺一帶的市街又恢復了往年的和平與繁華，店舖又開張了，路上又是熙攘往來，龍山寺又是香煙繚繞，進香的善男信女絡繹不絕，茶行又照樣經營，而且生意比往日更加興隆……唯一不同的是街角有了幾間警察派出所，而且街面也有了戴帽佩刀的日本警察，經常在各處巡邏。

周福生也跟其他人一樣，又把龍山寺附近的那家木器行開張了，由於他手藝非凡，又加上肯努力工作，他的木器行也就愈開愈大了，他不但在生意上一帆風順，也在家庭上十分得意，因爲從福州回來半年，謝甜便懷孕，第二年給他生了一個男孩。這男孩生得白白胖胖的，而且長得眉清目秀，這使得周福生眉開眼笑起來，可是出生了幾日，卻不知道給他起什麼名好，後來問了一位相命先生，那相命先生給他們父子算了算八字，才對他說：「你『周福生』是表示你在福建生的，你即個孝生既然在台灣生，我看不如叫伊『周台生』，你看安怎？」周福生覺得十分滿意，賞了那相命先生十塊銀，從此就命他的兒子叫「周台生」了。

二

在龍山寺的附近也有不少從唐山來台灣的福州人，這些人大部分不是像周福生開店做手工藝，便是沿街討生活的販夫走卒，因爲少有福州女人願意隻身渡海來台灣受苦，所以這些福州人一旦有了經濟基礎，也都娶台灣女人做太太，在家裡與太太說帶著濃厚鼻音的台灣話，等幾個福州人湊在一起便痛快地說起原鄉的福州話來。這些福州人是經常聚會的，他們在一起的時候，除了說福州話外，最快活的便是打麻將賭博了。

這一天，幾個福州人又聚在周福生的木器行裡，他們今天可不是爲了打麻將而來聚會的，卻是爲了一件重大的事情才約來木器行商談的，那便是在李鴻章與伊藤博文簽定的馬關條約中有一條規定——台灣與澎湖島內的人民，於割讓給日本後，限在兩年內自由遷出，限滿兩年後，一律視爲日本國民。眼看一八九七年五月八日這決定國籍的最後一天已經來臨了，怪不得他們個個誠惶誠恐，不知如何是好。

「五月八日這天若不改成日本籍，就得回福州去囉，看要怎麼辦才好？」王君利用福州話說，他約三十出頭，長著一雙溜溜秋秋的三角眼，因爲經常揹著一木箱的磨刀石沿街叫喊：「磨鉸刀！磨菜刀！磨剃頭刀！」於是大家都叫他做「磨刀利」。

「回福州去不可能，那兒時常鬧飢荒，到處都是土匪，就是趁沒吃才渡海來台灣趁吃，哪有可能再回去挨餓之理？」李家光也用福州話說，他年紀與磨刀利相若，頭上這裡一處那裡一處的癩痢，他的職業是剃頭師，每日揹著一張梯形的竹椅，一些剃刀、毛刷、肥皂便放在竹椅底下，遇到有人要剃頭，便叫人坐在那隻椅子上面，從椅裡摸出了道具，當街爲人「去四圍留中國」地剃起辮子圈外的短髮來。他的綽號便叫做「剃頭光」。

「我想只有做日本國民一條路啦。」黃萬說。他顯得十分猶豫，他年約二十八，在木器行的斜對面開了一家棉被店，他天天在店裡揹著一彎銅弓，捶著一支木槌在打棉花。

「你敢知道？做了日本國民，頭一條就得把辮子剪掉。」李夢摸著他那條辮子說，他才二十五歲，是這群來台灣討生活的福州人中最年輕的一個，他的職業是沿街爲人補碗，他最喜歡打麻將，經常把錢輸光，卻仍然嗜賭如命。

「剪掉辮子？這我才不幹咧，苦苦留了一世人，怎麼可以剪掉？剪掉了，不就等於砍了頭？」磨刀利說，摸了摸他那細細的脖子。

周福生始終靜靜地聽著，他在這群中，年紀可算是較大的一個，平常做事就十分勇敢果決，又加上對友朋樂善好施，所以一般福州人都敬他，把他尊爲長者，唯一美中不足的是脾氣過於剛強，可是，福州人中如果有誰吃了他這種虧，大家也都摸著鼻子，未敢輕聲作響，原因是他的一片好心是無可厚非的，何況他又身體魁梧，臂力過人，在這些福州人中沒有一個抵得過他，所以動起武來，也都所向披靡，大家只好自認倒霉，像被雷公劈了一般。

「還有一條路大家都沒想到。」周福生看看大家沒話了，才開口說：「那便是在台灣改做僑民的身分。」

「怎麼個改法呢？」黃萬說。

「向清朝的領事館請護照，繼續留在台灣做生意。」周福生說。

「這也是一條路啦。」剃頭光說。

「我不是爲了別的，我只是不願做日本的國民才這樣想。」周福生加強地說：「你們記不記得才不久以前？咱們祖先還叫他們日本人『倭寇』，都是一些海賊，我才不願做海賊國的國民咧。」

「小聲一點！」磨刀利噓聲說：「你若給警察聽見，你會被抓去砍頭。」

「是啊，做他們的國民有什麼好處？咱們堂堂大國的國民哪可以做他們小小小國的國民？」剃頭光說。

「總之一句，不要做『亡國奴』而已，還是做咱們自己『漢人』較好。」周福生說。

「是啊，咱們不必要做『亡國奴』。」磨刀利和剃頭光幾乎異口同聲地說。

可是黃萬與李夢卻默不作聲，他們兩人有他們另外的想法。

這場議論的最後結果是周福生、磨刀利、剃頭光三人決定改做在台灣的清國僑民，而黃萬和李夢兩人決定改籍做爲日本帝國的國民。

三

從四月中以來，艋舺各區的日本警察便分別到各家調查戶口，調查居民改隸國籍的意願，那些願意改成日本籍的，便填列表格，那些願意回唐山的，便叫他們早日變賣財產，務必在五月八日這一天以前搭船回大陸去，而那些想居留台灣又不想改隸日本籍的居民，畢竟十分少數，警察便暫時懸案，留待以後處置。周福生、磨刀利、剃頭光便是屬於這少數人中的幾個，這些人大部分是出生在中國而來台灣討生活的唐山人，至於黃萬和李夢，他們填了表格之後，便即刻變成了日本的國民了。

五月八日這天，台北與艋舺的外圍有了一些動盪，原來是一些潛伏地下的抗日領袖召集了幾千個義勇軍，準備趁這個國籍改隸的最後關頭，聯合起來向台北城進攻，希望一舉趕走城裡的日本人，免受被迫改籍的悲慘命運。可是日本官方對於這事早有預感，因此也早做了準備，才聽見義勇軍向台北城進發，他們便主動派軍警去迎戰。這場激戰從午夜十二點打到清晨，義勇軍終於不支敗退，遁入山中，日本軍也不去追擊，雙方傷亡雖不很多，可是多數台灣人變做日本國民的命運卻是無可挽回了。

五月八日以後不久，周福生、磨刀利、剃頭光便收到警察派出所的通知，叫他們三日後到派出所去商談，那通知署名的是菊池巡佐。在收到通知的當晚，磨刀利與剃頭光便來周福生家同他商量對策，商量完了，三人便決定第三天再一起到派出所去跟菊池巡佐對談。

第三天近午時分，周福生穿好了衣服，正想去尋磨刀利和剃頭光，卻見他們兩個正在黃萬的棉被店前的亭仔腳下象棋，磨刀利坐在他的磨刀箱上，剃頭光坐在他的剃頭椅上，一個棋盤則放在黃萬借出來的孤椅頭上面，棋盤的四周圍了三、四個觀棋的福州人，大家正用福州話在品頭論足討論棋局……

周福生走了過去，排開觀棋的人，對磨刀利和剃頭光說：

「走了！到派出所的時間到了，還下什麼棋？」

磨刀利眨了眨三角眼，對周福生望了一下，又去望望剃頭光，剃頭光正無意地摸他頭上的癩痢皮，卻不知如何說，最後才由磨刀利乾咳了兩聲，回周福生說：

「我們早上已經去過了。」

「怎麼？不是約好三人一起去嗎？」周福生十分詫異地說。

「我們忘記了，所以才先去。」磨刀利說。

周福生不再說什麼，便離了那群下棋的人，只是覺得有些悻悻然，隨口罵了一聲：「伊奶咧！」便獨自一個人走向派出所……

來到派出所，早有幾個台灣人立在門裡，周福生便同他們立在一起，他們也同樣爲改隸國籍的問題而來。派出所裡面另有一個小房間，菊池巡佐與一個叫許金的台灣人通譯便坐在房裡，外面的台灣人便一個一個被叫進去裡面談話。周福生約站了一個鐘頭，因爲已到中午，肚子也有些餓了，還好他前面的台灣人終於問完了走出派出所，他終於被許金叫了進去，他們給他一張木背椅坐，他便不客氣地坐了下來。許金看了周福生遞給他的姓名住址，與菊池巡佐用日語交談了幾句，便用台灣話問周福生說：

「你爲什麼不愛入日本籍？」

「我是漢人，我不愛做日本人。」周福生用福州腔的台灣話回答。

許金聽了周福生的話，似乎十分驚訝，便轉頭用日本語回了菊池巡佐，繼續一邊用台灣話，一邊用日語回菊池巡佐，與周福生斷斷續續做了以下的交談。

「你是不是欲轉去福州？」

「我不愛轉去福州，我欲住在台灣。」

「爲什麼你哪不愛轉去福州？」

「阮某是台灣人，伊生在台灣，𠢕曉講福州話，而且我的木器店已經在艋舺開眞多年，生理攏在台灣，𠢕得通轉去福州。」

「你既然不做日本人，復不愛轉去福州，阿你欲安怎？」

「我會使在台灣做僑民啊。」

「你知影做僑民是眞麻煩的代誌？」

周福生搖搖頭說：「不知影。」而他確實從來也沒想到有什麼不便之處。

「你不知，我就講給你知。」那通譯說：「第一，你著去向清國領事館辦理護照。」

「這我已經知影。」

「第二，你每年著去外務課簽證一遍。」

「好。」周福生點點頭說。

「第三，你每個月著來派出所報到一遍。」

「好。」

「第四，你除去普通日本國民的稅金之外，猶著復繳納外僑稅。」

「好。」

「第五，你若犯罪，除去關在籠仔內以外，關完了後你著轉去福州，bve使復倒轉來台灣。你知否？」

「這……」周福生躊躇了一會，終於說：「我知。」

許金又說了許多條件，周福生都一一點頭答應了，菊池巡佐知道周福生已拿定主意，實在也是沒有什麼辦法，便隨手翻了翻周福生的戶口簿，叫許金轉告他說：

「您子周台生伊是日本領台以後才出世，理屬日本籍，伊bve使辦清國的護照，你知否？」

「我知。」周福生又點點頭說。

「您某謝甜也是在台灣出世，也是bve使辦清國的護照，你知否？」

「我知。」

「你在福州出世，孤孤你會使辦清國的護照，你知否？」

「我知。」

「你看，您全家攏是日本國民，孤孤你欲做僑民，有什麼意思？」

「伊還伊，我還我，沒相仝。」周福生堅持地說。

「你復看！清國是滿人的，不是漢人的，你做清國的順民，敢不是做『清國奴』，我看不如做日本國民較好！」

周福生大吃一驚，他從來都沒有想到這個問題，不過，他曾經想過不願做『倭寇』的順民倒是眞的，至於『清國奴』……他摸了摸下巴，也不知道怎麼回答，但他終於決定不加以回答，只是他沒有改變初衷，他仍然不願做日本國民。

菊池巡佐知道無論如何是無法說服周福生的了，於是突然把桌子上一本「支那人改籍登記冊」翻開來讓周福生看，想叫他看看臨時變卦而改籍日本國民的漢人，希望他改變主意。菊池巡佐翻著翻著，翻到最後塡寫的一頁上，周福生竟發現了「王君利」和「李家光」的名字，他忙用手把那頁紙按住，瞪著滾大的眼睛，問許金說：

「即兩個人敢改做日本籍丫？」

「是啊，昨方下晡才來改的。」

「昨方下晡？不是今日早起？」

「是昨方下晡來的。」許金說，也意識到周福生驚訝的緣故了，便抓住機會追問他說：「安怎？伊也是福州人，也攏是生在福州，伊都改籍，你哪不改？還是改較好啦。」

「我講不改就是不改！」周福生固執地說，心裡在盤算著什麼。

菊池巡佐終於揮手叫周福生離開，周福生走出派出所，氣得一臉紫脹，快步向黃萬的棉被店走來，看見磨刀利和剃頭光還在亭仔腳下棋，便推開觀棋的人，往那棋盤便是一腳，踢得那棋盤翻了身，飛得亭仔腳滿地都是棋子，破口大罵道：

「伊奶爸爸強！爸爸伊都強！小人!!」

嚇得磨刀利和剃頭光提著屁股下的磨刀箱和剃頭椅便往兩旁的亭仔腳逃去。眾人都圍了上來，互相探問發生了什麼事情，周福生想跟大家說，卻又不知從何說起，也懶得說了，便又推開眾人，越過街頭，氣沖沖地往自己的木器店走，一面口裡還不停地咒道：

「伊奶爸爸強！…爸爸伊都強！…賤！賤！賤！」

一個月後，周福生向駐在台北的大清領事館領得了一本蓋著龍印的清國護照。黃萬和李夢以及大多數的福州人都把辮子剪掉了，唯獨周福生不剪辮子。至於磨刀利和剃頭光雖然改了日本籍，但見到有些改籍的台灣人不忍把辮子剪去，他們也就學樣把辮子留著，只是不再把辮子拖在背後，都把辮子盤在頭上，用一隻破呢帽把辮子掩蓋起來。

四

黃萬只有一個獨子，這年才六歲，生得口齒伶俐，最得萬嫂鍾愛，把他疼得像金鳳丸。這個「萬仔子」經常跑到這對面的木器行來看周福生做桌椅傢俱，他喜歡蹲在地上向周福生問東問西，有時又把他家裡發生的事情天眞無邪地向周福生絮絮而談。周福生看他聰明，很喜歡他，把鋸剩的木屑木塊送給他玩，有時還花工夫爲他製作小玩具，因此這萬仔子便對周福生十分親近，對他比對父母還要信服聽話。

黃萬的懼內，和萬嫂的潑辣以及對「乾家」的不孝，多多少少都從萬仔子的口裡透露到周福生的耳邊，周福生早就在心裡爲黃萬的寡母鳴不平，只是對方是女子，才不便對她當面直說而已。

「阮阿母不愛給阮阿媽桌頂吃飯，攏叫阮阿媽去桌腳吃。」萬仔子對周福生說。

「哪會叫您阿媽去桌腳吃？」周福生疑惑地問。

「阮阿母講桌仔尚小。」

「呃……」周福生沉吟半晌，才又低頭去揮斧。

「福伯仔，你敢知影？阮阿母攏用糜❶給阮阿媽吃。」萬仔子又說。

「阿您敢愛吃糜？」

「沒，阿爸、阿母佮我攏吃飯。」

「哪會孤孤用糜給您阿媽吃？」周福生迷惑地問。

「阿母講阿媽沒嘴齒，才用糜給伊吃。」萬仔子天眞地說。

「呃……」周福生疑惑地搖搖頭。

「阿阮阿母猶用缺碗❷給阮阿媽吃。」

「您敢沒好碗？哪欲用缺碗給您阿媽吃？」

「阮阿母講伊老大人手拉拉掣❸，定定❹會弄破碗，才特別用缺碗給伊吃。」

---

❶糜：台語，音(be，粥)，意(稀飯)。

❷缺碗：台語，音(khi-oā)，意(缺口之碗)。

「阿你敢不曾弄破碗？萬仔子。」

「我也定定弄破碗。」萬仔子點點頭說。

「阿您阿母敢有用缺碗給你吃？」

「沒，伊攏用上好的磁碗給我吃，也不曾罵我弄破碗。」

周福生在口裡咒了一聲：「伊奶咧，哪有地看著即款苦毒乾家❺的不孝新婦❻！」便又揮斧去砍木頭。

有一天，周福生在店門前油漆傢俱的時候，街對面黃萬的棉被店忽然傳來了一陣怒罵聲，不久門前便圍了一堆看閒的人，其中補碗的李夢剛巧路過，也夾在人群裡看熱鬧。周福生把油漆刷子擱在漆桶上，擦了手上的油漆，也橫過街蹠到黃萬的棉被店來。

周福生推開了眾人，往門裡一瞧，看見黃萬坐在店內的牆角，低頭望地，默不作聲，店門口黃萬那七十二歲的寡母抖瑟地站在一地破碎的碗片前，暗暗垂泣拭淚，萬仔子拉著他祖母的袖子，呆呆地望著她，在店裡的飯桌邊，萬嫂雙手插腰地斜立著，滿臉橫肉，一味繼續地謾罵著：

「一塊碗復一塊碗攏給你這老的弄弄破，你看！已經弄到沒半塊碗通給你吃，以後只有是叫你吃柴碗，親像三歲囝仔，你才𤆬弄破！」

萬嫂罵著，一點都不因爲眾人圍在門口看而稍覺不好意思，彷彿把世界上的任何人都不看在

---

❸拉拉掣：台語，音(lak-lak-chhoah)，意(打顫)。

❹定定：台語，音(tiā-tiā)，意(常常)。

❺苦毒乾家：台語，意(虐待婆婆)。

❻新婦：台語，音(sin-pu)，意(媳婦)。

眼裡，這使周福生平時壓抑的一股不平之氣無端膨脹起來，便往前邁了幾步，走進店裡，直對萬嫂說：

「磁碗本來就是欲給人弄破的，若沒人弄破，燒磁的偲某欲叫啥人飼？復一塊碗給您乾家吃就好嘛，何必嚷到天都欲落落來？」

「缺碗攏給伊弄破了了，春的攏是好碗，欲安怎給伊用？膾使！伊著愛加我吃柴碗，否伊做伊免吃，餓死好啦！」萬嫂斥道。

「做人的新婦也著做較差不多咧，哪有人苦毒乾家苦毒到即款形？」周福生冷誚地說。

「『一人一家代，公媽隨人栽』，這沒你的代誌啦！」萬嫂噘起嘴，反唇相譏地說。

「安怎沒我的代誌？像你即款不孝新婦，若有一日去給雷公夯死❼，敢免叫厝邊隔壁的人幫忙加你扛去埋？」周福生開始大聲地吼道。

萬嫂突然遭到這一反擊，一時找不到話好回答，頓然失威滅勢，轉頭去望別處，不敢直對周福生的眼光。於是周福生便轉向沉默的黃萬說：

「『細漢老母生的，大漢某生的』。黃仔萬，您老母給您某做球列踢，你一句話都沒，細隻蚊仔也會哼一聲，阿你恬恬❽啦，飼子哪有路用？我看您萬仔子也免飼丫啦！」

黃萬仍然頭低低的，一語不響，只見萬嫂在那裡咬牙切齒，可是周福生卻顧不得這些，只管繼續說：

---

❼夯死：台語，音(ham-si)，意(重力打死)。

❽恬恬：台語，音(tiam-tiam)，意(靜靜)。

「唉！『飼子沒論飯，飼父母算頓』，就親像您即款啦！」

「啊！『三廳官膾判得家內代❾』啦！」萬嫂仍然是「死鴨硬嘴巴」。

「沒！我哪有判您家內代？復講較深一下，我也不是警，也不是官，我哪有權利通判您家內代？我孤欲講的是：萬嫂仔，你沒不著！你著！你眞著！你安倪對待您乾家非常的著！」周福生說著，忽然瞥見立在祖母面前的萬仔子，便對他叫了一聲：「萬仔子，來！」

萬仔子乖乖地蹭了過來，來到周福生的跟前望著他，準備聽他的任何命令……

「萬仔子，福伯仔今日欲教一項眞正重要的代誌，你著愛恬恬聽哦！」

萬仔子睜著兩隻眼睛，劇烈地點著頭……

「你先去加我將彼割破碗片一塊仔一塊撿起來！」

萬仔子回頭望了那一地破碗片一眼，回過頭來對周福生說：

「撿起來欲創什麼？福伯仔。」

「撿起來稍等咧才叫門口彼個夢仔叔加備一塊仔一塊補起來！」

「補起來欲創什麼？」

「補起來留咧，將來你大漢才用這仝塊缺碗給您老母吃！」周福生說，爲了使萬嫂以及門外看熱鬧的觀眾聽得清楚，他更提高嗓子說：「萬仔子！你敢知影？你將來會大漢，您老母會老，老到親像您阿媽即倪老，彼陣仔伊也會像您阿媽仝款手仔拉拉掣，碗都捧膾牢，會定定弄破碗，您某也絕對會受氣，會嫒用好碗給您老母吃，你欲安怎？只有是用即塊缺碗給您老母吃，所以即

---

❾家內代：台語，意（「家內代誌」之略辭）。

塊缺碗著愛好好仔留起來，留起來將來給您老母吃，您某才𣍐受氣，才𣍐加你撒潑，加你打。有聽得否？」

萬仔子覺得十分有道理，也就馴從地點點頭……

「『人在做，天在看』！」周福生轉向那門外的眾人說：「我欲叫您大家做證，來加伊看『草索拖俺公，草索拖俺爸』。哼！有彼款老爸就有彼款子，㑑大家才來看伊萬仔子將來『舉飯匙抵貓』！」

聽完了話，萬仔子果然依周福生的指示，俯身想去把地上的破碗片一塊一塊撿起來，卻叫萬嫂把他喝住，還補了一句：

「撿什麼？也不驚手去割著！」

說罷，萬嫂便自動去拿掃帚與畚斗來把地上的破碗片掃乾淨了。可是周福生卻不輕易放鬆，他邁了幾步，拉著李夢，對他大聲地說：

「夢哥，稍等咧萬嫂若將彼割破碗片倒在門口畚𡋾桶⑩，你才去加我一塊仔一塊撿起來，一塊仔一塊加我補給好，看你欲外多錢，我給你外多錢，我絕對欲加伊留起來，留起來將來給萬仔子，叫伊將來大漢才給伊老母吃！」

說的時候，周福生一邊走出棉被店，不久看熱鬧的人也慢慢地散了。

第二天，周福生在木器行裡做椅子的時候，萬仔子又走過街來找他玩，玩了好一會，忽然記起了什麼，偷偷地告訴周福生說：

---

⑩畚𡋾桶：台語，音(pun-so-thang)，意(垃圾桶)。

「福伯仔，我偷加你講，你不通給阮阿母知影……阮阿母早起用一塊磁碗給阮阿媽吃，眞好的哦，攏沒缺的哦，復叫伊來桌頂佮阮做陣⓫吃飯。」

「你講吃飯？不是給您阿媽吃糜？」周福生驚訝地問。

「不是，」萬仔子搖搖頭，肯定地說：「是給阮阿媽吃飯，阮阿母講阮阿媽老大人，吃糜快飫，著愛吃飯。」

周福生聽了，微笑起來，兩隻眼睛瞇成了一條縫……

五

有一個傍晚，做完了一天木工，吃了一頓晚飯，又洗完了澡，周福生便預備到街對面的黃萬家去打麻將，他們兩人與磨刀利和剃頭光在前一天就約好這天晚上要打幾圈麻將的。周福生出門前，先到房間伸手往床邊的米甕裡摸了一摸，只摸到那量米罐和幾粒甕底的散米，便知道米甕已經空了，便把謝甜喊來，對她說：

「俑米甕沒米丫，你敢知影？」

「我才欲加你講咧，你哪會來摸米甕？是不是欲復去博麻雀？」謝甜說。

「啊，彼免講啦！」周福生把麻將的事一語擋開，又接著說：「你加我講，這米甕塡滿愛幾塊銀？」

「三十斤米，三塊銀。」

⓫做陣：台語，音(cho-tin)，意(做夥，一塊兒)。

「頂回敢不是兩塊七？即馬哪會變三塊銀？是不是你列加我騙？提去！提去！這三塊銀做你提去，我知影你咧加我儉菜錢米錢，春的就給你做私額錢⑫。」周福生說著，便從腰帶拿出三塊錢給謝甜，並補了一句：「稍等不通𣍐記得叫彼個揹米的阿發揹米來哦。」

周福生來到黃萬的棉被店時，遇到黃萬的寡母坐在店門前的交椅，正在教萬仔子摺紙做白鷺鷥，走完那黑暗的通道，黃萬、磨刀利、剃頭光三個人早已坐在後廳的方桌上等他，周福生坐了上去。這時萬嫂在房間裡的油舉燈下補衫，那房間與後廳只有一道木板相隔，那木牆與天花板隔著很大的空隙，牆外的麻將聲與談話聲可以清晰地傳到房間裡。

打麻將的時候，磨刀利一直都刁著紙煙，不停地抽著，每回深抽的當兒，他的那雙三角眼就更加緊縮起來。剃頭光坐在磨刀利的左方，他倒不抽煙，卻常常要流口水，快流出來了，才趕快吸了進去，牌發不出來時，就急得去挲他頭上的癩痢疤，好像發癢一般。而黃萬則十分認眞地打牌，頭低俯著，鼻尖幾乎要碰到骨牌，只是他摸牌也慢，出牌也慢，老是被磨刀利催了三、四回才吝嗇地把牌打出來。至於周福生，他倒是漫不經心地打著牌，不但玩牌不花力氣，甚至還有餘力在牌局之間用福州話夾著台灣話爲大家說故事：

「古早有一個富人，活到七十歲了，膝下子女成群，怕自己有個三長兩短，財產分配不平，所以早早就將財產分給大家，望他們分到財產了後，大家會來有孝他，可是分了之後，大家都是『翁親，某親，老公仔拋車輪』，大家都沒來照顧這個老大人，給他三頓無地通吃，時常餓著肚子。有一天，已經餓好幾頓囉，這老人去毛廁大便，因爲年紀大了，蹲得太久，又幾頓沒吃，雙

⑫私額錢：台語，音(sai-khia-chî)，意(私房錢)。

腳立起的時候，忽然間眼前一片黑暗，再一個失腳，便栽倒在毛廁前，頭叩著地上的一塊大石頭，昏了過去。等他眼睛睜開，看見流了一地血，那石塊也沾了血，他不禁傷心起來，想到自己過於爲子女著想，早早就將財產分給他們，才會落到今日這款淒慘的地步，若財產還捋在手內，兒子媳婦今日一定還十分有孝……想到這些，不禁痛哭一陣，待拭乾眼淚想自地上爬起來，才又看到那塊大石頭，石頭上還血漬斑斑，他忽然靈犀一點通，想到一個計策，於是便將那塊石頭抱回家，用紙一層一層包了起來，過後又用白布，最後才用紅綢布包起來，放進枕頭裡面，用鍊子將枕頭鍊在床堵上，便吩咐所有的兒子媳婦來，對他們大家說：『我以前已經將住宅田產都分給你們了，現在我還有一塊黃金，都不曾告訴你們，這塊黃金不要分，要等我死了後，才要給最有孝我的那對兒子媳婦獨得，這塊黃金就裝在這枕頭裡面，你們大家可以來掂掂看多重。』說得個個兒子媳婦都睜大了眼睛，爭先恐後來掂那枕頭，果然眞重，不知幾十斤重咧。從此以後，每個媳婦兒子都競相來向這老人孝敬，讓他享受了十年幸福的日子，他逢人便說：『頭仔救我！』眾人也不解其意，直到臨終之日，他才對所有兒子媳婦說：『十年來，你們大家都對我十分有孝，分不出誰最有孝，所以不能將這黃金給任何人獨得，所以決定等我眼睛閉了，才給你們大家平分。』大家想想，即使大家平分，每家仍可以得到好幾斤黃金，也是高興的事，也就快樂地等他瞑目。等到他死後，大家就來開他的枕頭，發現紅綢包白布，白布包白紙，一層又一層撕開來，最後只見一顆石頭！那石頭上的血漬已經變黑了，到這時大家才了解當初他們老爸一句『頭仔救我！』的意思了。」

磨刀利在用他的三角眼跟剃頭光偷打暗號，周福生看在眼裡，卻是不說，剃頭光摸了摸頭上的癩痢疤，僞裝無意地打出了一只「八筒」出來，磨刀利即刻把牌一翻，叫一聲：

「胡了！『清一色』七番，大家把籌碼拿過來！」

剃頭光最先把籌碼撥給磨刀利，黃萬面有戚色，不十分情願地把籌碼擲去，周福生則慢條斯理地一只一只數給他。磨刀利搓手洗了牌，把牌堆成方城，擲了骰子，點一點，點到周福生，由周福生開始摸牌。

大家拿完了十三張牌，在整牌的時候，磨刀利漫不經心地對周福生說：

「你剛才那故事是不是說給萬嫂聽的？她也沒聽到，而且說句坦白話，萬嫂比以前孝順多囉，何必再說這不孝的故事？」

「我也不是故意要說不孝的故事，」周福生說：「我只是想到什麼故事就說什麼故事，你們既然不愛聽不孝的故事，我就來說一個有孝的故事。」

周福生又摸了一只牌，然後才把手中的一只「發財」打了出去，開始說第二個故事：

「古早有一個員外跟他夫人多年膝下無子，才去抱了一個男孩來做養子，不想自從收了這養子之後，便連生了五個兒子。這個員外對這五個兒子百般疼愛，而養子不是自己的骨肉，便將他當做奴才看待。等這些兒子都長大成婚了，員外便將全部財產分做五份，分給他的五個親生兒子，只分了一間草寮與一小片田地給他的養子和他妻子去耕種。卻說每個兒子自從分得了財產住宅，便自管自己的妻兒，把父母丟在一旁，誰也不去照顧，都想其他的兄弟會去照顧，何欠他一個？平常倒也過了，反正老員外兩公婆就自煮自炊起來。有一年，老員外的生日到了，照以前，每個兒子媳婦都會捧豬腳麵線競相來祝壽的，這一天，他們兩公婆就熄火停炊，等待五個親生兒子來孝敬，卻想不到左等右等也不見一個兒子媳婦上門來祝壽，餓了一個晚上，餓到三更半夜，才見那個種田的養子端了兩碗豬腳麵線來給他們吃，對他們說：『我今日種田很忙，做到這麼晚才有空，想其他五個兄弟白天的時候已經給爹娘做過大生日，我便叫我妻子隨便煮這兩碗豬腳麵線來給你們吃宵夜點心。』那兩公婆聽了，便流了眼淚，感歎道：『什麼宵夜點心？我們兩個老的今天連飯都還沒吃呢！』說了便歡喜地把那兩碗豬腳麵線狼吞虎嚥吃了，吃完了便問那養子：『你平時種田賺沒幾個錢，你何來錢去買豬腳麵線來孝敬我們兩個老人？』那養子就答道：『隔壁莊有一個養豬的缺一個豬槽，我想起我們草寮後面有一個沒用的豬槽，黑黑臭臭的，放在彼吹風曝日，不如賣了算了，就賣給他，得了兩塊銀，才去市場買豬腳來家裡煮麵給你們吃點心。』那老員外眼睛睜大起來，抓住那養子的手，大聲地說：『才賣兩塊銀！』那養子說：『兩塊銀人還不太想買呢，還嫌太貴。』那老員外便說：『豬槽拖去了沒有？』那養子說：『還沒有，過兩、三天才要用牛車來拖。』那老員外鬆了一口氣說：『幸虧如此，你今日有孝我們兩人，我就坦白告訴你，那豬槽是黃金鑄的，用黑煙燻過，棄在草寮，以防萬一，還沒有人知道，我只告訴你，以後就送給你和你妻兩人。現在趕快用鋤頭隨便敲一塊黃金下來，拿去城內銀樓換幾百塊銀，趕快把兩塊銀還給那買豬槽的人，再補他兩塊銀，說你要養豬，需要豬槽，所以不賣了，叫他到城裡買新豬槽去。』這養子果然照老員外的話行了，把黃金豬槽留在家中，從此也有錢起來。不但如此，有一天這老員外還對五個兄弟說：『你們大家將以前分給你們的房契田約都拿來，我要重新分財產。』這五個兄弟都以爲老員外還有未分的財產要重新分配給他們，都樂得把房契田約都拿來。這天，老員外也叫了那養子來，當著六個人的面前，把房契田約平分做六份，連那養子也得了一份，才對大家說：『養子也是子，所以他也要分一份財產。』五個兒子都沒話說，至於那金豬槽的事，這五個兒子當然也始終不知道。」

「你這故事敢不是叫做『多子餓死爸』？」磨刀利斜著眼說：「好像以前曾經聽人說過。」

「好的故事何妨多聽？你飯不是吃過？為什麼還天天在吃？」周福生說。

這時，剃頭光又開始摸他的癩痢頭，向磨刀利使眼色，周福生看在眼裡，卻不說話，他看著磨刀利丟出了一只「五萬」，剃頭光拍了一下手，叫起來：

「胡了！『姊妹花』兩番，又加做莊變四番，籌碼！籌碼！拿過來！我在行運了！」

他們又玩了兩圈牌，大部分都是磨刀利和剃頭光兩人在贏牌，他們兩人顯然早已說好如何互通信息，只是周福生不說，而黃萬只一味努力地看牌和算牌，似乎沒有察覺出來。

牌局正熱鬧，忽然有一個女人闖了進來，直奔後廳，四個人定睛看時，是李夢的妻子夢嫂，她頭髮散亂，眼眶哭紅了，望了望大家，無意無意地說：

「我料做阮夢仔來即丫博麻雀……」

這時，在房間裡補衫的萬嫂也聞聲奔了出來，插嘴道：

「沒咧，您李夢沒來即丫博麻雀，看有去別位⑬博否？」

「沒啦！」夢嫂搖搖頭：「通艋舺攏找透透，也沒看著伊一個人影，𣍐輸去給鬼加伊掠去！」

「阿你哪著彼倪急？翁是家己的，早慢伊會家己轉來。」萬嫂勸她說。

「你敢知影？伊已經三日沒轉來，伊每回博輸傲就沒轉來睏……」夢嫂說，有些哽咽，像有塊木頭梗在喉嚨。

「沒要緊啦，沒外久就會轉來啦！」萬嫂說，拍拍夢嫂的肩膀。

「但是……厝裡已經沒米通煮飯丫……自昨方下晡餓到日⑭……大人會堪得，沒要緊……囝仔

⑬別位：台語，音(pat-ui)，意(別處)。

膾堪得，餓到一直哭……欲安怎過日？……」夢嫂痛哭起來，用袖子去拭淚，突地轉身走出了棉被店。

聽到夢嫂沒有米煮飯的話，周福生耳朵倏然豎了起來，待想叫夢嫂坐下來商量一下，她早已跨出了門限，不見影蹤了。萬嫂也爲夢嫂的歹命和遇夫不淑而長吁短歎了一番，便又走進房間去補衣服。方桌上的麻將聲又再度響起，大家開始對李夢的嗜賭成性與不顧妻兒的生計議論起來，你一句我一句說個不停，輪到周福生的時候，他淡淡地說：

「賭博是可以，但是不可以賭到妻兒都不顧，就像我，每回我要出門打麻雀，我都先去米甕摸一摸，看米甕有米沒米，若沒米，就叫人先把米甕塡滿，才敢出來打。」

「唉，你還你，他還他，李夢若像你，他早開磁器店了，也不必現在還沿街替人補碗。」黃萬說，又努力去研究他手中的牌。

磨刀利和剃頭光聽了，都瞪了黃萬一眼，然後兩人面面相覷一番，默不作聲，他們心裡都感到不快，都覺得黃萬在故意譏誚他們，因爲他們兩人也像李夢沿街討了半輩子，仍然不能開店，絕不像黃萬和周福生一般……

這晚的麻將打了四圈才完，數了數籌碼，磨刀利贏錢最多，他贏了好幾回「一條龍」、「雙龍抱」、「清一色」、「臭一色」，甚至還贏過一次十四番的「雙清」。大家把銀錢付清，兩個贏錢的人便相攜回家了，剩下的周福生也起身走向門去。寡母、萬仔子和萬嫂早上床睡了，棉被店靜悄悄地，黃萬送周福生到門口，當周福生跨過門限正想出去的當兒，黃萬卻把他拉住，問他

⑭到旦：台語，音(kau–tä)，意(到此時)。

說：

「你有沒有注意到？他們整晚都在打暗號作弊？」

「我看到了。」周福生點頭說。

「那你怎麼不開口？」

「唉，打麻雀只是大家在一起娛樂，總是有人贏，有人輸，何必認眞？」

說罷，周福生便越過街回到家，這時夜已深了，街道沒剩幾個行人。周福生敲了一會門，謝甜還在哄小孩沒睡，她出來開門。周福生才跨進門限，正想回身關門，卻見一個人影從門外迎進來，原來是爲米店送米的年輕小伙子阿發，他揹著一袋米，跟了進來，說道：

「抵好你轉來，才想講即倪晚送米來，您不知攏列睏抑未？啊，今日規日攏沒閒，到即馬才有閒通送來。」

阿發用不著人指點，便逕自走進房間，打開米甕蓋子，把米倒進甕裡去了。倒好了米，阿發把空袋攀在肩上，站在店口前等謝甜去拿米錢來給他……周福生突然想起了什麼，便低聲對阿發說：

「阿發，你敢知影李夢的米甕有外大？」

「龍山寺附近的米甕嘟一家我不知影？放在嘟？外大個？我攏清清楚楚。」阿發得意地說，然後轉成另一種口氣說：「李夢的米甕佮您的平大，三十斤米抵好滿滿。」

謝甜走出來了，把兩塊七十錢遞給阿發，才走進房間去蓋好甕蓋，哄小孩睡覺。阿發把錢數了數，放進口袋裡，轉身想走出門，周福生卻把他拉住，更把聲音壓低地說：

「阿發，你敢會使加我送三十斤米去給夢仔嫂？」

「會使啊，明仔再我才送去……伊敢有講欲愛米？」阿發疑惑地說。

「你做你加我送去，即馬就送去。」周福生說，從腰帶裡翻了三塊銀票，遞給阿發，說：

「這三塊銀米錢你提去。」

「三十斤米才兩塊七十錢，我找你……」阿發說著，伸手到口袋找零錢。

「你免找我，春的給你做『行路工』，但是你即馬就加我送米去。」周福生堅持地說。

「做你免煩惱，我絕對即馬就加你送去！」阿發首肯地說，吹著口哨走出去。

每回周福生心情愉快，他夜裡便酣睡如牛，鼾聲如雷。這一晚，他睡得很甜，鼾聲把玻璃窗都震得微微地響，在床邊的謝甜被他的鼾聲震得無法入眠，輾轉反側，終於不得不打他的臉頰，把他喚醒，問他說：

「福仔，你哪會睏到嘽嘽叫？你應暗是不是博贏傲？」

「嗯……嗯……嗯……博……贏……傲……」周福生朦朧地說著夢囈。

他深深地做了一個長呼吸，暫時安靜下來，可是不到一刻，又開始打起如雷的鼾聲……

六

福州人在艋舺的同鄉會好久以來便在公館附近的福州山買了一塊山地，闢做福州人的公墓，又在公墓蓋了一座祠堂，叫做「三山善堂」，由一個叫「清泉仙」的風水師管理，每逢清明節，一些福州人便來參加集體祭典，祭典後便就地大開宴席，吃完了便到各自的墳墓去掃祖先的墓。

這一年清明節的前一個月，清泉仙來「三山善堂」巡視，看到祠堂裡的龍桌因去年不小心蠟燭翻倒，燒掉了一大角，不能再用了，於是便叫苦力把龍桌搬出祠堂，另想覓人在清明祭典之前趕造一個。因爲周福生的木工手藝在艋舺一帶有口皆碑，加之他又那麼急公好義，對鄉人的福利不惜傾囊捐助，所以這一天，清泉仙便到周福生的木器店來，用福州話對他說：

「福哥，早聽說你手藝高明，眼高心細，我們『三山善堂』的祠堂，去年一個好好的龍桌燒掉了一角，不中用了，必須重做一個，這龍桌非同小可，因爲年年福州人都來祭拜，不精工細雕，用上等木材製造不可，而且今年清明已到，非趕工不可，恐怕找不到任何人可以擔當這等工作，不知你肯爲我們『三山善堂』做這龍桌否？」

「這種重要事情，即使別人叫我做，我也會放下手邊的工作，趕工爲他們做，更何況這是爲我們福州同鄉的事，我就更加義不容辭了。你把高寬長短的尺寸給我，再說說這龍桌要什麼形式，什麼樣的裝潢，選什麼樣材料，你儘管說來，我一一照做，一定趕在清明以前親自送去『三山善堂』交給你。」周福生說。

當下清泉仙便將周福生想要的資料都說給他聽了，末了，便問周福生說：

「福哥，你先給我說，這個龍桌做起來要多少錢？」

周福生想了想，才對清泉仙說：

「若普通人叫我做，我要拿他二百五十塊銀，既然是福州同鄉會要的，我就一個錢也不收了。」

「『買賣算分，相請無論』，福哥，這固然是我們福州同鄉會要做的，但是同鄉會有基金，這龍桌當然是由基金支出，這是買賣，你替同鄉趕工已經很感謝你囉，哪還有叫你吃虧白做的道理？」

「既然福州同鄉會有基金，這龍桌就算是我福仔對這基金的奉獻。因爲我隻身來台灣，祖先沒葬在台灣，所以以前才沒參加你們這同鄉會，也不曾去『三山善堂』參加祭典，這回做了龍桌，倒想攜家去福州山參加大家的清明祭典，也算盡了同鄉的一份心願，這龍桌便是我的一點敬意。」

「你這麼說，我也不再勉強你，就這麼辦吧，只請你在龍桌正面刻上『周福生敬獻』幾個字，我也要在今年的獻金板上，用紅紙寫你奉獻二百五十塊銀，表示『三山善堂』領收你的奉獻，你想怎麼樣？」

周福生沒有異議，當下兩人說妥，於是周福生便開始精選木材，雕起龍桌來了。

過了兩旬，周福生日夜趕工，先將一個烏心石木做的龍桌雕刻完竣，又上了五遍乾漆，一張光亮照人的龍桌終於全部完成，才叫人去告訴清泉仙，清泉仙於是選了個黃道吉日，雇了一輛牛車來把龍桌運到福州山的「三山善堂」裡去。因為怕路上工人搬運時損木剝漆，周福生便帶了鑿斧漆器，也同清泉仙一起坐著牛車來到「三山善堂」，待將龍桌搬入堂中，又做了最後巡視，周福生才同牛車夫以及搬運苦力坐在堂裡休息，這時清泉仙去燒茶，等茶熱了，大家便喝起茶來。

「三山善堂」的前方山腳下是一片水田，有兩個農夫揮著鞭子吆喝兩隻水牛犁田，田的左方有兩三間破陋的茅屋，在水田中心有一塊乾土之地，都長著綠油油的青草，有幾座墳墓錯落其間，其中有一巨大墳塚，裝潢得富麗堂皇，翹然聳立，周福生的目光被那座巨墳吸住了，見清泉仙坐在身邊，也在眺望那座巨墳，便回頭問他說：

「清泉仙，田中那座大墓是哪一位富人的？」

「那是王壽源的，他有三個兄弟，老大叫做王壽山，老二叫做王壽海，他是老三，大家都叫他『王三舍』，有時只叫他『三舍』。他們都是從廈門來台灣的，老大老二都做過清朝的官，曾經來過台灣，但後來又回去廈門了，這王三舍沒做官，愛做生意，不但開過茶行，又整了樟腦寮，賺很多錢，買很多田地，所以不想回大陸去，日本人來佔台灣前兩年，他死去，找風水找很久找不到，最後才葬在那田中。」清泉仙如數家珍，滔滔地說。

周福生聽著，頻頻點頭，想起了許多事。清泉仙見他無語，便去喝了一口茶，繼續說：

「這區田都是三舍的，那兩個犁田的做田人啊，還有那茅屋裡的一些其他的農人啊，都還是三舍的佃農，只是三舍死了之後，轉跟他的大兒子租。」

「三舍的後代敢猶很發達？」周福生問。

「有人說『富不過三代』，這句話用在三舍他們這家是說不通的，三舍的老爸就已經有錢，三舍也有錢，他的兒子這代不但有錢、有田、有茶行、有樟腦寮，還在九份金瓜石開金礦、銅礦，比三舍還要發達，可見他三舍葬的這門風水不是龍穴就是虎穴，絕對是很好的風水，不然他們這家不會如此興旺。」

「你說三舍已經死幾年了？」周福生問。

「已經七年囉……」清泉仙突然想起了什麼，興奮地說：「啊，我哪這麼沒記性，上個月我才聽見這山附近的人在說，三舍的家族這個月要來拾骨，算算這個月，今日是最好的日子，若不是今日，還有哪一日？我怕他們等一下會來哦，我們也眞是太巧了，扛龍桌來，剛好與三舍拾骨同日。」

那牛車夫要進城去爲別人運磚，所以喝完茶便先下山走了，清泉仙把錢付給那兩個搬龍桌的苦力，也把他們打發走了，剩下清泉仙與周福生又坐了一會，清泉仙才去收拾茶具，又清潔了一些神器，以備不數日要來臨的清明祭典之用，周福生等在門口，待清泉仙收拾完畢，才結伴走下山回艋舺去。

當清泉仙與周福生離開了「三山善堂」走到山腳，迎面走來了一列古樂隊，有歕古吹的、有打鐃鈸的、有敲鼓的、有捶鑼的，更有吹笛、吹簫和彈三弦、彈琵琶的，錯綜嘈雜，震耳喧天，一路往那水田中的墓地走去。後面跟著一隊著黃衣戴高帽的道士，和另一隊穿黑袈裟剃光頭的和尙，都拿著磬、木魚、金鐘，半閉著眼睛，口裡念念有辭，各哼著經文和善書。接著一頂八人大轎，抬著一個七十多歲銀髮霜鬢的老婦人，她眉眸清皙，老而豐盈，綠玉頭戴，還從轎裡探出頭來指揮行伍。後面有三、四頂四人轎，抬著一些白膚黑髮的中年貴婦，最後才跟著一些男人和能走的孩子們。在這個家族行列的後面則跟著十幾個看熱鬧想「偎索分錢」的赤足鄉下小孩，一兩隻土黃狗也夾在野孩子之中漫吠……

「那八人轎裡的老婦人便是三舍的太太。」清泉仙指著那八人轎對周福生說：「那麼湊巧，他們今日來拾骨！」

周福生來台灣後從來也沒見過人拾骨，爲好奇心所驅使，便想跟著這隊伍去看看，於是對清泉仙說：

「我們是不是可以去看看？」

「也好，反正我今日上午也沒有事可做了。」

說罷，他們便夾在那些鄉下孩子群中，一路跟著隊伍來到那水田中的墳地……

周福生和清泉仙等了一個鐘頭，清泉仙與那些道士、和尙以及那些吹樂的老人似乎都十分熟悉，便一一與他們交談起來，好像一起來參加一次盛會，周福生則誰也不認識，只一個人孤佮地立著，時時去看那宏麗如宮的大墓穴，又去看那三舍的太太以及兒孫、女兒、媳婦……等一大堆家族。這時太陽已高懸在天頂，空氣焦熱而無風，周福生的頭上開始流汗了。

有一個雇來的「土公仔」終於把那墓碑挪開去，開始掘那三合土精築的墓穴，墓穴挖空了，現出一個大黑洞，便有五、六個苦力走進穴洞裡，合力把裡面的一具大棺材扛了出來，早有兩個苦力，把穴內原來放壽棺的兩隻長條粗椅拿出來，擺在穴外，等壽棺放在椅上之後，便有個人拿了鐵錘和鑿子，敲掉了蓋栓，另三、四個苦力合力把棺蓋掀開來，大家都圍了上去，有人立刻唏噓叫了起來……

「緊來看！緊來看！噢，這骨頭即倪白，即倪清氣，親像用雪文⑮洗過，我一世人也不曾看過。」

「三舍一生好德行，死了骨頭才會即倪白，即倪美。」另有人說。

「大家復來看！看即副壽棺，七年丫，猶即倪堅固，漆猶即倪金滑，膾輸新的，即馬的壽棺也沒即倪美。」第一個說話的人又說。

「這是放在石灰穴裡，棺材離土才會安倪，若埋列土內，早就爛糊糊囉。」另有人說。

因爲骨頭又乾淨又雪白，家族便不用洗刷，更不必再晒乾，於是那些家長們便對著剛才坐著轎來的出嫁女兒高喊：「展雨傘！展雨傘！」那三個中年女兒便一手弄著手絹，一手撐起黑色的雨傘，遮住陽光，便有那家族的族長伸手去把白骨拾起，一塊塊一支支地用紅絲綢巾包住，納入皇金骨甕裡……

才把骨全部納入骨甕，便有一個七十歲的老農夫，赤著足，戴著草笠，從那田中的陌路踉蹌

---

⑮雪文：台語，音(sap-bun)，源自法文(savon)，意(肥皂)。

地奔了過來，一面喘息地說：

「三舍娘，我來慢囉……阿三舍的骨列嘟？」

三舍娘似乎對那老人很熟稔，也推開了眾人，對那老農迎了過去，說：

「已經放入皇金丫，貴仔，你哪會即倪晚才來？」

「幹恁娘咧，講什麼牽豬哥著愛我去牽，早也不牽，晚也不牽，偏偏仔等到即佫⑯好日子才叫我去牽，牽轉來到厝，看您即丫規大堆人，我就知影晚囉。」他喘了一會兒，又說：「三舍娘，敢會使給我看一下三舍頭家的骨頭？我已經七年沒看過伊囉。」

三舍娘喊了一聲，那族長便打開了皇金，讓那老農跪在地上，把頭湊在甕口望了一會，才滿足地爬了起來，便繞著那副完好如新的壽棺摩挲了一陣，嘖嘖稱讚起來，忽然心血來潮，走到三舍娘的跟前，對三舍娘說：

「三舍娘，三舍娘，三舍即副壽棺猶真美哦！已經七年丫，一點仔影都沒。」

「是啊，恁也有列講，講親像新的彼一款。」三舍娘微露笑顏地說。

「是講……是講……」那老農留戀地回望那副反光耀眼的壽棺，遲疑地說：「三舍娘……我都加三舍做一世人的田，三舍即間『厝』都即倪好住，伊都已經住七年丫，伊都不愛復住囉，敢會使給我將來住？嬒輸得加三舍看『厝』全款……三舍娘，你想安怎款？」

三舍娘想了一會，點頭微笑地說：

「抵才列想講三舍拾骨了後，這壽棺不知欲安怎處理，不知欲給啥人，抵好你欲，就給你

---

⑯即佫：台語，音(chit-lo)，意(如此，這樣)。

啦，也省我復搬徙位。」

「三舍娘萬壽！我貴仔實在眞福氣！」

說著那老農就在三舍娘跟前跪了下來，使得三舍娘忙彎腰想去扶他，經她幾個兒子的協助，才把那老農自地上拖了起來。

那家族的人帶了幾擔粿粽糕餅之類的點心來，在拜祭了一會之後，便分給族人裹腹了，順便也分了幾個小錢給那些圍觀的鄉下孩子，把他們打發走。周福生看得也差不多了，便拉著清泉仙的袖子，往回路走出來。走了一段田壟路，便來到那幾家莊稼的土塊草茅厝前，那厝前厝後也搭著幾個草寮，有的養豬、有的養牛、有的堆了屋頂高的稻草……周福生忽然想起那向老地主太太討壽棺的老農來，便順口問清泉仙道：

「貴仔討得那副壽棺，你想他要放在哪裡？」

「當然是搬到這些草寮裡放，」清泉仙指著那些七零八落的草寮回答：「不但如此，他每年還得叫人來油漆一次，看那壽棺有沒有被蟲蛀了？」

「好在他貴仔在這裡做田，有草寮可以放他的壽棺，若在城裡，厝都不夠住了，哪還有地方可以放壽棺？」

「是啊，除了大富人家有的是空房倉庫，現在普通人家，買壽棺來放的已經鳳毛麟角，倒是爲自己買墓地的人還很多。」

周福生睜大了眼睛，迷惑地問了一句：

「爲什麼如此？」

「因爲壽棺要買隨時都有，但是墓地有限，特別是好風水的墓地愈來愈少，不知道的不知道，知道的早就買光了。」

清泉仙的話倒是給周福生頭上灑了一劑清涼劑，使他甦醒過來，他奇怪自己怎麼從來也沒想到這問題，他突然產生了爲自己買墓地的願望來，於是便問清泉仙說：

「你想這附近敢還有什麼好的風水地沒有？」

「有啊！」清泉仙答道，眉飛色舞起來：「一兩個月前，我走過對面山的一個水池邊，看到一塊草地，我一看便知道是很好的風水地，第二天我特別帶羅盤去測，仔細一算，你道是什麼？原來竟是『螃蟹穴』！才在想誰能葬在那裡，他一定很有福氣，將來的子孫絕對會出大德。」

周福生被清泉仙的一番描述給弄得心癢起來，便問他說：

「你敢可以現在就帶我去看看？」

「可以，怎麼不可以？反正已經是一天了，而且又順路。」

清泉仙便帶周福生翻過了一座小山，走著羊腸小道，來到一塊水池之前的草地，那草地微微在池前隆起，兩邊另有兩座小丘，向前繞著那水池，往那一大片水田合抱起來，恰似一對蟹螯，連不懂風水的周福生也確有「螃蟹穴」之感。這螃蟹穴向北正對著遙遠的大屯山，那三粒乳峰一般的山巒正對著天上的幾朵棉花似的白雲，頓然使人心曠神怡，產生一種飄飄欲仙之感。才在那草地周圍瀏覽了一番，周福生已深深地愛上它，便對清泉仙說：

「這風水我很中意，但這地是誰家的，你敢知道？」

「就是下面那莊家的。」清泉仙指著水田中的一家圍著青竹的農家說：「那農夫姓蕭，這田和這地就是他自己的，你若中意，我就帶你去跟他說，他也認識我，看在我的面子上，他一定會少算你幾個錢。」

他們繞過那水池，走了一段田壟路，去那農家找姓蕭的農夫，說明了來意，再說不到幾句，這筆交易便談妥了，結果周福生用兩百塊銀購得了那個「螃蟹穴」，另日再交由清泉仙送來給姓蕭的，清泉仙還建議周福生去買塊唐山石的無字墓碑來安在螃蟹穴上，表示那風水已經「名墓有主」，只是主人尚活著，待以後「壽終」，才要來「正寢」。這周福生當然答應了，於是等他回到舢舺，除了那原先的兩百塊，又給了清泉仙墓碑錢，請他代辦一切，另外又給了他「中人錢」以及「手素料」，這後兩者清泉仙拒收，可是周福生卻堅持，經過一番推辭，最後清泉仙只好笑納了。

七

過了十天便是清明節，這日萬里晴空，烈陽高照。周福生爲了會會一些福州同鄉，順便帶謝甜和三歲的周台生去掃他的空墓，便帶了他們母子兩人一路趕到福州山上「三山善堂」的祠堂來。到時祠堂已集了不少福州人，那堂外擺著幾排木條椅，有帳篷搭在空中遮掩太陽。來到堂裡便見幾個道士與和尚，都在換衣等待祭典，清泉仙最爲忙碌，他修髮整衣，跑裡跑外，碰到每個來客便跟他們點頭寒暄，才停沒幾秒鐘，卻又被別人喊走了。

周福生帶周台生來到堂中，見那堂側有一排樂捐的紅紙條，其中有一張用毛筆寫著：「周福生奉獻二百五十塊銀」，那正堂便是周福生十天前運來的龍桌，周福生便告訴台生說那新漆的龍桌是他做的，台生便往那龍桌每個角落仔細端詳起來，忽然在那桌腳看見了「周福生敬贈」幾個字，便高興地指著那一行字叫喊了起來：

「阿爸，『周福生』！『周福生』！」

在旁的一個福州人聽見了，便驚訝地問周福生說：

「這囝仔幾歲了？還識字哦！」

「三歲而已。」周福生得意地回答。

「才三歲而已？三歲就會讀『周福生』三字？噢……這將來官不知要做多大？」

周福生聽了，兩隻眼睛笑得瞇成了一條縫……

祭典不久便開始了，來掃墓的人都坐在帳篷下的椅條上，道士與和尚誦經念佛敲起鐘鼓來，祭了個把鐘頭才完，隨後把椅條移開，在帳篷內開了幾桌圓桌，大家便吃起了幾道簡單的粗菜筵席，完了，便帶著鐮刀、銀紙、粿糕和鞭炮，各自去掃墓拜祭去了。

周福生既然沒有祖先的墓，他便帶著一家人，翻過一座小山，來到他的「螃蟹穴」，他看見草地依舊，但地上卻多了一塊光滑無字的唐山石墓碑。

「謝甜，你來看！」周福生眺望著那空墓前翠錦的景色，對他太太說：「左旁正旁即兩座山就親像兩支毛蟹管，前面即窟池仔就親像毛蟹列濆⑰水泡仔，佮後面即粒山頭連起來，是不是宛然親像一隻大毛蟹？不免伊清泉仙加我講，連我這外行的人一看也知影是毛蟹穴。』

「我看攏沒親像，孤一塊草埔佮一窟水，哪有啥？」

「啊！你查某人訓一棵芋仔蕃薯！」周福生輕蔑地說。

「不訓就不訓，你叫我來看欲創啥？」謝甜有些抗議地說。

可是周福生卻不理會她，繼續自滿地說：

---

⑰濆：台語，音(bun)，意(慢慢地吐或湧)。

「你看！你看！前面即座大屯山有美抑沒美？想著倒在即丫，每日欣賞即座大屯山佮山頂彼割白雲，就親像列騰雲駕霧，人就爽快起來。」

謝甜用白眼瞟了那山一眼，卻不作聲。這時周台生獨自在那塊墓碑周圍玩了起來，瞥見那無字的墓碑，便大聲叫了起來：

「阿爸！阿爸！別人的石頭頂攏有字，阿倆這石頭頂哪會沒字？」

「彼暫時沒刻字，欲留給你將來阿爸若過身，你才加阿爸刻字，知影否？」周福生愼重其事地說。

周台生果然會意地點點頭，十分懂事的樣子，這又引得周福生愉快地微笑起來……

「清泉仙講這毛蟹穴是眞好的風水，會得葬列即丫的人眞福氣，會出好子孫。你看！猶未葬，倆的台生就即倪巧，將來葬了後，伊不知欲變安怎咧？」周福生又說。

謝甜默默不答，只讓周福生一個人去自言自語，他還在螃蟹穴依戀地徘徊了好一會，才帶著母子兩人回艋舺去。

他們回到艋舺已經是午後三點，周福生才在木器店裡脫了鞋休息，卻見對面黃萬不知從何處回來，匆匆地走向他的棉被店，正想跨進門限，忽然又回頭向這邊木器店張望，看見了周福生，便越過街道急步走來，還沒進門，便氣急敗壞地用福州話對周福生說：

「福哥……你知不知道？……李夢老去了……」

周福生自椅子裡跳了起來，衝口急問：

「是幾時老去的？我怎麼不知道？」

「說是早上九點老去的……夢嫂說已叫人來跟你說……才知道你去掃墓了……」

「是怎麼老去的？我也沒聽他生什麼大病。」

「也不十分清楚……聽說是腸仔打結球，昨晚就喊肚子痛，痛了一晚，早上才去叫了一個漢醫來，還沒按脈，就斷氣了……」

「怎麼去得這麼快？」

「也不知道……你快去看他……夢嫂和她兒子哭得死去活來……」

李夢向人租來的房子離木器行才三條街，周福生五步做三步跳，不到一刻便來到李夢的房子，門口還圍著不少看鬧的人，周福生撥開眾人走了進去，便聽見有人在喊：

「夢嫂……福哥來囉！福哥來囉！」

夢嫂一見周福生，如遇兄弟一般，便一把鼻涕一把眼淚地抽泣起來，把剛才黃萬告訴周福生的話又大略重述了一遍，周福生繞屋看了一回，看見廳旁已打了一張水床，床尾放著一碗「腳尾飯」，飯中栽了一顆雞蛋，四周插了幾柱香，有四根還氤氳地燃著，李夢躺在水床上，全身從頭到腳都用一張臨時縫綴的紅被蓋著，周福生往前邁了兩步，一把將那頭上的紅被掀開來，見李夢仍像往日一般容貌，也不見得瘦了多少，只是失了血色，肉稍變黑而已，卻仍安閒如睡了一般。周福生又把被蓋上，才對夢嫂說道：

「這是凶死，不該死而死，若較早去找醫生就膾死。」

夢嫂聽了這話，更傷心地痛哭起來，哭了一會，就走到後廳去了。周福生在前廳立得無聊，也不知不覺踱到後廳來，才看見磨刀利和剃頭光，以及其他三、四個男人都把夢嫂團團圍住，嘰嘰咕咕地低聲在跟她說些什麼，周福生再仔細地打量一番，發現都是李夢的酒肉朋友，平時不是喝酒就是賭博，周福生奇怪這時有什麼重要的事情要來跟夢嫂商量，他看見他們眉毛都深深地打結，說話時臉上的筋肉都頻頻抽搐著，有時還握起拳頭做威脅狀，這倒惹起周福生的好奇心，於是更向他們走近，洗耳傾聽他們究竟在說些什麼……

「夢仔欠我的七十塊傲錢，你著愛想辦法去提來還！」磨刀利用帶腔的台灣話對夢嫂說。

「阿伊欠我的彼四十五塊傲錢，夢嫂也著還我！」剃頭光接著說。

「阿我一百塊啦，看夢仔厝裡猶有什麼物件賣賣咧，這傲債沒還清是膾使啦。」另外一個人說。

「我九十塊……」第二個說。

「猶復我百一……」第三個說。

夢嫂已去坐在後廳角的一隻孤椅頭仔上面，一逕用手巾蒙著臉抽泣，而這些李夢的債主們卻七嘴八舌地說著，催夢嫂無論如何要想辦法還債，本來李夢活著時，他們倒也不急著他還，眼看李夢突然死了，怕這些賭債以後石沉大海討不回來，才急著趕來逼債。當周福生弄明白了這一切，他便在心裡暗暗詛咒起來：「伀奶咧！料做是來安慰夢嫂，原來是來向伊討債，朋友才死列廳邊，就將朋友之情膾記得，這哪是朋友？這根本是豬狗禽獸，伀奶咧！」他一邊咒著，突然腦裡閃過了一個念頭，便穿過那幾個討債的人，走近夢嫂，故意用台灣話大聲地問她說：

「夢嫂，李夢過身敢有留幾個仔錢給你？」

「一仙也沒……」夢嫂回答，又滴下眼淚。

「阿伊敢有什麼兄弟姊妹親戚五十會使加伀借錢？」周福生又進一步問。

「一個也沒……您都知影伊的親戚攏列福州……在台灣孤伊單身一個……」

「阿伊死了，伊的壽板敢有什麼人欲加伊發落？」

夢嫂聽了，猛搖了幾下頭，更哭得厲害，用哭調仔哀啼著：

「我苦……我命……你哪會做你去？……留阮母子無人通照顧……看阮欲安怎？……」因爲愈哭愈傷心，最後便又跑到前廳撲在李夢的身上嚎啕慟哭起來，周福生與那些賭友也隨著跟到前廳來。周福生望著夢嫂一會，於是轉向那些賭兄賭弟，厲聲地對他們喝道：

「有看抑沒？人死列廳邊，不但沒替人流一滴目灑，又復來加人討錢，我看李夢有今日，攏是您即割博傲朋友加伊害死的！」

聽了周福生這突如其來的話，那些賭友們都大吃一驚，變了臉色，個個都摸著心，想洗刷周福生給他們的罪名，於是聯合起來，差不多異口同聲地說：

「阮加伊害死？彼才不是哦！」

「哪會不是？」周福生緊緊追逼著說：「平時好代誌不招伊去做，串招就是招伊去博傲，若好好仔博，公平仔博也好，您攏聯合起來湊孔⑱，加伊李夢的錢騙了了，騙到李夢沒鼎兼沒灶，害伊三頓沒米通飼某飼子，才復來逼伊的傲錢，逼到伊一時著急，腸仔打結球，一病死翹翹，您伸手摸心肝，這若不是您害，啥人害的？」

「你哪會使黑白賴阮湊孔？」磨刀利抗議地說。

「呃？您想講您博傲湊孔，人攏不知是否？只有天知、地知、你知、我知，別人攏不知？坦白加您講啦，這大家攏知，只是不講而而。」周福生故做神秘地說，突然轉向仍在啼哭的夢嫂，用雷鳴之聲對她說道：「夢嫂啊！你做你去法院加偲告，告講即割『金光黨』博傲湊孔害死您翁

---

⑱湊孔：台語，音(tau-khang)，意(聯合起來作弊)。

⑲，若需要證人，我福仔才來去法院加你作證！」

周福生像連珠炮一樣猛轟著，轟得那些賭友臉色變青，打起顫來，使他們的威勢頓時銳減，終於轉變了口氣，低聲下氣回周福生說：

「漫安倪啦……平平是朋友兄弟……」

「什麼『朋友兄弟』？敢是『豬狗兄弟』咧，即倪沒情！即倪沒義！」

「漫安倪啦……」磨刀利終於改變成很溫和的口氣說：「否看欲安怎？你講一聲啦……」

「欲安怎？人都死列廳邊啦，沒錢通埋啦，夢嫂都欲加伊放咧生蟲啦，彼陣仔派出所的日本警察才來調查，沒必要夢嫂去法院告您，您也是會去給警察掠去籠仔內拘啦！」

這些賭友聽了，更加焦急，忙聚在一起私議一番，才由磨刀利出面向周福生懇求地說：

「否安倪啦，阮大家出錢來去買一具壽板加李夢埋啦……福哥仔，你想安怎款？」

「彼是您的代誌，佮我沒關係，橫直我『手沒舉刀閒囉囉』，只是若有人叫我去作證，我就來去講幾句仔良心話。」周福生故意望著別處說。

磨刀利看看周福生並沒有反對的意思，便轉身對剃頭光及那三、四個賭友說：

「來哦，大家落袋仔傾傾咧，有外多出外多，加減出一割錢給李夢買一具壽板……代念⑳過去兄弟的一點情……」

他們各自掏了口袋與腰包，湊了一百五十塊銀，便由磨刀利親送給夢嫂，叫她去買一具壽板

---

⑲翁：台語，音(ang)，意(丈夫)。

⑳代念：台語，音(tai-liam)，意(看在……)。

來給李夢收殮……

一直等到傍晚，周福生才回到木器店來。晚飯的時候，周福生便把李夢暴斃以及眾人為他買棺的事告訴謝甜，只是不提他蓄意脅逼李夢的賭友湊錢的事情，謝甜基於女人的立場，不免為夢嫂的歹命長吁短歎起來。

才吃完了晚飯，謝甜還在收拾碗筷，忽見夢嫂掩門走了進來，周福生忙從椅子迎了過去，急急問道：

「彼割錢是不是有夠？」

「抵好有夠，壽板都已經扛來厝裡丫。」夢嫂回說。

「安倪眞好，你著較緊加李夢入殮，較緊加伊收埋，今年即偌天，才清明就即倪熱，不通放尚㉑久……」

「但是…但是…福哥仔……」說著夢嫂又哽哽咽咽地抽泣起來。

「看你猶欠什麼？甜仔也列即丫，你做你講，沒要緊。」周福生說。

「猶欠一塊墓地……我有去問清泉仙……伊講公墓也愛錢……是較少一點仔而而……但是也愛一百外塊……阮母仔子即馬什麼都沒……連壽板都給眾人出……看欲叫阮去加啥人借才好……」夢嫂斷斷續續說著，又是一把鼻涕一把眼淚地哭喪起來。

周福生搔了一會頭，也不知如何是好，正躊躇著，忽然想起早上帶謝甜母子去看的「螃蟹穴」來，於是便拍掌叫了起來：

㉑尚：台語，音(siū)，意(太)。

「有啦！有啦！夢嫂，你免煩惱，我在福州山抵才買一塊墓地，暫時沒用，彼墓地猶空空，連墓牌也便便，就給李夢用啦。這清泉仙攏知影，你加伊講一聲就會使，講是我主意的，一切叫伊加你辦啦。」

「敢眞的？」夢嫂半信半疑地說，看周福生點頭首肯，便雙膝往地上一跪，對他感恩載德起來：「啊，福哥仔，你好心好行，李夢九泉地下會保庇你出好子孫，保庇你食百二……」

周福生忙向前把夢嫂自地上扶起，送她走出門去了。

這一向，謝甜都一言不發，只目瞪口呆，一直等到周福生把夢嫂送走，轉身蹭了回來，她才大夢初醒，張著大口，問周福生說：

「你『毛蟹穴』才買，就欲送給李夢埋？」

「阿沒欲安怎？即偌天即傀熱，你欲叫李夢放在廳邊生蟲是否？」

「哼！俗語話在講：『家己揹皇金，列替人看風水』，就是你！」謝甜搖頭說。

周福生也不理會謝甜在說什麼，只顧自言自語，下意識地說：

「唉！『未註生，先註死』，給你𣍐勢的。夢仔比倆較少年，哪會知影顛倒比倆較早死，猶是伊較有福氣，會得通埋在『毛蟹穴』，一個彼傀好的風水，以後欲找都沒囉！」

八

在整個征服台灣的過程中，最令日本朝野震驚與悲愴的，莫過於北白川宮能久親王的陣前死亡，也爲此，在東京歡迎凱旋軍隊的整個隆重儀式裡都籠罩著哀傷與悲痛的氣氛，而事後日本上下更無形中把這親王當成了平定台灣的神明來崇拜。不僅如此，日本的議會還在征服台灣的第五年，會議通過，要在俯瞰台北平原的圓山山上建立「台灣神社」，用以祭祀這位親王，奉他爲坐鎭台灣的守護神，並決定在神社山下的基隆河上建一座水泥拱橋叫「明治橋」，而在橋的正南方開拓一條三線大道叫「宮前通」，以表示「北白川宮面前大通道」之意。

爲了建築這完全日本式的「台灣神社」，除了從日本派了神道和尙來破土奠基，並主事作法，另得派日本的建築師和木匠來台灣建造。神社的木材當然是就地取材，而那高大的「鳥居」就非用阿里山上的大檜木不可了。因爲從日本來的木匠不多，由於人手不夠，日本官方便重金徵求台北艋舺一帶的木匠來協助建造。神社既是精工細雕的木造物，手藝高明的木匠當然就更感缺乏，也因此日本政府派熟悉地方民情的警察到處去搜羅尋覓本地木匠，那就更不必說了。

爲了配合這「台灣神社」的奠基始造，也爲了近年來像霍亂、白喉等一些流行傳染病的頻頻發生，警察派出所便發了通知叫台北艋舺一帶的所有居民做一次史無前例的清潔「大掃除」，規定在收到通知的十日內，家家戶戶要將家裡的垃圾廢物清除，將桌椅床板洗滌乾淨，時限到時，警察會來挨戶檢查，檢查不通過的，輕則罰金，重則拘留。

在檢查的前一日，周福生與謝甜一清早就起來打掃，店面窗戶洗刷得一塵不染。這一天，日本警察從早上八時開始，就分別四處挨戶檢查，這時已快九點，周福生正坐在店門口等待警察來檢查，忽然看磨刀利跑了過來說道：

「福哥，剃頭光他家大事不好了，你快來！你快來！」

「是什麼大事？」

「你來了就知道！」

周福生聽了，便隨著磨刀利往剃頭光的家跑來，剃頭光向人租了一廳一房，就在周福生的木器行後面，走進一條小巷，再拐兩個彎就到了。還沒到家，周福生便看到菊池巡佐照例佩著那支長刀，揮著一支木棍，正在對剃頭光夫婦用日語大發雷霆。原來光嫂懷孕已近順月，因爲以前曾流產了幾回，去問過道士，才知是動了胎神，所以這回懷孕，便向道士拿了一大堆鎭宅符、鎭煞符……等等，回來貼了一屋子靈符，又遵道士的吩咐，不得移動家裡的任何床位傢俱，以免驚動胎神，再次流產，也因此儘管收到「大掃除」的通知，到這一天仍然不敢清掃房子，可是因爲不通日語，又不知如何向菊池巡佐解釋，只好立在菊池巡佐面前，垂手恭聽，卻又聽不懂菊池巡佐在罵些什麼，只看到他用木棍把桌子敲敲，椅子打打，嘴裡連續地罵著「Kitanai! Kitanai!……」

周福生看了這光景，也懂得三、四分，只是對剃頭光夫婦的苦衷還不知究裡，便用福州話問他說：

「剃頭光，你就知道今天要清掃檢查，爲什麼不把屋子打掃乾淨?」

「清掃不得!怕去驚動胎神。」剃頭光說：「光嫂已經流產好幾次了，前幾次都不知道，驚動了胎神，這回才這麼小心，不但屋裡一粒沙都不敢掃動，而且到處都貼了靈符，就是爲了這個，不是我們不清掃，實在是孩子要緊，但是話不通，也不知道要如何跟他講?」

菊池巡佐氣沖沖地走回來，抓住剃頭光的手，指著手錶給他看，那指針正指著九點，然後菊池巡佐又揮著木棍，做出掃除的姿勢給剃頭光看，用指頭指「一」字，再指著那根分針，在錶面繞了一圈，指在十點的位置，然後說：

「Wakaru ka?」

剃頭光不解其意，周福生便跟他解說，菊池巡佐限定他一小時內把房子掃好，他十點要再回來檢查。剃頭光聽了，眉頭打起結來，卻見菊池巡佐緊逼著說：

「Wakaru ka?」

剃頭光無法，只好學著日本話，彎腰點頭地回答：

「Wakaru……Wakaru……」

菊池巡佐走了之後，剃頭光可就煩惱起來了，到底怎麼辦才好？掃除嘛，會驚動胎神，光嫂準定又要流產，他到此還沒有兒子，他太要這個兒子了，絕對不能再叫她流產；不掃嘛，又怕被菊池巡佐罰金拘留……正在進退維谷的時候，只聽周福生說：

「我看這菊池巡佐也不是頂野蠻的日本人，可將你的理由說給他聽，說光嫂已經順月㉒，乾脆等生產了後再清掃，他可能會了解才對。」

「要怎麼說？就是話不通才如此，若可通，早就說了……」剃頭光又長吁短歎起來。

「我不久以前去派出所辦理國籍的事情，有一個叫『許金』的艋舺人列做通譯，我知道他日本話精通，又住不遠，我去請他來爲你解釋，你想如何？」周福生說。

「那就拜託你了，福哥，你千萬一點鐘以內就把他請過來。」剃頭光說。

周福生答應著去了，他東問西問，找了快一小時才找到許金的房子，也幸運許金剛好在家，周福生便跟他說了原委，許金原也是十分勤快的人，聽完了便即刻進去換了一套白色的西裝，跟周福生來到剃頭光家裡，恰巧菊池巡佐又揮著木棍也同時來到，一見到剃頭光的房子依然不掃，便又大發起脾氣，揮起木棍就想往剃頭光的屁股打，但被許金跑過去攔住了。許金於是便跟菊池巡佐說起「胎神」的事情，說是台灣的風俗，一時改變不過來，望請他諒解，答應光嫂一旦生產

㉒順月：台語，意（孕婦臨盆之月）。

過後，房子一定清掃……

「胎神？胎也有神？神不是只在『神社』裡嗎？怎麼連桌子、椅子、箱子、牆壁……到處都有神？」菊池巡佐用日語同許金說。

「正是如此，巡佐大人。」許金也用日語肯定地回答。

「眞不可理解哪！你們這些『本島人』！」菊池巡佐搖搖頭說。

他終於答應剃頭光要求，但叮嚀他，光嫂生了孩子之後一定得清掃，否則要把他拘留一百天。剃頭光感謝都來不及，當然也就滿口答應了。

這事完了之後，剃頭光便留在後頭去跟磨刀利說些什麼，周福生則同許金與菊池巡佐一起走出那條小巷，出了巷口，周福生便獨自走進他的木器店裡去了，許金也正想回家，可是菊池巡佐看到木器店的招牌，又瞥見店裡陳列的一些桌椅櫥櫃等木器，便把許金拉住，一起跟住周福生，走進他的店裡來。

菊池巡佐把每件傢俱仔細端詳了好一會，又每件都摸摸，嘖嘖點頭稱讚起來，對周福生突然欽佩有加，用日本話對他說：

「周樣，你的手藝眞的既精又美哪！」

周福生聽不懂，許金便自動給他翻譯了，周福生聽了，微笑起來，點頭向菊池巡佐感謝他的稱譽。

菊池巡佐在店裡繞了一圈，又轉回來，清了清喉嚨，改成一種談業務時的嚴肅口吻對周福生說：

「周樣，有一件公事想跟你商量，現在台北圓山已經開始建造『台灣神社』，到處在找木匠，你的手藝這麼精良，正是官廳最需要的，想請你到圓山來幫助建造『台灣神社』，不知你的意思如何？」

許金把日本話翻譯給周福生聽了，但周福生卻還不太清楚，便問許金說：

「『台灣神社』是欲拜什麼神？上帝君？城隍爺？祖師公？抑是青山王？」

「不是拜倆台灣神，是欲拜伊日本神——北白川宮能久親王的神……」許金詳細解釋著，自己的臉也不覺紅了起來。

「伊哪是神？伊不過是一個人而而。」周福生固執地說。

「人活的時陣是人，人死了後就變神……福哥，這你漫問尙多啦，大人列即丫，伊列問你欲去圓山做息㉓抑覅，你講一聲！」許金說。

「若拜倆台灣神，我趕緊就來去，阿若拜伊日本仔神，我也不是日本國民，我才不愛去。」周福生說。

「周樣說他店裡很忙，未能分身去參加『台灣神社』的建造，實在感到十分抱歉。」許金照自己的意思，用日本話對菊池巡佐說。

「是用日本官幣建造的，工錢很多，比普通工錢多三倍，要比他在店裡工作賺得多……你再爲我向周樣說！」菊池巡佐又命許金說。

許金把話翻了，周福生仍然搖頭拒絕，最後菊池巡佐也沒有辦法，便惋惜地歎了幾口氣，向門口走去，才走到門口，又反身叮嚀周福生說：

㉓做息：台語，音(cho-sit)，意(做工)。

「周樣，你隨時店裡的事情做完了，就隨時來派出所通知我，『台灣神社』要造好幾年哪，隨時都歡迎你來參加建造。」

許金又照例翻譯了，周福生又照例點頭婉謝了，菊池巡佐與許金這才走了出去。

他們走了之後，謝甜才從房間裡走出來，剛才周福生跟他們說的話，她在房間裡都聽到了，所以不必問周福生任何話，她便直截對他說：

「『敬酒不吃，吃罰酒』，看伊警察將來用索仔加你縛去圓山頂做工！」

「伊用索仔加我縛去圓山頂，我也不愛替偲做工！」周福生堅持地說。

「台灣神社」前後蓋了三年，在這三年裡，周福生始終也沒上過圓山一步，至於去爲日本人釘一支鐵釘或鋸一塊木頭，那就更不必說了。

九

離龍山寺兩段路有一條街叫「新起街」，在這條街的兩旁大都是日本人經營的木器傢俱行。這些日本人倒也不是自己製造傢俱，而是向在地的台灣木匠議價請他們承造，造好了再搬到新起街的店面出售的。因爲周福生手藝高明，早有幾個日本人聞名而來向他訂造，這些日本商人大都也是十分講信用，說一算一的，可是其中卻有一個叫「高日」的商人，這人不但愛吹毛求疵，更愛貪小便宜，周福生爲了顧全大局，都忍氣呑聲過去了。

這一天，高日路經周福生的木器行，順便來看早幾個月訂做的五只木櫃，高日早些日子已先給了周福生半數五十塊的訂金，剩下的五十塊等以後叫苦力來搬時再付。高日在看了已經做好的五只木櫃後，老毛病又犯，用三分之一日語、三分之一台語、三分之一手語，對周福生比手劃腳地說：

「你這木櫃做得不好，油漆太黑！」

周福生對自己的手藝是最有自信的，他生平最氣人說他木器做不好，再者他的貨物一向是不二價的，所以他更氣人講價錢，現在聽了高日的話，他知道他又在故意吹毛求疵了，他志不在此，他志在殺價，因此他沉默不語。眼見周福生沒有回答，高日便緊接著說：

「這樣好了，本來說是一百塊，我給你九十塊，你不必再重漆，你看如何？」

「我的木器從來不二價！」周福生斬釘截鐵地說。

「不二價？但是你油漆太黑，還說不二價？多少減一些。」

「我說不二價就是不二價！」周福生重複地說。

「多加五塊，給你九十五塊如何？」

「一個錢也不減，要就拿去，不要就留下來，我訂金退還給你！」周福生說。

高日見周福生嘴硬，知道他眞地一個錢也不減，又覺得失了面子十分掃興，便悻悻地說：

「好！你若不減價，這些木櫃你都給我重新油漆，稍黑一點我就不要，三天以後來搬貨！」

高日走出木器店後，周福生氣憤填膺，掄起地上的斧頭，便往那五只木櫃幾斧砍了下去，等謝甜從後廳的廚房跑來，五只木櫃已碎成片片，撒了一地，待謝甜想問個清楚，卻聽見周福生猛虎暴熊地怒吼道：

「伊奶爸爸強！爸爸伊都強！不做丫！不做丫！咒詛以後不復佮即種日本仔做生理丫！」

說罷，便命謝甜幫他把木櫃的碎片搬到後尾巷的巷口丟棄了。

三天過後，高日果然又來木器店要搬木櫃，後面跟著一個苦力，拖著一隻里仔卡。高日進到店裡，看不見他的那五只木櫃，正想問周福生木櫃放在哪裡，而周福生已把腰帶一翻，數了五十塊還給高日，順便對他說：

「生意不做了。」

「但是你木櫃在哪裡？你賣給別人？」高日問。

「我什麼人都不賣，若不信……謝甜！你邇伊去後尾巷仔看！」

高日果然跟著謝甜到後尾巷的巷口看了，回來時暴跳如雷，對周福生說：

「你怎麼可以如此？我要去法院告你，告你做生意欺詐，不講信用，要叫你賠償！」

「你去告好了！」周福生鎮定地回答。

「好！我說到法院告你就是到法院告你！」高日激憤地說。

這樣爭吵的時候，門口早圍了許多看熱鬧的人，等高日氣沖沖跨出店門，磨刀利和剃頭光以及黃萬就跨了進來……

「伊日本人，你哪敢佮伊嚷？」磨刀利首先開口說。

「我管伊日本人抑是什麼人，伊日本皇帝我也沒列驚！是伊沒理，不是我沒理。」周福生愈生氣地回答。

「但是你稍想想咧，警察是偲日本人，法官也是偲日本人，日本人攏是爲偲日本人，伊若告你，你哪會贏？你絕對輸的。」剃頭光接著說。

聽了這話，周福生的氣勢倒也收斂一些，不敢再大聲了。

「看你若告輸，欺詐罪成立，看偲加你掠去籠仔內關欲安怎？」黃萬說。

「彼哪有什麼？上驚是偲加你關了後，復加你趕轉去福州，彼時放某放子在台灣，看你欲安怎？」磨刀利加油添火地說。

站在旁邊的謝甜聽了，眼淚便一顆一顆地掉下來……

「早就叫你改日本籍，偏偏仔死鴨硬嘴巴，不愛做日本人，甘願做清國人，你看！看是啥人較著？」磨刀利又說。

「唉！您這攏是加講的啦。」周福生說，改變了口氣：「伊是講講而而，沒一定會誠實做稟去法院告我。阿伊若誠實去法院告我，我才來去法院論理，阿萬一若給人趕轉去福州，也著行，哪有什麼法度？」

謝甜聽了，更成淚人，抱住周台生，坐在屋角的木椅裡直哭……

以後的一個月裡，周福生的一家人都抱著僥倖的心理，都希望高日不去法院告，哪知一個月後，法院的通知竟然來了，通知周福生三個禮拜後上台北法院去問詢，不久，龍山寺附近的人也都知道了這件事，於是便謠傳說周福生要被趕回福州去了。

「攏是你平時歹脾氣，對人沒好，對家己人對福州人猶沒要緊，偏偏對偲日本人，你也仝一款，看你以後放某放子，放阮兩個母仔子在台灣欲安怎？」謝甜淡淡地對周福生說，眼眶又紅了起來。

周福生無言以對，一生以來從沒像現在一樣，把整個龍勢虎威都喪失殆盡了。

「我看你即馬緊去入日本籍哦！」磨刀利勸周福生說。

「沒效ㄚ啦！即馬去入日本籍也𣍐赴ㄚ啦！」周福生說。

「否你欲安怎？」磨刀利說。

「哪有安怎？只有死馬做活馬醫而而。」周福生說。

「叫你去造神社你就𣍐去，才會落到即個地步，叫天天𣍐應，叫地地𣍐靈，我哪會即丫歹命……」謝甜說著又嗚咽地垂淚了。

出庭之日，謝甜特別爲周福生製了一件白府綢的台灣衫和台灣褲，還買了一雙白皮鞋給他穿，一頂白麥桿帽給他戴，這些穿戴平時周福生是絕對不要的，但既然要上法庭，爲了給法官留個好印象，也只好勉強穿戴了。謝甜因爲綁腳，又有周台生在身邊，不便陪周福生上法庭，只好由他自己去了。

一整天，謝甜只戰戰兢兢地等在家裡，苦苦等了一天，終於看見周福生回來了，一見他回來，隔鄰附近的朋友便圍了過來……

「你告贏抑是告輸？」黃萬首先關心地問。

「即馬猶不知，過幾日才會發通知給我。」周福生回答。

「安倪講起來，絕對是告輸丫啦，你若沒罪，伊法官當場就會宣判你沒罪，哪有等到發通知給你之理？」磨刀利幸災樂禍地說。

周福生只瞟磨刀利一眼，也不去理會他，表情十分鎮定。

「你在法院講什麼？」剃頭光問。

「哪有講什麼？我橫直知影的攏講，阿彼個通譯就替我翻譯。」

「阿彼告你的日本人咧？伊講什麼話？」黃萬問。

「伊直接佮法官講日本話。」周福生說。

「阿伊講你聽有否？」黃萬接著又問。

「伊講日本話，我知影一棵芋仔蕃薯！」周福生輕蔑地回答。

「你看！你看！我講你會輸就是你會輸，人在佮法官用日本話通秘密，欲加你掠去刣你都猶不知咧！」磨刀利繪聲繪影地說。

聽了這話，謝甜本來已經垂淚，突然又嚎啕大哭起來……

等待上法院只是苦悶，而等待宣判通知就焦急如焚了。但終於有一個下午，郵差把一封掛號信遞給周福生，周福生撕開來看，見有些漢文，還有些日本的「片假名」文字，單字還懂，連起來就不懂了，於是他便飛跑著來找許金，許金看了一下，便微笑地對他說：

「法官認爲你講了有理，原告駁回，代誌已經過去，你會使安心去睏ㄚ。」

聽得周福生拍手直跳起來，拿了通知，直往家裡跑，要儘快告訴謝甜去。一到家裡，全屋子早已擠了許多厝邊隔壁的人，他們都已經聽到周福生收到法院的宣判書，所以都急著來探聽消息，磨刀利、剃頭光、黃萬也都來了。周福生不待大家問話，便把宣判書舉在頭上，用如雷的大聲說：

「沒罪！沒罪！啥人講偲日本仔攏是歹人？『一壺三斑也有一尾金魚』！」然後轉頭對他太太，從腰裡掏出二十塊對她說：「謝甜，這二十塊銀你提去！去加我辦一塊大桌，欲魚！欲肉！欲雞！欲鴨！才復去叫人加我扛三打紅酒來，欲大大慶祝一下，給即割朋友兄弟大大吃一頓粗飽！」

謝甜轉憂爲喜，眉開眼笑地接了錢，難得像今天破天荒從周福生手裡拿到二十塊錢去買菜，平時她辛苦持家，向周福生拿錢都十分不易，每天都從菜錢裡省下幾個小錢來充當她的「私額錢」，這天拿到二十塊，她便闊闊綽綽地扣下了大半錢，只用那剩下的一半去菜市場買菜。

這晚，幾乎所有客人都到齊了，周福生把桌上的菜蓋揭開，只見到零零落落的幾塊雞肉，不見有鴨，更不見有魚，其他的菜餚也不豐富，周福生一時勃然大怒，雙手一掀，把整張飯桌都給翻了，倒滿一地的飯菜，並且破口大罵道：

「伊奶爸爸強！爸爸伊都強！平時做你儉菜錢做私額，我攏沒加你管，即偌鬧熱擺的大日子，你也在加我儉菜錢，儉到太沒款曲，叫一大堆人來吃，是欲叫人吃什麼？欲叫人吃桌頂？伊奶咧！儉到尙過沒款曲！」

一時大家都圍上來勸解，請周福生息怒，而謝甜卻十分委屈地蹲在桌角掩面而哭，斷斷續續抽噎地說：

「你若沒愜意，做你加我打，哪著在眾人面前掀桌蹧蹋㉔人……」

「加你打？」周福生鄙夷地說，用拇指反指自己：「我大丈夫男子漢打你一個綁腳查某？小人！」

說罷，周福生轉身對眾人說：

「行啦！光的、利的、萬的……俑大家來去龍山寺口吃，厝裡吃沒，只有是來去外口吃！看欲吃魚、吃肉、吃雞、吃鴨，做您加我吃，錢免管！」

㉔蹧蹋：台語，音(chau-that)，意(故意令人難堪)。

第六章　虎姑婆

一

自從丘雅信在「大稻埕公學校」上學以來，轉眼已經三年，她也已經十二歲了。因爲許秀英本來就是基督徒，嫁了林之乾做了「牧師娘」不必說，等林之乾死後，改嫁給丘元家，她仍然堅持原來的宗教信仰，丘元家雖然沒信基督教，但他倒不禁止許秀英繼續帶她的兩個女兒去教堂做禮拜。每個禮拜日，許秀英照以前的習慣，絕對帶雅信與雅足去原來她丈夫的禮拜堂做禮拜，每當大人在教堂正堂祈禱唱詩或聽道的時候，雅信與雅足便同其他同齡的孩子到教堂的後堂去上「主日學」，由一個叫「金蓮」的中年女教友來教。這「金蓮」原來是淡水人，與淡水馬偕牧師的教堂及「牛津學堂」頗有聯繫，經常來往於淡水與台北之間。這時在淡水的「牛津學堂」，早已附設了男生的「淡水中學」以及專爲成年婦女補習的「淡水婦學」，這一年又開始擴建教室與宿舍，打算另外設立專爲教育女生的「淡水女學」。

這一年春天的一個禮拜日，當雅信在上「主日學」的時候，金蓮突然對「主日學」裡較大的幾位女孩子說：

「淡水教會附設的『淡水女學』復兩個月就欲開學囉，這學校是叫外國姑娘來教的，孤收十二歲以上的查某學生，頭一年孤欲收一班二十四個學生而而，已經列招生，您什麼人若愛去讀，會使叫您父母去淡水註冊。」

雅信聽了，立刻豎起耳朵，把金蓮的話牢記在心裡，等「主日學」完了，與她母親走出教堂，在半路上，她便把金蓮在「主日學」上所說的話一五一十說給她母親聽，其實許秀英在教堂裡也多少風聞到這個消息，只是她倒無動於衷，沒想到這消息竟然引起雅信這麼大的興趣。

「彼是外國仔學校，你知否？佮俑的學校沒像款❶，你知否？」秀英說。

「外國仔學校就外國仔學校，我眞想欲來去外國仔學校讀。」雅信說。

「但是你欲安怎佮伊講會通？伊攏講外國仔話。」秀英說。

「不過，你不知，人金蓮講，伊姑娘攏會曉講台灣話，佮俑講會通。」雅信說。

「阿著住列淡水校舍內面，你知否？」

「住彼丫就住彼丫，我不驚。」雅信肯定地說。

秀英看雅信這麼執著而堅定，終於動了心，想讓雅信去「淡水女學」了，於是回家同丘元家商量，丘元家知道雅信可以念書，也贊成了。

第二個禮拜日，做完禮拜，當許秀英遇到金蓮，跟她打聽更詳細的消息，才知道「淡水女學」一年的學費是三十塊銀，而牧師的女兒特別半價優待，一年只收十五塊銀而已。儘管林之乾曾經做過牧師，但已過世，所以雅信已失去優待的資格，爲了希望得到半價的優待，秀英突然想起在大龍峒教堂主持禮拜的高牧師來，既然雅信曾經許給他做新婦仔，照理也等於他的女兒，如

❶像款：台語，音(siang-khoan)，意(相像，一樣)。

果以他的名義去報名，當然就可以享受半價的優待了。既已打定主意，隔天下午，秀英便帶著雅信往大龍峒的教會來。剛好高牧師在教會旁的那間紅磚屋裡，大家寒暄了幾句，許秀英便把話題轉到「淡水女學」上，說雅信愛念書，而她也想讓她去「淡水女學」念，說了一會便問高牧師說：

「人講牧師的家族，若去讀『淡水女學』會使半價，你曾講愛阮查某子，阿阮查某子以前也答應大漢欲給你做新婦，是因為即馬細漢，住您厝住𣍐慣習，所以才暫時住在阮厝，橫直將來大漢也是欲嫁您，我想就用您的名給伊去『淡水女學』報名，你想安怎款？」

高牧師聽了，望了望雅信，猛搖著頭說：

「噯喲，彼阮嬡！愛逃走的查某囝仔阮眞沒法度，做新婦仔都嬡，將來哪敢娶？彼阮才嬡！」

許秀英沒法，只好悻悻地把雅信帶回艋舺來，第二個禮拜日做禮拜時，遇見了金蓮，便把三十塊銀交與她，託她回淡水時，順便為雅信報名註冊。金蓮問了雅信的生時日月，以及父母的姓名與住家的地址，都抄了下來，便帶回淡水去了。

過了兩天，金蓮回來艋舺回報許秀英，說雅信不能報名去讀「淡水女學」。

「安怎𣍐使報名去讀？」許秀英問。

「雅信猶未滿十二歲，所以𣍐使去讀，思這外國仔學校講的是實歲，雅信雖然十二歲，其實實歲才十一歲，伊著愛復等一年，等明年才去讀。」金蓮回說。

「為什麼絕對著愛滿十二歲才會使，少一歲為什麼𣍐使？」許秀英問。

「你不知？這學校佮別間學校沒像款，學生不但著愛住列校舍，而且著愛家己梳頭，家己洗衫。十一歲查某囝仔尚細漢❷，恐驚𤆬曉照顧家己，而且復愛哭，彼才𤆬使。」金蓮說。

許秀英聽了，也知道沒法，於是只好勸雅信再等一年了。卻沒想到過了一個月，金蓮帶了一位叫「吳含笑」的十四歲女孩子來許秀英家，高興地對許秀英說：

「雅信會使去『淡水女學』讀書丫，眞恭禧！」

許秀英和雅信正感不解，金蓮接著對她們說：

「『淡水女學』原來欲收二十四個學生，但收即俔久猶收沒到二十四個，抵好有這吳含笑也去報名，伊是倆教友的查某子，我才佮伊學校先生講，伊會使照顧雅信，也抵好偎列欠學生，偎才答應欲收雅信，眞恭禧！」

許秀英母女聽了，自是十分高興，於是兩個大人說話，而兩個小孩也自動搭訕了起來。吳含笑已經十四歲，她大雅信一顆頭，雅信還是十足的小孩，可是含笑已亭亭玉立，早有了少婦的雛型，她把雅信拉到一旁，對她說：

「我會使加你梳頭，會使替你洗衫，但是你𤆬使愛嚎，我才欲迊你去『淡水女學』，看你愛嚎抑𡢃嚎？」

「我𡢃嚎！」雅信張著大眼睛肯定地說。

「𡢃嚎我才欲迊你去。」含笑說。

第二天，金蓮終於給雅信報名，而雅信也就變成了「淡水女學」第一屆的最年輕最幼小的學生。

❷細漢：台語，音(soe-han)，意(幼小，小個子)。

二

雅信既已在「淡水女學」註了冊，她的母親便叫她到「大稻埕公學校」向她的級任老師大苗先生說明去意。這一天，雅信特別提早半小時到學校，因爲她不想在其他男學生面前向大苗先生提及此事，怕他們又要爲此跟她惹事生非，所以她便直接到大苗先生的宿舍來。她敲了門，大苗驚訝地開門讓她進去，來到他他米上，大苗先生問她所爲何來，雅信便興高彩烈地對他說：

「大苗先生，我要到『淡水女學』唸書了！」

「幾時要去？」大苗先生睁大了眼睛說。

「再過一個月，等四月那邊開學了，我就去。」

「你不想在這學校唸嗎？」

「不想了，大苗先生，我媽媽已經替我在那女學註冊了，所以過一個月我就非離開這學校不可。」

沒想到聽了這話，大苗先生卻禁不住淌下了眼淚，又怕在雅信面前哭泣難爲情，便拿起手帕走到窗邊，對著窗外擦起淚來。雅信也感到十分訝異，她萬想不到這對她是大好的消息，竟然會叫大苗先生這樣的大人流淚，便走了過去，急切地問大苗先生說：

「大苗先生，眞對不起，是我說錯什麼話了？」

「沒有，沒有……」大苗先生轉過身來對雅信說，他的眼眶都通紅了：「我只是突然想起我的妹妹來，當我離開神戶時，我十分難過，等那船慢慢開向大海，看見我妹妹在碼頭上向我揮手，我突然感到一陣心酸，也就淌下眼淚，就像剛才聽見你要離開學校一樣。」

說完了這些話，大苗先生便又忍不住流下眼淚，可能已把心事洩漏給雅信，也不再怕在她面前流淚，所以大苗先生也就放情抽泣了起來。雅信見他哭，自己也不期然感染了他的那一份悲傷，想起三年來大苗先生對她的一片愛心與照顧，於是也跟著淌下眼淚。兩人就這麼相對哭了一陣，終於大苗先生自己先停止下來，他蹲在雅信的面前，拉住她的雙手，換成十分慈愛的口氣，對她說：

「信樣，如果你一定要去『淡水女學』，開學的那一天，由我帶你去淡水好不好？」

「好……」雅信說：「但我得回家去問我媽媽。」

「這你放心，我會親自去跟她說的。」

「但是大苗先生，你這邊公學校怎麼辦？」

「這你放心，我會特別爲你請假一天，叫別的先生來代課。」

雅信點點頭微笑起來，而大苗先生見她笑，自己也勉強笑了……

這一天下課後，大苗先生照例又帶雅信回家，到了家裡，大苗先生果然向許秀英請求讓他在「淡水女學」開學的那天帶雅信去，許秀英因爲自己纏腳不方便，加之大苗先生平時對雅信百般照顧，也就樂得讓他帶雅信去了。

三

「淡水女學」開學日終於到了，一大早大苗先生便穿好黑色禮服來許秀英的家裡，丘元家、丘雅足都立在客廳裡看著，秀英早爲雅信準備好兩箱的衣服和日常用品，她給雅信穿了一件滾黑邊的水波花大裪衫，給她打了兩綹髮辮，在額前梳了一個瀏海，又買了一雙發亮的皮鞋給她穿，跟她說了百般的好話，要好好聽「淡水女學」先生的話，撒了幾滴淚，方任大苗先生把她帶到台北站去坐火車。火車從那「台灣神社」的圓山下通過，過了圓山鐵橋，再經過士林、石牌，在北投站停了一刻鐘，好讓要到新北投的旅客換另一小節車廂上新北投去，而後這原來的火車又繼往北開，火車一過了關渡，便沿著淡水河前行，這裡淡水河的河面突然展開，一路但見渡船、漁夫、漁網、漁池、村舍……都襯托在河水深碧之中，河對岸的觀音山，逐漸變形，愈近愈見其高聳與壯麗，不久河面向遠延伸，與那一望無際的台灣海峽融合在一起……

因爲是生平第一次坐火車，一路雅信都十分興奮，一邊望著目不暇接的風景，一邊問大苗先生各樣新奇的事物，不知不覺就把別親離家的憂愁給忘了，才過不了一小時，淡水已經在望了。

走出了火車站，首先映入眼簾的是山坡上的那間紅磚黑塔的「淡水教堂」，遠一些便是那屹立三百年的「紅毛城」，「淡水女學」便夾在教堂與紅毛城的中間，因爲遮在參差不齊到處零落的民屋之中，所以不易分辨出來。

大苗先生帶著雅信爬了山坡，先經那「淡水教堂」，然後循著一條曲折的山徑，走了十幾分鐘，便來到一道七尺水泥高牆之前，那高牆上面都栽著破碎的玻璃和酒瓶，反射著陽光，直刺眼睛，令人暈眩，那牆前有一道入口，由兩扇大鐵門守護著，此時鐵門正打開，迎面是一幢紅磚綠欄的西式校舍，屋頂都用紅瓦蓋住，再用紅磚整齊地鎮壓著，校舍之前一片綠茵草地，剛種了幾株年幼的棕櫚、相思、杉柏和茄苳……

因爲是創校開學之日，加之是加拿大教會開辦的學校，爲了躬逢其盛，早有不少外國使節和商人，以及淡水官廳派來的日本官員，散在草地廣場的各處，紅髮的、黃髮的、白髮的、黑髮的，應有盡有，都穿著奇裝異服——女的梳著蓬頭高髻，拖著長裙，打著小巧洋傘，男的戴著高桶禮帽，穿著燕尾服，提著銀頭枴杖，更有一些台灣學生家長，有的長袍馬褂，有的西裝革履，各自圍成一堆，在等待早上十點的開學典禮……

開學典禮在新建的禮堂舉行，首先由女校長「金姑娘」致辭。她本是加拿大長老會派來台灣的女宣教師，原名叫「Kinney」，爲了方便才改漢姓叫「金」，大家也就叫她「金姑娘」。她來淡水已經三年，跟漢文先生學過一些漢文，而她的台灣話在未來台灣以前就已經學了不少，都是從廈門「同文書局」出版的一本羅馬拼音閩南語字典上學來的。她的台灣話儘管十分嫻熟，但仍帶著濃重的洋腔，聽起來總是吊吊的。

金姑娘先用英語對來賓說了一會，便改用台灣話對學生說：

「您——今仔日——來讀書，來即間『淡水女學』——來給我教書，我——有眞歡喜，您——也有眞歡喜，我——會好好教您，您——也著好好讀書，讀——給您父母歡喜，讀——給馬偕博士的靈魂——歡歡喜喜……」

金姑娘繼續用台灣話演說著，可是坐在最前排的那十八個學生卻沒有心情聽她說什麼，她們個個都面帶不安與愁容，隨時都轉頭去望後排的家長。雅信與含笑並肩坐著，雅信終於忍不住低聲問含笑說：

「含笑，你想俑應暗欲睏列嘟？」

「我不知。」含笑搖搖頭說。

「你想俑應暗欲在嘟吃飯？」

「這我也不知。」

「你想俑欲吃什麼？」

「唉！看你即倪細漢，你話哪會彼倪多？」

含笑終於不耐煩地回答，雅信也無法，只好仰頭再去聽金姑娘的演說，這時，金姑娘已在介紹這女校的所有教師。除了金姑娘自己以外，還有一位女宣教師，本名是「Conne11」，也像金姑娘，取了個「銀」字，叫「銀姑娘」，她也是教師。另有一位穿和服的年輕日本女人以及兩位穿漢服留長辮的台灣人也都是教師，前者教日文，後者教漢文。等所有的教師都一一介紹完畢，典禮也就結束了。

典禮完畢之後，全部教師與新入學的學生便排在禮堂面前合拍照片留做紀念，然後分發紙包的餅干給學生與來賓，當做中午的點心，完了，便是來賓離校的時刻了。

來賓們紛紛離去了，只剩下一些家長仍依依不捨地與他們的女兒話別，大苗先生眼眶又紅了起來，拉住雅信的手，對她說：

「信樣，我要走了，你要好好用功念書哦，我以後再常常來看你……」

雅信默默地點頭，有點想抽泣，所以說不出話來。

等來賓和家長都走出了校門，金姑娘和銀姑娘便合力把那兩扇鐵門依啞幾聲關了起來，金姑娘還從腰上掏出了一把大鑰匙，卡拉一聲給下了鎖，雅信望著那關閉的鐵門和那栽玻璃的高牆，心裡一想：「旦害丫❸！嬒得通復出去丫！」不覺喉頭塡滿起來，眼淚也滾了下來。

她環顧左右，不但她自己，幾乎所有學生，不管大的還是小的，粗的還是細的，也都滿眶淚水，只聽見一片哭聲，彷彿被關進監牢之中了。

❸旦害丫：台語，音(tä-hai-a)，意(這下糟了，這下完了)。

四

整個「淡水女學」都用栽玻璃的高牆圍起來，高牆裡有教室、宿舍、禮堂、食堂、草地、運動場……萬物具備，自成一個小世界。金姑娘和銀姑娘住在學校斜對面的一幢紅磚四方二樓的洋房裡，進出都得開啓那高牆的側門，所有鑰匙都由金姑娘掌管，她不時都把那一串鑰匙繫在腰上，走起路來，那些鑰匙便鈴鐺作響。

開學的這一天下午，先由金姑娘和銀姑娘兩人帶著所有新學生，把她們在宿舍安頓了，指示她們每個人的床位和衣櫥，然後帶她們去看便所。便所不在宿舍裡，卻在草地的另外一端，走路要兩分鐘方可以到。當大家來到便所之前，經金姑娘說明了一番之後，便有個學生問道：

「金姑娘，暗時阮若欲放尿，敢也著行來即丫？」

「不免，您——宿舍內面，我——有加您放一個尿桶，您——大家暗時會使用，但是每日早起，您——著愛提來即丫倒掉，兩個人一組，輪流倒。」

「若欲放屎欲安怎？」另有一位學生問。

「喔，彼就愛來即丫才會使。」金姑娘說。

看完了便所，兩位姑娘便又帶學生去看教室，然後來到運動場，那運動場包括網球場和籃球場，都是新架設的，還沒有人用過，從籃球場走出來，金姑娘便領大家往學校的後門走，來到後門，金姑娘從腰上的那串鑰匙找到一把，將那後門的鎖打開了，叫學生走出去，等大家都出來了，她才又把門鎖了，然後帶著她們走在另一列校舍房的一條小徑上，這條小徑通往馬偕博士的墓園，而這列校舍，便是「淡水中學」，是專收男生的學校，它與隔壁的「淡水婦學」是在「淡水女學」以前就存在了，現在三校雖然緊鄰，卻都有鐵門高牆森嚴隔開，彷彿是三個不相來往的禁地，那鐵門只有爲了參拜馬偕墓園的重大事情時才允許打開。

馬偕博士的墓園在「淡水中學」的盡頭，四面由紅磚矮牆護著，園裡一片青草地，沒種樹木，所有樹都是由牆外越過矮牆探進園裡來的，彷彿要分享這片草地的清靜似地。

就在那草地的中央，有一塊沙石墓碑，上面用英文寫著：

馬偕博士之墓
第一位到台灣北部的傳教士
於一八七二年三月九日到達台灣
生於一八四四年三月二十一日
歿於一九〇一年六月二日

金姑娘跟學生講述了馬偕博士自二十六歲從加拿大來台灣傳教、設立學校、到五十六歲長眠在淡水的經過，然後叫大家跟她一起默禱了三分鐘，才又把她們從墓園帶出來。在回路的山坡道上，台灣海峽一覽無遺地展現在腳底下，因爲已近黃昏，海邊反射著夕陽，彷彿是千萬條跳躍的金魚，大屯山與淡水河對岸的觀音山，遙遙對峙著，人好像夾在兩山山谷裡……

那山坡附近有幾座凌亂的古墳，左右都長著開花的菅芒，再遠一些有幾家農舍，有個叫「潘來好」的十三歲學生便對含笑和雅信說：

「彼丫就是阮厝，有近抑是沒近？」

周圍的學生聽見了，都禁不住歆羨起來……

回到高牆的鐵門時，金姑娘照例又從腰上的那一串鑰匙之中找出了一把，將鎖打開，讓學生走進去，才又把鐵門鎖了起來。把她們帶到食堂的時候，晚飯已經準備好了，金姑娘叫大家在桌前坐齊，先祈禱感謝上帝一番，才叫開飯。那桌上有土豆、鹹菜、豆乾炒肉絲、芥藍菜……雖然不十分豐富，但也差強人意了，不料一個叫「洪彩鳳」的十三歲白胖學生看了那些菜樣，卻暗自滴下眼淚，坐在旁邊一個叫「胡幼」的十五歲黑肉高瘦的學生便問她說：

「這菜都𣍐䆀，你列哭什麼？」

「沒好……」彩鳳搖搖頭說：「也沒魚、也沒蝦、也沒雞腿、也沒雞翅……這菜沒好！」

「阮毋若有即款通吃就眞好囉，你若不愛吃，攏給我吃啦！」胡幼說，顯出男孩的氣概來。

彩鳳點了點頭，她這第一頓飯便因爲菜不合胃口而不吃了。

金姑娘和銀姑娘並不與學生在學校的食堂吃，她們兩人都到學校斜對面宣教師的洋樓去吃她們的洋餐去了。等她們吃完了晚飯，便又來學校協助學生整理床舖、換衣、洗澡，準備就寢。

在就寢之前，金姑娘向大家愼重宣佈——每夜十點必須上床睡覺，把油企燈吹熄，每早七點聽到鐘聲就要起床，每天如此，不得有例外。金姑娘還與學生說了一些話，其間，雅信便問金姑娘說：

「金姑娘，阮東時會使轉去厝裡？」

「才來學校就想欲轉去厝裡？」金姑娘詫異地說：「一年——除去歇熱❹，孤會使轉去兩遍，

❹歇熱：台語，音(hio-loa)，意(放暑假)。

一遍——是聖誕節，一遍——是過年。」

整個宿舍都起了一陣唏噓，大家心裡暗暗叫苦，一等金姑娘跨出門限，帶著她的鑰匙聲漸漸遠去，所有學生都哭作一團，有的站在甬道哭，有的坐在床沿哭，而雅信則趴在枕頭上哭。哭了好一陣子，哭聲也漸漸消歇了，先是那些較年長的學生止了哭，把宿舍裡的油企燈吹熄，上床睡了，然後其他也一個一個跟著在黑暗中止了哭聲，可是雅信卻一直哭個不停，等大家都靜止了，她仍繼續抽泣暗哭，想起學校的高牆、鐵門，想起艋舺的母親、父親，想起帶她來淡水的大苗先生，想起半年才能回家的這段漫長的日子……

「愛哭神！活欲吵死人！」終於有人在黑暗中喊。

「細皮的，恬恬❺啦！哭到別人攏𣍐睏咧！」另一個人說。

「雅信，你是列哭什麼？哭𣍐定！」睡在隔床的含笑也終於說了。

「阮欲轉來去厝裡……」雅信半哭半啼地回答。

「叫你不通來，你就欲來，來了才來哭！」含笑有些生氣地說。

「阮頭一遍離開厝……」雅信說。

「什麼人不是頭一遍離開厝？」含笑怒斥地說。

「阿你抵才也列哭！」雅信反駁地說。

「但是阮哭一下就沒哭ㄚ，哪有親像你，哭復哭復哭，哭𣍐定，死老爸也沒安倪，看我欲加你梳頭佮洗衫抑𡟰？」含笑說。

---

❺恬恬：台語，音(tiam-tiam)，意(靜靜，沈默)。

雅信強自隱忍，卻禁不住繼續抽泣……

「嘿！細皮的，你漫哭啦，我講古給你聽啦！」睡在雅信另一邊的胡幼帶哄地說。

於是胡幼開始在黑暗中說「李門環」的故事，說著說著，附近的人都屏息靜聽，連雅信也聚精會神地聽，不知不覺回家的事也忘了，等金姑娘帶著她的鑰匙聲來宿舍巡夜的時候，故事已說完了，於是個個便疲倦地睡了起來，連雅信也合眼入眠了。

五

第二天早晨七點半，才聽到起床的鐘聲，金姑娘已來到宿舍裡，叫大家跪在床邊做「早禱」。因爲並不是來這「淡水女學」的學生都是基督徒的家庭出生，便有幾個學生問金姑娘「早禱」要怎麼禱法，金姑娘便對大家說：

「早禱——會使照您的心肝——唸，但是——『聖詩』內面有一條歌，叫做——『昨暗天父施恩保護』，會使做例唸給您聽：

昨暗天父施恩保護，一暝平安好睏；
早起我欲祈禱敬拜，感謝天父大恩。
懇求天父今日保護，各項所作平順；
賜我罪過免受災禍，引導照顧安穩。
慈悲聖神企我的心，給我顯明仁愛；
賜我恩惠助我所行，免被私慾陷害。」

「即倪長，欲叫阮安怎唸？」潘來好說。

「我——沒叫您大家念即——倪長，我——是舉例給您聽而而，您——會使唸較短，即馬就開始！」金姑娘說。

於是大家便垂頭祈禱起來，雅信和含笑本來就是基督徒家庭出身，已經十分習慣祈禱，所以就唸得長些，但洪彩鳳和潘來好都來自普通家庭，唸不到一分鐘便抬起頭來，開始交頭接耳低聲說話，卻被金姑娘聽見了，於是金姑娘便怒斥道：

「有人——猶列祈禱的時陣，大家——著愛絕對肅靜，獪使講話！」

於是彩鳳與來好只好安靜下來，等了好一陣子，室內再也聽不到任何祈禱的聲音，金姑娘才大呼一聲：「阿——門！」結束了那前後十五分鐘的早禱，大家便去刷牙洗臉，不久便進早餐了。

早餐完後，大家以爲要開始上課，卻想不到又得做「早天禮拜」，原來這「早天禮拜」也像「早禱」一樣，必須每天舉行，舉行的地點就在女學的禮堂裡，到時不但金姑娘、銀姑娘，連那位日本女教師和兩位漢人男教師也要一起來參加。金姑娘在「早天禮拜」一開始便教大家唱「聖詩」第三百六十三首的聖歌：「耶和華，早起時祢能聽我的聲」，和著風琴聲大聲地唱：

耶和華，早起時祢能聽我的聲，
早起時我欲對祢排列我的祈禱，
盼望祢應我，我欲入祢的聖殿，

思念祢極大的仁慈，
我心敬虔，心敬虔，
我欲對祢的聖殿敬拜祢
我欲對祢的聖殿敬拜祢

唱完了聖歌，金姑娘便讀了一節用羅馬拼音的台灣白話字聖經，然後叫大家跪在椅子前面的跪墊上出聲自由祈禱，先祈禱完的不得先起來，必須等大家都祈禱完，再也聽不到任何聲音時，才由金姑娘做一個手勢，於是大家才起立就座，最後才由金姑娘自己一個人，和著銀姑娘的風琴唱了第一首的「祈禱的時此時極好」：

祈禱的時此時極好，
我心脫離俗情煩惱，
又復就近天父面前，
將心所愛祈禱無停；
我曾遇著災禍艱難，
祈禱的時能得平安，
又我專心祈禱的時，
能使魔鬼跟我相離。

唱完了，大家合說一聲：「阿門。」「早天禮拜」才算全部完畢。正式的上課從九點開始，上了三節課，中午一小時吃中飯和休息，下午從一點上課，又上了三節，到下午四點鐘下課，以下到晚飯之前是自由活動，學生可以打網球、籃球，也可以在學校裡到處散步。

每個禮拜的禮拜六，學校不上課，由金姑娘和銀姑娘帶著學生走出高牆，在學校附近散步，而禮拜天，一律穿好乾淨的衣服，列隊走到「淡水教堂」做禮拜，這時不但「淡水女學」的女學生，連「淡水中學」的男學生以及「淡水婦學」的婦女學生也都來做禮拜。在教堂裡，女學生坐右邊，男學生坐左邊，而那些婦女學生以及其他信徒們則坐在後面，這星期日的禮拜有點像每日的「早天禮拜」那樣，只是在這教堂裡做禮拜，是由一位穿黑聖袍的正式牧師主持，而且除了唱聖歌，讀幾節聖經以外，還得多讀另些「主禱文」、「使徒信經」、「新的誡命」……等等以及與牧師對答的「啓應文」，最後還得「奉獻」。等星期日的禮拜做完了，金姑娘和銀姑娘便又將學生帶回高牆圍住的女學去，於是學生又像小鳥被關進籠子裡，準備迎接第二個禮拜的同樣單調而苦悶的日子。

六

自從「淡水女學」開學以來，三個禮拜已經過去了，學生雖然漸漸習慣，但大部分人卻尚未能完全習慣過來。這一個禮拜六的晚上，在熄燈之前，大家便坐在各自的床上交談起來……

「上膾慣習的就是親像關列籠仔內，看著彼鐵門佮牆圍就想欲哭出來。」年紀最小、個子最矮的雅信說。

「彼鐵門佮牆圍對我沒什麼牽礙著，上肝苦是𣍐得通買四饈❻吃，不時都列腹肚飫，這才親像列籠仔內咧。」胖嘟嘟的彩鳳說。

「金姑娘、銀姑娘𪜶家己𣍐使抹粉，𣍐使點胭脂，也禁止人𣍐使抹粉，𣍐使點胭脂，這才眞正沒意思！」高月裡說，她面目姣好，皮膚白皙，是這群學生中的美人，她正坐在床沿，一邊織花墊一邊說。

「對我來講，禮拜日去禮拜堂做禮拜上肝苦，𣍐輸落地獄咧，椅仔彼倪碇❼，坐到骨頭痛到欲死，牧師講道講鬥長，講到人直直欲睏去，又復什麼『奉獻』，已經沒錢ㄚ，猶著傾甕仔底……唉！不知幾時才會使免去教堂？」來好說，長吁短歎起來。

「你做你去想咧，這本來就是教會學校，哪有免做禮拜的？也沒人叫你來即ㄚ做禮拜，是你家己欲來的，猶有什麼話通講？……阮攏眞慣習。」含笑輕巇地說。

來好被含笑說得十分無意，便轉向胡幼，問她說：

「阿你咧？『黑羊』，你敢有什麼𣍐慣習？」

「沒啊！吃也𣍐䆀，住也𣍐䆀，我佮含笑像款，什麼攏眞慣習，孤一點𣍐慣習——就是𪜶定定列用竹仔加人打，都已經大武人大武種ㄚ，都不是三歲囝仔囉！」胡幼回答。她的名字與「黑羊」接近，又加以她是全班最高最黑的一個，才被取了「黑羊」的綽號，她也不生氣，由人叫去，於是這綽號就叫住了，反而不再叫她原來的名字。

---

❻四饈：台語，音(si-siū)，意(零食)。

❼碇：台語，音(tīng)，意(硬)。

「我著來想一個辦法，看有時仔會使免去禮拜堂做禮拜nbsp;？」來好胸有成竹地說。

「阮大家才加你看！」含笑挑逗地說。

來好卻不再回答，逕自把頭蒙在棉被裡，大家便把她笑了一陣，不久黑羊便吹熄了油企燈，大家也就睡覺了。

第二天是禮拜天，大家吃過早飯在草地集合，才排好隊伍，由金姑娘和銀姑娘帶著要到「淡水禮拜堂」去做禮拜，來好突然捧著肚子從隊伍走了出來，來到金姑娘面前，裝出十分痛苦的表情，對她說：

「金姑娘……我腹肚痛……眞肝苦……獪得去做禮拜……」

黑羊用肘碰含笑，向她耳語了幾聲，含笑又向月裡傳達，月裡又向彩鳳傳達……一路傳達下去，不久，幾乎全班學生都知道這便是來好昨夜想出來的「辦法」了，大家都知道是假的，可是金姑娘卻信以爲眞，突然變得嚴肅起來，十分認眞地回答來好說：

「好！你——去倒列眠床頂睏，今日免去禮拜堂做禮拜。」

來好聽了，面露喜色，暗想得計，便轉過頭去，偷偷地跟其他隊伍裡的同學擠眉弄眼，等瞥見金姑娘和銀姑娘時，卻又捧住肚子僞裝十分痛苦的樣子。隨即她就回到宿舍裡來，躺到床上去，心想等金姑娘和銀姑娘帶著所有學生走出「淡水女學」的高牆後，再爬起來玩。

來好從窗口望出去，只見銀姑娘帶學生走到校門口，金姑娘把她喊住，跟她說了些話，然後留在那裡不走了，等銀姑娘和所有的學生都走出去了，金姑娘才把那兩扇鐵門關了起來，又下了鎖，然後往教室這邊走回來。

來好在床上狐疑著，怎麼金姑娘今天不去禮拜堂做禮拜呢？她留在學校裡做什麼？但來好又不敢下床，怕金姑娘回來撞見了，正在床上輾轉反側，躺也不是，坐也不是，便聽見金姑娘身上的那串鑰匙聲隨著她那沉重的皮鞋聲由遠而近，慢慢走向宿舍裡來了，不到一刻，金姑娘便在門口出現了，她手裡恭恭正正地端著一只碗，碗裡盛滿著些什麼，走到來好的床前，這時來好已從床上爬起，正不知金姑娘要做什麼？金姑娘已開口對她說：

「來！即碗飲落去，腹肚就會好！」

「彼是什麼？」來好睜大眼睛問。

「蓖麻油，對腹肚痛上界有效。飲！飲！緊飲落去才會好！」

來好正在遲疑，金姑娘已把碗推給來好，叫她接了，來好雙手捧著碗，望著那滿碗盪漾的透明黃油，哭笑不得，又不敢把眞話說出，只是擠眉蹙額，不知如何是好，而金姑娘卻在旁催促，甚至用她那雙有力的手，把碗湊到她的嘴邊，命令道：

「飲！飲！沒飲腹肚膾好！」

來好沒法，只好硬喝了幾口，但是十分難喝，她不想再喝了，可是金姑娘卻不答應，她變了臉色，搖搖頭，十分兇猛地說：

「規碗攏飲落去，一滴都膾使春❽！」

來好也只好勉強把全碗的蓖麻油往喉嚨灌了下去，眼看金姑娘拿了空碗走出宿舍，來好想她隨後便要去禮拜堂做禮拜了，卻萬想不到，她不久又轉回來，拿了一本黑皮的老聖經，往來好的床邊一坐，畢恭畢敬地唸起聖經來……

❽春：台語，音(chhun)，意(剩下，剩餘)。

來好想起來又不敢起來，肚子反嘔想吐又不敢吐，而睡覺就更不可能了，她只眼睜睜地看著金姑娘唸聖經，偶爾才見她抬起頭來，望來好一眼，對她微笑，安慰她說：

「破病眞肝苦，你——一個人列學校沒伴，眞可憐，我——才沒去教堂做禮拜，特別留列即丫佮你做伴……你——腹肚有較好否？」

來好猛點著頭，卻不能作聲。

「猶會痛膾？」

來好猛搖著頭，仍不能作聲……

「我——早就知影這蓖麻油，不但對腹肚痛，對頭殼痛也眞有效，百發百中，一遍都膾失誤。」

金姑娘說罷，得意地笑了一會，又低頭去唸聖經，翻了一頁又一頁，十分認眞地唸下去，一直唸到銀姑娘帶著學生自淡水禮拜堂做完禮拜回來，在鐵門外拉門鈴，金姑娘才合起聖經，走出去為她們開鐵門。

等所有學生都進來宿舍，來好還躺在床上，她們把她的床圍住了，含笑便對她說：

「噢，你上界好，假病通倒列眠床頂歇睏❾！」

「什麼人講我假病？人即馬誠實腹肚列痛，沒騙您……」來好說，捧著肚子，露出絞痛的表情。

「是眞的抑是假的？你是吃什麼列腹肚痛？」黑羊正經地問道。

---

❾歇睏：台語，音(hioh-khun)，意(休息，安歇)。

「我飲一大碗的蓖麻油……」

她們都莫名其妙，於是來好便跟她們說了整個上午發生的故事，她們聽了，便大笑起來，含笑更冷笑地說：

「『惡馬惡人騎』，應該！應該！」

大家聽了又笑了一陣，從此也沒有人再敢託辭不去禮拜堂做禮拜了。

七

有一個晚上，已經快熄燈的時候了，彩鳳突然提起第一天來「淡水女學」時，金姑娘帶她們去參拜馬偕的墓園，回來時在山坡下看到的那堆古墳……說得大家毛髮悚然，而雅信更是把身子藏在棉被裡，只把兩隻大眼睛露在被外，既害怕又愛聽。

「啊，彼哪有什麼通驚？倆這校舍附近早前也攏是墓地。」來好故作神秘地說，一逕無動於衷地斜坐在床上打她的辮子。

「是眞的抑是假的？你是不是列加阮騙？」雅信顫慄地插嘴說。

「我哪著加您騙？」來好回答說：「我住在這山腳，上界知影，加您講一下較實在的，不但倆這女學的草地是墓地，連倆即間宿舍早前也是墓地，恐驚連『細皮的』你的眠床腳也是墓地。」

這最後一句話說得雅信全身發抖起來，也不敢再聽，忙用棉被把整張臉掩蓋起來。

「你講這附近攏是墓地，阿你敢曾看著鬼仔？」含笑問道。

「鬼仔不曾看，但是鬼仔火定定看，特別是落雨了後黃昏欲暗仔的時，一葩鬼仔火就『佛』一下由墓底昇起來，等一下，一葩鬼仔火又復『佛』一下由另外彼墓底昇起來，沒外久，滿山遍野都是鬼仔火。」來好說，只當成話家常，一點兒也沒有懼色，悠然地繼續打著她的辮子。

雅信終於又把眼睛露到棉被外面，悄悄地問：

「鬼仔火生做什麼款？」

「有的紅的、有的青的、有的黃的、有的白的……每葩攏有尾溜❿，飛的時陣，尾溜就搖來——搖去——，掃來——掃去——，親像列天頂跳舞咧。」來好說，愈說愈有興致了。

可是其他人雖然好奇，卻沒有來好的那份興致，大家心裡都不免感到一股陰森森的冷氣，等黑羊把油企燈吹熄，就更加可怕了，個個都把棉被密密地將頭蓋住，輾轉反側，難以成眠，但終究白天累了，最後也都一個個入眠了，唯獨雅信，睜著兩隻眼睛，望著被裡的黑暗，硬是睡不著覺，偷偷地把頭伸到被外，看到黑黝黝的宿舍以及窗外黑壓壓的草地，想起鬼仔火的情景，就更加合不上眼，發了一身冷汗，想不到偏偏這時肚子脹，突然想要大便，而宿舍裡又只有尿桶，不得不走過那片草地到遠處的便所去，可是一想起要經過那片草地，全身便又生起雞皮疙瘩，於是只好忍耐著。但是忍了一會，還是忍耐不住了，只好翻身下床來拉含笑，叫她陪她去便所，含笑揉了揉眼睛，不悅地說：

「欲放屎做你去，哪著叫人佮你做陣去？」

「阮驚鬼仔……」雅信吃吃地回答。

「又彼倪驚鬼，又彼倪愛聽『鬼仔古』⓫，就是你即個丘仔雅信！」

❿尾溜：台語，音(be-liu)，意(尾巴)。

⓫鬼仔古：台語，意(鬼故事)。

含笑憤憤地說著，但還是起來披了外衣陪雅信踩過那片草地到便所去了，一路上，雅信都緊緊抓住含笑的胳膊，全身激烈地抖瑟著，卻不敢哼一聲，只聽見含笑一而再地反覆咕噥著：

「『……不是嚎，就是笑；不是屎，就是尿。』看後回你敢復叫人講『鬼仔古』給你聽抑不敢？」

第二天早晨，輪到雅信與月裡合提尿桶到便所去倒，雅信才走近那尿桶，便嚇得面無血色，狂叫著想往宿舍外跑，驚起了整個宿舍，可是還沒跑出門口，卻被來好一把抓住，喊道：

「細皮的！你是看著鬼是否？叫到厝蓋都欲舉起來！」

「血！血！血！……」雅信歇斯底里地繼續叫。

「血在嘟？」來好輕輕打了雅信一下耳光，彷彿要把她打醒，問道。

「在尿桶內面……一大堆血哦！……我欲緊來去加金姑娘講……」雅信說著，想掙脫來好往門外跑。

來好回望了那尿桶一眼，便立刻會意了，於是又回過頭來，對雅信說：

「你起猾⓬是否？你若去加金姑娘講，我就欲加你打！」

可是雅信也不知究裡，仍然想跑去告訴金姑娘，而且繼續在嚎叫……

「唉，細皮的啊，你漫嘰嘰叫啦！你復叫，暗時就牼復佮你做陣去便所，給鬼仔加你掠掠去死！」含笑也圍了過來，向雅信威脅道。

這最後一句話終於發生作用，雅信這才安靜下來，喃喃地說：

⓬起猾：台語，音(khi-siau)，意(發瘋)。

「不過阮眞驚，彼是啥人的血？」

「你加人管彼是啥人的血？」月裡終於出面說：「血哪有什麼通驚？啥人叫你欲即倪細漢？等你大漢你家己就會知影……來啦！閒仔話免講，做陣扛來去倒較要緊啦！」

可是雅信卻是害怕，不敢走近尿桶，還是黑羊走過來，半誘半勸把雅信推了過去，對她說：

「細皮的，你乖乖佮月裡扛去便所倒，我才欲復講古給你聽，你若復亂闖亂跳，我就𣍐復講古給你聽哦。」

雅信終於聽了黑羊的話，向尿桶走了過去，也不敢再往桶裡望一眼，與月裡各提著桶的一邊，戰戰兢兢地走了出去……

從此，雅信便又多懂了一點人事。

八

「淡水女學」的會客時間是每個禮拜日的下午一點到三點，地點集中在學校的禮堂裡面，由一個叫「阿寶」的老校工泡了一大桶茶水供訪客喝用，在會客的時間裡，金姑娘一面招待來客，一面還到處巡視。

這一個禮拜天的會客時間，一些學生的家長朋友都來了，大苗先生與彩鳳的父親及月裡的母親剛好聚在一角，雅信、彩鳳、月裡各夾在他們之間，除了說一些生活雜事，大部分是在向來客們訴苦……

「這哪有像學校？這根本就是監獄，阮大家眞想欲偷走出去！」

雅信望著窗外說，窗外只見那下鎖的鐵門、那丈許的高牆，以及牆頂的玻璃片，連這些大人們見了，也覺得森嚴可怕，確實也有監獄之感，看著這些學生像囚犯似地被關在監獄裡，倒也蠻可憐起她們來。

「也獪使抹粉，也獪使點胭脂，連出去看活動寫眞也獪使，實在是眞肝苦！」月裡歎息地說。

「上肝苦是獪使在學校內吃物件，三頓沒菜通配，隨時都列腹肚飫，飫到直直欲漏腸仔腸肚！」彩鳳皺著眉說。

金姑娘剛好從旁邊走過，這些學生的訴苦，她都聽見了，卻裝成沒聽見的樣子，只走過來跟幾位家長點頭寒暄了幾句，便又帶著腰上那一串鑰匙走到別群來客那裡去。

三點會客終了的時間已到，金姑娘在禮堂的門口搖鈴逐客了，她先把學生趕回宿舍，把家長暫時留在禮堂裡，等所有學生都離開了禮堂，她才對所有的家長來客說：

「諸位家長，以後請您——盡量不通來看學生，這是開始，過一陣仔，偲——就會慣習，您若定定來，偲——不時就會想您來，不但愈來愈住獪牢，恐驚連冊也讀獪落去……拜託，拜託，良心拜託，拜託您——大家以後盡量不通來看偲。」

家長來客開始有種被沖犯的感覺，但想想金姑娘的話也是出自一片眞心，也就不情願點頭同意了，不久便姍姍走出校園，金姑娘等他們都走了之後，便又將鐵門牢牢關起來。

這一晚晚飯之後，金姑娘和銀姑娘一起又來學生的宿舍，金姑娘便對大家說：

「您——今日父母來看您——，有接著厝裡送來的餅抑是吃的物件的人舉手！」

大家突然靜默無言，你看看我，我看看你，卻沒有人願意自動舉手，其實金姑娘下午已看在眼裡，哪幾個學生收到家裡的什麼東西，她早已記得一清二楚，現在看看沒有人願意承認，只好由她一個個點名了：

「洪彩鳳，您——厝裡人提什麼物件來給你？」

「一……隻……燒……雞……」彩鳳吞吞吐吐地說。

「你——加我提出來！」金姑娘命令道，等彩鳳把燒雞獻了出來，金姑娘便轉對身後的銀姑娘說：「銀姑娘，你——提即隻燒雞去給阿寶，叫伊提去廚房，加我——斬做十八塊！」

銀姑娘應命提著燒雞去了，金姑娘又繼續叫道：

「高月裡，您——厝裡人提什麼物件來給你？」

「一盒平西餡餅……」月裡說。

「你——加我提出來！」金姑娘說，等拿到了月裡交給她的那盒平西餡餅，望望銀姑娘尚未回來，便轉向最高大的黑羊，對她說：「胡幼，你——出來加我將這餅剝做十八塊！」

黑羊從學生堆裡走出來，照金姑娘的話做了。

「丘雅信，您——厝裡人提什麼物件來給你？」金姑娘又問道。

「不是阮厝裡人，是大苗先生提來的，他是阮公學校的先生……」雅信說。

「我——不管是什麼人提來的，你——加我講，你——收著什麼物件？」金姑娘說。

「一包糖仔……」雅信說。

「好！丘雅信，你——家己將你的糖仔分做十八份！」金姑娘命令道。

等銀姑娘把十八塊切好的燒雞拿來的時候，黑羊已經把平西餡餅剝成十八塊，而雅信也把糖仔分成十八份了，金姑娘便給學生每個人分了一塊燒雞、一塊平西餡餅和一份糖果，並對大家說：

「以後若由厝裡接著任何物件，一律分做十八份，大家平分，每人一份，自今日開始，會記得抑獪？」

「會記得！」所有學生異口同聲地說。

金姑娘和銀姑娘走了之後，大家開始吃起分得的燒雞、平西餡餅和糖果……

「若每日有即偌物件通吃就好，落袋仔內有眞多錢，但關在這監獄內面，也沒翅通飛出去牆圍仔外去買，錢有什麼路用？」彩鳳歎息地說。

大家聽了，都有同感，只好默默地點點頭，也歎息起來，可是來好卻不跟著別人點頭，她突然心生一計，便說道：

「爲什麼嫒叫阿寶替倆出去買？我知影伊除了整理花園，每日透早也著出去菜市仔買菜，擔菜轉來給煮飯的煮，倆會使偷掖一割錢，叫伊出去替倆買，藏放列菜籃底，金姑娘哪會知影？」

「讚！」彩鳳拍手叫絕說：「猶是來好的頭腦上好！」

「有什麼通讚？好代誌不想，串想就是歹代誌！」含笑冷笑道。

可是彩鳳卻不聽，便招了來好去尋阿寶，她們在學校的花園裡找到阿寶，他年已六十，身體十分健朗，留著一小撮白山羊鬍，因沒有牙齒，說話模糊不清，但卻十分和善，對女學裡的學生如對自己的孫女一般……

「阿寶，阿寶，你敢不是每日透早著去菜市仔買菜？拜託你出去的時陣順續加阮買一割吃的物件入來給阮好否？」彩鳳對阿寶說。

「會使啊，但是您著先去加金姑娘講一聲才來。」阿寶說。

「就是金姑娘嫒給阮吃物件，不才偷來拜託你，阿你復叫阮去加伊講，嬒輸得去加腳頭夫講！你欲叫阮去送肉飼虎是否？」來好插嘴說。

「安倪我看嬒使哦，金姑娘若講嬒使就是嬒使。」阿寶說。

但彩鳳與來好終是不肯罷休，百般對阿寶央求，又跟他撒嬌，說她們都在成長期間，每天三餐任她們怎麼吃飽，晚上還是經常肚子餓，餓得沒法睡覺，如果不吃零食，把肚子塡飽，總有一天她們總會餓出病來，說得阿寶動起憐憫之心，於是問她們說：

「阿金姑娘若知影欲安怎？」

「阮到時才講是阮拜託你去買的，你做你假做不知即條規則就好，金姑娘橫直也𣍐罵你啊啦。」來好說。

阿寶終於答應了，於是彩鳳便拿出幾十錢來，叫阿寶替她買馬花炸、腳車藤、金含、土豆、李鹹……等等一些零食，便回宿舍去了。

第二天，阿寶從淡水菜市仔擔了菜回來，他果然不負所望，在菜籃底藏了彩鳳託他買的零食回來，彩鳳暗暗地從阿寶那裡拿回宿舍，偷偷地分與黑羊、含笑、月裡、來好、雅信等幾個要好的朋友吃了，而且從此又經常去託阿寶把零食走私進來，阿寶也從來不拒絕，都一一照辦了。

然而有一天，金姑娘終於在阿寶擔進學校的菜籃裡發現了馬花炸、腳車藤等學校查禁的零食，追問之下，阿寶只好照說，把彩鳳拿錢託他買零食的事一五一十地坦白招出了。聽完了阿寶的話，金姑娘怒氣沖天，把彩鳳叫來辦公室訓斥一頓，又命她在操場草地上罰站一小時，這還不夠，金姑娘還叫銀姑娘去找來一張紙牌，在上面寫道：「我違反校規，我偷吃四餚」，命彩鳳端著，對她說：

「跙我來！」

彩鳳也不知究裡，便端著那紙牌跟著金姑娘走到要去馬偕墓園的那座小鐵門，金姑娘從腰間找出了鑰匙把小鐵門打開，走進了「淡水中學」的校園，彩鳳也跟了進去，她們不久便來到「淡水中學」的校舍前，這時剛好是下課時間，大部分男生在教室裡掃地，有一兩個男生在走廊上灑水。金姑娘突然轉過頭來，對彩鳳聲色俱厲地說道：

「去加我到彼查甫教室繞三輪！」

彩鳳聽了大吃一驚，臉一下子羞得飛紅起來了，張著大口問道：

「提即張牌仔？」

金姑娘面不改色，只鋼鐵般地點點頭，固執地沉默著。

「一輪好否？金姑娘……彼查甫囝仔彼俔多……眞歹勢……」彩鳳懇求地說。

「三輪！歹勢才好，你——才永遠會記得在學校內面獪使吃四饈！」金姑娘用力地說。

彩鳳看著金姑娘咬緊的嘴唇，知道是無可違拗的了，於是突然低下頭，把紙牌往臉一遮，拔起腿，在男生的教室周圍繞了三圈。那灑水的男生見了，都笑了起來，而且還狂呼在教室裡掃地的其他男生也出來看，羞得彩鳳直想往地裡鑽，卻又不得不咬緊牙根連跑三圈，才跟著金姑娘經過那小鐵門走回「淡水女學」。那些男生於金姑娘和彩鳳不見之後，還倚在欄杆上議論紛紛，好久不肯散去。

這晚，彩鳳趴在枕頭上，直哭到熄燈時分，而其他學生也都無精打采的，因爲好多人都吃到彩鳳的零食，她不但出了錢，而且由她一個人去受罪，想起來總覺得過意不去，卻也沒有辦法，只好各自歎息，埋怨這學校管得太嚴，處罰得太厲害，最後都把罪過歸在金姑娘身上，私底下聯合起來把她痛罵一頓，才熄燈安歇……

「唉呀，人列講：『惹熊惹虎，不通去惹著赤查某』，我看啊，攏是來好不好，若不是伊拐的，俑也獪去惹著金姑娘，以後猶是較漫吃什麼馬花焈啊、腳車藤啊……彩鳳也免去偲彼查甫囝仔教室繞三輪。」

含笑的聲音在黑暗裡說，大家張著耳朵準備聽聽來好的回答，良久，卻什麼聲音也沒有。不一會兒，已經有第一個鼾聲打破了黑夜的寂靜，大家也不便再說，便紛紛翻身睡了。

九

金姑娘和銀姑娘同樣長著一雙藍色深嵌的眼睛、黃金的頭髮、高凸的鼻子，她們兩人總喜歡把頭髮從腦杓後面攏起，往頭心打成一個小髻，她們經常穿著白色襯衫、拖地長裙、一雙半高跟皮鞋，如果說她們兩人有什麼相同，她們的相同處也僅此而已了，其他地方，她們兩人就絕不相同了，比如說：金姑娘有六尺半高，站起來像個巨人，銀姑娘還不到五尺，站起來還比一般學生矮半個頭；金姑娘聲宏如鐘，銀姑娘聲柔如琴；金姑娘粗枝大葉，銀姑娘嬌小玲瓏，她們走在一起，一高一矮，一強一弱，一快一慢，形成十分鮮明的對比。

好久以來，金姑娘便向學生宣稱有一天要帶她們到淡水河口的「沙崙海水浴場」游泳，叫她們早些準備好游泳衣。這一個禮拜六下午，金姑娘把鐵門鎖打開來，同銀姑娘一起帶著十八個學生往淡海的路上列隊出發。

金姑娘和銀姑娘並排走在隊伍的最前面，她們經過那紅磚厚牆的「紅毛城」，城下擺著一排生鏽的荷蘭古砲，城上的瞭望樓頂飄著英國的米字旗，這便是英國駐台灣的領事館，英國領事就住在緊臨「紅毛城」的一幢紅磚二樓的方形大廈裡。走過了「紅毛城」，她們便來到「牛津學堂」的花園前，那座紅磚的建築隱在那排夾竹桃與棕櫚之間，有西式的彩色半圓窗，卻有台灣式的紅瓦屋頂，那屋簷漆成白色，屋脊的一小座十字塔指向蒼茫的天空。從「牛津學堂」走下幾道曲折的階梯與蜿蜒的曲徑，便來到海岸，沿著那海岸，有一條沿海的馬路，這條馬路的右手是綠草如茵的淡水高爾夫球場，可以見到幾個日本官員與外國人在球場上打球，不久便來到一個小海灣，這時潮水退了，沙洞裡的小螃蟹都跑到沙灘上來覓食。來好趁金姑娘不注意的時候，停下來拾了一塊石卵擲到沙灘去，那螃蟹便四散奔逃，遁到洞裡去了，大家都拍起手來，等金姑娘回過頭來，來好才急步跟上隊伍前進。

走完了那小海灣，路便轉入茶園與農田，到處可見農家茅舍。在一間土塊厝前有三、四個十七、八歲的少女在採茶，她們穿著鮮艷奪目的布衫，戴著斗笠，看見金姑娘和銀姑娘帶著學生從茶園走過，都抬起頭來好奇地觀望，其中有一個穿綠衫的少女便喊了起來：

「緊來看！緊來看！兩個紅毛番仔啦，一個查甫佮一個查某。」

「我看彼個躼⑬的是翁，彼個矮的是某。」另一個穿白衫的少女說。

「看咧！看咧！即個查某番仔復發嘴鬚哦！誠實做人生目睭不曾看過。」另一個穿紅衫的少女說。

她們幾個採茶女說著說著，慢慢走攏來成爲一堆，更大膽地靠到金姑娘和銀姑娘的跟前，往她們全身上下打量起來……

「看伊的目睭濁結結，若海水咧，沒像倆黑仁的，伊敢看有什物件？」那穿綠衫的少女歪過頭對穿白衫的少女耳語說。

「伊若看有，也絕對膾看到倆即倪清楚的啦！」那穿白衫的少女大聲地回答。

---

⑬躼：台語，音(1oh)，意(個子高)。

「佷看著物件，絕對是青砰砰，若海水咧，彼免想也知影！」那穿紅衫的少女肯定地說。

她們說話的當兒，金姑娘和銀姑娘兩人都張著耳朵仔細聽著，覺得十分好玩，雖然臉上沒有表示，卻在心裡偷笑，及聽到最後一句話，兩人再也忍不住，便彎腰大笑起來，笑了一陣子之後，還回頭去望那幾個採茶女，金姑娘甚至還對她們揮揮手，表示她們的話十分可愛，這使得那幾個採茶女臉紅起來，其中那穿綠衫的少女還害羞地叫了一聲：

「噯喲！看欲安怎？佷果聽訊倆列講什麼哦！」

說罷，三、四個少女便牽手拉裙，一起飛奔到那土塊厝裡去了，這更使得金姑娘和銀姑娘樂開了，又快活地笑了一會，才踏上到「沙崙海水浴場」的路。

前面出現了一個橘子園，一個赤足的中年婦人，穿著黑色粗布衫，在一棵大榕樹下擺了兩簍橘子，金姑娘看了，便問了價錢，買了二十個橘子，每人分了一個，準備帶到海水浴場去吃。當金姑娘把錢付給那中年婦人，她把錢放進胸前的錢袋以後，便走上來一步，摩挲起金姑娘的長裙，並且嘖嘖稱讚，自言自語說了起來：

「即款布即倪美，不知嘟位買的？一碼外多⑭錢？」

「在『加拿大』買的。」金姑娘回答說。

「『阿拿大』？『阿拿大』是列嘟位？行路著愛行外久⑮？」那中年婦人抬起頭來，認眞地問。

---

⑭外多：台語，音(gua-choe)，意(多少)，(若多)之訛讀。

⑮外久：台語，音(gua-ku)，意(多久)，(若久)之訛讀。

金姑娘和銀姑娘面面相覷，想向那婦人解釋，卻又不知從何說起，只好對她笑笑，跟她揮揮手，帶了隊伍往前走去。

「沙崙海水浴場」在淡水河口，面對著台灣海峽，這裡海灘平緩，海浪一陣陣湧到沙灘上，浪聲隨著海浪，一會兒喧騰起來，等浪退下沙灘，浪聲又消失不見了。這時，岸頂相思樹上的蟬聲便隨著陸地吹向海上的熱風飄了過來，直等到第二道浪再沖上沙灘，才被浪聲淹沒……

海水及胸，金姑娘和銀姑娘立在海灘的深處，保護著戲水的學生，不讓她們游到深海裡去，眞正懂得游泳的只有黑羊、來好、含笑三人，雅信和其他不懂水性的學生則在淺水處抓蝦，另一些不願入水的，便在沙灘上築城堡。

大家玩了兩小時海水之後，金姑娘便命學生穿衣服，任由她們沿著海邊拾貝殼，每個人都拾了滿兩袋的貝殼，來好甚至抓到一隻寄居蟹，於是所有學生也去尋覓寄居蟹，卻沒有人再尋到第二隻。

走完海水浴場的海灘，便是一堆亂礁和火山岩石，有幾個漁婦與孩子在海水與礁石之間挖生蠔與撿海帶，越過那堆亂石，望得見一座黑色的舊燈塔和另一座白色的新燈塔，離燈塔不遠的地方矗起一座土築的小砲台，已經破陋不堪了，在那小砲台後面的小丘上另築了一座大砲台，土石工程雄渾壯大，是當年抵抗法國的海軍，後來又用來抵抗日本軍隊的，現在已經棄置不用，四周蔓草叢生，連旗桿也倒了。

金姑娘和銀姑娘帶著學生來到大砲台的小丘上，有一個小海灣便在腳下展開了，那灣裡是茅屋零落的小漁村，漁船都拖到岸上來了，船邊晒著幾排漁網，海灣上正有一堆漁民在牽罟，漁民分成兩隊，各拉著兩端繩索，一步一步把海裡的漁網曳到岸上來。

因學生的請求，金姑娘和銀姑娘便同學生走下山坡，來到小漁村，大家走到漁夫的旁邊看他們繼續拖網，看了一會兒，覺得有趣，學生也就分成兩隊拉起繩尾來，連金姑娘和銀姑娘也披散了頭髮，脫了鞋，幫漁夫拉網。拉了老半個鐘頭，終於把漁網拉到沙灘上來了，便見黃魚、銀魚、河豚等海魚在網底跳躍著，夾著海蟹、海蝦和海草……早有漁夫挑了竹簍來撿魚了，他們把可以吃的魚撿了去，把河豚和海草丟在一旁，其中有一隻美麗的紅色水母，也扔在沙上吐泡沫，雅信從來沒見過水母，覺得好玩，便蹲下來，想伸手去摸，卻被來好大聲喝止：

「你也敢去摸？不驚釘到給你規身軀膨泡⑯！」

那些漁夫爲了感謝學生們幫他們拖網，便想送金姑娘幾條魚，但因爲不好攜帶，金姑娘向漁夫們婉謝了。看漁夫們把魚挑走，又把漁網晾在竹桿上，金姑娘和銀姑娘便帶隊循原路走回「淡水女學」。回到女學，夕陽已沉入海中，對岸的觀音山只剩下朦朧的側影，大家都十分疲倦，所以這晚吃完了晚飯，洗完了澡，還不到八點，個個便倒在床上，呼呼大睡了。

十

金姑娘除了當校長，她主要是教聖經和英文，英文是選修課，必須在課外時間教，所以學生若想唸，每月除了固定兩塊半的食宿費外，還得另外付五十錢的選修費。

聖經是必修課，平均每禮拜有三節，用的是台灣話羅馬拼音的「白話字」，大家一學就會了，金姑娘每堂課只講解幾分鐘，便叫學生輪流唸，每人唸一節，一個一個唸下去。除了課堂上

⑯膨泡：台語，音(phong-pha)，意(起水泡)。

唸聖經，金姑娘更鼓勵學生在堂下唸，凡唸完兩百節的，便贈送一張照相紙精印聖經故事圖畫和詩歌的獎狀，再唸完兩百節，便送一個紅徽貼在原來的獎狀上，再兩百節便送另一個銀徽，再兩百節便送另一個金徽，都貼在獎狀上……最後唸完了一千節，便贈送一大本燙金聖經，這聖經印得十分精美，人人都喜愛，結果爲了獲得這本聖經，每個人都拚命地唸，甚至熄燈之後，又偷偷地點燈起來唸。

因爲英文必須付額外的選修費，又加上大部分學生不想自尋煩惱，所以學期開始只有十二個學生選修英文，可是一個月下來，因爲學生發不出正確的「th」與「r」的音，而且「d」和「l」又分不清楚，老是混淆不清，無論金姑娘怎麼教也教不會，於是一而再，再而三，終於使得金姑娘發起脾氣，於是始而捶桌子，繼而揮掌摑起學生的耳光，嚇得學生魂不附體，也就一個個退了課，到第三個月便只剩下雅信一個學生了。可能是雅信天資聰慧，學英文十分伶俐，更可能只剩下這最後一個學生，金姑娘不想她的英文課學生一個也不留，於是她便突然變得十分和善起來，不但對雅信慇懃教學，而且對她百般疼愛，彷彿自己的女兒一般。這樣過了兩年，雅信不但能和金姑娘用普通英語交談，甚至也能夠寫簡單的英文信了。

有一天，在教英文的時候，金姑娘便對雅信說：

「雅信，你——有看見倆女學禮堂內面一張像抑沒？一個老公仔，白嘴鬚長長長，伊住在加拿大的Toronto，伊的名也叫做『馬偕』，佮倆馬偕牧師仝名……你有看見抑沒？」

雅信點點頭，她幾乎每天都看見那照片裡的白鬚禿頭的老外國人，只是從來都不知道他是誰，與這「淡水女學」有什麼關係……

「伊——就是捐錢起倆即間『淡水女學』的人，伊——今年欲做八十歲生日，你——會使寫一張英文批去加伊祝賀。」金姑娘微笑地說。

「不過我寫膾好，恐驚會寫不著……」雅信猶豫地說。

「沒要緊，你——做你寫，若寫不著，我——才加你改。」金姑娘快活地說。

於是金姑娘又告訴雅信在信裡應寫的一些內容，以及信頭信尾的一些稱呼與形式，第二天雅信便把寫好的信交給金姑娘，金姑娘把信從頭到尾改過了，便叫雅信重新謄寫一遍，封了套，貼了郵票，寄了出去。

過了三個月，雅信也幾乎把寄信的事給忘了，有一天，金姑娘笑嘻嘻地拿了一個包裹來宿舍給雅信，是由加拿大用船海運來的，寄的人便是這「淡水女學」建校人「馬偕」先生，他在信裡簡單地說他讀了一個台灣女學生親手寫給他的生日賀信，十分高興，所以送了她一些東西，做爲今年的「聖誕禮物」，那禮物包括一張畫有小天使的聖誕卡片，三本印有彩色畫片的英文故事書，還有一張二十塊美金的匯票要給她自由花用。雅信當然快樂得心花怒放，一生從來都沒有這麼富有，可是卻引起許多同學的嫉妒了。一等金姑娘離開宿舍，幾個學生便把雅信圍了起來，對她問長問短，來好甚至說：

「細皮的，您厝也不是列沒錢，哪著叫人寄錢來？你是不是加人講您厝眞散赤⑰？」

「我哪有加人講阮厝眞散赤？我孤寫批去祝賀伊生日，順續多謝伊捐錢起倆即間女學而而，伊就家己寄錢來丫。」雅信回答說。

「你絕對是加人講您厝眞散赤，否人寄物件給你就好，何必哪著復寄錢？」來好仍然固執地

⑰散赤：台語，音(san-chhiah)，意(貧窮)。

說。

「加你講你猶不信，你若不信，我來去提批⑱的原稿給你看！」雅信有些生氣地說。

「彼豆菜芽阮哪看有？」來好哧著鼻說。

「阿備的『白話字』不是豆菜芽？你就看有。」雅信反駁地說。

「呃，彼才沒像款咧，備的『白話字』是東洋豆菜，偲的『英文字』是西洋豆菜，全女學孤你才看有，啥人看有？」來好冷言冷語地說。

雅信正急得找不到話好回答，還好含笑挺身出來替雅信解圍了，她冷笑地對來好說：

「唉呀，看人有錢目睭就起濁！也膾復去佮金姑娘學英文？也沒人加你擋丫啦！哪著在即丫佮人相怨妒？」

說罷，含笑便過來把雅信牽到別處去了。

十一

銀姑娘教地理和歷史，除了這兩門課，她還教了選修的風琴課，這風琴課也像金姑娘的英文課一樣，想修的學生每個月要多交五十錢，因爲銀姑娘是加拿大多倫多音樂學院畢業的，風琴又是她本行，所以教起來特別認眞，對學生的要求也特別嚴格。

銀姑娘既然不是專門訓練出來的地理老師，當然地理教不好也就不必說了，對於世界的其他任何國家，她都只照書本念念便完了，唯獨講到加拿大時便精神百倍起來，連講了幾節的加拿

⑱批：台語，音(phoe)，意(信)。

大，仍然毫無倦容……

「噢—Ottawa, Ottawa……眞美的首都……噢—Montreal, Montreal……眞美的城市……可惜您大家不曾看見！」銀姑娘眉飛色舞地說。

「銀姑娘，你講Ottawa美，Montreal美，到底是外美？」雅信好奇地問。

「噢！您大家沒去不知影，眞——美，實在——美！美到若天堂咧！」銀姑娘瞇著眼睛說。

「您大家敢有看過Maple tree？」銀姑娘突然心血來潮地說。

「什麼Maple tree？」雅信又好奇地問。

「一款葉仔尖尖啊，熱天是青色，秋天就變紅的啊……」銀姑娘形容著，便在黑板上畫了一片似掌的葉子。

「楓葉嘛，這也不知。」來好搶著說。

「著！就是楓的樹，在Ottawa，在Montreal，在Toronto，眞多眞多，秋天的時陣，一片紅記記，農夫在樹仔頂割孔，湯流出來就是糖！」銀姑娘得意地說。

這說得大家流出了口水，特別是愛吃糖的彩鳳更聽得出了神，恨不得有天能到加拿大去，躺在楓樹下吃糖。雅信也聽得靈魂出了竅，她一直在想像那美麗得像天堂的Ottawa, Montreal, Toronto……「總是加拿大是一個眞美眞好的所在，我將來大漢，一定欲找機會到加拿大去看看……」雅信獨自地想。

銀姑娘教學與金姑娘一樣嚴厲，可是她卻沒有金姑娘的強壯，可以赤手空拳處罰學生，所以銀姑娘隨時都帶著竹板來補體力的不足，特別是教風琴的時候，更管教得兇，學生一彈錯琴鍵或算錯了拍子，不管學生比她高還是比她矮、比她壯還是比她弱，一個竹板便往她的手指飛了過去，打得學生叫苦連天，因此她的風琴學生也像金姑娘的英文學生一樣，月月減少，只因爲還不像英文那般枯燥難學，所以還有一些學生繼續學，這些學生包括雅信和黑羊在內。

風琴課既然是課外個別教學，銀姑娘在教累了的時候，也往往會跟學生像朋友般地閒聊起來。有一天，在彈完了一段練習曲後，雅信便突然好奇地問起銀姑娘說：

「銀姑娘，銀姑娘，你安怎哪欲來台灣教書？」

「噢，這講起來話頭長！」銀姑娘微笑地說，顯然這是她十分感興趣的問題，所以便深深地吸了一口氣，望著天花板回憶了一會，繼續說下去：「我細漢的時陣，阮厝的附近搬來一家中國人，偲本來是由台山來加拿大做鐵路的，以後鐵路做好，才來Toronto開洗衫店，偲有一個查某子佮我平歲，自細漢就定定佮我做陣迌迌，以後大漢復入去仝間小學讀書，中學也仝陣讀書，到我中學畢業，去Toronto音樂學院學音樂才分開，阮兩個即倪久攏是眞好的朋友，這給我對中國人發生眞好的感情。我的大兄是Toronto神學院畢業的，伊畢業了後就去Vancouver做牧師，我音樂學院畢業的時陣，抵好有通知來阮Toronto的長老教會，講台灣的『淡水婦學』需要一個音樂先生，我就去應徵，最後偲就叫我來淡水。」

「銀姑娘，你是安怎來淡水的，旅行外久？」雅信睜著兩隻大眼睛問。

「我由Toronto坐火車，坐三暝三日，經過洛磯山到Vancouver，才由Vancouver坐船，坐一個月，經過日本到基隆。」

「你坐船到基隆的時陣，遠遠看著台灣島的第一感想是安怎款？」

「遠遠看著台灣島的第一感想是——樹仔眞多，眞青，眞菴⑲，實——在——眞美，宛然親像人間仙境彼款。」

「阿你在基隆落船了後咧?」

「我落船的時陣,校長佮金姑娘佮一割人就在碼頭等我,阮做陣坐火車經過台北,直接到淡水,在淡水車站落車的時陣,車站前排兩列『淡水婦學』⑳的學生列歡迎我,第一人多,第二偲年紀有的猶比我較大,給我土腳都欲趴㉑落去,實——在——眞歹勢。」銀姑娘說著,莞爾而笑了。

「阿你的台灣話是安怎學的?」雅信又問。

「未來淡水以前,我就佮一個牧師學『白話字』,伊是由淡水轉去加拿大的,來淡水了後才佮一個漢文先生學『漢文』,眞歹學,即馬也猶在學。」銀姑娘皺起眉頭說。

「你佮金姑娘本來在『淡水婦學』教,『淡水女學』起了後,您才換過來『淡水女學』教?」雅信問。

銀姑娘點點頭,忽然瞥見她放在風琴蓋的那支竹板,便改成十分嚴肅的表情,說:

「好丫,倆會使復開始下面的練習曲!」

雅信望著銀姑娘那張玲瓏明皙的蛋臉,心裡疑惑起來:「伊哪會嫒嫁翁?甘願離開偲加拿大的故鄉,來即倪遠的淡水教阮歷史、地理佮風琴?」

有一天,已經是下課以後的自由活動時間,雅信、來好與其他的許多同學在操場上玩籃球,忽然聽見風琴教室有摔椅叫嚷之聲,於是大家便丟下籃球跑到教室去看,來到教室,大家不免驚得目瞪口呆了,原來黑羊和銀姑娘扭打成一片,風琴椅子推倒了,銀姑娘的竹板也掉在地上了,

---

⑲菴:台語,音(am),意(茂盛)。

⑳「淡水婦學」:「淡水女學」設立前,專供成年婦女教育之學校。

㉑趴:台語,音(nng),意(鑽入,穿過)。

大家立刻猜出，一定是銀姑娘照例又用竹板敲了黑羊的指頭，黑羊撒野反抗，才與銀姑娘扭打起來。大家不敢聲張，只屛住呼吸靜靜地觀望著，心裡乾急，卻不知如何是好……只見黑羊把銀姑娘頭頂上的那卷髮髻弄散了，突然將那一大把金髮揪住，往空中一提，銀姑娘便痛苦地叫出了聲，並且像陀螺似地旋轉起來，她一手抓住自己的髮根，另一隻手招呼站在最前頭的雅信，歇斯底里地對她說：

「緊！緊！雅信……緊去叫金姑娘來！……」

雅信正想拔腿飛跑出去叫金姑娘來，卻見黑羊一邊揪住銀姑娘的金髮不放，一邊歪過頭來，對雅信怒目而視，大聲喝道：

「細皮的！你做你去！你做你去！你若去，以後你免想復叫我講古給你聽！」

雅信聽了，可又止步了，正在左右爲難，去報金姑娘呢？還是不去報？……只聽見遠遠傳來了金姑娘腰間的鑰匙聲，也不知道誰早去報了，她便聞訊跑進來，推開了圍觀的學生，一把將黑羊和銀姑娘拉開了……

黑羊爲了這回扭銀姑娘的頭髮，被金姑娘罰在操場上站兩小時，本來金姑娘也要依以前對彩鳳的慣例，用紙牌寫上：「我違反校規，我扭先生的頭鬃」，叫黑羊端著牌子到隔牆的「淡水中學」的教室繞三圈，但事關教師的尊嚴，讓「淡水中學」的男生知道一位先生竟然被學生扭住頭髮像陀螺一樣轉，實在也未免太失教師的體面，結果只好作罷。只是從此以後，銀姑娘拒絕再教黑羊風琴，而其實黑羊也早對風琴失去興趣，當然也樂得不去上風琴課了。

十二

這一年的陰曆八月十五，大家吃過晚飯之後，彩鳳便悄悄地對大家說：

「應暗是中秋夜，我有叫阮厝的人送三盒月餅來，我分給大家吃，不通給金姑娘知影。」

「彩鳳，彩鳳，您厝的人眞久沒來，你的中秋月餅是安怎提入來的？」雅信好奇地問。

「細皮的，你哪會『話較多貓毛』？有通吃就好，你管人安怎提入來。」來好皺眉地說。

「加伊講也沒牽礙著啦！」彩鳳對來好說，然後轉向大家說：「這實在也是來好想出來的計智㉒，我先叫阮厝的人提月餅去來好伊厝，才叫伊厝的人由牆圍仔邊彼個涵孔送入來。即項代誌給您大家知沒要緊，但是千萬不通給金姑娘知影。」

「噢，您哪彼倪敢？」月裡搖搖頭說，一邊還在織圍巾。

「『敢，不才快做媽㉓』！」含笑在旁冷笑道。

大家聽了便捧腹大笑起來……

宿舍外面十分涼爽，明亮而圓的中秋月已經從那高牆昇上天空，月裡在窗邊望見了月亮，便提議大家到草地上去賞月，大家都欣然同意了，便都來到外面，往草地坐了下來。大家望了好一會中秋月，說了一些月中嫦娥和兔子的神話，突然來好便對大家說：

「孤講嫦娥佮兔仔有啥意思？我想俑大家來猜謎不才較心色。」

㉒計智：台語，音(ke-ti)，意(計策)。

㉓媽：台語，音(ma)，意(祖母)。

「好啊！」含笑說：「但是謎著愛鬥句押韻才會使，由雅信開始，續落去才我，復續落去才黑羊、彩鳳、月裡、來好……一遍輪完才復由頭開始輪。雅信，你開始哦！」

「阮繪曉講。」雅信說。

「哪有繪曉講的道理？上好是家己講，若繪曉，看曾聽什麼人講過，你照講也會使。」含笑說。

雅信遲疑著，想了一會兒，終於說：

「一欉樹仔兩片葉，

越來越去看繪著。」

大家聽了，都哄笑起來，來好搶在眾人之前說：

「這三歲嬰仔也知影，何必叫人猜。耳仔，著否？」

雅信點點頭。下去輪到含笑說了：

「不驚神，不驚鬼；

驚風颱，驚大水。彼是啥？」

「雷公？」雅信說。

「黑白講！」含笑說：「雷公欲安怎驚風颱復驚大水？」

「乞食？」彩鳳說。

「也不著！」含笑說：「乞食才驚神復驚鬼咧！」

「狗蟻？」黑羊說。

含笑拍起手來，表示猜對了。下去輪到黑羊說：

「頭圓圓，尾直直；

六支腳，四支翅。彼是什麼？」

「⿰虫奄⿰虫迷㉔著否？」來好說。

大家拍起手，下去輪到彩鳳說：

「頂石鬥下石；

會生根𣍐發葉。什麼？」

「嘴齒著否？」來好想了一會說，看見彩鳳在點頭。

「喔……莫怪你會彼倪愛吃！」含笑對著彩鳳冷笑道，大家聽了也都笑了。

下去輪到月裡說：

「兩個姐妹，平高平大；

一個在內，一個在外。猜一項物件。」

「雙生仔姐妹？」雅信說。

「黑白講！」含笑插嘴說：「人都加你講猜一項物件，哪會猜到雙生仔姐妹去？而且雙生仔姐妹攏是雙出雙入，哪會一個在內，一個在外？」

大家東猜西猜，猜了老半天都猜不對，最後經含笑央求月裡說出謎底，月裡才慢條斯理地說：

「是鏡啦！」

㉔⿰虫奄⿰虫迷：台語，音(iam-mi)，意(蜻蜓)。

「喔……每日照鏡，莫怪你會即倪美！」含笑對著月裡笑文文地說。

輪到來好說，來好故作神秘之態，乾咳了兩聲，才用老頭子的低吭之聲說：

「白面寫黑字；

腹肚張機器；

蘭巴㉕盪盪晃。彼啥？」

大家聽了，都笑了起來，雅信在喊：「膾見羞！」黑羊在說：「孽屑㉖！」而月裡則用手把臉掩了，怕被月亮看見……來好見眾人如此，便憤憤不平起來，說道：

「您講什麼謎都會使，我講一個謎就膾見羞！就孽屑！這有什麼通膾見羞？有什麼通孽屑？加您講啦，這就是時鐘啦！時鐘不是白面寫黑字？不是腹肚張機器？不是蘭巴盪盪晃？」

說得大家笑得更厲害了，「膾見羞」和「孽屑」之聲更加不絕於耳，而來好卻不加理會，睜大眼睛去望中秋月……

說謎已輪了一圈，現在又輪到頭來了，於是雅信便又開始說：

「一支竹仔透天長；

雨蠅蚊仔不敢嘗。」

「這何必復猜？你家己都已經講出來囉，這不是雨是啥？」來好斜劈而下地說，說完了又抬頭去望月。

㉕蘭巴：台語，音(lan-pha)，意(陰囊)。

㉖孽屑：台語，音(giet-siau)，意(下流，猥褻)。

「池外起柳絲，池內小孩兒；

心清池無水，心濁水滿池。彼是啥？」含笑接著說。

大家猜來猜去，始終猜不著，最後經雅信一再探問，含笑才微笑地說：

「目睭啦！這即倪好猜也猜獪著！」

「兩個兄弟，平高平大；

日時分開，暝時相趣。彼是什麼？」黑羊接著說。

「這謎佮抵才月裡的謎差不多，孤差伊的是姐妹，你的是兄弟。」雅信說：「這敢是查甫人鏡？」

「亂講一批！」含笑大笑地說：「我猜……這敢不是門？」

黑羊拍起手來。下去輪到彩鳳說：

「頂山鬥下山；

中央一塊牛肉乾。是什麼？」

「牛肉乾？」雅信說。

「戇呆！」彩鳳笑道：「彼若是牛肉乾，何必復叫你猜？」

「嘴舌是否？」黑羊說。彩鳳拍起手來。

「彩鳳正是三句不離吃，不是嘴齒就是嘴舌，不是大腸就是小腸！」含笑冷笑道。

「出門一蕊花；

入門一條瓜。給您大家猜。」月裡接著說。

「大家細膩猜哦，這絕對佮美人有關係的。」含笑提醒大家說。

「老查某？」彩鳳說。
「不著。」月裡搖搖頭說。
「查某囝仔？」黑羊說。
「不著。」月裡搖搖頭說。
「美查某囝仔？」雅信說。
「攏㉗不著。」月裡說，忍不住想透露一些消息給大家，於是便說：「是一項物件，佮查某人有關係的。」
「是不是雨來天列用的？」含笑急遽地問。
「是。」月裡說。
「安倪我猜著丫，是雨傘著否？」含笑說。
月裡點點頭，於是大家一陣唏噓，便大拍起手來……
「我即馬欲講一個謎，」輪到來好說：「但是您大家獪使講我『孽屑』，我才欲講。」
「免講！這絕對是眞孽屑的！」黑羊說。
「你做你講，你沒講出來，阮哪知影孽屑抑沒孽屑？」含笑催促地說。
「大家恬恬聽哦……」來好又故做神秘地說：
「肉孔鬥肉榫；
一個攬腰，一個攬頷頸。彼啥？」

㉗攏：台語（攏總）之簡化，音（long），意（全部）。

整個草地爆出了狂笑，不但聽得見「孽屑！」、「膾見羞！」，甚至還聽得見「嬲㉘查某！」、「膾見眾！」……等等一些猥褻的字眼，而月裡更是把整張臉藏在裙子裡……可是來好卻理直氣壯地搶白說：

「這有什麼嬲？這倆大家也攏創過！」

這話不但引起大大的喧嚷，更引起一陣抗議，來好知道大家已無心猜謎，而且也絕不可能猜得出，便說道：

「您即割攏是歪人歪心肝，串想的都是沒好物件。加您講啦，彼就是——嬰仔在吸老母的奶啦！您講，您大家敢不是攏吸過奶？」

整個草地驟然鴉雀無聲，大家因爲知道了謎底，反而微微感到有些失望，這場面繼續有幾分鐘之久，黑羊終於打破沉默叫雅信接下去說謎語，可是雅信怎麼想也想不出什麼謎語來，於是黑羊便叫含笑說，含笑也想了半天想不出什麼來，最後便輪到黑羊自己說了：

「倆大家猜物件猜倦ㄚ，倆漫復猜物件，來猜字好否？」

大家都開口贊成了，於是黑羊便說道：

「掙你兩下，踢你一下；

看你不人，代念您老母。猜一字，彼是什麼字？」

大家從來也沒猜過字，便胡亂瞎猜，都猜不著，終於使黑羊不耐煩起來，說道：

「您免復猜ㄚ啦，加您講啦，彼字就是『海』！」

㉘嬲：台語，音(hiau)，意(淫蕩)。

「『海』？彼是安怎講的？」雅信不服地問。

「『海』左旁的『三點水』有兩點不是掙你兩下？一撇不是踢你一下？『海』正旁的『每』字頂頭是『人』復沒像『人』，不是『不人』？下腳的『母』字不是代念您老母？」

大家聽了都佩服得五體投地，而彩鳳更是連呼：「讚！讚！讚！」只是含笑冷笑地說：

「噢，原來就是靠你比人較大漢較大欉，不時攏列用手掙人、用腳踢人，才會出即偌謎給人猜嚄！」

黑羊聽了，只默默地笑，沒有回答。

下去輪到彩鳳出謎語，她說想不出來，跟著下去月裡也說想不出來，於是輪到來好，來好僞裝聚精會神地沉思良久，好像靈犀一點通地突然拍手叫了起來：

「有ㄚ，有ㄚ，我想著一個謎，欲給您大家猜兩個人……」

才聽到來好說到「兩個人」，彩鳳便搶著問：

「是不是一個查甫佮一個查某？」

「我講您串想的攏是彼款物件，哪著絕對一個查甫佮一個查某？也會使兩個查甫，也會使兩個查某，您恬恬聽——

一個向西，一個向東；

兩個相打扭頭鬃㉙。即兩個是什麼人？」

「啊！我知！我知！」雅信從草地上跳起來，搶在大家之前說：「黑羊佮銀姑娘，著不

㉙頭鬃：台語，音(thau-chang)，意(頭髮)。

著？」

「果㉚給你猜著，你即個細皮的！」來好張口笑著說。

大家爲雅信拍掌，使得雅信悠悠得意起來，就在這陣笑聲與掌聲之中，金姑娘不意在眾人面前突然出現，也沒聽見她腰間的鑰匙聲，這使得大家嚇了一跳，立刻寂靜下來，聽見金姑娘對她們說：

「十點已經到丫，哪猶不入去睏？在外口創什麼？」

大家面面相覷，不敢出聲，終於雅信鼓起勇氣，對金姑娘說：

「應暗是中秋夜，阮大家列猜謎，猜到當心色……金姑娘，你復給阮猜一久仔，阮連鞭就入來去睏。」

因爲金姑娘平時憐愛雅信，經她這麼一懇求，又想想中秋佳節難得一年一次，也就勉強答應了，不過在她離開時，卻鄭重叮嚀她們說：

「您——復半點鐘著入去睏，我——稍等會復來巡，若啥人猶在草埔頂，我——明仔再就欲叫伊罰企！」

大家都點頭答應了，恨不得金姑娘趕快走，好繼續猜謎語，可是金姑娘走了之後，誰也不能再想出什麼謎語來，連黑羊和來好也想不出，其他人就更不必說了，好像金姑娘一走，便把謎盒子也一起帶走似地，剛才猜謎的那種氣氛，完完全全給打破了。既然大家想不出謎語，含笑便提議說故事，這提議立即得到全體的贊成，特別是雅信，更興奮得手舞足蹈起來。可是由誰來說

㉚果：台語，音(koh)，意(竟然)。

呢?大家推來推去,最後推到最會說故事的黑羊身上。黑羊既被大家選定了,也沒有推辭,就搓了搓手掌,開始說:

「我應暗欲講『虎姑婆』的故事……」

才聽見黑羊說「虎姑婆」,便見來好從草上霍地立了起來,叫說:

「稍等才講!我腳脽坐到痲到欲死丫,等我去提一塊椅仔出來才講!」

說罷,來好便飛跑到教室去搬了一隻椅子回到草地上,等她在椅子上坐定了,黑羊方正式把故事說了下去:

「古早古早,有一個老母佮兩個查某子住在偏僻的莊腳,彼大姐叫做阿玉,彼小妹叫做阿珠。有一日,彼老母有代誌欲出外去,便向偲彼兩個姐妹吩咐:『我沒在厝的時陣,門佮窗仔著關給好,若聽見虎姑婆來打門,千萬不通加伊開門,伊是虎精來變做人,專門列吃人,著愛十分小心,有聽抑沒?』阿玉佮阿珠頓頭答應,等偲老母出門,便將門佮窗仔關到密周周。

偲老母才去沒外久,便有人來打門,兩個姐妹想著偲老母吩咐的話,攏恬恬不敢去開門。『有人在厝裡沒?開門啦,我不是別人啦,我是您的姑婆,是您老母叫我來的啦。』外面的人列講。兩個姐妹聽講是偲老母叫伊來,便料做是眞的姑婆,但是復沒什麼把握,所以阿珠就問:『你若是阮姑婆,你絕對知影阮的名,你叫阮一聲!』……『唉,戇囝仔,姑婆即倪老丫,記池㉛眞𡘙,哪猶會記得您的名?』外面的人講,但是即兩個姐妹猶是嬡加伊開門。『好!好!您若嬡加我開門,也沒要緊,我做我轉來去,你老母若轉來,您才加伊講,講姑婆有來過,是您嬡開門給姑婆

㉛記池:台語,音(ki-ti),意(記憶力)。

入去，不是姑婆沒來嚄。』即兩個姐妹聽見外面的人講即款話，因爲驚給伊老母罵講對姑婆無禮，所以阿玉就講：『你若是阮姑婆，你的手絕對是沒毛的，你手由門縫伸入來給阮摸看覓。』外面的人果然將手由門縫伸入來，但是孤伸手掌入來而而，兩個姐妹在手掌摸摸咧，果然沒毛，才放心開門，給外面的人入來。入來一看！哇……伊的面縐皮皮，兩蕊目睭兇結結，伊的手頂全全毛，偲就知影代誌沒通較外好，兩個姐妹就問：『你敢是阮姑婆？』……『是啊！是啊！是您姑婆，是因爲您老母驚您給虎姑婆吃去，才特別叫我應暗來佮您作伴，安倪虎姑婆就不敢來囉。』兩個姐妹半信半疑，但看伊也沒欲吃偲的款，也就慢慢放心落來。

彼一暗，彼姑婆就睏在兩個姐妹的中間，到半暝的時陣，阿珠醒起來，聽見姑婆在列喀什麼物件，伊就問：『姑婆，姑婆，你即久列吃什麼物件？』『我……列吃土豆。』『土豆我也愛吃，我即陣腹肚飫到欲死丫，姑婆，你分幾粒仔給我吃好否？』……『唉呀，提去啦！』姑婆講，便見兩粒土豆給阿珠，阿珠接著一下看，哇……不是兩粒土豆；是兩支指甲！伊大驚一跳，害丫！這不是姑婆；原來是虎姑婆！阿玉已經給伊吃去囉，伊沒走哪會使？阿珠恬恬想在心肝內，忽然間，由眠床跳落土腳，開門向野外偷走出去……

但是虎姑婆是虎來變的，當然走比阿珠較緊，所以沒一下仔久，阿珠就去給虎姑婆𨑨㉜著，虎姑婆就大聲罵阿珠：『你這細皮的，你果會加我偷走，看我將您大姐吃了就來吃你！』虎姑婆便將阿珠掠轉來厝裡，經過厝外口的便所時，阿珠忽然對虎姑婆講：『姑婆，我欲放尿，你給我入來去便所放尿好否？』『𣍐使！你會偷走！』『不過我即陣腹肚內全尿，你若沒給我去放，你吃

㉜𨑨：台語，音(lip)，意(追)。

我的時陣，我規身軀會攏臭尿破味哦。』虎姑婆想想咧，也感覺有道理，但是猶𣍐放伊去放尿，講：『不過我若放你去放尿，你會加我偷走去。』『𣍐啦，你也𣍐曉用麻索加我綁列頂身，你牽麻索的一頭，我欲安怎偷走？』虎姑婆聽聽咧也是有道理，便用麻索綁在阿珠的頂身，放伊入去便所放尿。哪知阿珠一下入去便所，便將麻索由身軀頂褪開，綁在便所的柴格仔頂頭，由便所窗仔偷走出去……

虎姑婆在便所外口等眞久，感覺眞奇怪，便入去便所內面一下看，才知影又復給阿珠偷走去囉，伊便大大受氣起來，復由後面去逐阿珠，即個時陣天已經打浮光丫，虎姑婆四界找阿珠，行眞遠的路，行到嘴眞乾，抵好面前有一條橫溪，便到溪邊去飲水，才按頭㉝欲飲著水，虎姑婆忽然間看見水底有一欉樹仔影，阿珠就匿在彼樹仔頂高，虎姑婆非常歡喜，水也𣍐飲丫，便舉頭起來，對樹仔頂的阿珠講：『細皮的，原來你匿在這樹仔頂，較緊加我落來，若不落來，我就欲將這樹根喀給伊倒落，看你到時欲走去嘟位？』『姑婆，好姑婆，我聽你的話啦，我有欲落去啦，不過即陣腳眞無力呢，我已經規日攏沒吃飯，腹肚餓到欲死去，你沒給我吃一點仔物件，我欲安怎有力通落去咧？』虎姑婆想想咧也是有道理，而且阿珠已經走𣍐去丫，給伊一點仔物件吃也沒什麼要緊，所以就問阿珠：『細皮的，你欲吃什麼？』『我欲吃㷫㉞雀鳥仔。』『我欲嘟位去生㷫雀鳥仔給你吃？』『有啦，好姑婆，這樹仔頂有雀鳥仔巢，雀鳥仔都便便，我孤欠一鼎滾油，請你去焮一鼎滾油，用麻索縋起來樹仔頂給我就會使。』虎姑婆果然用柴去焮㉟一鼎滾油，然後才用麻索

㉝按頭：台語，音(ā-thau)，意(俯首)。
㉞㷫：台語，音(chï)，意(炸)。註(ï表帶鼻音的i，如pï(病)，sï(扇)，tï(甜))。
㉟焮：台語，音(hiä)，意(燃火以煮物)。

縋起樹仔頂給阿珠，阿珠便焠幾隻雀鳥仔起來吃，吃到滴滴答答，眞是好吃，聽到樹仔腳的虎姑婆流嘴涎，便問阿珠：『焠雀鳥仔敢有好吃？』『眞好吃哦，比人較好吃呢，好姑婆，你敢有愛吃？我焠幾隻仔給你吃好否？』『也好，我即陣腹肚也列飫丫。』阿珠便復焠幾隻雀鳥仔，焠好了後，便對樹仔腳的虎姑婆講：『好姑婆，雀鳥仔焠好囉，噢……果芳貢貢哦，好姑婆，你有欲吃否？』『有啦！有啦！較緊擲落來給我吃！』『我欲擲落去囉，好姑婆，你嘴著較開咧，目睭瞌瞌哦……』『好！』阿珠看虎姑婆的嘴開若水缸彼倪大，目睭復瞌起來，便將彼鼎燒燙燙的油向虎姑婆的嘴倒落去，孤聽見虎姑婆『噯唷！』一聲，等阿珠慢慢由樹仔頂落來，才看著虎姑婆已經死在土腳，手生爪仔，腳𦢊生尾溜，腹肚一條一條黑紋，完全復變做虎的原形來。」

黑羊說完了故事，全場闃然無聲，連夜裡的蟬聲和蛙聲也收歛不見，彷彿地上的萬物也一同在聽黑羊的故事，因聽到虎姑婆的猙獰與兇惡，震懾不敢呼吸了。這時中秋月已不知不覺移到正空，顯得遙遠而冰寒，淒清的月光悄悄地洒在每個人的身上，每張臉都蒼白得像白紙一般……驀然，金姑娘的鑰匙聲從走廊的盡頭傳來，來好猛然從椅子跳起來，大喊一聲：

「『虎姑婆』來囉！」

隨即率先跑向宿舍去，其他的人也從草地爬起，跟在來好的後面跑向宿舍，還一邊七嘴八舌地學來好喊著：

「『虎姑婆』來囉！……緊走哦！……」

卻見金姑娘的影子也向宿舍這邊跑來，突然踢到走廊上的什麼，一個踉蹌跌到地上去了，學生都停下腳步，禁不住大笑起來，因看到從來都是威風凜凜的金姑娘，竟然失了威在地上打滾而感到一陣快感，可是才見她自地上爬起，大家便又蜂擁跑進宿舍，衣服也不脫，都藏到自己的棉被裡了……

過不了幾秒鐘，金姑娘在宿舍門口出現了，氣呼呼地問道：

「『虎姑婆』是什麼？」

每個人只管把棉被蒙在臉上，沒有人敢回答……

「您——叫我『虎姑婆』是什麼意思？」金姑娘繼續說。

仍然沒有人敢出聲，於是金姑娘便拿出身上的筆與紙，把「虎姑婆」三字用羅馬拼音拼寫下來，返身走回她的辦公室，找了一本廈門「同文書局」編印的「廈門話白話字字典」翻了起來……

三分鐘後，金姑娘又回到學生宿舍裡來，雙手插腰，氣沖沖地吼道：

「您——實在眞失禮哦！我——知影『虎姑婆』是什麼意思！彼是眞——歹的物！您——哪會使安倪叫我？」

整個宿舍靜悄悄地，只聽得金姑娘喘息的鼻孔聲……

「後擺㊱絕對𣍐使復安倪叫我！有聽抑沒？」

所有人仍然不敢回答，都故意裝睡而不敢輕哼一聲，金姑娘見夜已十分深了，也不願再打擾她們的睡眠，只再佇立了一會，終於悻悻地離去。

十三

因爲怕爲了「虎姑婆」的事情而被金姑娘罰站，這一晚每個人都戰戰兢兢，沒能睡好，第二

㊱後擺：台語，意（後回，以後）。

天更不敢睡懶覺而叫金姑娘來催，大家不但很早就起床，認眞跪在床邊做「早禱」，禱告金姑娘不要處罰她們，更且將棉被疊得整整齊齊，衣服掛得有條不紊，快快洗好手面，梳好頭髮，然後走向飯廳來。

大家早已在走廊上看見了金姑娘，只見她板著臉孔，胸有成竹的樣子，只是沒有什麼動靜，一直等到所有學生都在飯桌前坐定，望見了冒著熱氣的稀飯，以及桌上的蒸蛋和炒得香噴噴的土豆時，金姑娘便來到飯廳的門口，大聲地說：

「大家稍等咧才吃飯！先出來操場排列，我——有話欲對您——講！」

每個學生都變了臉色，都不情願地離開了飯桌，魚貫經過金姑娘的面前走向操場。

「日害丫！絕對是爲著『虎姑婆』的代誌欲叫倆罰企㊲……」走離了金姑娘十幾步的時候，雅信偷偷地對旁邊的含笑說。

「恬恬啦！都叫你不通講『虎姑婆』，你又復講！」含笑皺眉蹙額地回答。

所有學生都在操場排好隊伍，金姑娘揹著手、垂著頭，在隊前來回走了三趟，才突然停了腳步，抬起頭來，舉手指向操場對面草地上的一張椅子，對大家說：

「彼塊椅仔是什麼人提出來的？爲什麼坐了不提入去教室內面放？是什麼人？舉手！」

全場發出了一陣唏噓，大家只敢翻著眼白偷偷地斜瞥來好，卻見來好緊閉嘴唇，低頭望著地上，她自己既不敢舉手，別人也就更不敢說了。

㊲罰企：台語，音(hoat-khia)，意(罰站)。

「緊舉手！若舉手，我——即回絕對獪處罰伊；但是若沒人舉手，我早起就嫒給您——吃飯，欲給您——企到有人舉手出來承認爲止！」金姑娘又說，臉上露出鐵一般的表情。

太陽慢慢從牆頭昇到天空了，每個人都因爲餓的關係，特別覺得陽光的焦熱，一晒在皮膚上便彷彿燒得要起泡一般，她們個個都眉宇深鎖，彼此都聽見胃腸絞滾的咕嚕聲，而其中最感痛苦的是彩鳳，她餓得面色鐵青，滿額都出冷汗，肥胖如球的身子在微微地顫抖，好像再多餓一分鐘便要昏倒在地上似地，可是來好仍固執地望住地上，一點也沒有舉手承認的跡象。

一個小時終於熬過去了，全體學生都站在原地不動，只見太陽更高更熱了，而投在地上的影子也愈移愈短了，金姑娘也陪大家站著，只是她不像學生那樣寸步不移，她不到十分鐘便從隊伍的這頭踱到那頭，再過十分鐘又從隊伍的那頭踱到這頭，有時望望地上的螞蟻，有時望望天空的白雲。

有一回，站在來好旁邊的含笑用肘去碰碰來好，偷偷地對她耳語道：

「你哪嫒舉手？」

「我驚舉牌仔去隔壁繞三輪……」

「伊講獪就是獪。」

「彼敢是你在講的……」

耳語就此中斷，含笑和來好又恢復了原來的沉默，繼續站下去。

彩鳳肚子十分餓，她忍了又忍，最後實在不能再忍了，便將手歪歪斜斜地舉了起來，金姑娘敏捷地抬起頭來，而所有的學生也紛紛轉頭去望金姑娘眼睛的方向，大家看見舉手的不是來好，竟然是彩鳳，便都暗地裡露出了無限驚訝之色。

金姑娘終因有人舉手而鬆了一口氣，她走向彩鳳，顯出一臉和顏悅色，用罕有的慈愛口吻對彩鳳說：

「洪彩鳳，你——有老實，你——眞好，請你將彼塊椅仔提轉去教室好否？」金姑娘說完了，便又轉向其他學生，對她們說：「您大家緊入去飯廳吃飯，您大家腹肚絕對眞飫丫嘍？」

吃完了早飯，便又立刻到禮堂去做「早天禮拜」，雖然已遲了一個小時，但金姑娘仍然照往日要大家唱「耶和華，早起時袮能聽我的聲」，然後又由她自己讀一段聖經的經文。

這天金姑娘特別選了「舊約」的「出埃及記」，從第二十節的「十誡」唸起，當她唸完了「十誡」，便又回過頭來把第九誡重新提出，對大家說：

「『不通做假證陷害別人』即句的另外意思是——『不通講白賊來害別人』，講話著愛誠實，不通講白賊，做不著，家己出來承認，若安倪，上帝不但艙責罰您，會復較疼痛您……今仔日，洪彩鳳就是眞好的模樣，您——大家著愛向伊學習！」

說完了這段話，金姑娘便把預備好的一本「聖經故事彩色畫冊」贈給了彩鳳，以獎勵她這種「勇於認錯」的勇敢行爲，這使得所有學生感到啼笑皆非，於是面面相覷起來，而彩鳳更覺得「啞巴吃黃蓮，有苦說不出」，倒是來好感到有些悔意，後悔不曾舉手承認，否則她就可以得到那本「聖經故事彩色畫冊」了。

十四

因爲「淡水女學」的生活規律，而且先生對學生管教嚴厲，這學校的聲譽便傳播到台灣的每個角落，特別對那些門第之家，既想讓女兒受中等以上的教育，卻又怕女兒在外面學壞，一聽到

「淡水女學」的高牆鐵門修女式的管理方式，也就趨之若鶩，紛紛把女兒送來「淡水女學」讀書，所以從學校設立的第二年起，新入學的學生便年年滿額，學校的教室與宿舍也逐年擴充，學生增加，先生加多，而金姑娘也比往時更加忙碌了。

有一個禮拜日，到淡水教堂做完了禮拜回來，又吃過中飯之後，雅信與幾個要好的朋友在校園裡散步，當她們來到草地的盡頭，那兒正在蓋新的教室，因爲是禮拜日，金姑娘不許任何人工作，所以這天靜悄悄地連半個工人的影子也沒有，那新教室還搭著許多木架，地上到處都是鋸斷的木板、木材和各種各樣的鐵絲、繩子，而那棵學校沒蓋以前就已長在那裡的老榕樹下面，更堆著用剩的紅磚與沙石……來好突然雙手一拍，大聲地叫了起來：

「啊！倆來樹仔頂起厝，厝起好，倆才來玩『辦公貨仔』。」

大家都熱烈贊成，於是黑羊、含笑便起頭去搬木板和木材，在榕樹的大樹幹上架設樓房，來好、彩鳳則去拿鐵絲和繩子來做樓梯，而月裡和雅信則搬磚與石子來塡地墊高，大家七手八腳，花了好大的功夫，終於在那棵大榕樹上臨臨危危架起了一間騎樓，然後一個個都爬到樹上的騎樓，在台上手舞足蹈，鶯聲燕啼，快活得像樹頂上的麻雀一般。

突然聽見「煞」的一聲，雅信放聲大哭起來：

「人不知影啦……鐵釘仔加人鉤破裙丫啦……」

「細皮的恬恬啦！稍等咧才加你補啦！也不是什麼天大地大的代誌，有啥通哭？」含笑厲聲地喊。

雅信揉揉眼睛，終於停止哭泣。

「好丫！倆開始來玩『辦公貨仔』哦！」來好見雅信不再哭了，便說，然後往每人的臉上掃了一周說：「您每個人欲做什麼？」

「我上大漢，我欲做『阿公』。」黑羊說。

「你做『阿公』，我著來做『阿媽』。」含笑說。

「我欲做『老爸』！」彩鳳搶著說。

接下去卻沒人說話，來好望望月裡，對她說：

「你欲做什麼？」

「阮不知……」月裡害羞地說。

「『阿公』有人做，『阿媽』有人做，『老爸』有人做，續落去就是『老母』，啊——！你做『老母』好啦！」

月裡含著嘴唇，文笑了一下，默默點頭答應了。

「阿你欲做什麼？」彩鳳問來好說。

「我著來做『媒人婆仔』囉……若不是我這『媒人婆仔』加您牽，你這『新郎』佮伊彼『新娘』欲安怎變『老爸』佮『老母』咧？」來好說著，回頭瞟了月裡一眼。

大家聽了都哄然而笑了，彩鳳也跟著人張口大笑起來，月裡則抽出手絹把個緋紅的臉頰給掩了。

「阿我咧？阿我咧？我欲做什麼？」雅信落寞地說，彷彿被忘記似地。

「你哪有什麼通做？啥人叫你欲上細漢？你只有是做『子』而而。」來好說。

大家望了望雅信，都笑了，連月裡也忘了害羞而笑出了聲。

「『辦公貨仔』由即馬開始！」來好嚴肅地說：「黑羊！你代先！」

黑羊走到台中，邁著八字的腳步，梳著長鬍鬚，乾咳了幾聲，抬頭望見西天一片烏雲正逐漸往地上籠罩下來，然後隨著西風對大榕樹這邊游移過來，黑羊便不由自主地唱道：

天黑黑，欲落雨，
鯽仔魚，欲娶某，
魚擔燈，蝦打鼓，
水蛙扛轎大腹肚，
田螺舉旗叫肝苦。

等黑羊退下之後，含笑便來到台中，她駝著背，用一根樹枝當枴杖，在台上繞了幾圈，便停下腳步，仰著天欠欠身，長吁一聲：「啊，胛脊胼哪會即倪痠？」自己用右拳往背搥了幾下，又彎了腰駝了背，拄著枴杖又繞了幾圈，突然站直起來，左右看看，問大家說：

「我欲唱什麼？」

「黑羊抵才唱『天黑黑』，你也燴曉唱『火金姑』？橫直天一下暗，火金姑就滿天飛。」來好說。

含笑沉吟了半晌，也覺得有道理，於是又彎下腰，努力地拄著杖，唱了起來：

火金姑，來吃茶，
茶燒燒，配芎蕉㊳，

茶冷冷，配龍眼，
龍眼會開花，匏仔換冬瓜，
冬瓜好煮湯，匏仔換粗糠，
粗糠欲起火，九嬸婆仔勢㊴炊粿，
炊到臭焦兼著火。

含笑唱完了便退下，彩鳳也沒人叫便自動上場來到台中，摸了摸頭，也不知要做些什麼動作，便回頭對來好說：

「『老爸』著愛唱什麼？」

「你『老爸』猶未咧哦，未曾做『新郎』，欲做什麼『老爸』？」來好說。

「阿否『新郎』欲唱什麼？」彩鳳又問。

「隨在你！」來好答道。

「唱『夜孤蟬』會使抑儈？」

「哪會儈使？」來好說。

「好！我著來唱『夜孤蟬』。」

於是彩鳳唱道：

㊳芎蕉：台語，音(king-chio)，意(香蕉)。
㊴勢：台語，音(gau)，意(很會，善於)。

夜孤蟬，嚎咧咧，
嚎啥代，嚎欲嫁，
嫁嘟位，嫁柴梳，
柴梳欲梳頭，嫁老猴，
老猴欲爬樹，嫁和尚，
和尚欲誦經，嫁憲兵，
憲兵欲出戰，嫁菜燕，
菜燕眞好吃，嫁乞食。

彩鳳退下了，輪到月裡登場，還沒有說話和動作，來好已搖搖手，跑到台中喊道：「猶未！猶未！猶未做媒人，『新娘』就家己出來，這哪會使？」說得月裡臉紅透了半邊，立刻退下了，於是來好便去摘了一片榕樹的葉子，當做蒲葵扇，一路走一路往頭上搧著，自言自語說她是「媒人婆」，要去替人做媒人，說完了便去到黑羊和含笑的面前，向她們說有個新娘有多美多美，想嫁給她們做「新婦」，不知她們肯不肯？黑羊和含笑答應了，於是來好便裝著走出了大廈的門限，來到月裡的面前，向她說有一家人多有錢多有錢，新郎多緣投多緣投，要娶她做「新婦」，不知她肯不肯？月裡用手絹遮著面，點頭答應了，於是來好便把月裡帶進台中，把她牽給了彩鳳，又把她兩人牽到黑羊與含笑的跟前，叫了一聲：「拜堂囉！」便推她們兩人下跪，叫她們向黑羊和含笑磕頭，站了起來，又相互對拜，才把她們推向台後去，一邊又喊：「洞房囉！」喊完了「洞房」，來好便引導大家唱了「新娘歌」：

新娘新噹噹，褲底破一孔。
頭前開店窗，後背賣米香。

唱完了「新娘歌」，來好便喊：「生子囉！」於是「老爸」和「老母」便出現在台中，彩鳳牽著月裡的臂膀來到台前，月裡手抱著用手絹捲成的「嬰仔」，那裡黑羊早已放了一隻木椅當做搖床，月裡輕輕把嬰仔放在搖床上，來好便在後面假裝嬰孩的哭聲，「哇，哇」地哭嚎了起來，月裡便俯下身來百般愛撫，又搖起了搖床，唱了一首「搖子歌」：

嬰仔嬰嬰睏，一暝大一寸，
嬰仔嬰嬰惜，一暝大一尺。
搖子日落山，抱子金金看，
子是阮心肝，驚你受風寒。

才唱完了「搖子歌」，來好便喊：「嬰仔大漢囉！」喊完了話，來好便去望雅信，見她仍蹲在台角，看人演戲看昏了頭，一點動靜也沒有，來好便叫道：

「細皮的！換你丫！緊出來做『子』哦！」

雅信聽到來好喊她，才猛然站了起來，走到月裡跟前，投到她的懷裡去，撒嬌地叫道：

「阿娘，阿娘，阮腹肚飫，欲吃物……」

全場都捧腹大笑起來，來好更笑得厲害，說道：

「噢！看你這細皮的，果彼倪勢思奶㊵！」

雅信也不去理會，繼續抱住月裡，側著臉愛嬌地裝出飢餓的表情，於是月裡便叫彩鳳去拿了東西來給雅信吃了。才吃完，雅信又撒嬌地叫了起來：

「阿娘，阿娘，阮腹肚痛，欲吃藥……」

於是月裡叫彩鳳去叫醫生來，彩鳳便去拉來好來當醫生，來給雅信診脈，開了藥給她吃，吃了藥，雅信便立即又蹦又跳地在台上繞了一圈，忽然停下來，回頭問來好道：

「做『子』著愛唱什麼？」

「攏也會使！」來好答。

「『草蜈公』好否？」

「哪會不好？」來好答。

雅信聽了，便拍了一下手，在台上站直身子，唱了起來：

草螟公，穿紅裙，
欲嘟去？欲等船，
船嘟去？船撞破，

㊵思奶：台語，音(sai-nai)，意(撒嬌)。

船片嘟去？船片燒灰，
灰嘟去？灰賣銀，
銀嘟去？銀娶某，
某嘟去？某生孫，
孫嘟去？孫顧鴨，
鴨嘟去？鴨生卵，
卵嘟去？卵請人客，
人客嘟去？人客放尿，
尿嘟去？尿沃菜，
菜嘟去？菜開花，
花嘟去？花結籽，
籽嘟去？籽𤏸油，
油嘟去？油點火，
火嘟去？火給老公仔噴噴熄，
老公仔嘟去？老公仔死列芎蕉腳。

雅信唱完了歌，全台都熱烈鼓掌，只有月裡一人黯然垂頭，默然無語……

「想膾到你上[41]細漢，果上勢唱。」含笑頻頻微笑地稱讚道。

「即條歌我自眞細漢就會曉唱，三歲時就唱給阮彼個做牧師的老爸聽……」雅信回憶說。

「阿您彼個『做牧師的老爸』嘟去？」來好急遽地問。

「伊早就死去ㄚ……」雅信說，眼眶紅了起來。

「東時？」有人低聲暗暗地問，卻不知是誰？

「阮三歲的時陣……」雅信說。

全台突然寂靜下來，誰也不敢再問話，只聽見月裡自言自語歎息地說：

「唉……倆人哪會絕對著愛死去嚄？」

說完了話，那寂靜便顯得比先前更加淒切而難忍了，這時大家才發覺頭上的烏雲已黑壓壓地一片，樹在搖撼，風在加緊，突然幾片落葉撒在每個人的身上，跟著珍珠大的雨點也叮叮噹噹地打在每個人的頭上，來好叫了起來：

「西北雨來囉！緊走哦！」

來好說完了話，首先縱身跳到樹下，往宿舍跑去，其他人也跟著緣梯而下，掩頭跑去，雅信殿後，不到一分鐘，整個校園的所有學生已逃得無影無蹤。

第二天是禮拜一，大家在禮堂做完了「早天禮拜」，當一夥人正想離開禮堂走到教室去，金姑娘突然把學生叫住，等所有的先生都走了之後，她才開口對學生說：

「今日有一項代誌，早起我——列巡學園的時陣，看見彼欉榕樹，頂高綁一割柴板，猶有樓梯，猶有索仔……彼是什麼人綁的？」

全場死寂，一動也不敢動，金姑娘的兩隻烱烱的大眼睛在每張臉上逡巡著，只見每個人都嘴

㊶上：台語，音(siong)，意(最)。

唇緊閉，把頭垂下，不敢與金姑娘的目光接觸。她看看沒有人敢回答，便從講台上走了下來，走到坐在最前排的雅信面前，對她說：

「雅信，你——講！是什麼人綁的？」

「阮大家綁的……」雅信瞟了金姑娘一眼，顫巍巍地說。

「您——哪欲在樹仔頂綁？」

「阿都欲起厝……」

「起厝欲創什麼？」

「欲辦公貨仔，有人做『阿公』，有人做『阿媽』，有人做『老爸』，有人做『老母』……」

「什麼人做『阿公』？」

「黑羊……不是啦！胡幼……」

「什麼人做『阿媽』？」

「含笑……」

「阿『老爸』咧？」

「彩鳳……」

「阿『老母』咧？」

「月裡……」

「阿你做什麼？」

「我都上細漢，我做『子』啦……」

金姑娘聽了，因覺得雅信回答得可愛，便「噗哧」一聲笑了出來，大家看金姑娘笑了，氣氛才鬆懈下來，不再像剛才那樣緊張，於是也跟著金姑娘，竊竊偷笑出聲。

「這是眞——危險的代誌！萬一若由樹仔頂摔落來，看欲安怎？」金姑娘忽然又裝成十分嚴肅的表情，聲色俱厲地說。

大家又把輕鬆的心情收歛起來，等待金姑娘又要發作的暴風雨，卻不料金姑娘在搖頭歎息了一陣之後，忽然改用十分同情的口吻對她們說：

「唉，您——猶即倪細漢，就列想即款代誌，欲做『老爸』，欲做『老母』，欲『嫁翁』，欲『生子』……」

說到這裡，金姑娘靜止了，她突然轉身背向大家，對著禮堂的十字架笑彎了腰，她繼續地笑，放聲地笑，歇斯底里地笑個不停，笑到連眼淚都擠了出來……

十五

有一天早上，金姑娘坐在她的辦公室攤開聖經準備下一節的聖經課時，老校工阿寶手裡拿著什麼，氣呼呼地跑了進來，對金姑娘說：

「金姑娘，金姑娘……我撿著這……」

金姑娘放下了聖經，轉頭看時，見阿寶赤著一雙污泥的腳，立在面前，手裡顫抖地拿著一封信，直遞到她的眼前，她把信封接來，兩面都翻著看，卻不見隻字片語，既無收信人的姓名，也沒收信人的住址，只怕是個空信封，但仔細查時，封口卻是封住，拿到窗上一照，發現封裡有信紙，而且滿滿寫著看不清的字，她開始感到有些蹊蹺，便問阿寶說：

「你——即張批是在嘟位撿的？」

「在後壁園的牆圍仔頂撿的。」阿寶擺動他下巴的那撮白色山羊鬍，徐徐地回答。

金姑娘聽了，大吃一驚，從椅子上跳起來，急遽地問阿寶說：

「嘟位的牆圍仔頂？較緊！你——即馬就趣我——來去看！」

說罷，金姑娘等不及阿寶穩重的慢腳步，拖著他急急走出了辦公室。

他們走完了教室的走廊，穿過禮堂，越過草地，便來到一片濃密的芭樂園，這一帶的芭樂樹是沒有建「淡水中學」以前就已經種在這山地的，從前便是一個果園，建了「淡水中學」以後也沒有造牆，但自從建了「淡水女學」，爲了隔絕男女兩校，而芭樂園又剛好在兩校的中間，方從芭樂園中間造了一道紅磚圍牆，把果園一分爲二，結果「淡水中學」的牆裡有一半芭樂樹，而「淡水女學」的牆裡也有一半芭樂樹，任何圍牆兩邊的人一旦隱入這芭樂園，外面的人便難得發現他們。

阿寶帶金姑娘走進了芭樂園，金姑娘人高，撥開了好多枝葉，又拂開了好多蜘蛛網，才跟著阿寶來到一處幽深潮濕的牆邊，這牆高過人頭，一半是石砌，一半是磚造，牆上有破玻璃片，牆下的磚與石頭之間可以發現幾處三合土沒有封密的孔隙，阿寶便指著一處較大的石縫，對金姑娘說：

「就是在即個縫撿的，我早起都在即個芭樂園列掃樹葉仔，都掃到倦ㄚ，才企咧，想講欲卜一支煙咧，忽然間看著這石頭縫有一條白白，不知是什麼，走近加伊抽出來一下看，就是我提給你彼張批。」

「你——敢有定定撿著即款批？」

「沒，以前都不曾看見，是即回沒張弛㊷才去看著。」阿寶說，然後若有所思地說：「我想，金姑娘，這絕對是倆的查某學生佮隔壁的查甫學生在這牆圍仔縫列通批㊸，不是即旁通過去，就是彼旁通過來。」

金姑娘同意地點點頭，壓低聲音附在阿寶的耳朵上說：

「即款代誌實在眞歹名聲，若傳出去看欲安怎？阿寶，你著愛恬恬，千萬不通講出去，有聽抑沒？」

阿寶服從地點頭，連聲音也不敢哼，只怕出了聲便會把消息透露出去似地。

金姑娘於是離開了芭樂園，一回到她的辦公室就用剪刀把信剪開，想探明那信的收信人和寫信人，卻料不到那信裡除了信頭的「阿哥」和信尾的「阿妹」外，找不到任何名字。那信是用「白話字」寫的，金姑娘很輕易便可以看懂，那信首開始寫著：「自從彼一日在教堂後園佮阿哥講幾句話了後……」金姑娘才唸了這句，便覺得臉紅，以後愈唸愈紅，唸到信尾更覺紫脹幾乎不能終紙，便從椅子跳起來，背著手在辦公室裡踱步，嘴裡不自覺喃喃地說：「即款天大地大的代誌！查某囝仔人，哪會使安倪？哪會使安倪？……」但是這個寫信的女學生是誰呢？她始終也猜不出來，她在心中盤算著，決定在下一節的聖經課裡，無論如何要把這件事弄個水落石出。

半小時後，金姑娘等所有學生在教室裡坐定下來，她沒有表情地用一種單調的聲音對大家宣佈說：

㊷沒張弛：台語，音(bo-tiü-ti)，意(無意間)。

㊸通批：台語，音(thong-phoe)，意(通信)。

「今仔日，倆的校工阿寶在芭樂園邊的牆圍仔頂撿著一張沒名沒姓的批，不知是倆即班的嘟一位學生寫的？寫的人，請你舉手！」

聽了金姑娘的話，全班嘩然，都交頭接耳互相探問，卻不見有人舉手承認……

「沒要緊，若沒人出來承認，我——也查會得出來，上好是您——家己出來承認。」金姑娘用著同一聲調說。

可是等了好久，仍然不見有什麼動靜，金姑娘想，再這樣枯等下去也是沒有用的了，於是她便提高嗓子對大家說：

「即馬大家攏加我——提一張白紙出來！」

只聽得一陣七零八落的紙聲，等每個人都把白紙放在書桌上，金姑娘便又開口說道：

「大家用白話字加我寫：自從——彼一日——在——教堂後園——佮——阿哥(全班響起了一聲：『啊——！』)——講——幾句話——了後。」

有人沒來得及寫完，要求金姑娘又重述一遍，於是金姑娘便又把同一句話重述一遍。等重述完了，金姑娘便叫學生把各自的姓名寫在白紙上，寫完了又叫每排的人把紙從最後面逐次遞向最前面，然後再由最前面的學生把紙送到金姑娘手裡。金姑娘數了數，皺起眉頭，又數了一次，眉頭更深了，便大聲地說：

「哪會孤十七張而而？不是十八張……什麼人沒交？」

不見教室裡有什麼反應，大家面面相覷，都左顧右盼，想知道到底誰沒有把紙交出來，突然聽見月裡哇地一聲，趴在桌上大哭起來……

全班發出了一陣歎息，緊張的氣氛也因此鬆弛了下來，而金姑娘卻臉色不變，仍然一如往昔的剛毅與固執，她走到月裡的跟前，輕輕地拍拍她的肩，說道：

「月裡，不免哭，佮我——來辦公室，我——有眞多話欲加你——講。」

月裡用手遮著臉跟著金姑娘去，等她們一踏出教室的門，所有學生便像麻雀般地吱吱私語起來……

「與男人通情書」這種事情實在太嚴重了，爲了愼重處理起見，金姑娘除了對月裡私下開導訓話之外，又派阿寶到月裡的家裡，請她母親來學校面談，對她母親說，本來要將月裡開除退學的，但顧其年少無知以及她的光明前途，思之再三，才免了此議，仍願意留月裡在校，只希望她此後，與情人斷絕往來，專心學業，並請她母親將學校之意私下轉告月裡，讓她明白事體……

月裡的母親回去之後，「淡水女學」又恢復了往日的和平與安靜，爲了怕這種「歹事」宣揚出去，金姑娘也未便到隔壁的「淡水中學」去追究那位「情人」，只將月裡單方隔絕起來便了。倒是有一件新事從此開始，那便是金姑娘從此日夜巡視全校之際，每每都巡到那蓊蓊鬱鬱的巴樂園裡來，而且還仔細看那圍牆上的每條細縫，尋找可能藏在裡面的白色信封……

禮拜日下午照例是客人來訪的日子，有一個禮拜天下午，月裡擺脫了眾人，獨自守在宿舍裡讀聖經，金姑娘派了銀姑娘來尋找月裡，說有客人指名要訪問月裡，月裡只好放下聖經，隨銀姑娘來到禮堂，卻見那椅子裡坐著兩位婦人，都纏著腳，其中一位較老的，見月裡走近，便立了起來，指給另一位較年輕的婦人看，並且說：

「這就是月裡啦！這就是月裡啦！」

月裡在離她們幾步之前便停了腳步不敢前進，她原以爲她母親來訪，卻料不到是兩位陌生女人。那年輕的婦人年約四十，穿得珠光寶氣，銀鐲金鍊，綢裙緞衫，她一聲不響，只用烱烱的目光往月裡全身上下仔細打量，彷彿要把她的每寸皮膚都看透似地。月裡心底十分狐疑，這年輕的婦人確實是她從來都不曾見過的，可是那較老的婦人，年約五十多歲，卻似乎有點面善，只忘了在那裡見過。月裡在記憶裡搜索了一會，原來她便是她們村裡專門在跟人撮合親事的媒婆，村裡的人都叫她做「肖錦姆」，她經常在每個家裡閒坐，遇見十來歲的男女，便要問人「幾歲丫？」，「做人抑未？」，「啊，有一個人佮你眞合……」，於是便言歸正傳，替人做起親事來。月裡村裡的親事大都是肖錦姆一手撮合的，連月裡的兩位表姐的親事也是她撮成的。可是她今天爲什麼要來「淡水女學」？而且又叫月裡出來見那另外一個陌生女人做什麼？月裡心裡一直有這疑問，卻不敢輕易開口，但肖錦姆卻先開口說了：

「月裡仔，就是您老母列加你講親事，叫我四界加你探聽。即位是陳舍娘，偲在台北大稻埕開茶行，在大龍峒開磚仔窯，眞好額㊹，您老母聽講有眞恆意，才叫我遐伊來看新婦……」肖錦姆說著，然後轉頭去對陳舍娘說：「你加伊看！你加伊看！面美人復條朗，復讀到高女哦，你敢有地找即款新婦？」

肖錦姆還沒說完，月裡掏出手絹，掩著面反身跑回宿舍，往床上一拋，大聲慟哭起來，不到一刻，月裡的母親叫人來相親的消息便傳遍全校了。

那兩個人在禮堂裡悶坐，看月裡久久不再出來，也覺得沒趣，便分別坐了停在校門口的兩輛手車㊺回去了，而月裡卻一逕哭著，整整哭了一個下午，直等金姑娘傍晚巡過宿舍的窗口，看見她

㊹好額：台語，音(ho-gia)，意(富有)。

㊺手車：台語，音(chhiu-chhia)，意(人力車)。

仍在床上嗚咽，金姑娘才踱了進去，撫著她的肩膀，安慰她說：

「戇查某囝仔，伲——欲看親，做伲——去看就好，哪有什麼關係？倆——漫答應就好，哪著哭？」

「但是阮老母會強加我嫁！」月裡啜泣地回答。

「這你——免驚，你——以後做你乖乖讀書就好，您——老母若欲加你嫁，我——會加伊講，講你——猶細漢，復等幾年仔，等你女學讀煞才復講。」

月裡聽了金姑娘的話，終於平靜下來，也不再哭了。

這個晚上，也不知爲什麼，月裡輾轉反側，難於成眠，一直到天快亮的時候，難得終於入眠，便夢見一隻黑手從窗口一塊破玻璃的細縫伸到宿舍裡，像一隻黑絨絨的蜘蛛，愈變愈大，往月裡的臉上摸索而來，嚇得她大叫一聲，反身把臉埋在枕頭裡，卻覺得那黑手往她的頸項一搭，滑膩冰涼的，使她從床裡驚跳起來，在宿舍裡團團亂竄，驚醒了宿舍裡的所有學生，以爲遭了夜盜，等有人點了燈，查看門窗緊閉，並沒有人進來，才知道原來是月裡作了一場噩夢。

從第二天開始，月裡便覺得頸項發癢，繼則腫脹，不到幾天便起了一粒粒紅色的疙瘩，那疙瘩繼續長大變黑，不到一個月，整個後頸便長成了一串葡萄了。金姑娘叫校醫來看，開始也塗了一些消毒去癢的藥膏，等葡萄已成，校醫便告訴金姑娘說那是不正常的肉瘤，必須去找專門的外科醫生開刀割除才可以，開了刀還必須在家調養幾個月。金姑娘考慮的結果，便叫阿寶去通知月裡的母親，來學校把月裡領出學校，到醫院去開刀醫治，並且請她辦理休學手續。

阿寶遵金姑娘之命到月裡的家，向月裡的母親通知了，當晚學生就寢熄燈之後，有一部手車由淡水火車站來到半山腰，在「淡水女學」的鐵門前停下來，等那車上的婦人下了車，車夫便在鐵門上按鈴求進。本來這不是訪客時間，何況學生都已經入睡了，學校校園裡根本沒有人，好在剛好金姑娘做完了例日的深夜巡視，被她聽見了，才走到鐵門來，一問之下，才知道原來是月裡的母親，因聽到阿寶下午的通知，才連夜趕來淡水想帶月裡回家去。

金姑娘開了鐵門，讓月裡的母親進來，然後帶著她來到學生的宿舍，開門進去，把油企燈點亮起來，霎時大家全醒了，都穿著睡衣，從床上爬起來。金姑娘走到月裡的床邊，催她穿好衣服，幫她捆綁行李包袱，正想把她交給她的母親，卻不料月裡才彳亍往前移了幾步，瞥見站在宿舍門口的母親，便倒縮回來，突然躲到金姑娘的背後，抱住她，放聲大哭起來：

「我嬡轉去啦，我嬡轉去啦，若轉去阮老母會加我嫁……」

聽了這哭聲，月裡的母親便自己走進宿舍，來到金姑娘跟前，對躲在金姑娘後面的月裡溫和地說：

「阿母膾加你嫁啦，孤欲迺你轉來厝裡休養而而。」

「著愛給我來讀書，我才欲佮你做陣轉去……」月裡繼續啜泣道。

「好啦，哪會不好？病好，阿母絕對復給你轉來讀。」月裡的母親說。

月裡仍然有些懷疑，不敢放金姑娘，於是金姑娘轉過身去對住月裡，拍拍她的頭，對她說：

「金姑娘加你——保證，保證您——阿母，會復給你——倒轉來讀書。」

月裡用帶著眼淚的目光，抬頭望金姑娘，金姑娘便半蹲下來，面對著月裡，凝視了月裡一會，用最慈祥的聲音細聲地說：

「你——看金姑娘咧，金姑娘一生敢曾講過白賊話？乖乖聽金姑娘的話嘜，金姑娘才欲疼你。」

說罷，金姑娘便輕輕地在月裡的額上親了吻，立起她那電線桿似的高身子，把月裡牽給她的母親……

金姑娘替月裡提了行李和包袱來到鐵門前，由那車夫接了去，等月裡母女兩人都上了車，便又跟她們揮了一陣手，才返身進來想把鐵門關好，驀然發現所有的學生都穿著睡衣，不知幾時立在鐵門內，在黑夜的冷風裡發抖，金姑娘叫了起來：

「即倪冷，也不驚去寒著？緊入去睏！緊入去睏！」

於是金姑娘把手用力一揮，把她們趕回宿舍去了，然後才回身把鐵門慢慢依啞依啞地關了起來。等關好了鐵門，想回她自己的樓房去休息，卻看到學生宿舍的油企燈還亮著，沒有人吹熄，只好又往宿舍蹭了過來，一進宿舍，便聞到一片啜泣之聲，原來大家都還沒睡，每個人都趴在自己的床上哭泣，於是她便乾咳了兩聲，等大家都抬起頭來了，她才冷靜地對她們說：

「人住做陣，總是有一日著愛分開，這是眞平常的代誌，有什麼通哭？大家不通悲傷，緊去睏，明仔再大家猶著起來上課咧。」

說完了，她便走去把油企燈吹熄，反身蹭出了宿舍。一路上，她都踏著穩定的腳步走著，等她開了學校的小側門，走向她那雙層的樓房，她的步履便開始蹣跚了，才踏上那樓房的石階，她的喉管已經塡滿，她急步跑進她的房間，跪在床前的一支金色的十字架前，低頭禱告，眼淚慢慢地滾落下來……

十六

好幾年來，雅信每年只回家兩次，一次是放暑假的時候，另一次是寒假過年的時候，其餘都留在「淡水女學」的高牆鐵門裡。可是這一年夏天，她卻在暑假之前提早了兩個禮拜趕回艋舺，原因是她的繼父丘元家已病入膏肓，奄奄一息了。

兩年前雅信放假回艋舺的時候，丘元家已經有了肺病的徵兆，食慾減退，容易感冒，老是咳嗽，許秀英已經有了前夫肺病的經驗，便警告他要小心保養，工作不要過勞，但丘元家老是不聽，爲了收租，老是東奔西跑，爲了記帳，老是挑燈夜算，通宵達旦，結果是病倒了，先是在家調養，然後去住台北療養院。對許秀英而言，好像千篇一律，只是一個人換過一個人而已，雖然表面上她還裝成十分鎮定的樣子，其實心裡卻又是肝腸寸斷了。

雅信的生父林之乾的過世，因爲那時她還太小，如今已經忘記了，但這繼父愛她如自己的親生女兒，而他由紅膏赤舌到骨瘦如柴的經過又是她親眼目睹的，因此每天到台北療養院隔窗探病時，她便眞正感到骨肉生離死別的悲痛了。

眞也是禍不單行，等丘元家一死，才把火化的骨灰葬在觀音山，丘元家的幾個兄弟便上門登戶來要求做許秀英一家母女三人的「監護人」，自動要求管理丘元家遺下的財產，理由是許秀英才三十二歲，太年輕，無法管理財產，何況她長得那麼美，怕她被其他「歹人」拐去，連帶財產也會被騙走，爲了她們一家三人的生活保障起見，還是由他們幾個兄弟出面管理較爲妥當。對於這項無理的要求，許秀英當然嚴正加以拒絕，並回答他們說，她以前夫死重嫁，是因爲身無恆產，不能養育兩女的緣故，現在既已有了丘元家的財產，她已決心不再嫁，決定終身守寡來教育兩女，至於管理財產的能力，她請他們不用多操心，即使一時不會，日後也可以慢慢學會。因爲那幾個兄弟意不在此，當然也不會滿意許秀英的回答，便聯合請了律師上法院要求正式的「監護權」，這官司便這樣糾纏下去，迫得雅信跟她母親常常到法院去審訊，更使雅信在以後幾年的訴訟裡慢慢學得了不少法律的常識。

十七

在雅信開始宿讀「淡水女學」的頭幾年裡，大苗先生每年都要去淡水探望她一兩次，而雅信每次回艋舺來度寒暑假，她也會到「大稻埕公學校」去問候大苗先生。就在一年前大苗來「淡水女學」的探望中，大苗先生告訴雅信說，他不久要回日本娶親，在日本結了婚小住一兩個月後，才要把太太帶回來台灣生活，他並且還說，若帶了太太來，他要把太太也一起帶來淡水探望她。

可是不知怎麼，自從大苗先生回去日本之後，雅信便沒再見到他，而且好久以來也音信杳然，大苗先生到底回去日本了沒有？他在日本結了婚沒有？結婚之後把太太帶回台灣沒有？這些問題一直縈迴在雅信的心裡，但這回回來艋舺奔喪，也實在太忙，更沒有心情，現在一切既然辦理完畢，在以後漫長平靜的日子裡，雅信便又想起大苗先生來，終於有一天，她穿上了整潔的大裀衫，打好了辮子，便往「大稻埕公學校」去。

雅信滿懷著看見大苗先生的興奮去敲那扇籬笆門，才敲了兩下，便聽到連聲兇猛的狗吠，雅信嚇了一跳，倒退三步，觀望四周，她在懷疑是不是敲錯了門，或是大苗先生已不住這間宿舍，因為她從來都沒聽過大苗先生喜歡養狗，就在雅信猶豫到底繼續敲門或反身離去的時候，已經聽到大苗先生那耳熟的聲音在喊說：

「誰啊？『莫力』！不要亂嘷！可能是客人哪……誰啊？」

「是我，丘雅信。」雅信抑制不住歡喜地說。

「是信樣嗎？請你稍等一下，我把這狗拴好，免得咬你……『莫力』！叫你不要嘷！是你先生的一等客人哪！」

雅信在籬笆門外等了很久，只聽見大苗先生遲緩的木屐聲，從這地拖到那地，然後是鐵鍊和狗掙扎的磨地聲，最後籬笆門才唙唙啊啊慢慢地開了起來，雅信正想迎上前去，卻倏然釘住了腳跟，前進不得，她一時怔得目瞪口呆了，只見大苗先生帶著一副黑眼鏡，歪著一邊頭，摸索著把一扇門開向一邊，一支枴杖還掛在腕上搖搖地晃……

「大苗先生……你的眼睛怎麼啦？……」雅信終於迸出了兩聲，卻又停止了。

「也不知道怎麼，就是最近才完全看不見，所以不得已養了警犬，一個人出去時帶路。」大苗先生歪頭對住籬笆內的一叢燈心花說，說完了之後裝出一個勉強的微笑。

「大苗先生……是什麼病？……」

「也不知道是什麼病，開始的時候視力模糊，醫生說是視神經炎，打了兩針，好了一陣子，但不久又模糊了，醫生再打針，卻沒有效果了，後來就一直嚴重下去，最近才完全看不見，醫生後來說不是視神經炎，但是什麼病，他也查不出來……怎麼？讓你在門口站這麼久？今年夏天眞熱哪，不要給熱壞了，快進來！快進來！」

從籬笆門到玄關的那段水泥路，雅信想去扶大苗先生，卻又不敢伸手，便任由大苗先生一路敲著枴杖，跟住他一步一步往前蹭著，還一邊斜眼提防縛在木瓜樹低聲發威的「莫力」……

「要不要喝茶？信樣。」才在他他米上坐定，大苗先生便問雅信說。

「大苗先生，我不渴，如果渴了，我自己來。」雅信回答。

「已經好久了，太太應該買菜回來了，怎麼現在還沒有回來？」大苗先生靜坐了一會，便自言自語起來。

雅信不關心別的，只關心大苗先生的眼睛，所以經過一陣長久的沉默後，又問道：

「先生的眼睛是幾時開始生病的？」

「從日本回來的第三個月開始的，起初只是視力模糊，打了兩針，好了一陣子，又模糊了，又打了兩針，沒有效果，就慢慢嚴重了……耶？這些我剛才不是跟你說過了？怎麼又重說一次，啊！你看！信樣，自從眼睛看不見後，記憶力也跟著越來越差了。」大苗先生說著，拍拍自己的額頭，自我解嘲地微笑起來。

「先生這樣，教學怎麼辦？」

「教學？我半年前就不教了，只在家裡休養，看眼睛會不會好起來，卻愈來愈壞，看看是好不起來了，在台灣也沒有用處，所以決定回日本去。」

「先生幾時要回日本去？」

「大概是下個月吧，本來想遲些再通知你，現在你來了，剛剛好……」大苗說著，又微笑起來，笑了一會，才轉成另一種口氣說：「信樣，聽見你的聲音，我眞高興哪，等一下太太回來了，你可以見見她，我常常在她面前提及你，她也很想見你哪……怎麼？好久沒聽見你說起『淡水女學』的事情了，說來讓先生聽聽，金校長還一樣兇嗎？你夜裡還常常哭嗎？五年前，她叫我不要去看你，說免得你想家，怕你哭，你現在不再哭了吧？哈，哈，哈……」

大苗先生獨自快活地說著，一點兒也看不到些微悲傷的表情，雅信一直默默地凝視著他那雙黑色無影的眼鏡，想起從前大苗先生爲她梳頭，爲她打辮子，又爲她插花的情景，那他米，那木板甬道，甚至那白灰牆壁上的橢圓小鏡都沒有改變，但大苗先生卻變了，變得什麼都看不見了，她記得從前大苗先生很輕易流淚，現在卻變得輕易微笑，有時笑得那麼豪放，甚至令雅信微微打起顫來，懷疑這眼前的大苗先生會不會就是從前那位說話輕細而帶女性嫻雅的大苗先生？上帝難道沒有眼睛？爲什麼千千萬萬人不去害他們？偏偏要害這麼一個善良溫文的好人？使他眼睛失明，再也見不到光明，他犯了「十誡」的哪一誡？爲什麼要受這樣的懲罰？爲什麼？爲什麼？爲什麼？雅信自問，禁不住抽泣起來，忙把頭垂下來，用手掌把嘴掩了，怕哭聲被大苗先生聽見了，可是仍然被他聽見了，於是他便說：

「信樣，你在哭嗎？你哭什麼？噢……勇敢些，別哭哦，信樣有一雙漂亮的眼睛，哭了就難看了哦……」大苗先生說，突然歎了一口氣：「啊，好久沒看見信樣的大眼睛了！」

雅信不但沒能停止抽泣，卻更放聲哭了起來，於是大苗先生便挪了過來，伸手來撫雅信的頭，然後又慢慢來梳她的辮子，輕輕安慰她說：

「哪！不要哭，不要哭，小時候愛哭，這麼大了，怎麼還這麼愛哭？」

宿舍外有敲門聲……

「太太回來了。」大苗先生說，從他他米立起來。

「我去開門……」雅信說。

「你不要去，我怕『莫力』會咬你，還是讓我去。」

雅信見他走下玄關，提起掛在衣架上的枴杖，開了門，一步一步蹣跚地蹭了出去，一邊還對外喊著：「我來了！我來了！」雅信的眼淚便滾了下來，等到大苗先生開了籬笆門，聽見他跟他太太的交談聲，隨後又折回玄關來，雅信才趕緊把眼淚擦乾，飛跑到玄關，去迎接大苗先生與他太太。

大苗的太太穿一身素白的和服，套一雙白足袋，踩一雙日本木屐，走進玄關，深深向雅信鞠躬，雅信回了禮，便聽見大苗的太太溫柔帶笑地說：

「先生常常提及您哪，總說信樣是他班上最好的學生，本來還打算去淡水看您，只因先生眼睛生病才沒去哪。」

隨後那太太便幫助大苗先生上了他他米，等大苗先生和雅信坐定後，那太太才去預備茶。雅信覺得不宜久留，所以喝了一口茶便向大苗夫婦告辭了。

「信樣，如果來日本神戶，要來看我們哦……」臨別時大苗先生說。

「我不知道會不會有機會上日本去，大苗先生……」

「會的，總有一天會的。那麼，珍重再見了，不要再哭哦，信樣，聽見沒有？……」大苗先生最後說。

雅信也沒回答，只跟大苗太太揮揮手，也不忍再去回望大苗先生，一逕低頭急步邁出大門，等聽到大門咔喳一聲關住，她的眼淚便又奪眶而出了……

十八

雅信母女三人住的房子在淡水河邊，距離河岸尚有兩排低房，這些房子都是白沙石做地基，用土塊磚做牆砌成的，只有店門和中厝椽才疊了幾根紅磚柱，一旦土塊磚淹水浸濕了，牆便融解，房子便有倒塌的危險，還好幾十年來，每年一次的颱風水漲，水都只淹到石基，所以河邊一帶的低房也都相安無事，而雅信她們的房子也就更沒有什麼顧慮了。

這一年的颱風，大家也像往年一樣，帶著和平的心情等待颱風快點過境，河水快些退去，可是颱風才開始不久，大家便感覺今年的颱風有些詭譎難以捉摸，與往年的颱風迥然不同。首先是颱風之前連下了十天大雨，颱風還沒到，淡水河便比往年高漲了許多，等那颱風來臨的前日，因爲氣壓突然降低，使人有一種游絲輕飄的感覺。這一天，天上烏雲密佈，而且沉沉地低壓在大地上，到了黃昏時分，西邊的地平面卻突然破裂出一條細縫，萬條金光便從那細縫向這一片黑暗投射過來，顯出一種凶兆肅殺的雄壯與絢麗，使大地不經意地明亮了一會，可是不久便又被烏雲遮沒，於是天地便潑墨似地頓然暗了下來。

這一整天，颱風來臨的警告之聲不絕於耳，街上的店窗都關閉了，行人都在路上狼狽奔跑，河邊搬運船貨的苦力都歇工了，但河上每隻船上的船夫則忙亂地工作著，舢舨都划到臨時颱風避難塢裡去了，龐大的帆船都變換了平時停泊的河岸，繫到河邊的大樹上去，有的船夫不覺得安全，把船開向河的上游去，有的相反把船往下游開向淡水方面去，只剩下一兩隻馬力充足的汽艇，在眾船之間來回穿梭，指揮船隻避災的一切安全事宜。

可是上天彷彿要戲弄人似地，一直到午夜，大地都顯得異樣的平靜，彷彿颱風已無緣無故匿跡，一去不復返了。然而午夜一過，便在闃靜之中，時時有一陣令人戰慄的呼嘯從天空驟然而降，使人感覺天地在發威震怒了，這呼嘯的頻率愈來愈急，而聲音也愈來愈大，等到黎明破曉的時分，這一陣陣的急風已經相連成一氣，像支掃把，把船隻與房子掃得東倒西歪、支離破碎了。

暴風令人恐怖，但洪水卻更令人心寒，許秀英一夜都不曾睡著，等第二天叫醒了雅信和雅足，煮好了稀飯，開始要吃早點的時候，才發覺河水已溢過石基戶限，淹到房子裡來了，她大吃一驚，忙走去把大門打開來，便見門前的馬路已一片湖泊，那一帶低房都浸在水中，只露出屋頂，像一隻隻落錨的小船，而遠處停泊的大小船隻已不知何時漂失不見了。

許秀英急著巡視房子的四周，也都被水淹了，而那水還繼續在上漲，一點也沒有下降的跡象，想要呼救，四周都沒有男人救助，想自己攜帶兩個女孩到斜對面百步之遙的一塊小丘去避難，但這房子與那小丘之間卻是一片水泊，水流那麼湍急，而且又得逆水而行，她纏了兩隻小腳，如何行得？正在左右爲難，呼天天不應，呼地地不靈，忽然看見菊池巡佐順流向房子的方向走來，他還佩著那柄長劍，洪水及膝，在呼籲著每家人向安全高地避難。雅信眼尖，也看到了，她便把手掬成喇叭，向他遙遙呼喊起來：

「菊池先生！請救救我們哪！」

菊池巡佐聽見了，抬起頭來，看見了她們母女三人，便跟她們揮揮手，拖泥帶水搖搖晃晃走了過來，等他來到她們母女面前，便問她們怎麼沒有得到通知，要附近居民緊急避難，才知道可能保正失誤了，沒通知到雅信她們一家，說罷，菊池巡佐便要帶她們往上游的那個小丘去，那小丘上新建有幾家日本宿舍，是給一些日本警察家屬住的，菊池巡佐可以暫時把她們安頓在那裡。可是這時水已經很深，而且又十分湍急，菊池怕一次帶她們母女三人會發生危險，便決定先把纏足難行的許秀英帶去，再回來帶雅信和雅足兩姐妹。

待把許秀英牽向那小丘的途中，洪水已及菊池巡佐的肚臍，他嫌佩著長劍在水中行走不便，便把劍卸了，拋到水中，隨水漂去。

等菊池巡佐從那小丘再回到雅信和雅足的身邊，洪水已漲到菊池巡佐的胸部，這時再牽那兩姐妹涉水而行已不可能，於是菊池巡佐便把雅足揹在背上，叫她小心箍住他的脖子，然後抱起雅信，載浮載沉地跋涉到小丘來。

從那小丘上的日本宿舍可以俯瞰四周颱風氾濫的淒慘景象，那淡水河已看不到岸，河岸彷彿無限地拓寬了，變成一片茫茫的汪洋，汪洋裡，一個浪又一個浪，洶湧奔流著，往前推擠著，像千萬條蛟龍在水底翻滾，有大杉、細木、死狗、死豬從上游漂流下來，有兩三隻鴨子在水流中哇哇地叫著，好像戲水遊樂一般，有眠床、腳桶、桌子、椅子在水中流著。驀然，從上游漂下來一扇門，上面趴著一個年輕女人，披頭散髮，露出一隻乳峰，揮手向人高呼著：「救命……好心……救命……」卻沒有人能伸過手去援助，只能眼睜睜地看著她隨波逐流漂向大海去。

那一帶低房早已沒入水裡，消失不見了，雅信家的那幢房子因爲地點較高，所以還露出水面，看得見紅瓦屋頂，狂風掀起了高浪，打向那屋頂，那紅瓦便一片片剝落碎裂了。早上是西北風，過後是西風，等風向轉到西南風時，連雅信的那幢高房子也全部淹到水裡去了，房子彷彿在水中安靜地睡了一會兒，突然整幢房子連著屋頂完好地從水底浮起，像隻木筏，平穩地漂向下游去，撞到不遠的一支電線桿，碎了………

第七章　秋天要離開

一

自從波羅汶的幾個孩子在崎頂上把那隻跛狗「小鐵拐」埋了之後，跟著水生也在波羅汶村上失蹤了，這件事白番公倒也不怎麼在意，反正他已討厭透了這粒多事的「孽種」，恨不得早日把它割除，自家裡攆了出去，倒是江龍志十分著急，只怕在哪裡有個三長兩短，便派了人到崎頂、土地廟、墓地、池塘各處去尋找，可是找了幾天，也沒有什麼著落，以後找的人也懶了，又加以農事忙碌，不到幾個月，波羅汶上的鄉人便把水生連影子也給忘了。

可是春生、秋生和東蘭可沒有把水生忘記，特別是東蘭，早晚都在思念水生，回憶他的紅金瓜番薯、他的鴨蛋、他的野雞、他的螃蟹……總希望水生在他們放學走出公學校的時候，會幽然在校門口出現。但這一切終歸是一種夢想，一直到三、四年後，東蘭和春生、秋生一起從「湖口公學校」畢業，這個夢也始終沒能實現。

二

東蘭從「湖口公學校」畢業之後，在家賦閒了兩年，幫江龍志一些農田和私塾教漢文的事，本來他是有意上大城市去讀中學的，因爲他一向對學問十分有興趣，同班裡的同學他的年紀差不多最小，畢業前的幾年，他都得了全班第一名，但經一目少爺多方探訪的結果，才知道台北的幾個中學都是日本官方專門爲在台灣的日本子弟建的，台灣人的子弟不用說不能進去讀，連報考也不允許，剩下的只有專門爲訓練公學校老師的「國語學校師範部」，而這時東蘭對當小學老師又沒興趣，所以他也就一邊幫他父親，一邊讀他自己手邊拿得到的漢詩和日文書，悠閒地過了一段無憂無慮的日子。

有一天傍晚，東蘭一家人正圍著桌子吃飯，一目少爺氣呼呼地自門外跑進來對大家宣佈說：

「東蘭有中學可以唸了！東蘭有中學可以唸了！」

「有什麼中學可以唸？」江龍志放下筷子問。

「我才從新竹回來，在新竹城隍廟，聽見一個從台中來向城隍爺謝願的人說，林獻堂一些人合議要在台中創設一間中學，叫做『台中中學』，現在已經開始動工，半年內就可以開學。」

「這跟台北的那些中學有什麼不同？」江龍志問。

「大不相同囉！這『台中中學』是我倪台灣人創辦的中學，是專門爲我倪台灣子弟而設的中學，當然東蘭可以去唸，只是需要嚴格考試，聽說很多人會去考，恐怕很難考進去。」

在一目少爺與江龍志說話的當中，東蘭一直眼睛睜得大大的，努力地聽著，也不敢打岔，等到一目少爺說了最後一句話，他再也忍耐不住了，便脫口而出：

「考試我不怕，讓我去試試看！」

這以後的半年裡，東蘭在工作之餘，便把公學校所唸的功課重新拿出來溫習，而報名日期到時，也叫一目少爺去台中爲他報名，等入學考試來到，江龍志更叫一目少爺帶東蘭去台中考試了。

從一目少爺帶東蘭上台中去應考以前幾個月開始，江夫人便在白天工作之餘，爲東蘭親手縫布鞋，是用雜布先縫成硬底，然後再以黑布做鞋面的，好難得辛辛苦苦縫了幾個月才縫好，在東蘭到台中赴考的前夕，把那雙布鞋遞給東蘭，對他說：

「東蘭，你現在要去城裡考試，我特別縫了這雙布鞋給你穿，你乖乖給我穿著去。」

「阿娘，我不愛穿鞋，穿了腳就痛！」東蘭皺著眉說。

「不可不穿，你平時赤腳四處走，那是我倪鄉下，但是這回你是要去城內，大家都穿鞋，只你赤腳成何體統？你得乖乖給我穿去，你若不穿，恐怕人家連考試也不讓你考也說不定。」江夫人說。

東蘭無奈，何況江龍志和一目少爺又在旁相勸，便把布鞋收了下來。

第二天，一目少爺便帶了東蘭徒步走到湖口，在湖口站坐了火車到新竹，等由台北南下到台中的長途火車。因爲還有時間，一目少爺便帶了東蘭走出車站在新竹城內逛街，才走不了幾步，東蘭便把一目少爺給拉住了，對他說：

「一目少爺，一目少爺，我腳痛得走也走不動了。」

一目少爺不肯相信，便想強拖著東蘭往前走，只聽見東蘭連連哀聲叫痛，而且頓腳蹬足的，便蹲下去替東蘭把布鞋脫了下來，才發現一腳底都脹得通紅，到處是水泡，脫了另外一隻鞋，也一樣都是水泡，這才相信了東蘭的話，看看東蘭那一雙粗獷不馴的天然足，突然叫布鞋硬硬給綁住，就彷彿女人初纏足一般，其痛苦也可想而知了，一目少爺不免爲東蘭歎息起來。歎息了一會，一目少爺便任由東蘭提著布鞋赤足在街上走，但在新竹街上赤足尙無礙，看到了台中中學的考場再赤足將要如何是好？想了想，一目少爺便帶東蘭來到街角的一家木屐店，買了一雙日本的稻草拖鞋給東蘭穿了，東蘭也不再叫苦，雖然沒有赤足舒服，但總比穿布鞋好得多，便隨一目少爺逛起街來。

走到城隍廟時已經是近午，肚子也餓了，一目少爺便帶東蘭往廟前的食攤坐下來，他們先吃了一碗魷魚粳，又吃了一碗貢丸，最後再吃了一大碗新竹蒸米粉，肚子也飽了，數了數錢，本想走了，但一目少爺卻突然心血來潮，對東蘭說：

「人家說這新竹城隍爺眞靈，我也很信神明，你就要去台中考試，我倪進去廟裡抽支籤，順便求城隍爺保庇給你中學考中，你想如何？」

東蘭也沒有任何意見，倒是在波羅汶時，經常聽見老一輩人老提這新竹城隍爺，到底這菩薩生成如何，他也頗爲好奇，想親眼看看，便跟一目少爺點了點頭，於是一目少爺便帶東蘭走進廟裡。

他們跨過廟前的門限，往廂房的甬道走去，那甬道上坐了幾個乞丐，有瞎眼的、有跛腳的，都伸直了齷齪的手掌，對著來朝香的人求乞，一目少爺從腰裡掏了幾文錢分送給每一個乞丐。然後來到廟的正廳，正廳前有一爐香，正氤氳地燃著，爐後是一張靈桌，上面放著幾對西瓜皮大的神杯，有人拿來往地上一擲，發出剖木的清響，那神龕便在靈桌之後，城隍爺滿身掛著金牌，肅穆端莊地安坐在龕裡供人膜拜，這時正有幾個司公，頭戴高冠，身著黃袍，在神龕下念咒，有時跪地，有時登椅，有時還繞圈互相追逐，東蘭從來也沒見過，只覺得有趣，便目瞪口呆地怔住了。

「來啊，過來啊，東蘭，快來這兒抽籤！」

只聽見一目少爺立在籤筒前，揮手要東蘭過去，東蘭便蹭了過去，一目少爺叫東蘭往籤筒裡抽了一支籤，而他自己便去靈桌上拿了一對神杯，嘴裡唸唸有辭，便把神杯往地上一擲，然後才把那對神杯自地上拾起，搖搖頭對東蘭說：

「無杯！無杯！你把籤放回去，再抽一支籤！」

東蘭依言又從籤筒裡抽了一支籤，一目少爺又往地上擲了一神杯，歡呼起來，叫道：

「有杯，有杯，東蘭，這籤便是你這回考試的籤，快！快拿這支籤去對籤詩！」

一目少爺把神杯放回靈桌，替東蘭提了籤，牽著他往廟的側堂來，那側堂掛了一壁紙印的籤詩，一目少爺拿竹籤對了對籤詩的字號，終於抽了一張籤詩下來，便往那籤詩一看，那籤詩寫道：

一朝金榜快題名
顯祖榮宗大器成
聰明天付經書熟
威聲顯赫震寰瀛

一目少爺讀罷，歡天喜地地拿那張籤詩在東蘭面前猛烈地搖晃，叫道：

「東蘭！你絕對考得中！我說考得中就是考得中！你即使考不中，城隍爺也要保庇給你考到中！」

說罷，一目少爺便雀躍地牽著東蘭走出城隍廟，連那支竹籤也忘了放回籤筒去。

三

這回來台中中學應考的考生有五、六百人，因爲只錄取兩班，約一百人，所以競爭十分激烈。這些考生之中大部份來自都市，只稍看他們的穿著以及腳上的皮鞋，東蘭便可以分辨得出，像東蘭這樣充滿著泥土氣息的鄉下考生倒成了鳳毛麟角了。使東蘭吃驚的除了超乎意料之多的競爭者外，便是這些考生說的大部份是他未曾聽過的福佬話，使他的一口道地的客家話找不到談話的對象，頓使他感到孤獨寂寞起來。

隔著一行考桌，有一位考生稍稍引起東蘭的注意，他身材瘦長，黧黑之中帶有一點病態的白晰，鼻翼上長了一顆痣，他從不說話，總帶著一種近乎女人的害羞，他穿著粗布衣，粗布褲，還踩著一雙布鞋，考試緊張的時候，便滿臉冷汗，赤起腳來把布鞋脫在椅子的一旁。

有一回在考試中間的休息時間，東蘭在教室外的小徑上散步，忽然又看見那鼻翼長黑痣的考生，東蘭見他坐在一棵茄苳樹下，把文具放在一旁，脫了布鞋，在撫摸他的腳蹠，仔細看時，才發現他的腳蹠也跟東蘭一樣長滿了通紅的水泡，東蘭便多少猜出他大概也是自鄉下來的，只不知道他是不是來自客家的鄉下？客家話是不是可以通？因爲被好奇心與同情心所催促，也就不管三七二十一，用了他自己波羅汶的客家話問起那考生來，對他說：

「你敢是從鄉下來的？」

那考生抬起頭來，從眼裡射出了兩道友誼與驚喜的光芒，半帶微笑地點了點頭，嘴巴仍然不肯輕發一言……

「從那一鄉來的？」東蘭緊逼著問。

「銅鑼……那你呢？」對方不但說了，而且還問起東蘭來。

「波羅汶。」

他們兩人都為了找到說話的對象而會意地笑了起來，突然那考生注意到東蘭的腳，便詫異地問東蘭說：

「你怎麼不穿鞋？」

「我本來也穿布鞋，為了腳痛才不穿。」東蘭回答。

「你現在穿的是什麼啊？」

東蘭望了望自己的腳，笑了一下，回答道：

「日本稻草拖鞋，眞舒服，腳不再痛了。」

「在哪裡買的？」

「新竹街上。」

「我考完試也要叫我阿爸到新竹街上替我買一雙！」那考生最後肯定地說。

這場入學考試東蘭考得並不滿意，所以一目少爺問他考得如何時，東蘭只搖搖頭，也不願多說，他只覺得腳一直在痛，痛得連水泡都破了，但在火車上他還勉強穿住拖鞋，一下了湖口火車站，便又把拖鞋提在手上，赤著足走回家。

一回到波羅汶，大家都來問東蘭考得如何，他總覺得不耐煩，一一都回答他們說：

「五、六百人去考，都是都市人，我倪鄉下人要去跟人考什麼？不會中啦！不會中啦！免再問了！」

不但所有莊裡的大人都來問東蘭，連東蘭的老朋友春生、秋生也來問了，不過他們倒不是問他會不會考上，因爲他們是十分肯定東蘭一定會考中的，所以他們才問說：

「東蘭，東蘭，你要去台中讀冊對否？」

「讀什麼冊？看考得中才說，我看是考不中了，那麼多人去考，而且都是都市人，唉，還是要跟你的人一起去做田啦！」

放榜的那一天，一目少爺又帶了東蘭坐火車來台中中學看榜，東蘭在牆壁的榜上望來望去，卻望不到自己的名字，一目少爺帶上他那單仁老花眼鏡在榜上尋搜，也尋不到東蘭的名字，正在失望之際，突然東蘭伸手來抽一目少爺的袖子，用顫抖的聲音輕輕地附在一目少爺的耳朵上說：

「一目少爺……是不是考不中的人也把名字寫在榜上？」

「哪裡？你的名字在哪裡？」一目少爺氣喘咻咻地說。

「在……那……裡……」東蘭指著榜首的第一行羞澀地說。

一目少爺忙把目光轉了過去，他停止了一會呼吸，然後大叫一聲，又拍了一下響掌，轉過頭來對張著大口的東蘭快活地說：

「戇囝啊！你不知？你不但考中了，而且是考中了第一名狀元！阿——彌陀佛！新竹城隍爺實在眞靈感，這早就寫在籤詩頂上，我倪回去波羅汶就趕快叫人做紅龜來向祂感謝！」

四

「台中中學」的規定，台中市以外的學生都必須住在學校宿舍裡，所以開學的前幾日，東蘭便揹上行李，穿上那雙在新竹街上買的稻草拖鞋，獨自一個人搭了火車往台中來。

因爲東蘭是這次考中學生的狀元，不但師生上下首先認得了他，而且也立刻被同學選爲宿舍的舍長，代表學生與校方交涉一切事宜。

第二天，東蘭便在同一個宿舍碰見了那來自銅鑼的客家人同學，東蘭喜出望外，見面便對他說：

「你也考中？」

「是啊，你也考中！」對方說。

東蘭只是高興，正找不到其他話好說，突然瞥見對方也同他一樣穿著一雙日本稻草拖鞋，便說道：

「你也買到稻草拖鞋了？」

「是啊，是我阿爸到新竹街上替我買的，穿了果然腳就不痛了。」

「你說你是從銅鑼來的，敢問你的名字是——？」

「我叫做柳阿藤。」對方說，然後微笑地補了一句，「你叫做江東蘭，對不對？」

「你怎麼知道？」東蘭驚訝地問道。

「你考中狀元，誰不知道？」

東蘭臉紅了起來，笑納了，阿藤也陪著笑了起來，就在這相互的笑聲之中，他們變成了知心的朋友。

才把一切日常住食的問題安頓好，學生們便傳說開學典禮那一天，「安東貞美」這位台灣總督要親自蒞校主持典禮，到時這位雄威的武官總督要在台上做一番恭賀台灣人自己建校的演說，而校方也得派一位學生以日語到台前答禮，這位答禮的學生必得慎重從考入中學的學生中甄選，因爲東蘭是考入中學學生中的第一名，經過幾位日本老師與教務的討論，他終於被選上了。

爲了隆重起見這台中中學的日本籍校長還在開學典禮的前一天，叫所有學生穿上自家裡帶來的最整齊的衣服，集合在學校的操場，列隊做事先的視察演習，以免臨時在總督之前發生意外的紕漏，有失學校全體的面子。東蘭既是宿舍的舍長又兼代表全體學生答禮，自然而然就站在隊伍的最前頭，那位日本校長一上講台第一眼就瞥見了。東蘭發覺校長楞著眼直直地望他，皺起眉頭往他全身上下打量，彷彿要開口說，卻搖了搖頭，一聲不響地從台上走下來，走到東蘭的面前，顯出一副迷惑的表情，指著東蘭的腳說：

「江東蘭，你沒有鞋嗎？」

東蘭的臉紅到耳根，也不敢言語，只輕輕地搖頭……

「你只有這雙稻草拖鞋嗎？」

東蘭的臉更紅了，依然不敢言語，只輕輕地點頭……

「你要穿這雙拖鞋向總督答禮嗎？」

東蘭臉開始發紫了，既不敢再搖頭也不敢再點頭，只好默默地把頭垂下……

校長悶悶地走回講台上，伸直了脖子，抬高聲音，對操場上的新生喊道：

「有幾個人沒有鞋穿的，走出來——！」

有四，五個新生，零零散散地自隊伍裡走出來，都走向東蘭的旁邊，與東蘭擠在一堆，連阿藤也在裡面，他們都紅著臉，腳都踩著拖鞋或別的什麼，只是不是鞋。

於是校長便叫了總務，吩咐他幾句話，當天便帶這些沒穿鞋的新生到台中市街，給他們每個人買了一雙橡皮白布的運動鞋。

五

東蘭以爲穿鞋的酷刑等開學典禮過了便可以結束，萬沒料到從這一天以後才正式開始。原來這中學有軍訓操練及爬山急行的課程，必須穿皮鞋，所以學校一開學，校長便規定每個學生都必須訂製一雙皮鞋，布鞋對鄉下孩子的大腳巴子已經夠痛苦了，那麼換了皮鞋，如踩針鞋，就更加痛苦了，也難怪每每軍事演習或野外爬山回來，東蘭與阿藤便相對坐在茄冬樹下，把皮鞋脫在一旁，抱著他們那雙赤足慣了的大腳巴子連連叫痛。

有一天，在撫摸了起泡而紅腫的腳趾之後，阿藤突然心血來潮，開口對東蘭說：

「東蘭，你想『文明人』是不是需要一雙『文明腳』？」

「什麼『文明腳』？那是什麼腳？」東蘭一時莫名其妙，皺著眉頭說。

「我是在說……一雙『文明腳』，就是像其他都市人的腳，白皙皙，幼綿綿，什麼鞋都可以穿，絕不像我的人的『鴨母腳』，穿了什麼鞋，就痛、就紅、就腫、就起泡，唉……」

東蘭望望他自己和阿藤的那雙大腳巴子，再想想阿藤方才提起的「文明腳」，怎麼也扯不上什麼關係，也只好笑笑，沒有回答。

「東蘭，你看我倪的『鴨母腳』是不是有辦法把它變成『文明腳』？」阿藤望著他自己的那雙大而粗的鄉下腳，忽然又說。

「變成『文明腳』？我看是不可能的事情。」東蘭搖搖頭說。

「有可能，哪會不可能？」阿藤抬頭去望頭上茄苳樹的樹葉自信地說。

「我不相信。」東蘭疑惑地說。

「但是……東蘭，你有沒有看過其的人福佬人的女人？把腳用白布纏起來，纏得那麼小，那麼細，人家才叫那小腳做『三寸金蓮』。」

「那是其的人自小就纏腳，腳才會纏得那麼小那麼細，我不曾聽過到成人才纏腳的。」東蘭說。

「那是因爲其的人沒有試過的緣故。」

東蘭聽了這話，一時驚得目瞪口呆，連忙問：

「阿藤，難道你想試試？你一個男人——」

阿藤不動聲音，只胸有成竹地點點頭，說道：

「有時我自己在想，倒不一定要把腳纏得那麼小那麼細，但可以學其的人把腳纏得細一點，白一點，鞋可以穿下去，而且不痛……東蘭，我的人現在念的是中學，在學做『文明人』，我的人難道不需要一雙『文明腳』？」

東蘭一時雖然被阿藤問得無話可答，只覺得男人纏腳十分荒唐，一時也忍耐不住，便捧腹大笑起來。因爲阿藤不再說話，東蘭便以爲阿藤只是一時奇想，開開玩笑，順口說說而已，所以東蘭也不認眞，便提了那雙皮鞋，赤著腳走回他的宿舍，把阿藤孤獨地留在茄苳樹下，以後也把「文明腳」的事情淡忘了。

過了一個月，當東蘭已經把阿藤的話完全忘記了，東蘭發覺阿藤的行徑慢慢詭異起來，他發覺阿藤每夜就寢之前就跑到宿舍外的茄苳樹下去做些什麼事，然後才躡足扶著牆壁走回宿舍，偷偷地鑽進他床上的棉被裡，有一回東蘭瞥見他的雙腳穿著厚厚的襪子，以後仔細觀察，才發覺他每夜都是穿著厚襪子睡的，東蘭只是狐疑著也不敢問。

有一天晚上，在臨睡之前，阿藤又神秘地走出宿舍，東蘭再也抑制不住好奇心，終於也尾隨著他走出宿舍，他看見阿藤一個人來到罕有人跡的宿舍牆角，左右看看沒有人，便往牆壁一靠，慢慢坐在地上，從褲袋掏出了一卷白布，慢條斯理地纏起左腳，又掏出另一卷白布，纏起右腳，完了，才又掏出一雙襪子，開始穿襪……

東蘭躡足走了過去，驚奇地對阿藤說：

「阿藤，你這樣在做什麼？」

阿藤大吃一驚，看看只有東蘭一個人，才鬆了一口大氣，回答說：

「我在纏腳……」

「纏腳做什麼？」

「我不喜歡我的『鴨母腳』，我要把它纏成『文明腳』……」

「我原以爲你在說著玩，你眞的做起來！」東蘭搖頭說，歎息了起來。

阿藤默默不語，只抬頭去望天空，那天空剛昇上來一抹上弦月，彷彿是一隻三寸金蓮，像是仙女遺落的……

東蘭見阿藤不再說話，突然覺得無聊起來，想走了，可是阿藤卻把他喊住，對他說：

「我不想把腳纏得像福佬女人那麼細，我只想纏得小一點……」

「這你以前已經告訴過我了。」東蘭說，又想走了。

「稍等一下！」阿藤又把東蘭喊住，說：「我纏腳的事情只有你知道，請你千萬別說出去……」

東蘭點頭答應了。

可是，儘管東蘭極力為阿藤守秘，卻也沒有什麼用處，因為才過了一個月，有一天黎明，也不知怎麼，宿舍的一角突然冒了煙，警鈴一響，所有學生都跑出宿舍，而阿藤則是殿後，大家看見他一扭一扭抱著枕頭邁了出來，他那雙襪子不知幾時掉了，於是大家便發現了他那雙纏布的腳，他那「文明腳」的故事便傳遍了整個學校，連下令叫學生買皮鞋的校長也知道了，至於阿藤的一雙腳最後有沒有變小，不但全校的師生，就連東蘭也不得而知了。

六

在所有中學的課程中，東蘭最喜歡的便是英文。英文是中學第三年才開始念的，一星期只有兩個鐘頭的課，學生沒有英文字典，學校也沒有英文參考書，全部只有英文先生編的一本英文課本。但即使如此，東蘭仍然一開始就愛上英文，原因是這位名叫「千葉」的英文老師是個能言善道、極會說故事的人。他的英文發音完全是日本「片假名」的拼音法，一點兒也不是英國式的發音，但這並不阻礙東蘭對他的敬愛。千葉先生往往一節課只教二十分鐘英文，其他的時間便在閒聊人生與敘述故事中打發過去，沒有一個學生在他的課中打瞌睡，特別是他對英國文學的豐富知識，尤其令東蘭百聽不厭。

有一天，講完了半節課，正當千葉先生打開話匣子要閒聊的時候，東蘭好奇地問他說：

「千葉先生，英語就是英倫三島古來的方言嗎？」

「不是，不是，」千葉先生說，彷彿撩動了他的心弦，突然精神百倍起來：「英語不但不是英倫三島古來的方言，連英國人也不是英倫三島古來的居民。」

所有學生都霍然張大了眼睛，挺直了身子，屏聲息氣，等待千葉先生的進一步解釋，而千葉先生也不辜負眾望，只輕咳了兩聲，清清喉嚨，便絮絮說了起來：

「自從耶穌降生以來，英倫三島就居住著一種民族，叫著『基爾特人(Celtic)』，說著『基爾特語』，這種基爾特人與基爾特語是完全與後來的英國人與英語不相同的。這些原始的基爾特人發展了他們獨特高度的文化，而且比其他歐洲來的民族還早幾百年就信了基督教。那麼這英倫三島後來又怎麼會變成英國，而且又通行英語呢？原來公元四百多年左右，英倫三島上的幾個基爾特王國之間起了內戰，其中一位英倫本島的國王便派人到對岸歐洲大陸來求援，想利用外來的軍隊為他平定島上的其他王國。這時在德國北方有一個叫『Low German』的地方，住有三個部族，分別叫『盎格魯(Angles)』，『撒克遜(Saxons)』和『袞地思(Jutes)』，他們以後合起來統稱叫『英國人(English)』，而他們所說的語言就是我們今天所學的『英語(English)』。」

千葉先生頓了一下，又乾咳了幾聲，才又繼續說下去：

「剛才我說到哪裡了呢？對了！我說到有一個基爾特的國王派人來向歐洲大陸的人求援，剛好盎格魯、撒克遜、袞地思這三個部族的人聽到了，便聯合起來，坐船渡過英倫海峽，到英倫本島替那位求援的國王打仗，這些來自歐洲大陸的英國人都是勇敢強悍的兵士，不但替那國王把其他許多小王國都打敗了，最後連這個國王也被這些英國人征服，他們不但把英倫本島的土地城牆都佔據了，而且自己當起國王來，把原來到處居住的基爾特人趕到荒山僻壤的蘇格蘭、威爾士，甚至把他們大部份人都趕到愛爾蘭島上去了。」

「這樣說來，蘇格蘭、威爾士和愛爾蘭島上的基爾特人不是還繼續說他們自己的基爾特語嗎？」東蘭插嘴問道。

「他們暫時當然還說他們自己的基爾特語，不過說不到多久，不但蘇格蘭和威爾士的基爾特人被英國人征服，就連愛爾蘭島的基爾特人也在公元第十二世紀被英國人征服了，從此英語變成了英倫三島的『國語』，英國政府極力推行英語，不許基爾特人在公開場合使用基爾特語，而且強迫基爾特的小孩，人人學習英語，以致差不多所有的愛爾蘭人，到後來都只會說會寫英語，而把他們原來的基爾特語和基爾特文化都忘記了。」

所有學生都發出了唏噓，都為愛爾蘭人把他們祖先的文化忘記而可惜怨歎，卻不料千葉先生換成另外一種輕鬆詼諧的口氣繼續說下去：

「請你們別以為基爾特語和基爾特文化就這樣斷了根，愛爾蘭島上的基爾特人是極富民族精神的，他們雖然口裡說的是英國人強迫他們說的英語，但私底下都偷偷地在學習他們祖先的基爾特語，而且從開始到現在八百多年間，從來就沒有停止與英國的統治者發生革命的戰鬥，那些勇敢的愛爾蘭鬥士固然不必說，甚至那些手拿筆桿的愛爾蘭作家也永遠不停地在為發揚愛爾蘭文化與精神在創作。」

「愛爾蘭出過什麼偉大的作家沒有？千葉先生。」東蘭禁不住好奇地問。

「哪裡沒有？多得很哪！」千葉先生說，然後望著天花板，搔了搔頭皮想了一會，繼續說：「像寫過『格烈佛遊記』的斯威夫特(Swift)就是愛爾蘭人；像寫過『威克裴牧師傳』的高德思密(Goldsmith)也是愛爾蘭人；像寫過『尤力西思』的喬以思(Joyce)也是愛爾蘭人；像寫過『快樂王子』的王爾德(Wilde)也是愛爾蘭人；像寫過『魔鬼的門徒』的蕭伯納(Bernard Shaw)也是愛爾蘭人，還有其他文人詩人像Moore、像Yeats、像Gregory夫人、像Dunsany、像Synge……也都是愛爾蘭人。說眞的，從來沒有一個小島產生過這麼多偉大的文學家，從來沒有一個小島的文學在世界文學史上佔這麼崇高的地位，為世界文壇開放這麼多美麗的花朵。這便是愛爾蘭文學，而這些作家都是愛爾蘭人！」

所有學生都舒了一口氣，都爲愛爾蘭作家爲他們自己的文化爭了一口氣而感到欣慰……

「怎麼？我的話怎麼扯到那麼遠的地方去了？」千葉突然張大了口若有所悟地說，於是把話題拉了回來，繼續說下去：「還是再回來講我的『英語』吧，自從英國人完全把英倫三島征服之後，英語就變成了英倫三島的『國語』，以後這英語又隨著英國國力的發展而傳播到每個征服的殖民地去，當英國人征服了印度，英語就變成了印度的『國語』，當他們征服了澳洲，英語又變成了澳洲的『國語』，當他們征服了南非，英語就變成了南非的『國語』，當他們在加拿大打敗了法國軍隊，英語又變成了加拿大的『國語』，現今英國在世界各角落都有殖民地和佔領地，成了『日不落國』，所以英語也因此變成了世界上最通行的語言，由此可見文化和語言的發揚與普及，跟國力的強盛有著多麼密切的關係。」

千葉先生的喉嚨太乾了，再也說不出話來了，於是強自擠了一些口水，把口水嚥了下去，以潤潤喉嚨，歸結地說：

「各位同學！今天我們學習英語，目的是要學習英國人的一切長處，將來好爲我們日本帝國服務，希望有一天，也能像英國人一樣，把我們日本的文化和語言推展普及到世界各地去。」

這一晚，晚飯之後，東蘭沒像往日一般就回到宿舍去休息，他一直都在學校裡的那一排茄苳樹下踱步，他默默地想，他想了很多，他想起故鄉的客家話，他想起來這中學才學會的福佬話，他想起日夜在讀寫說的日語，他想起跟千葉先生學習的英語，更想起那些並不因小島而自卑的愛爾蘭人，像斯威夫特、高德思密、喬以思、王爾德、蕭伯納……啊！幾時他才能讀到他們用英文寫的「格列佛遊記」、「威克裴牧師傳」、「尤力西思」、「快樂王子」和「魔鬼的門徒」？

七

在中學的科目中，除了英語，東蘭最喜歡的便是音樂了，在公學校也有過音樂課程，不知道是當時的音樂興趣尚未萌芽，還是遇不到優良的音樂老師，他對學過的歌總也沒有任何深刻的印象，但自從上了台中中學以後，他對音樂突然興趣百倍起來，最主要的是他的音樂老師諄諄善誘，懂得如何將每首歌的背景詳細解說給學生聽，使學生不只會唱而已，更能深切體會作曲作詞者創作時的動機與感情，使他們完全陶醉在樂聲與詩詞融會起來的美的經驗裡。

這音樂老師叫「美空先生」，她是「武藏野音樂學校」畢業不久的年輕老師，她性情柔和，聲音清麗，連著她的姓名，很容易便叫人聯想起「美麗晴空裡的雲雀」來。她喜歡在教每條歌之前把那支歌的歷史或故事說給大家聽，然後翻開歌譜，展開喉嚨，自己先把歌唱一次給學生聽，等引起了學生對那支歌的興味來了，她才慢慢教他們唱那支歌。

在那麼多支歌裡，東蘭是最喜歡那支以古詩譜成、音調簡單而含義雋永的「荒城之月」了，其次便是那支所謂「七里濱之哀歌」的「白白富士嶺」了，這支歌是夠悱惻動人的了，東蘭記得美空先生第一次教這支歌時，開頭就對他們說了下面的話：

「出了東京灣，便有一個小小的半島叫『三浦半島』，繞過『三浦半島』，便有一個古城叫『鎌倉』，那日本最出名的『鎌倉大銅佛』便在這城裡，從鎌倉再沿海往西走，有一段美麗的海岸，叫『七里濱』，離岸不遠在海中聳立著一個像綠玉般的小島，叫『江之島』，那海岸連著那海島的風景出奇的美麗，但如果你想看更加神奇的美景，你就得坐船離這『七里濱』到海上去，然後回頭眺望，這時不但是那翠綠的『江之島』、連小島背後的『富士山』也收在眼裡，那皚皚蓋雪的山頂，像一頂銀冠撐住蔚藍的天空，那才是最詩意最動人的美景，『七里濱之哀歌』的故事便發生在這風景如畫的海上。

從前在『七里濱』的岸上有一個中學，這中學裡有一個班級，那班的一位國語女老師極其愛護那些男學生，而那些學生也極其敬愛他們的老師，可是不幸，這位老師後來卻得了肺病，不久就到『七里濱』外海中的一個小島療養，很久都不能再回岸上來教這些學生，這些學生太思念他們的老師了，便想到海中的小島去探望他們的老師，於是在一個風平浪靜的早晨，十二個學生便合划了一條獨木舟，划向那海中的小島，卻不料船離岸不久，氣候驟變，海中起風，浪濤洶湧，十二個學生與船便沉到海底去了。這位島上的女老師聽到了噩耗，悲傷加上沉痛，便遙對著『富士山』與『江之島』作了幾首詩來追悼她的學生，後來又有人把這詩譜成歌，便成了這聞名的『七里濱之哀歌』，或直接叫『白白富士嶺』。」

美空先生說完了話，稍事休息的時候，台下已靜得連呼吸聲也聽不見了，美空先生看見大家那麼感動，那麼急著想聽聽這哀歌，她也就順其自然地任歌聲帶著濃郁的情感由她的肺腑傾洩而出了：

白白富士嶺，綠綠江之島。
抬頭仰望眼，低頭雙淚垂。
遲歸十二子，豪豪英雄魂。
遙祭汝亡魂，吾懷與吾心。

獨木舟覆沒，千尋之海原。
狂風捲破浪，細腕奈何天？
力竭空呼喚，親親父母名。
此恨情綿綿，七里之海邊。

皓雪爲之泣，冷風爲之悲。
明月與孤星，鬱鬱把影藏。
亡魂請來告，迷失在何方？
盼汝早歸來，慈母胸裡懷。

才教了這『七里濱之哀歌』不久，美空先生又教了東蘭他們挪威音樂家格里哥(Grieg)「貝爾金組曲(Suite Peer Gynt)」中那首悱惻動人的「蘇兒菲琪之歌(Solveig Lied)」，那是貝爾金流浪到異國時，他的情人蘇兒菲琪在家鄉耐心等待他歸來所唱的歌。這首歌的歌辭那麼哀愁，旋律那麼幽怨，東蘭才第一次聽，便深深嵌在他的心中，於是有時在清晨、有時在黃昏、有時在樹下、有時在溪邊，也都不期然唱起這首歌，而且幽幽地被一層無名的憂愁與陰鬱籠罩了：

春天不久留，
秋天要離開，
秋天要離開……

夏天花會枯，
　冬天葉要衰，
　　冬天葉要衰……
任時間無情，
　我相信你回來，
　　我相信你回來……
我始終不渝，
　朝朝暮暮，
　　忠誠地等待。
啊！……
每天早禱時，
　我祝你平安，
　　我祝你平安……

每天晚禱時，
　我祝你健康，
　　我祝你健康……

等黑暗過去，
　光明總會出現，
　　光明總會出現……

我死心塌地，
　希望你有，
　　歸來的一天。

啊！……

八

有一天早晨，東蘭醒來，他發覺心裡十分愁悶，彷彿病了，他無端感到異常不快活，結果這天早飯吃不下，白天的課也沒有心思上，連這晚也在床上輾轉反側，難以成眠。東蘭也想不出其所以然來，以爲這病態只是暫時的，過一天就會好起來，沒想到連著兩、三天，這情況不但不見減輕，反而愈見嚴重了，不知怎麼，他突然很想回家，想去看他的父親，想去看他的母親，他害了極端的思鄉病。

終於在生病的第三天，東蘭去見他的級任老師，劈頭就對他說：

「我想回家！」

「你來這台中中學那麼久，從來都那麼習慣，怎麼會突然想回家呢？」那級任老師問東蘭說。

「我也不知道什麼緣故，只是突然很想家，我想回家！」

「你有沒有去看過校醫，你好像生病了。」

「我也沒頭痛、也沒胃痛、也沒發燒、也沒拉肚子，我什麼病也沒有，只是心裡很難過，我想回家去，回去一次就好了，我會再回學校來的。」

那級任老師看東蘭愁眉百結，實在也無可奈何，想想東蘭是全班最好的學生，說他想逃學回家是不可能的事，而且他從來也沒有這樣要求過，這是第一次，一定有某種不可言狀的心理原因，也只好答應了他，只是跟他約法三章，說：

「你既然這麼想家，我就姑且讓你回家，不過現在你不能回去，你暫且再忍耐三天，看到時你心情會不會好起來，如果仍然一樣，我就讓你在禮拜六下午回去，讓你在家過一夜，但禮拜日的晚上就要回到學校裡來。」

東蘭答應了，於是他又挨了三天，心情依然不得清采，於是在禮拜六下午，坐了火車到湖口站下車，然後跑步回到波羅汶來。

一路跑回家的途上，東蘭心中一直是忐忑著，有一種不好的徵兆，心想不知家裡發生了什麼不幸的大事，否則他一生從來沒有這般焦慮不安，怎麼會一禮拜以來突然無緣無故這麼難過起來？

遙遠便見到阿田伯的那隻牛車撇在泥路的路旁，他那隻好鬥的老水牛在低頭吃溝邊的青草，一隻烏鷲立在牛背上，十分悠閒的樣子。東蘭跑過那牛車和水牛，往自己的房子跑去，才跑進曬穀場，便看見一目少爺坐在紅磚的戶碇上，手拿著一把葵扇，正在打盹……

「一目少爺！」東蘭遠遠便大叫了一聲。

一目少爺驚醒過來，葵扇便掉在地上，他也不去撿，便霍地自戶碇上立起，歡喜地說道：

「東蘭，你回來了是嗎？你幾時回來的？」

「下午才從台中坐火車回來的，我阿爸阿娘咧？」

東蘭下意識地問著，也不顧一目少爺回不回答，便跨過戶碇，走進客廳，見不到他的父親，拐了一個角跑進房間，依然沒有江龍志的影子，跑到後面廚房裡也見不到他的母親，於是連忙拐回來，卻在甬路上與後面追來的一目少爺撞個正著，東蘭氣急敗壞問一目少爺道：

「我阿爸阿娘咧？」

「在隔壁我倪的書房裡面。」一目少爺回答道。

「現在又不是教書的時間，怎麼會在書房裡面？」東蘭疑惑地說。

「你快去！你去就會知道了。」一目少爺揮手對東蘭說。

東蘭三步做兩步跑，飛快地自房子跑出來，又跑進一牆之隔的私塾書房去，只見江龍志斜臥在書房靠窗一角的炕床上，右腿的褲管拉了起來，小腿上隆鬆隆鬆地包了幾張大芋葉，他手托著一本線裝古書，正在倚窗課讀，而東蘭的母親則蹲在床邊，正在煎藥……

「阿爸，你是怎麼啦？」東蘭說著，喉管突然塡滿了，往前邁了過去。

江龍志和他的夫人都不約而同地抬起頭來，江龍志沉思地點著頭，掛著微微的笑影，淡淡地說道：

「東蘭，你怎麼會回來？」

東蘭也不想對自己此番突然歸來有所說明，他只希望他們對父親的傷有所解釋，這個江夫人立刻看在眼裡，所以她便絮絮叨叨地說了下列的話：

「就是那天啊，天已經落了幾天雨，田岸路眞滑，你阿爸跟一目少爺揹鋤頭要到田裡做田，一下不小心，你阿爸就滑到溝底去了，那溝子離田岸有五、六尺，你阿爸跌下去就暈了過去，一目少爺一人抱不動，才跑去叫白番公、阿田伯、阿土伯幾個人一起把其扛到厝裡來，等你阿爸醒來，其在喊說腳痛，把其的右褲捋上來，才知道其腿骨折斷了，以後才叫阿田伯用其的牛車載你阿爸去給湖口的金獅接骨，又用牛車把其載回來。你看！其全腳都糊青草，又用芋葉包起來，說一個月才會得下來走路，不但這樣，金獅又叫我每日煎一帖藥給你阿爸吃，才會解傷去鬱，快點好起來，我現在就在煎藥。」

「阿爸你怎麼不躺在房間的眠床？要搬到這書房裡來？」東蘭說。

「你也不知？」東蘭的母親說：「這裡較涼啊，才搬出來這裡，橫豎你阿爸一個月內不會行不會走，在這裡也可以過夜也可以教書，不是較方便？」

就這樣，母子兩人獨自對答著，江龍志也不插嘴，只是滿心歡喜，久久才點一下頭，嘴角漾出了幾朵笑紋……

九

這晚，江夫人在廚房裡煮好了飯，都一一搬到書房裡來，在江龍志的炕床面前開桌，才把菜一盤盤排在桌上，一目少爺也自動來書房與大家吃飯了。飯席間江龍志便與一目少爺頻頻對語起來，一目少爺便在這個期間，把波羅汶村裡一日間發生的事情大小巨細都說給江龍志聽了，讓東蘭的目光在他父親與一目少爺兩人之間往回轉瞬著……

吃飽了飯，江龍志又與一目少爺聊了一會，便見江龍志深思遠慮地向一目少爺霎了三下眼睛，一目少爺也會意地點了一下頭，突然自椅子上立了起來，拍了一下東蘭的肩膀，對他說：

「東蘭，我的人出去走走好嗎？你很久沒得回來了，我的人到外面四界看看，村裡變了不少呢。」

東蘭覺得一目少爺行徑有些蹊蹺，心裡即刻起了疙瘩，但父親在面前，也不便直截向一目少爺問明，只感覺到一目少爺話裡有話，不便在大家面前說而已，所以他也就從椅子立起，隨一目少爺走出書房，走在鄉村的泥土路上。他忽然覺得腳上的皮鞋是多麼礙腳而不便，便跑回家把皮鞋脫了，扔在門扇後面，赤足跑著追上一目少爺……

東蘭與一目少爺在鄉間的泥土上走了一段路，東蘭眼看著蒼翠的田隴，耳聞著雞犬之聲，鼻嗅著牛糞鴨屎的味道，腳踩著舒服透涼的泥土，他又回到了波羅汶！他好不快活！他又重溫了沒上「台中中學」以前鄉村甜美的日子……

「東蘭，你今年多大年紀了？」隔了一會兒，一目少爺終於開口問東蘭說。

「十五歲了，一目少爺。」

「啊！時間過得眞快，還記得你剛剛出生，我還常常抱你咧，有一回，你阿娘去古井洗衫，叫我在厝裡抱你，我就抱你坐在戶碇上，你餓了，哭著要吃奶，哭得叫我沒個辦法，才靈犀一點通，就伸了大姆指到你口中，叫你去吸，你才止了哭，你還吸得噓噓絲絲響呢。」

一目少爺回憶著說，瞇著眼睛微笑起來，而東蘭聽了，羞得把頭垂下，滿臉通紅了。

「東蘭，」隔了片刻，一目少爺又繼續說：「你的人孩子在大，我的人大人在老，記得你出生時，我才三十七歲，現在呢？已經五十二歲囉，那時還年輕，現在已經老囉。」

東蘭抬頭望望一目少爺，想像一目少爺年輕時的模樣，又想像一目少爺把一支大拇指塞進他口裡時的得意表情，一時又感到額上一陣熱烘烘的，便又把頭垂下，用脫了皮鞋的赤足踢泥土上的石子。

「東蘭，你現在已經很大了，所以我有一件事情想要跟你說說。」一目少爺倏然改成十分肅穆的口吻對東蘭說：「你知道，一個人小時會長大，長大了會老，老了會死。所以，小的時候，我的人常常聽見這個朋友的阿公死去，那個朋友的阿媽死去；等我的人長大了，開始聽見這個朋友的阿爸死去，那個朋友的阿娘死去；等我的人老了，就聽見你這個朋友死去，你那個朋友死去。」

東蘭驚訝地瞪了一目少爺一眼，卻又低頭默默地去踢地上的石子，一目少爺從來都沒有跟他說過如此嚴肅的人生問題，怎麼會無緣無故對他說了這一大堆道理呢？爲什麼？爲什麼？他在心底盤問著，感覺有一團濃霧漫然向他襲來，卻望不見那霧的後面到底藏著什麼？

「東蘭，我剛才說的只是一般情形，就是說，只有等到我現在這把年紀，才開始有朋友死去，但也不一定都是這種情形，有時，就像你這種年紀，朋友也會不幸死去，這都是上天的安排，給你計較不得的。」

東蘭聽到這裡，突然心裡一怔，睜著兩隻大眼睛，猛抓住一目少爺的一隻手臂，急問他說：

「一目少爺！是我的朋友死去？是嗎？」

一目少爺默不作聲，只緩緩地點了一下頭。

「是誰死去？你快跟我說！」

一目少爺仍然默默不想回答，只深深地歎了一口氣，仰頭去望天上的浮雲……

「是水生，是嗎？」

「不是……」一目少爺搖頭說。

「是春生，是嗎？」

「不是……」一目少爺又搖頭說。

「是秋生，是嗎？」

一目少爺不再搖頭，只是沒有回答，又去望天上的浮雲，於是東蘭心頭一酸，兩顆眼淚沿著雙頰滾了下來，好久好久，才一句一句慢慢地問：

「其——是——怎——麼——死——去——的？」

「確實情況我也不知道，」一目少爺終於恢復了原來的口氣說：「只聽說死前兩三個月，其便常常咳嗽，常常吐血，就像肺癆一樣。你阿爸也開過幾帖水藥給其吃，沒有用！反而愈來愈嚴重，最後才叫人扛去新竹病院檢查，檢查出來的結果你知是什麼？不是肺癆，是肺蛭，一種有鉤的蟲，生在肺裡，在咬我的人的肺。醫生說是吃毛蟹得來的，也沒什麼藥可醫，只有休息，吃營養品，跟蟲抵抗，抵抗過了就會活，抵抗不過就會死，所以人就將其扛回來，給其吃魚吃肉，希望其會好起來，但沒有用！他又繼續吐血，繼續咳嗽，後來發了高燒，說什麼得了肺炎，燒到四、五十度，不能吃，也不能睡，最後就死去了。」

「秋生是幾時死去的？」

「一禮拜前啊，就是你阿爸跌斷腳骨的第二天，他才斷氣死去。」

東蘭在這一刻才恍然大悟，爲什麼一禮拜以來會無端憂鬱起來的緣故了。一目少爺看東蘭陰沉的神情，便對他說：

「東蘭，你可別太過分悲傷哦，有聽見沒有？不然我剛才對你說的一大堆話都白說了！」

「我知道了，一目少爺，」東蘭頷首鎮定地說，然後伸手把眼淚拭乾：「你只管放心，我不會太過悲傷的。」

「這樣才是乖孩子！這樣才是見過世面的中學生！」一目少爺撫了東蘭的頭，突然想起什麼，又說：「對了！現在春生在其厝裡等你，其早就知道你從台中回來，一直要來厝裡找你，我叫其稍等一下，有一些話要跟你說，說完了才叫你去。你現在趕快去，我自己也要回家了。」

東蘭來到阿田伯的屋前，遠遠便望見春生立在門前對外張望，當他看見東蘭，他便拔腿對著他跑來，來到東蘭面前五、六步遠，卻又倏地收住了腳步，不敢再前進，讓東蘭一步一步向他走近，到了跟前，兩人才默默地對望了一會，春生突然羞澀地把眼光躲到別處去，又偷偷地轉回來望東蘭，然後才遲疑地說道：

「秋生……你敢已經知道？……」

東蘭也不應話，只深深地點了一下頭，輕輕地問道：

「他埋在哪裡？」

「在土地公廟後的墓地那裡。」

「你知道位置?」

「哪會不知道?」

「你現在帶我去看好嗎?」

「哪會不好?」

他們兩人從阿田伯的曬穀場走出來,走過白番公的籬笆,一路對著土地公廟走去。有一回,春生瞥見了東蘭的赤腳,好奇地對他說:

「東蘭,你腳怎麼這麼白?」

「在中學裡要穿皮鞋,所以才這麼白。」

「那你的皮鞋呢?」

「脫在家裡。」

「爲什麼要脫?」

「腳痛!」

「呃……原來是這樣,好在我的人在鄉下可以脫赤腳,不必像你到城裡一定要穿皮鞋,㑚輸在犯罪咧!」

黃昏時分,在土地廟後的山坡上,有一壟新墳的紅土堆,在那土堆的一邊立著春生,另一邊立著東蘭,他正在用一隻白皙的赤腳踢四周的土塊,想把墳上低窪處塡平。因爲是剛下葬的,所以一根草也沒有,只是光禿禿,赤裸裸,顯得十分奇異唐突的樣子。旁邊別的墳墓都有墓碑,唯獨這新墳沒有,於是東蘭便問春生道:

「春生，秋生哪會沒墓碑？」

「白番公說：『夭壽死囝仔不得有墓碑，才會較快去投生出世做人』。所以我阿爸才不給他做墓碑。」

「其的人有沒有給他唸『往生咒』？」

「哪裡有？」

「春生，你還記得水生的『往生咒』嗎？」

「哪裡會記得？只那麼一次聽水生在小鐵拐的墓前唸，也不曾聽見別人再唸過，哪裡會記得？」

「我也記不得了，你想我的人去問問土地公廟的廟公好嗎？」

「哪會不好？」

於是他們兩人走下山坡，一路上不知覺談起水生來……

「春生，水生曾經回來過波羅汶沒有？」

「回來過一次。」

「幾時？」

「半年前，也穿皮鞋，也戴帽子，穿得好漂亮哦！」

「其有沒有說什麼？」

「其說其在城裡做生意。」

「有沒有問起我？」

「其第一個就問起你，知道你在台中中學讀書，便說台中其常常去，有一天要去中學看你，其有沒有去看過你？」

東蘭只搖搖頭，沒有回答……

他們向土地公廟的廟公學了「往生咒」，因爲都是不可解的梵文譯音，並不容易記，但他們也顧不得了。半個鐘頭後，他們又回到秋生的墳邊，這時墓地蟲聲四起，幽幽顯得一片淒涼，一道昏昏的月光描出兩個孩子的影子，只見他們低頭合掌，低聲地唸著：

「南無阿彌多婆夜。哆他伽哆夜。哆地夜他。阿彌俐多婆毗……」

十

這一夜，東蘭便在私塾的書房地上舖了床，陪江龍志睡了一夜，第二天起床早飯後，又去找春生閒聊，足足聊了一天，才又不情願地穿上皮鞋，搭了火車，回到台中來。在過去這整整的兩天裡，秋生的影子常常來到腦裡，一想起他，東蘭不免眼角一酸，直想墮淚，只是一目少爺叫他不要過分悲傷的話還一直在耳邊繚繞，才使他止了淚。

回到中學的幾個禮拜，東蘭心情儘管悒悒不樂，不過這憂鬱之情也終究慢慢淡了，一來是功課忙，二來是新的事情掩蓋了舊的事物，最後，他也就完全把秋生忘記了。

光陰荏苒，不久春去夏至，學期也要結束了，東蘭的音樂課沒有學期末的筆試，卻有學期末的口試，那便是音樂老師點學生出來唱歌，把一學期教的幾首歌都拿出來考，點到誰誰就唱，點到什麼歌就唱什麼歌。

這天，美空先生已經考過大半學生歌唱了，被點到的學生就端起樂譜到講台去獻唱，她剛點過柳阿藤上去唱「七里濱之哀歌」，當他唱到「白白富士嶺，綠綠江之島，抬頭仰望眼，低頭雙淚垂……」時，東蘭已經眼睛模糊，看不見阿藤了，他忙用袖子拭了眼淚，忍住淚珠，勉強聽完了阿藤的歌。想不到阿藤才從講台上走下來，忽然便聽見美空先生清亮的聲音喊道：

「江東蘭！」

東蘭拿著樂譜走上講台，等著美空先生點歌，只見美空先生自己也翻了翻樂譜，終於選到了一支歌，便說道：

「『蘇兒菲琪之歌』！」

東蘭也翻了樂譜，翻到「蘇兒菲琪之歌」的那一頁，讀了那歌辭的前幾句，便開始心酸起來了，於是把樂譜合起，對著美空先生搖搖頭說：

「這條歌我不會唱，唱別條歌好嗎？」

「你怎麼不會唱這條歌？我看你平常這條歌是最會唱的了，來！你若忘記第一句怎麼唱，先生先給你引一個頭，然後你才學我跟著唱下去。」

美空先生說著，就伸長了她那細長如粉的脖子，引吭高唱起來：

「春天不久留，秋天要離開，秋天要離開……好！江東蘭，你跟著唱！」

東蘭聽了，只得努力張口開始唱了起來：

「春天不久留，秋天要離開，秋天要離開……

夏天花會枯，冬天葉要衰，冬天葉要衰……

任時間無情，我……我……我……」

東蘭抽抽搭搭地停止了歌聲，用樂譜掩面，一路嗚咽地走下講台，坐回他的座位去。

「江東蘭，你怎麼啦？你病了嗎？」美空先生繞過了幾張桌子，來到東蘭的桌前憐憫帶歉意地問他說。

東蘭不願美空先生看見他的眼淚，也不想言語，只固執地把整張臉匍匐在桌面上，猛烈地搖著頭。

「江東蘭，你抬抬頭，你看看先生，有什麼委屈的事情，請告訴先生。」美空先生說，慢慢對住東蘭的方向彎了身。

東蘭依然不肯抬頭，一直等到美空先生帶著香味的幾縷長髮觸及他的臉，他才從椅子跳起來，仍然用手掩住臉，衝出了教室，跑到遠遠不見人跡的茄苳樹下，放聲痛哭起來……

第八章 你子換我子

一

大概是忌諱的緣故，在日本政府管制下的台灣報紙，對大陸的消息一向就很少報導，特別是滿清末年革命黨人到處蜂擁英勇起義的事，台灣的報界更是視若蛇蠍，連提也不敢提。儘管報界對大陸革命活動如此禁忌，可是武昌起義一旦成功，跟著而來的南京臨時政府的成立，孫中山先生當選臨時政府大總統，南北議和，袁世凱逼宮，清帝遜位……等消息卻不脛而走，口口相傳，不到幾天，便傳遍了台灣的每個角落，使台灣島的人心引起一陣空前未有的大振奮。

於是，一些閒來無事喜歡舞文弄墨的窮文人，便趕緊趁興製作詩文歌謠來傳誦這些盛事，其中有一本仿傚「三字經」而寫的小冊子竟然被印了出來，而且在龍山寺一帶的街頭巷尾兜售起來，周福生看見了，覺得十分新奇，便從懷裡掏了五十錢買了一本，帶回木器行看，那小冊開頭寫道：

「民之初，漢本善，漢相近，滿相遠……」

周福生覺得有趣，便朗朗上口唸了起來，唸了第一行，等不及唸完第二行，便隨便再翻另一新頁看看又寫些什麼，卻見那一新頁寫道：

「滿洲狗，滿洲孫，由順治，至康雍，乾嘉道，與咸同，光緒過，宣統終，共十世，氣運強……」

周福生兩眼睜得大大的，心驟然猛跳起來，不自覺伸手去摸摸脖子，心想早幾年不用說寫這種「三字經」的人要被抓去砍頭，連看的人恐怕也要被抓去砍頭，而如今他可以大搖大擺地看，搖頭晃腦地誦，不怕有人會動他的一根毛髮，他舒了一口長氣，暗暗稱讚起「革命」來。

這一天傍晚時分，周福生做完了一天木器，便帶著已經九歲的周台生到艋舺街上到處溜躂，在龍山寺口的點心攤父子各吃了一碗「蚵仔麵線」，便到龍山寺的廟口來，剛好有四、五個六、七十歲的老人坐在那三步石階在「講天說皇帝」，周福生一時好奇便偎了過去，聽他們說話……

「其實倆漢人原來並沒薙髮留辮仔，是㤟滿仔入關來中原做皇帝，才命令倆漢人攏著愛薙髮留辮仔，若嫒薙著加倆斬頭。」一個額頭貼膏藥的老人說。

「就是安倪，才有一句古早話傳落來在講，講什麼『留頭不留髮，留髮不留頭』。」一個滿口金牙的老人附和著說。

「我有讀過『揚州十日記』，寫㤟滿仔在揚州城內連刣十日，全城無論查甫查某，老的少的，見著就刣，攏總刣死八十外萬人。講是明朝的史可法守城抗清，其實講起來，實在是這城內的人攏不願薙髮的緣故。」一個留一撮白山羊鬍的老人說。

「是啊，是啊，有眞多人就是爲了欲保存頭鬃才走入去深山林內匿，去做和尙的也膾少咧。」一個鼻翼長一根痣毛的老人說。

「有一個讀書人叫做王船山，伊就是爲了不願薙髮，走入山洞，咒詛嫒出來，在山洞裡讀書寫冊，結果做一個眞勢的人。」那額頭貼膏藥的老人說。

「猶有另外一個讀書人猶較奇咧，伊叫做朱舜水，伊也是到死都不肯薙髮，才亡命走去日本，留在長崎，教日本人儒學，不但所有的日本人攏敬伊，連德川幕府都尊伊做先生，伊最後死在日本，也不曾復踏入中國一腳步。」那蓄白山羊鬚的老人補充道。

「唉！您講的攏是『過了時煞了代』的古早代誌丫啦，即馬的漢人才沒安倪咧，您看，滿清政府都已經倒落去丫，猶有人甘願留『頭鬃尾仔』，不願剪掉，做兩百六十年奴才了後，遂艙記得家己是奴才！」一個滿頭黑髮五十出頭的中年人說。

「是啊，是啊，您知影否？爲什麼上海外國租界的公園門前掛一塊牌仔寫講：『中國人與狗不得入』？不是因爲中國人垃圾，人嬡給怹入去，是因爲中國人是奴才，人才嬡給怹入去。」那鼻翼長痣毛的老人說。

「彼哪有奇啊？滿清都已經倒落去，民國都已經成立囉，聽見講有一個清朝派出去外國留學轉來的留學生，他在民國政府做官，有一日佮一割官員去北京紫禁宮見宣統，在大家的面前伊佮大家像款向宣統行正式的鞠躬禮，等其他官員離開，春伊一個人的時陣，就對宣統講：『抵才在大家面前我行民國禮，即馬無人在咧我欲行滿清禮！』講煞了後，禮帽就擲掉，禮服就褪掉，雙腳一跪，雙手一伏，便向地磚叩起響頭，嘴猶連連稱呼：『皇帝萬歲萬萬歲』……這也是倆漢人的一個，講起來實在眞怨歎！」那五十出頭的中年人頻頻搖頭感歎地說。

「您抵才列講『頭鬃尾仔』的代誌，給我忽然間想著一個笑話來，講清朝的時陣派一割官費的留學生去日本留學，伊即割留學生頂高有一個監督，專門每月發官費給怹，另一方面監視怹的日常活動。即割留學生在日本忽然間發覺家己留一條『頭鬃尾仔』眞見羞，就私下幾個人將『頭鬃尾仔』剪掉，但是去給監督發現，伊眞受氣，講欲加怹停止官費，復欲加怹送轉去中國，即割留學生聽見猶較受氣，彼暗就聯合起來，趁監督列睏的時陣，偷偷將監督的『頭鬃尾仔』剪掉。」那個滿口金牙的老人說。

大家聽了這話，便捧腹大笑起來，周福生也陪人笑了一陣，可是意猶未足，等大家笑定下來，他便又好奇地問那金牙老人說：

「阿彼個監督後來安怎？」

「哪有安怎？因爲伊是淸朝的官，不但學生監督做膾牢，連家己的『頭鬃尾仔』也去給人剪去，哪有面通繼續復做監督？只有是三更暝半，包袱仔款款咧，趕緊偷走轉去中國。」那金牙老人說。

這些老人又繼續聊了許多話，周福生很有興趣想聽下去，但站在旁邊的周台生卻不耐煩地跺腳，掣著周福生的袖子想回家去，而這時天也已經逐漸暗了，看看時間也近晚飯的時候，謝甜在家裡恐怕已把飯菜煮好，端在桌上等他，周福生也只好不情願地離開了龍山寺口的那堆老人，牽著周台生回到家裡來。

這一晚，吃過晚飯後，周福生坐在謝甜的梳妝鏡前，痴痴地望著一生以來都剃得靑光的額頭，偶爾用手去撫摸那一長縷留了一生的辮子，長久不能言語。謝甜見了奇怪，一邊洗碗，一邊問他說：

「看你一世人也不曾列照鏡，今日忽然間心花開是否？照鏡照膾停，是不是妝妝較美咧，欲去找新查某？」

「不是，」周福生搖搖頭，對著鏡子回答：「我想欲將這『頭鬃尾仔』剪掉！」

「欲將你的『頭鬃尾仔』剪掉？是安怎講的？彼你留一世人丫呢。」謝甜萬分詫異地說。

「做一世人的奴才敢猶做沒夠是否?奴才是不是著愛做到入棺材爲止?」周福生說，有些憤懣起來了。

「你列講啥?我哪聽攏沒?」謝甜說，碗也停洗了，把雙手浸在洗碗桶裡，呆望著周福生。

「啊!恬恬啦!您查某人訊一棵芋仔蕃薯!」

說罷，周福生也不再去理會謝甜，獨自一個人跨出了門限，往剃頭光向人租的屋子來，到時卻找不到剃頭光，只見光嫂在桌邊用湯匙餵她那三歲大的兒子，光嫂見周福生在屋子裡打轉，便放下湯匙和碗，立了起來，問周福生說：

「福哥仔，你欲找阮光的是否?」

周福生點點頭，於是光嫂便又說了下去：

「光的應暗都沒在列，講什麼伊一個叔伯的孝生娶新娘啦，都列大稻埕彼丫，應暗絕對飲酒飲到醉顛顛，恐驚著人扛才會得轉來。」

周福生聽了，顯得有些惆悵，卻又無可奈何，只好順口對光嫂說：

「應暗都沒法度丫，但是明仔再伊若爬起來，你才叫伊來阮厝，講我叫伊來的，剃頭器具順續提來!」

說完了，周福生便又踱回家裡來。這一夜，他在床上輾轉反側，難以成眠，他整夜都在想「頭鬃尾仔」以及與「頭鬃尾仔」有關的「奴才」的故事……

二

第二天，剃頭光一早吃過早飯後，便提了剃頭工具一逕往周福生的木器行裡來，問明了原由，才知道周福生要把他的辮子剪掉，順便替他剪個五分頭，剃頭光即刻在亭仔腳擺下他的剃頭椅，叫周福生坐下，左手拉住周福生的長辮子，右手提起一支大剪刀，沙沙幾聲，便把周福生的長辮子給剪了下來，剃頭光把周福生的長辮子拿在手裡，看那些頭髮烏黑油光的，扔了實在十分可惜，便問周福生說：

「你這頭鬃敢欲擲捨？」

「不擲捨留列欲創啥？」周福生說。

「你敢不留起來做紀念，將來給您子孫仔看？」剃頭光說。

「奴才的記號有什麼通做紀念的？擲捨都𣍐赴ㄚ，復欲留列給阮子孫仔看啥？」

剃頭光沒法，只得抓起剪刀爲周福生理五分頭，一邊理，一邊自言自語地說：

「我即個月來，不知剃過幾十粒頭，攏佮你像款，欲剪頭鬃尾仔，大家剪了攏收起來，孤你𡢃。」

「偲還偲，我還我，哪著大家攏像款？」周福生突然插嘴道。

剃頭光再也找不到話好說了，於是才沉默下來，專心一意地理起髮來。這時，磨刀利剛好沿街叫喊：「磨鉸刀！磨菜刀！磨剃頭刀！」從周福生的木器行走過，見剃頭光在亭仔腳理周福生的頭髮，好生奇怪，便走了過來，才發現地上那一大把辮子，又見周福生頭上只剩下五分髮，大感驚訝，便問周福生道：

「福哥啊，你頭鬃即倪美，哪欲剪掉？」

「利的，你敢沒聽見人列講？講中國革命已經成功ㄚ，滿清皇帝已經退位ㄚ，復留這『頭鬃尾仔』欲創什麼？不如剪掉！」周福生回答。

「是『遜位』，不是『退位』，你沒聽見人講？伊宣統人猶稱呼伊是『皇帝』，伊猶列坐伊的『龍廷』。」磨刀利說，在旁的剃頭光眼睛亮了起來，頻頻點頭。

「是啦，是啦，不過伊彼『皇帝』也是偲家族列稱呼伊而而，伊所管的總共也是伊彼一角仔『龍廷』而而。」周福生說。

「彼才是沒一定哦，『三年水流東，三年水流西』哪會知影有一日伊膾復統治中國？膾復做倆的皇帝？彼時你沒『頭鬃尾仔』看欲安怎？」磨刀利說。

「你講的攏是空話啦，若正實有彼日，我甘願死在台灣，也不願復轉去福州去稱呼人『皇帝』啦！」周福生說。

「你嬡轉去福州做你漫轉去，阮猶沒一定欲轉去咧！這『頭鬃尾仔』沒留列哪會使？」磨刀利會意地對剃頭光說，瞇著他那一雙三角眼對剃頭光微笑，然後提著他的磨刀箱，又沿街叫起他的「磨鉸刀！磨菜刀！磨剃頭刀！」來了。

周福生望著磨刀利遠去，也不想對剃頭光多發議論，只是咬緊牙根，胸有成竹地點點頭，歪過頭來，怒目對剃頭光吆喝道：

「緊剃！緊剃！一粒五分仔頭是不是欲加我剃一世人？」

三

再過十天，便是「青山王生」，這天是陰曆十月二十二日，是艋舺地帶一年裡最大的祭日，磨刀利放下磨刀箱，整天與大家看熱鬧。他來到「青山王廟」，看司公道士誦經搖鈴來祭祀「靈安尊王」和他的「夫人」，兼祭「謝將軍」與「范將軍」，那青山王廟的廟裡廟外，人山人海，香火繚繞，盛況空前。

看完了祭祀，磨刀利便又站在「新起街」頭來看人「遊行迎鬧熱」。除了主神青山王的尊像之外，艋舺境內的三十多尊神輿也加入了遊行之列，當神輿從街上走過，家家戶戶便在門上點燈結綵，在門前的亭仔腳擺了香案，案上供了香爐、頭燈、四果、香花，一家大小立在案前拄香拜拜。等那最前頭的神輿遊過之後，跟著而來的便是由少女打扮成天仙縛在牛車鐵柱上動彈不得的「藝閣」，接著是「南管」的古樂隊，隊員都是穿著長袍馬褂頭戴碗帽的老人，有的抱琵琶、有的抱二絃、有的吹洞簫、有的打檀板，步伐緩慢，合奏著清淡柔和的「雅樂」。「南管」走過，便有幾個遊行團體的「陣頭」跟隨而至。突然鼓聲大振，爆竹迸發，幾隊「獅陣」便在街角的轉彎處出現了，於是不知從哪裡闖出了三、四隻獅子，張著大口，凸著巨眼，在街上橫跳直躍，在地上打滾，或鑽到路旁的人堆去了，每個弄獅的師傅和舉關刀舞獅的人都穿著軟褲，踩著包鞋，上半身赤裸著，紋理分明的肌肉上都流著汗水，冒出了蒸汽來。「獅陣」過後，便有「踏蹺」的戲班走過，然後是那高視闊步走路生風的「七爺」，與短步如飛在「七爺」的前後左右到處亂撞的「八爺」。「七爺」、「八爺」一走過，才是面畫臉譜的「關兵」和「關將」，沿途分發「鹹公餅」給兩旁的路人，而兒童與婦女們則佩掛紙糊的「手枷」與「腳鎖」，捧著香火，隨香殿在最後……

這天下午，艋舺家家戶戶都買了大魚大肉拜拜犒軍，晚上就大宴賓客，請從大龍峒、三重埔、大稻埕、士林……等四面八方來的遠客吃筵。依照禮俗，一些住在龍山寺附近的福州人也不能例外，家家也都備辦了酒席，不但請遠地而來的客人，也順便請沒有家室的福州同鄉。往年每到這一天，磨刀利看完了「遊行迎鬧熱」，便自動來周福生的木器行吃拜拜，而周福生夫妻也都伸開雙手，熱烈歡迎磨刀利來吃。磨刀利不曾也不願到剃頭光或黃萬的家去吃拜拜，原因是剃頭光的房子是向人租來的，客廳除了一張小桌，根本放不下筵席可以請客，而黃萬則是懼內，怕惹太太生氣，總也未敢大張筵席宴請賓客，只有周福生一家，周福生既然慷慨，而又不懼內，所以每到這一天，謝甜也都服服貼貼地準備了一席豐盛的菜餚，請周福生所有的親朋好友來大吃大喝。

這一夜，磨刀利也依照往例，信步走到周福生的木器行來，才到門口，已見到周福生的木器行裡擺了四桌酒席，都已坐滿了外地來的親朋以及萬華一帶的福州單身漢，大家正在大吃大喝，猜拳之聲此起彼落，甚是歡欣與熱鬧，磨刀利眼睛尖銳，早在那酒席之間認出了幾位平時搭肩拍背的獨身好友，便三步做兩步跳，越過了那高高的門限，往那幾個好友的桌子偎了過去，硬擠出一個空位，挪了一隻孤椅頭仔來，往椅子一坐，拈起筷子夾起桌上的一支雞翅，狼吞虎嚥地吃了起來，等吃完了雞翅，便又喝了一杯黃酒，用袖子擦乾了嘴巴，與隔壁的朋友親熱地搭訕閒聊起來。

已經吃了幾口，又喝了幾杯，也聊了相當有一會兒了，磨刀利忽然感覺有人往他肩膀一拍，順便摸摸他的辮子，對他說：

「應暗我沒請你，你哪會家己來？」

磨刀利反身一看，不是別人，竟然是周福生，磨刀利大感詫異，周福生平常都是那麼好客，一擲千金沒有一點吝色，怎麼應暗竟然會說這種話，今天不是「青山王生」嗎？過去五、六年來不是每回過年過節都請他來吃飯嗎？怎麼這回突然變了呢？於是磨刀利便問他說：

「福哥啊，你是不是列佮我滾笑❶？以前不但『青山王生』；連『土地公生』、『媽祖生』、

---

❶滾笑：台語，音(kun-chhio)，意(開玩笑)。

『七娘媽生』、『尾牙』……你攏也叫我來吃拜拜，應暗哪會忽然間變款，列趕人客是否？」

「我不是列趕『人客』，我只是嫒某種『人』來佮阮仝桌吃而而。」周福生冷冷地說。

「安倪你不就列講你嫒我『王君利』來恁冴吃桌？」磨刀利立了起來，用拇指反指著自己說。

「我並沒即款意思……但是你來阮冴的時陣，敢沒看著門口貼的一張紙條仔？」周福生說。

「什麼紙條仔？我都沒看見。」

「你若沒看見，拜託你復去看一下，請！」周福生說，走到一旁，把路讓給磨刀利，示意請他到門口去看看。

磨刀利無奈，只得離了酒席走出來，周福生跟在他後頭，也走出來。待跨過門限，回頭往那門楣看時，磨刀利突然看到一張白紙條，貼在門聯的右首，那白紙條上用毛筆寫了幾個字，一時也看不出寫什麼，於是便走近兩步，藉著熒熒的街燈，磨刀利不知不覺地把上面的字唸了出來：

「『奴才與狗不得入』。」

磨刀利唸完了，一時莫名其妙，只怕自己眼花看錯唸錯了，便轉頭去瞥周福生一眼，卻見他在默默地點頭，表示磨刀利唸得完全正確，於是磨刀利大悟了，突然漲紅了臉，脖子變粗，憤懣地問周福生說：

「福哥啊，你加我當做『奴才與狗』？」

「不是『奴才』就是『狗』；不是『狗』就是『奴才』，隨在你揀！」周福生鎮定地說。

「福哥啊，你哪會使加我看做『奴才』？」磨刀利生氣地說。

「『清國奴』若不是『奴才』，什麼才是『奴才』？」

「但是福哥啊，我不是『清國奴』啊。」磨刀利抗議地說。

「若不是『清國奴』，你哪會『頭鬃尾仔』留牢牢，你哪會不像大家將『頭鬃尾仔』剪掉？」

磨刀利一時語塞了，又羞又惱，眞想揮拳揍周福生，可是估量周福生那虎臂熊肩的身子，可又退縮了，只好站在原地，咬牙切齒，卻又不知如何是好。周福生看在眼裡，想開一條路讓磨刀利走，於是便和氣地對他說：

「你即馬就去叫剃頭光將你的『頭鬃尾仔』剪掉，若沒『頭鬃尾仔』，就十分歡迎你來佮阮大家飲酒。請你記咧，我周福生即間木器行是任何『奴才與狗不得入』的！」

周福生說罷，便獨自跨進屋裡應酬客人去了，只留得磨刀利在外頭，磨拳擦掌，蹬足跺腳，磨擦蹬跺了一會，終是無可奈何，只得悶悶地橫過街，踱到對面黃萬的棉被店來，黃萬只請了一桌酒席，已坐得滿滿，沒有一點空隙，何況黃萬的太太只瞟了他一眼，不但沒有友誼相邀之色，反而有敵對相拒的表情，也只好離開棉被店，走了兩條街，走到剃頭光的家裡來，來到門口，把頭往裡一探，只見屋裡冷冷清清，剃頭光的那張小桌只剩幾只吃完的空碗空杯，兩夫婦與兒子也不知到哪裡去了。

這一夜，磨刀利飢腸轆轆，到處尋覓，竟然找不到一處可以吃飯的地方，往日龍山寺的小攤子多的是大食的正餐與小吃的宵夜，這晚卻因爲「青山王生」，艋舺家家戶戶大拜拜而收攤不賣了，儘管口袋裡有錢，竟然買不到一碗稀飯裹腹，唯一敞開大門的是周福生的木器行，那裡面有的是豐盛的菜餚，溫熱的黃酒，卻因爲自己留了辮子，不得其門而入，他又氣又恨，覺得這個惡作劇也玩得太過火了，他開始咒詛周福生，咒詛拜拜，咒詛青山王……

這個晚上，磨刀利躺在床上，因肚子餓而睡不了覺，他想了一個晚上，想他的辮子，想周福生每年請他去白吃的「青山王生」、「土地公生」、「媽祖生」、「七娘媽生」、「尾牙」……如果他繼續堅持把辮子留住，他一年不知要喪失多少「牙祭」啊？如果把辮子剪掉呢，他又沒損失什麼，倒是每年過年過節可以照常到周福生的木器行去吃魚吃肉，不知要省他多少飯錢呢……就這樣，他左計右算，計算了一夜，直到胃腸餓到後來痲木了，才昏昏睡去。

第二天一早，磨刀利便到剃頭光的家，叫剃頭光把他的辮子剪掉了。磨刀利既已把辮子剪掉，剃頭光便覺得寂寞無聊起來，所以再過不了幾天，也自動把自己的辮子剪掉了。

從此，在龍山寺附近一帶便再也看不到有人拖辮子了。

四

周台生七歲便進了「大稻埕公學校」唸書，唸完了公學校又唸了高等科，等高等科畢業，因爲不願跟他父親周福生學做木匠，便託人介紹，進入日本人開辦的「博愛病院」當起了藥局生來。

這「博愛病院」不但在台灣各處設有分院，遠至廈門、福州也設有分院，其中有些醫生和護士便在這些分院之間來回調動，周台生便從這些醫生和護士的口裡聽到了許多福州的消息。因爲福州是他父親的原鄉，他自己雖然沒曾去過，卻對這地方十分有好感，再聽別人敘述，逐漸對它心神嚮往起來了。

周台生在台北的「博愛病院」當了三年藥局生，終於無聊厭倦起來，有一天，忽然異想天開，何不學那些醫生與護士，也請求調到福州的「博愛病院」去工作幾年？不但可以換換工作環境，更可以順便去看看原鄉的風景，不是一舉兩得的事情？計劃既定，周台生便回來與周福生商量，周福生雖然不太願意兒子離開台灣，但想想自己當初也是離開父母隻身來台的，現在兒子想回原鄉去探親，當然也就不再從中阻擋了，只是謝甜一聽兒子要到福州去，而丈夫又不反對，她便開始滴淚，但經周福生勸慰一番，說兒子只是回福州一兩年就要再回來，又不是從此不歸，有什麼悲傷的道理？謝甜最後也把淚擦乾了。

因爲並沒有太多人願意外調到大陸的醫院去服務，所以周台生一向上司申請調到福州工作，不到一禮拜，批准就發了下來，於是周台生就開始整裝待發了。

這一個晚上，周福生、謝甜和周台生在家裡吃完了餞別飯，謝甜又抽抽噎噎灑了一場淚，周福生也有依依不捨之感，眼看周台生從小長大，如今已是翩翩少年家，卻要離家回福州去，此後又不知幾時才能見面，於是不免歎息了幾聲，末了愼重地對周台生說了下面的話：

「台生，你都已經吃到即倪大ㄚ，社會也出去兩三年ㄚ，我也沒必要加你講尙多話，只是我最後欲復加你講一句話：『在厝靠父母，在外靠朋友』，即句話你著好好用紙包起來放。」

「我知影啦。」周台生點頭說。

「猶有一項代誌想欲加你講，就是我在福州的父母現在已經攏過身ㄚ，我復沒兄弟姐妹，春一割遠親，即倪久也攏沒來往，會使講在福州現在一個親戚攏沒ㄚ。但是有一個叫做『姚遠』的木器工廠老闆，伊是我少年時陣的師父，我自八歲佮伊學做木，學到十五歲欲來台灣的時陣才停止。伊人眞好，眞會疼痛人，你若有閒才去找伊，加伊講你是我的子，伊絕對會對待你親像早前對待我彼一款。」

「我會啦，我若有閒會去找伊迌迌啦。」周台生點頭說。

周福生見一切都順利，便先牽謝甜回房去睡覺了，留下周台生再最後檢點他的行李與證件，第二天早晨，他們便坐了火車到達基隆，就在那碼頭上，周福生與謝甜揮著手帕，目送他們的兒子坐上一艘直赴福州的日本船駛離了台灣。

五

周台生到福州之後，沒一個月便寄了信回家，說他在福州的生活已經安頓妥當，開始他住在「博愛病院」的宿舍，以後去拜訪了周福生的師父姚遠之後，姚遠便叫他搬到他家去住，因爲他家寬敞，而且又不用顧慮三餐，何況姚遠待他如親生兒子，當然他也就從「博愛病院」的宿舍搬到姚遠家去住了。這一切周福生與謝甜知道了，便十分安心，忙寫信去向姚遠致謝，以後周台生的生活起居，就拜託他照顧了，若他兒子行爲逾節，也請他代爲管教了。

過了三個月，周台生又寫信回家，信裡說他到過福州的「西湖」玩了，那「西湖」波光掩映著樹影，輕妝淡抹，清幽而雅靜，十分令人喜愛。玩過福州的「西湖」之後，他又到了福州十里外的「鼓山」去看山上的松濤，那裡不但風景奇絕，聽說還是宋朝大儒朱熹讀書的地方，這「鼓山」的最高峰叫「太頂峰」，峰頂便題刻著朱熹的「天風海濤」四個大字。說完了這些旅遊經驗之後，周台生便在信尾有意無意地提及姚遠有一個小女兒，名字叫「姚倩」，跟他年紀相若，是福州師範學校的高材生……等等。周福生和謝甜只把這最後一件事當做信末隨筆，也不疑有他。

過了半年，周台生又寫了一封長信回家，敘述他坐船南下，先到廈門遊歷，他玩過廈門市內的「中山公園」，參觀過南洋華僑陳嘉庚創設的「集美中學」，去看過「鴻山織雨」的那塊巨石，參拜過廈門「五老峰」下的「南普陀寺」，又坐輪渡到廈門對岸的「鼓浪嶼」去踏那美麗的海灘。遊罷廈門，他又坐輪船北上到泉州看了千年的「大食碑」，又爬到泉州灣外「寶蓋山」上去看那著名的「姑嫂塔」……最後在信尾才提及這次旅遊是姚倩陪他去的，一路都是她向他詳為解釋，極盡地主之誼。看完了這封信，周福生和謝甜知道周台生恐怕是愛上了他師父的最小女兒姚倩了。

果然沒有被周福生和謝甜猜錯，又過了半年，他們便又收到周台生的來信，說他已向姚倩求婚，她已答應了，而她的父親也同意了，現在只求周福生和謝甜的同意，他們便打算在福州舉行婚禮。在這封信裡周台生順便附了一張他與姚倩雙人的合照，周福生覺得姚倩端莊秀慧，雖然戴一副深度的近視眼鏡，仍然減不了她那一股大家閨秀的氣韻，做他們周家的媳婦，還覺得有些委屈了她呢，當然周福生內心已先同意了，但為了慎重起見，他還是寫了一封信到福州親自向姚遠詢問，等姚遠回信解說一切，周福生也就正式同意了，於是周台生與姚倩便正式在福州結婚，新房就設在姚家，周台生做了姚遠的女婿，而周福生也因此與他的師父變成了親家。

六

周台生與姚倩結婚一年後，便生了一個兒子，消息傳到艋舺來，周福生樂不可支，又去找從前為周台生取名的那位相命先生，請他也為他的長孫取個好名，那相命先生選來選去，給周福生選了個「明德」，周福生見了，也十分喜歡，便賞了那相命先生二十塊銀，把名字寄去福州，要他兒子媳婦把這周家的長孫命名叫「周明德」了。

過了三個月後，周福生便接到周明德在照相館拍的一張全身赤裸的嬰兒照片，周明德光著身子坐在一張絨墊椅子裡，雙手搭在扶手上，向前斜傾，暴露出那驕傲的「小炮」，那麼伶俐，那麼可愛，令周福生樂昏了，他整天把那張小照片藏在腰上的錢包裡，時時拿出來端詳，晚上則放在枕頭下，爲了臨睡或睡醒後可以翻出來看，而遇到老朋友或老顧客便把照片拿出讓人欣賞，對他們興奮不迭地說：「這就是阮孫啦，阮周家的大孫啦，看咧！看咧！有巧否？有古子意❷否？」

自從周明德誕生之後，周福生和謝甜便天天盼望周台生會帶他的妻兒回來台灣團圓，周台生則來信說，他事業在福州，暫時不得抽身回來，可是周福生卻去信說他們即使暫時不能回台灣來定居長住，但至少也應帶媳婦與孫子回來讓他們老人家看看，以享受一點弄孫之樂，對這個願望，周台生實在也不便加以拒絕，於是第二年的元旦，周台生便舉家從福州回到台灣來。

這時，明德已經三歲了，會走會跑了，而且十分靈活頑皮，周福生和謝甜見了，自是十分歡喜，待仔細觀察媳婦，周福生和謝甜才知道姚倩又懷孕了，只是才三個月的孕，不仔細還看不太出來。

本來回台灣是預定在艋舺與周福生他們兩翁姑同住兩個月的，但才住了一個月姚倩便催著周台生要提早回福州去了，她口裡推說是水土不服，其實是她與謝甜暗地裡不合吵架了，周台生夾在中間，不知如何是好，而謝甜看在眼裡，知道這媳婦是福州師範畢業的，學歷猶在她兒子之上，她本來就駕馭不了她，更何況她兒子天生柔弱的個性，在太太面前只敢唯唯諾諾，未敢責罵她一聲，所以目前想要留她在台灣是不可能的事了，最後還是她自己替兒子解圍，答應了媳婦，讓他們回去，而周福生在旁觀看，也無話可說。就這樣，周台生、姚倩和周明德一家三口才來台灣一個多月，便又捆包袱搭船回福州去了。

時間也過得眞快，周台生三口子才回去福州，忽忽半年已過，有一天，周福生突然收到周台生

---

❷古子意：台語，音(ko-chui)，意(可愛)。

的一封信，信頭便開門見山說福州有很多人下南洋去做生意，孑身而去，滿貫而歸，說南洋有多好多好，說福州的親戚友朋都蠢蠢欲動，周台生他自己便是其中的一個，因爲他在「博愛病院」藥局生已幹了好幾年了，自己既不是日本的「內地人」，教育又只到高等科，想陞遷實在困難重重，前途茫茫，令人心灰，所以他已決定到菲律賓去做生意，不久就要舉妻子全家搭船出發了。

看了這封信，周福生急跳起來，因爲找不到對象，只好對謝甜大發雷霆：

「準講給𪜶住在福州也是暫時的，不是永遠的，阿若去菲律賓不就變做永遠的？彼哪會使！我聽人講眞多人落去南洋，一去攏嫒轉來，台生這一去也難得轉來，生理一下做，便在彼丫落根，欲安怎轉來？彼哪會使？」

謝甜默默地忍受了周福生的一陣雷霆，才平心靜氣地問他：

「你想這敢倆台生的意思？」

「否伊批哪會安倪寫？」周福生反詰她說。

「我想敢不是伊的意思才著，倆台生斯斯文文，孤有法度通做藥局生，哪是做生理的腳色❸？」

「阿你的意思不就講是您新婦主意的，不是您孝生主意的？」

謝甜胸有成竹地點點頭……

「啊，不管啦！就準是姚倩主意的，我也欲寫批叫台生轉來，絕對𣍐使加我去菲律賓，絕對著遐倆明德轉來！」

「做你去想，『子細漢是老母生的，大漢是某生的』你沒看得台生在𪜶某面前雙手拉拉掣，

---

❸腳色：台語，音(kha-siau)，意(被輕蔑的人物)。

驚到干若❹一隻蝦仔咧，你想你寫批去加伊講，伊就會聽你的話乖乖轉來？免想，你安倪去加伊講膾輸去加腳頭夫講❺。」

「阿若照你安倪講，⿰亻南不就一點仔辦法都沒丫？」

「我看是沒辦法丫啦。」謝甜搖搖頭說。

周福生也頗同意謝甜的結論，於是氣悶了一天，店也不想開，工作也不想做，連飯也嚥不下口，滿腦子都是台生一家三口下南洋不再回台灣的念頭，一直到躺在眠床睡覺的時候，仍然合不了眼，直直望著眠床頂上的雕蟲刻花而出神……突然，他坐了起來，大拍一聲手，叫聲：「給我想著丫！」謝甜被他驚醒，反側過身來，模模糊糊問他說：

「給你想著啥？」

「給我想著——」周福生得意地回答說：「我決定欲來去福州一遭，㤶翁仔某若欲去南洋趁食❻，做㤶兩個去，彼是㤶兩個的代誌，我老的不管！但是周明德是⿰亻南的孫，是⿰亻南姓周的大孫，㤶才膾使加⿰亻南⿺辶取去南洋。你有聽得否？我欲來去福州佮伊講，講明德是造姓周，不是造姓姚，㤶沒權利加我⿺辶取去南洋……」

第二天，周福生便叫謝甜替他款包袱，他一早便跑到台北城內日本人開的郵船會社買了一張去福州的船票，第三天便從基隆搭船往福州去了………

---

❹干若：台語，音(kan-na)，意(恍若)。
❺加腳頭夫講：台語，意(對膝蓋講，引伸「毫無用處」)。
❻趁食：台語，音(than-chia)，意(賺錢吃飯)。

七

到了福州，周福生就一逕往姚遠的家裡走來，有人進去通報了，姚遠走出客廳，一見到周福生，大吃一驚，用福州話叫道：

「噯喲！親家……你幾時偷來福州？也不事先通知我一聲！」

「師父，我急著來，實在是沒有時間可以通知你。」周福生回答說。

周福生於是便把他兒子與姚遠的女兒計議要到南洋做生意的事說了出來，姚遠聽了，頻頻點頭，說道：

「這我都知道，我也給他們勸過，勸他們不要到南洋去，南洋是海外，無親無戚，萬一有個三長兩短，看要找誰求救？但是他們都不聽，也實在沒有辦法。」

說話間，周台生已先聞聲奔了出來，後面跟著姚倩，挺著九個月的肚子，走起路來依依偎偎地，十分困難的樣子，在姚倩之後，才是明德，已經三歲半了，開始照自己的意志到處走跑，由一個老婆婆牽著，也晃到客廳來，周福生見了，便微笑地走過去將他抱起，親了又親，才把他放到地上，收斂了笑容，用福州話開門見山地對周台生說：

「台生，你的信我已經看過了，我跟您老母已經決定由你去南洋，但是一個條件，你明德不得給我帶去，我要帶回去台灣養，要跟阿公阿媽一起住，他是我們周家的大孫，我絕對不答應讓他隨你們到南洋去。」

姚倩在旁邊聽了，便把明德抱往客廳一角的八仙椅上哭了起來，她那凸起的肚子，被明德壓著，卻仍然一起一伏地浮動著，看著令人傷心。周台生悄悄地立著，一句話也沒有，一邊是父親，一邊是妻子，他夾在中間，還有什麼話可說？姚遠看了這情景，也覺得尷尬，便不經意說了句輕鬆話，想打開這僵局：

「唉呀，親家啊，你不正如人家俗語在傳說的：『你子換我子』嗎？哈，哈，哈……」

「不是『你子換我子』！」周福生聲色俱厲地說：「你給她看看！你女兒肚子已經那麼大了，行動不便，還要去南洋。我是過來人，你初到一地，人地生疏，生活十分困難，我看她自身難保，哪裡還有餘力照顧小明德？所以才決定暫時把明德帶去台灣與我們同住，給她鬆一口氣，等她把第二個兒子生出來，而且生活又較安定時，再看他們要回來，還是讓明德去，不是較好？別項我不跟他們計較，但這項我絕對堅持。」

姚遠眼看周福生態度如此堅硬，實在也想不出辦法來改變他，只好反過來勸慰他的女兒，說他覺得周福生的話也十分有道理，不如照他的話行，暫時先讓他把明德帶去台灣，等將來一切安定下來再接他去不遲。

姚倩雖然百般不願意讓明德離開身邊，只管一把鼻涕一把眼淚地哭個不停，終於拗不過她父親的苦勸，也只好答應周福生把明德帶到台灣去。

難得這麼多年才又回到福州，周福生便在福州呆了一個月，探訪舊友，重遊舊地，一直等到周台生與姚倩到菲律賓的船隻出航之日，周福生也在同一天搭日本郵船抱著明德回到台灣來。

第九章 生番的女兒

一

「淡水女學」第一屆的學生終於畢業了，畢業典禮就在女學的大禮堂舉行，到時學生都穿上最標緻的大裪衫與大裪裙，穿著繫帶的黑皮鞋，把頭髮梳成「麵線紐」或「瀏海」，個個亭亭玉立，含苞待放，來學校參加這最後一次典禮。不但所有學生都來了，連學生的親戚家長，也都扶老攜幼，來參加這光榮的集會。學生坐在禮堂的中央，家長和朋友則圍在禮堂的四周，照例由金姑娘以校長的身份對大家說話，這時氣氛還是十分和平而安寧，但當大家唱起「螢の光」這支離別歌曲時，便聽見抽泣之聲悄然四起，每個學生都掏出手帕，低頭拭淚了，於是金姑娘便在大家唱完「螢の光」後，對大家補述了幾句話：

「時間實在眞——誠緊，會記得您——大家都才來即間女學入學，目睭一下晛❶，六年已經過去丫。猶會記得您——大家抵才入學的時陣繪?大家攏講這學校牆圍仔彼倪高，繪輸得監獄咧，眞——想欲偷走出去，您沒必要復想欲偷走出去，今日您會使正正堂堂行出去，這學校的彼兩扇

❶晛：台語，音(nih)，意(眨眼)。

鐵門，大大開列欲給您行出去，這是您——大家六年來期待夢想的一日，是一個眞——光榮，眞——快樂的日，您——大家千萬不通哭，著愛歡歡喜喜由彼大門行出去，行出去創造您——大家未來光明的前途。」

本來金姑娘這段話是爲了叫大家節哀而說的，沒想到學生聽了，反而更傷心地嚎啕大哭起來，感動得四圍的家長親戚也陪著哭，最後連金姑娘自己也情不自禁，暗暗地滴下淚來……

金姑娘立在大門裡面跟一個個學生與她們的家長揮別，送她們離去，丘雅信跟在最後，本來她的母親許秀英因生了小病未能來學校參加典禮，她已經感到鬱鬱不樂，現在她見其他的學生都由她們的家長簇擁著，一一離去，只剩下她最後孤單的一個，她突然想起大苗先生來，想著他因爲眼瞎了才回到日本去，否則當初他帶她來這女學入學，現在他也必定會帶她回艋舺去，假如她像其他同學，有父親也好，可是她的兩個父親偏偏同樣患了肺病逝去，使她在這重大的日子特別顯得伶仃可憐。她突然百感交集，又開始抽抽搭搭地哭泣起來了……

金姑娘反過身來，看見是雅信，忙伸過手來，撫她的頭髮，慈愛地對她說：

「咦？雅信，你——哪會復列哭？我——抵才列講這學校親像監獄，眞想欲偷走出去，就是列講你古早時陣的代誌啊……你猶會記得獪？」

雅信忍住抽噎點點頭，用手帕去擦淚……

「即馬你就會使出去丫，免復偷走，你列哭啥？」金姑娘說。

雅信不答，於是金姑娘又撫了她一會頭髮、脖子、肩膀，對她說：

「不通哭，不通哭，我看你都沒人來加你遛，免急欲轉去，佮我入來去好否？我——忽然間有想著幾句話，想欲問你。」

於是金姑娘又把雅信帶到圍牆裡，往金姑娘的辦公室去，金姑娘請雅信坐下，叫校工阿寶泡了兩杯茶來，恭恭敬敬地放在雅信的面前，不再像往日一般把她當成學生看待，突然像對同輩師友一般，對雅信客氣有禮地問了起來：

「丘雅信，請你——加我講，我——愛知影，你——畢業了後計劃欲創什麼？」

「金姑娘，我不知影，我攏不曾想過。」雅信說。

「我——加你想，你——頭腦彼倪好，轉去沒做什麼實在眞——可惜，你應該去日本，復去讀書，你的物理、數學攏眞好。」

「但是欲去日本讀什麼？金姑娘。」

「什麼攏也會使啊，但是我——看倆查某人讀醫科較適當，你——想安怎？」

雅信遲疑著，突然想起她兩個因肺病而逝世的父親，又想起今日因生病而未能來參加典禮的母親，假如她是一位醫生，這一切不幸的事也未始不可以改觀，於是她便不自覺地點點頭，回答金姑娘說：

「讀醫科會使啊，但是我不知影欲安怎去讀。」

「這眞簡單，我——知影東京有一間女子醫科大學，眞——大間，眞——好勢，我——先寫批來去加偲討一份申請書，你——塡了就會使去。」

「不過……阮是台灣人，在日本沒朋友，不知欲安怎去東京？」雅信皺眉說。

「這沒問題，我——有一位好友，叫做『麥姑娘(Miss MacDonald)』，伊在東京管理一間YWCA，我——早前經過日本時，攏去找伊，住在伊的YWCA，你——若去東京，我——會使叫伊來接你，你——會使住伊彼丫。」

雅信聽了，十分高興，便請金姑娘即刻爲她寫信去向女子醫科大學要申請書，喜沖沖地回到家，把金姑娘的提議告訴了她母親，卻沒想到許秀英當頭棒喝地回答她說：

「去日本？去彼倪遠欲創什麼？又復是一個查某囝仔人，我朆！我朆！」

許秀英不但自己反對，她還把雅信要上日本唸書的主意說給厝邊隔壁聽，他們也大加以反對，不但說了許多反面的閒話，有的甚至還大叫地說：

「不通給伊去！絕對不通給伊去！查某囝仔人，一個人孤單，給伊去彼倪遠欲讀哪有什麼書？恐驚後擺遂通一個子轉來也沒可定……查某囝仔人，一個人彼倪孤單，復彼倪遠……」

聽了這些外人的話，許秀英就更加堅決不讓雅信上日本去了，而雅信也是意志堅決，別人愈是反對，愈激起她的決心，非要達到她的目的不肯罷休，所以她便到「淡水女學」，把她母親及鄰人的反對全盤說給金姑娘聽，求她來艋舺向她母親說情，金姑娘也覺得雅信不繼續唸書實在可惜，也就陪同雅信來艋舺，費了不少唇舌，終於說服了許秀英，同意讓雅信到日本去求學。

等金姑娘走了，許秀英便把她的決定告訴了厝邊隔壁聽，她們都十分吃驚，更加反對地說：

「什麼？你誠實欲放伊一個孤單的查某囝仔去日本？不通哦！你才是不通哦！恐驚書未曾讀煞❷就會加你遯一個子轉來，歹名歹聲哦！」

秀英聽了，也沒話可說，倒是雅信立在旁邊，咬牙切齒，暗暗對自己說：

「好！您加我看！我死也欲讀到畢業給您看！」

---

❷煞：台語，音(soah)，意(完畢)。

二

不久，金姑娘也把入學申請書轉寄過來了，於是雅信便把它塡好寄到日本去，而這時許秀英也在四處打聽，想找個能在日本照顧她女兒讀書的親友，但始終也找不到一個在東京附近的親友，好難得找到一位遠親，打聽之下，才知道是到日本做台灣海產乾料生意的，姓黃，住在神戶，雖然與東京有一段距離，總也聊勝於無了，輾轉託人與他聯絡上了，準備雅信坐船到日本時，就先在神戶下船，到黃姓親友的家裡打探一些消息，再上東京去。

由基隆到神戶的船票是五十塊銀，大約四天可以到。既已把船票訂下，又把衣服行李準備妥當，許秀英便對雅信說：

「雅信啊，你即馬欲去日本讀書，彼是眞遠的所在，你一去不知幾時才會得通復倒轉來，有眞多親戚以後著眞久才會通見面，我沒要求你大家攏去佮人相辭，但是有兩個至親，你𣍐使沒去佮伊相辭，一個就是您新竹的大伯，伊是您老爸的大兒，伊有分一割財產給您老爸治病，有一點恩情在徛厝，另外一個就是您澳底的大姨，伊是我的親大姐，你細漢的時陣伊眞疼你，即兩個人你著找時間去佮伊相辭。」

雅信點頭答應了，於是過了兩天，她便搭了火車來到新竹，下了火車站，東問西詢，終於找到北門城裡的林家大宅院來，入了宅院，便有人進去通報林之本說林之乾的大女兒自台北來拜見大伯，不久便見一個五十多歲的大漢走出大廳，斑白的頭髮，白色的眉毛，手提著一支水煙袋，嚴肅地瞟了雅信一眼，點了三下頭，便往他的太師交椅坐下來，抽了一泡水煙，才示意叫雅信也坐下來。

「你今日來新竹，有什麼代誌？」林之本一本正經地開口問起雅信來。

雅信便把她要上日本去唸醫科以及母親要她來相辭的一切都對林之本說了，林之本對她來相辭的事倒不太在意，但對她要去日本唸書的事情卻大大警覺起來，於是他便問雅信說：

「去日本讀書敢不是著愛用眞多錢？」

「大概需要膾少錢。」雅信不疑有他，率直地回答。

「你大概敢知影才著，您老爸彼份財產我早前就已經分給您老母丫。」

林之本呑呑吐吐地說，這下雅信才忽然了解他話裡的眞意，怕雅信這次南來新竹是爲了向他伸手索錢求助，於是雅信連忙澄清地說：

「大伯，你做你放心，欲去日本的旅費佮學費，阮老母攏爲我準備好丫，連船票也已經買好丫，沒需要人復幫忙，即回來新竹純粹是欲佮大伯相辭而而。」

林之本聽了，才放下一顆心，開始努力抽起水煙來……

「你將來欲做醫生，我家己就是醫生，我有一割做醫生的經驗會使講給你知影，」林之本抽完了第二泡水煙，用教訓的口吻對雅信說了起來：「歹命人加偲醫病，偲才有列感謝你，醫好便提魚提肉來送你；阿若好額人咧，想講偲錢給你丫，你生成著愛加偲醫好，彼是你的責任，所以醫好了後，鼻仔摸一下，做伊行，一句感謝都沒。所以若遇著好額人，你做你加偲揩，大百大百加偲揩，做你免細膩！」

雅信默默不答，只張耳靜靜地聽著……

「錢啦！錢啦！錢上重要啦，世間若沒錢，什麼都免講了了！俗語話在講：『有錢能使鬼推磨』，這一點仔都沒不著！愛會記得，錢上重要，錢就是俑的生命！」林之本自言自語地說。

「若忽然間有一個生分人對你眞親切，請你吃茶，請你吸菸，來坐列佮你開講，這不是好代誌！但是茶做你加伊吃，菸做你加伊吸，佮伊開講也沒關係，上自天文，下至地理，什麼都會使佮伊講，但是注意，講到錢爲界！復講落去，便是伸手欲加你借錢丫！」林之本又說，說完了，往痰盂吐一口痰，深深吸了一口氣。

「『吃博迌❸，打算第一』啦，『親生子不值自己財；自己財不值荷包內』啦，即割俗語話攏講去足著，你千萬著愛加伊記在心肝內！」林之本說：「若有春錢❹，不通放列給伊開，著來跙會仔，著來買厝、買田，千萬不通借人，利息高哦——，借人哦——，借到煞尾給人倒了了，親家變仇人，路抵著都沒相借問！」

「猶有一項代誌也著注意，不但錢愛捋在手裡，權也著愛捋在手裡，親像您二伯啦，分伊一割田，不做啦，去租人啦，結果提沒租金，給人騙騙去，我才將伊的田收收轉來，攏加伊捋在手中心，叫伊免管，由我來管，給伊去吃飯缸中央，去做閒人。」

雅信聽到這裡，眼睛一瞪，禁不住開口問道：

「阿二伯伊即馬不就沒田丫是否？」

「田分給伊有什麼路用？早慢也是會開❺了了，所以我攏加伊收倒轉來，捋在手中心，這就是權啦，錢重要，權也重要，你千萬著愛會記得！」

雅信瞟了壁上的時鐘，已經談了一個多鐘頭了，而且時間也不早了，她終於自椅子站了起

---

❸吃博迌：台語，音(chia-poa-thit)，意(吃喝、賭博、迌迌)。
❹春錢：台語，意(剩錢)。
❺開：台語，意(揮霍錢財)。

來……

「安怎，你欲轉去ㄚ是否？」林之本裝出驚訝的表情，仍然坐在太師交椅裡說。

「是啊，我想好轉來去ㄚ，時間沒早囉。」雅信說。

「哪著彼倪趕緊，茶都猶未泡咧。」

「免啦，我𣍐嘴乾。」

「否你留列吃暗❻，好否？」

「不通啦，大伯，我沒佮阮阿娘講欲在外口吃。」

「阿否……後擺啦，後擺若復來新竹，才來即ㄚ吃暗啦。」林之本說，終於慵懶地自太師椅立了起來。

雅信也不置可否，逕自走出大廳，半跑地逃出了那冷落的大宅院，頭連回也不回地奔向新竹車站去，她發誓這一生再也不願踏入那宅院一步。

三

從新竹回來的第二天，雅信又遵母親之囑到澳底去看她的大姨許秀珍。這地方偏僻，交通不便，雅信是先坐火車到基隆，再由基隆換汽車，沿著山路坐了三小時才到這小漁港的。

一進那紅磚大厝，雅信的一些遠親的表兄弟姐妹都圍過來看，而秀珍大姨更是親切無比，不但立刻親自泡茶，叫人切西瓜來吃，而且還怕她熱著，拿一支大葵扇，立在她身後，往她的全身

---

❻吃暗：台語，音(chia-am)，意(吃晚餐)。

揮個不停。當雅信把要上日本念醫科的願望告訴了大姨，大姨立刻皺起眉來，手上的扇子也停止了，說道：

「讀醫生是眞好啦，但是……偲彼死日本仔……你敢知影？您姨丈一家五個兄弟仔攏給偲打打死，一時攏去做水鬼，你著會記得哦！」

說著，大姨的兩隻眼睛突然紅了起來，便把葵扇扔在桌上，拿衣袖去拭淚，雅信見了也感染了她大姨的悲痛，一股憂鬱從心底幽幽地昇了起來……

話已經說了一個鐘頭，突然有一個男人在門口探頭，然後跨過戶碇走了進來，對著許秀珍，用一種很熟稔的口吻說：

「五嫂仔，喔——，您厝今日果有貴客哦！」

雅信覺得十分驚異，才仔細給他端詳一番，這男人差不多四十開外，走起路來輕快敏捷，脖子上圈一條白毛巾，頭戴斗笠，一盒火柴和兩支紙煙壓在斗笠的麻線下，他的臉上雖然是輕佻，卻又帶有一種嚴肅之色……雅信只顧默默觀察，許秀珍抬起頭來，發現了那個男人，也驚喜地叫了起來：

「獵狗哥仔，是你！」大姨說罷，回頭指著雅信，又說下去：「是啦，阮厝今日有貴客，由台北來的，阮小妹的查某子啦。」

「是不是你彼個讀什麼高女的查某甥仔？」獵狗說。

「就是啊！伊不但高女畢業，講什麼欲復去日本讀醫生，不才來倆這海墘仔佮我相辭。」許秀珍說。

「哦，哦，哦……」獵狗突然謙卑起來，把斗笠脫在一旁，彎起背，向雅信打拱作揖起來。

雅信臉紅了，正不知如何回禮，已見獵狗戴起那頂斗笠，輕捷地轉個身，便往門外走出去，卻叫許秀珍把他喊住，對他說：

「獵狗哥仔，你即陣敢有閒？」

「若沒閒哪會來您厝加您探頭？」獵狗微笑地說，又顯出原來那種輕佻之色。

「你會使去港仔口加我買幾隻毛蟹轉來？著愛大隻復肥的，上好是母的復飽仁的，欲請阮查某甥啦，伊在台北罕得吃俑海墘❼的毛蟹。」

「欲請你即位貴客哦？我復較沒閒，也著緊走來去港仔口替你買！」獵狗說，又踅了回來。許秀珍掏了錢打發獵狗出去了，才見他跨出了門，雅信便偎了過來，附在許秀珍的耳朵輕聲地問道：

「大姨，大姨，阮阿娘早前時常列講，講您即丫有一個打獵的，外號叫做『獵狗』的，日本兵來的時陣，舉槍佮伊抵抗，也打死伊𪜶幾若個，加伊𪜶割耳仔用鹽豉起來，彼個『獵狗』是不是今日即個『獵狗』？」

「是啊，是啊，就是伊啊，全澳底孤伊即個『獵狗』，若講到『獵狗』，哪有別個？稍等我才叫伊講過去的故典給你聽！」許秀珍說。

已經是傍晚時分，許秀珍開始上廚房準備菜餚，要大請雅信一頓，向她餞別，雅信一個人覺得無聊，也到廚房來幫忙，順便與她的大姨閒聊，才聊了不久，便又聽見獵狗的聲音從門口傳來，姨甥兩人才從廚房出來，已見獵狗攢了一串螃蟹回來，都是海裡抓到，剛由漁船提上岸的，

❼海墘：台語，音(hai-kî)，意(海邊)。

十分活鮮肥碩，許秀珍一把提到廚房去了，回頭見雅信穿著那一身新衣，來廚房怕弄髒了，便轉對獵狗說：

「獵狗哥仔，我即個查某甥仔你先加伊遫去海墘仔行行看看咧，黃昏時陣，光景眞美，你也會使順續講一割故典給伊聽，伊由台北來，是貴客，也歹勢給伊企在廚房，衫也會打垃圾❽。」然後又回過頭來對雅信說：「你去啦，你佮獵狗伯仔去四界行行看看咧，看了轉來我也抵好煮熟，才來好好吃一頓，否你在厝裡，加我纏腳纏手，也不好。」

雅信有些遲疑，但經許秀珍一再催促，也只好跟著獵狗走出來，他們走完了那漁村裡短短的一條小街，便來到凹入內陸的小漁港，港裡風平浪靜，泊著一排漁船，船上都不見有漁夫，船好像在港裡睡著一般，獵狗都一一給雅信指點了。他們向前又走了百步，才走離了漁村，遠遠便呈現一灣平坦的沙灘，小村與那沙灘由一條曲折的人行道連接著，兩邊都長著林投樹和瓊麻，晚風由海上吹來，麻雀在高地的木麻黃上唱歌，他們沿著那小徑悠閒地向前漫步過去……

來到半路，在一塊老古石的腳下，獵狗停下來了，指著那路邊，對雅信說：

「即丫啦！即丫啦！就是在即丫，我看著四個清國兵仔，攏死丫，一個頭殼開花，兩個胸坎著槍，一個不知傷在嘟位，攏沒氣丫，倒在血內面。」

獵狗說著，一點兒也不動情，好像一個導遊在向人述說千年以前與他毫不相干的古蹟一般，雅信則默默地聽著，把雙手合抱在胸前，對獵狗保持著一份敬畏之情。

他們走到小徑的盡頭，那一片黃沙便在眼前展開了，在那小徑與沙灘的交界處，有一塊窪

❽打垃圾：台語，音(phah-lah-sap)，意(弄髒)。

地，積著一些海水，獵狗便又停下腳步，指著那一灘低濕的黃沙，對雅信說：

「您姨丈五個兄弟仔就是倒在即丫，攏給日本兵的槍子打死，一個手提筆，一個手提墨，一個手提盤，一個手提紙，一個手提水，攏死死做一堆，一句話都沒，我親目看的。」

獵狗說，又是淡淡地一點兒也不激昂，雅信也依然是默默地，轉頭去望遙遠的那一片沙灘，以及更遙遠的那一片海，深深地歎息……

突然，雅信發現在一處黑色礁石的岸上，有一座矗立的建築物，影影綽綽，看不十分清楚，她便好奇地對著那建築走去，獵狗也跟著她去。來到近處，雅信才知道原來是紀念碑，這紀念碑建得也十分奇特，碑底是六角形的石座，座上是鐵鑄的炮彈，炮彈倒立著，炮尖直指天空，彈身上雕著幾排凸字，歌頌日軍在這沙灘首次登陸的豐功偉績。那紀念碑的周圍繞著一圈石柱，柱與柱間用鐵鍊鍊著，遠望彷彿是一群小孩在海岸手牽手繞圈跳舞似地。

雅信讀完了那碑上的文字，便走離那碑，來到海邊，這兒海吼隆著，捲起白色的浪濤，一次又一次地把腳下的亂礁呑沒了，但那礁石經過一陣沉沒之後，總又無聲無息地從海中探出頭來，仰望遼闊的藍天。這堆時沉時現的亂礁是在近岸，較遠有另一排礁石，屹立在海中，海浪怎麼打也不能把它淹沒，就在那礁石下泊著幾隻搖櫓的漁船，隱約看得見幾點漁人在作業。正對著那一列漁船的背後，便是鼻頭角，鼻頭角在左邊，剛好與右邊的三貂角遙遙對峙著，像兩隻蟹螯，把這沙灘與海灣牢牢夾住了。

雅信看海看累了，回頭看見獵狗歪坐在那炮彈下的石座上，翹起一條腿在抽煙，十分悠閒的樣子，雅信對著他走去，來到他面前，突然心血來潮，問他說：

「獵狗伯仔，有聽見阮阿姨講你用槍佮偲日本兵抵抗，敢有影嘎！」

「哪會沒影？不但佮伊抵抗，也打死伊幾若個囑！」獵狗鎭定地說，又抽了一口煙。

「阿你加伊的耳仔割落來用鹽豉起來，敢有影？」雅信支唔地問。

「哪會沒影？攏也有影！」獵狗說，說完又抽了一口煙。

「阿割伊的耳仔用鹽豉起來敢有什麼路用？」

「實在也沒什麼路用，透一點仔氣，過癮而而啦！」獵狗說罷，把最後的一截煙屁股用力深吸一口，往沙上一丟，再猛力一踩，從石座上立起來：「我看天也暗丫，倆好轉來去丫。」

他們回到漁村時，天已經完全暗了，進得門來，便遠遠聞到一陣炒油香，許秀珍早把煮紅的螃蟹和幾道熱噴噴的菜餚擺在桌上，等待開宴了。雅信既已在桌邊坐下來，許秀珍順便請獵狗也坐下來，獵狗卻搖搖手說：

「我著緊轉來去，否『阮牽的❾』會罵。」

「啊，哪著驚某驚到安倪生，若沒至少你也著加阮吃一隻毛蟹，陪阮查某甥吃一隻就好啦，人伊是由台北來的貴客呢。」許秀珍說。

獵狗一直想走，但終於拗不過許秀珍的請，只好往雅信旁邊的一張孤椅頭仔坐下來，伸出長手去抓了一隻又紅又肥的大母蟹，放在面前，端詳良久，用一種調皮五仁的語調對那螃蟹說：

「實在眞失禮啦嚄，我若沒加你吃，阮五嫂仔不放我轉去。」

聽得許秀珍與雅信忍不住掩嘴笑起來，隨後她們便看見獵狗輕靈地把螃蟹殼由屁股一撥，顯出了一肚滿滿的蟹黃來。

---

❾阮牽的：台語，音(gun-khan-e)，意(我牽手的，我太太)。

雅信在澳底的大姨家過了一夜，第二天早上，才又搭巴士上基隆去，再由基隆搭火車返回台北，當巴士離開澳底時，她大姨還猛拉著車窗不放，頻頻用尖銳的聲音叮嚀她說：

「你著愛會記得哦！……眞淒慘哦！……您姨丈五個兄弟仔……攏給怹彼死日本鬼仔……會記得哦！」

四

這一年五月的一個上午，基隆碼頭泊著一隻叫「海風丸」的三千噸中型客船，這船是預備當天由基隆出航，經三天三夜開到日本的門司，再經瀨戶內海，最後開到神戶的。船上已經登記的船客，大部分是來往日本與台灣之間的日本商人，其中倒有兩個要到日本唸大學的台灣學生，一個便是想到「東京女子醫科大學」的丘雅信，另一個是要到「神戶商科大學」的江東蘭。

從早晨天亮以來，那凸入基隆港中的商船碼頭已經絡繹集了不少人，大都是來送行的親戚朋友，大家都一圈圈地圍著離開台灣的旅客，依依不捨地說著離別的話。許秀英也帶了雅足來送雅信上船，她們坐在碼頭旁的休息室，旁邊還立著雅信的幾個遠親和「淡水女學」的同學，大家說了一陣話後，終於沉默下來，許秀英看看大家已經沒話說了，她才開始把藏在心裡一直沒說的話給說出來：

「雅信仔，你性情著愛改，有聽抑沒？不通復彼倪查甫人性，較查某人款的，有聽抑沒？」

雅信默默地點點頭……

「出外讓人欺侮沒要緊，欺侮人𣍐吃𣍐睏咧，給人欺侮會吃會睏咧，有聽抑沒？」許秀英說。

雅信又默默地點點頭……

「上有孝是住在老母身軀邊，所以你去到日本，醫生著趕緊讀，若讀煞，著趕緊轉來台灣，有聽抑沒？」

「有聽。」雅信低頭望著地上，終於輕輕地回答。

「你若沒愛給老母煩惱，上好不通去佮人插政治，千萬不通去反對官廳……」許秀英說到這裡，突然把雅信的耳朵拉近嘴邊，細聲地說：「家都艙和丫，國哪會和？有聽抑沒？」

「有聽。」雅信努力地點點頭。

許秀英說完了，便休息好一會，隨便打開雅信的手提包，替她做最後一次的檢點，問她這個帶了沒有？那個帶了沒有？若忘了帶什麼，到日本再寫信回來……忽然，許秀英翻箱倒篋想找一樣東西，但找了老半天卻找不到，便皺起眉頭問雅信說：

「阿你聖經有帶抑沒？」

「有帶啦，放在大卡行李內面，已經送去船頂丫。」雅信說。

許秀英因爲無法確定雅信是否有帶，而在長吁短歎，責怪雅信說：

「聖經是隨時欲讀的物件，隨時攏著帶在身軀邊，著放在手提包內，哪通放在行李內面？」

「阿娘你免煩惱啦，我去船頂就欲換放在手提包丫啦！」雅信說。

許秀英一經雅信的口頭允諾，也無可奈何地轉怒爲喜了，忽然又想起一件事，便慎重其事地對雅信說：

「聖經平時著較捷讀咧，絕對沒害的，阿若心悶啦、驚險啦，詩篇第二十三首上好，做你加伊提起來唸，人就會清彩，就會平安，有聽抑沒？」

「有聽得啦，阿娘。」雅信抬頭望她母親，大聲地回答。

許秀英的話都說完了，便又沉默下來，因爲無事可做，便把雅信的一隻手牽過來慈愛地摩挲起來。

就在這同時，在休息室的另一邊，江東蘭也在與他的父母話別，一目少爺立在旁邊，雙手交握在背後，頻頻地把頭點個不停，一邊稱許，卻一邊悲傷。

江東蘭與他母親談得比較多，江龍志只默默地站著，望著長得與他等高的兒子，把他從頭打量到腳，又從腳打量到頭，深深地歎一口氣，依然是沉默地，沒有一句話。最後江東蘭的母親發覺自己話說得太多了，便用手去碰江龍志的肘，對他說：

「其都要走啦，你還不跟其說幾句話？」

江龍志沉吟了半晌，想找些話說，卻又不知說什麼好，想了半天，最後才迸出：

「東蘭，我實在也不必對你說什麼，反正你都已經知道，只是一句，你此去外地，沒有父母可以照顧，身體要自己保重！千萬不要太用功！」

江龍志說完了，便又退到他太太的背後去，這時他太太突然「啊！」地一聲，打了一下自己的嘴巴，從肚子的褲袋上翻出了一個紅紙包，放到東蘭的口袋裡，對他說：

「這是人蔘，差一點就忘記，要給你帶去日本的，人若累了，就泡開水喝。」

一目少爺看看江龍志夫婦都把事情交代清楚了，便走近來突然低頭把掛在脖子上的那只紅色香符脫了下來，連線帶符一起遞給東蘭，顫巍巍地對他說：

「這保身符，我已經帶半世人了，眞好用，你拿去，給你保身用的。」

「你自己呢？一目少爺。」東蘭把香符接在手裡，囁嚅地說。

「我免了，我這麼老，不需要再保身了。」一目少爺說，強自微笑起來。

東蘭突然感覺眼淚要滾出來了，卻努力又把眼淚吞了進去，顧左右而言他。

「海風丸」的汽笛長鳴一聲，是船客上船的時候了，休息室裡坐著的旅客與送行的人陸續從椅子站起來，走向碼頭去，緊靠在碼頭的石頭上是高達兩樓的黑漆船身，一條扶梯自甲板斜放到碼頭上，兩個穿制服的船員便在扶梯口檢查旅客的船票，然後才讓旅客扶繩走上甲板，他們一個個走上扶梯時，都反身對著扶梯下的親朋揮手示別，有人便在扶梯上哭了，被後面的人推著，才一邊拭著眼淚，一邊往甲板爬上去，那些送行的親朋見那些旅客已上了船，有一些人便從碼頭走回休息室，爬到二樓的送別台，那兒早有人在兜售各種顏色的紙捲，於是這些送行的人便各買了幾捲色紙，立在送別台上，往隔岸船上的旅客飛擲過去，那船上的人接了那一端紙捲，而送別台上的親朋則執這一端，於是離別之情便由這條色紙傳達給船上與岸上兩邊的人了。

丘雅信是在江東蘭之前上船的，江東蘭經過那扶梯口的檢票員，走了那段長長的扶梯，才踏上甲板，便有人往他肩上一搭，輕輕叫了一聲：「東蘭！」東蘭大吃一驚，立刻反身一看，他瞠目結舌，不知所措了，站在他面前的竟然是十年沒有見過的水生！

東蘭任手上的手提箱落到甲板上，禁不住往前一步，把水生給抱住了，口裡喃喃地叫著：

「水生！水生！水生！……」

熱烈地擁抱了好一會，東蘭終於把水生放鬆，退了兩步，往水生的全身細細端詳起來，水生穿著一襲白色熨挺的西裝，一頂白麥桿壓的西洋帽，一雙發亮的白鞋，胸口打了一個紅色的蝴蝶結，不折不扣是一位打扮入時的洋紳士，看得東蘭入了迷，但他終於開口說起話來：

「水生，你幾時變得這麼標緻，差不多都認不出來啦。」

水生沒有回答，只瞇起一雙眼睛，擺出他那副挑逗的姿態，讓帶著三分鄉下氣的東蘭去欣賞、去讚歎。

「水生，噢……十年沒見到你，你這一向都在做什麼？」東蘭說。

「我在做生意！」水生堅強而有力地回答。

「什麼生意？」

「各種生意！」

「你怎麼會在這船上？你也要去日本？」

「不去日本，」水生搖搖頭說，瞥了船下那擁擠的人一眼：「船下人多，船上人少，所以我乾脆來船上送你！」

「你也知道我要上日本念書？」

「誰不知道？」水生說，滾起他那雙世故的眼睛，又笑了。

東蘭見水生笑，他自己也笑了，笑了一會，突然換了口氣問水生說：

「水生，你敢有買船票？」

「我又不去日本，買什麼船票？」

東蘭瞟了船下扶梯口的那兩位穿制服的船員，他們還在檢查最後遲來的幾位旅客，東蘭說：

「你沒有船票怎麼上得了船？」

水生聽了，露出了世故的微笑，也不想直接回答東蘭，只用一種正經的口吻對東蘭說：

「東蘭，我今日來船上的目的，第一是要來給你送行，第二是要送你一件小禮物……祝你前途光明！」

說著，水生便自懷裡拿了一支用紙盒放著的百樂(Pilot)金筆給東蘭，東蘭接在手裡，正不知如何向水生致謝，這時第二聲汽笛又鳴了起來，水生聽了，向前一步，緊緊地握了一下東蘭的手，用左手再拍了東蘭的肩膀，便急步往扶梯口走去，突然停了腳步，反過身來，肅穆地對東蘭叮嚀一句：

「一路順風！」

說罷，頭也不再回，悠然走下扶梯，消失在碼頭上熙攘來往的人群裡，這時那扶梯便轆轆地昇到甲板上來，又過了三分鐘，又是一聲長久而響亮的汽笛，船身慢慢移開了碼頭，緩緩向前滑行，船上與送別台間垂懸著的彩色紙條逐漸拉直起來，一條接一條地斷了，當所有紙條都斷了，船便開始加速，不久船在碼頭外轉了一個大彎，直向基隆港外駛去……

五

這一天是陰天，空氣有些冷意，自從「海風丸」駛離了送別的碼頭，丘雅信一直倚在船舷上，望著那碼頭上的人群漸行漸小，最後被港裡的其他船隻遮沒不見了。船在基隆港內一直都是緩駛徐行的，當船駛近港口的防波堤，爲了警告來往的小船，「海風丸」又是一聲汽鳴，先是基隆山後傳來回聲，隨後全船身開始震動起來，船加速向前急駛。

雅信從船的側舷步到船頭，她望見基隆的那兩條防波堤如兩支長臂抱著內海，一座白色的燈塔在防波堤的一端，固定地發射出黃色的信號，船才駛出防波堤中間的出口，便看見一艘黑黑越越的戰艦橫在外海的海面，彷彿是保護港口，又好像是監視港內的活動似地。

和平島緊鄰著港外的海岸，都遮在海浪激起的水霧之中，迂緩向後移動，才出海時，有三隻海鷗隨船前進，也飛倦了，又飛回陸地去，海上有形的船影與有色的山巒都慢慢消失到船後，船前的海平線則逐漸呈現，向兩旁延伸開去，景物愈來愈單調，當台灣的青色山脈完全消失不見，那海中的基隆嶼卻又在船頭的霧靄中隱約出現。

才離海岸時，只有小浪，船也不見怎麼起伏，可是離岸較遠，浪便稍稍大了起來，船也開始搖盪了，丘雅信沒坐過大船，她即刻感到有些暈眩，忙走入她的艙房，吃了一顆止暈藥，在床上躺了一會兒，也不知不覺小睡了，待睜開眼睛，窗外已經是一片碧海，船舷的白漆反射著強烈的陽光，她忙走出艙房，不知幾時雲已散了，天空露出了太陽，基隆嶼已近在眼前，橫陳在澄藍的海面，赤綠斑駁像一隻在水上午睡的鱷魚。

有一隻海鷗由基隆嶼飛來，跟隨在船尾的「旭日旗」上安詳地飛翔，牠把一雙黃足藏在潔白的羽毛裡，一會兒飛到船的左舷，一會兒飛到船的右舷，一會兒飛到甲板上，船客幾乎伸手可及，可是才轉了一圈，又遠遠飛到船後的海面去了。那船尾的推進器犁起翻滾的白沫，向後拋去，像一條平坦的道路，偶爾會出現一兩隻鯊魚，只露出黑色的背鰭，在白沫中游移畫著S線，有人看見了，在驚呼，待雅信奔到船尾想看個清楚，牠又沉到海底去了。

有幾個不怕暈船的年輕船客扶在船頭的舷上望海，那如箭的船尖劃破了海水，往兩旁濺起兩道如花的瀑布，這兒起伏最是厲害，船頭一忽兒高，一忽兒低，有時衝破了大浪，濺起沖天的浪花，順風吹到船上，便聽見一大聲：「哇！」大家都退到甲板上，伴著一陣喜悅的笑聲，是濕漉漉的頭髮，臉上身上也都灑了海水，嘴裡鹹鹹的，十分怪異的味道……

「看哪！飛魚！飛魚！」有一位船客立在船側指著海上狂呼道。

雅信聽見了，也奔到船側去看，一切都在浮動之中，一時看不到什麼，當她努力搜索了一會，終於在玻璃似的海面上發現了一群躍空的銀魚，每隻銀魚一從水中跳起，便在水上留下了一圈圈白色的漣漪……

六

船從基隆出發到基隆嶼，一路還算平穩，可是一過基隆嶼，海上吹起強風，鼓起大浪，船也就猛烈地搖盪起來，不但向前上下擺動，同時船身也左右傾斜起來，於是人再不能安靜地躺在床舖上，身體開始在床上搖滾起來了。雅信先前還只感到昏眩，吃了止暈藥稍稍壓服下去，現在不但暈眩重來，而且又加上噁心欲吐了。她連忙從床上翻起，經過那甲板上的長廊，走到底艙裡的廁所，原來廁所之前已排了長龍，大都是婦女與老人，一個船員在廁所前分發紙袋，對大家宣佈說：

「如果是暈船想吐，請不必進便所，請把東西吐在紙袋裡即可。」

雅信也拿到一個紙袋，便從廁所走到走廊的一角吐了一陣。

雅信扶住鐵柱，把肚子裡的東西吐完之後，她感到稍微舒服一些，抬頭看見廁所之前依舊是一條長龍，那船員依舊在分發紙袋，對新來的船客說著同樣的話。有一個胖女人臉上鐵青，滿額冷汗，一等廁所門開，便飛衝進去，把門反關之後，在裡面呆了很久，那等在門外的人終於不耐煩了，去敲門，立刻聽到門裡大聲的怒嚷聲：

「請等一下可以嗎？剛才拉了一會，現在又想拉了，請等一下不可以嗎？」

船的餐廳是在底艙的中央，每天三餐的時間，船廚便拉鈴叫人下去餐廳進餐，雅信因爲暈船反胃，第一天都沒能下去餐廳吃飯，於是便有船上的侍應生上艙房來問，爲什麼不下去吃飯，當他知悉雅信暈船吃不下正餐，他便去捏了幾顆飯團，撒了一些芝麻和紫菜，送來給雅信，雅信這才勉強把幾粒飯塞進吐空的肚子裡。

整整兩天，船一直都同樣激烈地搖盪著，一點兒也沒有衰歇的跡象，每次船上昇的時候，雅信稍感到一刻平安，但船一下降，她便感覺船就要沉到海底去了，於是她的心也跟著沉了下去。她一直都跪在床上禱告著，祈禱上帝讓她平安到達日本，驀然她想起她母親臨別叮嚀她的話，她趕快打開了行李箱，翻出了聖經，打開了詩篇二十三首，聚精會神地唸了起來：

上帝是我的牧者；
　我無所缺欠。
祂讓我憩息在青綠的草地；
　祂引我到幽靜的溪邊。
祂令我的靈魂甦醒；
　祂領我走向正義的路。
縱使我走過死蔭的幽谷；
　我也不再恐懼。
因爲祢與我同在；
　祢的杖與祢的竿使我安寧。
祢爲我擺設一桌盛筵；

在我仇敵的面前。
祢爲我的頭髮塗油；
我的杯因祢滿溢。
終極我的一生；
祢的恩典與慈愛將伴隨著我。
我將住在上帝的殿宇之中；
永世無窮。

唸著，唸著，雅信也就慢慢把恐懼與不安淡忘了，再過一夜，當第三天的黎明來臨，懷著一股上岸的希望與興奮，加之風浪也逐漸平息，她也就把暈船的痛苦與沉船的恐懼完全忘記了。

七

「海風丸」自基隆出發，經過三天三夜，才在日本的門司靠岸，大部分船客便離船走了，只剩下三分之一的船客還要繼續坐到神戶，因爲船要在門司卸貨加煤，有半天的泊岸時間，剩下的船客也就下船，到門司的市街閒逛，或在海邊的公園休息。丘雅信與江東蘭也隨著其他船客走下船來，因爲外地生疏，語言又不純熟，怕遠遊迷路，都不敢上街遊歷，只好在海邊公園這裡走走，那裡坐坐，獨個兒望海或望對岸的下關來打發時間。雅信穿著「茄花色」鑲黑邊的大裀衫和百襇裙，胸上一隻鑲金的玉兔別針，一看便知是台灣來的少女；東蘭穿著「台中中學」對襟銅扣的學生制服，帶著一股鄉下嫩氣，一看也知是台灣來的青年。他們兩人在船上已經邂逅，都因陌生而不敢交談，此刻兩人也都在這門司的海邊公園散步，雖然幾次相遇了，也只是面對面微笑一下，表示都是同船人，但也仍然沒敢對話半句，一直到上船時間來臨，依然是各懷各的心事，每個人走每個人的路。

「瀨戸內海」像一個湖，這裡風平浪靜，因為海中島嶼星羅棋佈，風景旖旎，被日本列爲國立海上公園。從門司到神戸的這一段路，是日本最美的航線，因此整整六、七個小時裡，所有的旅客都不曾浪費任何一分鐘，大家都倚在船舷，欣賞兩岸絕佳的風景。

雅信也同其他旅客一樣，斜靠在船舷，迎著柔和的輕風，飽嘗航程沿途的美景，有一回她轉了半個身，歪在船舷上，她才看見東蘭也靠在不遠的船舷，離她只有幾步之遙，她發覺他在注意她，偶爾有意無意地把眼光順著海鷗的方向投到她的臉上，望見了她，也發覺她在看他，他對她微笑了，而她也禮貌地點頭回笑了。不知不覺東蘭向她移了幾步，用台灣話靦靦地開口問她說：

「你敢不是台灣出來的？」

「是……」雅信羞澀地回答。

「我也是由台灣出來的，不知你欲去嘟位嚄？」

「我欲去『東京女子醫科大學』讀書……阿你咧？」

「我欲去『神戸商科大學』讀書。」

「你愛讀商的？」雅信有些疑惑地問。

「不是，我本身愛讀文學，但是這是台灣總督府保送的，免復考試，所以我才讀商科，其實我本身𡢃商科，我眞愛讀文學，尤其是英國文學。」東蘭說，深深歎了一口氣。

他們沉默了，兩個人都去望海，望了好一會，東蘭終於又轉過頭來，對雅信說：

「即隻船欲停在神戶，嫒復行，你落船了後欲安怎去東京？」

「在神戶我有一個遠親叔伯，伊在彼丫做海產生理，伊會來接我，我想欲在伊彼丫先歇睏一下，了後，伊會替我設法看欲安怎去東京。」雅信滿腹信心地說。

「我較簡單，我落船，目的地就到丫。」東蘭說。

雅信沒有回答，逕自去望海，東蘭也覺得無意，也轉頭去望海。不久，飯鈴響了，他們各自走到艙底的餐廳去吃飯，完了，又到各自的艙房休息或在甲板上漫步，一直等到船到神戶，雖然還碰過幾次面，卻不再交談過一句話。

八

「海風丸」在神戶的碼頭靠岸，雅信那位黃姓叔伯早立在碼頭上等候，當旅客攜帶行李一個個從船上下岸，他便站在那斜放的扶梯口，見到每位女子就高喊：「丘雅信！丘雅信！」那些女客一個個瞪著眼睛從他身邊走過，而雅信自己還在船上的梯口已聽到他在喊她的名字，便向他揮手，他終於看見了，於是不再對其他女人喊叫，一直等雅信下到碼頭，才伸手去接她的行李，至於江東蘭，他走在雅信的後頭，當他再見到雅信，因為見她有親戚在旁，也不便多說，只跟她點一下頭，便離開碼頭，尋找商科大學的路去了。

黃叔伯的家離碼頭不遠，走了幾段路便到了，他的住家是日本宿舍，一進屋便須脫鞋，上他他米，房間都用紙門隔著，使雅信立刻就產生一種十分怪異的感覺。黃叔伯先讓雅信休息了一會，叫她去洗澡，晚上帶她去吃了一頓日本料理，才又把她帶回家裡來。

晚上，在一番敘談台灣的家常之後，黃叔伯就轉了話題，開門見山地問雅信說：

「你會曉講日本話抑獪？」

「一點仔，在『淡水女學』，有一位日本先生教阮日文，但是教沒多，聽會曉聽，但是講獪啥出來。」雅信回答說。

「沒要緊，我當初來日本也安倪生，你佮偲日本人做陣久，自然就會曉講。」

黃叔伯說著，爲了安慰她，便自己微笑起來，過了一會，他又自動接下去說：

「但是有一點眞重要，偲日本人眞厚禮數，有一割日常列講的話，你加減著愛學一點仔，才獪去給人看衰㚘，想講是由內山闖出來的。」

「黃先生，你敢會使教我一下？」雅信懇求地說。

「會使啊，哪會獪使？第一，早起時爬起來遇著人，著佮人講一聲『Ohayogozaimasu!』這是倆台灣話『勢早！』的意思。」

「第二咧？」雅信問道。

「第二，去人厝吃飽了後，著講一聲『Gojisosama!』這是倆台灣話『眞炊超⑩！』的意思。」

「第三咧？」

「第三，你若住在人的厝，欲出去行到門口的時陣，著講一聲『Ittemairimasu!』這是倆台灣話『我欲去丫！』的意思。」

「第四咧？」

「第四，你若由外口轉來，入門著講一聲『Tadaima!』這是倆台灣話『我轉來丫！』的意

⑩炊超：台語，音(chhoe-chhau)，意(豐盛)。

思。」

「第五咧？」

「沒第五丫，孤學即四句就會使，春的免我教，你家己才慢慢仔去學。」

因爲連坐了四天船，雅信實在疲累不堪，便在黃叔伯的家裡連睡了兩天，到第三天，才有精神，便向黃叔伯借了一張神戶地圖，拿著地圖到附近的市街溜躂，她知道這城市便是她的小學老師大苗先生的故鄉，當她走在街上，她總以爲在每條街的十字路口會遇見大苗先生，於是她便留意每個行人的臉孔，特別是那些戴眼鏡持枴杖的盲人，可是走了一條街又一條街，她卻始終遇不到大苗先生，甚至連盲人也遇不到一個，最後她來到碼頭，那隻載她來神戶的「海風丸」早已不見蹤影，現在靠岸的是別的船隻，碼頭是一樣，碼頭上的忙碌也是一樣，只是船與人都換了。有一群搬運工人，頭綁著白毛巾，一邊唱著：「嘿喲！嘿喲！」一邊在船上船下奔跑著，在扛船貨……這又使雅信憶起從前大苗先生對她說的話，大苗先生小的時候就常常偷跑來碼頭看各色各樣的船隻，他覺得看這些工人扛貨眞好玩……可是他現在在哪裡呢？他還在神戶嗎？他還在人間嗎？雅信不敢再想下去，她離開了碼頭，因爲怕自己迷路，便急急往黃叔伯的家走回去。

九

雅信在神戶黃叔伯家住了三天，在這三天裡，黃叔伯到處想找一位要到東京去的朋友，希望這朋友能順便帶雅信去東京，但找來找去也始終找不到，黃叔伯沒法，最後只好打了長途電話到東京，找到在YWCA工作的麥姑娘，告訴她第二天雅信要坐火車到東京去，請她到東京火車站來接，麥姑娘答應了，於是雅信又睡了一夜，第二天早上，黃叔伯便把她送上往東京的火車去。

火車由神戶到東京，整整需要十五小時，火車一出神戶，不到一小時，大阪這煙囪林立滿天塵霧的工業城便遙遙在望了，火車在大阪停了半小時，再開了兩小時，那古色古香的京都又到了，這是日本的古都，從火車上可以望見平原到處是古寺，那玲瓏幽美的五重塔從濃密的林蔭探出頭來，東一樓，西一閣，把半個藍天頂在那細細的幾根塔尖上……

從京都到東京之間的最大都市是名古屋，火車一過名古屋不久，便開始朝南邊的太平洋海岸行駛，一路但見那碧波無垠的海岸與海洋上的漁船，火車上的乘客都邊吃著這一帶海岸著名的「鰻魚便當」，一邊欣賞那右窗叫人心曠神怡的海景。可是火車一過靜岡，所有乘客的眼光卻被左窗的富士山給吸引住了，難得像這一天，晴空萬里，一覽無遺，富士山像一位出浴的美女，頭戴雪冠，赤裸含羞地呈現在大家眼前，當她第一次在林端出現，整個車廂都發出了一陣讚美的唏嘘，所有談話聲、甚至呼吸聲也都一時靜止了，耳裡只聽見火車輪下的軌道聲……

「眞難得！眞難得！富士山終於被我看到了，我這一生死也沒有遺憾了！」坐在雅信對座的一位白髮老翁感動地說，在說話的當兒，禁不住用他那生白鬍的下巴去碰手上的枴杖，碰得他的上下牙齒格格地響。

雅信被這奇怪的行徑驚呆了，便把眼光從富士山移到那白髮老人身上，卻想不到那老人大概是望窗外望累了，也把眼光收回到車廂裡來，當他的眼光不期然與雅信的眼光相遇了，他微笑起來，也往雅信的全身打量了一番，和聲悅色地問起她來：

「看起來，你是從外地來的吧？」

「從台灣來……」雅信也微笑地點點頭，用生硬的日語回答。

「那麼你這一條海岸鐵路也是第一次坐的吧？」

「哈咿……」雅信點頭說。

「那你眞幸運哪！小姑娘，第一次坐這海岸鐵路就讓你看到富士山！」那老人說著，又轉頭去望富士山：「難得這麼美麗！這麼清晰！你瞧，一片雲都沒有！」

「那麼先生以前已經坐過這條鐵路了？」雅信好奇又有些膽怯地說。

「豈止坐過這條鐵路？我坐過三次啦！三次都想看富士山，但三次都沒能看到，今天第四次才被我看到。你瞧，多麼美麗！多麼清晰！我這一生死也沒有遺憾了！」

「爲什麼三次都看不到富士山？」雅信仍然鍥而不捨地問。

「爲什麼嗎？小姑娘，很簡單，第一次經過這裡時是黑夜，當然看不到，第二次經過這裡時正下著雨，當然也看不到，至於第三次經過這裡嘛，富士山看是看到了，但只看到山腳黑黑的一片，從半山腰以上都被雲遮住了，看不到山頭，更看不到那山頂上的白雪。小姑娘，富士山最美的部份是那蓋白雪的山頂，沒有看到這蓋白雪的山頂，也就等於沒有看到新娘的臉一樣，但我終於看到了，小姑娘，我眞快活哪！我死也沒有遺憾了！」那白髮老人頻頻點頭地說。

十

火車來到津沼，橫切過伊豆半島，那著名的熱海海岸線便迤邐連綿在右首，但火車卻是沿著左邊的海岸前進，富士山在火車的後面漸行漸遠，也愈見模糊了，但是「七里濱」海上「江之島」可愛的影子卻愈見明朗了，那小島直似海上的一塊綠玉。針對著「江之島」便是那著名大銅佛像所在地——鎌倉，大佛藏在鬱鬱的密林裡，從車窗看不到。火車一過鎌倉，橫濱已經在望了，那密集縱橫的船塢，開了近一個小時也看不完，這時乘客已沒有心情再欣賞窗外東京灣的風景，大家都在欠伸懶腰，整理行李，因爲再過不多久，東京也要到了。

十五小時疲勞的旅程終於結束，丘雅信提了行李，蹣跚地隨著旅客前進，當她走過月台，進了東京火車站的大廳廊，她突然被那廳廊的人山人海震駭了，一時忘了自己的疲勞，一直在心裡驚異，這許多來去匆匆的人是哪裡集合來的？即使艋舺的「青山王生」也不會比這車站的人更熱鬧更擁擠了。

驚魂甫定，雅信卻被另外一個更重要的問題困擾了，這幾千幾萬的陌生人中，她哪裡去找麥姑娘呢？黃叔伯與她通長途電話時也沒有說明，在車站的大門口？在車站的等候室？在車站的售票處？即使是售票處也長長一列有二、三十個之多，她到底要在哪一個前面等呢？她愈想愈心慌，萬一迷失了，在這茫茫人海，無親無戚看怎麼辦？不過有一點倒可以慶幸的是麥姑娘是金姑娘的好朋友，又同是加拿大人，她的形像會跟金姑娘差不多。思想既定，雅信便在人群中尋找起來，尋找一個像金姑娘一般鶴立雞群金髮碧眼的加拿大女人……

雅信整整找了三小時，整個火車站都找遍了，就是找不到一個像金姑娘那樣的女人，這其間，她也遇到過幾個也在車站裡團團尋人的人，因爲這裡相遇，那裡又相遇，大家也面熟了，遇到時便因爲同樣找不到人而相視點頭微笑起來，又各自到處找人去了。

在車站裡有幾個穿制服的警察，到處巡邏，維持秩序，因爲三小時來都看著雅信慌張地找人，也認識了，其中一位較和善親切的警察有一回見雅信坐在等候室的長條椅上喘氣，正急得無法可施，幾乎想掉眼淚，便趨前問她說：

「小姑娘，你在找人嗎？你在找什麼人？」

「我在找一個女人，是你們這裡YWCA的人，她答應要來接我，卻不見人……」雅信頹喪地說。

「你是不是從台灣來的學生?」那警察眼睛亮了起來，急急地問。

雅信聽了，也抬起頭來，張大了兩顆圓滾的眼珠子，猛烈地點起頭來……

「有一個女人也在找你，她說是YWCA來的，她找不到你，急得要死……她現在到別處去找你，你在這裡等著別跑，待我去找她來!」

那好心的警察轉身消失到人群裡，雅信終於舒了一口氣，在椅子上安心地等待起來。不久，那警察果然又出現了，後面帶著一個女人，雅信仔細看時，她不是像金姑娘的那種高頭大馬的洋女人，卻是日本標準的那種矮女人，她穿著和服，腳踩拖鞋，彎背曲膝，走著八字步，來到雅信的面前，待雅信從椅子上立了起來，那日本人便驚駭地往後退了一步，張了大口叫了一聲:

「喔!你就是……我們不是見了好多次面了?我找你找得好苦啊。」

「我也找麥姑娘找得好苦，她不是說要來接我嗎?」雅信說。

「她在YWCA很忙，所以才叫我來接你，我叫『河井道子』，他們都叫我『河井姑娘』，我是麥姑娘的助手，以後請多多指教。」說著，河井姑娘對雅信深深地鞠了躬。

雅信見了，也連忙雙手按膝深深地回了一躬，完了，她們兩人又一起對那警察鞠了一躬，感謝他的好心幫忙，然後邁出了東京火車站的大廳廊，走下幾段階梯到地下電車站去坐往新宿區YWCA去的地下電車。當她們終於擠進了地下電車，而電車也在隧道急駛起來，望著隧道裡遠遠一盞盞燈光閃爍而過，河井姑娘突然無聊起來，便往雅信的那一身台灣姑娘的道地打扮上下顧盼了一番，搖頭自言自語起來:

「丘樣，眞沒想到你穿這樣稀奇的衣服，原以爲你是穿和服的，所以才一直找不到，早知道……」河井姑娘不再說下去，她欠身笑了起來。

「河井姑娘，我也沒想到是麥姑娘叫你來接我，原以爲麥姑娘自己要來接我，所以才一直都沒注意，早知道我也……」雅信也欠身笑了起來。

等雅信笑完了，兩人靜默一陣子，雅信便去望車窗上的一些鮮麗奪目的廣告紙，都是一些新書的廣告，雅信這才發現車廂裡的人，不論男女老幼，幾乎都是人手一冊，垂著頭，聚精會神地在看雜誌或袖珍小書，可能是窗外看不到風景的緣故吧，所以只好看書，雅信這麼想著，便又轉頭去望河井姑娘，才發現河井姑娘也剛好轉頭來看她，她們於是默默對視了一番，河井姑娘打量雅信的那一襲大掏衫裙，雅信打量河井姑娘的那一襲和服，兩人又相對迸出了笑聲，才笑了一陣，便聽到電車換軌的尖銳聲，河井姑娘轉頭瞥了窗外的站名一下，忽然變得嚴肅起來，對雅信說：

「丘樣，新宿已經到了，我們可以下車了。」

十一

河井姑娘把雅信帶到新宿較僻靜的住宅區，告訴她說YWCA到了，雅信抬頭一看，是一幢木造日本式的大樓房，進得門去，已有女服務生跪在玄關，對雅信行「跪蓆禮」，害得雅信臉紅起來，不知如何回禮，早有另一個女服務生進去通報麥姑娘了，雅信正在脫鞋，麥姑娘已迎了出來，雅信仰頭一看，看到也像金姑娘那樣的粗枝大葉的洋女人，卻穿著一件似乎過小的和服，顯得有些怪異不對稱的感覺，只是一臉笑盈盈，十分親熱地來擁抱雅信，接著，不用日語、直接用英語問雅信說：

「你好嗎？火車坐得很累吧？金姑娘、銀姑娘她們怎麼樣？」

雅信大感驚訝，不知道她爲什麼一見面就用英語與她對話，便也用英語回道：

「一切都好，金姑娘、銀姑娘她們也都好，但是麥姑娘，你怎麼知道我懂英語？」

「爲什麼？金姑娘在信裡寫得清清楚楚，她說她教了你六年英語，說你的成績很好，是全班最好的學生，說她贊成你來東京唸醫，叫我多多照顧你……反正你的一切，我都知道得清清楚楚。」麥姑娘說。

然後麥姑娘親自提了雅信的行李，帶她到她的房間去。所謂的「房間」不過是一個四疊半他米的小空間，四面只用紙門與其他房間相隔，隔室的談話聲清晰可聞，而紙門又沒鎖鎖住，只要任何一方一把紙門一推，便可以通行無阻地走進房間裡來。雅信正在驚異之際，麥姑娘早已把行李放置停當，改用日語對雅信說：

「我想你一定十分累了，你可以先去『風呂間』洗澡，完了先在你的房間休息一陣，晚飯的時候再叫『女中』來叫你。我這日本話你聽懂吧？」

「哈咿……我聽得懂。」雅信點頭地回答。

於是麥姑娘給雅信指點到「風呂間」的方向，便逕自離開去做她自己的事去了。

雅信打開行李，拿了幾件衣衫和毛巾，便按著麥姑娘的指點來到「風呂間」，早聞見一股熱噴噴的水蒸汽從那門口的珠簾冒了出來，才推開珠簾走進「風呂間」，便見那「風呂間」中央一塘大水池，池裡池外擠著赤裸的女人，而進口衣箱這兒，有兩、三個女人脫去了衣服，一手遮乳，一手掩私，都低頭彎腰，也走向那堆女人去……雅信一時怔住了，她一生洗澡從來都是在私間裡洗的，從來也沒見過共浴的場面，更羞於在眾人面前卸帶脫衣、再與她們擦胸碰背的了，所以她驚得又抱著衣衫逃回自己的房間裡來，獨自思忖起來：「啊！這就是日本，往後那麼長的日子，看我要如何呆得下去？」

晚飯的時候，果然有位女中來叫雅信，雅信穿好她的那件茄花色的大掏衫裙出去了。那飯廳倒也不小，中間擺著一條長長的矮桌，住宿的女人便三三兩兩，陸續跪在桌前，等待開飯。雅信選了一個無人的角落，也學著大家困難地往他他米上跪下來，才跪好，她便抬頭掃桌一遍，她發覺桌另一角的女人都用奇異的眼光在注視她，並且左歪右斜地耳語起來，不時摻雜著兩聲輕蟣的笑聲，有時還群起哄笑起來，只是一個個新來的女人，都不敢坐到雅信的旁邊，都坐到那一堆女人去。

女中把晚飯用紅漆木盤端來，都用黑漆木碗盛著，每碗都有蓋子蓋住，雅信一碗碗將之掀開了，一碗是豆搗的「味噌湯」，一碗是生鯕魚切片的「刺身」，另一碗是醃黃蘿蔔片的「澤庵」，然後是一碗小飯。雅信本來已經因過度疲勞而沒有胃口，現在看了一桌日本菜，不是豆就是魚，不是黃的就是綠的，不是甜的就是辣的，一下子連最後的一點胃口也倒了，便靜坐在那裡，也不去動箸，又不好意思一開始就離席，只好呆呆地發起楞來。

對面的那一堆女人已經幾幾雜雜地吃起飯來，她們看見雅信卻沒有動靜，便奇怪起來，先是一個肘碰一個肘，叫每個人過來注意雅信，接著便又唼唼喋喋地私議起來了……

「不知她會不會用箸？」有一個年輕的女人說。

「我想不會吧，她們都是用手捏起來吃的。」坐在那人隔壁的一個較老的女人說。

「眞的嗎？那好髒哪！」第三個女人說。

「我不太相信，讓我過去問問她看。」第四個胖女人說，於是挨到雅信的身邊，低聲問她說：

「你會用箸嗎?」

雅信搖搖頭,表示不想吃飯,於是那女人便又問:

「我來教你用箸好嗎?」

雅信不耐煩起來,皺起眉頭,更猛烈地搖著頭……

那女人覺得沒趣,又挪回原來那堆女人去了,於是便聽見那較老的女人得意地叫道:

「你看!你看!我早就猜著她不會用箸的。」

用箸吃飯的話題才告畢,另外一個話題又在她們桌上興起,不過這回卻比上回更小心翼翼,更竊竊私語,並不時用一雙驚懼的眼光往雅信的身上投射過來,她們語著語著,那個胖女人終於又耐不住氣,於是便又挨到雅信的身邊,又低聲地問她說:

「你們還割人頭嗎?」

「你在說什麼?」雅信驚訝地反問對方,兩隻眼睛瞪得大大的,幾乎要跳出來。

「我……不是說你,我是說你父親還割人頭嗎?」那胖女人呢喃地說。

「我父親老早過世了,我現在沒有父親。」雅信憤懣地說,生氣地瞪住那胖女人,使那胖女人覺得有些忸怩不安起來。

「我也不是說你父親,我只想知道,你們那一族的男人還到山下去割平地人的人頭嗎?」那胖女人搔頭摸耳地說。

「什麼族人?我根本不是什麼族人,我只是台灣人。」

「什麼?你不是生番的女兒嗎?你母親不是刺著青蛙嘴的花紋嗎?」

雅信覺得那胖女人的侮辱實在太過火了,她再也忍受不下去,便憤然立起,離桌而去,躲進她自己的房間，暗暗地哭了。

整個傍晚，YWCA的其他住客對她冷冷的，都對她敬而遠之，遠遠見到她都迅速地躲開去，只怕與她接近，就會被她傳染病菌似地。

而雅信本身也不肯低聲下氣，去跟其他的住客打交道，一來太累，二來又無事可做，她很早便裏被休息了。她昏昏地睡了好一會，有一回，當她從夢中醒來，她聽見有幾個小女孩子的聲音從隔壁的紙門傳來，用一種揶揄調侃的聲調唱著：

「清——國——奴——啊——，清——國——奴——啊——……」

雅信不想去理會她們，只咬緊牙根，把被往頭上一蒙，眼淚又簌簌地滾了下來……

十二

想要進「東京女子醫科大學」唸書的事情，並不如雅信想像中那麼順利，因爲第二天早上，當女中來雅信的房間叫她到麥姑娘的辦公室，坐在旁邊協助麥姑娘的河井姑娘劈頭便對她說：

「丘樣，我今天一早就打電話去女子醫科大學，詢問有關你入學的事情，她們告訴我，說你還得在這裡日本預科唸兩年，才准去參加她們的入學考試。」

「爲什麼要如此？」雅信瞠目結舌地問。

「因爲女子醫科大學全日本只有這一間，入學考試十分難，競爭十分激烈，在地的日本學生都很難考進去，更何況你外地來的學生。」河井姑娘十分誠懇地說。

雅信坐在那裡躊躇著，不知如何是好，麥姑娘看在眼裡，便插嘴道：

「我想也是這樣，不用說這入學考試十分困難，即使你幸運考進去，因爲你的日文還不十分好，也不容易唸下去，還是先唸兩年預科，把日文學好，有更多的把握再去考不慢。」

「但我要去唸哪一間預科的學校呢？」雅信焦慮地問道。

「這你倒不用擔心，」麥姑娘微笑地說：「這東京築地京橋的地方有一間叫『聖瑪格麗特(St. Margaret)』的女學校，是美國聖公會辦的教會學校，我認得這學校的校長，她叫德姑娘(Miss Taylor)，只要你願意去唸，我跟德姑娘說一聲就行了。」

因爲雅信來到異地，人地生疏，實在無法可施，也只好聽任麥姑娘的安排，於第三天便搬進「聖瑪格麗特女學」的宿舍去了。

這「聖瑪格麗特女學」坐落在東京港的入口，一出那條水道便是東京灣了。這裡風景幽美，校舍華麗，師資精良，是一個很好的讀書地方，雅信本該慶幸自己能夠進來這麼聞名的日本學校唸書，可是終究異鄉的人情風俗，處處與她格格不入，使她感到非常痛苦，每每都沮喪氣餒，發狠想把行李一捆，逃回台灣去，只是當初已向家人表示了決心，又怕鄰居恥笑，只好「打斷嘴齒含血吞」，暗暗把眼淚拭乾，硬是辛苦地支撐下去。

在所有痛苦之中，最叫雅信忍受不了的是她在所有日本學生中的疏離感，她在全班之中沒有一個朋友，因爲她來自台灣，日本話帶有台灣腔，她們都不喜歡跟她來往，更不用說親近了，她們甚至表示不喜歡她的語言舉止、衣裝習慣，經常有意無意侮辱她，把一切差錯都歸在她的頭上……

有一天，別人的棉被忘記疊了，於是便有一個人問她說：

「嘿，丘樣，你棉被爲什麼不疊好？」

「那又不是我的棉被，爲什麼說是我的？」雅信回答說，感到十分生氣。

另有一天，一個掃宿舍便所的學生匆匆跑來，對她興師問罪說：

「丘樣，你便所用完怎麼沒有沖水？」

「我今天一整天都沒有用過宿舍裡的便所，你爲什麼不去問別人，卻來指責我？」雅信回答說，感到十分羞辱。

更有一天，一個女舍監跑來，皺著眉對她說：

「唉！丘樣，你怎麼連Koshimaki也不收，亂掛在晒衣架上，外面的人進來看了，不羞死人才怪！」

「什麼Koshimaki？」雅信迷惑地反問她說。

「怎麼？連Koshimaki你也不知道？就是我們女人繫在下面的巾子啊。」

「我們台灣女人都穿褲子，從來也不繫什麼巾子，你怎麼會賴在我身上呢？」雅信回答說，滿臉因憤慨而漲紅了。

除了這無可消除的疏離感，每天三餐飯食也是叫她難於習慣的，在台灣經常吃的肉類和鹹的菜與湯，在日本吃的卻是魚類和甜的豆與湯，這卻不說，最最令她感到難以下嚥的是每禮拜一次的「刺身」生魚片，她連嚐也不敢去嚐，一看就怕，可是那些日本同學卻趨之若鶩，彷彿是山珍海味似地，看雅信不敢吃，便恥笑她說：

「也難怪人家說你們台灣人未開化，連這麼好吃的東西也不懂得吃，送給我們吃算了！」

於是雅信便把「刺身」快些送給她們，免得看了發嘔，卻見別人狼吞虎嚥，一邊吃還一邊回頭來笑她。

因爲宿舍都是他他米，而且日本女人又多禮，必得時時行「跪蓆禮」，這也是叫雅信十分痛苦的事，單單雙腿跪齊已經是難過的了，還得把雙手巧妙地往膝前一放，柔軟地把腰一彎，將頭一點，不但舉止笨拙，而且腰痠背痛的，直令她叫苦連天。

然後是宿舍四周迴廊的地板，必須要用沾水的抹布，跪著從這端抹到那端，夏天水暖還好，冬天水冷，抹完了，手指就凍裂，皮破血流，痛不堪言。

最後是語言的障礙，日文不但動詞和形容詞有多種變化，更有「口語文」、「文語文」和「候文」的分別，但更複雜的是書寫和對話時，因雙方身分的不同而導致的語法變化，對上是一種語法，同輩是一種語法，對下又是一種語法，這一切都弄得雅信焦頭爛額，不知所終。

十三

「聖瑪格麗特女學」因爲是教會學校，所以也跟「淡水女學」一樣，是「智育」與「德育」並重的學校。這裡的不少先生，特別是對唸醫十分重要的物理與化學的先生，是校長德姑娘特別到「東京女子醫科大學」請來兼任教課的，因此這學校的智育水準比日本的其他一般女子學校高是不必說的了。至於德育方面，德姑娘本身既是美國派來的宣教師，她除了自己本身的身教之外，每年照例還舉行了各種道德活動，其中的一種便是每年一度帶領新生去參觀體驗東京市郊的「貧民窟」。

有一天，德姑娘親自來到雅信她們這一班的新生班上英文課，可是這一天她卻沒帶英文課本來，大家正感驚訝，不料德姑娘劈頭便說了下面的話：

「各位同學，今天我要跟你們上一節比英文更重要的課，這一課的名字叫『知福』。平日你們有刺身可吃有牛奶可喝，便以爲世界上本來人人就有刺身可吃有牛奶可喝；平日你們有和服可穿，便以爲世界上本來人人就有和服可穿；平日你們有宿舍可住，便以爲世界上本來人人就有宿舍可住；平日你們有書可讀，便以爲世界上本來人人就有書可讀……其實世界上本來什麼都沒有，只因爲你們十分幸福，才有刺身可吃有牛奶可喝，有和服可穿，有宿舍可住，有書可讀。你們是什麼都有了，你們應該知福才對，不能『身在福中不知福』，你們可知道其他多數人都沒有你們這般幸福，有些人有這個卻沒有那個，有些人有那個卻沒有這個，更有些人什麼都沒有，最後這種人就叫做『貧民』，他們集體住在『貧民窟』裡面，我今天就特別要帶你們大家去『貧民窟』看看『貧民』，希望你們能因此自知多麼幸福，然後努力好好用功，將來爲社會做些有意義的事情，爲其他多數人和這些可憐的『貧民』多多造福。」

「貧民窟」在東京北部郊區，離「上野公園」不遠，德姑娘帶雅信一班學生坐火車到上野站下車，然後又走了三十分鐘的路便到了，這一帶地方橫七豎八地搭著木板茅屋，爲增加遮雨的空間，茅屋與茅屋之間又用草蓬掩蓋著，因此那茅屋顯得又矮、又黑，而且潮濕不堪。雖然如此破陋，但每間房子至少擠了七、八個人——一對夫婦加上四、五個孩子，每家卻沒有自己的廚灶和鍋子，他們必須五家共用一個廚灶和鍋子，必須五家輪流煮飯，因此那廚灶和鍋子一天到晚都有人在使用，沒有一刻空閒的時候。

雅信從各家門前走過，有的正圍著小桌吃飯，或立或坐在地上，屋裡連破椅子也難得見到幾隻，他們主要是吃蕃薯，只偶爾在蕃薯裡放幾粒飯粒，菜不是乾蘿蔔就是乾鹹魚，難得見到有幾家吃土豆或味噌湯，至於蛋或肉類就更不必說了。

他們大都衣服襤褸，小孩則幾乎都是赤身裸背地在黑巷之中漫跑嬉戲，撞到來參觀學生的懷裡去。大部分男人都是賦閒無事，臨時才被政府叫去做別人不想做的短工，女人則把嬰孩往背上一揹，早上就到附近的工廠去做女工，傍晚才又揹著嬰孩回到茅屋裡來，家裡會走會跑的小孩則由老人們去看管。

「他們大都失業，無事可做，所以無論是男的或女的，他們都很希望東京市的人雇他們去做臨時短工，而東京市的人也時常來這裡請他們去做零工。」德姑娘對學生們說。

一走進「貧民窟」，雅信便產生一種說不出的壓迫鬱悶的感覺，彷彿一個人要窒息昏倒似地，這是她一生第一次感覺到的，一直等到從「貧民窟」走出來，她才如釋重負，重新又呼吸到新鮮自由的空氣。在回程的火車上，她感慨萬千，她做夢也不曾想到，即使在那麼繁榮鼎盛的東京市，竟然也有那麼可憐的貧民，擁擠在像螞蟻窩的「貧民窟」裡，從前在艋舺河邊一帶儘管也見過鶴衫襤屨的貧民，不過那是個別零散的，絕不像今天見到的那麼集體劃一，令人咋舌醒目，幾乎到達無法致信的地步，她突然感到自己多麼幸福，德姑娘說得對，她必須更加用功，把書唸好，從「聖瑪格麗特女學」畢了業，一定得考上「東京女子醫科大學」，然後將來做一個善良的女醫生，普濟貧苦的大眾……

十四

新年到了，而一個學期的期考也完了，幾乎所有「聖瑪格麗特女學」的學生都回家去過年了，只剩下幾個因路途遙遠不便回去或因沒有旅費可以回去的學生還留在宿舍裡，那平時擁擠的宿舍突然變成一座空城，尤其每天又下著梅花雪，使得雅信倍感寂寞，更想起台灣溫暖的家來。

一來宿舍沒有人住工作起來方便，二來爲了排遣這些少數留校學生的時間，德姑娘便叫這些學生幫忙，洗淨用舊的紙窗和紙門，重新把新紙裱糊到原來的窗和門上，然後爲了答謝她們，德姑娘便買了電影票送給她們，叫她們到「帝國大旅社」附近的「帝國劇場」去看電影。

這「帝國大旅社」坐落在東京熱鬧區「有樂町」上，剛好介於銀座與日比谷公園之間，離「聖瑪格麗特女學」不遠，只須坐兩個車站的地下電車，在日比谷站下車便到了。這一晚，雅信便同其他的幾位女伴來到「帝國劇場」，抬頭看那廣告牌，演的是法國大文豪雨果(Victor Hugo)的名著「悲慘世界(Les Miserables)」改編的電影，那題目不叫「悲慘世界」，而是直接用那名著中的主角Jean Valjean的名字做電影片名，日文直譯成「ジヤン・バルジヤン」。

「丘樣，你來這個劇場看過活動寫眞沒有？」在劇場門口排隊時，一位日本女伴問雅信說。

「我不但沒來這劇場看過活動寫眞，其至連進劇場這還是生平第一次呢。」雅信回答說。

「眞的？你在台灣都沒看過活動寫眞？」那女伴大感驚訝地說。

「我一點也不騙你，我連活動寫眞是什麼都還不知道呢。」雅信說。

「好！今天可要讓你見識見識哪！」那女伴微笑地說。

這「帝國劇場」建築宏偉，裝飾精緻，可以容納三千個觀眾，可算是東京最大的劇場，前面是大舞台，爲了演電影才用絨幕懸遮，中間開放做爲電影的銀幕。那觀眾的席位分成四層，層層相疊，像四隻鷲鷹展開雙翼，俯瞰樓下的舞台。雅信手裡拿的是最便宜的一元戲票，所以爬到頂樓第四樓去坐，這裡頭幾乎可以碰到穹頂，欄杆前用鐵網護住，以免觀眾栽落下去，因爲樓高遙遠，那銀幕顯得很小，只是有麥克風在頭上，似乎又把距離拉近了。

電影故事的內容是說法國革命時代有一個叫尙萬居(Jean Valjean)的工人，因爲飢餓難忍，打破玻璃偷了一塊麵包，結果被抓到判了五年苦役，後來連續逃獄，於是刑上加刑，最後判了十九年苦役，等刑滿出獄，來到一個小村想過夜，卻沒一家客棧願意讓他留宿，因爲大家都知道他是前科犯，最後向當地的一位主教家敲門，這主教不但拿出平常不用的銀盤出來請他吃晚飯，還舖床讓他留宿，可是尙萬居惡心未泯，半夜醒來竟然把那些銀盤偷走，爬後園的短牆跑了，卻又被巡更的警察逮捕，於第二天早晨抓到主教家裡，要主教指認賊贓，不料主教不但不肯指認，反而把一對銀燭台送給尙萬居，叫他重新做人。尙萬居離開了主教的房子，到另外的地方，果然做了一番事業，開了工廠，成了富人。尙萬居變成了地方鄉紳，大家只知道他是一位樂善好施的好人，卻沒有人知道他過去犯罪的歷史。後來他工廠有一位叫芳丁(Fantine)的女工，因爲被工廠的監督發現她有個私生女叫可喜(Corsette)寄養他處，因而被辭職，到城裡淪落爲妓女，這事尙萬居本來不知道，等他知道後趕到芳丁的身邊，她已患了肺癆而奄奄一息了，她臨終時交託尙萬居照顧她的女兒，於是尙萬居便去把可喜找回，像親女兒一樣養育她長大成人，而可喜也把尙萬居想成自己的父親一般，後來有一位叫馬利(Marius)的青年與可喜發生戀愛，這馬利在後來的一次革命巷戰時受傷，尙萬居去救他，在他昏迷的時候背負他走巴黎的地下水道逃出戰線，看護他，但這事馬利卻始終不知道。到後來馬利和可喜終於結了婚，尙萬居不願再對他們夫婦心懷隱私，便將自己原來是前科犯以及並非可喜的親生父親的秘密表白了出來，這引起馬利和可喜對他的忌恨與鄙視，而對他輕薄恍若陌生人，尙萬居於是鬱鬱引退獨居起來，直到一天，馬利得悉尙萬居救了他命，而可喜又獲悉她母親芳丁的故事，他們才幡然覺悟，趕著要去接尙萬居回來與他們同住，但已經晚了，尙萬居這時已經年老生病，而且已病入膏肓，但他終於喜見馬利和可喜來見他最後一面。尙萬居死後葬在一塊偏僻的墓地，那塊墓碑是空白的，一個字也沒有……

從電影的開場到結尾，雅信始終沉默不響，聚精會神地看著，她完全被那扣人心弦的劇情吸引住了。她努力地哭了兩回，有一回是當那巡更的警察抓了尙萬居來主教的房子，主教一打開門便對尙萬居說：「啊，你來得正好！我正在想你怎麼只把銀盤拿去，我不是也把一對銀燭台送給你嗎？你怎麼沒有一塊兒拿去？」於是主教把那兩位警察遣走，返身去壁爐上把那一對銀燭台交給尙萬居，對他說：「我的兄弟啊，你已不是惡人了，你已經從善了，我已把你的靈魂自魔鬼手中贖回交給上帝了。不要忘記，你可以平安地走了。」然後主教把門輕輕關了，任尙萬居雙手拿著那一對銀燭台，瞠目結舌地回望著那扇關住的門，眼淚沿著兩頰滾下來……看到這裡，雅信忍不住淌下眼淚。

另一回是當電影演到快要劇終，馬利和可喜得悉前情，趕來尙萬居的獨屋，可喜投入尙萬居的懷裡，連聲叫喊：「爸爸，爸爸……」，而站在旁邊的馬利，悔恨交加，也滾著眼淚，脫口對尙萬居叫出：「爸爸！」這時場面又是那麼悱惻動人，雅信又忍不住任眼淚直流了。

回到「聖瑪格麗特女學」的宿舍，一整夜雅信都沒能合眼，那電影又一幕一幕地在眼前出現，反覆著，沒有停息的時候，那因爲失業飢餓向人偷了一塊麵包而終至被關了十九年的尙萬居多麼可憐？那遇人不淑生了私生兒而到工廠做工又被人辭退、最後淪落爲娼妓患肺癆而死的芳丁又多麼悲慘？在全劇中唯一叫人寬慰的便是那可愛的主教，他皤髮佝僂，但臉上卻放出萬道慈愛的光輝，他眞的做到耶穌「假如有人打了你的右頰，順便也把左頰伸過去」的教訓，他把那對銀燭台交給尙萬居的一幕是那麼眞切動人，叫人迴腸盪氣，終身也不能忘懷……

就這樣，雅信在無形之中，又接受了德姑娘的一節無言的道德教育。

第十章　托爾斯泰與台灣

一

「台中中學」的英文老師千葉先生，因爲知道「神戶商科大學」的英文程度很高，他怕東蘭的英文程度不夠，便在東蘭出發之前，把他自己的一本「英文作文指南」的書贈給他，吩咐他在船上好好看，東蘭也就遵照千葉先生的話，在整整的四天航程上，努力把這本書讀完，讀完之後，才發覺他在過去「台中中學」所學的英文那麼淺薄，不用說千葉先生的發音不準使他沒能聽懂標準的英語，更有許多普通的文法規則也是在船上這四天才自己摸索出來的，他雖然對這點收穫感到欣喜，可是對於其他未知的部分卻是大大地驚慌起來。

原來這「神戶商科大學」一向是以外國貿易而馳名全日本的，因此，不但「英文會話」請西洋人來教，連「英文寫字」和「簿記」也請西洋人來教，這些西洋教授，一般都是十分和氣、十分有禮、十分體諒、十分親切的，他們教課都非常認眞，課堂上使用的則一律是道地的英語。這一切在還沒開學之前，東蘭已經由上幾屆的學生嘴裡風聞到了，因此幾天來，他便帶著一顆戰戰兢兢的心等待這一日來到。

開學的第一堂課是「英語會話」，東蘭來到教室時，已座無虛席，他只好揀了最後排一個沒有人坐的位子坐下來，教授在鈴響半分鐘走了進來，她是一位五十歲的西洋婦人，銀白貼腦的鬈髮，一只無邊明亮的眼鏡，鏡裡一雙藍色滾動的眼睛，她的皮膚白裡透紅，眼角雖然起了魚尾紋，嘴唇卻還塗著桃色的口紅，她踩著半高跟的酒杯鞋，走起路來哥答哥答地響徹了地板的教室。她一見大家，先嫣然一笑，然後跟大家說一聲：「Good morning!」大家也回了一句「Good morning!」於是她便立在講壇上，開始一一點名，順便跟每個學生聊幾句話，認識認識。

點名已經點了半個教室的學生了，東蘭忽然聽到那女教授叫他的名字，於是他便學別的學生也立了起來，見那女教授把點名簿放在桌上，滿臉堆著微笑，用銀鈴的聲音，清晰而客氣的問他說：

「Mr. Ko, Where did you come from ?」

東蘭只聽得懂她的頭兩個字，但以下的那句話，儘管那麼清晰，卻因為聽慣了千葉先生那種日本腔的英語，聽不慣純正道地的英語，反而撲朔迷離摸不著頭腦，也只好呆立在那裡，默不作聲了。

「From which school were you graduated ? Mr. Ko.」那女教授又問了第二句話，把聲音降低，話也說慢，而且歪了一邊頭，希望能讓東蘭聽懂。

可是東蘭依然聽不懂，依然呆立在那裡，心裡只管發虛，臉也漸漸紅了。

「How many years have you been studying English ? Mr. Ko.」那女教授又問了第三句，彷彿因東蘭答不出來也為他感到尷尬了，她費盡心機，期望能夠讓東蘭聽懂她的話。

可是東蘭依舊聽不懂她在說什麼，也只好依舊呆立著，他感覺腦在發脹，滿額冷汗。

那女教授終於無法可施了，她大概以為離東蘭太遠，所以她的話他聽不清楚，為了讓東蘭聽得更加清楚，她便步下講壇，親自走到東蘭的面前，很和善地問，她說：

「Do—you—understand—what—I—say? Mr. Ko.」

東蘭只見到那女教授塗口紅的嘴唇掀動著，還是聽不懂，因爲怕去接觸她的那雙藍色的眼睛，便把頭垂下來，他發覺他全身發熱，臉紅到耳根，這時，全堂教室開始交頭接耳低聲私語，而且一個個都回頭來偷望東蘭。

「If you don't understand, please, sit down. Mr. Ko.」那女教授最後說完，便轉身走回講壇去了。

可是東蘭依然呆立在那裡，依然不知道女教授在對他說什麼，於是全堂學生爆出了哄笑，笑得前仆後仰，笑得拍桌蹬腳，笑得整幢樓房都震動起來………

二

這是一次很大的打擊，東蘭非常難過，羞恥得幾乎沒有臉再見那位英語會話的教授以及在場的那幾十位同學，爲了雪洗前恥，他發誓要把英文唸好，於是每天每夜都唸起英文，努力查字典，非得把每個英文生字的意思和發音弄個水落石出，才肯罷休，因此每晚幾乎都用功到三更半夜才肯熄燈睡覺。

因爲東蘭是台灣來的外地生，大學便讓他住在大學附設的學生宿舍裡，這宿舍與大學只隔一條街，就在大學圖書館對面，因爲路近方便，於是東蘭除了吃飯和睡覺外，幾乎一天都躲在圖書館裡看書研究，很少和其他日本同學來往。

這圖書館裡除了供學生讀書自修，館裡有的是東蘭在台灣從來都沒見過的書，特別是日文和英文的文學名著，放滿各欄書架，不免引起東蘭的注意。於是有一回，把本科的「簿記」、「經濟」、「國際貿易」唸完了一段落之後，東蘭便伸手去把一本德富蘆花的「自然與人生」拿下來翻，才讀了一頁，便被那優美的文句與高潔的思想給迷住了，於是便坐下來從頭開始唸，這樣一唸，便禁不住繼續唸了下去，唸得廢寢忘食，無法收拾了。

以後東蘭每到圖書館，不再把全部時間放在那商科枯燥無味的功課上，他開始分出一部分時間來唸明治以來日本現代文學的經典之作，尾崎紅葉的「金色夜叉」叫他歎息，森鷗外的「舞姬」叫他流淚，夏目漱石的「吾輩是貓」叫他發笑，還有其他像國木田獨步、島崎藤村、石川啄木、谷崎潤一郎、志賀直哉的作品也叫他感動，特別是這時鋒芒初露、以「羅生門」和「鼻」震驚了日本文壇的芥川龍之介，則更加令他著迷。

由於英文的日月進益，除了日本文學，東蘭也開始讀圖書館裡的英文文學作品，首先必須由淺易少生字的作品開始，然後才由淺入深，慢步緩行，登堂入室，因此他先讀史帝文生(Stevenson)探險故事的「金銀島(Treasure Island)」，讀完了，才去讀他的「誘拐(Kidnapped)」和「化身博士(Dr. Jekyll and Mr. Hyde)」。把史帝文生的作品讀完了，他便去讀威爾士(G. H. Wells)的科學小說「時間機器(The Time Machine)」、「隱形人(The Invisible Man)」和「宇宙大戰(The War of the Worlds)」。讀完了威爾士的作品，他轉向康拉德(Conrad)的海洋小說，他讀了「水仙黑人(The Nigger of the Narcissus)」、「颱風(Typhoon)」、「黑心(Heart of Darkness)」。讀完了，他才去念迭肯司和薩克來那樣更長更深的文學作品。

因爲每天每夜飢渴地饕餮著成千累萬的文學書籍，東蘭終於體力不支，先是頭痛，然後是胸痛，終至生病臥床，才知道肉體不是銅鐵鑄成的，讀書必須有一個節度。在臥床的期間，日文書不能看了，英文書也不能看了，百無聊賴又加上心悶，於是便拿起從台灣帶來的「中國古詩集成」來讀，以便排遣愁煩，偶然讀到一首古詩：

丈夫非無淚，不灑離別間。
仗劍對樽酒，恥爲遊子顏。
蝮蛇一螫手，壯士疾解腕。
所思在功名，離鄉何足歎？

他從床上直跳起來，展開了經常寫信回台灣用的宣紙，揮起毛筆把這首古詩寫了一遍又一遍，寫到渾身發汗，直把憂鬱與鄉愁一股腦兒忘掉。

三

東蘭臥了一回病，以後便漸漸好起來，可是一入冬，日本的天氣逐漸冷了，不但冷得比台灣嚴酷，甚至下起雪來，學校校園各處都積了三寸的白雪，有時又吹北風，冷得東蘭通身打起哆嗦。一來不習慣冷，二來沒準備足夠的冬季衣服，加上日夜用功，東蘭便感冒又臥床了。這回病可比上回嚴重多了，不但全身發燒，而且又連日咳嗽，常常是痰梗在喉裡，難於呼吸，他就側身把痰吐在床邊的字紙簍裡，好讓第二天清掃學生宿舍的女中拿出去倒。

有一天早晨，東蘭發現字紙簍裡廢紙上的乾痰含著幾條血絲，他以爲喉嚨咳久出血，流了一些就會好，也不去記掛它，可是往後的幾日，當他把痰小心翼翼吐在綿紙上，才發現那血絲不但不減少，卻是愈來愈見濃稠了，於是他不敢再往字紙簍裡吐痰，也不敢將含血的綿紙扔到字紙簍去，他把一團團沾血的綿紙用新聞紙包起來，每天三更半夜無人的時候，才把報紙拿出去扔到宿舍底下的大垃圾箱裡。

雖然是病著，但東蘭仍得帶病出去上課。有一天，走在撒雪的人行道上，因吹了一陣冷風，他喉嚨又癢了起來，想吐痰，但身邊又忘了帶綿紙，便把痰吐在道旁的雪堆上……天哪！在那潔白的雪上，那口痰竟鮮紅得像一顆櫻桃，使他尷尬到無地自容的地步，又怕人見著，忙伏身用手撥雪，把那口血痰用雪埋了。正忙著把雪掃平，剛好有一位同班的日本同學從道上走過，一時好奇，停下來，拍著東蘭的肩膀，開玩笑地對他說：

「喂！江樣，你在雪裡尋找什麼哪！丟了金幣不成？」

東蘭也未便回答，只回身來對那位同學禮貌地笑笑，裝成若無其事的樣子。

「怎麼哪！江樣，你的臉色好白啊！」那同學驚叫起來，然後又換成原來開玩笑的口氣繼續說：「你晚上太用功了，別是患了肺病吧？」

這最後一句話重重地往東蘭的胸口猛擊了一下，只是這一擊無聲無響，因爲東蘭強自隱忍著，他只又對那開玩笑的同學笑笑，仍然裝成若無其事的樣子。

東蘭目送那同學離開，他自己卻扣緊衣領，急步奔回宿舍，往床上一拋，把棉被一蓋，顫抖地發起一身冷汗來……這長久時間他都一直在咯血，尤其又加上胸痛，他早就在懷疑自己害了肺病，想不到今天竟然無意之間被這位同學一語道破了，他平生第一次感到死亡來臨的恐懼……不錯，他可能確確實實患了肺病，因爲不但台灣許多父輩的鄉人都患了肺病，連這日本的許多青年學生也都患了這種病，這種病又是可以傳染的，他又體虛，一定在哪時傳染到了，這種病是無藥可救的，一旦染上，就只好坐以待斃，那麼，完了，完了，不但他的身體完了，他的希望，他的前程，一切一切都完了，他感覺世界末日彷彿已經來臨了。

四

東蘭繼續又在學生宿舍裡熬了幾日，終於讓天天來洗掃房間的女中覺察他患病了，這女中於是把這事拿去告訴那管理宿舍的舍監，這舍監便親自上宿舍來探東蘭的病。這舍監大約五十出頭，頭髮已差不多灰了，剪成短短的平頭，體格瘦小，平實之中帶著一點精明，說起話來倒是誠懇溫和的。他問東蘭說：

「江樣，你生病嗎？生了什麼病？」

「冷著，感冒了……」東蘭呑呑吐吐地說。

「病多久了？」

「前前後後兩三個月了……」

「你咳嗽嗎？」

「常常咳嗽，老咳不好……」

「江樣，常常咳嗽而且老咳不好，這不行哦，你看過醫生沒有？」

「沒有……」

「你爲什麼不去看醫生？你身邊沒有錢嗎？」

「我有錢，我家裡常常寄來……」

「有錢怎麼不去看醫生？江樣，你得去看醫生，你非得去看醫生不可！」那舍監肯定地說：

「我有一個好朋友，他叫松田，他是個很著名的內科醫生，他的病院就離這裡不遠，宿舍裡的學生誰病了，我都叫他們去給他看，我看你也去給他看看吧，這樣老拖著是不行的哪！」

說完了，那舍監也顧不得東蘭願不願意，就到街頭叫了一部人力車來，扶著東蘭坐到車上去，跟那人力車夫吩咐了幾句話，那車夫便會意地點頭，於是車把一提，就把東蘭載到「松田病院」來了。

這「松田病院」病人也眞多，果然如那舍監說的，大部分都是大學生，都如東蘭一般精神萎靡，臉色蒼白的，不是用功過度，就是患了肺癆似地。東蘭先掛了號，然後在候診室足足等了三個鐘頭才輪到他見松田醫生，這醫生很矮，很肥，前額都禿光了，帶一雙淺度黑框近視眼鏡，嘴角勾出他幹練果斷的個性，一雙烱烱有神的眼睛靈活地注視著每個病人輕微的動作與細密的表情。他詳細問了東蘭的病狀，傾耳專心地聽著，因不見陽光而變得雪白的臉一點變化的表情也沒有，只長久才剴切地問東蘭一句話，又讓東蘭去自述病狀，聽完了東蘭的話才叫他脫了上衣聽他的胸，叫他深呼吸，又叫他咳嗽，這一切初檢完了，醫生也沒說什麼，只把他交由病院裡的護士，於是護士便來取他的尿，抽他的血，又叫他吐痰在玻璃片上，當這些完了，護士便又叫東蘭到候診室去等候。

東蘭又在候診室等了三個鐘頭，一位護士出來叫他的名字，來到診療室，東蘭見松田醫生把一個病人放在旁邊，拿起桌上放著的一張病歷表，敏捷地看了一眼，便把他坐的圓櫈熟練地一轉，面對住東蘭，對他溫和地說：

「我們給你詳細檢查的結果，發現你喀血的原因不是肺癆，你喀血的原因是肺蛭，在你的痰裡沒有肺結核菌，但有肺蛭的卵。你是不是常常吃淡水『刺身』？」

「我是從台灣來的，在台灣我們從來不吃生魚，來日本也不敢吃……」

「呃！你來自台灣？那麼你是不是常常吃淡水螃蟹？」

「並不常常吃，在小的時候偶爾吃吃……」東蘭說，他突然想起秋生之死，只是不想在此時此地向松田醫生提起。

「就是哪，就是哪，只要你吃到有肺蛭卵的螃蟹，這卵可以潛伏在人體內好幾年，你身體強壯時不發作，等你身體生病衰弱了，它就發作，跑到你的肺裡，咬你的肺，所以你才覺得胸痛，厲害了就咯血。」

東蘭沒有回答，秋生的新墓突然浮現在眼前，他在想，他也會像秋生一樣死去，然後葬在他的墓邊……

「但是肺蛭總比肺癆好一些，肺癆死亡率很高，肺蛭低得多，你只要好好休息，多吃滋養品，就不怕不會慢慢好起來。最重要的是決心，你一定要下決心與肺蛭抵抗，你終究會勝利的。有沒有聽到？年輕人。」

松田醫生微笑地說，然後拍拍東蘭的肩膀，示意他可以到領藥口去領藥了，東蘭來到領藥口，護士早已包好了一些止血藥和維他命丸，另備了一瓶止咳藥水，叫東蘭帶回去吃，請他過一陣子再來複診。

走出了醫院，東蘭覺得精神清爽了些，四肢也似乎增加了力氣，也不再叫人力車，便走著回到學生宿舍裡來。因爲不再有肺病的顧慮，於是心平氣和下來，胃口也稍微開了一些，多吃了幾碗飯，這一夜也睡了很好的覺，一直到第二天日起三竿，還沒醒來，直等到有人在敲房間的門，東蘭才從夢中驚起，忙將門打開，才發現是舍監，東蘭便心裡先自狐疑起來，即使女中也從來不曾這麼早來敲門，何以堂堂舍監竟在此時來敲門，此中必有緣故。也不想先問，只請舍監進房就坐，舍監逕自把門反關了，才姍姍走進來，遲疑了半晌，才囁嚅地把藏在心裡的話說了出來：

「江樣……你準備幾時要從這學生宿舍搬出去？」

「什麼？你說我要搬出去？我並沒有這麼說啊，是誰說的？」東蘭萬分詫異地說，眼睛和嘴巴都張得大大的。

「誰也沒有這樣說，只是我這樣猜想。」那舍監鎮定不變地說。

「舍監先生，你恐怕猜想錯了，我並不打算搬出去，我打算住到大學畢業。」

「但是江樣，即使你不打算搬出去，你仍然必須搬出去。」

「爲什麼？我不了解……」

「你不了解，就讓我解釋給你聽吧。你喀血，你大概以爲我不知道，其實我是知道的，不但女中告訴了我，而且昨天晚上我就打電話去問松田醫生，他也告訴了我。」

「但我不是患肺病，我患的是肺蛭，這不會直接傳染給人的。」

「都一樣，江樣。」舍監說，乾咳了兩聲，清清喉嚨，繼續說：「學校有規定，任何重病的學生都必須從宿舍搬出去，因爲學校沒有護士可以照顧病人，你喀血，這是重病，所以你必須搬出去，不知你打算幾時搬？」

東蘭雙手托頤，一時千頭萬緒，不知如何回答。既然重病非搬出去不可，那麼舍監的要求也是無可責怪的了，但問題倒不在要不要搬，或幾時搬？而在於要搬到哪裡去？這神戶他人地生疏，又身帶重病，要到何處去找可租的房子？想著這些，東蘭愁眉百結起來，更把頭垂下了。

那舍監終究是非常世故而又有經驗的人，一眼就望穿東蘭眉宇打結的原因，也不去問他，便誠懇而同情地對他說：

「江樣，你是不是在爲找房子的事情煩惱？這你倒不必，我有一個遠親，她是一個寡婦，她的房子頂上有一小間鴿樓，兩個他他米大，離大學不遠，從前也是租給一個大學生，但一個月前搬走了，因爲他不喜歡狗，而我的遠親偏偏喜歡養狗，一隻白的，一隻黑的，跟她做伴，你如果找不到更好的房子，你可以搬到她家去，只是……你不討厭狗吧？」

「我不但不討厭狗，而且很喜歡狗，我們小時就養了一隻。」東蘭說著，想起從前水生養的那隻「小鐵拐」，這回憶令他感到十分溫馨，嘴角不知覺漾出笑紋來。

「成了！」那舍監拍手叫了一聲，高興地自椅子上立起來：「那麼江樣，你可以先去整理你的書籍衣物，你幾時想搬去你就可以搬去，我可以把地址留給你，不過……在你去之前，我可以先通知我的遠親一聲。」

五

就在舍監來說的第三天，東蘭把書籍衣物捆好，叫了一輛人力車，依著舍監給他的住址，來到舍監這位遠親的住處，才敲門，早聽見狗吠之聲從屋裡傳來，接著一隻小白狗和一隻小黑狗便不知從籬笆哪裡的缺口鑽了出來，見了東蘭便楞在那裡，不知要表示友善還是要表示敵意，彷彿等待東蘭有所動作。略知狗性的東蘭也會了意，便蹲下來，對兩狗表示善意，於是那兩隻狗便搖起尾巴，偎了近來，在東蘭的周身圍繞，任東蘭去撫摸牠們的下巴，這時門開了，一個六十歲的老太婆出現在門口，身材短小，臉都縐了，瞇著眼睛，顯出親切的笑容，沒等東蘭開口，便先對他說：

「你就是那個叫『江樣』的大學生嗎？請進來，請進來。」

東蘭把幾件行李搬進門裡，又回去付錢給人力車夫，打發他走了，才又轉身走回來，那兩隻狗跟著東蘭，一出一進，也不再吠，儘搖著尾巴，好像已經十分熟稔的樣子。那女房東看在眼裡，等東蘭再走進門裡，便笑著對他說：

「看樣子，我這兩隻狗跟你眞有緣份呢，平常遇到生人總是吠個不停，遇到討厭的人不但吠而且咬呢。看看你，才跟你初次見面，就親熱得這個模樣，可見你很得我們這兩隻狗的歡心呢。」

「這也難怪，因爲我小時候養過狗，也許牠們還可以在我身上聞到狗味才如此吧。」東蘭半開玩笑地說：「對了，想問你一句，你這兩隻狗叫什麼名字？」

「還不是最普通的名字，那白的就叫『希羅』，那黑的就叫『苦羅』，生出來時，狗主便這麼叫，我抓來養也就這麼叫。」女房東說著，眼睛因開心更瞇成一條縫。

就這樣，東蘭便在這家鴿樓的房間住了下來，包括食宿，全由房東包辦。這房東倒是和善體人的，她不但知道了東蘭的疾病，對他的喀血也不在乎，反而安慰他好好保養，使他感到在學生宿舍得不到的家庭溫暖，特別是房東的那兩隻狗平常也是聽房東的話，未敢擅自跑到東蘭的鴿樓來打擾他，但每每聽到他自樓上下來的腳步聲，便三步做兩步跳，都衝上樓梯來迎接東蘭，使得東蘭不得不坐在樓梯上撫摸牠們，見希羅、苦羅在他脅下爭寵，他笑逐顏開了。

東蘭便在這鴿樓住了三個月，他天天在鴿樓上埋首書堆，偶爾才上大學上課，他希望肺蛭之病能夠好轉，但他只見喀血依舊，身體卻有日趨衰弱之勢，這令他萬念俱灰，憂鬱又慢慢襲上心頭，他又開始心神不寧，白天煩燥，夜不成眠，不知以後這漫長的歲月要如何生活下去。

有一天下午，女房東不在家，東蘭看了一會書，喀了幾口血，又疲又倦，便無力地在他他米上躺下來歇息，不覺朦朧睡去，已睡了好一會，突然在夢中聽見希羅、苦羅兩狗的吠聲，連吠不斷，竟把他吵醒了，原還以爲是夢魘，再想繼續睡下，可是仔細諦聽，果然眞的是希羅與苦羅的吠聲，從樓下傳到鴿樓上來。東蘭忙翻身坐起，打開窗戶想看個究竟，發現那籬笆門是關著的，希羅和苦羅不知幾時又從籬笆下的狗洞鑽到街上，正在咬著一個路人。東蘭打心裡發悶，這兩隻狗從來不輕易對路人發威，怎麼今天會對這路人如此凶惡，一定是這路人有了什麼差錯，於是便仔細打量起這個人來，這個人戴一頂舊呢帽，穿一襲對襟灰色的台灣衫，踩一雙短統黃布新運動鞋，抱一個米袋包袱，右手拿著一封信，左臂掛著一隻紅竹節黑雨傘，希羅正在咬他的傘尖，而苦羅則繞到他身後咬他的褲管，兩隻小狗拖得那人左傾右斜的，幾乎要招架不住了，於是東蘭連忙把頭探出窗外，大聲地對那兩隻狗呼叫起來：

「希羅！苦羅！進來！別亂咬人啦！」

沒想到那人聽了東蘭的聲音，猛然把頭抬起來，趁勢把呢帽脫了，露出一頭灰髮和一隻單仁的眼鏡，一時看得東蘭目瞪口呆了，幾乎不相信自己的眼睛，等再多看一眼，確定不曾看花了，他才迸出一聲驚喜的叫聲：

「一目少爺！」

「東蘭！啊，終於被我找到！」一目少爺說，對著東蘭揮起呢帽來。

東蘭連奔帶跳下樓來爲一目少爺開籬笆門，把一目少爺迎了進去，希羅與苦羅見是東蘭的至親，也改變原來敵對的態度，對一目少爺搖起尾巴來。

「都還沒打門，不知這兩隻狗那麼討厭我，出來就吠就咬。」一目少爺笑瞇瞇地說，彎了腰去撫那兩隻狗的尾巴。

「一目少爺，不是討厭你，是看不慣你這一身台灣衫褲才如此，牠們從來也沒見過這種衫褲。」東蘭說。

「呃，這難怪，這難怪……」一目少爺說，更親熱地撫起希羅和苦羅來。

東蘭把一目少爺帶到鴿樓上來，反身把門關好，才在他他米上坐定，東蘭便迫不及待問一目少爺說：

「一目少爺，你日本話也不懂，怎麼敢一個人坐船來日本？」

「我何必懂日本話？我懂萬國話就夠了。」

「你是說什麼『萬國話』？」東蘭疑惑地問。

「這你也不知？」一目少爺說，比手劃腳繪畫一番：「這就叫做『萬國話』，山邊海角，去到哪裡也通。」

東蘭笑了起來，等笑了一陣，便換成一副嚴肅的表情，正經地問起一目少爺：

「一目少爺，你這回怎麼會來日本？」

「還不是為了你。」一目少爺說著，又把剛才的那封信從口袋裡掏了出來，看了看那信封上東蘭寫到台灣的信頭以及他現在住的住址，又繼續說：「你寫說你生了小病，但你父親知道是大病，因為小病是沒有人寫的，其本來就有叫你回台灣的意思，後來又聽見一個認識你的人從日本回去台灣說，才知道你得到肺蛭病，才決定你絕對得要回台灣，回到我的人的波羅汶去休養，等病好，要讀大學再回來讀。」

「一目少爺，是不是我的阿爸叫你來的？」

「不是其還有誰會叫我來？」一目少爺說，把聲音降低下來：「你知道——其發誓一生也不踏入日本一步。」

「不過我不想這樣就回波羅汶去，我要等大學讀完才回去！」

「等你讀完大學才回來？是不是到時才用棺材把你扛回來？人說『留得青山在，不怕沒柴燒』，待能醫的時候不回去醫，等不能醫的時候……現在不回波羅汶要待何時？」一目少爺嚴正地說。

費了好大一番口舌，一目少爺才把東蘭說服，同意遵照父命，暫時回台灣休養。於是第二天便去「神戶商科大學」辦了休學手續，在鴿樓裡整理了書籍衣服，向女房東退租，對希羅、苦羅那兩隻可愛的小狗告別，搭了船回台灣來。

在船上那四天的航程中，東蘭仍不斷地胸痛與咯血，常常躺在床鋪上，臉上沒有一點血色，只奄奄地吐著氣。有時胸痛又加上暈船，心裡更是憂上加鬱，於是萌起短志，感到人生乏味，對一目少爺說：

「一目少爺，我看我過不了多久就會死去，秋生不也是這樣死的？」

聽了這話，一目少爺每每安慰他，有時還帶怒地駁他說：

「不要黑白亂講！秋生哪可以跟你比，你的身體比其強多囉，不然你的人同時吃螃蟹，怎麼其死到不見骨頭，而你還活著？其實吐血事小，我當初年少的時候，不也吐過血？我現在都還活著！我在新竹城隍廟看過一個孔伯仔，其年少時也是吃螃蟹吐過血，而且吐很多，不但還活著，而且活到今年九十二歲還沒死，還紅脖赤舌，活活跳跳呢。要有耐性，最重要是不要整日去想你的病，病自然就會好起來。」

東蘭望著一目少爺的側臉，輕輕地歎息，一目少爺欠過身來，把東蘭夾在書裡的那個紅色香符挑了起來，把它帶在東蘭的脖子上，說：

「要帶！就是不帶你才會生病。看看我一目少爺，當初假使不帶這香符，早在跟那些西仔兵打仗時就沒命囉，哪能活到今日？」

六

自從東蘭回到波羅汶來，他便把商科的學業一股腦兒忘記，放下心情，專心在家養病。江龍志既然知道不少漢醫的藥方，便用人蔘、黨蔘、白朮、川七、當歸、車前子等配了藥煎給東蘭服用，為了止咳和止血，又泡杏仁茶叫他喝，而木瓜成熟的季節又摘了一大堆木瓜叫他吃，這樣日子一久，東蘭的胸痛與咳血倒也逐漸消滅。當然，有時東蘭胸口也仍然會有一陣劇痛，於是血又溢到喉嚨，使他感到鹹鹹的味道，每回這種情況發生，東蘭就依照一目少爺自新竹城隍廟的老人學得的方法，把個生雞蛋生吞下肚，一來把血壓制下去，二來又潤喉，倒也十分靈驗，每每見效。

大部分的時間東蘭盡量躺在床上休息，但也有躺累的時候，這時他便起床到隔壁找春生聊天，但春生現在已經是個專業的農夫，實在也沒有多少空閒可以陪他聊天，於是東蘭便常常在鄉間的土路上獨自徘徊散步，觀察樹木和鳥蟲，有時興來了就在腦裡作幾首病懷的古詩。

有一天，他不期然踱步到那池塘前的土地廟裡來，土地廟裡剛好一個人也沒有，他走了進去，隨便東看西看，突然在壁龕上發現了好幾冊被香燻黑了的古老佛經，他順手拿下來翻翻，有「阿彌陀經」、「心經」、「大般若經」、「妙法蓮華經」、「維摩詰經」……等等，都是姚秦三藏法師鳩摩羅什譯的。他翻著的時候，那位七十多歲的老廟公已自外面走進土地廟來了，見東蘭手裡拿著那些經書，便笑著對他說：

「你有興趣否？若有興趣就拿回去讀。」

東蘭記起當年教他與春生「往生咒」的便是這位廟公，想想他不但知道一切佛偈，也知道一切佛法，便問他說：

「這些佛經我想你都識得很深，若讀不懂再來向你請教可好？」

「噢，」廟公連忙搖頭說：「若說佛偈我只知道一些，我只是照著字唸罷了，若說佛經就知道得少了，只在作法時照字稱誦，至於經裡的意思我也不大懂得，其實這些經書是蓋這土地廟時就有了的，傳到我手裡也不知已經傳了幾代了，你有興趣就拿回去研究吧。」

東蘭想這大概是拜佛人的客氣話，也不便多說，便把那些佛經都搬到家裡來了。他看看「心經」是這些佛經中最薄的一本，便拿來先讀，可是開始第一行的「般若波羅密多」和「五蘊」就不了解，而第二行的「色不異空，空不異色，色即是空，空即是色。受，想，行，識亦復如是。」更墜入五里霧中，以後唸完了全書更是如此，他想也許「心經」最難，便棄了「心經」，想改讀其他經書。

他拿起「金剛經」來唸，只得一個影子，也不知經裡眞正說些什麼，於是又換了其他經，完全一樣，等換到「阿彌陀經」，因爲這經書文字優美簡易，說的只是西天淨土的理想國土，沒有深奧的玄學，只有美麗的文學，東蘭這才被吸引住了，於是咀嚼再三，復誦再四，終於把這經完全理解，而知其美其妙了。

就這樣，在三、四個月之中，東蘭把手邊的佛經都研究了，仍然只得朦朧模糊的概念，除了一些外貌，仍然未能登堂入室，識得佛教的眞義，像「苦，集，道，滅——四聖諦」和「八正道」明白了，「輪迴」與「三世因果」懂了，「諸惡莫作，眾善奉行，自淨其意，是諸佛教」也清楚了，可是眞正的「業」是什麼？眞正的「涅槃」是什麼？卻經常困繞於心而不得其解，而最叫他迷惑的是所有咒偈，像「往生咒」，像「大悲咒」，爲什麼只從梵文直接音譯，而不像經文從梵文意譯，唸起來喝囉唎哆，囫圇吞棗，不知所云……

有一天，東蘭又看見一目少爺坐在門限上在讀他的那一部老線裝又已變黃的「三國誌演義」，他便偎了過去，注視一目少爺一會兒，等一目少爺用手沾口水想翻新頁的時候，才發現東蘭在看他，便對東蘭微笑，東蘭見他無意再往下看了，便開口問他說：

「一目少爺，我問你一句話，你那麼愛讀書，又那麼信佛祖，你敢有讀過佛經？」

「讀過是讀過，但我慧根太淺，讀了也不懂，以後便沒有再讀。」一目少爺說。

東蘭聽了便深深地歎息，搖了搖頭，說道：

「一目少爺，不是你慧根淺，而是文字的魔障，使你不得其門而入。我不知道佛經爲什麼沒有白話的譯本，像其的人基督教的聖經一樣，當今已經是二十世紀了，可是我的人都還在唸一千五百年前鳩摩羅什的古譯本，用字那麼艱深古怪，簡直是一道一道的魔障，有幾個人能懂？有幾個人能悟？可能一千多年前可通，現在已不通了，更可能當時就不通也未可知。其實，我相信佛教的教義應該是和基督教的教義一樣，簡易明瞭，人人可解的，即使梵文原來的佛經也不難懂，不料一譯成中文，就成了天書。」

東蘭歇了一會，看看一目少爺只頻頻點頭，沒有反對的表示，便又繼續說下去。

「最不可解的是大部份偈語，本來梵文都有意思，但用音直譯成中文，用的字又都是離奇古怪的，簡直像夢話一般，不怕人不懂，就怕人看懂，好像一旦懂得了偈語的意思，便會失去魔力似的。其實，這都違反了佛陀當初創教的美意，佛教本來是教人了悟人生的道理，既已了悟人生的道理，才用一生的時間去修道，以便來日成佛，可是一到中國，佛經就變成天書，單想了悟書中的人生道理就得浪費一生的時間，哪裡還有時間去修道？更不必說去成佛了。這一切都是佛經的文字魔障，使幾千幾萬的人妄自菲薄，以爲自己慧根太淺，不足了解佛經的深意，而一些和尚也多少助長這種形勢，實在可悲！實在可歎！」

東蘭說畢，又獨自感歎起來，一目少爺只張大了一隻眼睛，無言以對，等了一會，才囁嚅地說：

「東蘭啊，你說的這些我都不管，我只管我的人『三寸頭頂有神明，做好做歹神都知』就已足夠，還管其他做什麼？」

七

在新竹市離城隍廟兩段路的街上有一家日本人開的書店，叫「清水書店」，不但賣日文書，也兼賣英文書，特別是一些新書，每每一送到書店，店主就在店門口大張廣告，以廣招徠，吸引了不少大學、中學的學生，東蘭便是這些學生中的一個，每到新竹市，他可以立在書店看一上午書不倦，而且每次回到波羅汶，也總要從「清水書店」買幾本新書回到家裡看。

因爲近來對佛教大感興趣，這天來到「清水書店」，便在店門口的新書廣告上看到三本新出有關佛教的書，一本是木村泰賢著的「解脫への道」，另一本是Dwight Goddard編輯的「A Buddhist Bible」，第三本是Irving Babbitt譯的「The Dhammapada」，東蘭把這三本書翻了翻，他讀了幾頁，不但清楚明瞭而且深深被行文吸引住了，也不想再細讀，便去櫃台付了錢，把三本新書都買了下來，帶回波羅汶看。

因爲日文比較熟稔，東蘭便從「解脫への道」先讀，這書完全用平易的日文白話寫，從生命的三種根本欲望說到人生之解脫，從禪的種類說到大乘的教義，從佛陀的悟道歷程說到佛教的眞如觀，由淺而深，層層剝蒜，最後直搗佛教的核心，剝開了神秘的外衣，令東蘭見到佛教的眞面目，他不禁欣喜驚歎了。

其中最叫東蘭興奮的是，他半年來對「業(Karma)」這佛教重要概念的困惑，因讀了這書而豁然開解了，因爲在這書中寫了這麼一段：

現在，依Mrs. Rhys 之提示，佛教生命相續之形式，可以依下列公式表之：

$$A - A' - A'' - A''' \xrightarrow{a'''} B - B' - B'' - B''' \xrightarrow{b'''} C - C' - C'' - C''' \cdots\cdots$$

A代表一個人的生命與其「潛在性格」(即「業」)，在一個人的一生中，由於生命與經驗的累積，他的「潛在性格」也隨著逐漸變化，如表中所示，由A變為A'，再由A'變為A''，A'''等等，等到這一生終結時，生命消失了，但生命的「業」並未消失，卻轉化為a'''，再投入第二生的生命B之中，此B即代表一個人的第二生生命與其「潛在性格」，依次類推，以至於B'，B''，B'''，乃至於C，C'，C''，C'''等等。表上，A'中含有A之「業」，A''中又含有A'之「業」，A'''中又含有A''之「業」，到B時，由於a'''之轉化，B中含有A'''之「業」，以下依次類推。圖中$A - A' - A'' - A'''$表示

「現世」，B—B'—B''—B'''表示「再世」，C—C'—C''—C'''表示「三世」，各組之間的箭頭表示，由「現世」到「再世」或由「再世」到「三世」的「輪迴」和「轉生」，所有「記憶」與「形象」一經「轉生」，悉皆消滅；但「潛在性格」的「業」卻依然相續，直至永世，乃至於「涅槃」。

「A Buddhist Bible（佛教聖典）」是集合佛教主要的幾部經書的英文翻譯，其中最重要的有「金剛經」、「楞嚴經」和「楞伽經」。這「金剛經」的中文譯本東蘭不久前讀過，因爲文字的隔閡，如在五里霧中，現在讀了英譯本，因爲文字明確，突然雲破月來，天上萬顆星斗，閃如鑽石，粒粒可摘。這果然應了東蘭以前的猜測，佛理原是簡單明白的，只因加了一道文字的魔障，而變爲神秘艱奧，深不可測了。其後東蘭又唸了「楞嚴經」和「楞伽經」，也無大礙，只需稍加思索，即可得經中眞髓。

讀完了以上三經，東蘭開始讀「The Dhammapada（德之路）」，這經一共有四百二十三偈詩句，據說是釋迦牟尼的門徒根據釋迦牟尼的口頭教義，改用美麗的詩句寫出的。這經文不但文字優美，而且意思雋永，像深山裡的清泉，讀得東蘭沁透肺腑，化翼昇天。因爲愛不忍釋，東蘭不但讀之再三，而且選了其中的幾偈詩句把它譯成中文：

結恨莫若恨；解恨莫若愛。

無眠黑夜長；無足半里遠。

明己之愚不愚矣；明己之智不智矣。

征服自己之「小人」勇過征服世界之「大帥」。

勝利醞釀仇恨，無勝無負天下平。

色是不滅火，恨是無的矢，身是不盡苦，靜是無上樂。

至福莫若健，至富莫若足，至信莫若友，至樂莫若寂。

世無無病之人，沉默亦病，喧囂亦病，少言亦病，多言亦病。

譴無千夫指；讚無百婦眉。

……………………

因爲日夜浸淫於佛學與文學之中，有一天東蘭突然得到一靈感，何不把自己病中所思所感記錄在本子上？以供他日病癒之後回憶反省之用。因此他就準備了一本筆記本，名之爲「病中雜感」，逐日把閃過腦際的念頭記錄在本子中：

如果每個人一生之中非經過一段痛苦病弱的時期不可，寧可先把它度過，然後再慢慢享受其後的和平與安寧的日子，如佛陀。

病時久臥床鋪確實是十分無聊的事，何不利用這漫長的時間念好書，作深思，計劃來日有益人類的工作？

沒有此次肺蛭，也不至研讀「解脱への道」、「A Buddhist Bible」、「The Dhammapada」……等絕妙好書，故應該慶幸，而不該怨艾。

我們人多麼悲哀！多的時候爲病體所苦，不病時又爲過勞所苦，當身體抵擋得過疾病時，心病來擾，既無體病又無心病時，又被世俗的慾望所苦，我們的生活幾乎無一日不被苦所困，唯一安寧之法，乃是從宗教或從事有益人類的事業中求得解脫。

我們人多麼可憐！對自己的身體一無所知，如對一隻價值連城的古代花瓶一樣，使用的時候，不知其價值，一旦摔破了才知道，卻又無可挽回了。人不是「無知」，就是「爲時已晚」，而這兩者之間卻沒有任何橋樑連接。

沒有工作固然痛苦，有工作而無法工作則更加痛苦。

釋迦牟尼在菩提樹下苦坐六年才得道，阿南跟隨了釋迦二十五年才得道，你躲在床上，三個月、六個月、一年……又算得了什麼？

如果把養病的時日當成修心養性的期限，那麼這病何時能好也就不必去計較了，應做如是觀。

舉目而望，世間多的是煩惱和痛苦，唯有行善才能使人忘記這些煩惱和痛苦，進而給人帶來一種和平安寧的快樂。

人人都無聊，人人都爲病所苦，人人都因思及死亡而憂鬱……不獨是你！但重要的是——你不能如人人一樣無聊，一樣痛苦，一樣憂鬱，你總應盡你的力做一些有意義的事，以排遣你的無聊，忘記你的痛苦，克服死亡的憂鬱，進而帶給自己無限的快樂。

所有宗教家、思想家，在顯世之前都經過一段漫長的孤獨與沉默的日子，這些日子使他認識世界的眞面目，而悲觀、而沉思、而最後尋得解脫之法，乃又入世，積極爲人類服務。

沒有一生幸福的人能有益於人類的，愁悶憂鬱是成熟必經的階段，只是有人早過，有人晚過，有人死了還沒過而已。

萬事首要在自己的健康，沒有健康如何發展你的博愛，更談何幫助別人？

平凡人被病痛所擊倒，聰明人利用病痛的力量創造新的理想，完成大事業。

平常人與病魔打「少林拳」，只有聰明人才與病魔打「太極拳」。

人乃需要精神安慰的動物，超物質的精神之物使人感覺無上的和平與安謐。

不求不死，只求死時能無愧於心，說聲：「啊，我終於盡了最大的能力，做完了該做的事！」

好的思想只能靠好的文字才能留傳下去。如「道德經」，如「佛經」，如「聖經」。

死亡比如睡眠，並不艱難；活著比如荊棘，這才艱難。避難趨易只是小人；克服艱難才是英雄。

思想之爲物多麼奇妙啊！它可以使擁有萬物的皇帝變成一無所有的乞丐，也可以使一無所有的乞丐變成擁有萬物的皇帝。物質不一定能改變內在的心情；但心情卻一定能改變外在的物質。

不是文學家喜歡塗鴉，實在是他們對萬物太敏感了，不吐就會憂鬱成病，因此說：「文學乃是美化的病歷」，亦不爲過。

想想病時可以寫「病中雜感」，不但不覺病苦，反而因苦得樂。再想想病好後可以做一切計劃的事，也因而快樂。如此病亦樂，病好亦樂，人生就無往而不樂了。

本來憂鬱不是快樂的事，但決心將憂鬱時的雜感完全寫出來，這樣憂鬱之病根不但不能繼續滋長，反而逃得無影無蹤，憂鬱就不知覺豁然而癒了。

生病可以帶給人許多益處：

使人沉思。

使人成熟。

使人去念佛經、聖經、可蘭經。

使人尋得人生之道。

使人了解人生。

使作家寫出澎湃的作品。

使作品深入。
使人了解身體。
使人終身運動。
使人救己救人。
使人精神昇華。
最深沉的思想產生在最痛苦的病中。

……………………

八

東蘭在波羅汶養了一年多的病，當他的肺蛭逐漸轉好，他也就日漸一日快活起來，心情清彩了，讀書慾也強了，他終於把佛教的書放在一旁，重又把一大堆收藏的英文文學名著拿出來看，欣賞著，咀嚼著，到達渾然忘我之境。因此，到第二年病體八分恢復又要回日本去繼續唸大學時，他已決心放棄商科，決定改唸英國文學。江龍志並沒有反對，所以他不再回到「神戶商科大學」復學，他直接到東京的「早稻田大學」，開始專心一意研究自己喜愛的英國文學。

在那種滿了銀杏的「早稻田大學」校園裡，東蘭首先闖入了拜倫、雪萊、濟慈和一些湖邊詩人的詩的世界。由浪漫主義而理想主義，由神秘主義而象徵主義，他開始在愛爾蘭的詩與戲劇的領域獨自漫步。有好一陣子，他沉醉於葉慈和浩司曼(Housman)的詩、Lady Gregory與Synge的戲劇。Blake神秘的作品吸引他，Galsworthy的社會劇令他著迷，蕭伯納的諷刺劇令他驚喜，最後印度詩哲泰戈爾的「歌誦集(Gitanjali)」更令他歎爲觀止。

由於研讀密爾頓的「失樂園」導致東蘭對希臘文學與希臘神話的興趣，其後又由於修課的關係，他又讀了Saintsbury的「英國文學論」、Ker的「文學評論」、Gosse和Woodberry的「論文學」……

東蘭有一位教他「英國詩選」的教授叫「木谷博士」，木谷博士本身還是一位詩人，他不但在課堂上教詩，而且還在課堂下組織了一個「詩社」，邀請一些教授和學生參加，共同研究英國詩，並且鼓勵社員寫詩，在會上誦讀，叫大家互相欣賞和批評。木谷博士還自己辦了一份文學雜誌，把社員的好詩拿到雜誌上發表。東蘭便是這詩社的一名社員，他在詩社裡是位活躍而且人緣很好的學生，不但木谷博士喜歡他，其他教授也喜歡他，他的英文詩便經常與教授們的詩一起發表在木谷博士辦的雜誌上。

東蘭常常到木谷博士的家裡走動，除了那定期在木谷博士家裡舉行的詩社活動，木谷博士本人又非常好客，他家的門經常是敞開的，歡迎任何學生來他家閒聊，或來翻閱他家裡私人圖書館的兩、三千冊的藏書。除了那看不完的書，木谷博士又收集了好幾百張RCA的古典音樂唱片，有一部大喇叭手搖發條的留聲機放在圖書館的隔間借人使用。東蘭每每把話聊盡了，把書看累了，便獨自溜進這音樂間來聽唱片，他聽過貝多芬和修伯特的所有交響曲，聽過蕭邦的鋼琴曲，比才的「卡門」歌劇和味爾第的「茶花女」歌劇，但他最最喜愛的還是那一套「世界小提琴獨奏名曲」，這都是小提琴獨奏的短曲，由鋼琴伴奏，有德孚乍克的「詼諧曲」、馬思奈的「幽思曲」、修曼的「夢幻曲」、孟德爾仲的「翼之歌」、德拉(Drdla)的「紀念曲」、貝多芬的「春之聲」、修伯特的「小夜曲」與「聖母頌」、以及格里哥的「蘇兒菲琪之歌」。這最後的「蘇兒菲琪之歌」雖然不是由人唱出，而是由小提琴奏出，但每每聽到這熟悉的旋律，那埋在記憶深處的歌辭便幽然悠揚在耳際，彷彿是人聲唱出一般：

春天不久留，秋天要離開，秋天要離開……
夏天花會枯，冬天葉要衰，冬天葉要衰……
啊！……啊！……啊！……

於是東蘭便又想起逝去的秋生，順便又想起春生，想起水生，不知不覺眼睛就慢慢模糊了……

九

在東京「早稻田大學」的幾年中，東蘭並沒有作過遠途旅行，他只隨大學裡的同學在東京附近作了幾次短程旅行，他去「鎌倉」看了大銅佛，因慕小說「金色夜叉」之名到「熱海」海岸游過泳，他爬過一次「富士山」，他到過「日光」參觀了那有名的「東照宮」和「華嚴瀧」……

因爲在波羅汶的鄉間長大，東蘭天生就喜愛大自然，嘈雜喧囂的東京市街往往令他生厭，於是他便向人買了一部舊腳踏車，每到星期例假就踩著雙輪，往市裡的公園去避喧覓涼。大學東邊的「上野公園」他最愛去，那裡有著名的「上野動物園」、「科學館」和「美術館」，也有「西鄉隆盛」那怒目噘嘴的銅像。大學東南面與「皇居」隔鄰的「日比谷公園」他也愛去，那裡梧桐蒼茂，是芥川龍之介經常來散步的地方。大學西南面的「代代木森林公園」他也愛去，這林中便是「明治神宮」，樹林都是日本全國各地移植而來的樹種，其中也有幾株台灣運來種植的阿里山大檜木……

從大學往西去兩、三小時的路程是一個叫「武藏野」的平原，這裡離東京市中心較遠，還保有濃郁的鄉村氣息，東蘭一有較長的閒暇，便踩腳踏車來武藏野的村路上漫遊，這裡可以看見成片的樹林、連綿的田野、簇簇的村舍、群群的牛馬，鳥聲旖旎，人情濃厚，也難怪當年那位日本的田園作家國木田獨步那麼愛在這鄉間徜徉，還寫了那篇膾炙人口的「武藏野」。東蘭突然記起國木田獨步的一篇淒美的短篇小說，叫「少年的悲哀」，那文章的提引很令人迴腸盪氣：

如果少年的歡樂是一首詩；那麼少年的悲哀也是一首詩。

有一天，東蘭又踩著腳踏車在武藏野的鄉間漫遊，無意間在一處特別僻靜的林邊發現了一間茅屋，這茅屋不比其他一般茅屋，雖然外表平淡無奇，但園子卻修剪得整齊可愛，一見就令人猜想這茅屋的主人必定不是一般鄉民農夫之輩，也許是退休的政壇元老，或是遁世的逍遙隱士。因爲好奇，東蘭便撇下腳踏車，步行繞著那園子的周遭徘徊巡視起來，來到那道木門前，突然瞥見一塊不醒目的木牌，用毛筆寫著：「蘆花莊」三個字，這令東蘭大大驚訝起來，難道這眞的就是「德富蘆花」的住宅？那個著過「自然與人生」和「不如歸」的鼎鼎有名的文豪之家？

東蘭一時心裡也拿不定主意，要推著腳踏車繼續前進呢？還是敲門求見這位心儀已久的文豪？即使他沒有時間與東蘭作談，但已來到他家門前，能一觀他的豐采也算不虛此行了。可是這到底是不是他想像中的那個「德富蘆花」？如果是偶然同名，敲錯門找錯了人，豈非尷尬而且又不禮貌？想著這些，他決定先把這個疑問弄個水落石出再說，於是他推著腳踏車在茅屋的附近巡迴，剛好不遠之處有一個農夫在種蘿蔔，他便擱了腳踏車，走向那農夫，見那農夫立直身子，在等他走近，東蘭便先開口問他了：

「你這位先生，後面那一間茅屋是不是德富蘆花先生的家？」東蘭說著回頭指著身後的那間茅屋。

「是啊，就是哪。」

「可是寫過『自然與人生』那位德富蘆花的家？」

「我不知道他寫過什麼，我只知道他是寫文章的，聽說很出名，常常有名人或學生來這裡拜訪他哪。」

既然有許多名人或學生來拜訪他，爲什麼他要錯過這個拜訪他的好機會呢？東蘭心裡思忖著，便謝了那農夫，又推了那腳踏車回到那茅屋，走向那道木門，提心吊膽卻又萬分興奮地敲起門來……

東蘭在木門前等了一會，沒有人出來開門，門裡悄悄地一點聲音也沒有，他開始懷疑是不是沒有人在家？爲了探個究竟，他便繞著圈子，來到後園，向園裡窺視，見那茅屋的所有門戶都緊閉著，沒有一絲空隙，這才確定人是出去了，可是他又不願空手而歸，他相信他不久會回來，他多麼渴望能見德富蘆花本人一面，跟他說一聲他很喜愛他的「自然與人生」也好。所以他又繞到園子前面，找了一株松樹，坐在樹下等待起來……

因爲無聊，東蘭便開始回憶「自然與人生」那本書裡對自然風景一幕幕精緻而剔透的描寫，然後又想起德富蘆花的另一本「蚯蚓的閒話」，在這本書裡，德富蘆花敘述他如何到莫斯科附近的「雅莊」去會見那位震撼世界的俄國大文豪托爾斯泰，由於與托爾斯泰的會晤，使他改變對人生的整個看法，爲了服膺托爾斯泰的哲學，他一回到日本，便同他的妻子退隱到這武藏野的鄉間，過著耕讀的「農夫生活」，當第一次世界大戰結束，他還爲了促進世界和平與民族之間的互相了解而寫信去給在巴黎凡爾賽宮開和平會議的英國首相喬治(Lloyd George)和美國總統威爾遜(Woodrow Wilson)，並且爲了這崇高的理想到處奔走，全力以赴。

由於德富蘆花到俄國見了托爾斯泰一面而改變了他的一生，東蘭又聯想起不知有多少個日本人曾經也像德富蘆花，長途跋涉到「雅莊」去拜謁托爾斯泰？在東蘭不久才讀到的一本英文書名叫「The Last Year of Leo Tolstoy(托翁之終年)」中，就提到過三個日本人的名字，一個叫「Konisi」，一個叫「Harada」，一個叫「Mizutaki」，是Konisi先去看托翁，然後才寫介紹信給其他兩人再去見托翁的。這是一本十分可愛十分親切的書，由一個叫「Bulgakov」的俄國大學生寫的，後者於一九一〇年初受托翁之邀，到「雅莊」去爲托翁整理文稿，從年初開始到該年年底托翁逝世爲止，私下偷偷把托翁每日所言所行一一記載下來，是最近才由俄文譯成英文出版的。

這樣漫無邊際的想著，東蘭忽然想起托爾斯泰在他逝世那一年，也曾對「台灣」說了幾句話，這些話就在「托翁之終年」這本書裡出現的，就在一九一〇年六月十三日的那一頁下，Bulgakov這樣記載著：

今天托爾斯泰很快活，很想跟大家談天，他告訴我們，他剛剛在讀庫布林的「陷坑」，可是不能終卷，把書拋棄了。

「對了！」他對我們說：「我最近在大英百科全書上查看有關台灣的資料，你們知道台灣是什麼樣子嗎？台灣是日本不久以前才佔領的一個海島。Konisi經常去台灣，他告訴過我很多島上的事情。你們想想！那島上還有吃人肉的事情！不錯！Trubetsky說得對極了，吃人肉是另一種文明的行爲，食人族宣稱他們只吃野蠻人，可是他們所謂的野蠻人是誰呢？就是住在他方、以果實充食的其他部族。」說罷，托爾斯泰又繼續告訴我們他從這日本人嘴裡聽到的許多東西。

想到這裡，東蘭深深地感歎起來，爲什麼台灣的事情不能由台灣人親自對世界上的人說？而必須由從前的荷蘭人、由過去的滿清人、由現在的日本人去對外人說呢？假如托爾斯泰對「台灣」的認識僅止於「吃人肉」與「食人族」，這是多麼令人痛心扼腕的事情啊！如果東蘭也像德富蘆花面對著托翁，他會如何向他解說呢？要從何說起呢？還是慚言愧色、無言以對呢？

東蘭始終也沒見著德富蘆花，他懷著滿肚敗興，於夜幕低垂的時候，回到東京來。

第十一章 千人大合唱

一

在「聖瑪格麗特女學」唸了兩年，丘雅信果然一考就考上那日本唯一的「東京女子醫科大學」。總共這一年考進這大學的約有一百多名，其中不少是考了幾年才考進去的，因此年紀已經不小，可是身體卻都十分粗壯。在這些學生之中，有一大部分是從日本各地的鄉下來的，這些人都缺乏像「聖瑪格麗特女學」那種特有的高貴氣質，她們都長得平庸不好看，都穿著土里土氣的鄉間棉衣，有人傳說，正因爲如此，她們才拚命用功，千方百計想擠進這難進的醫科大學，原來漂亮的女學生一畢業早就嫁了，誰也不願再把青春浪費在六、七年的苦讀上。

雅信也同其他的學生一般，抱著破釜沉舟的決心，一進大學就拚命苦讀起來，儘管都已經是婚嫁的年齡，可是誰也沒有心思把精神放在打扮和衣裝上，每個人但求衣服清潔頭髮梳齊，所以個個看來都像男孩子，她們一生懸命的唯一一件事便是：讀書，讀書，讀書，想把幾十本厚厚的大書盡可能地裝進腦袋裡，彷彿世界上除了醫科的書籍便沒有什麼了。在這樣死拚活啃的過程中，雅信有時也會突然疲倦和懈怠下來，她何必如此賣力吃苦？這時唯一能使她心寬的是——終有一天，她會變做醫生，然後回到台灣，去救濟島上那許多窮苦的病人。

這女子醫科大學的第一年課程是物理、化學、動物、植物，第二年是有機化學、微積分、德文和拉丁文。因爲「聖瑪格麗特女學」的物理與化學的先生是請自這醫科大學的教授，早已打下很好的基礎，所以上了這大學再來唸更高一級的大學物理與大學化學，根本游刃有餘，實在是十分容易的事情，其餘與物理與化學有關的科目，也因爲連帶關係，雅信也很輕鬆地唸會了。唸德文與拉丁文的主要原因是許多醫學的名辭都用這兩種語文寫的，所以才不得不唸，英文在大學裡反而不唸了。這德文與拉丁文都是日本教授教的，重要在於學會了可以直接讀德文與拉丁文的書，發音不是重要的事，由於在台灣的「淡水女學」與金姑娘學了六年英文，打下了很好的英文基礎，因此學起德文與拉丁文，當然要比其他的日本學生簡單得多，特別是與大部分的鄉下學生相較，尤其如此，那些鄉下學生，甚至從來都不曾讀過英文，也難怪一讀起德文與拉丁文，就如瞎子摸象，叫苦連天了。

這大學的第三年課程，除了組織學、細菌學和藥劑學，最重要的便是解剖學了，這解剖學不但要暗記人體幾千幾百種拉丁文的名辭，而且要面對那具令人毛髮直豎的屍體，甚而至於動刀將他剖解，與屍體互相廝守，達一兩月之久，所以雅信還沒解剖之前幾個月，已在爲這課心驚肉跳，欲避之不及了。

這一天解剖學開課的時候，那位面無表情的年輕教授帶她們一整班學生來到那門戶嚴閉的解剖室，還沒到門口，早有一股冷氣夾著福馬林的防腐劑味道沖鼻而來，讓她們不見人影已先聞死人味了。

那教授叫大家把白色的實驗衣穿上，才找了一支大鑰匙，小心翼翼把那大門啓開，於是學生們才你推我我推你，爭先恐後地走進那陰森森的解剖室，那室中有十幾座齊胸的高台，早有十幾具屍體躺在台上，用白布蓋著，卻在頭部、膝蓋、腳趾的地方凸伸上來，把那白布突兀地擎在空中，撩起了幾道弧形的縐摺，傳達出一種默默恐怖的氣息，把一百多個女學生怔得目瞪口呆，也不敢向前走近，大家擠成一堆，期望這解剖課程永遠不要開始。

但那年輕白面的教授卻無動於衷，熟練敏捷地把學生分成十來組，每組十個人，把每組領到一具屍體前面，叫她們圍屍而立，完了，又去分派另外的一組去，等每組學生都已站定在每組的屍體之前，這教授才用一種幾乎像宗教式的嚴肅口吻，立在解剖室的中央，對室內八方的學生說：

「各位同學，今天我們能有機會來學習這個人體解剖的課程，都是因爲有你們各位面前的幾位先生和女士們，把他們寶貴的身體捐獻給我們學校，以供你們實驗之用，他們這種犧牲的精神是十分偉大而且令人敬佩的，希望各位同學要好好利用這難得的機會，仔細研究，努力學習，不要浪費任何一寸皮膚或任何一條血管和神經，務必要小心翼翼，對他們的身體懷著一股愛護與敬意。」說完了這些話，教授換成另一種極端虔誠與神聖的口吻說：「各位同學，爲了表示大家對他們的敬意，請讓我們閉目靜默三分鐘。」

聽完了話，雅信便與其他女學生把頭垂下，閉目沉默下來，那閴靜沉悶得幾乎叫人窒息，而那三分鐘的時間也彷彿像三世紀那麼長，雅信忽然想起她母親在基隆碼頭臨別對她說的話，於是她開始默唸起「詩篇第二十三首」來。

靜默三分鐘之後，那解剖教授又對大家吩咐，把每十人的一大組又分成每兩人的五小組，分別解剖人體的頭部、胸部、腹部、手部與腳部，等研究見習完了，再互相交換，等五小組學習完了，再往更深一層解剖。如此，由最外的耳、鼻、眼、皮膚，而至肌肉、血管、神經，乃至腦、心臟、胸、胃，最後至全身骨骼，直到全身不剩一物爲止。

雅信與另外一位同學被分在頭部的那一組，當那白布慢慢揭開，她嚇得六神無主，一時要栽倒昏去了，那瘦乾的頭顱滿下巴半寸的黑鬍，兩隻眼睛半睜著，似乎死有餘辜，直直地瞪著雅信，雅信本來已昏了一陣，方醒了一會，又見到這副猙獰的面目，禁不住想扶著一些東西，以免昏倒在地上，卻是摸到那一大把淩亂的頭髮，忙又把手收回來，一時又驚醒了。

解剖過程中，一直薰著從那屍體口腔蒸發出來的福馬林的味道，雅信時時都要窒息不能呼吸，於是每過片刻就跑出那解剖室的大門，來到室外呼吸新鮮空氣，那室內與室外眞有天淵之別！室內是那麼陰陰森森，室外卻是綠草如茵，垂楊夾柳，百花競艷，百鳥爭鳴，她多麼希望漫無目的地徜徉在外面這充滿生命的美麗的世界！可是過不了片刻，卻又不得不拖著鉛重的步子，走回那陰冷幽深的解剖室。

一連三夜，雅信都不能像往日那樣安詳地睡覺，夜晚老是要做惡夢，而且半夜都會猛然驚醒，睜著眼睛看到任何黑暗的東西，固然可怕，一閉眼睛，那睜眼短鬍的頭顱便浮在眼前，更加可怕，她不知道這種可怕的日子要繼續多久，有時她恐懼得不能自恃，便以爲自己就要發神經了。

還好這恐懼的日子並不維持很久，不到一禮拜，這恐懼感便逐漸消失了，再過兩禮拜，由於天天與那人體相守厮磨，不但不再害怕，倒反而產生了感情，逐漸友善起來了，直到學期快終了時，爲了準備考試，雅信甚至敢於半夜無人的時候，獨自一個人來解剖室，仔細觀察研究那人體的各個部分，最後才帶著一份感謝之情，與那伴了她半年的人體無語作別。

二

「台灣總督府」爲了聯絡台灣到日本留學學生的感情，每年在東京主辦一次「夏季園遊會」，地點都選在日本公爵或伯爵的私家花園，由總督府出面邀請所有在東京附近的台灣學生來參加，讓大家聚集一堂，互相認識，閒話家常，到時總督府還派監督來慰問學生，並供應茶點來招待他們，完了還有餘興娛樂節目，讓學生同樂，因此這「夏季園遊會」無形中變成了台灣學生每年一度互通消息的「台灣同鄉會」了。

這一年夏天，雅信便收到一張「台灣總督府」邀請參加「夏季園遊會」的請帖，其實以前在「聖瑪格麗特女學」時，她就收到過同樣的帖子，只因爲那時功課太忙，沒空參加，現在既已進了「女子醫科大學」，雖然也是忙，但總沒有當時未進大學時那份緊張的心情，再者也想找機會輕鬆一下，便決定參加了。

那邀請帖子上面寫好恭請每位學生於禮拜天的早上十點，在東京火車站集合，到時總督府會派專車到火車站去接送，於是這個禮拜天早晨，雅信便換了一件乾淨的學生服，獨自一個人搭上地下電車，往東京火車站來。

當雅信來到火車站大廊，那裡早已經有不少穿制服的台灣男學生，東一簇，西一堆，在用日本話交談著，只是不見一個女學生，使雅信無端感到十分孤獨。突然雅信聽見有人在喊她的名字，她急遽轉頭回看時，才發現喊她的正是江東蘭！

「信樣，你今天也來參加『園遊會』嗎？」江東蘭興奮不迭用日本話說。

「是啊，江樣，你也來參加吧？你幾時來東京的？好多年不見了。」雅信也十分高興地說，臉突然緋紅了起來。

「我已經不在神戶唸書了，我轉來東京的『早稻田大學』唸英語，已經在東京好幾年了，今天才又見到你，聽說你在『女子醫科大學』唸得很好，可不是嗎？」東蘭說。

「你怎麼會知道？」雅信迷惑地說，把頭歪向一邊，以加強她的問號。

「這東京一百多個台灣留學生，只有兩、三個女學生，怎麼會不知道？大家都這麼傳說，也就不得不知道了。」

東蘭說著的時候，已經從他的身後圍來兩位男學生，他們的制服都與東蘭一模一樣，一個長得英俊條朗，十分緣投❶，另一個長得清癯消瘦，兩眼卻炯炯發光。雅信見他們兩人走近來，便咬住嘴唇，臉更加緋紅起來，這時東蘭才發覺他們，便趁勢把他們介紹給雅信，對她說：

「這位是林仲秋先生，」東蘭指著那英俊的人說：「他是讀電機的，是我『早稻田大學』的同學。而這位是彭英先生，」東蘭指著另一位清癯的人說：「他是讀法律的，也是我『早稻田大學』的同學。」最後東蘭反指著雅信說：「而這位是丘雅信……我想你們兩位早就聽過了。」

林仲秋與彭英在東蘭介紹的時候，都先後向雅信點頭了，而雅信也都一一禮貌地回禮了，她發覺他們都很想跟她談話，特別是林仲秋，他幾乎搶盡了機會，問她長問她短，一雙目光緊緊攫住她的臉不放，害得她羞赧地把頭轉向別處去。

有三部巴士來東京火車站，把在站前集合的台灣留學生載到東京北郊「寺內伯爵」的私人花園，才下車，早已看見「台灣總督府」特派的監督，穿著整齊的官服，戴著環金條的官帽，站在花園門口，笑迎台灣留學生，而這些留學生也一一跟那監督鞠躬謝禮，然後走進花園。才進花園不到幾步，便在一座長春藤的涼棚下，看見一位氣宇軒昂滿面紅光的八十歲老人，他皓髮白髭，和式禮服，手把摺扇，坐在一隻藤椅上歡迎留學生，椅後立著兩位警衛，挺胸木立，肅然生畏，每位留學生見了，便猜著這便是花園主人寺內伯爵了，大家對他行了最敬禮，而伯爵也點頭答禮。走離了一段距離，留學生才敢交頭接耳，互傳這位寺內伯爵的歷史，雅信也是在這耳語之中，才得知原來這寺內伯爵是當年

❶緣投：台語，音(ian-tau)，意(男子美貌之形容詞)。

與伊藤博文、大久保利通、陸奧宗光齊名的「明治維新」的重臣，他曾到過英國留學，參與編纂過「日本大憲法」，後來當過兩任「司法大臣」，老年退休，在家裡編修「明治天皇御治勳績」。

那私人花園實在夠幽雅恬靜的了，雅信一個人沿著鋪石曲徑漫遊著，希望能遇見那唯有的兩、三個台灣女學生，可是到處只見零散的男學生，始終也見不到一個女人的影子，這頗令她失望，但也只得繼續漫步……她忽然聽見有人用台灣話在身後輕叫：

「緊來看！緊來看！彼就是雅信啦！」

「什麼雅信？」

「莊腳人！連丘雅信你也不知？就是彼個讀醫生的啊。」

雅信回身去看，發現在一株古松下有三、四個陌生的男學生在注視她，她不覺靦覥，把頭垂下，又繼續漫開了步。

所有花園裡的人都是陌生的，只有園裡的樹木不陌生，因爲它們都對她笑顏相迎，也不用特異的眼光來凝視她，使她忐忑，令她不安，於是她就避開眾人集聚的地方，愈往花園的幽僻處去。沿著那蜿蜒曲徑，她欣賞著夾道的杜鵑和傲空的櫻枝，走過那朱欄木橋，有流水從橋拱下流過，上流處一道小瀑，潺潺淨淙著，曲徑的盡頭豁然出現一塘水池，池的一邊漂浮著十來朵睡蓮，浮萍似的圓葉下悠遊著幾群鯉魚，有紅的、有白的、有黑的，更有三色交雜的，數也數不清，在那池心卻是空蕩蕩的，只見陣陣吹縐的漣漪打著一顆露水的大花石，石上立著一尊白瓷觀音，清逸，脫俗，既可愛又莊嚴的樣子……

才在一棵銀杏樹下繞了個彎，雅信突然聽見幾句耳熟的聲音從更深的園落飄了過來，於是她便向前尋覓，撥開了遮面的柳葉，她望見江東蘭、林仲秋和彭英，坐在一片空出的小草地上閒聊，旁邊還坐著幾個陌生的男學生，她正想轉身走回原路，卻被他們瞥見了，於是林仲秋便跑來將她攔住，也邀她到他們的草地上坐下來談話，雅信拗不過他，只好羞怯地跟著去，不敢坐，只立著，任由林仲秋把她與其他陌生的四個男學生介紹了。

「丘雅信，您老爸早前敢不是在艋舺做牧師？」那個叫「關馬西」的學生用台灣話說，他在「日本聖書神學校」讀書，準備畢業後回台灣去做牧師。

雅信看看關馬西，看這位未來的牧師，卻看不出有任何做牧師的扮兒，因爲他頭髮亂如鳥巢，制服鈕扣掉了兩顆，褲管一隻還塞在襪裡，說話口沫橫飛，而且舉態粗魯，唯一合乎牧師資格的是一張笑顏常開的彌勒佛臉，和一顆隨時都準備幫人的好心。雅信微笑地回答：

「合哪❷，但是伊都過身ㄚ，阿你哪會知影？」

「天地小小啊，去到嘟也遇著熟識人，敢不是？」關馬西說，又濺了一嘴口沫：「其實阮老爸也是牧師，伊在大龍峒做牧師，台北哪有幾個牧師？大家互相講起，自然就知。」

「您老爸在大龍峒做牧師？是不是原來高牧師彼間禮拜堂？」雅信問道。

「是啊！是啊！阮老爸就是接高牧師的缺，阿伊高牧師都沒做牧師ㄚ，規心去買園種土豆……但是你哪會訊高牧師？」關馬西反問道，一邊搔起肚子，從學生制服的衣角露出了一截白皙的肚皮。

雅信不覺臉紅了起來，垂了一會兒頭，終於開口回答說：

「伊高牧師曾來阮艋舺禮拜堂做代理牧師，彼陣我猶眞細漢，伊加我遐去大龍峒欲做新婦仔，將來才佮伊的大孝生做頭對……」

---

❷合哪：台語，音(hä-na)，意(對啊，是啊)。

「是啊！是啊！伊叫做『高天來』啊，我也訃伊。」關馬西打斷雅信說：「阿後來咧？您敢有做頭對？」

「沒啊，我見擺❸去大龍峒，見擺都偷走轉來。」雅信帶著紅暈怯怯地說。

大家都笑了，特別是林仲秋，更開懷大笑，笑得前俯後仰起來。

本來在丘雅信沒闖進這群男學生之前，這裡正進行著一個有趣的話題，但由於關馬西與雅信一打岔，大家的注意力暫時都被雅信吸引去了，既然關馬西與雅信的交談已告了一個段落，於是便有一個叫「紀家寶」的學生又重拾原來的話題。這個紀家寶長得矮小武頓，方臉圓鼻，配著一雙細瞇的眼睛，說話像鴨嬰，彷彿還不曾完全變聲似地，他才來東京半年，這還是初次與台灣同學接觸，既好奇，又驚心，大家有點嫌他無知，卻又不得不耐心為他詳細解釋。他用台灣話說：

「您復講一遍，抵才您在講『六三法』，彼到底是什麼？」

「連這你也不知？就是日本佔領倆台灣的第二年，在日本國會發佈的第六十三號法律的意思。」一個叫「謝培火」的學生說，這人有個凸出的下巴，深鎖的眉毛上早有了三道沉思的縐紋，他本來在台灣當公學校的教員，幾年前當日本的自由思想家「板垣退助」來台灣與「林獻堂」共創「同化會」，他因為替他們兩人當翻譯而被上司免職，於是林獻堂才出資讓他來「東京高等師範學校」留學。

「阿這『六三法』的內容是列講什麼？」紀家寶又問。

「這『六三法』攏總有六條，」讀法律的彭英代替謝培火回答：「大約是講日本總理大臣任命的

---

❸見擺：台語，意（每次，每回）。

台灣總督，有權利制定實施佮法律同等效力的行政命令，而且會使隨便任命佮免職台灣法院的司法官。」

「就是講，將台灣島上的立法、司法、行政三種權利捋在台灣總督一個人的手中，對倩台灣人，欲刣就刣，欲割就割，欲煎就煎，欲炒就炒。」謝培火補充道。

「安倪講起來，這台灣總督不𣍐輸專制的獨裁者？」一個叫「許文達」的學生憤慨地說，他熊肩虎背，皮膚黧黑，咬著堅定的嘴唇，握著有力的拳頭，他是「日本航空技術學校」的高材生，雖不是善於思想的人，卻是勇於行動的人。

「是啊，所以不才有人叫台灣總督是『台灣皇帝』。」謝培火冷笑地說。

「阿這『六三法』敢對倩台灣人有什麼實際上的影響？」紀家寶又問道。

「哪會沒？」彭英跳起來，有點不耐煩地說：「就是根據這『六三法』，當初彼個兒玉總督不才公佈彼恐怖的『匪徒刑罰令』。」

「匪徒本來就愛受刑罰的啊，這每個國家攏也是安倪，啥人叫伊欲做匪徒？」紀家寶理直氣壯地說。

「但是兒玉總督所講的『匪徒』是什麼你敢知？」彭英逼向紀家寶面前問道。

紀家寶細瞇的眼睛頓然張大起來，搖了搖頭……

「就是——不論目的如何，凡是糾結徒眾，圖以暴力或者脅迫達其目的者，攏叫做『匪徒』。一句話，任何用行動來表示反對伊日本官廳的人攏是『匪徒』。」彭英說。

「您做您講啦，您做您講啦，彼『匪徒刑罰令』的內容是什麼？敢有親像您講的彼倪㚏？」紀家寶說。

「全部內容我是𣍐記得，」彭英說：「但是大約的內容是安倪：

一、匪徒之首領佮教唆者處死刑。

二、匪徒之謀劃佮指揮者處死刑。

三、抵抗官廳佮軍隊者處死刑。

四、放火燒厝、船隻、山林、火車佮橋樑者處死刑。

五、毀壞交通標誌致使危險者處死刑。

六、毀壞電報電話者處死刑。

七、殺人或者強姦者處死刑。

八、搶劫他人財物者處死刑。」

彭英一口氣把話說完，全場闃然無聲，紀家寶也一時找不到話好問了，於是謝培火便來收拾場面，他作結論地說：

「您看！世界上嘟一個文明國家的法律有即倪殘的？連日本𪜶本土的法律也沒即倪殘，孤孤台灣島上的法律才即倪殘。」

卻沒想到這話才說完，紀家寶又得了靈感，又補了一句：

「可能是𪜶日本人開始統治台灣的時陣，為了鎮壓台灣才著用即倪嚴的法律。」

「但是，『紀樣』！」謝培火故意用日本話譏諷地叫紀家寶，然後繼續用台灣話說：「這『六三法』當初開始實施的時陣，倆『台灣總督』孤講欲實施三年，三年了後就失效，但是實施到現此時已經幾年丫？二十外年丫，不但沒失效，復繼續在用，而且愈來愈有效咧！」

「敢不是有人向即馬即個田總督提議廢除『六三法』？」坐在一旁一直不曾開口的林仲秋問道。

「是啊，但是您知影伊田總督安怎回答？伊回答講：『就目前台灣的實際情形來看，台灣猶未達到廢除六三法的階段。』」謝培火說，他額上的三條縐紋更見加深了。

「唉呀！這攏加講的啦！」許文達不耐煩地說，脖子的血管明顯地粗了起來：「𣍐輸一條索仔綁在一個奴隸的頷頸仔，若不是彼個奴隸想辦法將索仔絞斷，世界上哪有嘟一個好主人會主動去加伊脫開咧？總講一句，也是著愛倚台灣人家己採取行動，想辦法脫開才是頭路啦！」

許文達把話用力說完，也同時把「六三法」的話題亂麻一斬，其他的人再也找不到任何話好說了，於是大家陷入一段長久的沉默之中。坐在角落的江東蘭，在別人議論的時候，始終也沒有開口，他像初生之犢遇到春雷，震昏得連頭都抬不起來，腦裡百感交集，內心如長江沸騰，不能言語。至於丘雅信，她以單身的女孩，參在男人堆裡，本來就不十分自在，現在又聽他們在談論政治，於是她母親叫她「不通插政治」和「不通反對官廳」的話又在耳邊響起，她一直就想找個藉口離開他們，只是他們在激烈爭論之際，又不好意思遽而走開，可是她一直心不在焉，耳聽在裡面，眼卻看在外面。

驀然，有一位打扮富麗的中年婦人和一個十八、九歲高等學校的男學生在幽徑的盡頭出現，他們兩人雖是並肩而行，卻是默默不發一言，只見那婦人同那學生不是用口卻是比手劃腳在互通信息……雅信心裡卜然跳了起來，她霍地自草地立起，對大家說：

「面前來一個查某人，我想欲來去佮伊講話。」

說罷便對著那婦人走去，那婦人大概也是找不到其他女人，見到雅信來，喜出望外，忙走過來，拉住她的雙手，興高彩烈地說：

「啊，你這查某囝仔，來得誠抵仔好，我都才想欲找一個通譯咧……」然後轉向那紅著臉害羞的高等學生對雅信說：「這啦，這就是阮子啦，自伊七歲我就加伊送來日本讀書，讀到即當今十九歲丫，想講眞久沒見面，才坐船由台灣來日本看伊，來到地想講欲佮伊講話，講什麼伊台灣話攏𣍐曉丫，孤會曉講日本話啦，阿我日本話復沒學，也𣍐曉得，結果講來講去攏𣍐通，只有是用手比，但是倆也不是啞狗❹仔啦，一時欲比，哪比有路來？結果比規日丫啦，猶比不知是芋仔抑是蕃薯，實在眞害！都才欲找一個通譯，也訓台灣話，也訓日本話，上好是查某人……啊，你來得誠抵仔好，抵仔好拜託你來做阮母仔子的通譯，你若轉來台灣，我才大大加你感謝！」

因爲急於離開那堆男學生，雅信也樂得走在他們母子的中間，用日本話把那母親的意思譯給那兒子聽，再用台灣話把那兒子的意思譯給那母親聽，就這樣一邊翻譯一邊散步，一個上午的時間也就不知不覺流逝過去了。

近午的時候，那台灣總督府的監督便派人到花園的每個角落，催促三五成群散在各處的留學生往那水池前的一片小石廣場集合，等雅信和那母子兩人到達時，那場地已擺了許多臨時搭成的摺桌摺椅，早有留學生一簇一簇地圍桌吃起總督府供應的紙盒便當，那高等學校的學生看見了他的一堆同學，便偎了過去，隨後那中年婦人也隨著她兒子坐到那堆學生的桌子，雅信正在東望西望，不知坐到哪個桌子較好，卻見林仲秋不知從人群的哪裡奔了出來，把雅信拉到他的桌子去，圍住那桌子的，除了林仲秋，差不多就是剛才那原班人馬，有江東蘭、彭英、謝培火、許文達、關馬西，只不見了紀家寶，他不知跑到哪堆人去了……雅信發現每個人的面前都已放了一個便當，只是沒見開封，彷彿在等什麼人似地，才這麼想著，關馬西早不知從別的哪個桌子搬了一張椅子來讓雅信坐，而林仲秋也在同時，跑去向監督要來了另一個便當，放在雅信的面前，大家在謝培火的一個手勢下，正想伸手去解開

❹啞狗：台語，音(e-kau)，意(啞巴)。

便當，卻不料關馬西伸出雙手，示意叫大家靜止一下，對同桌的人笑盈盈地說：

「稍等，稍等，大家欲吃進前，倆來做一個短短仔的祈禱好否？」

雅信首先贊同，其他大部份人不置可否，似乎祈禱不祈禱都無所謂，只有彭英一個人縐起眉頭，幾乎要開口拒絕了，但看有人贊成，而其他人又不反對，也只好將就大家，不表意見了。關馬西看看大家已準備就緒了，便獨自一個人低下頭來，開始祈禱：

「倆在天頂的父，主耶穌基督，感謝祢今仔日，會得通給阮大家在即個花園做夥，親像兄弟姐妹一款，互相講話，互相疼痛，做陣在仝一塊桌頂吃飯，這攏是祢千年的恩，萬年的典，阮大家眞心眞意感謝祢。」關馬西清了清喉嚨，大家以爲這祈禱已經完了，卻不料他又深吸一口大氣，繼續祈禱下去：「主耶穌基督，阮大家攏是流浪在外的留學生，請祢著來保庇阮每個人日常生活平安無事，在宿舍住食平安無事，在街路行路平安無事，在學校考試平安無事。不但保庇阮每個在外的人，也請祢保庇阮每個人在台灣的父母兄弟姐妹平安無事，快樂過日。最後望祢伸出長手，救阮脫出即個罪惡之中，給在座的人人懺悔，承認伊的罪，以後通歸心信主。我所有的祈禱，是奉主耶穌的名。阿門！」

不但桌上的每個人，即使雅信也覺得這祈禱過長，扯得也過遠了，儘管如此鬱在心裡，但便當一解開，聞到那股芳香的飯味，大家也就即刻把它忘記了，只有彭英一個人，一直耿耿於心，始終也不能忘懷，吃飯之際，又聽見關馬西滴滴答答的嚼飯聲，有時聽到笑話還禁不住噴了一桌子飯，他就更加嫌惡了。

下午有一個餘興節目，由在場的主人與客人自動出來表演，那個總督府的監督先自告奮勇出來唱一條日本民謠，而寺內伯爵也不服老，用白巾往頭上一綁，揮著那把摺扇，跳起日本舞。接著台灣學生也一個個出來表演，有講台灣故事的、有說台灣笑話的、有變魔術、有唱台灣民謠，其中林仲秋還受了彭英的慫恿，走到寺內伯爵和總督府監督的面前，用台灣話唱了台灣著名的「哭調仔」：

三更半暝天落雨，噯唷喂；單身鬱卒心悲酸，噯唷喂……
睏到暝尾冷奇奇，噯唷喂；滿腹憂愁無地解，噯唷喂……
目灑流入深腹內，噯唷喂；身軀礙虐❺睏膾去，噯唷喂……
心肝若像垈石頭，噯唷喂；不時哀怨在心內，噯唷喂……

林仲秋那麼認眞地唱，唱出了全身的感情，竟然淌出了眼淚，其他在座的台灣學生也都被那哭調所動，也紛紛拿出手帕來拭淚，至於雅信就更不必說了。

坐在最前排一張藤椅的寺內伯爵一直不解歌詞的內容，便問坐在他旁邊的謝培火說：

「那位學生的歌辭裡，一再出現『噯唷喂』『噯唷喂』，不知『噯唷喂』在你們台灣話裡是什麼意思？」

「『噯唷喂』是我們台灣人受到極端痛苦卻又無處訴苦時所發出的哀號呻吟的聲音，伯爵閣下。」謝培火彬彬有禮地回答。

三

丘雅信離台灣來日本已經好幾年了，她的母親許秀英在台灣一直放心不下，特別又老聽見厝邊隔

❺礙虐：台語，音(ngai-ngio)，意(身體不舒適)。

壁的三姑六婆說「孤單查某囝仔出外去，早慢會佮人大腹肚生子轉來」的閒言閒語，早就下定決心要來日本看她女兒一下，看看她的學校狀況、生活起居以及一些交往的朋友等等。可是儘管心繫日本的大女兒，一旦決定要上日本來，那台灣的二女兒丘雅足可又放心不下了，原來這時雅足正在台北唸「第三高女」，每天早晚都回到艋舺的家裡與秀英同食同宿，一時把她放在台灣看怎麼辦才好？想來想去也想不出辦法來，剛好這個月前，雅足回來說她同班的一個台中來的同學生病休學回去了，學校的學生宿舍空出一個床位，幾個住宿舍的同學慫恿她去同住，可以享盡住宿學校與同學朝夕相處的快樂，她已去問了舍監，舍監也答應了，只要秀英說好，她便可以搬進去住，於是她便來問秀英，秀英也不十分捨得，但想想自己能趁此往日本來，說不定跟大女兒在日本住上一年半載，既然二女兒能有所託，也就答應了她，讓她搬進第三高女的宿舍，從這天開始，她便準備行裝，託人買船票，又叫教會的牧師之輩爲她安排行程，一心計劃到日本來看雅信了。

雅信收到她母親的來信是她要來日本前三個禮拜的事，信裡說她要跟隨一個已在日本唸了兩年書的台灣學生來，這人是回台灣度假的，因此旅途上的一切大小問題他都能爲她解決，這令雅信十分放心。其次的問題是她母親來時的住宿問題，因爲她此時住在女子醫科大學的宿舍裡，不容許母親住在裡面，必須在外租賃房間，但又不知她來時要住多久，因爲這房間租期長短不定，而且又得離大學不遠，想來想去，又想到幾年前她剛來東京時住過的YWCA的旅社，那裡有麥姑娘當主管，又有河井道子當助手，這兩人雅信都認識，而且經常有來往，把母親託在那裡，是十分叫她信任得過的。主意既已打定，雅信便開始計劃母親來後要如何帶她去逛街旅行的事了。

許秀英要來的那一天，雅信提早兩個鐘頭到東京火車站來等，她等了快一個鐘頭之後，忽然有一個學生模樣的人對著她走近來，這人歪戴著帽子，邁著散形的步子，老遠就在對她揮手微笑了，雅信正不知道這行止不揚的學生是誰，等他走近，才發覺原來是那個唸神學校的關馬西！

「你也來即丫等人？」雅信驚訝地問他說。

「是啊。」關馬西笑著回答，伸手進去帽子裡面去抓頭髮。

「你是列等什麼人？」

「哪有等什麼人，等您老母啊。」

「等阮老母？你哪會知影阮老母欲來日本？」雅信張著兩隻大眼睛問。

「阿都阮老爸寫批來通知我，講您老母欲來，叫我著愛照顧伊，著遛伊去附近的禮拜堂做禮拜啊。」關馬西說著，又笑了，露出一排沒刷的黃牙來。

他們兩人開始望著那火車旅客的出口，雅信時時去看她腕上的手錶，一邊卻不得不聽關馬西對她絮絮的說話……

「你敢知影？雅信，彼林的對你眞有意思哦！」關馬西故作神秘的說。

「嘟一個林的？」

「你也不知？彼林仔仲秋啊，你敢感覺𣍐出來？」

雅信臉紅了起來，低頭去看錶，抬頭又去望那旅客出口，不去理會關馬西，可是關馬西卻繼續說下去：

「彼日你走了後，伊就一直問江東蘭眞多關於你的代誌，江東蘭才加伊講，其實伊也訆你沒外多，孤知影你在『女子醫科大學』讀書而而，伊林的就問講欲安怎去找你？我才加伊講，彼不較簡單，去大學的宿舍，問彼門口顧門的，講有代誌欲找你，叫一個小使仔去叫你，你就會出來啊。」

「你哪會彼倪雞婆❻?」雅信縐起眉頭說。

「我哪是雞婆?我是好心好意列幫助人啊。」關馬西說，又露出他那特有的彌勒佛的笑容：「雅信，眞的哦，彼林的對你眞有意思哦!」

因爲雅信不想答腔，他們也就不再說話了，只專心一意去望那出口的人群，終於許秀英在那出口處出現了，她穿著一襲黑緞子滾水波花的大褂衫與百襉裙，梳一頭烏亮的「龜仔頭」，龜髻上插一支牛角梳和兩根玉髮簪，她拄一支枴杖，踩一雙繡花金蓮，由身邊的一位學生攙著，一扭一扭地向前走來，雅信見著，早迎了過去，說一聲「阿娘!」兩個母女便抱在一起，枴杖也墜到地上去了。

隨後，秀英把雅信從頭到腳摸了一遍，叫了起來：

「噯喲!阿你哪會即倪瘦?是沒物件通吃是否?阿你幾時掛目鏡?看兩蕊彼倪美的目睭掛一下煞沒了了去!」

雅信只笑而不答，兩隻眼睛在銀框近視鏡片裡面一閃一閃霎動著，這時，站在雅信後面的關馬西趁機迎了上去，先笑嘻嘻地給秀英點幾下頭，一個敏捷的欠身，把那枴杖自地上拾起，遞還給秀英，笑道：

「歐巴桑，你旅行會倦❼膾?」

秀英眼睛瞪得像兩隻去皮的龍眼，歪著頭輕聲對雅信耳語說：

「這啥人?敢您朋友?」

---

❻雞婆：台語，意(多管閒事)。
❼倦：台語，音(sien)，意(累)。

這話雖低，但關馬西卻聽到了，忙自我介紹起來：

「我姓關啦，關馬西就是我，是大龍峒禮拜堂關牧師的子，阮老爸有寫批來，叫我著愛照顧你歐巴桑，著愛邇你去參加即ㄚ禮拜堂的禮拜，嘻，嘻，嘻……」

「哦，哦，」秀英這才放心地點頭說：「關牧師是您老爸哦？伊實在是一位足感心的牧師，即回欲來日本找阮查某子，受伊的幫忙實在真多真多。」

那帶秀英來東京的留學生向大家示意，要到行李間去領行李，大家正想伐步走去，關馬西卻伸手制止大家，對他們說：

「稍等，稍等，歐巴桑今日會得通平安來到東京，這是真恭禧的代誌，倆來做一個祈禱好否？短短仔就好？」

秀英心裡只是歡喜，當然沒有反對，雅信見母親高興也就隨和了，但那學生卻臭起臉來，可是又無可奈何，卻見關馬西早雙手合握往胸口一放，便唸唸有辭地祈禱起來：

「倆在天頂的父，主耶穌基督，感謝祢給歐巴桑平安來到這東京的所在，感謝祢給伊歐巴桑佮伊的查某子雅信兩人歡喜相會，感謝祢……」

「你們站在這裡不走在做什麼？」一個粗魯的聲音用日語厲聲地說。

關馬西的祈禱猝然中斷了，他張開了眼睛，原來是一位車站裡的巡邏警察，關馬西於是不慌不忙地用日語回答他：

「我們在做祈禱，警察先生……」

「在做祈禱？在這麼多人行走的地方做祈禱？」

「是……警察先生。」

「也不到較清靜沒有人的地方去做？」

「請問警察先生，這……這……附近的哪裡可以找到較清靜沒有人的地方？」

被關馬西這一問，那巡警突然變得啞口無言起來，於是搖搖頭，摸摸下巴，縐著眉頭說：

「好，好，要做祈禱只管做，但要做快一點，這裡人很多。」

眼看那巡警走遠，關馬西又恢復原來虔誠的態度，招呼大家說：

「來，來，倆復來繼續抵才做猶未完的祈禱……倆在天頂的父，主耶穌基督，感謝祢給歐巴桑會得通來這東京的大都會，給我會得通得著即倪好的機會，通照顧伊，通趣伊去禮拜堂做禮拜……因爲這火車站人眞多，𣍐得通給我講出全心的歡喜佮感謝，孤講這短短仔的幾句話，望祢來原諒阮，我所有的祈禱，是奉主耶穌基督的名，阿門。」

聽見秀英和雅信也隨口說完了「阿門」之後，關馬西才喜笑顏開，隨著那學生走向行李間去。

領得了行李，那學生便跟秀英分手，在他走之前，秀英又向他千謝萬謝了一番，才跟著雅信走，一路上，都由關馬西提行李，由他領路，由他在秀英的另一邊攙扶她，令她高興到了極點。因爲秀英纏小腳走路不方便，又加上偌大的一件行李，不能坐地下電車，關馬西於是去攔了一部計程的「黑頭仔車」，吩咐駛向YWCA的旅社去，在車裡，秀英母女自是又說了許多台灣的家常，有一回關馬西便插嘴道：

「歐巴桑，即回來日本欲住外久？」

「看覓……看住會落去抑𣍐？若住會慣習，一年半載也沒可定。」

「欲住就住較久咧，有查某子在身軀邊，復有朋友通開講，哪著彼倪緊轉去？嘻，嘻，嘻……」

來到YWCA的旅社，雅信先把她的母親帶去與麥姑娘和河井道子見了面，然後才跟著女中來到她們的隔間，關馬西提著行李也跟著進去，一等雅信把那紙門關好，關馬西也把行李放置妥當，他便逕自在他他米上坐下來休息，與秀英又閒聊起來，從大龍峒的教會聊到艋舺的教會，最後聊到雅信的身上來……

「歐巴桑，你實在眞勢生，生到一個查某子親像雅信即款，又即倪美，又即倪聰明，即倪勢讀書，讀到直欲❽做醫生……」關馬西打趣地說，一邊搔他的肚子，讓他的肚臍溜出來跟人擠眉弄眼。

「伊實在是死沒去，我生伊生三日，生到眞肝苦，都決心欲加伊捏捏死，好家在伊彼對目睭，又復加你哭一聲外大聲咧，害你手軟捏𣍐落去。」秀英說著，瞇瞇地笑了。

「歐巴桑，你敢猶有別個查某子？」

「有啊，哪會沒？」

「有幾個？」

「哪有幾個？總共兩個就眞夠額囉。」

「阿另外一個咧？」

「在台灣啦，即馬列讀第三高女，本來我也𣍐得來，伊都最近去住校舍，我不才會得來。」

秀英一邊說著，一邊從懷裡的小皮包拿了幾張摺縐的照片，其中有雅信的，也有雅足的，便將雅足的照片遞給關馬西，關馬西望了一會，叫了起來：

「噯唷，阿偲小妹哪會佮大姐攏沒像款？」

「你是不是講阮雅信面仔笑裂裂，阿偲小妹面臭面臭？」

---

❽直欲：台語，音(ti-beh)，意(差不多要)。

關馬西不敢回答，但也不便說不是……

「我也不知影，」秀英自動地說：「平平是仝腹肚趴出來的，哪會知影面仔會彼倪沒像款？我所知影的是——我有雅信的時，心情眞歡喜；但是有偲小妹的時，心內眞受氣，可能是彼陣仔定定佮偲老爸冤家的關係。」

本來雅信一直靜靜地立在旁邊聽她母親與關馬西對答，聽了她母親這最後一句話，她忍不住插嘴道：

「我有讀過遺傳學，老母的心情會影響胎兒的性情，這就是胎教的原理。」

「彼俑哪會知？古早時代哪有什麼遺傳學即偌物件，若知影俑早就……」

秀英想說卻又停止不說了，她自己先笑了起來，跟著雅信與關馬西也笑了，三個人咯咯地笑成了一團……

關馬西離開之前，跟秀英約好禮拜日早上來YWCA的旅社帶她去禮拜堂做禮拜，他摺一摺褲帶，戴上學生帽子，打開紙門，已經跨出隔間了，又返身回來，說道：

「歐巴桑，到禮拜日彼日，著復幾若日才會得通鬥陣祈禱，我想欲走進前，俑復來做一個祈禱好否？」

「敢著？……都沒幾日就欲復鬥陣做禮拜丫。」秀英說，有些遲疑的樣子。

「沒要緊啦？嘜？短短仔就好！」關馬西說，便逕自雙手一合，垂下頭來：「俑在天頂的父，主耶穌基督……」

這一晚秀英與雅信又繼續聊天，足足聊了一個通宵，等天快破曉的時候秀英才告訴雅信說該睡了，於是雅信便去壁櫥裡拿來棉被舖在他他米上，又準備去拿枕頭下來，秀英見了，便有些詫異，問道：

「阿房間咧？」

「即間就是房間。」雅信慢吞吞地回答。

「阿否也有眠床，眠床咧？」

「這東京除起足貴足貴的大旅館以外，攏也沒眠床，大家攏也睏在他他米頂。」

「你是講睏在這土腳⑨是否？」

雅信默默頷首……

「什麼？你叫我睏列土腳？在倆台灣，較散⑩的也有豬砧抑是椅條通睏，也免睏列土腳，你誠實欲叫我睏列土腳？」

從來到東京的第一夜開始，許秀英便感到不習慣，但過了幾天，不但不習慣，而且更感到痛苦了。首先是吃的痛苦，整天只隨著日本人吃甜的浸漬物和清淡的味噌湯，也吃不到參有破布子的燉豬肉和油香的排骨湯了。住的更是痛苦，每晚睡在「地上」固不必說了，沒有私人澡堂洗澡也不必說了，就是「房間」也沒內外之隔，沒有鎖，沒有門，只要紙門一開，就四通八達，好幾次秀英便開錯了紙門走進別人的「房間」，尷尬得地都想要鑽進去。

其次是穿的痛苦，從來一生秀英穿的便是大裀衫與褲子，只是出門時才換裙子，但上身仍然是大裀衫，來到東京，女人不是和服就是洋裝，因此她這一身裝飾就變成了奇裝異服，處處引人注目了，

⑨土腳：台語，音(tho-kha)，意(地上)。
⑩散：台語，音(san)，意(窮)。

特別她又纏了那雙三寸金蓮，去到哪裡都引來了一大群圍觀的人，如果只圍觀也好，有一回雅信帶她到「銀座」去逛街，在「三越百貨店」的電梯口人圍得水洩不通，其中還聽見有個女人在對她的兒子說：「看哪！這就是清國奴，看哪！這就是清國奴……」秀英問雅信那女人在說什麼，雅信不敢回答她，只低著頭快快地把她帶回YWCA的旅社來。

因爲雅信還得到大學去上課，不能整天陪伴她母親，於是她便到「貧民窟」那裡僱了一位女人來照顧她母親，幫她一些家事，供她使喚，這女人白天一早就來，傍晚才回去，雅信在時，就由雅信同她說日本話，雅信不在時，便由秀英直接跟她用手比劃表達心意了。

這女傭謙卑多禮，任何時候跟她說一句話，她便「哈咿！」一聲，跪在他他米上，雙手交疊，向你磕頭；比一比手叫她做什麼，她也「哈咿！」一聲，跪在他他米上，雙手交疊，又向你磕頭。這樣禮多人怪，每每弄得秀英歹勢，不知如何是好。

有一天，桌上放著半杯吃剩的牛奶，秀英正與雅信話家常，因爲一時興起，秀英竟然一揮手把那杯子撥倒在地上，潑了半他他米的牛奶，雅信便去喊那女傭來拭乾牛奶，卻不料那女傭不但不去拿抹布，反而一個劍步，趴在他他米，吸吮起他他米上狼藉四濺的牛奶來，看得秀英萬分驚訝，搖頭歎息起來：

「唉呀，人講日本人親像狗，牛奶潑落土腳也趴咧列嘗……」

「阿娘，你不通安倪講，其實倆台灣散的也有，是倆沒看著而而。」雅信說。

「復較散也沒散到趴列土腳嘗牛奶，唉呀，實在也眞可憐啦，不如彼規矸的牛奶攏給伊飲哦……」秀英說罷，便把那整瓶牛奶拿給那女傭喝了。

儘管有雅信日夜作伴，每逢禮拜日又有關馬西來帶她上教堂做禮拜，秀英仍然無法在東京住下去，才住了三個禮拜，便喊著要回台灣去，經雅信百般哄她，說還有好多地方她沒有去玩，等玩過了再回去，她仍然堅持要回台灣去，說她罪已經受夠了，其實她來日本看雅信已夠，何必再看其他？鬧得雞犬不寧，使雅信也不能安心唸書，最後雅信終於同意讓她回台灣，只是稍等時日，等看看有哪個學生要回台灣，趁便帶她母親回去，可是秀英卻等不及，說沒有人帶，她自己也懂得如何回去，弄得雅信沒法，才向學校請假，陪她母親坐火車至神戶，到了神戶再把她送上船，讓她自己回台灣去。

秀英離開東京的這一天，關馬西又來送行，他照例又熱忱地替秀英提行李，攙著她行路，在YWCA旅社到東京火車站的黑頭仔車裡，關馬西笑盈盈地問秀英說：

「歐巴桑，歐巴桑，你本來敢不是講欲住一年半載？哪會住沒一個月就欲轉去丫？」

「住一年半載？聽嘛聽沒，若臭耳咧；講嘛講沒，若啞狗咧；睏嘛睏列土腳，若乞食咧；住嘛膾輸監獄，若犯人咧；欲出門嘛摸沒路，膾輸『觀音疊座，欲徙位著人抱』咧……唉呀，眞肝苦！眞肝苦！我直欲起猜丫！免講一年半載，復住列一個半月，我轉來台灣著來去入松山的猜病院丫。」

秀英側著頭憤憤地對關馬西說，引得關馬西「嘻，嘻，嘻」地開懷大笑了……

進得了火車站，雅信便去買了兩張往神戶的火車票，然後關馬西陪她們母女兩人排隊，慢慢走向剪票口，等那剪票員伸手來向秀英要票，關馬西卻遽然橫手一攔，對秀英說道：

「稍等，稍等，歐巴桑，你即馬就欲坐船轉去台灣丫，著愛求神保佑你一路平安無事，倆來做一個祈禱好否？」

「敢著？即倪多人……」

「沒要緊啦，短短仔就好，短短仔就好。」於是關馬西垂下頭來：「倆在天頂的父，主耶穌基督……」

四

「東京女子醫科大學」的學生宿舍管理十分嚴格，不但宿舍的四周都有高牆環繞，而且還派了幾個舍監日夜在宿舍裡面巡邏。學生在宿舍裡的作息都有一定的時間，每天出門，學生都得在門房的總簿上簽名，並附加出門的時刻，入門也得簽名與附加入門時刻，而這些都得經坐在門房的那位舍監的檢核蓋章生效，學生才准許出門或入門。白天出門還較容易，夜間出門就更加困難了，不但要辦理平日出入門的手續，尚且還得申報外出的目的和地點，以及回宿舍的大約時刻。因此女學生外出與男朋友約會幾乎變成不可能的事，有時女學生的男性親戚來宿舍要求會面，舍監也都在會客室親自在場監聽，彷彿把學生當成犯人一般，絕對不准女學生與任何男人有單獨相處的機會。

有一天，一個舍監來雅信的房間，通知她說有兩位男性親戚來看她，叫她跟著她到會客室去會他們，雅信聽了，便隨那舍監而去，一路上在狐疑，她的母親已經回台灣去了，她在日本哪來親戚？特別是男性親戚，更何況是兩個，這兩個男性親戚會是誰呢？就這麼打著問號，那會客室已經到了，一進會客室，早有兩個大學生模樣的男人自那皮套的長椅立了起來，雅信開始還不知是誰，可是望了一會，才憶及原來就是在今年「夏季園遊會」上才認識的林仲秋與彭英！

雅信走了過去，與他們兩人隔桌坐下來，那舍監坐在斜對角的一張小靠背椅上，可能是形式上不得不監聽，而其實已經聽厭了別人的談話，便拿起一本「婦人倶樂部」的雜誌起來看。雅信先側頭瞟了那舍監一眼，才壓低聲音，用台灣話對他們兩人埋怨地說：

「您兩個哪會黑白講？講是我的親戚？」

「若沒安倪講，伊哪欲放阮入來？」林仲秋笑著說，想坐得更靠近雅信，只是那桌子把他擋住。

「其實孤伊講是你的表兄，」彭英指著林仲秋說，他坐得遠遠的，無動於衷的樣子：「我並沒講，阿彼舍監也順續誤會，想講一個是表兄，第二個也是表兄。」

「阿您兩個今日來敢有什麼代誌？」雅信問，又去瞥那舍監一眼，見她專心繼續在讀「婦人倶樂部」。

「我一點仔代誌都沒，」彭英搶著說：「是林仲秋叫我陪伊來的，有什麼代誌問伊就好，請你免問我，嘎？」

「阿你今日來敢有什麼重要的代誌？」雅信轉向林仲秋問道。

「眞重要是沒啦，但是……雅信姐，有一項代誌想講欲來拜託你。」林仲秋說。

「什麼代誌？你講。」

「就是謝培火欲辦一份雜誌，叫做『台灣青年』，一個月出一本，需要人寫一割記事，所以我才特別來請你寫，現在俑台灣青年眞需要知影日本的代誌。」

「你都知影阮查某人不訆政治，復是讀醫的，欲叫我安怎寫？」

「政治的文章有別人寫，你免煩惱，雅信姐，你孤寫一點仔地方的消息，像您『女子醫科大學』內面發生的一割什麼代誌就好。」

「我都攏繪曉寫，你欲叫我安怎寫？」

「沒要緊啦，寫一點仔就好，雅信姐。」

「我沒文才就是沒文才，不但是你，過去也有人叫我寫別款的文章，我也加伊講我繪曉寫，我沒騙你啦。」

「敢有影？」

「都眞的哪會沒影？」

林仲秋發覺怎麼勸也都無法勸動雅信了，便雙手交胸，靠到椅背上歎息起來，雅信看他那麼失望，倒有些同情起他來，突然想起他在「園遊會」上唱「哭調仔」的事情來，爲了打破那僵局，便改變話題，對他說：

「有一項代誌想欲問你一下……」

「什麼代誌？什麼代誌？」林仲秋突然坐直了起來，興奮不迭地說。

「你在『園遊會』的時陣唱歌，哪會唱到……哭出來？」雅信囁嚅地問。

林仲秋聽了，又把身子靠到椅背上，低頭沉吟了半晌，才慢慢地回答：

「我若唱若想著阮老母，到尾仔……遂哭出來……」

「您老母？」雅信驚異地說。

「是，我有兩個老母，我是第二個老母生的。」林仲秋說，點點頭，嚥了口水，繼續說：「阮老爸娶兩個某，頭一個某結婚五年沒生，才娶阮老母做第二的，阮老母生我三歲伊就過身，我才抱去給阮頭一個老母飼，即個老母眞疼我，將我當做親生子，但是不幸，我七歲的時，伊也遂過身去，以後阮老爸就沒在厝裡，伊定定出去外口流連，飲燒酒飼查某，放我干若一個乞食囝仔咧，所以我若想起阮老母，我目灑就直直欲滴落來。」

林仲秋說罷，眼眶慢慢紅了起來……

「阿你以後哪會得通來日本讀書？」隔了好一會，雅信才又問。

「攏是林杏珍出錢給我來讀的，你大概知影伊是台中的好額人，又復是阮的宗親，自中學開始攏是伊替我出學費，伊宛然是我的老爸，但比我家己的老爸好十倍。」

說到這裡，一直都沒會插嘴的彭英已注意到那位坐在角落的舍監已經把手中的「婦人俱樂部」放下來，對他們做手勢，表示會客的規定時間已經超過了，於是彭英便先自己站起來，對林仲秋使眼色，林仲秋也立刻會意，也站起來，他們兩人便向雅信道別，悻悻走出了宿舍的大門。

從這天到第二年的新年，雅信都不再有任何集會來打岔，更不再有人來宿舍訪問，使她能專心一意在功課上下功夫，卻不料新年的前夕，突然有人寄了一件紙包的禮物來宿舍給她，包裹外面只寫東京，也沒有寄物人的名字與地址，她正十分詫異，忙把紙包打開，發現是一只鱷魚皮的手提包，這就更使她驚恐萬狀了，不知到底是誰送的？在手提包內外翻找了一陣，終於在手提包的裡層找到了一張小紙條，寫道：「給雅信姐的小禮物。仲秋」雅信讀了，大大緊張起來，只跟林仲秋有兩面之緣，又沒有什麼深交可言，豈可輕易亂收人家這麼貴重的禮物？她又把禮物包了起來，想把它退回去，只知道林仲秋在「早稻田大學」唸書，也不知他的地址，如何個退法？想來想去，也想不出什麼辦法，只好暫時把手提包收起，待日後碰面時再說了。

新年之後，又過了三個月，忽然又有舍監來向雅信傳話，說有兩個人來會晤雅信，叫雅信跟她到會客室去，雅信在心裡猜度，定又是林仲秋與彭英兩人無疑的了，一路在盤算，這回不知要如何應付？

來到會客室，令雅信感到十分驚異，只見彭英一人，卻不見林仲秋來，可是坐在彭英身邊的卻是一位四十多歲的台灣婦人，打扮入時，態度嫻雅，遠遠便對著雅信禮貌地微笑，這婦人雅信從來不曾見過，她也只好向她點頭回禮。這時彭英早已迎了過來，對雅信神秘地說：

「雅信姐仔，今日有一項眞重要的代誌想欲問你，林仲秋先生叫我𤆬伊阿姑來，來欲向你做親戚，不知你的意思安怎款？」

彭英說著，一邊把那婦人介紹給雅信，雅信早已臉色緋紅，不知如何回答，乃故意裝傻地問彭英說：

「你講林仲秋是啥人？」

「你也不知？就是頂回佮我做陣來即丫、講欲請你替『台灣青年』寫記事彼個啊，你遂𣍐記得？伊就是這歐巴桑的姪仔啦。」

「但是伊佮我是仝⑪姓，欲安怎做親戚？」雅信說。

「敢有影？」那婦人驚訝地說，張著偌大的眼睛去望彭英，似乎在求他解釋。

「雅信姐仔，你敢不是姓丘？你哪會講佮林仲秋仝姓？」彭英也大感意外地說。

「丘是阮後叔的姓，其實我的親生爸姓林，因爲破病過身，阮老母才復嫁給姓丘的後叔⑫，所以我才改姓丘，實在我是姓林。」雅信說。

「敢有影？」那婦人重複地說，開始惋惜搖起頭來。

既知道雅信原來也是姓林，那婦人也認爲沒有再商量的餘地了，便立了起來，又與雅信寒暄了幾句，招手要同彭英走出去，雅信忽然想起鱷魚手提包的事，於是便喚住彭英，把他拉到一旁對他說：

「林仲秋過年的時陣有寄一項禮物來欲送我，彼禮物尚⑬過貴重，我不敢接受，我想欲央你將禮物提轉去還伊，你稍等一下，我來去宿舍提，隨來。」

---

⑪仝：台語，音(kang)，意(同)。
⑫後叔：台語，意(繼父)。
⑬尚：台語，音(siü)，意(太，過於)。

「呃，雅信姐仔，魚還魚，蝦還蝦，彼條代誌佮應暗即條代誌沒關係，我應暗只是邀伊阿姑來講親戚而而，禮物的代誌你才家己去辦。」

「但是我不知影伊的住址，伊連寫都沒寫。」

「彼哦？……阿否安倪啦，我才代轉你的意思，阿春的是您兩個的代誌，嘜？」

雅信雖然無奈，也只好答應這麼辦了，於是便目送他們兩人走出門去。

沒想到第二天晚上林仲秋一個人匆匆跑來宿舍要見雅信，當雅信又隨那舍監來到會客室，發現只有林仲秋單獨一個人時，她倒有些著慌起來了，忙問道：

「林仲秋先生，你家己一個來？」

但林仲秋卻不理會雅信的問話，開門見山便問：

「雅信姐，你敢誠實姓林？」

「我都姓林，我何必講白賊？」

「就準姓林，您台北林佮阮台中林哪有什麼關係？」

「其實阮也不是台北林，阮老爸是新竹人，講起來實在是新竹林。」

「攏像款啦！攏像款啦！您新竹林佮阮台中林哪有什麼關係？」

「人都講仝姓𣍐使通婚。」雅信支唔地說。

「爲什麼仝姓𣍐使通婚？」林仲秋氣憤地說。

雅信見林仲秋動了氣，只好靜默下來，低頭不再說話，林仲秋獨自懊悔了一陣，見雅信不再理會他，終於站起來說他想走了，雅信忙喚住了他，對他說：

「林仲秋先生，你送的鱷魚皮的『handobaku』實在眞多謝，但是彼尙過貴重，我不敢收，想欲還你，我入來去提，隨來，請你稍等一下好否？」

「彼物件欲送你就是欲送你，你沒必要復還我。仝姓𣍐使通婚，仝姓敢𣍐使做兄妹？以後倆著來認做兄妹了嚄？你加我認做大兄，我加你認做小妹抑是大姐攏好，大兄送物件給小妹抑是大姐，是理所當然的代誌，哪著客氣？」

說完了這話，林仲秋的情緒終於緩和下來，便與雅信親切地道別，離開了雅信的宿舍，消失在夜的黑暗之中……

五

大概因爲連年用功勤讀的緣故，丘雅信終於得了「哮龜病」⑭。這種病平常不發作時，人是好好的，但一發起來，胸口便絞痛，呼吸困難，而且咻咻喘個不停，彷彿要窒息一般，非得七咳八嗽，把肺裡的濃痰一下吐出，才得輕鬆。這病第一次發作是由於春天開花時對花粉的過敏引起的，可是夏天、秋天過去了，病不但不見好轉，而且愈演愈壞，一到冬天，病就更惡劣了，特別是冬季下雪的冷冽氣候，又加上學期末爲了考試無眠的苦讀，就更加厲害了。開始的時候，每次發作不過一、兩小時就可以結束，到後來可以連續幾小時，甚至幾天都沒能結束，到這時，雅信再也忍受不下去了，她才甘願去看專治「哮龜病」的專科醫生。

那專科醫生把雅信做了仔細的全身檢查，又問了雅信幾年來的生活狀況之後，對她說：

「你是學醫的，我不必對你有所隱瞞，你這種『哮龜病』到目前爲止還沒有根治的藥，我要開給

⑭哮龜病：台語，意(氣喘病)。

你的藥不過是治標的，當你的病發作的時候，使你肺裡的氣管擴張，幫助你呼吸，讓你的痰容易吐出來而已，但總不能根除你的病。我看你這病的近因固然是對花粉和煤煙過敏引起，但遠因是你讀書過勞，加上你來自台灣，不能習慣日本的寒冷。我認爲你如果想根除這『哮龜病』，唯一的辦法是暫時休學，回到台灣去靜養一段時候，一來可以趁這機會恢復你的體力，人體可不是機器呢，不可以無休止地用功下去，二來台灣氣候暖和，可能一回去，你的病不吃藥就好了。等身體完全恢復了，再回來把書唸完不慢，不知道你的意思如何？」

回到宿舍，雅信左思右想，突然熱切想起家來，她終於決定回台灣靜養了。她於是寫信回家，去買了船票，收拾好書籍與行李，等學期告了一個小段落，便坐火車到神戶，從神戶的碼頭搭上一條叫「順風丸」的中級郵輪，駛向台灣。

從「順風丸」離開神戶的碼頭，在那平靜的瀨戶內海航行，雅信便一直躺在她艙裡的床上歇息。這艙是二等艙，有一個單人床，另外有兩張上下相疊的上下床，因爲雅信先來，她看艙裡沒人，便佔了那單人床，她盼望不久那另外的兩位女客會到來，可是船開了，她們仍然沒來，她想可能她便是這艙房唯一的旅客了。

突然雅信聽見那艙門的鑰匙聲，然後艙門吼嚨打開了，走進來兩個學生打扮的男人，一高一矮，雅信大吃一驚，忙從床上坐起來，而那兩個男人也一樣感到十分意外，其中那個矮另外一個人一顆頭的人用台灣話叫道：

「噯喲！即間果有查某人列住！」

聽那聲音，雅信有些熟習，不知在哪裡聽見過，於是她便仔細端詳起那個較矮的學生，原來他竟是去年在東京「園遊會」遇見過的紀家寶，這時紀家寶也同時認出了她，便把行李一放，大叫起來：

「噯喲！你敢不是丘雅信，倆在『園遊會』時見過面。」於是又轉向他背後那個較高的學生，對雅信說：「即位姓王啦，伊彼回『園遊會』沒去，所以您敢沒相訊，我加您介紹啦。」姓王的對雅信禮貌地點點頭，他長得十分高，卻十分瘦削，倒是十分客氣的樣子。

既已雙方介紹完畢，紀家寶便言歸正傳地說：

「雅信姐，你敢住在即個船艙？」

「是啊，這船票都寫即個號啊。」

雅信說著，從手提包裡掏出船票，遞給紀家寶看，紀家寶查了一查，確是跟他手裡的船票同號，不禁大搖其頭，蹙額結眉地說：

「可能怹提不著船票給你哦，普通是查某人佮查某人一艙，哪有可能查某人佮兩個查甫人仝艙的？」

「我也不知，我都才列想講有查某人會入來佮我仝艙，哪會知影是您兩個查甫人欲來佮我仝艙？」

「否倆來去問船長，看伊是不是創不著，若不著，才叫伊加倆換艙。」紀家寶說。

雅信想想也覺得有理，便拿了船票同紀家寶和姓王的來船長室找那日本船長，船長查了查船客的名單，叫了起來：

「咦？丘雅信？原來你是女人！因爲你不寫『丘氏雅信』，我竟然把你當成男人，把你跟紀樣和王樣放在同艙，眞是失禮哪！本該把你換艙，可是這次航行旅客很多，已經滿艙沒有剩餘的空位，我一時也想不出辦法，不過還有一點希望，等這船在門司靠岸時再看看，說不定有其他女客突然變卦要下船，那時我再替你更換艙位吧，請你暫時忍耐一下，到原來的艙去住一夜如何？」那船長說罷，又轉頭來對紀家寶他們兩人說：「還有，你們兩位，丘樣暫時與你們同艙，我想沒有太大妨礙吧？如果只有一個人跟丘樣同艙較不妥當，既然你們是兩位，那就沒有多大的關係，只需你們兩位互相監視一下不就可以了嗎？哈，哈，哈……」

姓王的聽了，也陪同船長大笑起來，可是紀家寶卻似乎十分在意，因爲他始終默不作聲，現在看見別人在笑，他可就把臉臭起來，張大眼把船長與姓王的瞪了一瞪，逕自提了行李，走向艙房去，姓王的立刻也提了行李，拔腿也跟了去，雅信則遠遠拋在後頭，可是她卻清晰地聽見紀家寶大聲地對姓王的咕噥著：

「衰屑⑮！佮查某人住仝間，眞──衰──屑！」

「一日而而，到門司伊就欲搬走，稍忍耐一下。」

「一日而而？一日也沒方便，衰屑！眞──衰──屑！」

有一回，紀家寶還回頭來瞥雅信，雅信忙垂下頭來，把腳步也故意放慢了，她想，做女人是多麼不幸啊……

在瀨戶內海整整一天半的航程裡，紀家寶與姓王的他們兩個人都獨自行動，他們一起去餐廳吃飯，一起在甲板上散步，一起上船艙裡的廁所，一起去會客室裡聊天，全不把雅信看在眼中，彷彿她根本不存在一般，只有在艙房裡偶爾面對面時，紀家寶才鎖著眉鍊著嘴機械似地跟雅信點一下頭，但也是沉默的，不想說話。

雅信因爲獨自一個人無聊，所以很早便上床裹被而睡了，紀家寶和姓王的卻在艙裡的娛樂間打撲

⑮衰屑：台語，音(soe-siau)，意(倒霉)。

克牌與玩乒乓球，到深夜才回艙房，一個到上舖，一個到下舖，打著鼾聲呼呼地睡了起來。

「順風丸」於第二天早晨到達門司，停在碼頭加煤，所以旅客可以下船逛幾小時的街。因爲在神戶匆匆上船，來不及想其他雜事，等在船上有了清閒的頭腦，雅信才想起忘了買此禮物帶回去台灣送親戚朋友，爲了在門司趕買禮物，這個早晨雅信很早便起床，趁紀家寶與姓王的兩人還在睡夢的時候，便先在艙裡唯一的洗澡間裡洗起澡來。這洗澡堂是日本式的，同艙的船客都先在燒熱的「風呂桶」裡浸熱了，才到桶外來洗。等雅信洗完澡走出澡堂，她發覺他們兩人還沒醒來，她也不去管他們，自己先去餐廳吃了早飯，下船到門司逛街去了。

雅信在門司的街上逛了兩小時，因爲時間太早，店門都還關著，只有一兩家果實店，卻早早就把店門打開了，她看見門口擺了一籃籃鮮紅欲滴的蘋果，她想在台灣的人是難得吃到這種好蘋果，便向店主買了兩籃，帶到船上來。

快到艙房時，雅信看見紀家寶與姓王的已經起床正扶在欄杆上，背著艙房，望著碼頭上來往搬貨的工人在說話。雅信不願驚動他們，便躡足走向艙房，等她靠近艙門的時候，她發現紀家寶的頭髮濕漉漉的，像是剛洗澡不久的樣子，雅信在無意之間捕捉了他們說的幾句話：

「眞衰！佮査某人仕仝艙都已經衰ㄚ，復著洗査某人洗春的洗身軀水，會膾大漢！」

「我是沒要緊啦，我都列嫌我家己尙過大漢，看會較細漢一絲仔膾？你啦，是你列驚細漢，我才不驚咧。」

姓王的說畢，哈哈大笑起來，紀家寶卻不笑，只繼續地咕噥著什麼，但雅信已跨進艙門，所以聽不見，而其實也不想再聽了。

「順風丸」自門司開船不久，船長便親自來向雅信通知說沒有任何女客中途變卦下船去，所以只好請雅信繼續與其他的兩位船客同艙，一直到台灣了。紀家寶與姓王的在旁邊也聽到了，姓王的倒無所謂，但紀家寶卻憤慨起來，此後不但不對雅信說話，連點頭也不點了。

「順風丸」離開了門司，在東海的海上行駛兩天，便遇上由太平洋蓆捲北上的颱風。那黑雲低壓下來，在頭上呼號扭曲著，海上則捲起沖天的大浪，想把雲拖到海底，於是雲與浪便在船的四周扭捲、搏鬥，極目所及，一片昏昏噩噩，分不出哪是天、哪是海了。船遇到颱風，其實也無法再行駛，加以船上的羅盤被風浪打壞，船也就失去了方向，於是船長把輪機一關，任船在大海中盲目地漂流了……

雅信來日本那一回已經有了搖船的經驗，但這回颱風船搖得比上回更加厲害，這已不像陀螺那樣有規律地前後左右搖擺，這簡直像激流中的浮萍，不但受到風吹雨打，而且左突然一個浪，右突然一個浪，永遠是那麼雜亂無章，不可預測，也因此，船長下令所有船客都不許到甲板上來走動，怕變做滾地球，甚至被浪捲入海中，他叫所有人把門窗關緊，用褲帶把身體綁縛在床架上，以免從床上滾落到床下來。

因為所有船客都不得走離自己的艙房，當然三餐也就不能到飯廳去吃飯，只得由那些習於船身搖晃而又不暈船的水手們，到各艙分發撒鹽的飯團給船客吃，其實那也不成三餐了，只可算是「救濟糧」，藉以充飢以免餓死而已。

拿飯團來給雅信的那位水手生得魁梧強壯，他笑嘻嘻地跟雅信閒聊了一會，一點兒也不把這颱風的事放在眼裡，等他要走出去的時候，雅信又把他喊住，問他說：

「你想這颱風是不是很危險？」

「一點兒也不危險，姑娘。」

「你想這船會不會沉到海底？」

「你放心好啦，一定不會沉到海底，不過如果非沉到海底不可，姑娘……」說到這裡那水手瞟了同艙的其他兩個男人一眼，把聲調壓低，湊到雅信的耳邊輕聲地說：「有我呢，我一定第一個先來救你！」

雅信望著那水手吹著口哨走出去，她有生以來第一次感到做爲女人是多麼幸運的事！

這一次談話，使雅信同那水手的友誼關係密切了起來，此後雅信便敢於拜託他爲她做一些瑣事，而那水手也都樂意幫她的忙。於是另有一回，當那水手又拿飯團來的時候，雅信便對他說：

「我想我母親一定得到了這隻船在海上遇到颱風的消息，我不知道她現在要如何地著急？」

「這又不是我們故意的，算了吧，姑娘，別去想它就好啦。」

「有一件事想問問你，我們船上的羅盤壞了，電報呢？是不是也壞了？」

「電報還同你我一樣好好的呢，姑娘。」

「我是不是可以勞煩你到電報室去替我打一通電報給我母親？」

「可以啊，你要打什麼？」

「打——『不知在何方，只是平安無恙』，可以嗎？」

「一點兒問題也沒有，你把你母親的姓名住址給我，我立刻叫電報員爲你打！」

颱風來襲的第一天，船雖擺盪，但廚房卻還可以煮飯，到了第二天，由於擺盪得更加厲害，終於連廚房也斷了炊，便不再有水手到各艙房分發飯團了，有的船客便開始挨餓，還好雅信在門司買了那兩籃蘋果，她便把蘋果分給紀家寶和姓王的一起吃。

在整整兩天兩夜的苦難中，雅信因爲時時在背誦「詩篇二十三首」，精神既有了寄託，也就較能把痛苦的時間打發過去，可是對紀家寶和姓王的兩人，也許從來都沒曾經驗過，這煎熬可就悲慘萬狀了，特別是紀家寶，他整天整夜都在床上呻吟哭泣，還是由雅信來安慰他，才使他稍事鎮定，不但沒有飯團的時候，她給他吃蘋果，當他暈船嘔吐時，也是她替他擦地板，把自己的止暈藥送給他吃，使他在那不測的風雨之中，還體驗到人間的溫暖。

「順風丸」在東海上漂流了兩天，等那颱風過去，船上的羅盤也已經修理好了，於是船才又尋回了原來的航線，一路往基隆開來。等船到達基隆碼頭的時候，已經比原定的到達日期遲了四天，那碼頭上擠了人山人海焦慮等待的人，所有船客都跑到甲板上來對岸上的人揮手呼叫，而岸上的人也對船上歡呼過來，這樣交互叫喊著，那熱烈的情況感動得在場的人都掉出了眼淚。

立在扶梯口的許秀英等不及雅信走完扶梯便衝上來，把雅信一把摟住，哭泣起來，哭了一陣，便又轉涕為笑，吁吁地說道：

「好家在⑯你打彼通電報轉來，否我在厝裡早就起狷囉！」

紀家寶和姓王的也在梯口的旁邊跟他們的家人歡敘，姓王的見了雅信，揮手向她表示感謝，過後紀家寶也瞥見了雅信，便把他的家人牽了過來，指著雅信對他們說：

「即個啦！即個啦！就是即個雅信姐，伊救我一條命！眞好運才會得通佮伊住在仝艙！」

六

雅信回到艋舺的老家足足睡了三天，才從床上爬起來，夜裡許秀英見她連連咻咻哮喘，自然心

---

⑯好家在：台語，音(ho-ka-chai)，意(好在)。

疼，便在心裡打定主意，一等她休息夠了，就要跟她好好商議。所以第三天早上，見她起床，便來坐在她的床頭，對她說道：

「雅信仔，看你即款『哮龜病』，每暗咻啊咻啊，咻到『會呫雞𩚨吩⑰火』，我心內實在眞肝苦，看七少年八少年就破即款病，吃老不知欲安怎才好？」

雅信沒話可以回答，逕自歎息起來，秀英見她歎息自己也禁不住歎息起來，母女就這樣依偎著歎息了好一陣子，秀英才又重拾話題說道：

「你這『哮龜病』著愈早找醫生愈好，不通『過了時誤了症』，有聽抑沒？」

「我也知影著去找醫生，都不知欲去嘟找，我離開台灣已經彼伲多年丫。」雅信說。

「我知影有一個醫生叫做『詹渭水』，伊是『台北醫專』畢業的，伊本來是住在宜蘭，畢業沒外久就列大稻埕開一間醫生館叫做『大安醫院』，離倆即丫沒外遠，有聽見眞多人講伊外勢抵外勢，開始我也不相信，有一日，您小妹發燒，燒到四十幾度，附近的醫生看透透，藥仔攏吃都沒采工⑱，才遡去給伊詹渭水看，想講去加伊試一下看覓，想𩚨到藥仔吃一擺就好，以後倆厝啥人破病，攏也去給伊看，我想明仔再遡你來去給伊看，你想安怎？」秀英說。

「否也好。」雅信想不出其他醫生，也只好如此回答。

第二天，秀英和雅信便叫了兩輛手車，一路拖到大稻埕的「大安醫院」來，秀英先替雅信掛了號，在那候診室的木條椅上等候起來，只見那候診室早已東歪一個，西斜一個，坐了滿滿的病人，那

---

⑰吩：台語，音(pun)，意(吹氣)。
⑱沒采工：台語，音(bo-chhai-kang)，意(白費力氣)。

些女人大部分都還纏腳，而男人則大部分赤足，秀英和雅信邊談邊候著，足足等了一個半鐘頭，這其間，那醫院的裡外走道，老是有人進進出出，這些人都不是病人，卻像是跟醫生十分親近的朋友或同道，因爲他們都不必護士的通報，便直撞到醫生的診察室去，這些人的容貌要比大部份的病人端莊，但他們的衣著卻各不相同，有穿和服的、有穿台灣衫的、有穿西裝的、更有穿學生制服的，不一而足。

護士在診察室門口喊了一聲，終於輪到雅信看病了，她走進去，秀英也跟了進去。進了診察室，醫生正在配藥室跟人打電話，雅信便在那寂寞的診察室裡瀏覽了起來，那四壁懸著一些「妙手回春」、「華陀再世」的匾額固不必說，那張長方桌上的聽診器、橡皮槌、溫度計、探喉器、注射筒……等等也是雅信所熟習的，但在那桌子的右角卻赫然放了一顆骷髏頭，叫雅信大吃一驚，那骷髏頭是眞實的人頭，儘管洗得像象牙般的白淨，但仍然給病人一種冷冽凜然的憂鬱感。

詹滑水醫生終於放下電話筒，從配藥室裡走出來，雅信抬頭一看，又是另外一驚，這醫生身材修長，一副聰明靈秀的白臉，梳的是從左邊分開的西洋頭，穿的卻是一襲白綾子手縫的長袍，腳踩一雙刷白粉的無帶皮鞋，走路生風，動作敏捷，兩步做一步跨地來到雅信前面，便往那磨得發亮的旋轉圓椅一屁股坐了下去，瞟了剛由護士塡上名字的空白的病歷表一眼，回過頭來先對秀英一笑，便把一雙烱烱有神的目光往雅信的臉上傾注過來，用清晰嘹亮的聲音說道：

「你就是丘雅信哦？有定定聽見你老母提起你，講你在日本『東京女子醫科大學』讀書，眞勢讀，實在眞感心，你是幾時轉來的？安怎？身軀敢有嘟位沒抵仔好？」

雅信告訴詹醫生說三天前才自日本回來，她回來正是爲了她的「哮龜病」，這也正是她今天由她母親陪同來找他的原因，才開始要對他詳述病情，便聽見配藥室裡的護士叫道：

去。

「醫生，電話！」

「眞失禮嚄？請您稍等一下，隨來！」詹醫生說，一邊立了起來，一秒也不肯浪費地隱入配藥室去。

雅信與秀英在診察室裡等了二十分鐘，開始母女還默默相對，不敢言語，後來等得實在太無聊了，雅信便轉頭對她母親耳語道：

「這醫生敢攏穿長衫？」

「伊一向攏也穿長衫。」

「在醫院內面穿長衫，出去往診敢也穿長衫？」

「伊不管在院內在院外，不時攏也穿長衫。」

多麼奇特的醫生啊！如果是漢醫，穿長袍是不足爲奇的；偏偏是西醫，卻穿起長袍，給病人一種孤高怪異的感覺，可是他的病人仍然那麼多，可見他們已經見怪不怪了，他一定是個神秘的人物……

雅信在心底這麼思忖著，詹醫生已笑著走出來了，往那圓椅一坐，歎息道：

「唉！實在眞失禮，電話尙多，一分鐘都沒欲給你歇睏⑲一下……你抵才講到嘟？」

因爲太忙，詹醫生也沒再細問雅信，更沒給她仔細檢查，只草草給她開了處方箋，遞給配藥的護士去，還等不及雅信母女踏出診察室，早有幾個穿學生制服的人闖進來，跟詹醫生交頭接耳地商談起醫療之外的事情來了。

雅信拿了藥回到家裡，服了三天，卻不見功效，彷彿服錯藥似地，夜間哮喘得更加厲害，便向秀

⑲歇睏：台語，意(歇息，休息)。

英埋怨地說：

「阿娘，你都講彼個詹先生外高明抵外高明，但是你看！藥仔吃三日丫，不但沒好，顛倒較嚴重，伊高明在嘟？」

「不通安倪講！伊實在是眞高明，平時阮去給伊看，攏也一必一中，免復提第二遍藥仔，哪知影伊最近不知列沒閒什麼？你看，不管時都有電話，不管時都有生分人出出入入，彼倪沒閒，不知列沒閒什麼？」秀英搖著頭說。

「安倪倆哪著復給伊看？」

「也是著復給伊看，復看一遍就好，伊實在是眞高明，第二遍若復沒效，倆才來去給別個先生看猶繪慢。」秀英堅持地說。

第二天，秀英又同雅信坐了手車來看詹滑水醫生，他的候診室依然是坐滿了病人，那雜錯的人依然在醫院內外川流不息，配藥室裡的電話依然不到幾分鐘就有一通醫生的電話，雅信自忖：這是最後一次了，下次她發誓不再看這位不似醫生的醫生了。

等雅信同秀英走進診察室，雅信發現詹醫生的動作與神情與上回沒有兩樣，只是白綾子的長袍換了灰綾子的長袍，刷白粉的無帶皮鞋換了擦黑油的無帶皮鞋，詹醫生見了雅信，便熟稔地對她微笑，可是雅信卻一本正經，衝口就對他說道：

「詹先生，頂回的藥仔，一點仔都沒效，不但沒效，『哮龜』果干若較嚴重，不知是什麼原因？」

詹滑水聽了，驟然把笑臉收了，凜然變得十分嚴肅起來，正襟危坐，全神貫注地傾聽雅信的病情，並且詳詳細細把雅信檢查了一遍，這其間也有人打電話來找醫生談話的，詹滑水都叫護士把名字記下，等一會再打回去，也有陌生人想闖進診察室來跟他磋商的，詹渭水也都把他們擋駕，等病看完了再去跟他們談，反正在診察雅信的整個過程中，他全心一意不受干擾地盡了一個醫生的職責，直到重新開完了處方箋，他才用歉意的口吻對雅信說：

「眞失禮了嚄，丘小姐，實在是……最近專列沒閒『文化協會』的代誌，眾百人攏欲找我一個，才𣍐得通專心替患者看病，遂給你來看第二遍，即回的藥仔佮頂回沒像款，相信吃有效才著。」

聽到「文化協會」，雅信的耳朵便豎了起來，突然興趣盎然，問詹渭水道：

「是不是彼個列『靜修女學』舉辦的大眾講習會？」

「是啊，是啊，你抵才由日本轉來，哪會知影？」詹渭水又微笑了，詫異地問。

「我在日本的『台灣青年』頂頭有看著……敢不是講演講的時陣有人列監視？」

「才有人列監視而而，果兩排警察哦！禮堂前一排，禮堂後復一排，便衣刑事都免講的啦。」

「阿監視的時敢有眞嚴？」

「才嚴而而？爲了伊官廳監視方便，叫俺攏用日本話演講當然是免講的啦，伊彼警察不時都認眞列聽，若發覺嘟一句沒抵仔好，就叫你『注意！』若發覺言論尙過激烈，就叫你『中止！』因爲『注意！』佮『中止！』兩句的日本話是『chūi！』佮『chūshi！』兩句眞接近，所以演講的人每回若聽見警察列喚，就用日本話問彼警察：『chūi ka？ chūshi ka？』攏著愛彼個警察復清楚講一遍才會得煞。若是『chūi！』就復繼續講落去；若是『chūshi！』就向大家行一個大禮，行落來台腳。」

因爲秀英一直在用一雙圓滾的眼睛瞪雅信，雅信也不便再跟詹渭水多談，便向他道了一聲別，走出診察室，領了藥，步出「大安醫院」。才離了「大安醫院」沒幾步，秀英便細聲地責備雅信道：

「都叫你不通插政治，你復佮人插政治……」

「阿娘，我哪有插政治？若有是關心大眾而而，而且阮抵才列講的『文化協會』的代誌根本就不是政治。」雅信抗議地說。

這一回詹醫生開的藥果然有效，才吃不到幾天，雅信的「哮龜病」便日見起色了。

七

自從吃了詹渭水醫生的藥有了效果，雅信便隔著一些時日去看詹醫生一次，因為去的次數多了，跟詹醫生漸漸熟了，以後秀英也不再陪她去，每回都由她自己上「大安醫院」去。一來詹醫生自己是學醫的，自然對學醫的後輩很有照顧之情，二來詹醫生只在「台北醫專」念過書，日本從來還不曾去過，所以對日本就有百般的好奇，因此他跟雅信談話總是非常投機，只要雅信來看病，他雖在百忙中，也是把其他的一切放下，津津有味地跟雅信聊起日本醫科學校的狀況以及在日本求學的許多台灣學生，他對他們的姓名與身世如數家珍，彷彿都認識他們很久很深的樣子，而雅信與他相較，反而變得一無所知，這令雅信十分驚歎……

「你敢訬一個人叫做李呈祿？伊也在東京讀書。」有一回詹渭水問道。

「李呈祿？聽敢曾聽過，但是不曾看過，伊大阮一大輩，伊敢不是大學已經畢業丫，留在東京做代誌？」雅信說。

「是啊，是啊，阿你敢訬謝培火？」

「謝培火？是不是一個下頦戽斗戽斗彼個？」

「是啊，是啊，就是伊列東京主辦『台灣青年』的雜誌啊。」

「哦，我曾在一個『園遊會』頂頭見過伊，有聽見列佮人講話，但是沒親身佮伊講。你講起『台灣青年』，給我想著一個叫做林仲秋的學生，伊也曾來叫我替這雜誌寫記事，但是我沒文才就是沒文才，結果也沒法度替伊寫。」說到這裡，雅信獨自暗笑起來。

「你講你⿰言八林仲秋？安倪講起來你也⿰言八彭英敢不是？」

「⿱伊心兩個都好朋友啊，哪會不⿰言八？」說了這話，雅信突然想起彭英帶林仲秋的阿姑來女子醫科大學的宿舍向她求婚以及她因同姓而加以婉拒的往事，便噤口不想再說了。

詹渭水見雅信斜著眼在凝視桌上的那顆白淨的骷髏頭，便知道她對東京的那些學生似乎不感興味，就改談她在東京的學生生活，她醫科唸了幾年？唸了哪些科目？說她是因為太用功了，才會害上「哮龜病」，然後他突然心血來潮問她說：

「阿你即馬規日在厝裡創什麼？」

「哪有什麼？孤歇睏啊。」

「安倪實在眞可惜！其實你這『哮龜病』，沒發的時陣，根本就好好，佮普通人完全像款，發的時陣也是一點仔久而而，而且台灣氣候比日本較熱，藥仔復吃一下，連鞭也好起來，阿白白了一年住在厝裡歇睏，實在眞可惜噯？」

雅信只對詹渭水眨了眨眼睛，表示對他的感激之意，也沒說什麼，倒是詹渭水深深地歎了一口氣，忽然靈機一動，雙手一拍，叫了起來：

「啊！有啊，有啊，去給我想著一個好辦法……你若欲白白住在厝裡歇睏，我想不如去找『台北醫專』的校長，伊叫做『大倉先生』，伊人眞好，你會使講是我介紹你去見伊的，去佮伊講，叫伊給你在『醫專』內面旁聽你現在列讀的科目，即割科目旁聽了，沒一定將來你轉去東京的時陣，您大學會加你承認，但至少先聽一遍，將來讀起來也較輕鬆。上重要是給你一項代誌做，否規日住在厝裡歇睏實在眞無聊，不知你想安怎款？」

雅信眼睛亮起來，想了一會，回答說：

「不過阮在日本規班攏是查某，這醫專規班攏是查甫，也不曾聽見查甫查某濫做夥⑳在讀書，特別阮復是一個孤查某囝仔，以前都沒人做過，安倪敢會使？」

「哈！哈！哈！……，世界上『以前都沒人做過』的代誌實在眞多，但是俌敢著等人做過了後俌才會使做？俌敢𣍐使做頭一個來加伊破一個紀錄？去啦！去啦！去加伊試一下看覓，去問大倉先生，會得入去旁聽上好，𣍐得入去旁聽也沒要緊，總是『死馬做活馬醫』，『有，摸蜊仔，沒，洗身軀』啊！」

雅信果然聽了詹渭水的話，第二天便獨自一個人來東門附近的「台北醫專」，經人指點來到醫專的校長室，見室裡的辦公桌坐著一個五十出頭的日本人，他濃眉黑髭，頭髮從中間剖開，一雙卵形金邊眼鏡懸在刀削的鼻樑上，一臉溫文敦厚卻顯得精神充沛，雅信便猜想這大概是校長大倉先生了，於是便趨前問候，並遞了一張詹渭水醫生的名片給他，說是詹醫生介紹她來見他的。

「哦，哦，哦……」大倉先生看了名片吟哦起來：「詹渭水？我記得非常清楚，他是很優秀的學生，畢業時還是全班第二名哪！只是有一點，太喜歡校外活動了，有一次還毆打一個『內地』學生哪，爲了那次事件，結果被訓導『禁足』了兩個星期，眞是可惜哪！他差一點第一名，不過，他終究是一個好學生，我很喜歡他哪！他現在在大稻埕開業不是？怎麼樣？他介紹你來，不知有何貴幹？」

聽了這話，雅信便把她在「東京女子醫科大學」唸書，因「哮龜病」休學回台灣，以及詹渭水醫

⑳濫做夥：台語，音(lam-cho-hoe)，意(混在一起)。

生勸她來醫專的事，一五一十地詳述了一遍，才說了一半，已可以看出大倉先生突然態度大變，對她肅然起敬，頻頻點起頭來，待她把話說完，便嘖嘖稱讚道：

「眞稀奇哪！丘樣，像你這樣一個『本島』姑娘，竟然能考得進這全日本唯一的一間女子醫科大學，實在令人敬佩哪！我眞希望我的兩個小女孩，將來也能像你考進這間大學……對了，你剛才說你休學回台灣來，不知你現在是第幾年級？」

「第四年級才開始唸，大倉先生。」

「不知你四年級唸些什麼科目？丘樣。」

「我們四年級要唸內科、外科、小兒科、公共衛生和病理學，大倉先生。」

「那麼你是說，你想在這『醫專』旁聽這五門科目是不是？」

「我是這樣想，如果可能的話……大倉先生。」

「但是……也許你已經知道，丘樣，我們這『醫專』創校的目的是要訓練男醫生，我們並沒有訓練女醫生的設備，不知你怎麼個念法？」

「這沒有問題，大倉先生，我在教室裡不發問，也不跟他們男生一起做實驗，我只要求坐在教室角落的一張椅子上，靜靜地聽講而已。」

「上課的時間就這麼辦吧，但下課休息的時間你要怎麼辦？」

「我就在教室裡坐啊，大倉先生。」

「也好，就讓你在教室裡坐，但是中午吃飯的時候怎麼辦？」

「我就帶便當來教室裡吃，吃完了就在教室裡坐一小時啊，大倉先生。」

「老坐！老坐！這樣沒有運動怎麼行？」

「不然，看學校裡有什麼『空間』沒有?下課或中午的時間，我可以往那裡走動走動，順便在那裡面休息。」

「哪裡有『空間』?每間都有人在用……」大倉先生縐眉地說，朝窗外望了一會，突然又轉頭回來，眼睛充滿愉快的光輝，叫道：「有了!有了!我想到一間『空間』，其實也不能算是『空間』，只可以說大部份時間是空著，就是『小使』在用的那一間。」

「不知那位『小使』多大年紀啦?大倉先生。」雅信焦急地問。

「七十多歲，足足可以做你的祖父了，丘樣。」大倉微笑地說。

「那就沒有關係了，我下課的時間就往那裡去休息，大倉先生。」

「可是……丘樣，那『小使間』裡面不很乾淨呢，有一大堆掃把，一大堆抹布，一大堆畚箕，一大堆垃圾桶……」

「那有什麼關係?我就坐在那裡面，鐘響了我才去教室上課，下課了就回來休息，我想那『小使』不會常在那裡，即使在那裡也無所謂，他那麼老了，而我還這麼小，說不定無聊的時候，我們還可以聊天呢。」

眼看雅信求學的決心那麼堅定，儘管有一百個不方便，但幾番考慮之後，大倉先生終於答應雅信到「台北醫專」的課堂上來旁聽。這件事在整個醫專上下引起一陣騷動，特別是與雅信一起上課的第四年同學，都用覬覦與好奇的眼光來偷看坐在教室一角旁聽的雅信，每個人心裡都有一種既酸酸又甜甜的味道。事又那麼湊巧，那個小時與雅信聯婚不成的「高天來」剛好在這班，由於過去的那一段中斷的歷史，他對雅信總免不了懷著一份潛意識的羞惡之感，於是每當雅信坐這一角，高天來就坐在對過的那一角，儘可能離她遠遠的，不但迎面不打招呼，甚至故意歪頭不去看她。高天來這種行徑，開始時大家只覺得奇怪，但時間久了，終於探出了底細，於是便有幾個比較詼諧的同學，老愛在雅信的背後調侃高天來，對他說：

「喂，高的啊，彼查某囝仔將來是您牽的呢，哪會不去佮伊相好一下，起碼也著佮人坐較偎一下，哪會使離人遠遠遠，𣍐輸生分人？」

「您欲佮伊相好做您去佮伊相好，彼才佮我沒關係咧？」高天來莫不關心地說。

「有影否？」有人問。

「哪會沒影？」高天來說。

「講眞的？」另有人問。

「哪有假的？」高天來肯定地回答。

於是全班同學都拍起手來哄作一堂，互相走告，說雅信尙小姑獨處，沒有人的，只要誰願意，誰都可以認眞去追。這樣紛紛議論著還不夠，最後甚至有一個愛說笑的學生，跳到講壇，作噓叫全班安靜下來，裝著一口教授的腔調，煞有介事地對大家宣佈說：

「您大家著較認眞讀書哦，將來彼千金小姐若出來拋繡球，您才有資格通去接繡球，大家有聽抑沒？」

壇下爆出狂笑，笑得比剛才厲害十倍，只有高天來一個人沒笑，他一直沉默著，等大家的那股瘋勁與熱潮慢慢衰歇下來，他才獨自冷笑了一陣，對大家說：

「您大家攏免吵啦！彼攏沒效啦！接繡球？有什麼繡球通好接？恐驚去接著破繡球咧！」

大家聽了，突然寂靜下來，其中有一個人實在忍不住了，便問高天來說：

「這是安怎講？」

「是安怎講？我也沒必要加伊掩嵌啦，坦白加您講啦，伊身軀頂有二十四種病！」

「敢誠實的？否你算來聽看覓。」有人說道。

高天來清了清喉嚨，便望著天花板數了起來：

「第一哮龜，第二曲龜㉑，第三近視，第四頭暈，第五目暗，第六貧血，第七氣管炎，第八胸痛，第九神經痛，第十十一支胸骨，第十一長短腳，第十二……」

因爲剛唸過「病理學」不久，一些病名大都耳濡目染，所以高天來居然堂堂皇皇數出了二十四種病名，使得大家一時啞口無言，搖頭歎息起來，於是那個仍立在講壇上的學生便做了結論，向大家宣佈說：

「有聽抑沒？大家啊，免復想伊丫啦！以後專心讀書啦！」

這也幾乎是「君子協定」，以後全班的男生也果然很少再談雅信，而看她那麼用功唸書，不管其他的一切，大家也就更加冷卻下來，不願再談她了。

至於每堂下課後雅信便到「小使間」去休息的計劃，倒實行得非常順利，原來那「小使間」也設有一個廁所，雅信既然不能去男生的廁所，只跟一位老公公分用一個小廁所，倒也沒有多大妨礙，何況這老公公經常在學校各處做工，很少在「小使間」裡，如果回來了，看到雅信在唸書，他也總是抱著敬畏之情，靜靜地坐在一隻破藤椅裡抽水煙休息，他與雅信終能和平共處，各得其所。

不過有一回，那老公公望了雅信在唸的那幾本比枕頭還厚的德文書後，搖了一會頭，惋惜地說：

「唉呀……您查某囝仔人，書讀彼倪多，到底有什麼路用？」

㉑曲龜：台語，音(khiau-ku)，意(駝背)。

「後擺通做醫生啊。」雅信抬起頭來回答說。

「什麼醫生？自我出世生目睭也不曾看著查某醫生。」

雅信聽了，文文地笑了起來，想起詹渭水對她說過的話，便回答說：

「就是攏不曾看著查某醫生，倆才加伊做頭一個查某醫生哪會穤？」

「唉呀，彼哪有好？我吃到即倪老丫，我加你講啦，查某人八字命上重要啦，親像你，目睭大大蕊，面肉復美美，哪驚嫁沒翁？哪著家己親手去打拚？你好好翁著加伊嫁一個，腳仔著加伊翹起來，每日梳妝打扮，欲需老婆就有老婆，欲需查某嫺就有查某嫺，免煮免洗，好命噹噹，阿偏偏仔欲去做什麼醫生，家己來討歹命的。唉，想繪通，實在想繪通。」

雅信也找不到話好回答，只能對他感激地一笑，又低頭去唸她的厚書……

有一天中午，雅信在「小使間」吃中飯的時候，突然醫專的草地上聚集了許多學生，原來所有學生都從飯廳和教室跑出來，喧騰叫嚷著，都用手遮住陽光，一齊在眺望天空……雅信也覺得奇怪，便放下便當，也奔出「小使間」，跟大家去眺望天空，她看見一隻紅色雙翼的螺旋槳飛機，像隻蜻蜓在長空裡翻騰翱翔，從藍空鑽入白雲，又從白雲飛出藍空，看得人人張口結舌，歎為觀止，突然在人群中，雅信聽得見有人在七嘴八舌地對答：

「彼駛飛機的就是許文達啦！」

「聽人講，伊是倆台灣人？」

「是啊，伊去日本讀飛行機學校，伊是頭一個由日本飛飛行機轉來台灣的台灣人。」

「伊幾歲丫？」

「大概敢有二十一、二丫。」

「沒一定二十三、四丫哦。」

「阿飛行機由日本飛到台灣，不知著飛外久嚄？」

「至少也著七、八點鐘，敢免？」

「阿伊敢家己一個人飛？」

「『台灣民報』就安倪講。」

「阿敢有講伊家己一個人飛到海頂，飛彼倪久膾驚？」

「唉呀，你這個……若會驚哪著去做飛行士？」

「噢！若叫我去飛飛行機，我驚也死！」

「莫怪你才落來土腳做醫生！」

「阿你敢就不是？」

大家哄然而笑了，雅信獨自回到「小使間」，坐在藤椅上，憶起從前在東京「園遊會」上遇到的許文達，那個皮膚黧黑咬著嘴唇握著拳頭的許文達……

八

在台灣養了一年病，等第二年「哮龜病」大好，丘雅信便又重提行李，辭別了許秀英，坐船上日本，又在「東京女子醫科大學」復學，繼續沒有完成的學業。本來以爲休學了一年，又得重新從四年級唸起，但因爲在「台北醫專」已經把四年級的功課都旁聽完了，而且頗有心得，如果再重修一次，未免枯燥乏味，雅信便把大倉先生的證明信拿給這大學的校長看，商得校長的同意，給她舉行一次特別考試，結果考試的成績雖然不能盡如人意，但也都及了格，因此雅信便不必再浪費一年，一旦回來，便又與從前的那些老同學一起昇級，從五年級開始念起。

這醫科大學五年級的科目有精神科、泌尿科、皮膚科、耳鼻喉科和婦產科，因爲這些科目內容繁複，需要靠長期的講解與記憶，所以這同樣的科目也就一直延長到第二年，要到第六年級才能全部唸完，既已唸完，學生再經過一段時期的醫院臨床實習，也就畢業而成爲正式醫生了。因爲身爲女人，對女性的疾病比較熟習與關心，雅信主修了婦產科，對這門功課特別留意，以便將來回台灣後做一個好的婦產科醫生。

過去在「醫科大學」的女生宿舍住宿的幾年中，由於作息時間管制過份嚴格，雅信老早就感到十分不便，現在既已昇到五年級，功課更忙，實習又頻繁，常常在圖書館和病院出入，更懶得在宿舍門口每一次登記名字，所以在宿舍裡又住了半年之後，她便從宿舍搬了出來，在學校附近的一個民家租了一個小房子，有兩個小房間，一個充當睡房與讀書間，另一間有廚房連廁所，便當做客廳與飯廳之用。

雅信既已從宿舍搬出來，她開始自炊自食起來，但由於大學學業太重，她實在騰不出時間來煮飯與洗衣服，過了不久，她便託「貧民窟」的管理人替她找一個女佣，白天來做她的家務，晚上仍然回她的住處去。雅信原想這類女佣應該是中年婦人，沒想到管理人把女佣帶上門來，卻是一個十六歲的少女，這少女叫「雪子」，長得消瘦纖巧，梳兩條辮子，羞澀地咬著下唇，兩隻大眼睛不時神經質地眨動著。雅信問她會不會煮飯？會不會洗衣？會不會打掃房間？雪子頻頻點頭，輕聲回答說這些她都做過了，雅信看她倒也十分老實真摯，不免起了愛憐之心，便決定雇她，當下講好了價錢，說好了條件，那管理人便又帶雪子回「貧民窟」去了。

從第二日開始，雪子每天自「貧民窟」坐地下電車來到新宿，這時通常雅信已經上大學去了，雪子便爲她煮中飯，等她回來吃。中午的時候雪子與雅信一起吃，等雅信又上學校，雪子便洗衣服，打掃房間，傍晚時又煮晚飯，等雅信回來，兩人吃過晚飯後，雅信便去讀書間看書，雪子自個把碗洗好，把衣服摺好收起來，她便向雅信告辭回「貧民窟」去了。

這種生活維持了一個月之久，有一個晚上，當雪子把家裡一切都收拾好，穿好了衣服，正想開門回去，卻又踅了回來，對雅信膽怯地問道：

「姑娘樣，我每天早晚坐地下電車實在不方便，我以後是不是可以就在你這裡過夜？」

「但你怎麼睡覺？我這裡沒有你的睡房啊。」雅信驚異地說。

「沒有關係，姑娘樣，只要有一塊空的地方，我隨便都可以睡覺，比如說在廚房和飯廳中間的他他米上讓我舖一床被，只要晚上可以躺下就可以。這樣不但省去每天來回的麻煩，又可以省好多車錢哪。」

「但是雪子樣，你這樣不回去不要緊嗎？」

「我回不回去都無所謂。」

「爲什麼？難道你父母不會擔心嗎？」

「姑娘樣，不會的，」雪子說著，把頭低了，垂下眼瞼：「他們老早就過世了……」

雅信兩眼一楞，沉默了一會，便又問：

「那麼雪子樣，現在跟你同住的，是誰？」

「我母親的一個遠親，是我母親表嫂什麼的，是我母親過世的時候才把我託給他們的，他們沒有孩子，兩個人整天都出去外面工作，很晚才回來，從來不管我，也從來不關心我。」

雅信聽了，心裡沒有什麼主意，便呆坐在那裡，沉默著，雪子見雅信沉默，自己也沉默下來，張著眼睛望望廚房與飯廳之間的那一小塊他他米，撫弄著辮子，深深地歎了一口氣，才又說：

「其實在這裡，即使只睡地板也比我們那裡舒服多哪。」

「你想住在這裡是可以的，」雅信終於打定了主意說：「我可以騰出一個小他他米間讓你晚上舖被用，不過我還是怕你的遠親擔心，你今天回去了，就把你想住在這裡的意思問問他們，若他們答應了，你明天才把衣服雜物打捆搬來，這樣好嗎？」

雪子答應了一聲，歡天喜地地回去了，第二天早上，便抱了一大捆衣物零當來了，從這天開始，雪子在雅信的房子裡工作更加努力勤奮，對待雅信也更慇懃周到，向她表示萬分的感激，而雅信得她日夜照料房子，也十分喜歡，因爲她可以更長久地呆在病院和圖書館了，也爲此，她對雪子倍加愛護，不再把她當成雇來的女佣，只像是姐姐對待妹妹一般對待她，買好的衣服讓她穿，又買漂亮的木屐和陽傘給她外出用，自然雪子也越發盡職，把雅信看成親姐一般。

如此又過了幾個月，有一天晚上，雅信在她的睡房，開著孤燈在唸她德文的「婦產科教本」，雪子把晒乾的衣服襪子都收下摺好了，悄悄拉開紙門，走進雅信的睡房，把衣物輕輕地放在雅信的衣櫥裡，放完了之後，她看見雅信聚精會神在認眞看著小桌上的那本厚書，燈光只照著半張臉，卻是一動不動，有似雕像一般，雪子一時看得發起神來，既不想走出去，又不想打擾雅信，便不知不覺地跪坐在他他米上，斜倚著白牆，繼續望著雅信照亮的臉和黑暗的背影出神。

雅信在心裡等待著雪子走出房間時的關門聲，但久久沒有動靜，感到有些詫異，才把目光從德文的課本上移開，轉頭來望雪子，見她跪在那兒，一動也不動，著魔似地凝視著她，似乎有話想說，卻是欲語還休，她便打破靜默，開口問她說：

「怎麼啦？雪子樣，你有話想跟我說嗎？」

「沒有，姑娘樣。」雪子搖搖頭說，羞赧地微笑起來。

「不然你在想什麼？看看你的眼睛，好像心裡很沉重的樣子。」

「我在想……我在想……」雪子支唔地說，怕接觸雅信詢問的目光，把頭垂下：「等姑娘樣回台灣之後，我不知要到哪裡去？」

這問題是一個結，不但雅信無法解開，她根本連想也沒去想過，現在想想，也無法可想，便只好歎一口氣，勉強把目光拉回到「婦產科教本」的德文書上。

「姑娘樣，」雪子這回自動開口了：「你再唸多久就可以把大學唸完？」

「我現在唸六年級，大約再唸一年就可以唸完吧。」

「那麼姑娘樣，你再過一年就要回去台灣了吧？」

「噢，那倒不一定，唸完了書，還得在病院裡實習一段時間，可長可短，由主治醫師決定。」

「實習完了，就要回去台灣了吧？」

「我想是這樣吧。」雅信躊躇地回答，不知雪子下去要問什麼話。

「姑娘樣，你不能在日本這裡什麼地方開業嗎？」

雅信笑了起來，鬆了一口氣，回答道：

「雪子樣，不是我不想留在日本開業，而是在台灣我有母親有妹妹，而且那裡醫生很少，沒有這裡多，那裡的人比這裡的人更需要我。」

那房間又陷入好一陣子的闃靜，雅信看雪子做沉思狀，顯然還沒把心底的話和盤托出，所以她耐心等著，終於看見雪子慢慢把口張開，遲疑地說：

「姑娘樣……如果你不得不回去台灣……你回去的時候……是不是可以帶我一起去……請……

拜……託……」說時，雪子把頭叩在膝蓋上，聲音斷碎，彷彿要哭出來了。

聽了雪子的話，又看了她的行止，雅信大吃一驚，她萬萬沒想到雪子會有這種念頭，一開始她幾乎完全不能接受，但稍稍想她的處境，以及幾個月來她們兩人之間培養起來的姐妹之情，她的驚訝也就逐漸平伏下來，終於覺得這樣的要求實在也並不過分，只是還有一些猶豫……

「但你那位遠親呢？他們會說什麼？」雅信問道。

「他們什麼也不會說，他們原本就不關心我，何況我現在已不再是小孩了，我可以自己決定要做什麼就做什麼，只要姑娘樣說一聲就行了。」

「不過台灣的夏天很熱哦，怕你忍受不了。」

「熱有什麼關係？我一定忍受得了，姑娘樣。」

「在那裡我們沒有他他米，要睡在床上哦，你會習慣嗎？」

「我什麼都能習慣，姑娘樣。」雪子堅決肯定地說。

雅信搖頭歎息了一會，她實在是沒法了，只好姑且答應雪子以後帶她一起到台灣去，但仍然給雪子一年的時間，叫她慎重考慮，隨時都可以改變她的主意，暫時不必做最後的決定。雪子聽了，自然是高興，並說她不必再考慮，她早已在心裡打定主意，只要雅信到哪裡，她就要跟她到哪裡，又豈止台灣而已？從這天起，雅信才看到雪子真正快活起來，她臉上的愁雲消逝得無影無蹤了。

九

這一年，「世界主日學大會」剛好輪在東京舉行，因爲「日比谷公園」對面的「帝國大旅社」既有充足的西式房間可供與會的來客休息，隔鄰又有宏大的「寶塚劇場」可供開會與表演之用，於是大會的地點便定在「帝國大旅社」，時間還沒到，已有各國的牧師、宣教士和教友，從世界的每個角落一批一批湧向東京來。

因爲開會期間需要一、二十個熟諳英語的女招待來案內服務多數不會說日語的各國賓客，於是在日本的「世界主日學文會」便臨時向全日本高等以上的各個女學徵用會說英語的學生出來做「榮譽女招待」，他們先向「聖瑪格麗特女學」徵求，經女學的校長德姑娘的推薦，他們才來「女子醫科大學」請丘雅信到「帝國大旅社」去幫助他們爲來賓服務。

這大會前後舉行了兩個禮拜，每天雅信一早就穿上她大學的學生制服，在胸前別上「主日學大會榮譽服務員」的鍍金別針，來往於「帝國大旅社」的門口、會客廳與劇場之間，她與其他十幾位女服務員的主要任務是替賓客做通譯，回答他們任何有關日本社會風俗等等日常瑣屑的小問題，當然有時也替他們代叫汽車，爲他們買郵票寄信，然後開會的時間就替他們尋找「寶塚劇場」裡的座位。

這些來自各國的賓客，臉上都十分和氣友善，好像都受過高等的教育，女的都打扮入時，男的都衣冠楚楚，人人談吐高雅，風度翩翩，在雅信的腦海裡留下很深的印象。那些男客只問一些重要的話，但好多淑女卻愛說一些細語，她們都很喜歡跟雅信用英語閒聊，而且有許多話都一而再、再而三地重複著：

「小姐，貴姓？」

「我姓丘。」

「大名？」

「雅信。」

「你還是個學生？幾年級了？」

「六年級。」

「六年級？你是在哪一個大學唸書？」

「『東京女子醫科大學』。」

「『東京女子醫科大學』？你女子唸醫生？了不起！了不起！你幾時畢業？」

「今年就要畢業。」

「今年就要畢業？太好了！太好了！丘小姐，我眞爲你驕傲呢！」

雅信不好意思回答，便點頭欠身答謝。

「眞的，丘小姐，我眞的爲你驕傲，特別是你的英語又說得如此好，如此流利，你的英語是跟哪位老師學的？」

「主要是在台灣的一個教會學校，跟一位加拿大去的宣教師學的，她的名字叫『金姑娘』。」

「『金姑娘』？唔……好像在哪裡聽說過……」

因爲那女賓客身邊的男賓客在使眼色催她，她只好依依不捨地縮短這興致勃勃的對話，跟雅信點頭爲禮，最後說：

「丘小姐，眞高興見到你，過會兒再見吧。」

「也眞高興見到你，過會兒見。」雅信回禮說。

每天「主日學」都在那裝潢華麗的「寶塚劇場」開會，而開會前的一個鐘頭是雅信她們最忙碌的時候，一旦把賓客帶到他們應坐的座位，她們就空閒下來，但開會期間又不能走開，於是雅信也就在劇場裡找了個空位，坐下來，參加他們的會議與節目了。

開始的幾天，大概都是各地的牧師上台來報告各地主日學發展的近況與對將來的展望，說話的外國人也有，日本人也有，爲了要讓在座的外國人與日本人了解說話的內容，每回外國人用英語說的時候，便有一位日本牧師把英語翻譯成日語，而每回日本人用日語說的時候，便有一位外國牧師把日語翻譯成英語。這些報告的內容，因爲第一次聽到，許多地名又不熟習，所以雅信也沒有什麼印象，聽聽也就忘了。

可是幾天的報告之後，開始有人上台去講道，這些時候，雅信就較有興趣，也就認眞傾耳恭聽起來了。有一天，一個來自蘇格蘭的老牧師在講道，題目是「什麼叫做『愛』？」這牧師有八十歲，白髮如銀，皮膚紅潤，得過神學博士學位，所以穿一襲鮮紅的聖袍，兩隻黑白條紋的袖子，白色封口的圓領，背後掛一條紫紅的三角巾，他舉止嫻雅，口齒清晳，說了一段令雅信牢記不忘的道理：

「從前耶穌所謂的『愛你的鄰人』，他確確實實指的是你的鄰居或隔壁的人，如今世界已變得如此小，『愛你的鄰人』已不再指你的鄰居或隔壁的人，也不是指你同城的人，更不是指你同國的人，而是指整個世界的人！」

整個劇場闃然無聲，大家屏聲息氣，連一根針掉在地上也似乎可以聽見，而那年老慈祥的老牧師卻不慌不忙地飮一口桌上的一杯透明的清水，徐徐把全場掃視一遍，繼續說下去：

「大家都知道『政治』和『人道』不是並行的，『政治』是有選擇性的；而『人道』卻沒有選擇性。當『政治』想救援一個人的時候，它必須先問對方是誰？但『人道』從來不問對方是誰？『人道』是全然的關心，是沒有分別的愛。有人溺在水中，你不能避而不顧，也不必問：『你是誰？』你只把手默默伸過去，把那水中的人拉上岸來，這便是『人道』，也就是『愛』，不分性別、不分年齡、不分地域、不分種族，像空氣一樣無所不在；像陽光一樣無時不暖！」

整個劇場風聲雷動，幾千隻手拍得像幾萬隻蝴蝶，而那老牧師卻無動於衷，只溫文地向大家欠身鞠躬，緩緩走到台下來。

大會最後一天的節目是「千人大合唱」，由世界各地來的聖詩合唱團臨時組成的，這些合唱團在來東京之前，已在他們本國把要唱的歌曲都練習好，臨時再由一個總指揮指揮，在「寶塚劇場」的大舞台上聯合演唱的。

這一天，來賓都相當興奮，雅信也同來賓擠在前排空出來的位子上聆聽這雄壯浩大的「千人大合唱」，那總指揮是外國人，三十歲左右，一頭瀟灑的捲髮，高凸的鼻子掛一雙無框的眼鏡，著一套燕尾服，白襯衣上打一個紅色蝴蝶結，動作敏捷有力，確實是一副天生音樂家的模樣。那台上二十排的合唱員，簇簇擁擁把個偌大的舞台擠得水洩不通，那臉孔各色各樣都有，只是身上穿得一律是潔白的聖袍。那台下的正中央有一團日本人的管弦樂隊，小提琴、中提琴、大提琴、低音大提琴、長笛、短笛、雙簧管、單簧管、法國號角、定音鼓、鐃鈸……等樂器固不必說，爲了唱聖樂，還特別去搬來了一架大風琴以補沒有教堂管風琴之缺憾。

節目開始時，由各團唱一些各色各樣的「讚美詩」、「聖詩」之類，由台下的管弦樂隊伴奏，等這些短曲告一個段落，便由所有團聯合起來唱巴哈的「馬太受難曲」、海頓的「創世彌撒曲」。等這最後的兩個長曲唱完，團員稍作休息，這其間有幾排團員又重新安排站立的位置，有一個女高音、一個男高音和一個男低音，從隊伍中站出來，立在總指揮側面的麥克風前，大家便知道韓德爾那著名的「彌撒亞」就要開始了，於是無形中，全場倏然安靜下來，彷彿連每個人的呼吸也都停止了。

這「彌撒亞」分成三部，歌辭都是從聖經裡摘錄下來的，內容說的是耶穌一生的故事，歌辭大都重複又重複，但因爲曲調變化萬端，又有管弦樂伴奏，也不覺單調，只覺其美了。

「彌撒亞」的第一部徐緩柔和，由男高音首唱，以下由男低音、女高音和合唱隊輪流唱出。「彌撒亞」的第二部一開始就有潛龍欲出、風雨欲來的雄勢，先是由一隊合唱隊用神秘的歌聲唱：「看哪！上帝的羔羊，除掉世人的罪……」，然後換成另一隊合唱隊用崇高的歌聲唱：「我們像一群迷失的羊，各走自己的路，但我們一切的過犯，上主都使他替我們承擔……」，接著那男低音沉重肅穆的聲調唱出：「列國爲什麼妄圖叛亂？萬民爲什麼做虛空的策劃？他們的王侯蜂擁而來，他們的執政者在一起籌謀，要攻擊上主和他所選立的君王……」，這方唱完，那男高音便用悲壯的聲音唱著：「上主從天上的寶座發笑，他譏誚這些人的愚蠢……」，突然換成迂緩而顫抖的聲音繼續唱：「你要用鐵腕統治他們，你要粉碎他們，像粉碎瓦器一樣——」，唱到這裡歌聲突然戛然而止了，整個舞台呈獻片刻怪異詭譎的靜默，大家都意識到整部「彌撒亞」中最動人最美麗最高昂最澎湃的「哈利路亞」就要以排山倒海之勢傾瀉而出了，於是每位聽眾也就依照慣例，學兩百年前的英王喬治二世，自動地自座位立起，而且從「哈利路亞」的第一個管弦樂的音符起到最後一個人聲的音符爲止都恭恭敬敬地肅立聆聽著：

哈——利路亞！
哈——利路亞！
哈利路亞！
哈利路亞！
哈利——路亞！
哈——利路亞！
哈——利路亞！

哈利路亞！
哈利路亞！
哈利——路亞！
因爲我們全能的主做王了！
哈利路亞！
哈利路亞！
哈利路亞！
哈利路亞！
因爲我們全能的主做王了！
哈利路亞！
哈利路亞！
哈利路亞！
哈利路亞！
……………………………………
世上的國成了主和基督的國；
祂要做王直到永世無窮！
……………………………………
萬—王—之—王————！
哈利路亞！

哈利路亞！
哈利路亞！
哈利路亞！
萬—王—之—王————！
哈利路亞！
哈利路亞！
哈利路亞！
哈利路亞！
萬—王—之—王————！
哈利路亞！
哈利路亞！
哈利路亞！
哈利路亞！
萬—王—之—王————！
哈利路亞！
哈利路亞！
哈利路亞！
……………………
萬—王—之—王————！

萬—王—之—王———————！
萬—王—之—王———————！
哈利路亞！
哈利路亞！
哈利路亞！
哈利路亞！
哈———利———路———亞——————————！

聽完了最後那徐長的一句「哈利路亞」，這神聖的「哈利路亞」才全曲結束，聽眾也感到一陣鬆弛，才七零八落地坐回座位上去，繼續聽「彌撒亞」的第三部。這第三部已不像「哈利路亞」那樣高峰峻疊，而像下山坡一樣，漸行漸緩漸低，依然是由合唱團與那幾個獨唱歌手輪流歌唱，最後才以全體團員宏偉高亢的一聲「阿門」做爲全部「彌撒亞」的結束。

「千人大合唱」的最後一支曲是貝多芬「第九交響曲」中的「快樂頌」，這「快樂頌」的歌曲用的是貝多芬原來「快樂頌」的主要旋律，但爲了便於教堂合唱之用，已將原來德國詩人席勒的德文詩由一位叫Edward Hoges的十九世紀英國牧師改編成英文的「快樂頌」。合唱時是由全體齊聲合唱，雖然沒有「第九交響曲」演奏時的花彩多變，但仍然是雄渾壯闊，有令人想衝破雲霄的不可抑制之勢，儘管那宏亮的巨聲來自一千個人的喉嚨，但眾口一致，彷彿不是出自人間，而是來自天上，由一位舉得起地球的巨人雄健唱出：

快樂快樂讚美您，
　榮耀之主愛之神；
心如花瓣爲您開，
　頭似日葵對您抬。
消融悲愁之白雲，
　驅除憂鬱之陰影；
永恆歡樂是主恩，
　光照世界自清晨。

萬物快樂環繞您，
　天上地面披汝光；
繁星天使爲您唱，
　連綿讚美唱不斷。
森林窮谷與高山，
　芬芳草地與海洋；
善歌鳴禽與流泉，
　同唱快樂頌合歡。

您既賜恩又赦免，

世人永被千古恩；
歡喜恍如井不竭，
快樂可比海洋深。
上帝天主是人父，
宇宙萬民皆弟兄；
教我兄弟相友愛，
情同手足深似海。

……………………

這「快樂頌」就這樣驚波駭浪雄風萬里地唱著，一次又一次地重複，震撼了屋宇，唱斷了天涯，聽得聽眾摒住胸膛，滾下熱淚，一直把一股飽滿欲爆的激情強自隱忍，一等到歌聲消失，帷幕降落，便任其火山似地爆發開來，於是掌聲四起，歡騰雷動，「世界主日學大會」也就在這種歡悅與和諧的氣氛中圓滿結束了。

這是雅信有生以來看到過的最雄壯最感人的場面，那印象實在太深刻了，特別是那最後一天的「千人大合唱」，只要她一閉起眼睛，那舞台上的一千張紛紜的臉孔便映在眼前，於是那神聖的「哈利路亞」與崇高的「快樂頌」的美麗動人的旋律又不自覺在耳邊悠然響起了……

十

經過六年的苦讀，雅信終於與其他的六十位女學生通過嚴格的考試，獲得了醫學的學位，有史以來第一次得到日本內務省的承認，與全日本的其他男醫生立於同等的地位。六年前入學的女學生有一百多個，現在畢業得到醫生執照的只剩下一半，其他的女學生不是因病休學就是知難而退了。

因爲畢業典禮的時候，所有畢業生必得脫去在校時的學生服，穿上日本式的婦人禮服，所以早在畢業的三個月前，學校便通知每位要畢業的女學生準備禮服，大部份城裡的日本學生，她們早就有禮服，根本不必再做，只剩下那幾個來自鄉下的學生必須訂做，雅信既然沒有禮服，便只好跟那幾位去訂做了。

這一天，雅信與另外三個畢業生到東京的「銀座」訂做禮服。她們自新宿坐了環市地下電車到「日比谷站」下車，然後沿著「銀座」的大道邊逛邊看，她們走進「三愛百貨店」的布料部看了一回，都沒有看上滿意的布料，便橫過街，走進「三越百貨店」，在這百貨店的布料舖裡，她們終於看到她們喜歡的布料，於是各自量了身材，各剪下不同尺寸的布。雅信也選了半疋黑綾子的亮綢，叫女中包好，付了錢，走出百貨店。

「松屋服裝設計部」離「三越百貨店」有兩條大街，她們早就打聽好這裡有人專門在給人訂做禮服，所以買完了布料，她們便向「松屋百貨店」蹓過來。進了百貨店，又找到「服裝設計部」，早有幾位男裁縫從玻璃窗後迎了過來，問她們要做什麼衣服，她們都說是大學畢業生，想訂做畢業典禮要穿的婦人禮服……

「你們布選好了沒有？」有一個五十多歲的老裁縫，帶著一只雙瞳眼鏡，翻上眼白低頭禮貌地說。

「我們布料都買好了，只等你們再詳細給我們量身材。」其中的一個學生回答說。

「那好，那好，你就先過來這邊，我先替你量，其他的人，請到那邊坐坐，過會兒就好，請——

」

那老裁縫對那第一個說話的學生示意，那學生便跟了過去，於是那老裁縫便展開了布料，稱讚幾聲，拿起口袋裡的一卷軟尺，一邊量，一邊用夾在耳朵上的鉛筆，敏捷地把尺碼記在簿子上。記完了，便問那學生說：

「請問你的『家族紋章』呢？姑娘樣。」

「『三割菊』。」那女學生說。

「『三割菊』？嗯，嗯，那眞是高貴的紋章哪！姑娘樣。」那老裁縫頻頻點頭地說。

輪到第二位女學生時，老裁縫照樣又展開了布料，讚美一番，然後拿起軟尺與鉛筆，邊量邊記錄下來，最後問那女學生說：

「請問你的『家族紋章』呢？姑娘樣。」

「『三羽鶴』。」那第二個女學生說。

「『三羽鶴』？哦，哦，那眞是聖潔的紋章哪！姑娘樣。」

輪到第三位女學生時，老裁縫又依原來的順序重做一番，最後問那女學生說：

「請問你的『家族紋章』呢？姑娘樣。」

「『三本杉』，老伯。」

「『三本杉』，啊，啊，眞是莊嚴的紋章哪！姑娘樣……可問你家住在山上？」

「正是哪，老伯。」那女學生微笑地說。

於是那老裁縫也把眼睛瞇成一條縫，因猜對而開心地笑了……

從那老裁縫在問「家族紋章」的時候開始，雅信就有些莫名其妙，不知所指何物？當那三個女學生回答「三割菊」、「三羽鶴」、「三本杉」時，她就更加茫然了，她奇怪，怎麼那老裁縫一聽這些名字，記下便成了，也不必看圖什麼的，彷彿那是很通俗的東西，只是雅信聽了老半天，仍不知道指的是什麼東西……

「姑娘樣，大家都量好了，現在輪到你了！」那老裁縫翻起眼白，從眼鏡的上瞳望雅信，喚她說。

雅信拿了布料迎了過去，那老裁縫看了她的布料，又量了她的身材，然後千篇一律地問她說：

「請問你的『家族紋章』呢？姑娘樣。」

「『家族紋章』是什麼？到底你問這做什麼？」雅信皺著眉說。

「什麼？姑娘樣竟然連『家族紋章』都不懂？這『家族紋章』就要印在你的禮服上啊，胸前要印，背上也要印，袖子也要印，這你都不懂？」那老裁縫驚訝萬端地說，搖起頭來。

「哦，哦，哦，原來如此。」雅信說：「也好，你就拿全部的『家族紋章』來讓我選吧！」

那老裁縫聽了大笑起來，而那三位女同學也捧著腰擠在一起私笑起來……

「『家族紋章』是你家族本來就有的，怎麼可以由你臨時選呢？」那老裁縫終於說。

「但我家族本來就沒有這種紋章，只好由我臨時選啊。」雅信說。

「怎麼？這紋章人人都有哪，你是爲什麼？……」老裁縫張了大口說。

雅信不便自己說，經那第一個量身材的女學生的解釋，說她是來自台灣的「台灣人」，那老裁縫才恍然大悟起來，想了老半天，覺得「家族紋章」這般輕率挑選固然不好，但訂做禮服而竟然沒印「家族紋章」則更不好，最後無可奈何，也只好依了雅信，把一大本「家族紋章圖譜」由抽屜裡抱出來給雅信挑選，只是翻的時候，一邊口還嘖嘖地說：

「眞稀奇哪！一個人竟然沒有『家族紋章』，這還是我替人做衣服以來第一次碰到的哪。」

雅信把「家族紋章圖譜」從第一頁翻起，原來所謂的「家族紋章」便是用各種形象所畫成的簡單圖案，大部分都畫成圓形，但也有四角形、菱形、八角形、三角形，圖案都十分悅目，有一種象徵味道，且各具有一個詩意的名字。翻開那第一頁，首先映入雅信眼簾的是三象並蒂的紋章，除了那已聽過的「三割菊」、「三羽鶴」、「三本杉」之外，還有「三寄松」、「三日月」、「三波頭」、「三盛枝」、「三割梅」、「三帆丸」、「三遠雁」、「三矢」、「三割麥」、「三碇丸」、「三槌」、「三花菱」……等等。其次是二象對稱的紋章，如「對雀」、「違柊」、「違柏」、「違椰枝」、「二本杉」、「二藤」、「違櫂」、「對蝶」、「重扇」、「違羽」、「違蘆葉」、「對蜻蜓」……等等。再次是單象的紋章，比前兩種複雜而美麗，如「菊菱」、「水月」、「初雪」、「抱波」、「開扇」、「波丸」、「鶴丸」、「放馬」、「抱蕨」、「鳥居」、「霞帆」……等等。雅信在這最後部分的紋章裡尋覓，被一幅叫「富士山」的紋章吸引住了，這紋章就是一座富士山，山下三掬雲，既簡單又明瞭，而且極富詩意，特別是那景象是雅信親眼見過的，現在一見了就喜歡得不得了，便指著那「富士山」，問那老裁縫說：

「我就選這『富士山』，可以嗎？」

「那又有什麼辦法？你既然沒有『家族紋章』，不可以也只好可以了！」那老裁縫翻下眼白，透過那下瞳的鏡片睨那「富士山」的紋章，無可奈何地說。

十一

就在丘雅信正式從「東京女子醫科大學」畢業的前一個月，她收到「台灣同鄉會」的邀請帖子，邀她在下一個禮拜天中午到「上野公園」裡的「精養軒」飯店聚餐，接受老前輩的台灣人的祝賀，到時還會邀請台灣總督府的監督以及一些日本官員來參加，以示這畢業敬祝會的隆重與盛意。

這一天，雅信梳洗完畢，穿上那新近做好印有「富士山」紋章的日本式禮服，搭上地下電車，一路趕到「上野」站，下了電車，爬了一段階梯，從「上野」站走了出來。「上野公園」就在「上野」車站背對面的小山上，雅信橫過那條熱鬧的大街，沿著那櫛比的土產店和食品店，來到一個大缺口，那裡立了一個石柱，上刻著「上野公園」四個大字，雅信撩起過踝的禮服，小心翼翼地爬了那通往山上的一百級石階，那花草繽紛樹木茂盛的公園便在眼前呈現了。

「精養軒」飯店是一幢木造大樓，就在上野公園南邊的湖畔，從階梯一進公園，遙遙便看見了。雅信看了一下腕錶，才十一點鐘，離「台灣同鄉會」的會餐還早一個鐘頭，也不必急著趕去「精養軒」，便隨便在公園裡溜躂起來。這公園零零落落是不怕人的鴿子，幽徑上、草地上、木條椅上，到處是人，都盛裝著，臉帶笑容，十分悠閒的樣子。

雅信向右邊拐彎，背對著「精養軒」的方向姍姍漫步著，無意之間來到「西鄉隆盛」的銅像之前，這位鶴立雞群「征韓論」叫得最猛烈的明治維新重臣，他的武士精神，他的忠君愛國，以及他因內戰失敗而切腹自殺的故事，雅信早在「淡水女學」讀日本史時就耳濡目染了，此刻見到，有如重溫歷史之感。雅信抬頭去望這銅像，那粗壯如相撲鬥士的身軀裹在微掀的日本和服裡，他右手牽著一隻秋田狗，左手叉腰，按在腰上的短劍上，他腳踏草鞋，立姿瀟灑，只是緊閉著堅定的嘴唇，露一雙深烱的眼睛，似乎有一股怒氣，等待了半世紀的長時間還沒得發洩。雅信把目光從銅像移到下面的大理石座，座的正前方有一塊銅牌，刻的是西鄉隆盛的小傳，看完了銅牌的小傳，雅信繞到銅像的背面，她看到另一塊小銅牌刻著西鄉隆盛的一首題名叫「偶感」的著名漢詩，寫道：

幾歷辛酸志始堅，丈夫玉碎恥瓦全。
我家遺法人知否，不爲兒孫買美田。

看完了西鄉隆盛的漢詩，雅信正想走到別處去，驀然聽見有人在喊她的名字，她回頭看時，關馬西已從西鄉隆盛銅像正對面的那一片草地走了過來，硬是邀請雅信過去加入那草地上的一夥男學生，說他們也是今年的畢業生，也是被「台灣同鄉會」邀來「精養軒」參加畢業會餐的，雅信本來有些猶豫不太想去加入男生的一夥，但關馬西硬是強拉，而自己又沒有特別地方想去，也只好隨關馬西來到那片草地上，那兒早有幾個男生，雅信一眼望去，也十分湊巧，原來都是兩年前在寺內伯爵的花園裡已經認識的人，除了關馬西之外，有江東蘭、林仲秋、彭英、謝培火和許文達，因爲已經見過面，也就不必再介紹了。雅信來到他們面前，正不知要如何同大家寒暄，謝培火已先開口說話了，他仍然是從前那副老大哥的氣派，他大大方方把穿日本禮服的雅信從頭到腳瞄了一回，便開門見山地說：

「若不是頂回在『夏季園遊會』見過一面，我就強強欲加你當做『日本婆仔』咧！」

他說完，便善意地笑了起來，大家也跟著笑了，雅信注意到，只有林仲秋沒有笑。

所有男生都坐在草坪上，雅信穿著黑綢禮服，不便偎坐在草坪上，她便走了幾步，在離他們不遠的一條木條椅子坐下來，那椅上剛好面對著西鄉隆盛的銅像，於是她一邊望著西鄉隆盛，一邊側耳去聽他們說話，偶爾才轉頭去瞟他們一眼，去看他們談笑風生的表情。

每回雅信側臉去看那些男生時，她總會發現江東蘭在對她禮貌地微笑，倒是彭英反而覺得有些生疏，而林仲秋則好像對她敬而遠之，故意把頭轉到其他方向，以避免目光與她接觸，可是又時時會忍不住摸索著轉頭來偷看她一下，覺察她也在偷望他，便又把目光急遽拋開去。關馬西坐在雅信與其他男生之間，不知要聽他們談論還是過來與雅信說話。坐在關馬西隔壁背對著雅信便是謝培火，他仍是這群人中的主要喉舌，雖然雅信見不到他的正臉，卻見到他比手劃腳，全身有勁地跟著他說話的抑揚頓挫而規律地揮舞著。謝培火再過去坐的便是許文達，他仍然全神凝注聽別人發言，絕不輕易開口，雅信望著他那黧黑的側臉，和堅定的嘴唇，不禁憶起他去年駕著雙翼的「紅蜻蜓」在台北上空翻騰翱翔的雄姿來……

「來！來！來！」突然謝培火轉換了話題，拍掌對大家說：「倆大家今年都攏欲畢業囉，講啦！講啦！講看倆每個人畢業了後對將來有什麼打算！」

謝培火說畢，環顧四周，卻沒有一個人自告奮勇首先出來回答，謝培火的目光最後停留在雅信的身上，便回過身來指著她說：

「你啦！你啦！即內面孤孤你是查某，由你代先講，丘雅信……不是囉，由即馬起著愛稱呼你做『丘醫生』才著！」

雅信在遲疑，不好意思開口，但終於拗不過謝培火的懇請，她才慢吞吞地說：

「阮畢業了後，著復住在病院內面實習一年，恐驚一年了後才會得通轉去台灣做醫生。」

「阿你咧？『關牧師』。」謝培火轉問關馬西說。

「我也艙通隨轉去台灣，我也著留在『聖書神學校』實習一年，一面做助教，一面練習佈道傳教。」

「敢不是留列做助教哦，敢是想欲留列佮『丘醫生』做伴哦。」彭英調侃地說。

「安倪講也會使啦！」關馬西笑著一口回答，並不以爲忤。

這引起大家開懷大笑起來，只有林仲秋沒笑，他悄悄把目光轉到別處去……

「阿你咧？林仲秋，即ㄚ不看列看別位，別位有什麼好物通看？」謝培火打趣地說。

「我哦？……」林仲秋把頭轉過來，恍然若有所失地說：「我今日畢業，明仔再包袱仔款一下，就欲轉來去台灣吃頭路。」

「吃什麼頭路？」謝培火關心地問。

「哪有什麼頭路？讀電機的，只有是轉來去吃電力會社的頭路……」林仲秋說著，偷望雅信一眼，又收了回來，垂下頭來，伸手不經意地拔了一根草，黯然地說：「人列講『少有大志』，我什麼『志』都沒，『大』的『小』的攏攏沒，春的是孤轉來去電力公司吃死頭路。」

大家聽了，都覺得林仲秋話裡有話，只不知道那是什麼，恐怕只有雅信一個人知道，她怕別人探問，忙把頭轉往他處，去望西鄉隆盛的銅像……

「阿彭英咧？」隔了一陣，謝培火終於又打破沉默問下去。

「我沒欲隨轉去台灣，畢業了後，我想欲去中國，來去看光景，見世面，等我看飽ㄚ，見飽ㄚ，才轉來去台灣開始找頭路。」彭英回答。

「阿江東蘭咧？」謝培火轉向江東蘭問道。

「倆台灣最近有起一間大學，叫做『台北帝國大學』，大學內面設有英語系，我有聽人講伊眞欠英語的教授，我畢業了後眞可能會去即間大學教書。」江東蘭說。

大家聽了，也不敢多問其中的細節，僅點頭表示稱許之意，而謝培火則一秒鐘也不願浪費，立刻又轉頭來問坐在他旁邊的許文達。

「阿許文達你咧？你這『飛行士』有什麼打算？」

「我不知，欲住在日本？欲飛去台灣？欲飛去中國？我攏猶沒決定。您大家知影，飛飛行機，著愛看氣候，幾時欲飛？欲飛去嘟？我暫時攏猶沒決定。」許文達說。

謝培火把所有人都一一問過了，便不再說話，自己沉默了，關馬西見了，忍不住開口反問他說：

「阿你咧？孤會記得問人，你家己遂艙記得講。」

「你列問我是否？」謝培火反指著自己說，恍然微笑起來：「我畢業了後欲創什麼，我家己也不知，我即久孤知影是——倆台灣目前眞正需要一個議會來為倆台灣人講話，這是一個理想，這理想若叫我去嘟我就去嘟，叫我創什麼我就創什麼。」

大家把剛才的笑容收斂了，突然變得嚴肅起來，都默然垂下了頭，雅信則想起許秀英叫她「不通插政治，不通反對官廳」的話，便把頭轉過去望西鄉隆盛的銅像，有一隻鴿子自地上飛到西鄉隆盛的左肩，西鄉隆盛眉頭緊皺，似乎對那左肩上的鴿子有些惱怒，卻又無可奈何，以武士的鎮定容忍著……

「台灣議會設立的請願運動最近敢有什麼消息？」彭英興趣盎然地問。

「有一項大消息。」謝培火慢慢地說。

「什麼消息？你緊講！」彭英迫不急待地問。

「就是——詹渭水，即回伊親身欲由台灣來東京參加請願運動。」

「是不是創辦『台灣文化協會』彼個醫生？」關馬西問道。

「是啊，詹渭水伊在台北開一間醫生館叫做『大安醫院』。」謝培火回答。

雅信眼睛亮了起來，把耳朵傾了過去，想聽得更清楚，卻又把自己拉回來，想著，為什麼這些留學生老愛插政治？老愛反對官廳？最好是別去聽。雅信又把眼睛轉向西鄉隆盛，這時又有另外一隻鴿子飛來停在他的右肩，他似乎更加生氣了……

「其實倆過去已經向伊日本國會請願過兩回ㄚ，詹渭水即回來是欲參加第三回的請願，到時『新民會』佮『台灣青年會』的會員攏會去東京車頭歡迎伊，相信彼場面絕對會眞鬧熱才著。」謝培火說。

「即回請願運動敢佮頂回有什麼沒像款？」沉默的林仲秋終於問道。

「攏也像款，也是欲要求伊日本政府允准倆在台灣設立特別議會，給倆台灣人自由選出倆的議員，對台灣總督的單獨立法佮單獨預算，行使審議權佮贊助權而而。」謝培火說。

「除了這以外，即回詹渭水來，敢有什麼其他的活動？」彭英問道。

「有！」謝培火肯定而有力地回答：「就是欲順即個請願運動的機會在東京正式成立『台灣議會期成同盟會』，專門爲了促進設立台灣議會爲目的，過去有兩回，在台灣向台北警察署提出申請，攏獪通過，講什麼違反伊『台灣治安警察法』，過去在台灣獪通過，即回才特別來東京，欲向即ㄚ早稻田警察署申請，有人已經向伊探聽過ㄚ，聽見講大概敢沒什麼問題才著。」

謝培火把這大段話說完，大家覺得也沒有什麼話好問了，便個個又靜默下來，雅信又再次把眼睛轉向西鄉隆盛的銅像，這時又飛來一隻鴿子，在銅像的周圍繞了三匝，發現兩肩可棲之地都已被佔據，只好撲撲翅膀，在西鄉隆盛的頭上落定下來，並且急躁地用一雙紅爪往他的頭頂亂踩，這時西鄉隆盛的怒目彷彿要迸跳出來，他已經忍無可忍，幾乎要伸手拔劍去趕身上的所有鴿子了。雅信抿著嘴，暗自笑了出來……

在「精養軒」的那個大飯廳裡，雅信又見到其他的一些在日本留學的畢業生，有以前見過的，有這次才見到的，其中有的還穿大學裡的學生制服，有的則換了西裝，打起各式各樣的領帶，而兩個跟日本女人結婚的學生則穿起和式的禮服，踩著日本稻草拖鞋來參加。

雅信選了一個角落坐下來，關馬西便坐在她旁邊，大家先喝了茶，又吃了一個專爲敬賀畢業而做的甜餅，然後便是一人一份的日本中餐，吃完了中餐，稍微休息之後，便有一個日本文官上台演講，雅信猜測大概是台灣總督府派來的官員，這官員下去之後，有一個穿黑色西裝的台灣人上台，用十分流利的日語演說，這人年紀約三十五歲，身體魁梧，帶一雙黑框眼鏡，留一小撮鬍子，一後腦披頭，說話響亮，眉飛色舞，內容大概是跟大家恭禧，祝大家鵬程萬里、事業成功之類的話……雅信從沒見過這個人，因爲好奇，便低聲問旁邊的關馬西說：

「這什麼人？」

「你不知哦？」關馬西附在雅信的耳朵輕聲回答：「這就是李呈祿啦，『台灣青年』就是伊創辦的啦。」

「敢不是謝培火創辦的？」雅信皺起眉問。

「不是謝培火；是李呈祿創辦的，伊做發行人，才叫謝培火去做編輯。」

李呈祿演說完畢，走下台來，便有另一個台灣人，穿一套綠色西裝，走上台去，這人年約四十多，身體頎長，面色清癯，用不純熟的日語演說，主要是告訴畢業生，大家都是自台灣來的，千萬不要把台灣的故鄉忘記了，以後爲人做事，一切要以台灣故鄉爲念，永遠要記著，在那島上，有幾千幾萬父老兄弟姐妹，日夜盼望大家早些完成學業，早些回去爲他們服務……這人說話雖是平淡低沉，沒有抑揚頓挫，但他話外有話，打中每位留學生的心坎，使大家感動得不能自已，便熱烈地鼓起掌來。

「這是什麼人？」雅信見這人陌生，便又轉頭問關馬西說。

「這你也不知？這就是葉惠如啊……伊本來是清水人，日本來台灣了後，才搬去福州住，伊時常來日本，就是伊提一千五百塊出來給李呈祿創辦『台灣青年』的啦。」

會餐完畢之後，李呈祿宣佈每個留學生有一小時的自由活動時間，可以在「上野公園」的各處走走，一小時後再回到「精養軒」的門前，集體拍照留念。雅信聽罷，便走出「精養軒」，關馬西也跟著走出來，於是兩人便循著面前的公園人行道漫步起來，這人行道的兩旁都種著成列的櫻花，因爲春天已過，樹上已長了茂盛的綠葉，一點也看不出春天花開繽紛的姿色了。走了幾分鐘，突然在眼前展開了一個廣場，成千的鴿子在廣場上悠然徜徉，與人同享公園的風光，一點也沒有怕人的樣子，有幾個成人蹲下來，拿玉米花來餵鴿子，於是鴿子都競相圍來啄食他手中的餵物，另有幾個小孩想擒抓鴿子，於是所有鴿子都扭著屁股，蹬著紅足跑開了，有一個十歲的男孩在鴿子後面窮追不捨，追得那些鴿子沒法，只好撲翼自地上飛上天空去……

雅信走到廣場的末端，那裡是一個十字形的大水池，池裡淌著睡蓮與浮萍，他們在池邊小立，望著池邊戲水的盛裝小孩消磨時間，關馬西指著池一邊的小建築，對雅信說：

「彼就是全日本上出名的『上野動物園』，你做你講，世界上什麼稀奇的動物，伊內面攏有。」

因爲也沒有地方好去，關馬西便領頭，雅信跟著，兩人漫無目的地蹭到「上野動物園」的大門口，那門口上畫著許多動物的圖畫，有大象、老虎、北極熊、海象……等等，雅信看看手錶，已經快到集合拍照的時刻，不然就進去動物園開開眼界，想著，便又隨關馬西踅回「精養軒」的方向來，猛抬頭，便在那樹木的枝椏之間出現了一樓橘橙的五重塔，古意盎然，令人遐思，他們便對著那五重塔走去……

緊鄰著五重塔便是那朱漆的「東照宮」，那宮前人徑的兩旁立著兩排蒼苔的石燈，走過那石燈的人徑，便逢上一座印度的寶殿，裡面奉著「藥師如來」和「上野大佛」的雕像，還點著燈，上著香。

從那寶殿走出來，「精養軒」便在眼前出現了，雅信想伐開快步往前走去，關馬西卻把她拉慢下來，突然心血來潮問她說：

「雅信姐仔，你哪會即倪久沒來長老教堂做禮拜？」

「我都沒閒……」

「以前做學生的時陣沒閒，即馬畢業了後會較閒，你著較捷㉒來做禮拜。」關馬西熱切地說。

雅信無可推託，也就點頭答應了，於是兩人才快步走向「精養軒」去。

所有台灣畢業生在「精養軒」前拍了一張團體照留念，這照片分坐三排，沒有外人，全部都是這一年的畢業生，雅信坐在第一排的最左邊角上，關馬西立在她後面，彭英和江東蘭站在第三排，林仲秋站在斜對角，而謝培火則坐在雅信的右邊，再過去便是許文達………

十二

東京唯一的長老教堂在市南邊的澀谷區，想從新宿區的「東京女子醫科大學」去這教堂，丘雅信必須先從大學走一段路到「新大久保站」上車，坐地下電車，沿「代代木森林公園」南下，在「澀谷站」下車，再走十五分鐘的路才到。雅信過去因爲功課太忙，很少上教堂做禮拜，自從她母親許秀英來了東京，她雖然與關馬西陪她母親來這長老教堂做了幾次禮拜，以後她母親回台灣後，她就沒再來過，這陣子若不是關馬西在「上野公園」裡又重新邀她來這教堂做禮拜，她恐怕也不會來的，這回他既然又提起，而且口氣又那麼誠懇熱切，礙於情面怕不好意思，她便決定找一個禮拜天再來這長老教

㉒捷：台語，音(chiap)，意(常常，時常)。

堂了。

這一個禮拜天，雅信決定到長老教堂做禮拜，於是穿著整齊，便坐了地下電車南下，不到二十分鐘，「澀谷站」已經到了，走出電車站，往西走一段路，便來到那紅磚建築的禮拜堂，有日本老人在教堂的門口分發這日禮拜的節目單，一走進門，風琴之聲已瀰漫全堂，雅信低頭走了一段甬道，往甬道右邊的座位坐下來，才抬頭，便見關馬西已坐在聖堂上的長老椅上，他穿著黑色的聖袍，緊鄰在白髮的主講牧師的左邊，他老早就瞥見雅信自教堂的前門走進堂裡，現在見她在看他，他也用異常喜悅的目光來回望她，一臉彌勒佛的微笑……

整個禮拜的過程中，關馬西都在協助那位白髮牧師領唱詩歌，誦讀聖經的經文，甚至還講了一小段道理，這其間，他的目光大部分是傾注在雅信的身上，只在看她太久之後，才不經意地去環視壇下的信徒一番，又把目光投注在雅信身上來，使她覺得不好意思而微微地臉紅起來。雅信一直覺得關馬西衣著經常是那麼不修邊幅，即使現在坐在聖壇上協助講道，依然是這般邋遢，頭髮沒有梳，領子高低不齊，聖袍的扣子可能又掉了，暴露出下面一大截褲管來，雅信不覺更加臉紅了起來……

禮拜已經做完，最後那一首聖詩已接近尾聲，當信徒還在唱最後那一聲和諧的「阿門」時，關馬西已等不及，急急從台上走下來，換去了那套聖袍，往雅信這邊走來，歡天喜地地雙手握住她的手，驚訝於她今天來教堂做禮拜，隨後辭別了那位站在門口與每位信徒寒暄話別的白髮牧師，走出了教堂。

走在人行道上，看看已遠離了其他的教友，關馬西突然換成了一種興奮的口氣，對雅信說：

「你知影否?今日詹渭水欲來東京!」

「詹渭水?」雅信也驚叫了起來，瞪著兩隻大大的眼睛：「幾點欲來?」

關馬西看了一下手錶，說道：

「即久就欲到丫，倆即馬來去上抵仔好！」

「是欲去嘟位仔？」

「你也不知？東京火車頭啊，坐地下電車來去就會使！」

就在這刹那，雅信想起她母親的話，她的耳朵彷彿又響起：「不通去佮人插政治嚄……不通去反對官廳嚄……」，於是她便囁嚅地對關馬西說：

「你去就好啦……阮查某人……也𣍐曉插政治……去敢好？」

「沒要緊啦！行啦！鬥陣來去啦！有眞多人欲去火車頭等伊詹渭水，聽得講有兩、三百人，連我這讀神學的都欲去，你這讀醫學的哪會𣍐去？你敢知影？詹渭水佮你像款，也讀醫學的呢！」

雅信心裡有百般的不願意，卻被關馬西固執地拖著走，也只好跟著坐上地下電車，一路往東京火車站開來。在那一段無聊的路程，關馬西又對雅信聊起話來，他說：

「你敢知影？接著詹渭水了後，大家欲順續在東京街仔遊行。」

雅信眼睛瞪得最大了，只是啞口說不出話來，她心頭湧出一股強烈的抗拒，政治都已不涉入了，還談什麼遊行？特別是女人，在大庭廣眾之前拋頭露面，怎麼是好？回到台灣還有什麼臉見人？……她的腦海波濤澎湃，橫衝直撞，只是一個字也說不出來。

「遊行了後，順續欲去『國會議事堂』請願。」關馬西說。

雅信默默無語……

「請願書早就寫好丫，你知影啥人寫的？謝培火寫的。」關馬西說。

雅信仍然無語……

「阿彼『台灣議會期成同盟會』也登記好丫。」關馬西自動地說。

「彼敢不是講在台灣禁止？」雅信終於問關馬西一句。

「是！在台灣禁止，但是在東京通過。仝是在日本的土地，但是沒像款法律，一所在禁止，別所在通過，實在眞心色，哈，哈，哈……」

其後有一段長久的時間，關馬西與雅信都不再談話，直到快近東京火車站時，關馬西才又記起了一件重大的事情，忙對雅信補充道：

「你敢知？今日許文達特別欲爲即遍的請願運動，在東京空中飛伊的飛行機，由天頂掖宣傳紙，絕對眞好看，哈，哈，哈……」

他們在東京地下電車站下車，爬到地面，遙遠可見那東京大火車站前已集了大群大群的人，大都是台灣的留學生，有拿旗的、有張標語的，簇動漫移著，顯然詹渭水還沒來到。

關馬西領著雅信走向那人堆，他愈近他們時腳步也愈快，慢慢把雅信扔到後頭去了，雅信看見他向那堆人一一打著招呼，不一會便隱入那群人之中，被那擁擠的人浪淹沒了。這同時，雅信卻放慢腳步，一邊走一邊又縈迴著許秀英在她離開基隆碼頭對她警戒的話，於是她改變了方向，斜擦過那人群的外圍，背著他們，漫向皇宮的方向走去。

雅信才走了一段路，還忐忑地時時回頭去望那身後的人群，突然那人群洶湧蠢動起來，聽得見他們歡呼的聲音，然後那整群人便隨著雅信的後跟，也對著皇宮的方向走來。

雅信見他們跟上來，先是停下腳步來觀望，等他們走近了，她便閃到一根電線桿後面，躲了起來，她一直望著他們走過那皇宮與東京大火車站之間的大通道，她看見了不少認識的人，詹渭水穿著茶色白條的西裝，被人擁在最前頭，走在詹渭水左手的是謝培火，走在他右手的是李呈祿和葉惠如，其後才陸續見到關馬西、彭英、林仲秋幾個人，大家搖著旗，唱著歌，浩浩蕩蕩往皇宮走去，許多日本人都停下來看，爲這三百多個台灣留學生有史以來的第一次遊行而驚訝而稱奇。

雅信一邊不安另一邊卻又好奇，想知道他們到底要做些什麼？想跟著去看，卻又提心弔膽，怕別人誤會她一個女人家竟也跟人參加了遊行，只好離那隊伍遠遠地，小心翼翼跟著走……

那皇宮四周環著護城池，入口處有嚴密的軍警守戒著，護城池外有一條「日比谷大路」與那皇宮前的大道垂直，那遊行的隊伍走完了那大道，便左拐，沿著護城池，走上「日比谷大路」，往「日比谷公園」的方向前進。雅信跟住隊伍，來到護城池前，她見那石牆與柳岸，如詩如畫，那翡翠般的池水，靜止如鏡，池中悠游著一對白淨的天鵝，娉婷婀娜，雅信覺得那景色何其安謐，恍若來到仙境……

突然雅信聽見天上的飛機聲，抬頭便看見一隻雙翼的「紅蜻蜓」飛來隊伍的上空，繞著隊伍盤飛了幾圈，忽然撒下無數的宣傳單，像雪般地飄落下來，有的飄在路對面的屋頂上，有的飄在街上，另有兩張飄落在那綠玉般的池水裡，撥動了圈圈的漣漪……從隊伍之中聽得見有人在高喊：「許文達！許文達！」那隊伍凌亂了，拉長了，因爲前頭的人仍繼續前進，後頭的卻住腳在撿宣傳紙，雅信也跟著人從地上撿起了一張宣傳紙，那紙上印著：

給台灣人議會吧！
台灣人呻吟在暴戾的專制政治下已經太久了！
殖民地總督獨裁是立憲日本國的恥辱！
趕快讓台灣人選舉議員成立台灣民選議會吧！

來吧！同情台灣的人，來參加我們台灣人的請願運動吧！

而在那宣傳紙的另一面又印著：

世界和平新紀元！
歐風美雨新思潮！
人類莫相殘！
兄弟慶同歡！
看！看！看！崇高的玉山！
看！看！看！美麗的台灣！

待雅信把那兩面的詩文讀完，那隊伍的前端已拐過「日比谷公園」，正對著那莊嚴屹立的「國會議事堂」大廈咄咄逼近了……

十三

丘雅信在「東京女子醫科大學」的附屬醫院實習了一年，終於獲得主治醫師的同意，準備回到台灣來。早在她回台灣的三個月前，爲了使雪子到台灣能幫助她的醫務而不叫她只做些家裡下女的工作，她就出錢給她，叫她去上了三個月的護士助理速成訓練班，於是剛好在雪子從訓練班訓練完畢，她們兩人便準備就緒，買船票要回台灣來。

關馬西知道雅信整裝要回台灣來，也決定早些結束他在神學校的助教傳道的生活，訂了雅信的同一班船，打算與她同道回台灣來。本來是約定在東京大火車站會合，一起坐火車到神戶，再一起上船的，可是要離開的這個早上，關馬西卻突然打電話來，對雅信說他要遲一天走，有事纏身，不得照原定時間走，叫雅信自己先走，反正在神戶還得等一日的船，就在神戶的碼頭會合好了。雅信也沒法，就按照原定的時間與雪子一起搭上火車，往神戶南來。

在神戶的碼頭上，雅信與雪子東張西望，等了老半天，也不見關馬西的影子，最後開船的時間到了，才不得已跟雪子登上船舷的扶梯，心想關馬西大概是突然改變主意不回台灣了。

船笛鳴地三聲長鳴，那扶梯慢慢收了上來，船也緩緩挪開了碼頭，逐漸向港口移動……雅信終於死了心，知道關馬西是絕對不回台灣了，便同雪子走進船艙安放行李衣服，再從船艙出來的時候，船已接近港口的燈塔，因爲有檢查哨，所以船又慢了下來，幾乎到達停止的速度……這時雅信注意到一隻小小白色的汽艇，從港內碼頭那邊急駛而來，沖起兩道波浪，湧向兩岸去，那汽艇上有個人似乎在搖旗，又在叫喊，直對這大船的船尾逼近，雅信覺得好奇，便仔細注視那汽艇上立著的人，不覺大大驚駭起來，那迎風招展頭髮亂飛的人不正是關馬西嗎？於是她跑向船尾去，果然關馬西也見著了她，在跟她揮手，面露他那慣有的彌勒佛的笑。

那汽艇靠到大船的船舷時，船上把扶梯降到汽艇上，關馬西於是攀上那扶梯，來到甲板上，回頭跟那汽艇的艇長揮揮手，目送那汽艇繞了一個大彎，揚長而去。

關馬西只與雅信打了一個招呼，便隨著一位水手去找船長，等船長叫另一位水手帶他到他的艙房，把行李安頓好，再走到甲板上，這時大船已平穩地在那安靜的「瀨戶內海」行駛起來了。關馬西這才到處去尋找雅信，找了一船，才在船尾的側舷，發現她與雪子正靠在欄杆，望著那推進器在海裡沖起的千堆浪花，他不願驚動她們，只輕輕地偎到雅信的身邊，好久好久也不吭聲，最後雅信轉了身，不期然看見他，才「哇！」地一聲叫了起來，開口對他說：

「原來是你！我料做㉓你⿰勿愛轉去台灣ㄚ咧，好家在你果眞巧哦，果會曉叫汽船載你來。」

關馬西聽了，裂開嘴得意地笑了，這時立在雅信另一邊的雪子看見關馬西似乎有許多話要跟雅信單獨說，便也識趣假託要回艙去整理衣物，向雅信告辭，低頭離開了他們。關馬西見雪子走遠，話興更濃，不待雅信問話，便自動說了起來：

「你不知影，臨時欲轉去台灣，一割教友攏欲來送，欲送也好，復叫我加⿱伊心主持最後的一個臨時禮拜，才𣍐得通佮你做陣來神戶，安倪猶沒要緊，偏偏坐火車𣍐赴，慢一班火車到，走來到碼頭，船都已經開ㄚ，才臨機應變，拜託彼領港的汽船載我來。」說到這裡關馬西又張口微笑了一陣，說：

「啊，萬事家在上好㉔，家在上好，哈，哈，哈……」

雅信見他笑，也跟著笑了起來，她在笑他一切懵懵懂懂，隨遇而安，可是別笑他糊里糊塗活像彌勒佛，人家傻人可有傻福呢，不然怎麼會搭不上船，卻又遇上汽艇，偏偏那艇長又好心願意載他，偏偏這大船又在燈塔的檢查哨前停了下來。雅信想著，更加開心地笑了……

可是關馬西的臉色卻突然沉潛幽深起來，用一種迥然不同的口氣對雅信說：

「你知影否？有一項代誌不好ㄚ。」

「什麼代誌？」雅信驚訝地問。

㉓料做：台語，意（以爲）。

㉔家在上好：台語，意（僥幸最好）。

「就是俑彼『台灣議會期成同盟會』啊，所有在台灣的會員攏給人掠掠起來丫。」

「東時的代誌？」

「最近的代誌，我欲離開東京的時陣才聽著。」

「阿是犯著什麼罪？」雅信焦急地問。

「哪有犯著什麼罪？都講俑『視台灣與內地法域不同爲奇貨』，找台灣總督府佮日本警視廳中間的法律縫，在內地非法申請登記，故意製造兩個所在法律的矛盾，是違反伊思什麼『台灣治安警察法第八條第二項』的規定，所以才加俑掠起來。」

「掠起來了後，敢有判刑？」雅信問。

「有啊，哪會沒判刑？我所知影的是——詹渭水佮謝培火各判四個月徒刑，李呈祿佮葉惠如各判三個月徒刑，其他猶眞多人，也有判刑的，也有罰金的，現在判刑的攏在籠仔內丫。」

「詹渭水也在籠仔內？」

「伊不但在籠仔內，伊是頭一個給人關入去籠仔的。」關馬西黯然神傷地說。

這些話說完了之後，關馬西與丘雅信相對無語，便返身去凝望那恬靜安寧的「瀨戶內海」，迎著岸上吹來的微風，輕輕地歎息……

雪子忽然在甲板上出現了，她來到雅信的背後，似乎不太敢打擾他們，確定她與關馬西不再談話，只在觀望海景，她才怯怯走近雅信一步，小聲地對她說：

「姑娘樣，飯廳裡快要開飯了，可以準備進去用飯了。」

說完了話，雪子便返身先走回艙裡去了，雅信離開了欄杆，也想走到艙裡去，卻被關馬西攔住，對她說：

「雅信姐仔，欲入去吃飯進前，倆做陣來替彼割關在籠仔內的人祈禱一下好否?短短仔就好……倆在天頂的父，主耶穌基督……」

第十二章 九月的新竹風

一

早在到「上野公園」的「精養軒」參加「台灣同鄉會」邀請的畢業歡宴之前，江東蘭便接到台灣總督「伊澤多喜男」的公文信，除了祝賀東蘭從「早稻田大學」的英文系畢業之外，又歡迎他儘速回到台灣來爲剛設立不久的「台北帝國大學」的「英語系」服務。伊澤總督又在信裡說，他已指令總督府的主任秘書「一谷有二」爲東蘭安排在「台北帝國大學」的教職事宜，到時即使不能立即當「教授」，「講師」一定沒有問題，就請東蘭將此祝賀信當成總督給他的推薦信，回到台灣後，立即通知一谷有二，直接辦理就職手續云云……

因此，東蘭一旦坐船從日本回到台灣，沒等回波羅汶去見鄉里的父老，便先在台北逗留，拿著伊澤總督的推薦信，直接到「城內」的「台灣總督府」去見那總督府的主任秘書一谷有二。一谷有二開始十分冷漠，可是讀了伊澤總督的公文信後，突然變得彬彬有禮，對東蘭必恭必敬地點起頭來，滿口稱讚東蘭的聰明才智，以一個「本島人」的身分，竟能以優異的成績從「內地」著名的「早稻田大學」的英語系畢業，更且得到伊澤總督的垂青，寫信去日本向他恭賀，實在是萬分榮幸的事情。至於東蘭在台灣教職的問題，他將儘速辦理，爲他分派，他向東蘭保證一切沒問題，請東蘭先回他家鄉稍事休息，一俟他休息夠了，他就會收到總督府的就職通知。於是東蘭一把波羅汶的地址留給一谷有二，他便又提了行李，搭上南下的火車，直駛離波羅汶最近的車站——湖口而來了。

東蘭自日本學成回到波羅汶，對這小莊而言，自是空前未有的聳聞大事，村中各家各戶額手稱慶自不必說，連鄰近的湖口和紅毛兩莊也有鄉紳上門來恭賀，說是客家人的無上光榮。已經從「湖口公學校」退休的傳杏先生對這些猶不以爲足，對於這樣一位高足的輝煌成就，非好好叫所有鄉村名流同來慶祝一番不可，於是他便聯合了波羅汶的一些長輩，並同「湖口公學校」的一些台灣人的教師，捐了一筆錢，選了八月十五中秋節這天，又剛好是土地公的誕辰，在土地廟前的廣場，搭棚設筵，宴請村人，共慶東蘭揚名域外，榮歸故里。

就在這年中秋節的前一個禮拜，東蘭接到台北總督府發來的一封公文信，他滿懷著激動與希望把信拆開來，那公文信寫道：

教師任命書

台灣新竹廳波羅汶莊
江東蘭
明治三十二年X月X日生

（台灣總督府方印）

右　於大正十三年六月自日本東京早稻田大學英語科卒業受文學士乙事經審查屬實特依大正十年法律第三十六號給予分發台灣新竹廳新竹中學任中學英語教師務必於此公文收到後一個月內至該校報到任職

大正十三年八月五日

台灣總督府主任秘書　　一谷有二(官印)

本公文以第五六七號登記存於本府檔案庫

讀完了公文，東蘭頹然癱在椅子上，望著窗外那一片綠油油的稻田，心中感到一股莫名的憤懣，伊澤總督不是在給他的恭賀信裡答應給他在「台北帝國大學」的職位嗎？他不是明明寫道，即使不能當教授，至少也可以當講師嗎？怎麼結果只落得個中學教師呢？想著這些，總督府主任秘書一谷有二第一次見面的那副媚上傲下瞬息萬變的臉容又不期然映在眼前，他突然對他感到異常的卑視與厭惡，十幾天以來深埋在心底的潛在反感與惱怒，一時都氾濫開來，他握拳往桌上猛力一搥，咬著牙根走出家門，往那田間的小泥路漫步走去……

八月十五的晚上，幾乎所有波羅汶的人都請到了，在土地廟前坐滿了三十幾桌，這其中有阿田伯、阿土伯、白番公、古典秀才……等等。江龍志、江夫人、一目少爺與東蘭同坐在主桌，東蘭想拉過去唯一的同窗春生來同坐一桌，但春生卻連推帶拒，自個兒跑到遠遠的角落去與其他同齡的農夫同桌，彷彿變成過路不識的陌生人，使東蘭的心底在歡笑聲中昇起一縷淡淡的沉鬱……

除了這大半莊裡的農夫，另外又請了「湖口公學校」的所有教師，更有「楊梅公學校」的幾位教師也來參加盛筵，教師總是與教師同桌暢飲歡談的，這其間傅杏先生便當了總招待，在那農夫的桌邊坐坐聊聊，又來這些教師的桌邊打打招呼，然後又回到東蘭一家人的主桌暢言過去東蘭小時的軼事，他興奮不迭，說得眉飛色舞，這天便是他當了教師四十多年來最得意的日子。

酒已過三巡，那十二道菜的「隨碗出」也快出完了，這時那教師桌上的所有人也幾乎把想得到的話都說光了，於是便沉默了片刻，突然有一位從「楊梅公學校」來的年輕教師，把話題一轉，談起他兩天前到新竹時聽到的一個大消息，他對同桌的其他教師說：

「眞是生耳朵從來沒聽過，你的人知道嗎？聽說有一個台灣人要進『新竹中學』去教書。」

「教什麼？」另外一個教師問。

「聽說是教英語。」那年輕的教師回答。

「不可能！」幾乎所有同桌的其他教師都異口同聲地說。

「怎麼不可能？這是我親耳聽一個日本教員說的，其本身就在『新竹中學』教『國語』。」那年輕教師說。

「算了吧！」有一個粗壯的中年教師猛烈拍一下桌子，站起來吆吼地說：「我的人台灣人哪有可能去當中學的教員？我看只有做公學校教師的份，如果叫其教『漢文』，我還勉強相信三分，但叫其教『英語』，我半分也不相信。算了吧。你別再撒這天下的大謊了！」

那楊梅來的年輕教師見這在地的「湖口公學校」教師來勢洶洶，聲色奪人，已嚇了一半，便不再做聲，於是這中年教師才奮力坐了下去，立刻又有一位年紀較長的教師接下去，這教師語氣溫和，只是滿臉懷疑之色，歪著頭說：

「那是眞的嗎？我想不是眞的吧……即使這個台灣人有資格教中學，其的人日本政府也不一定有容量去請其教『新竹中學』，這中學有台灣人，也有日本人，教台灣人還可能，教日本人有可能嗎？絕對不可能！我不相信是眞的。」

「唉，跟你的人講眞的就是眞的，有什麼不可能？是我親耳聽一個日本中學教員講的。」那年輕的教師咕噥著說，也沒再說新話，只重複他剛才說過的話。

正爭辯著，傳杏先生又走來這桌招呼大家了，於是那較年長的教師便把傳杏先生拉下來坐，對他說：

「傳杏先生，你在我的人這些教師裡面資格最老，你評評理，『新竹中學』是否有可能請我的人台灣人去當教員，教其的人日本學生英語？」

「怎麼？你的人都還不知道？」傳杏先生大感意外地說：「『新竹中學』要請的英語教員就是我的人今晚的主人江東蘭，這你的人都不知道？來！來！來！你的人稍等一下，我去請江東蘭來跟你的人聊一下。」

傳杏先生去了，過了片刻又回來，後面拖著東蘭，傳杏先生把大家剛才爭辯的話對東蘭說了，於是東蘭便回答大家說：

「是的，其的人請我到『新竹中學』教英語，一個禮拜前我才收到『總督府』的任命公文。」

「什麼？是『總督府』其的人親身寫公文來請你去的？」那「湖口公學校」的中年教師驚訝地說。

跟著整桌的教師都用羨慕的眼光往東蘭的身上投來，東蘭又想起伊澤總督答應聘他做「台北帝國大學」教授的話，就在東蘭對自己降格當了中學教員還感到餘怒未消之際，沒想到這些鄉下教師竟把它當做難得的禁臠，那麼歆羨，那麼易於滿足，竟使東蘭突然對他們感到不屑，也不想再跟他們多談，便藉故說要回他父母的主桌去陪他們，返身離開了教師那一個桌子。

東蘭並不曾再回到主桌去，他趁莊人杯觥交錯酒意迷亂的時候，獨自悄悄來到土地廟後的池塘，這裡萬籟俱靜，一個人也沒有，只有天上那團圓的中秋月和池塘那明亮的月影伴著他，他沿著池塘慢慢地踱步，突然一股悶氣梗在喉頭，他幾乎想坐下來大哭一場，可是他終究沒有哭，他只拾了一塊瓦片，猛力丟向池塘，那瓦片在水上跳了三下，終於無聲無息地沉到水底去，於是池塘起了幾陣漣漪，那池塘裡的月影便千絲萬斷地揉碎了……

二

這八月底連著好幾天的艷陽天，天氣酷熱異常，東蘭便換了農家的短褲與短衫，出門都載笠笠，打著赤腳，在鄉間各處徜徉，盡棄城市的造作與束縛，完全恢復鄉村的自然與不羈，享受就職前的一段悠閒自由的日子，彷彿出籠之鳥、出岫之雲，好不快樂。

除了在波羅汶附近閒逛，東蘭一回到家裡就是讀書，讀了一陣子，也終於把身邊的舊書都讀完了，突然想要買些新書來讀，便又憶起五年前未上日本時常常去光顧的新竹那一家「清水書店」，於是這天吃過中飯，也不另作打扮，仍穿著那一套短衫和短褲，戴上笠笠，打著赤腳，口袋放了幾把錢，便徒步走到湖口車站，買了一張二等車票，搭上火車，一路往新竹飛馳而來。

那二等車廂裡早已坐了三、四個日本人，另在車廂的末端坐著一個衣裝堂皇的中年台灣人，當東蘭走進這二等車廂，那三、四個日本人都抬起頭來，用驚訝的眼光來注視他。東蘭在日本已看過成千累萬的日本人，也不以爲意，便逕自在車廂中段找了一張靠窗的位子，坐下來欣賞窗外的風景。

離開了台灣已經五年多，又回到故鄉的懷抱，他突然發覺故鄉的景物多麼可愛，大地上的一草一木彷彿都增添了顏色，那麼親切地向他招手，歡迎他回來。

東蘭靠在窗櫺上貪婪地飽覽著窗外移動的景物，那蔥翠的竹林連著一畦畦鳳梨園與香蕉園，有四合院的紅磚厝就有高聳兀立的木瓜樹，那樹葉的下端都結著纍纍變黃的木瓜，令東蘭垂涎欲滴。鐵路旁便是菜園，有種蔥的、有種蒜的、有種蕃薯的、也有種花生的，都滋滋生長著，吐露一片油油的綠意。沿著公路的兩旁，一律是木麻黃，汽車駛過公路，便拋起漫天的飛土，一個農夫踩著腳踏車，載了一頭小豬，駝背彎腰，消失在赤赭的煙幕裡，久久才從煙幕裡出現。

忽然馳來一片水田，那水田上的夏季稻已經收割了，只剩下一排排稻梗還留在田上，於是藍天、白雲、遠山、近樓，都倒映在水田裡，明皙無瑕，恍如一面鏡子。緊鄰著水田是一池水塘，水上優游著一大群黑鴨與五、六隻白鵝，有一隻白鷺鷥伸著長腿在池邊啄蟲，見火車駛近，便從水中一躍而起，悠閒地飛向山腳去……

那秋稻田上有兩兩三三的客家農婦，戴著斗笠，裹著護臂，匍匐在水田上除草。那鐵橋下的小溪邊有一排洗衣婦在搗衣洗衫，她們的嬉笑聲縹緲地傳到窗裡來。火車經過公路的交叉道時，那道前的警鈴便噹噹地響，那護欄下總看得見幾個赤足的村童，停著等火車通過，旁邊還立著灰色的水牛、或黃色的土狗。

那一長列的電線桿好像一根根拋來的指揮棒，那桿上的電線，一上一下地畫著美麗的五線譜，幾隻烏鶖變做了音符，於是那車廂下的鐵軌便依著這樂譜規律地奏出了清脆動人的樂曲……

驀然，從前一節的一等車廂走進來一個日本人，帶一頂青桿壓製的西洋帽，扁平的鼻樑上架著一雙無框的眼鏡，暴凸的上唇蓄了一撮稀疏的小髭，他身材短小，卻又包在比他身體更緊的西裝裡，脖子斜綁黑蝴蝶結，腳穿一雙擦亮的舊皮鞋，手臂上勾著一支手杖，他來到東蘭的面前，把他上下打量了一下，臉色大變，搖了一會頭，表示不相信他的眼睛，便一聲不吭地又走回原來的一等車廂去。

過了一會，那短小的日本人又在車廂的門口出現，這回他後面卻跟著這列火車的車長，他也是日本人，年紀五十左右，穿一襲黑色白鈕的制服，帶一頂圈紅帶的舌帽。那短小的日本人舉起手杖往東蘭指來，比手劃腳，與那車長絮絮交談，談著的時候，那車長頻頻點頭，最後那車長從那短小的日本人身邊擦過直往東蘭的座位而來，而那短小的日本人也跟住那車長的身後來，兩人終於在東蘭面前站定了，這時東蘭才十分不情願地把視線從窗外飛逝的風景移開，轉頭去望那車長，用眼睛去問他有何貴幹？

「喂！你！你跟我走！你不是在這個車廂，你是在後面那個車廂！」車長冒失地說。

「我爲什麼不是在這個車廂？」東蘭用十分流利的日語回答，這使那車長和那短小的日本人略略一驚。

「這是二等車廂，後面才是三等車廂。」車長轉成較客氣的語調說。

「就是因爲這是二等車廂，我才非坐在這裡不可！」東蘭固執地說，語氣開始變得強硬起來，說罷也不再去理會車長，兀自回頭去望窗外的風景。

那車長無可奈何，便轉身對身後的那個短小的日本人聳聳肩，可是那短小的日本人卻不肯就此罷休，便俯在那車長的耳朵說了幾句話，說得那車長頻頻點頭，完了，那車長便又轉身面對東蘭，期期艾艾地問他說：

「你說你必須坐在這個車廂，你有二等車廂的車票嗎？」

東蘭回頭瞟了那車長一眼，一聲不響地把口袋裡的那張二等車票有勁地遞給那車長，那車長接了票，反複地把那車票檢查了幾回，只怕那車票是假的，便回頭對那驚訝萬狀的日本人默示了什麼，才帶笑地把那車票遞還給東蘭。那短小的日本人先不相信地搖了一會頭，走到另一節車廂去了，等那車長要走的時候，東蘭卻把他喊住，依然用他那流利的日語問他說：

「車長先生，我有一句話想請教您，買二等車票時，是不是有規定必須要穿什麼樣的服裝，才准坐這二等車廂？」

「沒有，沒有……只不過我們從來也沒見過像你這樣打扮的人買二等車票……」車長吞吞吐吐地說。

「車長先生，以前沒有見過，現在見見，難道不可以嗎？」東蘭側著頭一字一字清晰地說。

「可以，可以，當然可以……」車長最後頻頻點頭地說。

從這一刻開始到新竹站停車爲止，再也沒有其他人來打擾東蘭，使他能夠一心一意再去看窗外的風景，可是，儘管此後那二等車廂一直都十分安靜，他的心底卻不再安靜，有一股沉潛的暗流在裡面蛟騰翻滾，終於使他對一刻之前還那麼迷人的風景突然視若無睹，他垂首托頤，咬牙切齒，暗自嘆息起來。

東蘭在新竹站下車，當他走出柵欄的門，有人伸手往他肩上一搭，他急遽轉過頭來，原來是二等車廂裡那個坐在末端的台灣人，他滿臉堆著微笑，翹起大拇指，對東蘭說：

「讚！讚！你做起眞讚[1]！」

---

[1] 眞讚：台語，音(chin-chan)，意(眞棒)。

東蘭只冷冷地望他一眼，也不想有所回應，因爲他覺得他實在夠累了，剛才那整個二等車廂裡彷彿只有他一個人孤獨在與那滿車的日本人奮戰，那時沒有半個台灣人來協助，只怕被連累到了，等現在戰事已經結束，這個陌生人才想來加入他的陣營，已經遲了，也大可不必了。東蘭連手也不揮，逕自往「清水書店」的方向走去。

東蘭在「清水書店」翻了一下午書，買了幾本要帶回波羅汶去看，當他走過「城隍廟」時，有不少人在廟前看貼在壁上的一張告示，寫道：「台灣文化協會今晚要在廟前的廣場舉行全島巡迴演講，歡迎有耳的台灣人請來聽聽。」東蘭在日本時素聞「台灣文化協會」的聲名，回到台灣也一直都沒有機會參加他們的演講會，現在正巧見了這告示，便決定晚一些回波羅汶去，留在這「城隍廟」前聽演講。

這個晚上，「城隍廟」前聚集了成千的聽眾，廟前的講台點得燈火輝煌，東蘭也夾在那人群之中，大家你擠我擠，擠得水洩不通。

第一個上台的是一個穿台灣衫台灣褲的三十歲人，他開口就用火辣辣的言辭激烈批評日本人對待台灣人傲慢無禮的態度，並且舉了幾個實例來佐證他的言論。第二個上台的是一個穿白色長袍踏黑色包鞋的四十幾歲人，他言辭比前一個多鋒銳利，他攻擊日本政府的高壓政策，當他引述日本人殖民地政策的殘酷無情時，令台下的聽眾感動得落下淚來，然後當他呼籲大家站起來要求台灣自治的時候，全場風聲雷動，掌鼓喧天，就在這激動的一刻，坐在台前監聽的一個日本警察對他喊了一聲：「終止！」只見那演講的人，一秒鐘前還那樣揮舞著雙拳，一下子便雙手垂恭，彬彬有禮地對大家深深鞠躬，跨著大方步，紳士十足地走下台來，台下立作靜寂，一顆瓜子掉落都可以聽得見。

接下去又有幾個人魚貫上台演說，年紀都在三十歲左右，有穿西裝的、有穿黑花絹的、也有穿學生制服的，都已不再像第二個演講人那麼挑逗刺激銳不可當，他們講題的範圍也比較廣泛，已不局限於批評日本當前的行政，其中有談台灣社會問題的、有談女子平等問題的、有談鴉片吸食問題的、有談台灣人宗教迷信問題的、有談台灣人語文教育問題的……一直都風平浪靜，秩序井然。可是最後有一個帶黑框眼鏡留一把黑鬍的中年人，開始對「農民組合」做入骨的批評時，台下聽眾又熱烈鼓起掌來，於是台前的警察命他：「注意！」他依然面不改色繼續演說下去，台下的聽眾更加激昂了，終於警察命他：「終止！」這時聽眾都忿忿不平起來，有的抗議、有的叫罵，終至於有一個高等科的學生，因氣憤不過，便走去電燈的開關盤，一把將電流通通關掉了，一下子，全場陷入黑暗之中，人聲因之喧騰爆裂，警察驚恐萬狀，唯恐發生意外事件，忙吹起警笛，在人群之中到處亂竄抓人……

等那廟前的燈光又重新光亮，這時人群已散去一半，演講的人也不再有心情演講下去，何況那日本警察也已提高了警覺，做更嚴格的限制，於是這場「台灣文化協會」的演講會，也只好就此提早結束了。

這一夜，當東蘭又坐上火車回波羅汶的時候，天已完全暗了，可是這時他的心卻是明朗的，他突然明白過來，爲什麼幾次在日本的留學生集會上、大家會那麼群情激越地討論故鄉的政治？而現在回到故鄉來，爲什麼這些群眾對那演講會那麼熱烈鼓掌？假如不是最近發生的「伊澤總督推薦信」的事以及今天下午發生的「二等車廂」的事，他可能還不會了解究裡，而現在，一剎那之間，都清清楚楚，如見清溪之底了。

東蘭繼續沉思著，他覺得這故鄉已不再是他從前孩提時的故鄉，更不是他在日本留學時想像中的故鄉，這彷彿是一個陌生的異邦，而不再是他自己的國度，儘管他生於斯、長於斯，但這塊土地卻突然變了顏色，它被日本人統治著，被另一個種族控制住，這另外的種族與他自己的種族絕不相同，他們完全用另外一種眼光來對待故鄉的人，他們不把這些人當成他們的同胞，而只把他們當成魚肉般的次一等人看待，在這兩個種族之間有一道鴻溝隔絕著，這鴻溝那麼深且寬，是誰也無法在上面構築橋樑的，儘管那溝兩邊的人在同一塊土地上生活，而且用共同使用的語言在通話……

東蘭想了又想，想到許多他一生從來都沒曾想過的事情，彷彿世界渾沌至今，才突然天地分開，透露出萬道的光芒……可是這一切只發生在心底，火車窗外，一直都是黑壓壓的，什麼也看不見，難得偶爾出現一盞孤獨的村火，也是一閃即滅了。

三

到「新竹中學」報到的這一天，江東蘭提了一箱衣服和一箱書，告別了江龍志和江夫人，搭了火車來到新竹，出了新竹火車站，便往「新竹中學」一路走去。這「新竹中學」剛建沒幾年，地點是在十八尖山的山腳下，離新竹有一小時的路程，因爲距離城市太遠了，沒大路可通，所以臨時在水田中間舖了一條石子路，東蘭便沿著這筆直的石子路，在漫無邊際的水田之中行走，走了快半小時，那莊嚴新蓋的中學校舍便在山下的一堆松樹與槐木之間出現了，立時，在東蘭的心中昇起了一個念頭，這麼寧靜，這麼遠離塵囂，這是個孤居讀書的好地方。他加緊步伐，對著那校舍走去。

進得了中學的校門，便見到校園一片剛種下不久的木麻黃、小松、茄苳和榕樹，因爲學校還沒開學，整個校園靜悄悄地，只聽見一兩隻秋蟬的幽鳴。東蘭正不知如何是好，卻見一個五十歲左右的校工，提著一支掃落葉的竹掃把，往這方向走來，見了東蘭一身整齊的打扮，又提著兩箱行李，便多少猜著了一半，忙用半生不熟的日本話對東蘭說了一聲：「校長？」同時用手指向校舍盡頭一幢日本宿舍建築的校長舍，表示東蘭所想見的校長就在他手指的那幢校長宿舍那裡。東蘭在心裡暗笑了一下，這台灣校工大概誤把他當成日本先生了，所以才會用那樣的日語對他說話，他也不想有所表示，只禮貌地向那校工點頭表示感謝，便開步往那校長宿舍的方向走去。

按了校長宿舍的門鈴，等了相當有一會兒，才聽見有個男人穿日本木屐出來開門，門開了，東蘭便看見一個三十五歲左右的日本人立在門裡，這人瘦骨嶙峋，皮膚黝黑，又穿著一襲家居的和服，突然叫東蘭聯想起「枯藤、老樹、昏鴉」的句子來，倒是他的一雙眼睛烱烱有光，又加上一臉書生的氣息，使東蘭立刻意識到這便是校長本人了，於是趨前禮貌地問道：

「鬼木校長先生？」

鬼木校長微微地點頭，倒也沒有一般日本人的驕傲之態，於是東蘭便緊接著說：

「我是江東蘭，剛收到總督府的任命書，來向你報到。」

鬼木校長立刻泛出一臉笑容，十分客氣地歡迎東蘭進入大門，把大門關好之後，才帶東蘭走進宿舍。來到宿舍的客間，除了那明窗淨几之外，那白牆懸著兩幅字叫東蘭十分注目，這兩幅字都用日本行書書寫著，字跡清秀，寫的是四句日本有名的俳句，其中一幅寫道：

古池(ふるいけ)や蛙(かけづ)とびこむ水(みづ)の音(おと)❷　芭蕉

五月雨(さみだれ)や大河(たくが)を前(まへ)に家(いへ)二軒(にけん)❸　蕪村

另一幅寫道：

島々に燈をともしけり春の海❹　子規

草山に馬放ちけり秋の空❺　漱石

在這兩幅字的左下角各囑了「我鬼生」的名字，又蓋了一個「我鬼生」的紅印，因爲校長本人姓「鬼木」，東蘭便多少猜到這四句俳句大概是校長親手抄的，便信口問校長說：

「這些俳句可是校長先生的親筆吧？字倒非常秀麗呢。」

鬼木校長聽了，大爲高興，卻又有些不好意思，忙客套地回答說：

「不敢當，不敢當，是我信筆塗鴉的，不過我很喜歡這種日本獨有的十七個字的詩句，那倒是眞的。」

「校長先生的筆名叫『我鬼生』，我曾經看過芥川龍之介的字，他也囑名叫『我鬼生』，有時又叫『我鬼散人』，而他的房子就叫『我鬼窟』。」東蘭說。

「我哪裡敢跟芥川先生相比，這不過是巧合，沒有你今天提及，我還不知道這筆名芥川先生

---

❷漢譯：「古池青蛙水一通」。
❸漢譯：「梅雨大河家兩間」。
❹漢譯：「島火漸明春之海」。
❺漢譯：「草山放馬秋之空」。

早用過了，你知道的眞多哪，江先生。」

東蘭連忙客氣了一番，然後才又問道：

「校長先生，你把芭蕉與蕪村的俳句寫成一幅，又把子規與漱石的俳句寫成另一幅，大概有些道理吧？敢問那道理是什麼？可以請教一下嗎？」

鬼木校長聽了，立刻眉飛色舞，理了理衣襟，開懷暢談起來：

「有！有！當然有一些道理，我看你是博覽群書的人，無妨說說，向你討教一下。松尾芭蕉是江戶前期的俳人，而與謝蕪村是江戶中期的俳人，他們兩人有師生關係，都是三百年前的俳人，所以才把他們兩人寫在一幅；至於正岡子規與夏目漱石，他們兩人都是明治時代的文人，兩人又是很要好的朋友，所以才把他們兩人的俳句寫在另一幅。不但如此，就俳句本身的意思，也有一點關係，比如芭蕉那一句的『古池，水音』與蕪村那一句的『梅雨，大河』，都與『水』有相連的關係；而子規那一句的『春之海』與漱石那一句的『秋之空』，不但都與『四季』有相連的關係，甚至還多了對仗的關係，你不覺得兩句放在一起更加美麗出色嗎？」

聽了這最後一段話，春生與秋生的臉容突然浮現在東蘭的眼前，使他感到一陣恍惚與茫然，鬼木校長見東蘭臉色有異，忙問他是否自己說錯了什麼，東蘭連忙回答說他一點也沒說錯什麼，倒是說得都十分有見地，爲了想把春生與秋生的臉容忘記，東蘭便抬頭又去讀那牆上的四句俳句，過了好一陣子，才又重拾話題，慢慢地說：

「不知校長先生曾不曾聽過，那印度大詩人泰戈爾在幾年前——大概是大正五年吧，曾經坐日本船來日本遊歷了四個月，他曾經在東京帝大的禮堂演講，他愛上了日本花園和日本文學，回到印度寫了許多這方面的文章，他特別喜歡日本的俳句，在一篇叫『日本詩』的文章裡，對俳句讚頌備至，而他提及的第一首俳句就是芭蕉這句著名的俳句，他把它譯成英文，大概是『Ancient Pool, Frog Leaping, Splash of Water』，與日文的原句十分相像呢。」

鬼木校長聽罷，拍了一聲響掌，手舞足蹈起來，大聲稱讚東蘭說：

「江東蘭先生，你眞正是博學多聞的人哪，這『新竹中學』有你來當英語教師，眞正是我們全校師生的榮幸哪！」

東蘭不免又與鬼木校長客氣一番，於是鬼木校長便進去換了另一套便服，帶東蘭往隔鄰幾家的宿舍來見「教頭」，由教頭與東蘭直接商討教課事宜，既已把東蘭交給教頭，鬼木校長便又回到他自己的宿舍去了。

四

校長走了之後，當下教頭就與東蘭議定，每週由他擔任十八小時的英語課，接著就說起他的住宿問題，那教頭說：

「照學校的規定，每位教師都可以分配到一家公家的宿舍，但我看你只是單身，還沒有妻室，我倒替你想到一個更合適的住處，」說到這裡那教頭突然慇懃起來，繼續說：「就在教室的末端，有一間專門給値夜人住的單身宿舍，你何不住在裡面？那宿舍可眞舒服哪，而且遠離城市，十分安靜，那學校的校工就住在隔壁，所以晚上還可以服侍你哪。」

東蘭倒不在乎晚上有無校工服侍，只是才從大學畢業，對讀書還有著無限的熱忱，他想如果住在這學校裡的宿舍，一到夜裡，可以遠離塵囂獨自看書，正是求之不得的好事，因此也就對教頭點頭，表示滿意，那教頭見了，十分歡喜，便進一步說：

「有一件事，我不得不告訴你，住在那值夜人的宿舍，表示你願意每天值夜，當然你可以得到值夜津貼，一個月十五塊錢，一筆不小的數目哪！」

東蘭並不爲錢所動，他所求的不過是獨居的環境，因此當那教頭用錢來引誘他時，他並沒有什麼熱烈的表示，那教頭怕他退縮，忙又補充地說：

「其實值夜並不是什麼大不了的事情，只不過看看學校，別讓學校失火或遭竊而已，總共不過在放學之後，在學校四週巡邏兩次便行了，有必要的時候，還可以叫那校工陪你一起巡邏哪。」

東蘭想想他每夜讀書讀累了，也喜歡到室外走走，呼吸新鮮空氣，巡更正是最好散步輕鬆的機會，他也就不考慮其他，一口答應了下來。於是他就去把書、床單、私人雜物搬進了那值夜的宿舍，那在校門口碰見的校工就叫來協助他搬。那宿舍只有八蓆他他米大，有衣橱、有桌、有椅、有對著山下稻田的窗戶，這些對東蘭已經夠了，他快活地住了下來。

每天早上八點學校便開始了，每天上課與放學之前都要在操場舉行十分鐘的朝會與晚會，因爲學校遠離城市，所以五點之後，大部分老師與學生都離開學校，學校頓時空空如也，只剩下樹上的鳥聲與山上的晚風了。

晚飯之後，東蘭總愛散步一回，算做第一次巡邏。他老愛沿著操場西邊那一列榕樹漫步，那操場上可以見到零落的幾個住宿學生在跑步或做體操。對面操場不遠有一條小溪，溪水潺潺地流著。那有鐵欄護著的木板路搭架在水田之中，向前延伸，最後沒入那新竹城邊新闢的公園，那公園長著茂密蓊鬱的樹林，美麗的落日就墜進那樹林之中，還從那參差的枝椏放出萬道黃金的光芒，那景色美極了，特別當天邊還留有幾朵白雲，一剎那之間，那白雲忽然化成一片彩色繽紛的晚霞，更叫東蘭沉醉了。

從外面散步巡邏回到値夜房間，東蘭便開始讀書，一直到晚上十點，他都浸淫在十九世紀到二十世紀初的英國文學裡，讀著Barrie, Shaw, Wilde, Kipling, Conrad, Galsworthy, Joyce, Woolf, Lawrence……等一些作家的作品，而十點一到，他就把書合起，到學校四周做第二次的巡邏，這時天已黑暗，東蘭便叫那個叫「阿清」的五十歲校工，提著燈，陪他一起巡邏。

因爲每天與書本爲伍，夜夜夢迴在文學的花花世界裡，東蘭也不覺孤獨，反而覺得熱鬧非凡，幾乎是有生以來最愜意適志的日子，不知不覺兩個學期就這樣匆匆地過去了。在這段日子裡，最叫他難忘的是七月的夏天，相思樹開花，滿山遍野，金黃一片，那顏色鮮艷得叫他睜不開眼睛；然後是九月的新竹風，捲起漫天的黃沙，連吹幾天而不衰歇，特別是大熱天，因怕風吹而把門窗緊關，可是房間裡又悶又熱，又加上夜間蚊子來襲，這時東蘭只好把書合起，望窗興歎了。

五

那叫「阿清」的校工每天煮兩頓飯送來給東蘭吃，一頓是中飯，另一頓是晚飯，而早飯則由東蘭自己隨便吃。

因爲在學校單身宿舍住久了，而且天天又在巡邏的時候遇見在學校住宿的學生，以後也就跟一些學生認識了，其中有一位姓黃的高年級生，不但在操場上跟東蘭談話，有時候看東蘭寂寞，也來宿舍找他聊天。

有一天，晚飯之後，這黃同學又敲門走進宿舍，望了望東蘭那八蓆他他米的宿舍，便對他

說：

「先生，你自己一個人住在這裡，很寂寞吧？」

「喔，一點也不寂寞，我喜歡一個人住，因爲我愛看書，書一打開，就不覺得寂寞了。」東蘭回答，微笑起來。

「我看你從來不下山到城裡去。」

「到城裡去做什麼？我覺得沒有什麼比看書更有趣了。」

黃同學抓了抓頭，似乎對東蘭的回答有些失望，於是轉了話題說道：

「先生，你每天夜裡巡邏怕不怕？特別是沒有月亮或下雨的晚上，一個人單獨走到教室盡端那一帶地方，你不怕嗎？」

「怕？怕什麼？有什麼可怕的？」東蘭莫名其妙地說。

「你不知道嗎？先生，這學校是四年前才蓋的，從前學校這一帶都是墳墓，我們學校『自然館』裡的那些人骨標本，就是從這些墳墓裡撿起來的。」

東蘭沒有回答，只轉頭去望窗外，窗外一片樹林，一點也沒有墓地的跡象。那黃同學見東蘭不說話，便又開口繼續接下去說：

「就在教室盡頭的後林裡，還有不少留下來的墳墓，也有不少白骨，噢，一想起一個人要走進那後林裡，就叫人全身起雞皮疙瘩，聽說夜裡還有鬼火呢，特別是下雨之後的晚上。」

「眞的嗎？眞的那麼可怕嗎？我沒有走進那後林，所以我也不知道，不過我不相信那麼可怕。」

「啊，先生，你不知道，一些膽小鬼連白天都不敢走進那後林，所以我們一些高年級的學生就常常把那些低年級的學生抓到後林裡去嚇他們，他們都怕得屎尿直灑，你就知道他們怕不怕了，哈，哈，哈……」

東蘭見黃同學笑，他自己也跟著笑了。

此後，東蘭仍然毫不介意地巡邏學校的每個角落，即使是下雨之夜，他也叫阿清提著燈，走到教室的盡頭，照例把眼線放向正前方，只偶爾才不經意地偷望那後林一眼，那後林只是漆黑的一片，什麼也看不見。

六

阿清因爲每天煮兩餐飯來給東蘭吃，每夜準十點又提燈陪東蘭到學校各處巡邏，開始還有些怕生，後來也就熟稔了，才知道東蘭不是日本人，竟是台灣人當了中學英文教師，這使阿清快活起來，於是對東蘭少去戒心，也就比往日更加慇懃服侍，而東蘭見阿清對他如此親切，偶爾也賞他幾個錢去買香煙吃，這更叫阿清樂開了，於是每每在他們兩人深夜巡邏的時候，他便打開話匣子，敢於對東蘭無所不談，而東蘭總是微笑地沉默著，聽阿清絮絮說個不住，藉此讓疲勞的腦子得到充分的休息。

「嘻，嘻，嘻，江仙。」有一天夜裡，在巡邏的道上，阿清提著燈加快腳步趕上東蘭，忽然開口用福佬話對他說：「你抵才來的頭一日，我料做你是俍日本仔咧，噢，果穿到一領西裝，漂漂翩翩，外正倪威風咧。」

東蘭靜靜地聽著，眼前幻起第一日到中學的印象，校園裡悄悄地一個人也沒有，只有單調悲愁的蟬鳴，然後阿清走了過來，用半生不熟的日本話對他說了那一聲「校長？」那聲調還在身邊縈迴不去……東蘭想到這裡，禁不住笑出聲，阿清聽了，忙把燈高舉來照東蘭的臉，問道：

「江仙，你是列笑啥？」

「我列笑講我頭一日來到這中學，你用日本話對我講一聲『校長？』啊，你果會曉講日本話哦，你的日本話是什麼人教你的？」東蘭說。

「哪有什麼人教的，總是彼住宿舍的台灣學生仔教我的，有一日啦，校長由我面前行過，等伊行遠丫，我才問彼學生仔講我欲安怎叫伊，偲才用日本話教我講是『校長』，阿其實我攏總訓的日本話也才即句『校長』而而，江仙，你也漫加我笑。」

阿清說罷，自己禁不住笑了出來，東蘭見他笑，又陪阿清笑了一陣，然後才又繼續往前巡邏。

這一夜，阿清的話興很濃，他說起他的老妻和兒子，他們都住在離海不遠的香山，他本來是耕田的，因為年紀大了，才把田讓兒子耕去，但閒著又無聊，才來中學做校工，每個月回香山一次，東蘭記起阿清每次從香山回來時，總是提兩隻赤鯮魚來煎給他吃……

「江仙，有一句話放在心肝頭放眞久丫，想欲對你講，但是不敢講，恐驚講出來你會受氣。」忽然阿清轉變口氣，愼重其事地說。

「阿清，你做你講，我絕對𣍐受氣。」東蘭停下腳步，嚴肅地說。

阿清也停下腳步，彷彿怕東蘭看出他的臉色似地，把燈放得很低，幾乎要碰到地上了。就這樣兩人沉默了好一會，最後阿清看東蘭堅持等著他說，所以才囁嚅地說了出來：

「江仙，我有一個感覺，你對偲日本仔眞順，眞有耐性，每暗替伊巡邏，阿不巡直欲一年丫，一句話都沒。」

東蘭睜大了眼睛望著阿清，他一點也沒有生氣，倒是納悶阿清竟然如此坦誠對他披露他的心語，東蘭一點兒也不把他當成沒受教育的校工，只把他當成無話不說的知己，因爲整個「新竹中學」的教職員，只有他跟阿清兩個是台灣人，其他都是日本人，如果他想聽知心話，除了從阿清的口中聽到，他還能從誰的口中聽到？所以他才說：

「阿清，你做你復講落去，我列聽——」

「你敢知影？江仙……𪜶日本仔攏討厭暗時巡邏，所以才沒人欲來住即間值夜宿舍，才叫你來住，想艙到你一住就住一年，規年攏你列巡邏，本來學校是規定每個先生攏著愛輪流值夜巡邏，但是大家攏嫒。」

「你哪會知影大家攏嫒？阿清。」

「我哪會不知？每個月的月底，在辦公室安排值日表的時陣，絕對著會看見𪜶日本仔列撜❻桌頂，列冤家❼，嚷到大聲細聲，𪜶嚷的話我是聽沒，但是我知影𪜶大家攏嫒當值。」

「我想彼是有某的先生才會安倪，敢沒親像我單身的，𪜶就艙彼倪討厭當值。」

「哪會艙？𪜶大部份攏也是單身的，有某的才看有一半否？但攏也是像款討厭當值，特別是當值的日子一日才吃兩頓，飯佮菜復攏是我煮好才捧來給𪜶吃的。」

東蘭沉默著，他突然想起了許多事，卻是茫然一片，得不到一點頭緒，只聽見阿清歸結地說：

❻撜：台語，音(tng)，意(握拳搥擊)。
❼冤家：台語，音(oan-ke)，意(吵架)。

「你敢知影？江仙……偲日本仔攏討厭我煮的飯，嫌東嫌西，好家在我攏聽沒，孤你啦，孤你沒討厭我煮的飯，不曾聽見你嫌一聲。」

東蘭頓然感到那麼孤獨那麼寒冷，他不曾再往前巡邏，便叫阿清跟著他，半途就踅回宿舍裡來。

接著幾日，東蘭感到鬱鬱不樂，每夜孤燈讀書的時候，也不再有往日那種安寧的心境，那鬼木校長的臉、那教頭的臉、以及同儕教師的臉……一張張浮到眼前，一刹那之間，他們那平時客氣的笑容都揭開了，顯出那藏在面具後的猙獰的眞面目，原來他們的笑是虛僞的，他們的客氣是裝出來的，他們的好意是要利用他，他有一種被人愚弄、受人欺哄的感覺，這種感覺使他感到憤慨，被同事踩在腳底而竟不自知。

然後過了不久，就在這年的「天長節」，全校的師生都放假離開了學校，這天上午東蘭關在値夜宿舍裡看書，阿清氣喘地跑來敲門，才開了門，阿清就衝口對東蘭說：

「彼校長啦！伊列電話頂叫你，孤直直列叫你的名，春的伊列講什麼我攏不知，趕緊哦，你著緊去聽！」

東蘭衣服也來不及換，便拖了拖鞋衝到辦公室去，舉起電話筒，心裡想著不知是什麼樣重大的事情……

「陌兮，陌兮……江東蘭嗎？你是江東蘭嗎？」鬼木校長高調的聲音在電話筒裡說。

「是，我就是江東蘭，是什麼重要的事情？校長先生。」江東蘭焦急地問。

「呃，你就是江東蘭？我以爲你不在，你在就好了，在就好了……」

「請問校長先生，到底有什麼重要的事情，勞你特別打電話來？」東蘭重複地問。

「沒…沒…沒有什麼特別重要的事情……」鬼木校長呑呑吐吐地說，把他原來高調的聲音降低了下來：「只是…只是……對了，請你查一查，看教室的門窗有沒有關好，這幾天風沙很大呢，沒關好就不好啦。」

說著，鬼木校長也等不及聽東蘭的回答，便卡察一聲把電話掛斷了。

走回值夜宿舍的時候，東蘭十分忿怒，他在心底詛咒著，教室的門窗是校工的事情，何勞一位教英語的老師去管？而且堂堂一位校長，何必爲這皮毛小事而專程打電話來告訴他？東蘭突然覺悟過來，原來鬼木校長才不在乎那教室的門窗有沒有關好，因爲這天是難得的艷陽天，哪來天上的風沙？鬼木校長倒是疑心東蘭是否偷溜出學校，或到城裡去了，或到學校後面爬山去了，原來鬼木校長已經與東蘭相處一年，竟然還不能信任他的忠於職守，更遑論其他日本教職員？東蘭頓然感到一陣羞悶，彷彿當面受到了侮辱，他想起了「枯藤、老樹、昏鴉」的句子，又開始詛咒起來……

這一晚，東蘭不再去巡邏，他告訴阿清說他頭痛不能出去，叫阿清獨自一個人提燈去。他確實也沒說假，他這一夜確實頭痛，愈想愈氣，氣得整夜沒能成眠。

第二天早晨，校長一進校長室，東蘭就衝進門，直接對他說：

「校長先生，我從今天開始，不想再當值了。」

「爲什麼？這件事你再去跟教頭慢慢商量……」

「不必再跟教頭商量，我跟你說就好了。」

「江樣，怎麼啦？到底發生了什麼事？」校長改變口氣，關懷地說。

「也沒有發生什麼事，只是我當值已經當一年了，一年還不夠嗎？這中學有哪位教員當過一年值的？我實在當累了，要換換環境，想到城裡去租房子住。」

「即使要租房子住，也可以慢慢來，何必那麼急呢？」

「我怎麼能不急，校長先生，我不久要結婚了，有人要來看親，我能不急嗎？」

說罷，東蘭返身就走，砰然一聲，把校長室的門反關了，大步跨過操場去。

七

本來是氣極才用結婚做藉口，向校長堅持要到新竹城裡租房子的，沒想到租了房子才搬進去不到幾天，果然就有人向東蘭提婚姻的事情來了。

這一天，東蘭在教室教英文的時候，有十來個教師模樣的來賓從教室走過，忽然有幾個來賓停在教室窗口佇足不走，仔細聽東蘭向學生講解英文，東蘭也不以為意，因為早上他聽鬼木校長說，有台北來的一些中學教師，要來學校參觀教學，並與這學校的教師交換教學經驗，這些來的教師，有自台北一中、二中來的，也有自台北第一高女、第二高女、第三高女來的。因此東蘭就不以為意，逕自教下去，沒想到那幾個來賓之中有一位似乎在跟他揮手做勢，彷彿要引他注意似地，於是東蘭才仔細把那人端詳一下，叫他驚喜萬分，原來那人竟是他台中一中時的英文老師——千葉先生！東蘭於是把粉筆一丟，衝到門口，這時千葉先生也迎到門口，兩人因之拍肩握手，熱烈交談起來了。

原來千葉先生早已不在台中一中執教，他幾年前就轉到台北第三高女教英文，最近年資高了，又當起第三高女的教務主任，但因為喜歡教英文，仍然兼了幾節高年級的英文課，這次隨教師團來中南部中學參觀，不想竟在此遇到東蘭。東蘭本想與千葉先生多談，但千葉先生帶團的關係，不能多留，必得帶其他團員繼續參觀全校，於是便問了東蘭在新竹城裡的住址，說晚上再獨自一個到東蘭的房間來拜訪暢談。

這晚，千葉先生與其他巡迴團員在新竹城內的日本料理店吃過晚飯，他就叫了一輛人力車，直往東蘭的房間來，一聽到門鈴聲，東蘭早迎在門口，把千葉先生接進那個狹窄的單人房間，千葉先生在那小房間打了一轉，望望滿牆壁的中文書、日文書和英文書，便回過頭來對東蘭說：

「書倒看得蠻多的，比你的先生多得多呢，我老了，不中用了，近來都沒看新書，只翻翻舊書來誤人子弟，哈，哈，哈……」

「請先生不要這麼客氣，要不是當年先生引起我對英文的興趣，我今天也不會看這麼多英文書。」東蘭回答後，也陪千葉先生笑了起來。

「書多是一件好事，不過也不能整天都在跟書說話，我覺得你還缺少些什麼，你從來都不感寂寞嗎？」

「書一看就不寂寞了。」

「話是這麼說，不過只是你單方面在對書說話，書可從來也不會自動跟你說話，你不想有一樣能跟你對談的東西嗎？」

「我不知道先生的意思是什麼？」東蘭微笑地說。

「這難怪！這難怪！因爲我只教過你『英文』，卻沒教過你『修身』，好吧，我現在就補教你一課『修身』吧，先請問你一句，你娶親沒有？我猜沒有吧。」

東蘭閉著嘴笑了，猛搖起頭來……

「爲什麼還不娶呢？你年紀不小囉！」

「沒有人看上我。」

「胡說八道！堂堂一表人才，又是『早稻田大學』的高材生，又是『新竹中學』的英文教師，還有哪個女孩看不上的？只怕是你看不上別人。」

「實實在在的是沒有人來向我提過親，千葉先生。」

「既然沒有人向你提過親，就讓我向你提親吧。我在台北第三高女有一位女學生叫做『陳芸』，她長得非常可愛，書又唸得好，畢業時全班第一名，後來她去唸了師範科，現在在『龍山公學校』教書，是全校最得人緣的女教師，你見了一定喜歡，我私下認爲再也找不到任何兩個人像你們這樣相配的了。」

東蘭悶聲不響，只是笑著去望牆壁上的那幾排書……

「只說女孩子恐怕還不夠，她家的背景也應該說一說。」千葉先生說，乾咳了幾聲，又繼續說了下去：「她父親叫『陳根在』，曾經做過一任台北市議員，現在在任『艋舺信用組合』的社長，是一位人格者，也是我的好朋友，我常常往他的家去找他聊天，所以他家的事知之甚詳。對了，陳根在有七個女兒、兩個兒子，這陳芸是第五個女兒，姐姐都出嫁了，其中有一位嫁給士林著名的施家，就是那位海軍大統帥施琅的後裔……怎麼？我的話怎麼扯到那麼遠去了？對了，還有一件事不得不告訴你，就是陳芸的二哥叫『陳新』，他也同你我一樣是中學教師，他現在在『開南中學』教書，他是陳芸最信任的人……」

千葉先生又絮絮說了許多陳芸的好話，見東蘭笑而不答，知道他有三分意思，便向他要了一張照片，隔了幾日，等自中南部參觀中學完了回到台北，便直往艋舺的陳根在家裡來。

這一天，在陳根在的客廳裡，不但陳夫人在、陳新在，連陳芸也在，等千葉先生說明了來意，便見陳芸紅起臉來，說她還年輕，不想嫁，於是千葉先生即刻對她說道：

「陳芸樣，你不年輕了，可以嫁了。我的學生，江東蘭……」

接著千葉先生便向陳家一家人敘說了東蘭的許多好話，並拿出照片來給大家看，當大家輪流對東蘭的照片品頭論足的當兒，陳芸連照片都沒看，羞得一溜煙跑到房間裡去了。

陳家對東蘭的身世與一切十分滿意，便由千葉先生回東蘭，約兩個禮拜後的一個禮拜日，陳根在與陳新要到新竹直接與東蘭面談，千葉先生聽了，當然樂得把這個消息傳達給東蘭去了。

果然到了這約定的禮拜日，陳家父子坐了火車來到新竹，便按址來東蘭住的房間直會東蘭，父子兩人與東蘭交談了一個下午，一切都十分合意，只是有一點千葉先生沒曾提及，原來東蘭竟是客家人！這件事不但令陳根在吃驚，也使他感到有些猶豫，不過陳新對這點倒一點也不介意。

等陳家父子看完女婿回到艋舺來，把所見和所感都對陳夫人與陳芸說了，其後陳根在又重覆地說：

「人材學問攏十分相當，眞可惜是客人，若倆福佬人，問題早就解決丫。」

「客人哪有什麼關係？」陳新回答說：「倆嫁伊是欲取伊子婿的人材佮學問，哪有列取伊是福佬人抑是客人咧？而且伊本身也會曉講倆福佬話，若一兩句仔𣍐曉講，才佮伊講日本話也𣍐曉？」

陳夫人聽了卻大不以爲然，於是插嘴回答說：

「倆福佬人嫁𪜶客人？𣍐使，𣍐使，風俗沒像款，客話復𣍐曉講，嫁伊敢會使永遠住在新竹市內？終局也著搬轉去𪜶彼客人莊，彼陣仔看芸仔欲安怎去佮伊的乾家乾官❽講咧？而且嫁𪜶客人，

❽乾家乾官：台語，音(ta-ke-ta-koā)，意(公公婆婆)。

著愛十分小心，著愛十分勤儉，捧人的飯碗才捧會倒，免講偲客人莊沒親像倆住樓仔，聽講連電火都沒哦，倆芸仔孤會曉讀書，厝裡沒做慣習，彼倪軟淨，哪有法度？我看是不通較好。」

「唉呀，阿娘，你古式人攏想傦多啦。」陳新說：「你講的即倪多困難，結局是一項而而，就是芸仔膾曉講客話，這不較簡單？嫁去了後，去偲客人莊才倩❾一個客人査某囝仔來幫忙，一旁佮伊學客話，一旁問偲的風俗，代誌不就解決丫？當初阮也膾曉講日本話，也不知日本風俗，今日阮都會曉講日本話，復知影日本風俗。」

儘管陳新百般勸解，陳夫人終是不肯讓女兒嫁給客家人，事後千葉先生屢次又來撮合，也不得要領，只好知難而退，此後來陳家聊天，也就不再提起東蘭的任何事情了……

沒想到過了一個月，陳芸突然病倒，去醫院檢查的結果是腸炎，醫了好久，不但沒見好轉，不久病菌又漫延到其他部分，再去檢查，竟然又患了肺炎，溫度熱到一百多度，老不退熱，昏迷了好幾次，嚇得陳夫人六神無主，突然想起也許是向江東蘭拒絕親事的緣故，卻又拿不定主意，便來到「龍山寺」，對著寺內供奉的觀音佛祖抽籤問卜，才知是江東蘭與陳芸有天定的緣分，是誰也拆不開的，於是陳夫人只好對佛祖說不再阻擋女兒的婚姻，只求佛祖保佑女兒病體復元，一當她復元就立刻答應對方的婚事。

說來也奇怪，自陳夫人從「龍山寺」許願回來，陳芸的身體便有了起色，於是不到幾天，熱也退了，人也醒了，吃藥也見了功效，不到一個月便又恢復了往日的健康，於是便由陳夫人主動向來家裡聊天的千葉先生重提擱淺的婚事，又約東蘭和他父母一起來艋舺看新娘，叫陳芸端茶出

❾倩：台語，音(chhiä)，意(僱用)。

來拜見東蘭與未來的公公婆婆，再過一個月，這婚姻便締結成功，以後只剩下擇吉迎親了。

迎親這一天，東蘭從新竹僱了六部黑頭仔車，一干人——包括東蘭、一目少爺及幾位客家近親——北上來艋舺迎娶新娘，因為新娘家是個大家庭，不但兄弟姐妹眾多，而且親戚朋友又多，再加上無數的「送嫁」與「娶嫁」，不知幾十幾百人，若大家都坐黑頭仔車到新竹，這一條長龍不知要排多長，終究不是好辦法，所以東蘭在事前就租好一節專用的火車車廂，到時一夥人都擠上這節特別車廂，開車時刻一到，便浩浩蕩蕩地馳向新竹來。一路上親家親姆聊天說笑，東蘭則找陳新說話，而陳芸則穿著白淨的新娘衫，戴著面紗，一個椅子輪過一個椅子勸兩家的長輩喝甜茶……

結婚喜筵設在「新竹公會堂」，到時不但台北來的人、波羅汶來的人聚集一堂，連「新竹中學」的校長與教職員也都全部來參加，由中學的教頭當司儀，介紹了新娘與新郎，會堂上桌椅擁擠，杯盤狼藉，會堂門口匾額羅列，花籃密集，把個新婚的喜氣洋溢得叫人睜不開眼睛。

喜筵之後，東蘭與陳芸便在新租的一個套房歇下來，而台北來的親戚也各自到附近的旅館住下，隔天早晨，他們便一邊欣賞新竹附近風光，一邊回台北的艋舺去了。

東蘭與陳芸在新竹的新屋住了三天，便按波羅汶的客家風俗，正式回波羅汶的江家「歸寧」，這一日，陳芸穿上上襖下裙的古式紅綢新娘衣，而江東蘭則穿上綠綢長袍戴瓜子帽，叫了一部黑頭仔車坐到新竹火車站，一路坐火車坐到湖口下車，江家早預備了一頂八人花轎等在車站，於是陳芸便上了轎，由八個赤腳的轎夫抬著走，而東蘭則扶著轎跟在後頭，一路走到波羅汶來，到了江家，那門口早圍了幾百個村人想看這位娶自台北大都會的「街裡新娘」……

這一天，又在江家請了結婚那天漏請的村人，東蘭特別向陳芸介紹了少年的同窗春生，可是春生卻羞得沒敢抬頭，急急躲到最黑的角落去，這使東蘭難過萬分。

東蘭與陳芸在波羅汶的江家住了五天，便帶了一位十四歲的客家女傭一同回到新竹城裡來長住，回到新竹的套房時，那房東告訴他們，他們不在的時候，有一位穿白色西裝的人，送了一台手搖的留聲機並幾十張唱片要給新婚夫婦做禮物，房東把禮物代收了，問他的名字，他告訴房東說：「你跟東蘭說——水生送的便了。」

東蘭忙去檢視那珍貴的禮物，是RCA美國原裝的留聲機，那桃花心木透明精漆的留聲機箱子，顯得那麼玲瓏典雅，見了就叫人愛不忍釋。東蘭坐下來翻著那一套套的RCA唱片，彷彿專門爲東蘭挑選的，都是東蘭平常喜歡的古典名曲，其中有一張由鋼琴伴奏的「小提琴名曲選」中，竟然有一支曲就是格里哥那悱惻哀怨的「蘇兒菲琪之歌」，東蘭忍不住把這唱片從底套裡抽出來，放到轉盤上，然後拴緊發條，把那雲母唱頭下的電鍍唱針輕輕放在唱溝上，於是那留聲機便隨著那唱頭的搖首悠悠地奏出了動人的琴聲，也在同時，東蘭的嘴唇也不期然唱出了那深嵌在心底的歌辭：

春天不久留，
　秋天要離開，
　　秋天要離開……

夏天花會枯，
　冬天葉要衰，

冬天葉要衰……
任時間無情，
我相信你回來，
我相信你回來……
我始終不渝，
朝朝暮暮，
忠誠地等待……
啊！……

東蘭唱著，唱著，想起已逝的秋生，想起已疏的春生，想起快十年不見的水生，一陣憂鬱襲上心頭，眼角也跟著一濕，逐漸模糊起來……

第十三章 萬綠叢中一點紅

一

丘雅信與關馬西自日本坐船回到台灣，當他們在基隆下船，那碼頭上早有雅信的母親許秀英和雅信的妹妹雅足在揮手相迎，雅信的阿姨許秀珍也特別從澳底趕來，而「淡水女學」的金姑娘更特地請了假來接她的得意門生。除了這些親戚至友之外，更有台北幾家報社的記者聞訊趕來基隆，採訪這位台灣第一位日本科班出身的女醫生，大家簇簇擁擁，把雅信當成大官貴爵一般看待，使她高興得說不出話來，想起多年千辛萬苦的日子終可以拋諸腦後，突然一陣感觸，一把將許秀英抱住，熱淚脫眶而出了。

丘雅信把雪子與關馬西介紹給她的親戚朋友，因爲關馬西匆匆回台，沒來得及通知他的家屬，所以也就沒人來基隆接他，便隨著雅信一群人坐火車來台北，在太平通的「山水亭」餐廳吃了一頓晚飯，就與雅信和許秀英道別，提了行李，回大龍峒去了。

第二天，台北市的幾家報紙果然用了巨大的篇幅來報導雅信學成返台服務的大消息，有的用「萬綠叢中一點紅」來形容她是台灣的第一位女醫生，有的用「華陀再世，見面病除」來形容她醫術的高明，報紙還登了她的全身照片，於是「丘雅信」的名字在一夜之間不脛而走，傳遍了台北市，連她自日本穿回來的那套衣服，不久也有幾家成衣店倣做出售，在街上流行起來。

對於這些花邊新聞，雅信全部無動於衷，她此刻最耿耿於懷的是趕快為病人服務，既然才回台灣，一切尚無基礎，不能自己開業，只好找大醫院，先在裡面多做實習，以為來日開業做準備。所以在艋舺老家稍作休息之後，雅信便去找台北市公營的「台北醫院」的院長，告訴院長，願做婦產科的實習生，可是那院長卻對她表示目前婦產科醫生沒有缺，他對她說：

「雖然婦產科暫時沒有缺，但眼科倒缺了一個醫生，我建議你去眼科實習一年，那眼科主治醫生叫『深見醫生』，技術高明，經驗又豐富，你可以跟他學到好多東西哪。等一年過了，婦產科你要進來就沒問題了。」

「既然婦產科沒有缺，我也不能強求，那麼我就去眼科實習一年吧。」雅信想了想，終於下了決心回答說。

於是那院長便親自帶雅信來見深見醫生，原來深見醫生已經六十歲了，不但頭髮全白，連眉毛也白了，他嚴肅之中帶有罕有的和氣，說話一句一句只怕人聽漏了似地，走起路來四平八穩，對著病人如哄小孩。雅信見過成百的醫生，難得見到像深見這般宛若仙人的醫生，她一見了就喜歡，慶幸自己沒立刻就去婦產科實習。

深見醫生教雅信實習的第一件事不是教她穿上醫生的白袍來當他的開刀助手，而是教她換上病人的藍袍，在病床上躺三天，把雙眼用眼罩遮起來，想像自己是一位害眼疾的病人，在黑暗與摸索之中，過三天病人的生活……

「深見醫生，這樣很無聊呢。」躺在床上的雅信對來床邊探望她的深見醫生說：

「就是要讓你嘗嘗無聊，你將來才會同情病人的無聊哪，丘醫生。」深見醫生和善地回答。

雅信要把眼罩脫下來，深見醫生制止她，對她說：

「丘醫生，你現在眼睛開了刀哪，怎麼可以隨便把眼罩脫下來？」

「但是深見醫生，不脫下來，我怎麼上便所？」

「那還不簡單？按鈴叫護士來帶你去就行了。」

於是深見醫生去叫一位護士來帶雅信上便所，完全把她當成沒有視力的病患看待。以後三天，無論行動、飲食、上廁、洗澡、散步……因爲把眼罩帶住，叫護士來服侍，完完全全像一位眼疾病人，過著黑暗、痛苦、無聊、焦慮的日子，終於使她領略到眼疾病患者的心理，而產生了對患者的無限瞭解與同情，第三天的預習過去了，深見醫生才正式開始教授雅信眼科實習的第一課。

除了用那奇特的方法教給雅信一個醫生最需要的同情心，深見醫生又教了雅信許多有關眼疾的診斷與治療的技術，這一切是那麼切實而有用，使得雅信在學習理論之餘有了無限實際的進益，但她最受益的恐怕還是有關眼睛開刀的技巧與開刀後的拭血方法了。

有一天，有一位病人的眼睛患了白內障，需要開刀把水晶體取出，於是深見醫生便叫雅信來實習，由她開刀，只是開刀之前，殷殷對她叮嚀道：

「丘醫生，請千萬注意，開刀的時候要十分緩和，刀接觸到眼睛的時候要十分十分的輕，好像沒碰到一般。開刀之後，要拭傷口的血時，也要十分十分的輕，你在筆記本上滴過墨水吧？當你用吸墨紙去吸那滴墨水時，你怎麼個吸法？不是要十分十分小心嗎？怕手一抖就把墨水抹開，筆記就一塌糊塗了，拭血也同樣道理，爲了使充滿微血管的刀痕快些癒合，而且不留痕跡，你拭血的手就顫抖不得，要輕又要準確，就像你用吸墨紙吸墨一般……」

雅信天生就靈巧，又從深見先生學得了許多開刀的訣竅，才過不久，她就變成了深見先生的最好助手，而且日復一日地實習，慢慢對自己有了勇氣與信心。

二

「台北醫院」的院長原本跟雅信說好，一年之後就要讓她到婦產科去工作，可是一年到了，卻遲遲沒有消息，雅信正在懷疑，是不是院長把說好的事情給忘了，才這麼想著，就有一位護士來叫雅信，說院長在辦公室等她，有一重要的事情要跟她商量。雅信高興起來，心想就要轉到同間醫院的婦產科去了，忙整理了衣服，梳好了頭髮，來到院長辦公室。

才進辦公室的門，早有一位張醫生坐在一隻木椅上，這張醫生約二十四歲，才從「台北醫學專科」畢業，在這醫院的內科實習，雅信與他只是點頭之交，但他的軼事卻早已風聞，最近更是如雷貫耳了，一些台灣護士都謔叫他「阿八的」，意思是「三三八八」，因爲他都跟她們不和，口不擇言，頭髮不梳，衣裝不整，一點兒也不像個醫生。雅信此刻仔細望了他一眼，他眼睛正望著天花板，雙手交插在胸前，只把屁股尖貼在椅邊上，不是坐著，彷彿整個身子躺在椅子上。雅信覺得張醫生有些像關馬西牧師，只是他下巴很尖，而且缺少關馬西那種彌勒佛的微笑。

院長本來面對著張醫生在跟他說話，回身見到雅信，便一邊指著一把椅子請她坐，一邊對她說：

「哈咿，丘醫生，你來得正好，我方才跟張醫生說，台中附近有一個小村叫『屯仔腳』，那裡的醫療所缺少兩位醫生，一位內科，一位婦產科，他們在四處找醫生，我想你們兩位再合適沒有了。張醫生，你就去當內科主任，丘醫生，你不是想到婦產科服務嗎？你剛好去當婦產科醫生，不知你們兩位的意思怎麼樣？」

張醫生不但把腳伸得更長，更把腳翹起來，腳跟幾乎要碰到院長面前的桌面了，他沒有反應，似乎對任何上司的安排都不反對，有一種既來之則安之的表情。可是雅信卻突然坐直起來，她兩眉一皺，不但不曾直接回答院長的問題，反而問他說：

「院長先生，你一年前不是答應我在眼科實習一年之後，就要把我轉到婦產科嗎？」

「正是哪，正是哪……」院長吱唔地說：「只是我當初答應你的時候，是假設這醫院的婦產科今年有缺，事實上，不但沒有缺，反倒又從外面來了幾位婦產科醫生等待安插，把我弄得焦頭爛額，不知如何是好，所以才想讓你先到鄉下去當一陣子婦產科醫生，等這裡有缺才叫你回來。」

雅信的心沈了下去，便又把背靠到椅背上，只是不再說話，院長見她面有戚色，一種不再信任他的表情，便用誠懇的語調安慰她說：

「丘醫生，請相信我，我這回說話算話，絕不食言。」

雅信自覺目前寄人籬下，實在也無法可想，也只好答應下來，只是要求院長允許她帶一個自己的護士同去服務，因爲鄉下不但醫生缺乏，連護士也缺乏，因此雅信的這點要求，院長不但一口答應，更是他求之不得的呢。就這樣，雅信便當場與張醫生約好，選了個日子，一起搭火車到屯仔腳小村去服務。

就在這約定的日子，雅信與雪子各帶了行李衣服來台北站坐火車，這時張醫生也按時來到，雅信便把雪子介紹給張醫生，告訴他說是從日本帶來台灣的護士。張醫生跟雪子略略點了一下頭，三個人便走進月台，搭上了火車，待火車的汽笛長鳴三聲，火車便開始往南蠕動起來了。

這回到屯仔腳去當醫生，對雅信是無可奈何的事，可是對雪子而言，卻是一件令她興奮刺激的事，經過了一年，雪子整日在許秀英與雅信的家裡做家事，實在也做膩了，正想到外面透透空氣，何況她又跟許秀英學得了不少台灣話，對外界不再那麼怕生，突然有這個機會，能到鄉下去呼吸新鮮空氣，順便換換環境，她怎麼不手舞足蹈興高采烈呢？因此，她便端坐在另一隻單獨的椅子上，把頭隔在窗口，一路欣賞那山明水秀的綺麗的風景，一邊憧憬著未來快活的日子。

雅信與張醫生面對面坐著，但才坐不久，張醫生便慢慢把身子歪向甬道的一邊，把一隻腳翹了起來，最後乾脆把身子一橫，在木椅上斜躺下來，把一隻腳跟高高地擱在窗上。雅信也不以爲意，因爲在醫院時，她已司空見慣不以爲奇了，所以她獨自望著窗外，想著什麼……

「你敢知影？雅信姐，伊院長哪會叫倆兩個去屯仔腳服務，你敢知影什麼原因？」張醫生突然開口說。

「不知影，張醫生。」雅信回答說。

「漫叫我『張醫生』啦，叫我『張的』就好！」

「叫你『張的』敢好？」雅信躊躇地說。

「偲彼割護士叫我『阿八的』我都沒牽礙著，叫我『張的』尙過好囉。」

「是……張的，我確實不知影。」雅信終於放膽地說。

「第一，倆兩個攏是台灣人，你有聽院長講醫院近來來眞多醫生否？彼醫生不是台灣人，是偲日本人……」說到這裡，張醫生轉頭往對斜那邊的雪子瞟了一眼，然後又繼續說下去：「第二呢？屯仔腳不是『好孔』的所在；是『歹孔』的所在。」

「你講的第一點我會瞭解，院長在講的時陣我就略略仔有感覺；但是你講的第二點我就𣍐得通瞭解，你講屯仔腳是『歹孔』的所在，你是聽什麼人講的？」

「聽什麼人講的哦？」張醫生把身子往雅信的方向歪了一歪，頭從椅手抬了起來，隨著把手一揮，說道：「唉，哪有別人？就是彼個葉醫生，伊在屯仔腳做半年醫生，抵才由彼丫轉來醫院，倆就是欲去做伊的『替死鬼』。」

「嘖……」雅信皺起眉頭：「你也漫講到彼倪歹聽。」

「我講的攏是眞的，不是列講假的。」張醫生弔兒郎當地回答。

「阿伊葉醫生在屯仔腳都好好，哪會半年就轉來咧？」

「好好？好由嘟去？」張醫生扮了個鬼臉，因爲翻身過度，差點全身掉落在地板上，等他又把腳跟重新在窗上擱好，他才繼續說：「就是沒好不才轉來。」

「有什麼沒好的代誌？張的，你做你講，這我攏不知影。」

「第一，屯仔腳有眞多流氓，定定來醫療所黑白❶鬧。第二，屯仔腳有眞多沒常識的莊裡人，你若去𪜶厝加𪜶消毒，𪜶講你是欲加𪜶毒❷死，死都不給你消毒，所以馬拉利亞、老鼠仔症，直直來，你白白看𪜶死，一點仔辦法都沒。」

張醫生無動於衷絮絮地說著，彷彿心裡已經有數，不把這一切醫生的困難當一回事，等他把話說完了，雅信便轉頭去看窗外那最最遙遠幾乎停止不動的景色，試著去構想屯仔腳醫療所那一幅令人不快的未來的圖畫。

---

❶黑白：台語，意(不分黑白，引伸「亂」)。

❷毒：台語，音(thau)，意(用藥物以殺死)。

屯仔腳一共有五位醫生，分別掌管內科、小兒科、婦產科、耳鼻喉科和皮膚科五個部門，本來是全費接收病人的，自從雅信來到之後，因鑑於鄉下農人十分窮困，常常沒有錢可以看醫生，雅信便向其他的醫生提議少收病人的醫療費，有的只收半價，窮的根本不收費用，完全視病者的家庭情況而定。因爲雅信是這醫療所的唯一一位女醫生，而且又是唯一到日本學醫回來服務的，所以其他的四位男醫生本來就敬她三分，現在經她這麼一提議，大家也就立刻同意了，於是從此，這醫療所的業務就慢慢忙碌起來，幾乎屯仔腳所有鄉下人一有病，不再去看別的在地醫生，只往這醫療所來求治了。

有一天，雅信正在接生房替人接生，雪子立在旁邊當助手，這時那醫療所的等候室坐滿了來看病的鄉下人，忽然聽到一位護士跑來對每位醫生喊道：

「走哦！流氓復來囉！」

那醫療所的三位醫生都從後門跑了，雅信因爲忙於接生沒能離開產婦，只見張醫生不但不跟隨所有的醫生跑，反而衝向前門去跟那些流氓理論，擋在門口堅決不讓流氓進到醫療所裡來，雅信與雪子在產房裡沒有動靜，倒聽得張醫生與流氓的對罵聲從產房外面傳進來：

「您做您講！您是什麼理由復來欲鬧醫療所？」

「什麼理由哦？理由眞簡單啦！攏是您即割都市的醫生來開即間醫療所，一割生理才給您搶了了！」

「你講生理？阮哪有搶您什麼生理？」

「這你也不知？就是搶阮草地醫生的生理啊！」

「亂講！阮哪有搶您草地醫生的生理？攏是患者家己欲來的，也不是阮去強迫 來的。」

「若不是您來即ㄚ拚生理，𪜶患者哪欲來找您？」

「但是你有想看覓否？阮來了後，救眞多條生命。」

「彼我才不管！兄弟啊！來哦！醫生一個仔一個加𪜶趕出去，這醫療所的物件一件仔一件加𪜶夯給歹去！」

只聽見門口淩亂雜遝的腳步聲，以及張醫生孤單抵抗的呼喝聲，雅信終於忍受不住了，仍然戴著那雙沾血的橡皮手套，從產房衝了出去，見張醫生正和幾位十來歲的小流氓大打出手，一個二十五歲左右的流氓頭站在外圍，一邊往地上吐痰，一邊舞著刺有青龍的胳膊在旁吶喊，指揮小流氓向張醫生攻擊……雅信見到這種激烈的狀況，對張醫生大呼一聲：

「張的啊！免佮𪜶打啦！𪜶叫倆出來就出來啦！規間醫療所若欲，給𪜶扛扛去也沒要緊啦！」

雅信出來得那麼突然，叫大家感到意外，不但她的雙只手套沾著血，甚至連醫生的白衣也抹著血，頓使那些小流氓悚然一驚，目瞪口呆地停了手，都回頭往那流氓頭拋眼，想得到他的指示，下一步該做什麼？而那刺青龍的流氓頭卻不慌不忙走到雅信的跟前，往地上吐了兩口痰，緩緩地問她說：

「你到底是什麼人？果喚到大聲小聲。」

「我就是丘醫生啦，專門列替您屯仔腳的查某人生子，阿您叫我出來，我不就出來。」雅信鎮靜地回答。

「也有查某人列做醫生的哦？生目睭也不曾看。」那流氓頭口氣緩和下來，兩隻眼睛骨碌骨碌地往雅信的身上打量起來。

「你不曾看就給你看一下較詳細咧。」雅信說，沈默了好一會，見那流氓頭的臉上有三分敬她的表情，便繼續說：「哪會使隨便冤枉人講搶人的生理？您乜仔腳的一割沒錢納醫藥費的散赤人去找醫生，伊欲看偲否？是伊看偲沒錢才加偲趕出來找阮，阿才來冤枉阮搶伊的生理，這敢著？」

那流氓頭被雅信說了一頓，無意地摸起頭來，這時又不知從醫療所的哪一個角落衝出了一個二十歲的少婦，抱著一個患病的嬰孩，用親暱的口氣對那流氓頭說：

「阿龍仔，冤枉哦！偲即割醫生通界好的，攏是醫沒錢的，阮阿欽就是給偲醫沒錢的，攏是倆莊腳的醫生黑白講，家己醫人醫繪好，阿藥仔錢復加人損鬥貴的，人不才嬡去找伊，才來講人搶伊的生理，阿龍仔，實在是冤枉哦！」

那叫「阿龍」的流氓頭任雙手垂下來，不知如何是好，於是下意識地向地上吐了兩口痰，對那少婦說：

「阿梅……阿你哪會來即丫？……是不是三伯公仔叫你抱嬰仔來的？……阿你抵才講的敢是眞的？……」

「是啊，我抵才講的攏也是眞的，若不信你做你轉去問三伯公仔。」那少婦回答說。

「若安倪我不就去給人騙去丫？幹！攏也是彼個姓周的臭腳醫生，請我去吃伊一塊桌酒，塞給我幾個錢，加我講什麼安倪安倪……啊，可惡！我轉來去若沒加伊呸兩膏嘴涎，我阿龍不是人！」

阿龍說罷，往地上奮力吐了兩口大痰，回身對著其他的小流氓喝道：

「兄弟啊，行哦，沒代誌丫啦！」

眼看那些小流氓一個個搓手收拳消失在圍觀的人群裡，阿龍才又轉回來，彎腰弓背，微笑地對雅信點頭說道：

「失禮啦嘜，丘醫生，眞失禮……」說到這裡阿龍突然又挺胸直背，拍了三聲胸膛說：「以後若有什麼猴死囝仔敢來黑白鬧，你做你來叫我，看伊拳頭母外大粒，我若沒加伊打一下給伊做狗爬，我阿龍不是人！」

雅信沒有時間再仔細聽下去，她只領情地對阿龍點一下頭，急急奔回產房去，因爲這時雪子在產房門口大喊：

「姑娘樣，嬰兒頭出來了！」

三

屯仔腳有一間用土塊築成的基督教傳道所，由一位從馬偕創辦的淡水「牛津學堂」畢業的尤牧師主持傳道。這尤牧師有一位賢慧耐苦的牧師娘，他們不但合力支撐這新開的傳道所，而且還同時撫養一對八歲的雙生女兒，大的叫「妙妙」，小的叫「娟娟」。這一年，妙妙與娟娟剛進「屯仔腳公學校」上學，因爲她們長得一模一樣，穿的又整齊清潔，特別又是牧師的女兒，很引起學校裡一千個學生的注意，大家在學校一見了她們，便交互耳語起來：

「看咧！看咧！看彼對牧師的雙生仔子！」

丘雅信既然是基督徒，又是與尤牧師同樣從淡水馬偕創辦的學校畢業，才來屯仔腳沒幾天，便與尤牧師夫婦認識，而且即刻深交起來，於是從第一個禮拜天起，以後每個禮拜天都來傳道所做禮拜。因爲看雅信一個女醫生在醫療所孤單，尤牧師娘便主動邀雅信和雪子來她們傳道所的住家與她們同住，供應她們食宿，像自己家人一樣。雅信本來在醫療所也感到不便，恨不得能搬出來自己住，現在既有尤牧師娘熱情相邀，也就答應下來，隔日便由張醫生協助，與雪子搬進了尤牧師的土塊厝來住。從此，雅信與雪子，除了上班時間到醫療所去，其他的時間便同尤牧師一家生活在一起，雅信特別喜歡妙妙與娟娟，有空就教她們讀書寫字，與她們遊玩說故事，宛然把她們當成自己的小妹妹看待。

因爲雅信搬來尤牧師家裡時，是張醫生替她搬的，也就因爲這緣故，尤氏一家人就因此認識了張醫生，以後又聽見雅信告訴他們，這張醫生獨當一面對抗流氓的故事，更使得尤牧師夫婦對他產生好感，於是便常常邀他來家吃飯，而禮拜天則邀他來聽道。對於吃飯，張醫生倒是每叫必到的，至於聽道，他從來也沒去過，好難得禮拜天休息一天，他寧可躺在醫療所的男醫生宿舍的床上，翹起腿，抽煙讀報或乾脆呼呼睡懶覺。

有一個傍晚，當尤牧師一家人與雅信、雪子以及張醫生在吃晚飯的時候，家裡突然來了兩個客人，一個是四十多歲的婦人，另外一個是二十出頭的青年，兩人臉很相似，一看便知是母子，尤牧師和牧師娘立刻從飯桌立了起來，歡喜地迎上前去，正不知來者何人，那婦人早已把牧師娘一把抓住，用十分親暱的聲調對她說：

「牧師娘，你𣍐認得我是否？你遂𣍐記得我住在您厝邊，離您三間厝彼個沈太太就是我啦，我都目睭金金看你大漢，看你讀高女，看你嫁翁……彼個沈太太啊，你遂𣍐認得？」

牧師娘恍然大悟，裂嘴笑了，她用力去搖沈太太的手，說道：

「啊，沈太太，不是我𣍐認得，實在是住在這土塊厝，沒窗仔，光線沒好，復猶未點火，才看𣍐清楚……入來啦！入來啦！吃飽未？入來佮阮做陣吃啦。」

「眞失禮，抵仔好您列吃飯，來加您攪擾，阮來的時陣都已經在外口吃飽丫，您做您吃！您做您吃！」沈太太說。

「沒要緊啦，敢有什麼重要的代誌？」尤牧師終於插嘴道。

「也沒什麼重要的代誌啦，就是我這小犬，伊是我的孤孝生——」沈太太指著那青年說，使那青年微微不好意思起來，抬頭去望土塊厝上爲了防水油漆的一片黑色的瀝青，沈太太繼續說下去：「伊都抵才由『台北醫專』畢業，想欲去『台北病院』實習，院長講伊彼丫醫生尙多丫，才派伊來這屯仔腳的醫療所實習。我放伊家己一個人來即丫𣍐放心，有聽見您在即丫傳道，才特別親身遡伊來佮您相見面，希望我轉去了後，您會通好仔加伊照顧。」

「這沒問題，這沒問題，你做你放心，阮會好好仔加伊照顧。」尤牧師娘說著，便回頭指著飯桌上的雅信和張醫生給沈太太看，然後打趣地說：「你看！即兩位也是醫療所的醫生，即位是丘醫生，彼位是張醫生，偲即兩位醫生的老母沒來加阮拜託，阮都列加伊照顧，沒講你親身來加阮拜託，特別倆以前復是好厝邊，哪會沒加您這孤孝生照顧的道理咧？」

尤牧師娘滔滔地說，說得大家都笑了，這使得那初出社會的沈醫生更不好意思起來，更認眞地抬頭去望牆上漆黑的瀝青。

從此，尤牧師娘不但常常請張醫生來吃飯和聊天，而每回請張醫生來的時候，也都同時請沈醫生來。這沈醫生雖不是教徒，倒不反對聽道，所以也就接受尤牧師的邀請，幾個禮拜就來傳道所聽一次道，這令尤氏一家人十分歡喜，特別是他很年輕，跟那對雙生女孩——妙妙與娟娟——更成了好朋友，常常頂替雅信，陪她們玩。

就在這一年的清明時節，屯仔腳的村人到村子盡頭的墓地掃墓的時候，突然從那相思林裡跑出了一頭梅花鹿。這對村人而言是一件空前的大事，這屯仔腳一帶以前雖也有梅花鹿，但那已是好幾百年墾荒時代的老故事了，這一代的人誰也沒有親眼見過梅花鹿，更別說親身獵過梅花鹿了，因此屯仔腳年輕的村人便聯合起來，各提著鋤頭棍棒，團團對著這頭梅花鹿圍獵起來，花了一整個下午，終於把這頭梅花鹿圍住，用亂棒打死了，歡天喜地地扛回屯仔腳，剝皮去臟，用火燒烤起來，當晚將鹿肉大嚼一頓，又配上燒酒，喝得酩酊大醉。有一兩個老一輩的村人看了便搖頭不以爲然，都說梅花鹿天生怕人，本來是應該往樹林裡藏匿的，哪裡有由樹林逃到平原村莊的道理？可見開始這就不是好兆頭，再者，梅花鹿是馴良的善類，即使抓到了也應該加以保護飼養，哪裡有剝皮大嚼的道理？可見後者會觸犯神怒，會帶來災厄，對整個屯仔腳都不是一件好事，是應該悲哀而不是高興的事。但對於這些話，那些吃鹿肉配燒酒的青年只管是馬耳東風，一點也沒能聽進去，不但把它當成笑話，而且還揶揄這些老一輩的迂儒與古董來。

說也奇怪，就在這個夜裡，當所有的燈火吹熄了，尤家的雙生女兒妙妙與娟娟已合睡在一張只有一面床堵的木床上，驀然，大地搖動起來，因爲搖得那麼厲害，終於把妙妙和娟娟都搖醒了，只聽見屋椽吱吱地響，屋頂的塵沙都落到床上來……妙妙和娟娟都驚得哭叫起來，於是便聽見隔房的雅信赤著足奔了過來，將妙妙和娟娟抱住，輕聲安慰她們，在那黑暗之中，妙妙含著哭聲問抱住她的雅信說：

「雅信姨……這厝哪會即倪勢搖？……彼是什麼………」

「這『地動』啦，一點仔久就𣍐搖丫啦。」雅信柔聲地哄妙妙說。

「雅信姨仔，這厝搖到即倪厲害，厝敢會倒落來？……」娟娟膽怯地問道。

「唉……囝仔人不通黑白講，是地搖一下而而，這土塊厝碇硞硞，欲安怎會倒落來？」

雅信說著，地也慢慢靜止下來，再過一會兒便不再搖了，於是雅信才把油燈點亮，把妙妙與娟娟都勸回床上，又陪她們說一會兒，才把油燈吹熄，回到她的床去睡。

這一夜再也沒有什麼動靜，一直等到黎明時分，才又有了兩度輕微的地震，不過那震幅那麼小，只像吹了兩陣微風，大家又都在酣夢裡，所以除了一些早起煮炊的農婦，誰也沒有感覺到，仍然繼續甜蜜地睡。

可是就在這兩度輕震的一段平靜之後，突然大地猛烈地動搖起來，那震幅那麼粗獷而激盪，連深深熟睡的妙妙也被搖醒了，她才猛然睜開眼睛，便見那黝黑的屋頂突然破裂洞開，露出一角鼠灰色的天空，緊接著轟然一聲，整座屋頂塌下來，她也就不省人事了……

等妙妙再度醒來，她全身已不能動彈，她發覺手腳都被土塊和瓦片重重壓住了，滿臉都是灰塵，眼前是一片黑暗，鼻子嗅到一股濃烈的瀝青味，只剩下頭上一塊小空間任她自由呼吸，原來是她床上的那一面床堵救了她……

妙妙開始拚命的哭叫，期望有人聽到了會馬上來救她，可是一點用處也沒有，儘管她哭叫了很久，連聲音都叫啞了，仍然聽不到一點腳步聲走近來，眼前仍然是那一片黑暗，手腳仍然是那一堆磚瓦，於是她感到心驚，恐懼萬狀，她想她要死了……就在這絕望的當兒，她忽然看見一位女人，就像在聖經的畫片裡看過的天使那樣，迤邐來到她的眼前，這女人披著拖地的白衫，梳著柔軟的長髮，卻見不到臉，只背對著她，用銀鈴般的聲音對她說：

「妙妙，不通哭，等一下自然有人會救你出來……」

說完了這句話，那女人的背影便消失不見了，妙妙還在恍惚之中，不過她卻鎮靜下來，她不再哭了，她開始閉目，按著她父親往日教她的「主禱文」祈禱起來……

經過一段漫長的時間，一直到近午的時候，妙妙才開始聽見人聲，於是她又大哭大叫起來，可是卻沒有人聽見，那人聲儘管是由遠而近，從身邊走過，甚至踩到她的頭上，把那床堵頂住的磚瓦更重地壓到她的身上，他們依然聽不到她的叫聲，於是又由近而遠，最後又重歸可怕的闃靜與黑暗……

但妙妙還是堅忍地等待著，終於她聽見了她的母親在呼喚的聲音：

「妙妙！……娟娟！……」

「娟娟！……妙妙！……」

妙妙再也忍不住，便「哇」地一聲，嚎啕大哭出聲了，於是便聽見雅信姨的聲音在大聲地嚷著：

「較緊！較緊！偲在即丫啦！」

才聽到雅信姨的聲音，便即刻有鋤頭和圓鍬的聲音在頭上響了起來，過不了幾分鐘，便見到幾縷陽光從破瓦上射進來，接著又是一大堆灰塵落到臉上，妙妙於是又把眼睛閉起，嘴也合起，忍住呼吸，以免將太多的灰塵吸進肺裡去……

來把妙妙從破瓦堆裡挖出來的原來是一位每天清早就出來賣杏仁茶的「杏仁伯仔」和另一位每天巡更的日本刑事，因爲他們在附近到處挖土救人，尤牧師娘和雅信才去喚他們來救妙妙和娟娟的，既把妙妙救起，那杏仁伯仔和那刑事便暫時停下來喘息，卻見尤牧師娘把妙妙拖到一旁焦急地問她說：

「阿娟娟咧？伊在嘟？」

妙妙只管搖頭，沒回答，於是尤牧師娘和雅信便在那瓦礫堆上尋找起來，特別是尤牧師娘，更瘋狂似地嚷叫起來：

「娟娟！你在嘟？也應一聲！娟娟！娟娟！……」因爲一直都聽不到回應，於是那杏仁伯仔與那刑事也知大事不妙，連忙在原來妙妙的床邊又努力繼續地挖掘，等把娟娟挖了出來，他們發現她已面呈死灰，再按按她的脈，娟娟已死去多時，尤牧師娘跑過來搶娟娟，痛哭流涕起來，而雅信則把妙妙緊緊抱在懷裡，也淌下了眼淚……

那杏仁伯仔因爲挑慣了杏仁茶的擔子，長得十分粗壯，與他相較，那刑事就顯得細瘦苗條了，這當兒已不再是刑事發號施令的時候，倒反而是那刑事聽任杏仁伯仔指揮的時候了。只見那杏仁伯仔向那刑事一揮，那刑事便又跟著杏仁伯仔到附近救人去了。

妙妙看見杏仁伯仔帶著那刑事走到他們隔壁的另一堆瓦礫去，他們從破瓦殘垣之中救出了這家人的一個兒子，那兒子的母親，懇求杏仁伯仔繼續挖下去，杏仁伯仔站立著，拭了額上的汗珠，毫不動情的問那母親說：

「阿姆，你有幾個孝生？」

「孤孤即個啦，」那母親指著剛被杏仁伯仔挖出的兒子說：「春的攏是查某子，攏埋埋在下腳，杏仁伯仔，你也趕緊加偲挖出來……」

「唉！查某子沒要緊啦，孝生救起來就好，我沒閒通復挖丫，我著趕緊來去救別人的孝生較重要。」

說完了這些話，杏仁伯仔又對那刑事揮一揮，便見那刑事跟隨杏仁伯仔往別處救人去了。

妙妙聽見她們屋後的斷木瓦礫之下有一個女人在喊：「救命哦！救命哦！……」有一個男人聞聲趕來，慌亂緊張，沒待下鍬挖掘，便先大聲地問那地下的女人說：

「阿松有在下腳否？」

「沒啦……不過阿生在即丫啦……」那地下的女人微弱地說。

聽了這句話，那男人一句話也不再說，調轉頭就走了……

不久，又聽見那地下的女人在大喊：「救命哦！救命哦！……」於是又見另外一個男人荷鍬趕來，也像那第一個男人，問那地下的女人說：

「阿竹有在下腳否？」

那地下的女人好像學乖了，答道：

「不知啦，大概有在即丫啦，你厝頂加阮掀起來就會知……」

那男人果然努力挖掘，又去喚了兩個人來幫忙，合力把屋頂掀開來，只見一個女人和一個男孩爬出來，而不見其他男孩，那男人只好擦擦鼻子上的灰，悻悻然走開去。

尤牧師與雪子因為各被椽木和土磚夾在胸上，一時不能動彈，等旁人把他們從土中拉起來，才發現手腳到處都是傷痕，便躺在臨時搭成的草棚裡休息，等待將來去裹傷。

這一天，傳道所附近活著的人，便喝了杏仁伯仔的冷杏仁茶過夜，聽說從台北方面派來的救護隊以及特別用專車送來的薄木棺材第二天才會到，於是大家只好在原地眼巴巴地等待著。

等到第二天清晨，大家已經都醒來，尤牧師娘替尤牧師與雪子看了一會傷，突然想起沈太太的那個獨生子沈醫生來，便對坐在一塊破土磚上的妙妙說：

「妙妙，你趕緊去彼醫療所看覓，看彼個沈醫生有在咧否？」

妙妙從破土磚立起，正想赤足跑去，雅信卻把她喊住，又補了一句話說：

「妙妙，你看沈醫生了後，順續看張醫生有在咧否？」

妙妙點頭答應著去了，可是沒想到經昨天的大地震之後，全屯仔腳已經夷為平地，到處是土堆與木堆，連路都不見了，妙妙只能踩著破瓦與斷木跳躍著前進。因爲是赤足，沒跳三間房子的距離，便又跳回來，抱住雙腳，對尤牧師娘哭道：

「阿娘，腳眞痛哦！我行𣍐去……」

尤牧師娘想了一會，便說道：

「著啦！著啦！一禮拜前，我清掃的時陣有擲一割破鞋在畚瑣桶❸，你復去找看覓，看有給人撿去否？」

妙妙到垃圾桶，往裡翻找了一會，果然找到幾雙破鞋，她拿那最小的一雙套了上去，便從這個屋頂跳到那個屋頂，一路尋到醫療所的地方來，只見到處是死人與哭聲，整個屯仔腳好像變成了一座地獄城。當她來到醫療所，那醫療所也跟所有其他的房子一樣倒塌了，根本不知哪裡找去，忽然她聞到一股福馬林的消毒藥水的味道，才確定那附近便是醫療所了，便就近尋找起來，那附近有不少人，只有受傷的，死的都扛到離醫療所不遠的一個曬穀場去了。妙妙尋了又尋，終是尋不到沈醫生，也尋不到張醫生，問了那些受傷的人，也都說沒有看到，於是便跳回家，大聲對尤牧師娘說：

「阿娘，阿娘，沈醫生佮張醫生攏找沒，阿問彼丫的人也攏講沒看著。」

尤牧師娘聽了，頓時兩隻眼睛瞪得像兩顆龍眼，而雅信的臉也蒼白了，於是兩個女人便把其他的人放著，踩著瓦礫來到醫療所的地方，找了一會兒，又問了好多人，都得到與妙妙相同的回答，最後尤牧師娘領先，雅信跟在後面，兩人便蹣跚往稍遠的曬穀場走來，那曬穀場上早擺了

❸畚瑣桶：台語，音(pun-so-thang)，意(垃圾桶)。

三、四十具薄木棺材，具具都盛著屍體，蓋子輕輕地蓋著，尤牧師娘一個蓋子又一個蓋子地掀開來看，掀到第十七個蓋子時，她悽愴地叫了一聲：

「啊……伊在即丫啦！」

說罷，尤牧師娘便雙手合掌，無力地跪下來，痛哭失聲了……

雅信仍然繼續一具一具地看畢了那三、四十具棺材，仍然看不到張醫生，正躊躇不知要如何是好，突然聽見有人大喊：

「雅信姐仔！雅信姐仔！」

雅信忙轉頭過去，看見一個人大腿綁著厚厚的繃帶，半坐在一棵老榕樹下，向她揮手，雅信急忙奔了過去，她發現張醫生露著牙齒，在對她世故地微笑。

「你猶會記得𣍐？倆來屯仔腳的時陣，我在火車頂有加你講過，倆來即丫欲做『替死鬼』，誠實差一點仔就做『替死鬼』！」張醫生開嘴第一句就說。

「你腳安怎？」雅信關懷地問。

「哪有安怎？椽仔落落來，㧣著，斷去。」張醫生平淡地說。

「你敢知影沈醫生？」雅信顫顫地問。

「哪會不知影？𧼮去丫。」張醫生淡淡地說，把食指彎成一個「7」字形。

雅信回頭瞟了曬穀場的那一列棺材，深深地嘆息，而張醫生則繼續說下去：

「厝倒落來的時陣，伊睏在我的隔壁床，救護隊來的時，伊倒在土腳，舉手指伊的手股頭，對彼割走來走去的救護人員講：『加我注射啦……加我注射啦……我是沈醫生……』第一，彼割人聽𣍐清楚，第二，彼割人由別位來的，哪訓你是阿公抑是阿祖？做伊走來走去，也沒特別照顧他，所以才翹去。」

屯仔腳震災亡靈追悼儀式於地震後一個禮拜在屯仔腳舉行，所有「台北醫院」的醫生同仁都南來參加追悼，到時大家都痛苦流淚，鬼哭神號，慘不忍聞……

「屯仔腳公學校」於一個月後才在臨時搭成的竹棚下重新開課，原來的一千個學生只剩下七百個，從此學校的學生只見妙妙一個人單獨來上學，又一個人單獨回家，再也沒有人指著她叫說：「緊來看！緊來看！看彼牧師的雙生仔子！」

四

因爲屯仔腳發生了意外的災禍，「台北醫院」的院長爲了表示撫卹之意，事後就把張醫生和雅信調回「台北醫院」，張醫生去做內科主治醫生，而雅信則升爲婦產科主治醫生，至於雪子，她也跟著雅信回來，也在「台北醫院」當起助理護士來。

這「台北醫院」全部有五十個日本醫生和十五個台灣醫生，因爲在醫學院裡只學德文和拉丁文，所以懂英文的很少，而像雅信那樣對英文讀說都通的就更鳳毛麟角了。因此，在台北的英國領事館和美國領事館，每次有領事人員要跟日本官員或民間團體交涉商議，總是來「台北醫院」找雅信去當臨時通譯，所以，雅信不但要做醫院裡的醫務工作，而且又得常常去做外交上的翻譯工作，這使她認識了不少英國和美國的領事人員，而在醫院裡，她則變成了特殊的人物，一提起她的名字，更是無人不知了。

有一天，張醫生帶了一對西洋夫婦，跟著一個五歲的小女孩，來到婦產科的診察室，對雅信說：

「雅信姐，我有一個美國查某病人，孤會曉講英語，台灣話、日本話一句都𣍐曉，也不知伊哩哩嚕嚕在講什麼，請你做通譯，稍幫忙一下。」

雅信剛好有空，便對那對夫婦瞧了一眼，那婦人大約三十五歲左右，修長的體態，高貴的儀容，直挺的鼻樑，稱著一對藍色美麗的眼睛，那雙大眼睛，伶俐地轉動，直往雅信的身上射來，似乎想在她的身上尋覓友誼與瞭解的樣子。

雅信對那婦人說了一聲「哈囉」，那婦人立刻露出了像花一般的微笑，用英語主動地對雅信說：

「我是福士特(Foster)夫人，這位是我的丈夫福士特先生，而這個是我的女兒愛麗絲，嘿，愛麗絲，叫一聲『auntie』！」

福士特夫人分別指著那禿頭健壯的福士特先生與那滿臉像蘋果的小女孩，福士特先生禮貌地微笑，輕輕地點了一下頭，而愛麗絲則害羞地躲到福士特先生的背後去。

雅信請大家在診察所坐下來，用英語親切地問福士特夫人說：

「福士特夫人，我不知道你患了什麼病？可否請你把你的病徵告訴我好嗎？我自己是婦產科醫生，內科不是我專門，是這位張醫生叫我做通譯的，我希望你瞭解這一點。」

福士特夫人瞭解地點點頭，然後對雅信說道：

「我也不知道怎麼，最近一年來，時常口渴得厲害，肚子又餓得急，開水喝了，東西也吃了不少，但老止不了渴，也禁不住餓，量量體重，卻愈來愈瘦，好多自波士頓帶來的衣服都又寬又鬆了，穿起來就像穿睡衣似的，不但如此，我還愈來愈感覺有氣無力，天天昏昏沈沈，想多睡，卻又睡不好，夜裡白天老是尿急，與廁所結了不解之緣。」

福士特夫人口齒伶俐，滔滔不絕說了這一大堆病徵，雅信十分耐性地聽著，等福士特夫人把全部一口氣說完了，她才把這一切病徵一股腦兒翻譯給張醫生聽，張醫生聽罷，若有所思地點了幾下頭，便向雅信說福士特夫人需要抽血與取尿做詳細的病體檢查，雅信便給福士特夫人翻譯了，她聽了，忙懇求雅信，對她說：

「抽血取尿，做詳細的病體檢查，我都十分願意，只是他們這些醫生，我都跟他們說不通，我感到很不自在，丘醫生，我跟你說得通，而且一見如故，好像多年的好朋友，跟你在一起，感到十分自在，我是不是可以請求你，爲我抽血取尿，替我檢查，別到其他的醫生那裡去了，就在你這裡，丘醫生，請你千萬答應我好嗎？」

雅信本來有些猶豫，但看福士特夫人請求得那麼懇切，再想想每回她若來看病，每回張醫生反正也是要來找她去當通譯，實在也是麻煩，不如直接承擔下來，也省張醫生的許多事，便將她的意思告訴了張醫生，張醫生樂得把這美國病人交給雅信，不但自己答應了，也慫恿雅信答應下來。

當雅信把她和張醫生的意思用英語轉告福士特夫人，福士特先生與福士特夫人不但連連感謝她，福士特夫人甚至興奮地叫了起來：

「噢，感謝上帝！丘醫生，你眞是我的救命恩人！」

雅信將福士特夫人的血與尿送去檢查的結果，斷定福士特夫人患了糖尿病，從此福士特夫人便常常來「台北醫院」的婦產科找雅信替她注射胰島素，並且做定期的血醣檢查。因爲時常接觸，而且話又投機，雅信與福士特夫人果然變成了好朋友，特別是福士特夫人，更是把雅信當做「救命恩人」看待。

終於有一天，雅信收到福士特夫人親自用花體字寫的一張請帖，邀請她一個禮拜後的禮拜天晚上到她們家去吃晚餐，不但先送來了請帖，福士特夫人甚至來到醫院，再口頭邀請她去。因為沒曾到西洋人的家裡吃過飯，雅信起先頗為躊躇，後經福士特夫人一再熱忱相邀，才終於答應下來。

這一晚，雅信獨自一個人來到福士特一家豪華的府邸，福士特夫人親自下廚，煮了一桌豐盛的洋餐，雅信便與福士特夫婦、愛麗絲，共坐在一盞法國的花燈下，用刀叉盤子，吃了一頓可口的洋餐。完了，福士特夫人又端上來她自己做的蛋糕甜點，又泡了咖啡，邊吃邊喝邊聊起天來。

「福士特夫人，我不知道你們一家人為什麼老遠從美國來台灣，這裡會說英語的人很少，你們又沒有很多朋友，生活不但不方便，可能還很苦。」雅信有一回心血來潮地說。

「丘醫生，」福士特先生一邊抽起煙斗，一邊看他太太，回答說：「我是波士頓的貿易公司派來台灣做總代理的，主要是向台灣買茶葉，偶爾也向台灣買藤、竹之類的東西，福士特夫人本來不想來，但我既然來了，她也只好同愛麗絲跟我來，本來苦只我一個受就可以，但她卻遭了殃，我實在十分對不起她，特別是她害了糖尿病，好在遇見了你，真的，丘醫生，我們真感激你，假如沒有你，我們不知要怎麼辦才好。」

「福士特先生，你說你們一家人來自波士頓，波士頓我曾在地理書上讀過，只知道它在美國的東岸，是一個古老的城市，其餘我就不知道了，波士頓實際上是什麼樣子，我倒十分好奇，你可否說來讓我聽聽！」雅信說。

「噢，那還不簡單，丘醫生，還是讓我好好說給你聽吧！」福士特夫人搶著說：「大家都叫波士頓是『美國的雅典』，因為它是美國的文化古都；又叫它是『自由的搖籃』，因為美國獨立革命的第一聲槍聲就是在我們波士頓響起的。」福士特夫人頓了一下又說：「你知道美國的國父華盛頓吧?」

「我知道，喬治華盛頓?」雅信說。

「對！就是喬治華盛頓，就是他帶兵開始在波士頓起義，後來推翻了英國，美國才獨立起來。」

雅信頻頻點頭，於是福士特夫人又說了下去：

「我們波士頓有一個圖書館叫『波士頓大眾圖書館』，裡面有一個房間就藏有華盛頓生前的所有私人藏書。」福士特夫人再頓了一下，又說：「丘醫生，你知道佛蘭克林吧?」

「我知道佛蘭克林，我曾在歷史書上讀過。」雅信說。

「佛蘭克林是我們波士頓人，他就出生在波士頓。丘醫生，你還知道愛默生吧?我猜……」福士特夫人說。

「愛默生?我不知道。」雅信搖搖頭說。

「你不知道愛默生?他是我們美國最偉大的思想家啊，他那著名的『散文集』你沒讀過?他也是我們波士頓人，他的家就在波士頓，還好好保存著，供後人瞻仰。」福士特夫人喝了一口咖啡，又說：「丘醫生，你說愛默生不知道，但至少歐兒考特(Alcott)應該知道吧?」

「歐兒考特?福士特夫人，說實在話，我連歐兒考特也不知道。」雅信說，臉緋紅起來。

「歐兒考特是美國著名的女作家啊，她寫過那著名的『小婦人』，你沒讀過?她也是我們波士頓人，她的家就像愛默生的家一樣，還好好保存著，供後人瞻仰。」

「福士特夫人，」福士特先生終於斯文地開口說話了，先對他的太太微微地點一下頭，然後轉過身來對雅信說：「我太太剛才說過，波士頓是美國的文化古都，但她卻沒有提起波士頓的幾間古老而著名的大學。」

「是啊，你說得很對。」雅信點頭地說，然後問道：「不知道你們波士頓有什麼著名的大學？」

「有很多著名的大學，其中最著名的有『哈佛大學』，還有『麻省理工學院』，也就是簡稱叫『MIT』的那一間。」福士特先生說。

「我知道『哈佛大學』很古老，不知道它已經建了幾年了？」雅信說。

「『哈佛大學』建立在一六三六年，離現在差不多要三百年了。」福士特先生說，深深地抽了一口煙斗。

「三百年了？噢，好長的歷史啊！」雅信歎息地說，忽然思緒一轉，問福士特先生道：「不知『哈佛大學』可有醫學院沒有？」

「哪裡沒有？『哈佛大學』的醫學院還是世界出名的呢！」福士特先生驕傲地說。

「丘醫生，你將來何不來『哈佛大學』唸醫學院？」福士特夫人插嘴道：「就住在我們家，由我們做東。」

雅信只把福士特夫人的話當做隨興所至的客氣話，也不把它放在心裡，只隨便答說她恐怕沒有這種機會，把話題交差了過去，說畢，大家便休息了一陣，喝起咖啡來。

才喝了半口咖啡，突然福士特叫了一聲：

「對了！丘醫生，趁你來這裡的時候，想拜託你替我看一點東西，你等一下，先讓我去找來再說。」話還沒說完，福士特先生就把煙斗一收，走進隔壁的房間去了。

雅信才靜下心來跟福士特夫人說了幾句女人之間的話，已見福士特先生捧了一大堆賬簿走出來，他把那些賬簿往桌上一放，揀了其中的一本，隨便翻了一頁，指著上面的一排字，對雅信說：

「丘醫生，請你給我看看，這數目到底是多少？」

雅信把那賬簿拿來仔細端詳了一下，才認出那數字既不是用漢文數字也不是用阿拉伯數字寫的，而是以毛筆用一般商業上通用的「碼子」數字寫的，那一排數字寫著：

〡〣〨〤〩

「這數字是『一三八四九』。」雅信說。

「什麼？是『一萬三千八百四十九塊』？而不是『一萬三千九百八十七塊』？唉！這位不老實的掌櫃把我騙了一百多塊去！」福士特歎息著，又翻了幾頁，指著另一行「碼子」的數字，對雅信說：「請再替我看看這一行，這數目到底又是多少？」

雅信望了望那一行數字，那「碼子」寫著：

〢〥〧〦〣

「這數字是『二五七六三』。」雅信說。

「什麼？是『二萬五千七百六十三塊』？而不是『二萬八千五百四十三塊』？唉！這位掌櫃

實在太不老實了，單只這一條賬目就把我騙去三千多塊去！可惡！可惡！」福士特先生說著，拚命搖起頭來。

雅信把賬簿還給福士特先生，偷偷地瞧了福士特夫人一眼，她看見福士特夫人雖然微鎖眉頭，卻是溫文含蓄著，不發一語，這令雅信更感到莫名的尷尬，她不覺臉紅到了耳根。

福士特先生還想請雅信繼續替他對賬，可是福士特夫人卻阻止了他，說道：

「人家丘醫生今天是來做客，又不是你新請的經理，怎麼可以緊抓住人不放，叫人替你查賬？即使是你的經理，也用不著急得什麼似地，非今晚全部查對不可，難道明天就遲了不成？」

聽了福士特夫人的話，福士特先生也覺得對雅信失禮，忙拍了幾下額頭，對雅信表示歉意，把那一堆賬簿又全部搬了進去。

這一晚，雅信與福士特夫婦談得十分盡興，把雅信送到那圍牆的門口時，福士特夫人轉頭來對愛麗絲說：

「怎麼不跟auntie說聲再見？」

「Auntie再見……」愛麗絲說，躲到福士特夫人的裙後去了。

然後福士特先生也走上來，握雅信的手，請她以後有空再來，雅信笑著謝了。最後，輪到福士特夫人來握雅信的手，熱烈地緊握了一陣，冷不防伸長雙臂把雅信抱住，在她的面頰上連連印了幾個親吻，叫道：

「啊，丘醫生，你實在是我的救命恩人！」

從這一天開始，雅信與福士特一家人就成了非常親近的朋友，福士特先生往後又邀了雅信到他們家吃晚飯，說是吃晚飯，其實又請她替他對賬，雅信都樂意答應了。然後，這一年的夏天，福士特一家人回波士頓渡假去了，臨走之際，福士特先生請雅信爲他做暫時的總代理，在他不在台灣的時候爲他處理一切金錢事宜，並呈給她一張全權委任狀，那狀上還附有美國駐台領事的作證簽字。雅信本來不願意，辭之再三，但經過福士特夫人一再懇求，她才勉強答應下來。

五

關馬西自從由日本與雅信同船回到台灣，先在他父親的大龍峒教堂協助他講了一會道，因爲定居不下來，便開始在台灣各地巡迴起來，有時在這個教堂講講道，有時在那個禮拜堂主持禮拜，甚至也有台北和台南的神學院請他去做短時的教師，講授聖經和神學。因爲在日本唸書時交友很廣，於是每到一個新地方，總又遇到在日本唸書時的老朋友，大家喝茶吃飯，天南地北聊個沒完，照例每回飯前茶後，他老愛替人祈禱，因爲多年來已經習以爲常，所以朋友們也就見怪不怪了。

自從雅信到「台北醫院」當醫生之後，關馬西一共來醫院看過她兩次，這都是關馬西回台北講道時順便來看她的。第一次是在雅信到屯仔腳當醫生之前，那一次關馬西告訴雅信說林仲秋要結婚了，對象是台南一位姓連的望族的二女兒，那岳父是一位有名的詩人兼歷史家，那女兒也很有學問，又長得很美。本來林仲秋在『台灣電力會社』好端端地工作，一直都沒有娶親的意思，倒是林仲秋的再生父——林杏珍急了，他認識連家，便主動替他作媒，連家聽說他是日本『早稻田大學』的電機工程畢業，在台北又有一份好職業，加之林仲秋又長得一表人才，他們也就答應了，倒是林仲秋自己還期期艾艾躊躇不決，經林杏珍再三催促，礙於不願拂逆恩人之意，林仲秋才勉強接受了。雅信聽了關馬西的話，心頭有一股不知是甜還是酸的滋味，想起林仲秋在日本向她求婚，只因同姓而遭她婉拒的往事，她不禁歎息起來，只是不願把這心事洩漏給關馬西，便裝成若無其事的表情，把話岔到別的事情上面去。

第二次關馬西來看雅信則是在她從屯仔腳回到「台北醫院」當醫生的頭一個月，這回關馬西在談完了其他事情之後，又把話鋒轉到林仲秋的身上。關馬西說林仲秋與他新婚太太生活並不美滿，那富家的女兒憑她娘家的名望與財產，十分任性潑辣，時常因小事與林仲秋吵架，一言不合就甩碗丟筷，鬧得全家雞犬不寧，而且經常是「打人喚救人」，三五天就把包袱一款，回台南娘家去，這弄得林仲秋十分沮喪，常常不想回家，便在外面狂吃爛飲，醉倒在地上，才由路人扛回來。雅信聽了，更加感慨，替林仲秋惋惜，想請關馬西替她代轉幾句安慰的話，卻又如梗在喉，吐也不好，不吐又難過，最後還是把心情埋藏起來，顧左右而言他。

已經大半年沒再見關馬西來「台北醫院」找她了，這一天傍晚，雅信看完病人，拖著疲倦的身子，走完那長長的迴廊，才跨出醫院的大門想往艋舺的家裡走去，迎面看見關馬西垂頭望著地上，急步一直想往醫院闖進去，因爲他沒有看見雅信，雅信便喊住了他，問他到醫院裡去找誰？關馬西一抬頭，見是雅信，忙開了笑口，回答雅信說：

「都想欲入去醫院內面找你嘞，雅信姐仔。」

「找我敢有什麼大條代誌？看你行路彼俔緊，孤看土腳沒看人。」雅信笑說，有點玩笑的意味。

「有一條眞大條的代誌欲找你講……」關馬西說，收了笑口，臉變得十分正經起來，左顧右盼了一回，望見前頭便是公園，就繼續說：「醫院內面人尙多歹講，公園內面人少較好講，倆做陣來去公園一下安怎款？」

雅信觀察關馬西的口氣和臉色，也知道關馬西有十分重要的話非跟她說不可，於是也沒回答關馬西，只用眼睛示意他先走，便跟著他後面，一路往新公園的路口走來。

進得了新公園的門，便遙見那銅綠圓頂的「博物館」，館的前面種了一排椰子樹，樹下是一片青翠的草地，關馬西便領著雅信走向那草地，等踩在草地上，才把腳步放慢下來。這裡離門口較遠，比較清靜，也不必怕閒人來打岔，所以關馬西終於停在一株椰子樹下，開門見山便對雅信說：

「林仲秋病到欲死丫，伊眞想你，叫我來請你去加伊看一下，一下仔就好。」

聽了關馬西的話，雅信如遭雷殛，一時木然不能動彈了，經過好一會，才恢復了知覺，忙問關馬西道：

「是得著什麼病？也沒聽講破病，什麼連鞭欲死丫？」

「哪有什麼病？就是出去外口亂吃亂飲，得著痢疾，吃藥仔沒采工，每日漏屎腹肚痛，瘦到春一副骨頭，直欲死丫，你著緊去加伊看一下。」

雅信一半臉紅，一半心痛，一直望著地上的青草，未敢抬頭直望關馬西，等關馬西再重複幾次林仲秋對她的請求之後，她才微微抬頭起來，對關馬西說道：

「不過人伊已經結婚丫，也有某，若去見伊，伊心肝敢𫝛顛倒肝苦？」

「𫝛啦，人都欲死丫，猶管什麼有某抑沒某？」關馬西說。

「阿偲某若見著我敢𫝛受氣？」雅信說。

「𫝛啦，你做你去看伊，當做古早的朋友也好，當做即馬的醫生也好，而且偲某三日兩日沒在厝裡，沒一定會去見著伊。」關馬西說。

「阿若見著欲安怎?」雅信依舊不安地說。

「見著就見著，哪著安怎?」

「不過我想安倪猶是沒甲外妥當……」雅信遲疑地說。

關馬西似乎也有些同意，但他沈吟了半晌，終於拍了一聲響掌，叫道：

「我想著丫！也膾曉叫雪子佮你做陣去，第一較有伴，第二也較在膽。」

果然過了三天，等到禮拜天醫院休假的日子，雅信便帶了雪子，按著關馬西寫給她的住址，一路尋到林仲秋的家裡來。原來林仲秋住的是「台灣電力會社」分配給他的高級日本宿舍，座落在台北螢橋一帶，面對著那石卵磊落經常乾涸的新店溪。

雅信與雪子入得了那敞開的兩扇大木門，走了一段碎石路來到另兩扇小木門前，那小木門關著，需要按電鈴叫裡面的人來開門才能進去，雅信心裡忐忑地急跳著，伸了顫抖的手去按電鈴，她預想林仲秋的太太會出來開門，但出來的卻是一位七十歲左右的老門房，雅信向他通名報姓之後，那門房才開門讓她和雪子進去，才走完那段彎曲的水泥路，老早有一位五十歲的女傭，立在玄關，等著她們脫鞋，替她們帶路。

那整幢寬敞的日本宿舍顯得淒清幽暗，有一股冷氣往雅信的心坎襲來，使她打起一陣寒顫，她迫不及待地問那女傭說：

「林先生有在咧否?……」

「伊在宿舍後面，我都欲䢴你來去見伊。」那女傭輕聲細說，十分有禮，她的身上聞得到淡淡的藥水味。

當她們三個人走在曲折的木板迴廊上，雅信又在那女傭的後跟輕輕地問：

「夫人敢有在咧？……」

那女傭住了腳，轉過頭來冷冷地回答：

「沒，伊眞罕得在厝裡。」

那宿舍的後面是一座日本式的花園，有小橋、有石燈，一池靜水掉滿落葉，水面幾乎反映不到一寸的藍空或白雲，儘管園裡種滿了矮榕、七里香、紫丁香和杜鵑，卻因爲乏人照料而顯得枯黃憔悴，了無生意，只有牆外高樹上傳來的鳥聲給這花園帶來了一點活氣，可是等那幾隻麻雀飛走之後，花園又恢復原來的寂寞和陰鬱……

林仲秋臥病的隔間正對著這枯寂的花園，他躺在他他米，枕在污跡的白枕上，蓋著一條褶縐的老毯子，枕旁是一堆或滿或空的藥瓶，腳邊是三堆亂疊的書本與雜誌，雅信便跪坐在這隔間的另一頭，離林仲秋五尺之遠，與他漫不經心地聊著話。那女傭倒也頗識情趣，她看見儘是雅信面對著林仲秋在跟他說話，而雪子卻噤若寒蟬，跪坐在迴廊邊端，對著花園發楞，便來到雪子的背後，悄悄向她耳語了兩句，雪子便立起來，隨她走到前頭廚房去了，於是這隔間便只剩下雅信和林仲秋兩人，氣氛頓時變得自然親切起來了……

「你是聽關馬西講才來的是否？」林仲秋無力地對雅信說。

雅信望著林仲秋那蒼白又嶙峋的臉，默默地點頭……

「我以前就加伊講幾若遍，拜託伊請你來，但伊攏不肯，即回等到我病到欲死丫，伊也感覺若沒叫你來，我就看艙著你丫，伊才肯去加你講，請你來……」

雅信找不到話好回答，便側頭去望那外面寂寞的花園，深深歎了一口氣，又轉回頭來望林仲秋，突然開口說：

「您夫人敢定定沒在厝裡？」

「唉！講著伊……」林仲秋不屑地說：「本來就膾合，不時也查某嫺遐咧，做伊轉去台南的外家厝，阿即馬我破即款病，復會傳染人，伊猶復較有理由驚住即間厝，去台南一住就一月半月，若轉來都不敢來我即間探頭一下，驚給我傳染著痢疾，住沒幾日仔，又復轉去伊台南，佳哉有即位歐巴桑，加我煮飯，復加我換藥，若不是伊，我早就翹去囉……唉！漫復提起彼個有錢人查某啦……」

雅信又沈默了，她發現林仲秋固執地瞅著她，好像想用眼光要把她吞吃一般，他的牙齒咬得很緊，嘴角披露了一股不甘願的表情。雅信躲開了他的逼視，把頭低垂下來，又慢慢轉頭去望外面的花園……

「雅信姐仔，我心內實在足不願咧，爲什麼你當初哪不答應我的婚事？你若答應我，我今日也沒必要病到即款程度……」林仲秋說。

「什麼人叫倆仝姓？」雅信說，轉回頭來瞟林仲秋一眼，又低下頭去望他他米的邊緣。

「唉！這攏是推辭啦，其實世界上結婚的仝姓多囉……而且這攏是從老爸姓的緣故，自古早以來，倆若從老母姓，我問你咧，倆敢會復仝姓？」林仲秋氣急地說。

雅信無言以對，只好繼續沈默著，不敢再抬頭望林仲秋一眼。

「雅信姐仔……」林仲秋突然換成一種眞摯近乎哀憐的聲調說：「這是最後一遍……以後沒機會通復講丫……所以我坦白加你講……我……我……我實在眞愛你……」

林仲秋說了，急切地等待雅信的回應，可是雅信卻仍然沈默著，頭垂得更低了，終於使林仲秋忍耐不住，於是撐起半個身，挪向雅信，更誠摯地問她道：

「雅信姐仔……你講一聲就好……講一聲我就甘願ㄚ……你敢有愛我？……」

雅信沒有動靜，良久，林仲秋又緊逼著問：

「若沒愛我……否你講一聲……你敢有討厭我？……敢有棄嫌我？……」

雅信先是沒有動靜，但過了一會終於抬起頭來回望他，見他那麼逼切地等待她的回答，彷彿沒得到她的回答就不願再躺回去似的，雅信這才咬住嘴唇搖了搖頭，只見林仲秋舒了一口氣，慢慢躺回枕頭，閉起眼睛，深深喘息……

林仲秋喘息了好一會，最後才慢慢睁開了眼睛，他發覺雅信又默默地凝望著那一片凋殘的園景，她挽著一朵蓋耳的雲髻，配上一雙玲瓏的無框眼鏡，他覺得她的側臉多麼端莊，多麼秀麗，他輕輕地向她呼喚：

「雅信姐仔……請你坐較近一下好否？……」

雅信順從地向林仲秋挪近，跪坐在他的枕邊，卻沒料他突然伸出一隻手來，握住了她合掌的雙手，又伸出另一隻手，去撫摸她那一頭烏亮的雲髻，然後鬆了雙手，躺回去，望住天花板的一盞蒼白的孤燈，情不自禁地低聲哼出了「哭調仔」來：

三更半暝天落雨，噯唷喂……
單身鬱卒心悲酸，噯唷喂……
睏到暝尾冷吱吱，噯唷喂……
滿腹憂愁無地解，噯唷喂……

林仲秋哼著，不知不覺盈了滿眶淚水，他停止哼歌，開始抽泣了……

雅信從身上抽出手帕，替林仲秋拭淚，輕柔地對他說：

「你好好聽我勸，你病即倪重丫，不通復哭……」

可是林仲秋卻不聽她勸，彷彿沒有聽見她的話似地，繼續望著那頭上的孤燈，自言自語地說：

「我細漢的時陣曾哭過，而且定定哭，但是彼是眞久以前的代誌，我即馬已經𣍐記得了了丫……自從我大漢去日本讀書以後，我就不曾復哭，孤孤哭過一遍，就是彼遍『園遊會』，在同樂節目的時陣唱『哭調仔』，忽然間想起阮老母，遂哭出來……」

說完了這些話，林仲秋忍不住哭出了聲，過後轉頭來望雅信，繼續說下去：

「雅信姐仔，你敢知？我時常在想，爲什麼您查某人哪較𣍐得著心理病？就是您查某人若心悶，就加伊哭哭咧，自然就較𣍐破病，沒像阮查甫人，若心悶，沒地哭，也不敢哭，將一割憂愁放在心肝內，才四界去飲酒，想欲解憂愁，結果憂愁解𣍐去，顚倒得著即倪傷重的病……唉！雅信姐仔，我眞久沒哭丫，我眞想欲大哭一下，你著好好給我哭一下……」

說完了這些，林仲秋又帶著哭聲，和淚繼續唱了下去：

目瀰流入深腹內，嗳唷喂……
身軀𣍐虐睏𣍐去，嗳唷喂……
心肝若像𡊜石頭，嗳唷喂……
不時哀怨在心內，嗳唷喂……

一個月後，林仲秋死了，在這段期間，雅信礙於身分，未敢再去看他，但她卻以醫生的名義，遣了雪子每天去看護他，爲他配藥，爲他料理，直到他瞑目爲止。出殯之日，林杏珍僕僕風塵自台中趕來台北，爲林仲秋設堂致祭，林家的人，以及林仲秋的親朋好友都來靈堂對他撚香致祭，雅信和雪子也夾在那堆致祭的人群之中，雅信差不多是最後一個致祭的，等所有的人都祭拜完了，她才悄悄地走到林仲秋的靈前，向他撚香致敬，當她鞠完躬抬起頭來，望見林仲秋那張英俊瀟灑的遺像，她禁不住又想起在東京「園遊會」時他們第一次邂逅的情景，林仲秋那「哭調仔」的悽愴之聲，又幽然在耳邊響起，等她退出靈堂，她已經熱淚盈眶了……

六

由於在「台北醫院」工作過勞，又加上艋舺的煤煙污染過濃，雅信的哮龜病又舊疾復發，經常從醫院請假回家休養，這病來勢洶洶，一旦發作，雅信就幾乎要窒息而死，每每嚇得許秀英魂不附體，鬧得全家雞犬不寧，特別這病又經常在半夜發作，於是許秀英便不得不經常半夜爬起來照料雅信，如果只有一兩次還無所謂，但經年累月都如此，終於使許秀英失去了耐性，有一天終於忍無可忍，便對雅信說：

「我想你好嫁翁丫，俗語話在講，『嫁了翁，百病空』，而且我年紀即倪大丫，沒法度通照顧你一世人，您翁佮你睏仝眠床，穿仝領褲，才有法度照顧你一世人。」

「阿娘，你黑白講，我讀過醫學哪會不知影？我這哮龜病根本是氣管收縮一時𣍐喘氣的原因，佮嫁翁一點仔關係都沒，而且我才開始做醫生，猶沒想欲嫁。」雅信回答說。

「什麼？你猶沒想欲嫁？你幾歲丫？二十外仔外，猶料做是十四、五歲的查某囝仔嬰咧。想起阮彼當時，十七歲給您老爸送訂❹，十九歲就嫁伊，你即偌年紀，你佮您小妹早就孵出來丫，哪有親像你？別人都直欲做媽丫，阿你猶不嫁啦，欲留得做姑婆是否？」許秀英惱怒地說。

「阿娘，即時獪比得彼時，時代沒像款丫啦，我若有機會自然會嫁，你做你免煩惱啦。」

「免煩惱？我每暗獪睏得啦，若不是給你的哮龜吵起來，就是想講你猶沒嫁翁啦。」許秀英歎息地說。

雅信的哮龜病老是好不起來，於是許秀英有一天早晨見她喘得辛苦，便向她提議說：

「信仔，你家己是醫生，但沒一定會醫得家己的病，俗語話在講：『先生緣，主人福』，頂回你的哮龜就給詹先生醫好，不如即馬復來去給伊醫看覓，我佮你仝陣來去，你想安怎？」

「詹先生？是不是詹渭水先生，聽關馬西講起，伊敢不是給人掠去關？」雅信驚訝地問。

「唉呀，伊早就關出來丫，聽得講，伊的患者愈來愈多，伊的人氣實在太好咧。諾，行啦，欲去給伊看就趁早。」許秀英堅決地說。

於是許秀英母女便叫了兩輛手車，一路趕到大稻埕的「大安醫院」來。因為來得十分早，果然沒有幾個病患等在候診室，所以等不到半個鐘頭，便輪到雅信，當雅信走入診療室時，許秀英也跟了進去。

「啊！久見，久見，倆台灣人的頭一個查某醫生，是什麼風加你吹來？」詹渭水一見到雅信，便從旋轉椅上立起，伸出雙手，迎了過來，用他那宏亮的聲音對雅信說，依舊是從前那副談笑風

---

❹送訂：台語，音(sang-tiā)，意(正式訂婚)。

生的倜儻之情，一點兒也沒留下鐵窗的痕跡。

「哪有什麼風？總是古早彼個『哮龜風』。」許秀英插嘴道。

詹渭水開懷地笑了起來，雅信回頭去瞪她母親，在怪她怎麼說話說得那麼粗魯。等詹渭水笑過一陣之後，他終於變得嚴肅起來，開始正經地問雅信：

「安怎？哮龜復起丫是否？我看你是過勞啦，頂擺是列做學生，沒認眞艙使，即馬是列做醫生，哪著復彼俔認眞？放較開咧，較歇睏咧，免吃藥仔，伊自然也會好。」

於是詹渭水給雅信做了全身檢查，又看了她的病歷表，然後斟酌上回開給她的藥方，又重新給她開了藥……等這一切醫生的正務都做完了，詹渭水便又輕鬆下來，興致勃勃，幾乎像換了一個人，打開笑口想找雅信聊聊，可是沒等他說話，許秀英卻煞有介事地先開口說了：

「詹先生啊，你人生的經驗較豐富，我有一項代誌想欲佮你參詳，俗語話在講，『嫁了翁，百病空』，阮信仔的哮龜病，原因沒別項啦，我想是沒嫁翁而而啦，伊若嫁翁，這病就好，你想我講了著不著？」

詹渭水聽了，會心地笑了一陣，然後才溫和地對許秀英說：

「丘舍娘，根據醫學的統計，哮龜佮嫁翁是沒直接的關係，但是間接的關係，我想加減有一割，因爲查某人若嫁翁，心情總是會較好，較有人照顧，較有通歇睏，哮龜自然就艙發作。」

「著啊，著啊，」許秀英附和著說：「就是安俔，我不才勸阮信仔較緊嫁翁，但是伊偏偏仔不嫁啦，講什麼時代變丫啦，什麼即時艙比得彼時丫啦。」

「雅信即馬幾歲丫？」

詹渭水順口問著，去望雅信，卻見她把個粉臉羞得緋紅，低頭不語，詹渭水這才轉頭去望許秀英，於是許秀英便回答說：

「這阿使問？二十外仔外，復不嫁就欲栽姑婆❺丫。」

「著啦，雅信，您老母講的沒不著，你年紀也已經相當丫，你實在應該找對象丫。」詹渭水對雅信說，突然轉成一種調侃的口氣說：「安怎？我加你做媒人好否？恐驚我加你找的對象你𣍐恢意。」

「啊，詹先生啊，你哪通安倪講？」許秀英說：「你人生彼倪有經驗，人面彼倪熟，接觸復彼倪闊，若有好人，你也緊加阮報一個，我會大大加你感謝啦。」

「不過驚報著歹的。」詹渭水遲疑地說。

「𣍐啦，你目識彼倪好，你若恢意，阮信仔也絕對會恢意，我完全信任你啦。」許秀英歸結地說。

雅信一直都臉紅地沈默著，等她母親與詹渭水把婚姻的話題告一段落，她才把話岔開，轉到與婚姻毫無關係的事情上，她問詹渭水說：

「詹先生，你給偲關入去監獄的消息，是我由日本坐船欲轉來台灣的時陣，在船頂聽著的，是關馬西加我講的，我彼陣仔聽一下眞肝苦。」

詹渭水聽罷，瞇起眼睛笑了，然後問雅信道：

「你講你在船頂聽著我坐監？是嘟一遍？是頭一遍全島大檢舉彼遍？抑是第二年全島大判刑彼遍？」

---

❺栽姑婆：台語，音(chhai-ko-po)，意(女子不嫁，死後栽牌位於佛桌，讓兄弟之子孫祭拜)。

「我有聽見關馬西講你佮謝培火給伊判四個月徒刑……」雅信說。

「哦，哦，哦，安倪你講的是第二遍大判刑彼遍。你敢知影？頭一遍在台北監獄拘留六十四工❻，第二遍在台北監獄關八十工，總共一百四十四工。」詹渭水不動感情滔滔地說。

雅信歎息起來，似乎爲詹渭水感到非常難過，於是詹渭水趕緊安慰她說：

「呃，彼哪有啥？講是去坐『監獄』，其實是去『別莊』❼享受。」

「這是安怎講？詹先生……」

詹渭水微笑起來，摸了摸桌上那顆骷髏白淨發光的頭頂，回過頭來，對雅信說：

「我平常時不是看病人就是四界去開會演講，一年通天❽攏干若『勞苦馬』咧，沒一時定，因爲入去監獄，不才有時間佮清心通讀書，所以雖然在監獄，但是沒感覺彼是監獄，顛倒干若在別莊，免煩惱穿，也免煩惱吃，規工❾會使專心讀書。」

說完了，詹渭水又笑了，然後又無聊地去撫摸那桌上的骷髏頭……

「詹先生，阿你在監獄內面讀什書？」雅信問道。

「呃，彼多囉！頭一遍彼六十四工拘留，我讀過『明治維新志士活動史』、『社會學原論』、『西鄉隆盛傳』、『拿破崙傳』、『鋼鑑易知錄』、『明治文化之研究』、『政治汎論』、『政治學大意』、『社會問題概論』……這是社會科學方面的書，醫學方面我也讀過『橋

❻工：台語，意(天)。
❼別莊：台語，意(別墅)。
❽一年通天：台語，意(一年到頭)。
❾規工：台語，意(整天)。

本內科』、『診斷學』、『醫事雜誌索引』、『開業生活二十五年』、『井上內科』……第二遍彼八十工徒刑，我也帶百外本書入去讀，用新聞紙包做七大包，攏是平時愛讀但是沒時間通讀的書……我會記得在台北醫學校的時陣，有一遍想欲退學去日本的『早稻田大學』讀政治，即回入去監獄，我讀破一本『政治經濟學講義』，我眞心滿意足，𣍐輸入去『早稻田大學』讀政治，即馬已經由政治科畢業出來丫。」

雅信靜靜地聽著，一股濃郁的敬意不自覺由心底昇起，只見詹渭水沒有一絲怨嗟與悔意，僅深深地吸了一口氣，又平靜而溫雅地說下去：

「上心色的是我入去監獄，才發現彼內面的流氓攏訓我，才入去，𪜶就大聲列喚：『文化頭的詹先生來丫！』誠尊敬我，緊讓好位給我坐，舉菸欲給我吃，我才對𪜶搖頭，講：『我做醫生，都在勸人不通吃菸，家己哪會使吃？多謝啦！』𪜶聽我講了後，才將菸復藏放在褲袋仔內面……雖然𪜶是一割刣人放火的流氓，但是𪜶實在對我眞好。」

詹渭水回憶地敘述著，望著天花板，兀自大笑起來………

七

這一年的夏季，有一天，詹渭水看完了最後一個病人，已經精疲力竭，叫護士把「大安醫院」的大門關起來，正想到二樓起居室去讀書休息，突然聽見有急促的敲門聲，因爲護士已從側門先走了，詹渭水只好自己去開門，才把門打開，便走進來一位穿黑色西裝的青年，手提著一只公事包，詹渭水向他打量一回，彷彿認不出他是誰，忽然，抱住他的雙臂猛搖兩下，大叫起來：

「彭英！原來是你！東時轉來台灣？你在中國遊了有爽快沒？」

彭英不立刻回答，只頻頻地點頭，然後才慢慢地說：

「遊眞多所在，看眞多人，在福州也去住過葉惠如先生的厝，伊拜託我送一割文件佮幾張批給你。」

說到「文件」和「批」時，彭英把話降低了，詹渭水也馬上會意，立即退回一步，反身把醫院的大門關好，拉彭英到二樓的私人書房，也把書房的門關了，兩個人坐下來悄悄地說了許多話。

等一些重要的話都聽完了，詹渭水才鬆了一口氣，恢復他那慣有的談笑風生的常態，問起彭英來：

「緊！緊！你緊加我講，你在中國遊過外多所在？阿有佮伊聯絡什麼否？」

「我由東京先到上海，才去北京，了後才來廈門，佮各地的台灣留學生討論台灣問題，互相交換意見，同時也接觸著中國國民黨的人、中韓互助社的人、朝鮮革命黨員……」

「阿你敢有佮伊討論什麼重要的問題？」詹渭水問道。

「哪會沒？我向伊暴露日本對倆台灣人『教育的愚民政策』、『殘忍的殖民專制』、『極端的差別待遇』、『橫暴的剝削制定』……著啦，我在上海也有遇著由福州來的葉惠如，阮兩個人仝陣去參加在上海『大東旅社』的『在滬印度、朝鮮、菲律賓等民族主義聯合會』，討論東方弱小民族的政治自決佮提倡亞洲人民民族自決的問題。」彭英說。

「你講你最後來廈門，廈門伊敢有什麼台灣人的組織？」詹渭水問。

「有啊，哪會沒？台灣在廈門的留學生，包括『集美中學』的高中生，差不多有兩百外人，因爲福建佮廣東是孫中山革命的發源地，所以彼丫的留學生攏眞受革命的影響，伊在廈門創立『台灣尙志社』，章程是以研究學術促進文化爲宗旨，但實際上的目的是列喚醒俑台灣人的意識，希望會得通給台灣脫離日本的統治。我聽見講，偲用『尙志社』的名開過『廈門台灣人學生大會』，反對台灣總督府檢舉『台灣議會期成同盟』，同時將偲的宣言寄給台灣、東京佮中國各地的台灣人，叫大家聯合起來反抗日本。」

「阿上海咧？彼丫的台灣人安怎款？」詹渭水又問。

「在上海的台灣留學生沒廈門彼倪多，但是偲也有組織一個『上海台灣青年會』，偲雖然人沒多，但成立以來，相當活動，沒外久以前召開一遍『上海台灣人大會』，在會中反對台灣總督檢舉『台灣議會設置運動』，仝一年復參加『中國國民對日外交大會』主辦的『國恥紀念大會』，散佈『反對日本帝國主義殖民統治台灣』的傳單，今年春天又復發動『台灣始政紀念日反對運動』，散佈『勿忘』的傳單，才沒外久以前也復發出『反對辜顯榮有力者大會』的傳單。」

詹渭水一邊聽著，一邊撫摸下巴，點頭微笑了……

「阿北京咧？彼丫敢也有俑台灣人的組織？」詹渭水最後又問。

「嘟位也有！哪有限定廈門佮上海而而？」彭英氣壯地說：「現此時，在北京的台灣留學生有差不多三百外個，大部分攏是『北京大學』的大學生，偲即割留學生佮住在北京一割台灣人聯合起來組織一個『北京台灣青年會』，主要是想欲佮俑『台灣文化協會』取得聯絡，協助俑台灣政治自決的啓蒙運動，偲對俑主張設立台灣議會上界❿贊成，台灣總督檢舉『台灣議會期成同盟』的時陣，偲這會在北京召開『華北台灣人大會』，反對日本壓迫俑台灣人的政治運動，叫大家起

❿上界：台語，意(最)。

來支援『台灣議會期成同盟』，起來協助推翻一切外來的強權。」

詹渭水若有所思地繼續點頭，彭英則沈默了好一陣子，吸了兩口氣，突然自己笑了起來，說：

「你敢知影？㑭這『北京台灣青年會』的正式會員沒幾個，但是名譽會員果膾少咧哦，全全是一割中國的出名人做㑭的名譽會員。」

「什麼人？你講！」詹渭水焦急地問道。

「有北京大學的校長蔡元培，有中國財政總長梁啓超，有北京大學的教務長胡適，有中國司法總長林長民，有北京大學的教授李石曾，有中國參議會議員王勤齊……攏是一割中國保守派的出名人士。」彭英得意地說。

話談到這裡，詹夫人已經在敲書房的門，叫吃夜飯了，於是有關中國的談話就此打斷，彭英就留在詹渭水的飯廳與詹家一家人共吃晚飯。

晚飯吃過之後，詹渭水不再請彭英到他私人的書房去了，他請彭英到客廳，聊了一些與政治毫無關係的家常，突然詹渭水把話題轉到女人上面來，順口問彭英道：

「你敢娶某ㄚ？彭先生。」

「猶未咧……」彭英回答，臉微紅了起來。

「阿哪猶嬡娶？膾少歲ㄚ呢。」

「第一，規日四界拋拋走⓫，沒心情通娶。第二，就準有心情欲娶，也沒人欲嫁我。」

⓫拋拋走：台語，音(pha-pha-chau)，意(到處跑)。

「亂講！哪會沒？我加你報啦，好否？」詹渭水打趣地說。

「你講看覓囑。」彭英說，也認眞起來了。

「有一位查某醫生，伊本來是『淡水女學』畢業的，了後去『東京女子醫科大學』讀書，即馬轉來在『台北醫院』做婦產科醫生……」

「伊叫做什麼名？」彭英打斷了詹渭水的話，急切地問道。

「伊叫做丘雅信。」

「呃！原來是伊……」彭英恍然驚叫起來。

「安怎？你訆伊是否？」詹渭水疑惑地問。

「訆是沒訆眞深，但是在日本讀書的時陣，有見過幾遍面……你講你欲報伊給我做某？伊讀到彼倪高，平常時復彼倪激屎⑫，伊敢欲？」

「敢欲才著哦，伲老母都有親身加我講，我若看會愜意，伲查某子也絕對會愜意，伊完全信任我。」

彭英有些躊躇不決，不知如何是好，可是詹渭水卻是個急進果決的人，既已做媒了，就希望把它做成，也不讓彭英有後退的餘地，便立了起來，對他說：

「行啦，不通復浪費時間丫啦，倆即馬就來去丘公館，先來去加伲老母拜訪，順續佮雅信見面，去講一下，若有愜意才復繼續落去……安怎款？」

---

⑫激屎：台語，音(kiek-sai)，意(驕傲)。

八

可能是詹渭水能說善道，加之他人緣太好，誰見了他就完全信任他，才帶彭英去見許秀英，許秀英便對他產生好感，雅信倒還沒動什麼感情，許秀英已開始喜歡彭英這女婿了。以後彭英也回家去向他的兄長說了，他的兄長對這門親事不但不反對，而且十分贊成，催促彭英加緊進行。

隨後，彭英又自己上雅信的家門去談了好幾次，終於青年雙方都互相喜悅了，然後才叫詹渭水正式向女方要求訂婚，訂婚後才二十四日就要正式結婚，這些許秀英當然答應了，於是彭英與丘雅信便在這年的九月中旬訂婚。

既已訂了婚便有許多事等著雅信去做，首先要通知一些親戚朋友到時來參加婚禮，當然先一家一家送禮餅是不用說的了，然後得去做兩套結婚禮服，一套是西洋式的白紗新娘禮服，準備在教堂證婚時穿的，另一套是台灣式的上襖下裙的紅綢滾綠邊的新娘衫，是在那天夜裡宴客時要穿的。因爲好久以來都帶著那無框的近視眼鏡，用久了鏡片也模糊了，雅信便在這除舊佈新的當兒，也去換了一副銀框的眼鏡。

這一天，剛剛到眼鏡行換了新眼鏡，一整個下午在醫院工作時便老覺得眼睛不對光，頭還微微痛了起來。這天晚上，在艋舺的家裡吃過晚飯，便從艋舺搭巴士往「城內」的一家裁縫店來，她幾天前買了白紗和紅綢去叫這裁縫店的師傅，爲她訂做禮服與新娘衫，他約她這晚到店裡試穿，修改不合身的地方，以便做最後的縫紉。

才在巴士的木條椅上坐下來，無意間發現另一邊的木條椅上有一個男人在向她點頭，並對她微笑……

雅信因為新換了眼鏡，還不習慣，所以對方是什麼人，實在看不十分清楚，加之女兒人家，對陌生男人的凝視，躲都來不及，更不敢再向對方多瞧一眼，但又怕是熟人，只因為一時帶新眼鏡認不出來，而竟至不跟人打招呼，也是一件十分不禮貌的事情，所以她也只好學對方，對他點一下頭，還回他一個微笑，然後把頭轉到一邊，看窗外的街景去了。

雅信在離裁縫店不遠的街角下了車，她在裁縫店裡試穿了禮服和新娘衫，半個小時後，她又搭了原路的巴士由「城內」回艋舺去……眞是奇怪，才坐定，抬起頭，又瞥見剛才那同一個男人，坐在她的正對面，在向她點頭，並對她微笑……

雅信大大詫異起來，若是同一巴士，碰見一個男人對她點頭微笑，那倒也不是什麼稀奇的事情，但不同的巴士，而且是相反的方向，竟然又碰到同一個男人對她點頭微笑，這事就有些蹊蹺了，所以這回她不再跟他點頭，也不回他的微笑，只瞪大了眼睛，想把對方看個清楚，只覺得那男人看起來有點像彭英，卻又有些不像，因為她從來都沒見過彭英像這男人一般癡癡地對她點頭微笑，而且一語不發……想著這些，她也不再去管對方是誰，逕自轉頭望街上的燈光和人影去了。

雅信和彭英是在這一年的十月五日結婚的，結婚典禮在「城內」的一間長老會教堂舉行，來教堂參加婚禮的，除了丘家和彭家的所有近親，一些遠親好友也來了，其中包括來自澳底的許秀珍、來自屯仔腳的尤牧師夫婦、來自新竹的江東蘭夫婦、來自淡水的金姑娘和銀姑娘，「台北醫科專校」的大倉校長和教授、「台北醫院」的院長和醫生同仁、甚至「淡水女學」的同學以及「文化協會」的一些朋友也都來了，全部三百多人，有台灣人、日本人、外國人，濟濟多士，把個長老教會的結婚會堂擠得水洩不通。這一天，由詹渭水當伴郎，由雪子當伴娘，而牽新娘網子的花童則由大倉校長的兩個小女兒擔當，至於領大眾祈禱的便由關馬西自告奮勇擔任了，他還臨時即興唱了兩首祝賀結婚的讚美詩。

當晚，三百多個來賓來大稻埕圓環附近的「蓬萊閣」參加喜筵，席間，杯觥交錯，十分熱鬧，一直鬧到深夜，才由一部黑頭車來把新郎和新娘載到早叫朋友在台北站對面「鐵道旅館」訂好的套房休息，共度他們的洞房花燭夜。

彭英牽著雅信走到他們的套房，雅信抬頭一看，見是「四號」，頓時全身起了一陣寒顫，感到有一種不好的預兆，便對彭英說：

「你想即間套房敢好？……」

「有什麼不好？」

「彼『四』字敢不是……歹……采……頭？……」雅信囁嚅地說。

「嘖，唉呀！你學科學的人哪會猶彼倪迷信？入來啦！入來啦！朋友都加倆訂ㄚ，你臨時欲換房間，也沒一定有房間通給你換。」

彭英說罷，便掏出鑰匙把門打開，牽了雅信走進去。

他們各自把盛裝卸了，並坐在一張雙人沙發上休息，彭英偎到雅信的身邊，望著她那雙大眼睛，沈思地微笑著，雅信也偷望了彭英一眼，卻不自覺臉紅了起來，正想找些話題來岔開這尷尬的場面，突然憶起結婚前在巴士上遇見的那個奇怪的陌生男人，便順口說道：

「人親像的實在眞多……」

「你列講什麼人？」

「我列講一個人誠親像你，彼日我搭巴士欲去『城內』試穿衫，在巴士頂，伊向我頓頭，轉來的巴士頂，復遇著伊，也復向我頓頭……」

「你敢不知彼個是什麼人？」

「不知啊，我都才換目鏡，看繪清楚……」

「彼個就是我啦！」彭英說著，開懷大笑起來。

「阿你哪欲安倪？」雅信迷惑地說。

「我列踮你啊，我列加你spy⑮矚！」

「我是嘟位仔不著？你哪欲加我spy？」雅信問道，忽然嚴肅起來。

彭英本來只是跟雅信開玩笑隨口亂說的，現在看她認眞起來了，忙改變成十分誠懇的口氣對她說：

「講起來，彼日我其實是提請帖欲去『城內』給人印，但是台灣離開久丫，街路遂繪認得，印刷店有去一遍，但第二遍遂繪記得嘟一間，在『城內』行來行去，不才遇你一遍復一遍……哈！哈！哈！」

雅信閉嘴不語，心裡也覺得有些好笑，終於掩嘴啞笑起來，兩個人相對笑了好一會，最後才沈默下來。彭英自沙發立起，走到窗口望了一會台北站前的夜景，又走回原來的沙發，握起雅信的一隻手，歎息地說：

「人生實在眞奇妙了嘜，當初去您『女子醫科大學』的宿舍，我是給林仲秋拜託去做您的sando-ichi，以後又復給伊拜託，遫㤟阿姑去您宿舍欲加你做媒人，彼陣仔連想也不敢想，哪會

---

⑮spy：英文(本來是「間諜」，今用做動詞，轉爲「偵察」之意)。

知影應暗會佮你結婚，實在不敢相信，干若列做夢咧。」

彭英說著的時候，雅信憶起林仲秋最後一次向她透露愛意的那幕繾綣纏綿的情景，她有意把它說給彭英聽，但躊躇了一會又退縮不敢說了，只聽見彭英還自言自語地說下去：

「唉！林仲秋伊都欲早過身，否今日做伴娶的就不是詹先生，是伊……」

「你幾時才聽著伊過身的消息？在中國的時陣？」雅信問道。

「在中國的時陣我猶不知影，轉來台灣，在基隆落船，才有朋友加我提起。」

彭英說罷，沈鬱地自沙發立了起來，又無意地踱到窗邊，那台北站前的煤氣燈暗淡地燃著，彷彿要熄滅似地，整個站前的廣場見不到一個人影，空蕩蕩地，十分寂寞的樣子，彭英深深打了一個呵欠，說道：

「唉呀，應暗是倆結婚的日子，著講一割快樂的代誌，漫復講彼割沒爽快的代誌丫啦。」

過後，彭英又對雅信說了許多在中國旅行時見到的風景與聽到的趣聞，雅信雖然專注傾聽著，但心裡總覺得有些疙瘩，她老是拂不掉林仲秋的陰影……

國家圖書館出版品預行編目資料

浪淘沙 / 東方白著. -- 修訂新版. -- 台北市 :
前衛, 2005 [民94]
2128面 ; 15×21公分

ISBN 978-957-801-464-0(全套 : 精裝). --
ISBN 978-957-801-465-7(平裝)

857.7 94004648

浪淘沙

著　　者　東方白
責任編輯　陳金順
出 版 者　前衛出版社
10468 台北市中山區農安街153號4F之3
Tel: 02-25865708　Fax: 02-25863758
郵撥帳號：05625551
E-mail: a4791@ms15.hinet.net
http://www.avanguard.com.tw
出版總監　林文欽
法律顧問　南國春秋法律事務所 林峰正律師
出版日期　2005年05月修訂新版一刷
2009年12月修訂新版三刷
總 經 銷　紅螞蟻圖書有限公司
台北市內湖舊宗路二段121巷28.32號4樓
Tel: 02-27953656　Fax: 02-27954100
定　　價　新台幣2000元(精裝)
新台幣1500元(平裝)

©Avanguard Publishing House 2005
Printed in Taiwan　ISBN 978-957-801-464-0(精裝)
ISBN 978-957-801-465-7(平裝)